…NS

PANAROMA

JITTERBUG PERFUME

Aus dem Amerikanischen
von Nikolaus Hansen

Rowohlt Taschenbuch Verlag

Einmalige Sonderausgabe
August 2004
Deutsche Erstausgabe
Veröffentlicht im
Rowohlt Taschenbuch Verlag,
Reinbek bei Hamburg, Dezember 1985

Published by arrangement with
Bantam Books, Inc., New York
Umschlaggestaltung any.way,
Barbara Hanke/Cordula Schmidt

Gesamtherstellung Clausen & Bosse, Leck
Printed in Germany
ISBN 3 499 23748 2

FÜR DONNA UND DIE OHANA

Und für all jene, deren Briefe ich noch immer nicht beantwortet habe.

Der Autor dankt seiner Agentin und Freundin Phoebe Larmore; seinem beherzten Lektor Alan Rinzler; Laren Elizabeth Stover, die ihm in mit Lippenstift adressierten Briefumschlägen die Geheimnisse der Duftindustrie zukommen ließ; und Jessica Maxwell, deren Vorfahr einst Besitzer einer Parfümerie in New Orleans war, die sie von ihm für eine wellige Muschelschale eintauschte.

Von Urzeiten an hat das charakteristische Problem des Menschen in dem zwingenden Bedürfnis bestanden, das menschliche Leben zu spiritualisieren, es auf eine besondere Ebene von Unsterblichkeit zu heben, jenseits der Zyklen von Leben und Tod, die allen anderen Organismen eigen sind.

Ernest Becker

Die Geschichte der Zivilisation ist die Geschichte der Emanzipation des Menschen von einer Gemeinschaft, deren Mitglieder grob, brutal und von kleinem Wuchs waren. Jeder Schritt auf dem beschwerlichen Weg hinauf zu einer differenzierten Lebensweise wurde begleitet von einer entsprechenden Vervollkommnung in der Kunst der Parfümerie.

Eric Maple

Wüten, wüten gegen das Sterben des Lichts.

Dylan Thomas

(Und) immer so gut riechen wie möglich.

Lynda Barry

HEUTE IM ANGEBOT

Die Rote Bete ist das intensivste aller Gemüse. Zugegeben, der Rettich ist aufregender, aber das Feuer des Rettich ist ein kaltes Feuer, ist das Feuer der Unzufriedenheit, nicht das der Leidenschaft. Tomaten sind immerhin lebhaft frisch, aber Tomaten werden durchzogen von einem Hauch Frivolität. Rote Beten sind todernst.

Slawische Völker verdanken ihre physischen Charakteristika den Kartoffeln, ihre schwelende Unruhe den Rettichen, ihre Ernsthaftigkeit den Roten Beten.

Die Rote Bete ist das melancholische Gemüse, jenes, das am bereitwilligsten leidet. Soll mal jemand versuchen, aus einer *Steckrübe* Blut zu quetschen …

Die Rote Bete ist der Mörder, der an den Tatort zurückkehrt. Die Rote Bete ist das, was da anfängt, wo die Kirsche mit der Karotte aufhört. Die Rote Bete ist der Urahn des Herbstmondes, bärtig, begraben, alles, nur nicht leblos; sie ist das dunkelgrüne Segel des gestrandeten Mondbootes, genäht mit Venen aus Ur-Plasma; sie ist die Drachenschnur, die einst den Mond mit der Erde verband und die jetzt nichts weiter ist als ein schlammverschmierter Schnurrbart, der verzweifelt nach Rubinen bohrt.

Die Rote Bete war Rasputins Lieblingsgemüse. Man konnte es seinen Augen ansehen.

In Europa ist der Anbau einer großen Bete verbreitet, die Mangold genannt wird. Vielleicht ist es der Mangold, den wir in Rasputin erkennen. Auf jeden Fall finden wir Mangold in der Musik Wagners, wenngleich es ein anderer Komponist ist, dessen Name so anfängt: B-e----.

Freilich gibt es auch weiße Beten und Beten, die statt Blut Zuckerwasser absondern, aber es ist die Rote Bete, die uns hier beschäftigen wird; jene Art, die errötet und anschwillt wie eine Hämorrhoide, gegen die es

keinerlei Mittel gibt. (Das heißt, es gibt doch eines: Beauftragen Sie einen Töpfer, Ihnen ein Keramik-Arschloch zu bauen – und wenn Sie gerade nicht drauf sitzen, können Sie es als Schüssel für Borschtsch benutzen.)
Ein altes ukrainisches Sprichwort warnt: «Eine Geschichte, die mit einer Roten Bete anfängt, endet mit dem Teufel.»
Dieses Risiko müssen wir eingehen.

SEATTLE

Priscilla wohnte in einem Studio-Apartment. «Studio» deshalb, weil Kunst angeblich etwas Reizvolles an sich hat und weil Hausbesitzer ein berechtigtes Interesse hegen, uns glauben zu machen, daß Künstler es vorziehen, in ihrem Arbeitsraum zu schlafen. Echte Künstler wohnen so gut wie nie in Studio-Apartments. Es gibt nicht genug Platz, und das Licht ist vollkommen daneben. Angestellte wohnen in Studio-Apartments. Büroangestellte, Verkäuferinnen, Anwaltsgehilfen, Volkshochschul-Studenten, ältere Witwen und ledige Kellnerinnen wie Priscilla.

Das Gebäude, in dem dieses spezifische Studio-Apartment sein trügerisches Dasein fristete, war während der großen Wirtschaftskrise gebaut worden. In Seattle gibt es viele solche Gebäude, die auf den dicht besiedelten Hängen zwischen Lake Washington und Elliott Bay ihre Ziegel vom Regen salben lassen. Architektonisch erinnerten die schlichte Fassade und die klaren Linien an das Kleid, das Eleanor Roosevelt auf dem Ball zur Amtseinführung ihres Mannes trug, aber die Innenwände kündeten nach wie vor originalgetreu vom Zetergeschrei des verdünnten Erbsenbreis, der in Hunderten von Suppenküchen aufgetischt wurde. Im Laufe der Zeit war das Gebäude so ausgiebig bewohnt worden, daß es eine Art Eigenleben für sich geltend machen konnte. Jede Toilettenschüssel gurgelte wie ein italienischer Tenor, der den Mund voller WC-Reiniger hat, und die Eisschränke gaben in der Nacht Geräusche von sich, die lebhaft an weidende Büffel erinnerten.

Die meisten dieser älteren Studio-Apartments beheimateten Gerüche, die ebenso eindeutig waren wie ihre Farben und ihre Geräusche – Gerüche, die ihren Ursprung fanden in dem von Generation zu Generation vererbten Braten von Lachs-Frikadellen und Kochen von Broccoli. Doch in diesem Punkt unterschied sich Priscillas Apartment von den anderen. Es roch nach Chemikalien – weniger giftig als vielmehr süß –, und es war dieser *Geruch*, der sie wie ein eingepferchter Köter zur Begrüßung ansprang, wenn sie müde zu mitternächtlicher Stunde ihre Wohnungstür aufsperrte.

Nachdem sie das Deckenlicht angemacht hatte, schlenzte sie als erstes ihre flachen Kellnerinnenschuhe durch den Raum. Als zweites stieß sie mit einem Zeh gegen ein Tischbein. Der Tisch, an den sich schon zahllose Witwen zum Canasta niedergesetzt hatten, erschauderte krampfartig, so daß Bechergläser mit Chemikalien zum Klirren und ins Schwanken kamen. Glücklicherweise wurden nur wenige Tropfen ihres Inhalts verschüttet.

Priscilla ließ sich auf die Couch fallen, die gleichzeitig auch ihr Bett war, und massierte sich die Füße, wobei sie dem angeschlagenen Zeh besondere Aufmerksamkeit widmete. «Verdammtescheiße», sagte sie, «was bin ich bloß für ein Hornochse. Ich verdiene es nicht, in dieser Welt zu leben. Man sollte mich auf einen dieser Planeten schicken, auf denen es keine Schwerkraft gibt.» Früher am Abend, im Restaurant, hatte sie ein ganzes Tablett mit Cocktails fallenlassen.

Die Nylonstrümpfe verliehen ihren Füßen das Rosa von frischgeborenen Mäusen. Vor den Ballen schienen kleine Dampfwolken aufzusteigen. Mäusefurze. Priscilla rieb sich die Füße, bis sie sich einigermaßen angenehm anfühlten. Dann rieb sie sich die Augen. Mit einem schläfrigen Seufzer ließ sie sich, den Kopf voran, über die Couch rollen, wurde jedoch sofort wieder aufgeschreckt. Ein Schwall von Münzen, das gesamte Trinkgeld des Abends, hatte sich aus ihren Taschen über ihren Kopf und ihren Körper, über die Couch und den Fußboden ergossen. Sie schaute einem Zehner hinterher, der über den abgetretenen Teppich rollte, als wolle er zum Ausgang. «Das versteht man also unter galoppierender Inflation», dachte sie. «Komm sofort zurück, du Feigling!»

Sie seufzte ein zweites Mal, stand auf und sammelte das Geld zusammen. Die wenigen geknäulten Geldscheine stopfte sie in ihr Portemonnaie, die Münzen ließ sie in ein verstaubtes Goldfischglas klimpern, das auf der Frisierkommode stand. Das Glas war zum Überlaufen voll. «Morgen eröffne ich ein Bankkonto», schwor sie sich. Diesen Schwur leistete sie nicht zum erstenmal.

Sie zog ihre Uniform aus – ein blaues Matrosenkleid mit weißen und roten Biesen – und warf sie in die Ecke. In Strumpfhose und BH stand sie im Badezimmer vor dem Waschbecken und wusch sich die Haare. Eigentlich war sie viel zu erschöpft, um sich die Haare zu waschen, aber sie stanken derart nach Bratfett und Zigarettenrauch, daß sie in Konkurrenz zu dem Eigengeruch der Wohnung traten, und das kam nicht in Frage. Der Verschluß für die Shampooflasche war weg. Sie konnte sich nicht einmal mehr erinnern, wann das Shampoo – oder die Zahnpasta – zuletzt einen Verschluß gesehen hatte. «Ich könnte schwören, daß ein Verschluß drauf war, als ich es gekauft hab», sagte sie.

An dem Stück Seife klebten ein paar kurze, gekräuselte Haare. Bei ihrem Anblick zuckte sie zusammen. Die Haare erinnerten sie an einen Zwischenfall bei der Arbeit. Sie und Ricki verbrachten ihre Pausen gewöhnlich zusammen. Sie schlossen sich gemeinsam in der Mitarbeiter-Toilette ein und rauchten einen Joint oder schnupften eine Linie Koks. Egal was, Hauptsache, das Gewicht der Tabletts wurde erträglicher. Ohne anstößige Bemerkungen von Ricki ging das nie über die Bühne. Manchmal legte sie dabei wie zufällig ihre Hand auf Priscillas Körper. Priscilla war nicht wirklich empört. Ricki war eine der wenigen Kolleginnen im Restaurant, die auch intellektuell Anspruchsvolleres als eine Speisekarte lesen konnten. Darüber hinaus war sie auf eine dumpfige, leicht schnurrbärtige Weise hübsch. Vielleicht fühlte sich Priscilla durch Rickis Annäherungen aber auch auf eine schräge Art angemacht. Sie wehrte sie gewöhnlich auf eine Weise ab, über die sie beide lachen konnten. An diesem Abend jedoch, als Ricki unter dem Vorwand, einen Maulwurfshügel glätten zu wollen, den sie angeblich in Priscillas Strumpfhose gesichtet hatte, ihre weitschweifigen und immer größere Gebiete umfassenden Liebkosungen auf die Rückseite ihrer Oberschenkel auszudehnen begann, hatte Priscilla sie angefaucht und sie hart auf den Arm geschlagen. Schon bei Beendigung ihrer Schicht tat ihr das leid. «Ich bin einfach müde», sagte sie zu Ricki. «Wirklich total beschissen ausgelaugt.» Ricki meinte, es sei schon gut, sagte das aber in einem Tonfall, der auf einen ernsten Treffer am Gebäude ihrer Freundschaft schließen ließ. Und genau darum kreisten Priscillas Gedanken, während sie die paar Schamhaare von der Seife zupfte.

Die indirekte Funktion eines Badezimmerspiegels besteht darin, murrende Geräusche im geistigen Sumpf zu messen. Priscilla betrachtete ihren «Seismographen», und was sie dort sah, gefiel ihr gar nicht. Sie war bleich wie ein Q-tip und ebenso bereit, sich aufzulösen. Sie ließ die Seife ins Waschbecken fallen und zwang ihrem Spiegelbild ein Lächeln auf. Mit einem schaumigen Finger drückte sie auf die dreieckige Spitze des knusprigen kleinen Mais-Chips, der ihre Nase war. Eins nach dem anderen blinzelte sie mit den Augen. Ihre Augen waren gleichermaßen riesig, gleichermaßen violett, aber das linke Auge blinzelte leichtgängig, während es beim rechten einiger Anstrengung und des Zusammenpressens von Fleisch bedurfte. Sie zog an ihrem nassen, herbstfarbenen Haar, als wolle sie in der Straßenbahn das Signal zum Anhalten geben. «Du bist immer noch hübsch wie ein Baby», sagte sie zu sich selbst. «Ich habe zwar noch nie ein hübsches Baby gesehen, aber wie könnte ich für mich in Anspruch nehmen, der Weisheit von Generationen zu widersprechen?» Sie spitzte ihren Kaugummi-Mund, bis er durch seine übertriebene Sinnlichkeit ihre Aufmerksamkeit ganz auf sich lenkte, weg von den blaublütigen Halbmonden unterhalb ihrer Augen. «Meine Koffer sind vielleicht schon gepackt, aber ich habe die Stadt noch nicht verlassen. Kein Wunder, daß Ricki mich unwiderstehlich findet. Sie ist auch nur ein Mensch.»

Priscilla lehnte ihre Stirn gegen den schaumigen Rand des Waschbeckens und fing ganz plötzlich an zu weinen. Sie weinte so lange, bis nur noch die Wärme ihrer Tränenflüssigkeit, die bloße Geschwindigkeit des Tränenflusses da waren und es Priscilla endgültig unmöglich wurde, den ohnehin schwer verständlichen Anlaß ihrer Traurigkeit nachzuvollziehen. Und als eine Erinnerung nach der anderen ihre scharfen Umrisse verlor und sich sogar Müdigkeit und Einsamkeit als wasserlöslich erwiesen, schloß sie die Schleusen ihrer Tränenkanäle mit fast hörbarer Entschiedenheit. Sie schnupfte sich in einen Waschlappen aus (ihre Schminktücher waren seit einer Woche alle), schüttelte ihr klammes Haar, zog einen Laborkittel über ihre Unterwäsche und ging ins Wohnzimmer plus Schlafzimmer plus Labor, wo sie bis zur Morgendämmerung mit einer umfangreichen Sammlung von Brennern, Bechergläsern und brodelnden Glasröhrchen herumwerkelte, auf Sorgfalt bedacht wie sonst nur selten.

Im Leben von Priscilla, der vom Genie geküßten Kellnerin, stellte diese Nacht im großen und ganzen reine Routine dar. Nur in einem einzigen Punkt unterschied sie sich wesentlich von all den anderen Nächten des Jahres: Schätzungsweise gegen fünf Uhr früh – ihre Uhr war stehengeblieben und sie war noch nicht dazu gekommen, sie wieder aufzuziehen –, pochte es sanft an ihrer Tür. Da sie auf dem Capitol Hill wohnte, einer Gegend mit hoher Kriminalität, und davon einmal abgesehen auch nicht das Bedürfnis hatte, von Ricki oder irgendeinem Mann gestört zu werden, mit dem sie irgendwann einmal aus einem Bedürfnis heraus geschlafen und ihn dann vergessen hatte, beschloß sie, nicht weiter darauf zu reagieren. Bei Sonnenaufgang jedoch, kurz bevor sie sich ihre täglichen, viel zu kurzen sechs Stunden Schlaf gönnen wollte, öffnete sie die Tür, um nachzusehen, ob ihr Besucher eine Nachricht hinterlassen hatte. Zu ihrer großen Überraschung fand sie auf der Türschwelle einen einsamen Klumpen Zeugs, den sie erst nach sorgfältiger Untersuchung als Rote Bete identifizierte.

NEW ORLEANS

«Was ist die Uhr, V'lu?»
«Die *wass*?»
«Die Uhr. Was ist die Uhr?»
«Wiesso, Madam, die Uh' isst dass 'unde Ding mit den sswei Sseige'n in de' Mitte.»
«V'lu!» sagte Madame Devalier. Wenn Madame Devalier ihre Stimme erhob, war das ungefähr so, wie wenn sich die Gallier gegen die Römer erhoben. Sogar die Termiten im Fundament gingen in Habacht-Stellung. «Wie spät ist es?»
«Ess isst d'ei Uh', Madam.»
Ungläubig faßte sich Madame Devalier an den Überhang ihres Busens. «Drei Uhr morgens!»
«D'ei Uh' in de' Nacht, Madam. Ssie wissen, dass in New O'leanss nicht Mo'gen isst, biss die Ssonne aufgeht.» V'lu lachte. Ihr Lachen erinnerte an das Klingeln eines Spielzeug-Xylophons. «Manchmal, wenn die Hu'icane-T'opfen die 'unde machen, wi'd ess den ganssen Tag nicht Mo'gen.»
«Du hast Recht wie immer, Chérie. Aber laß uns nicht von den Hurricane-Tropfen reden. In diesem Laden wird ausschließlich Parfum verkauft. Und was für Parfum! Drei Uhr mor ... nachts! Dieser Sud hat mir so die Sinne verwirrt, daß ich jegliches Zeitgefühl verloren habe.» Sie blinzelte in einen Kessel mit durchgeseihten Blütenblättern. Das Bild in dem Kessel erinnerte an ein Wasserballett mit Esther Williams, gefilmt in den Lagunen der Hölle.
«Dies ist der stärkste Jasmin, den ich je gerochen habe. Er macht mich ganz wirr im Kopf, V'lu. Bei diesem Jamaikaner haben wir nicht das letztemal gekauft.»

Das dunkelhäutige Mädchen nickte. «Alle im Vie'tel 'eden von dem Insselnigge', Madam. E' ve'kauft Blumen, e' ssingt Liede', und die gansse Sseit ssummen diesse Honigbienen um sseinen Kopf...»
«Das ist in der Tat höchst ungewöhnlich», bestätigte Madame Devalier. «Manchmal umkreisen sie ihn wie ein Heiligenschein, und dann wieder so, als wären sie *Hörner*. Er trägt diese Bienen wie eine Krone, eine lebendige Krone.»
«Meinen Ssie, dass e' die Bienen auch aufhat, wenn e' abendss inss Bett geht?»
Madame Devalier drohte der jungen Frau mit dem Zeigefinger. Der Finger war dick, runzelig und beringt, gekrönt von einem knallroten Nagel. «Wenn du weißt, was gut für dich ist, wirst du dir deinen hübschen Kopf nicht darüber zerbrechen, was er im Bett macht. Und jetzt bring mir noch ein bißchen Alkohol, Cher. Wir müssen diesen Sud verdünnen, ehe er eine Kettenreaktion auslöst und New Orleans hinaus in den Golf von Mexiko gepustet wird. Wir kochen hier nichts anderes als Nagasaki à la Jasmin!»
Tatsächlich wurde ein einsamer Trinker, der die Royal Street entlangtorkelte, von der olfaktorischen Kraft des Duftes, der in jener Nacht durch die geschlossenen Fensterläden des kleinen Ladens drang, augenblicklich in den Zustand der Nüchternheit versetzt. Der Mann, der schon seit langer Zeit in der Gegend wohnte, starrte auf das verblichene Schild – Parfümerie Devalier – und bekreuzigte sich, ehe er seinen Weg fortsetzte.
Madame Lily Devalier betrieb den Laden seit vierzig Jahren. Vor ihr hatte ihn fünfzig Jahre lang ihr Vater betrieben. Im Laufe der Zeit waren, so heißt es, eine Reihe sonderbarer Dinge über die Schwelle des Ladens getragen worden. Mond-Medizin und Aufpulver-Pulver. Glücks-Wurz und Komm-Zusammen-Potensorium. Maskottchen-Salbe und Loa-Lotion. Hurricane-Tropfen, Laß-mich-am-Leben-Saft, Waschbärenarsch-Schmeichlerpomade und ein spezielles «Mitternachts-Öl», das mit Überstunden im Büro nicht das geringste zu tun hatte. Unter den feinen Leuten des Französischen Viertels war Madame D. bekannt als die Königin der Guten Gerüche. Es gab Zeiten, da klang das bei gewissen Leuten im Viertel eher wie «Gerüchte». Nun jedoch, da der größte Teil des Viertels – darunter auch der Laden – seine besten Tage hinter sich hatte, versuchte Madame, einen Teil jener Kundschaft zurückzugewinnen, die sie an die großen internationalen Parfümerien

verloren hatte; darum handelte sie mit Parfum, und zwar ausschließlich mit Parfum. Das behauptete sie zumindest.
Unter dem prüfenden Blick ihrer Gebieterin goß V'lu etwas von dem aus Melasse destillierten Alkohol in einen Tonkrug. In dem Tonkrug sammelte sich die Öl-Essenz, die aus einem Filter-Röhrchen tröpfelte, das an den Kessel mit dem brodelnden Sud angeschlossen war. Der jamaikanische Jasmin verbreitete jedoch einen dermaßen beißenden Geruch, daß er die Verdünnerin bis an den Rand der Ohnmacht brachte.
«Ooh-la-la!» rief Madame Devalier. Sie ließ ihr Kürbis-Teil, ihren spanischen Ballsaal, ihr heidnisches Götzenbild von einem Körper auf ein limonengrünes samtenes Sofa plumpsen. «Dieser Sud raubt mir noch die Sinne.»
«Ich k'iege fu'chtba'e Kopfschme'ssen», jammerte V'lu.
Draußen auf der Royal Street wandelte derweil ein großer, hagerer Schwarzer mit einer grünlich-gelben Kappe in den Fußstapfen des inzwischen verschwundenen Säufers. Auch er hielt erst einmal vor den geschlossenen Fensterläden der Parfümerie Devalier inne. Er schnüffelte in der Luft herum wie ein Hirsch, der eine Witterung hat. Erfreut klatschte er in die Hände und verfiel in ein lautes Kichern. Und das Käppchen verrutschte ein wenig auf seinem Kopf, ließ ein schläfriges Flüstern vernehmen und flatterte mit seinen vielen Flügeln.
Da Augenzeugen nicht zur Stelle waren, wird es sich niemals aufklären lassen, ob dieser Mann es war, der jene Rote Bete – es handelte sich um eine Garten-Züchtung – durch das offene Fenster im zweiten Stock geworfen hatte, die V'lu wenig später auf ihrem Feldbett entdeckte, als sie sich gerade schlafen legen wollte in jener Nacht (und Dank irgendeiner Medizin, die sehr an Hurricane-Tropfen erinnerte und die ihre Arbeitgeberin ihr gegen die Kopfschmerzen verabreicht hatte, *war* es doch noch Nacht, V'lu, stimmts?).

PARIS

Mitten auf der Marmorplatte eines Schreibtisches, direkt unter einem kristallenen Kerzenleuchter, ganz allein auf einem silbernen Tablett, lag eine große rohe Rote Bete. Die Rote Bete mußte bereits seit einer Woche oder noch länger dem Boden entnommen gewesen sein, denn sie hatte das aschfarbene Äußere eines Krebsopfers. Wenn das Flackern des Kerzenlichts jedoch aus einem bestimmten Winkel von dem Leuchter auf die Bete fiel, schien ihr Herz nach außen durch, wie weingetränkter Samt.

Der Tisch befand sich in einem Büro, das Büro in einem Wolkenkratzer. Der Wolkenkratzer war – wie alle Wolkenkratzer – ein schmaler, hoher Turm aus Stahl und Glas, bar aller Verzierungen und allen sonstigen Schmuckes. Selbst seine Höhe – schlichte dreiundzwanzig Stockwerke – verdiente keine besondere Beachtung. Das einzig Erwähnenswerte war die Umgebung, aus der er sich erhob. Gegenüber vom Haupteingang auf der anderen Straßenseite stand ein Mönchskloster und eine Kirche, deren Sandsteinstufen vom jahrhundertelangen frommen Kommen und Gehen ebenso muldenartig ausgelatscht waren wie blaue Serge-Hosen an den Knien, nur in die entgegengesetzte Richtung. Rechts von dem Gebäude stand ein Block mit Fahrradgeschäften und Cafés; links ein Hotel mit Schieferdach, in dem vor einigen Jahrzehnten tatsächlich Künstler in denselben vier Wänden geschlafen *und* gearbeitet hatten, ohne sich träumen zu lassen, daß ihre elendigen Lebensumstände dereinst in «Studio-Apartment»-Anzeigen romantisiert werden würden. Der Himmel über dem Gebäude war trostlos und grau und erinnerte an Passagen aus «Die Elenden». Unter ihm (alles steht auf irgend etwas anderem) befanden sich die Ruinen einer Brauerei, die einst die Mönche von der gegenüberliegenden Straßenseite betrieben hatten. Um 1200 hatten Kreuzritter bei ihrer Rückkehr aus Palästina

Parfum nach Frankreich gebracht, und nachdem es dort recht beliebt geworden war, hatten die Mönche neben Bier auch Parfum produziert. Überreste der alten Parfümerie waren im Keller des Wolkenkratzers zu sehen. In der Tat hatte die Familie LeFevre, die den Wolkenkratzer gebaut hatte, im siebzehnten Jahrhundert die Parfüm-Produktion von dem Kloster erworben und war nach wie vor im Geschäft.

An diesem Tage, der bereits meteorologisch beschrieben wurde in einer Weise, die schrecklichste Erinnerungen an Victor Hugo wachruft, war Claude LeFever unangemeldet in das Büro von Marcel LeFever geplatzt. Warum auch nicht? Sie waren Blutsverwandte und beide Vizepräsidenten des Unternehmens. Formalitäten waren also zweifellos überflüssig. Dennoch schien Marcel verärgert zu sein. Vielleicht deswegen, weil er gerade seine Walfischmaske trug.

Claude stemmte die Hände in die Hüften und starrte seinen Cousin an. «Da bläst sie also wieder ihre Fontänen!» rief er.

«Leck mich am Arsch», sagte Marcel aus dem Inneren seiner Maske.

«Verzeih mir, aber mir ist nicht ganz klar, wo ich bei einem Fisch nach dem Arschloch suchen müßte.»

«Wale sind keine Fische, du Blödmann.»

«Oh, natürlich.»

(Die Unterhaltung zwischen Claude und Marcel LeFever verlief auf französisch. Diese Simultanübersetzung ins Deutsche erreicht den Leser über literarischen Satelliten.)

Claude, der akademische Grade sowohl in Ökonomie als auch in Jura besaß, traf die Finanz-Entscheidungen für die Familie LeFever. Marcel, der in den Parfum-Laboratorien großgeworden war und dort gelernt hatte, mit seiner Nase zu denken, war für «Kreativität» zuständig, ein Begriff, den Claude nicht gänzlich verstand, dessen grundlegende Bedeutung er jedoch irgendwie ahnte, was ihm zur Ehre gereichte. Wenn die Kreativität dadurch zu steigern war, daß man mit einer Pappmachémaske durch die Räume der Geschäftsführung lief, so hatte Claude nichts dagegen, ganz gleich, wie sehr es auch die Sekretärinnen erschrecken mochte. Was den sparsamen Claude beunruhigte, war vielmehr Marcels Angewohnheit, große Geldspenden an ökologische Kommandos zu geben, deren Ziel es war, die Walindustrie zu sabotieren. Claude wußte sehr wohl Bescheid über die Bedeutung, die Ambra – eine Substanz, die von vorübergehend geschwächten Walen ausgeschieden wird – ursprünglich für die Parfumindudstrie hatte, doch er war überzeugt davon, daß petrochemische und Steinkohlenteer-Fixative vollkommen gleichwertige Substitute seien. «Fischkotze ist Schnee von gestern», pflegte er zu Marcel zu sagen.

«Wale sind Säugetiere, du Idiot.»

«Oh, natürlich.»

In Marcels Büro gab es, genau wie in dem von Claude, ein Fenster, das vom Boden bis zur Decke reichte und durch das man hinabschauen konnte auf die Kirchturmspitze. «Wir sind dem Himmel näher als die Mönche», sagte Claude gern und nicht ohne Stolz. An diesem Tag jedoch schien der Himmel, der von einer Schicht dünner Altostratoswolken und von Smog überzogen war, in erster Linie die menschlichen Leiden widerzuspiegeln, so daß in Claude keinerlei paradiesische Visionen wachgerufen wurden. Vielmehr erinnerte ihn dieser Himmel in seiner düsteren Auszehrung an die Tatsache, daß er sein Frühstück hatte ausfallen lassen, um pünktlich bei einer Sitzung der Geschäftsführung zu sein, zu der Marcel, und das war vielleicht nicht das Verkehrteste, nicht erschienen war. «Warum nimmst du nicht dieses blöde Ding ab, und dann gehen wir was essen», schlug Claude vor.

Marcel fuhr fort, durch die Augenlöcher der Maske aus dem Fenster zu starren. «Heute morgen mit der Post ist etwas sehr Interessantes gekommen», sagte er.

«Was war das?»

«Was sollte es schon anderes gewesen sein als eine Rote Bete?» Marcel wandte den Blick vom Fenster zur Mitte seines Schreibtisches.

«Ach ja. Eigentlich wollte ich die Rote Bete gar nicht erwähnen. In all den Jahren als dein Cousin und dein Geschäftspartner habe ich gelernt, daß es meist am besten ist, schlafende Hunde nicht zu wecken. Jetzt, wo du das Thema zur Sprache gebracht hast, muß ich zugeben, daß auf deinem Schreibtisch, und zwar sehr auffällig placiert, eine Rote Bete liegt. Die ist also mit der Post gekommen, sagst du?»

Ohne jeden Anflug von Befangenheit nahm Marcel die Maske ab und legte sie neben seinen Stuhl auf den Fußboden, wobei eine imposante gallische Nase, ein graumelierter Bart von der Form einer Schippe, feuchte braune Augen und schwarzes Haar zum Vorschein kam, das mit Pomade nach hinten gekämmt war und an Lackleder erinnerte. Abgesehen von der Tatsache, daß Claudes Augen weniger schwermütig und sein Haar weniger heftig eingefettet war, glichen sich die beiden Vettern wie ein Ei dem anderen – einschließlich des Schnitts ihrer Nadelstreifenanzüge. Konkurrenten sprachen von ihnen häufig als den LeFever-Zwillingen.

«Sie ist nicht wirklich per Post gekommen, falls du das meinst. Sie war auch nicht eingepackt. Sie kam in ihrem Adamskostüm, mit anderen Worten, es kam einfach dieser Körper aus Rote Bete-Fleisch. Das ganze lag im Postkorb ganz obenauf, als ich heute morgen hereinkam.»

«Ein Andenken von einem Bewunderer. Irgendeine Frau – oder ein Mann – hier aus dem Haus. Eine Rote Bete ist nicht vollkommen frei von phallischen Anspielungen.»

«Claude, dies ist das dritte Mal, seit ich aus Amerika zurück bin, daß eine Rote Bete in der Frühpost liegt.»

«Na also. Irgend jemandem geht es verdammt dreckig, du wunderhübscher Teufel du. Oder das ganze ist ein Scherz.»

«Der Pförtner sagt, daß im Foyer jedesmal ein strenger, unangenehmer Geruch herrschte, kurz bevor die Rote Bete auftauchte ...»

«Ein Scherz, wie ich gesagt habe. Ein unangenehmer Geruch im LeFever-Haus? Ein sehr amüsanter Streich.»

«Ja. Und ein Rest des Geruchs haftet noch an der Roten Bete. Etwas, das ich schon mal gerochen habe. Moschus, nur intensiver. Claude, ich bin einem solchen Geruch in den Vereinigten Staaten begegnet, aber ich kann mich einfach nicht erinnern wo, und das macht mich total irre. Du weißt ja, wie das ist mit meiner Nase.»

«In der Tat», sagte Claude. «Ich hätte niemals zugelassen, daß LeFever deine Nase bei Lloyds in London für eine Million Francs versichert, wäre ich nicht von ihrer Unfehlbarkeit überzeugt. Um so weniger Grund zur Beunruhigung. Dein Riecher wird das Rätsel lösen, selbst wenn dein Verstand versagt. Und inzwischen hat dieses blöde Gerede über Rote Bete meinen Appetit erheblich angeregt. Laß uns vor dem großen Mittagsandrang in ein Restaurant gehen.» Er knöpfte sein Jakkett zu. Nach kurzem Zögern erhob sich Marcel und tat es ihm gleich. Der trübe Wolkenhimmel, an dem das LeFever-Gebäude kratzte, ließ es ratsam erscheinen, sich den Elementen nicht völlig schutzlos preiszugeben. «Übrigens», fügte Claude hinzu, «da wir gerade von den Vereinigten Staaten reden – hast du was von V'lu gehört?»

Als der Name V'lu fiel, knöpfte Marcel sein Jackett wieder auf. Er setzte sich wieder hin. Er zog sich die Maske über den Kopf und stöhnte so, wie möglicherweise ein Wal stöhnt, wenn er im Begriff ist, etwas Ambra zu erbrechen.

I. Teil

DAS HAAR UND DIE BOHNE

In der Zitadelle war es dunkel, und die Helden schliefen. Wenn sie atmeten, klang es so, als würden sie prüfen, ob Drachengeruch in der Luft lag.

Auf ihrer Bettstatt aus Gewürzen und Federn schliefen auch die Konkubinen einen unruhigen Schlaf. In jenen Tagen war die Erde noch eine Scheibe, und den Menschen träumte häufig, über irgendwelche Ränder hinabzufallen.

Hufschmiede hämmerten auf den Ambossen ihrer geschlossenen Augenlider, um die Randschlange zu schmieden. Stellmacher rollten sie, den Schwanz im Maul, die Fahrwege *ihres* Schlafes hinab. Köche brieten sie in Traummulden, Näherinnen nähten sie an den Dachshäuten fest, unter denen sie lagen, der Geisterbeschwörer bei Hofe entdeckte ihre Konturen in dem Stroh, in dem er sich wälzte. Nur die Säuglinge im Kinderraum lagen friedlich da und ließen sich nicht einmal von den Flöhen stören, die sich an ihrer Zartheit labten.

König Alobar schlief überhaupt nicht. Er war ebenso wach wie die Wachen am Tor. Sogar noch wacher, denn die Wachen waren in Gedanken versunken und träumten, während ihre Augen über den bewaldeten Horizont wanderten, von Met, von gekochten Roten Beten und von gefesselten Frauen; der König hingegen war bei so wachem Bewußtsein wie ein aus der Scheide gezogenes Messer – bei kühlem wachem Bewußtsein und wärmstens beunruhigt.

Neben ihm unter der Hermelindecke dösten sein großer Hund Mik und seine Frau Alma, ohne etwas von den Nöten ihres Herren zu ahnen. Nun gut, sollten sie vor sich hin schnarchen, denn weder die Zunge des Hundes noch die der Frau konnte die Falten von seiner Stirne lecken, wenngleich es in erster Linie ihre Zunge war, die ihn an diesem Abend bewogen hatte, Alma zu sich kommen zu lassen. Almas Mund, die Lippen rot vom Saft der Roten Bete, vermochte ihn in eine fleischliche Umarmung zu verwickeln, die, solange sie andauerte, jeden Gedanken an die Windungen des Schicksals jenseits des Randes verbot. Jedoch auch der schönste Augenblick ist einmal vorüber, und spätestens, wenn Almas Schluckauf den Pilzgeruch seines Endspurts zutage förderte, bereute er seine Wahl. Er hätte Wren kommen lassen sollen, seine Lieblingsfrau, denn ihr mangelte es zwar an den speziellen sexuellen Fertigkeiten Almas, aber dafür kannte sie sein Herz. Wren konnte er sich anvertrauen, ohne befürchten zu müssen, daß seine Geständnisse eingesponnen würden in den alltäglichen Klatsch auf den Webstühlen der Konkubinen.

Alobars Schloß, in Wirklichkeit nichts weiter als eine einfache Festung aus Stein und Holz, umgeben von einem Zaun aus Baumstämmen, beherbergte Schätze, unter denen sich auch eine Scheibe polierten Glases befand, die ihren Weg aus dem fernen Ägypten an diesen Ort gefunden hatte, um dem König sein Gesicht zu zeigen. Die Konkubinen vergötterten dieses Wunderglas, und Alobar, dessen Gesicht so sehr von Bart überwuchert war, daß ihn sein Spiegelbild nur mit einem Minimum an Beschaulichkeit entlohnte, hatte nichts dagegen, es in ihren Gemächern zu wissen, wo sie täglich viele Stunden damit zubrachten, die Wunder zu bestaunen, die es hervorbrachte. Einmal hatte eine sehr junge Konkubine namens Frol den Spiegel fallen gelassen, und dabei war eine Ecke abgebrochen. Der Hohe Rat hatte sie in den Wald verbannen wollen, wo Wölfe oder die Krieger eines benachbarten Reiches ihr die Knochen ausgesaugt hätten, doch Alobar war eingeschritten und hatte ihre Bestrafung auf dreißig Peitschenhiebe begrenzt. Später, als ihre Wunden verheilt waren, gebar sie ihm wundervolle Zwillingssöhne. Allerdings kam seitdem der König jedesmal bei Neumond in den Harem, um sich zu vergewissern, daß das Spiegelglas seine Fähigkeiten noch nicht verloren hatte.

An jenem Tag nun, dem Neumond jenes Teils des Kalenders, den wir als September kennen, hatte Alobar bei der Durchführung seiner Routineinspektion länger und genauer in den Spiegel geschaut als gewöhnlich. Irgend etwas von den Geheimnissen und Schatten auf der nur unzulänglich polierten Oberfläche hatte seine Aufmerksamkeit erregt. Er starrte, und während er starrte, begann sein Puls, sich auf und davon zu machen. Er trug das Glas an ein geöffnetes Fenster, wo brechende Funken von Sonnenlicht zwar seine Tiefen belebten, jedoch nicht dazu beitrugen, die einmal gemachte Aussage zu ändern. «So bald schon?» flüsterte er, während er den Spiegel neigte. Ein anderer Winkel, dasselbe Ergebnis. *Vielleicht spielt das Glas mir einen Streich*, dachte er. *Magische Dinge neigen zur Täuschung*.

Obwohl der Tag recht mild war, zog er sich die Kapuze seines groben Leinengewands über und errötete wie der reiche Oheim des Blutes höchstpersönlich, als er den Spiegel der Konkubine in die Hand drückte, die am dichtesten bei ihm stand – und das war zufällig Frol. Die anderen Frauen rangen nach Luft. Einige von ihnen eilten herbei, um ihr den wertvollen Gegenstand abzunehmen. Alobar verließ den Raum.

Nicht ohne Schwierigkeiten – denn immer wieder versuchten andere darauf zu bestehen, ihn zu begleiten – gelang es dem König, sich bei Hofe zu entschuldigen, um draußen vor den Toren der Zitadelle mit seinem riesigen Hund Mik herumzutollen. Auf langen Umwegen gelangte er in den Wald und zu einer Quelle, die er kannte. Dort fiel er auf die Knie und beugte sich ganz dicht über das Wasser, so als wolle er trinken. Begraben unter einem Wirbel wolkiger Strudel war sein Spiegelbild nur in kurzen Momenten scharf zu sehen. Dennoch erkannte er es zwischen all den Bläschen, Ästchen und tanzenden Licht- und Farbpartikeln wieder: ein Haar, so weiß wie der Schnee, über den ein Schwan hinweggeflogen ist. Es kräuselte sich an seiner rechten Schläfe.

Weder gelenkt noch behindert von Gedanken, schoß die Hand des Königs Alobar empor, als wolle sie den Schlag eines Feindes abwehren. Mit einem Ruck riß er das Haar aus seiner Verankerung und betrachtete es, wie man gemeinhin eine getötete Schlange betrachtet, um es dann, nachdem er sich mit einem Blick über die Schulter vergewissert hatte, daß außer Mik keine Augenzeugen anwesend waren, in das Quellwasser zu schnipsen, wo es lange wirbelte und quirlte, ehe es versank und nicht mehr zu sehen war.

Alma knirschte im Schlaf mit ihren in Samen gebadeten Zähnen. Jeder noch so entfernte Schrei einer Eule ließ Mik zusammenzucken. Zwischen beiden lag Alobar, die Augen weit geöffnet. Mit seinen vom Kampfe gezeichneten Händen streichelte er die Felldecken, um sich zu trösten. *In tiefer Scham und mit großer Furcht lege ich mich heute nacht zur Ruhe*, dachte der König. *Bei der Bestürzung, die auf mir liegt, brauche ich keine Bettdecke.*

In Alobars Königreich, einem winzigen Stadtstaat, einem Stamm, wenn man so will, war es Brauch, den König zu töten, sobald bei ihm das erste Anzeichen des Alterns zu erkennen war. Könige durften nur so lange herrschen, wie sie sich ihre Stärke und ihre Lebenskraft erhielten. Der Stamm, der seine Herrscher als Halbgötter betrachtete – Gottmenschen, die den Gang der Natur bestimmten –, befürchtete Katastrophen gewaltigen Ausmaßes, wenn der Herrscher allmählich schwächer würde und am Ende im Tod alle seine Kräfte verlöre. Die einzige Möglichkeit, solches Unheil abzuwenden, bestand darin, den König zu töten, sobald er Anzeichen des Verfalls zeigte, so daß seine Seele auf einen kraftvollen jungen Nachfolger übergehen konnte, ehe sie Schaden nahm. Eines der verhängnisvollen Anzeichen schwindender Kraft war die Unfähigkeit des Königs, die sexuellen Leidenschaften seiner Frauen zu befriedigen. Ein anderes waren die ersten Falten oder grauen Haare, die auf so indiskrete Weise den Verfall anzeigten.

Bislang hatte Alobar diese Tradition nicht als ungerecht betrachtet. Würde nicht, wenn es dem König gestattet wäre, gebrechlich und krank zu werden, seine Schwäche auf sein Reich übergreifen, sich auf die Vermehrung des Viehs auswirken, für das Verrotten der Rote Beten-Ernte auf den Feldern verantwortlich sein, die Männer im Kampfe behindern und ganz allgemein die Krankheit, den Wahnsinn und die Unfruchtbarkeit unter denen, die er beherrschte, auf ewig festschreiben? Und sahen nicht alle intelligenten Völker (abgesehen von den Römern) dies als die Wahrheit an? Warum genügte in manchen benachbarten Königreichen bereits ein leichter Makel am königlichen Leib, wie zum Beispiel der Verlust eines Zahnes, um den Todesspruch zu rechtfertigen? In Alobars Stadt war die Hinrichtung eine Zeremonie von großer Würde und großem ästhetischen Gewicht, wobei der Lieblingsfrau des Königs die verantwortungsvolle Aufgabe zufiel, das vergiftete Ei an die Lippen ihres Mannes zu führen. Bei weniger zivilisierten Völkern der Gegend wurde der König mit der rohen, wenngleich vollkommen hinreichenden Methode eines Schlages auf den Kopf ins Jenseits befördert.

Bislang war Alobar das Ritual der Tötung des Königs ganz natürlich, unvermeidlich und gerecht vorgekommen. Aber in dieser Nacht ... in dieser Nacht verfluchte er jene grausam verräterische Faser, jenen ergrauten Wimpel der Sterblichkeit, der so gedankenlos an seiner ansonsten dunklen Schläfe flatterte; jene spärliche silbrige Schriftrolle, auf der in deutlichen Lettern, die jedes Geschöpf zu lesen vermochte, eine Einladung zum Grabhügel geschrieben stand. Oh, äußerst ungelegenes Haar!

Von den zitronengelben Inseln im Süden bis zu den bergigen Schlupfwinkeln der Kobolde gab es keinen ehrbaren Menschen, der König Alobar einen Feigling hätte nennen können. Häufig hatte er in der Schlacht sein Leben aufs Spiel gesetzt, aufmunternd seine Befehle rufend. Und warum auch nicht, was gab es am Tode zu fürchten? Der Tod war der Tribut an diese Welt und das Erbe der anderen Welt. Ihm auszuweichen bedeutete, beide Seiten zu betrügen. Indem er sich das graue Haar ausriß, das ahnte er, hatte er sein Volk verraten, seine Götter – und sich selbst. Sich selbst? Selbst? Was bedeutete denn *das*? Alobar hämmerte mit seinem Kopf auf das Kissen, so daß Mik anfing, leise zu knurren, und Alma mit beiden Armen ruderte, ohne jedoch aus dem Meer ohne Fische aufzutauchen.

Bei der ersten Morgendämmerung, noch ehe einer der Hähne mit seinem stolzen Kikeriki-Part die knallharten Tatsachen der vergangenen Nacht besingen konnte, rüttelte Alobar Alma wach, befahl ihr, zurück in den Harem zu gehen und bat sie, an ihrer Statt Wren zu ihm zu schicken.

«Warum grinst du so?»

«Mein Herr, ich bin ganz einfach froh darüber, daß Ihr Euren Appetit zurückgewonnen habt.»

«Worauf spielst du an, Frau?»

«Auf nichts, mein Herr.»

«Worauf?» Er griff sie bei ihren blonden Zöpfen.

«Zürnt nicht, Herr. Es ist nur so, daß einige Eurer Frauen murren, Ihr hättet sie in letzter Zeit vernachlässigt.»

Der König ließ sie los. Automatisch hob er seine Faust empor zu jener Schläfe, an der das weiße Haar gesprossen war. Sollte sich ein weiteres sehen lassen, würde er es samt Follikel zermalmen.

«Haben sie ... haben sie auch vor dem Hohen Rat davon gesprochen?»

«O nein, mein Herr! Soweit ist es nicht gekommen. Um ehrlich zu

sein, ich glaube, sie sind ganz einfach sauer, weil Ihr Euren besten Samen in diese tollpatschige kleine Votze Frol verströmt.»
In den Tiefen seines wirren Bartes gelang Alobar eine Art Lächeln. Die junge Frol war wieder schwanger, und wenn man von der Größe ihres Bauches ausging, wuchs darin ein zweites Paar Zwillinge heran.
Da das Küssen seinerzeit in Europa noch nicht entdeckt war, rieb Alobar seine Nase an der Almas. «Meine Eier sind so schwer, daß ich nicht aus dem Bett komme. Los jetzt. Hol mir Wren!»
Sobald sie gegangen war, erhob er sich und stieß das schwere Eichenfenster auf. Während Mik ihm die Füße leckte, richtete er eine Reihe von Gebeten an das rasch verblassende Funkeln des Morgensterns.

Jene, die Alobar beherrschte, gehörten einer blonden Rasse an, die erst vor so kurzer Zeit aus dem hohen Norden gekommen war, daß in den Geschichten, die die Alten am Feuer zum besten gaben, nach wie vor Schneekobolde und rote Giftpilze ihr Unwesen trieben, wenngleich der König selbst, einmal abgesehen von dem morbiden Fädchen, das er in der Quelle versenkt hatte, eher ein dunkler Typ war. Wren, die Tochter eines südländischen Häuptlings, den Alobars Vorgänger im Kampf niedergemetzelt hatte, war noch dunkler. «Das einzige dunkle Fleisch in der Speisekammer des Königs», witzelten manchmal die Krieger. Ihre Färbung war einer der Gründe dafür, daß er sie den anderen vorzog. Wichtiger war jedoch, daß er ihre Vernunft liebte, wenngleich zu jener Zeit an jenem Ort die «Vernunft» bei einer Frau ebensowenig als Tugend galt wie die «Liebe» bei einem König.
Almas Vorankündigung schien ihre Wirkung nicht verfehlt zu haben, denn Wren erschien bereits nackt und frisch gebadet, zu allen Schandtaten bereit. Entsprechend überrascht war sie, als sie ihren Gatten vollständig bekleidet auf dem riesigen Bärenfell am Fußende seines Bettes sitzen sah, den Hund neben sich.
«Ver-ver-verzeihung, mein Herr», stotterte sie. Der Kelterer in ihren Adern griff zu einer roteren Traube. «Mir wurde gesagt, Ihr hättet mich herbestellt.»
«So ist es, meine liebe Wren. Bitte, komm und setz dich an meine Seite.»

«Nun, ja, gerne. Doch erlaubt mir, zunächst mein Kleid zu holen. Ich habe es im Vestibül gelassen.»
Alobar lächelte über ihren Aufzug und versuchte, sie zurückzuhalten. Trotz seiner inneren Unruhe nahm er sich die Zeit, diese wandelnde Blume von vernunftbegabtem Rosa, dieses betriebsame Gewerbe von Honig und Salzlauge zu bewundern. Aber der Anblick von Haar warf seine Schatten, und er gestattete ihr, sich anzuziehen. Er tätschelte den Hund.
«Ihr habt es Euch also ausgerissen», sagte sie, nachdem er sie in die Ereignisse des vorangegangenen Tages eingeweiht hatte.
«Ja, das habe ich getan.»
«Ausgerissen?»
«Ja.»
«Aber warum?»
«Ich hatte gehofft, du könntest mir helfen, das zu beantworten.»
Wren schüttelte ihren Kopf mit den rabenschwarzen Locken. Sie schien verwirrt. «Nein, mein Herr. Ich glaube nicht. Ich habe nie jemanden kennengelernt oder von jemandem gehört, der sich auf diese Weise dem Schicksal widersetzt.»
«Ich bin gewiß nicht der erste», sagte Alobar. «Wenn doch, dann muß ich ebenso verrückt wie feige sein.»
«Oh, keines von beidem, mein Alobar.»
«Dann was?» Er beobachtete gelassen, wie Mik sich erhob, gähnte, sich streckte und sich in eine entlegene Ecke des Raumes schleppte, um dort sein Geschäft zu machen. «Sag mir, Wren, was, glaubst du, erwartet dich, wenn du gestorben bist?»
«Was *mich* erwartet? Mich, Wren? Ich habe nie darüber nachgedacht, was der Tod für diesen einen Menschen bereithält, für die geborene Wrenna von Pindus, heute Wren, Frau des Alobar. Der Tod ist keine persönliche Angelegenheit, oder? Er ist Sache des Stammes. Unser Stamm ist dafür verantwortlich, das Überleben unserer Rasse gegen all die schrecklichen Launen des Himmels und der Erde zu sichern, und da der Verlust eines seiner Angehörigen den Stamm schwächt, kann jeder Tod eine Feuerprobe für das Ganze bedeuten.»
Der König nickte. Kein graues Haar nickte mit, wenngleich er sich dessen nicht vollkommen sicher sein konnte, weil er an diesem Morgen noch nicht nachgesehen hatte. «Das ist auch die Erklärung dafür, warum unser Volk solche bis in alle Einzelheiten durchdachten und

eindringlichen Begräbnisse feiert. Wir kümmern uns um die Unsterblichen, um sie möglicherweise davon zu überzeugen, uns beizustehen, damit wir die Kraft und die Einheit wiedergewinnen, die uns durch den Tod geraubt wird. Doch – und dieser Gedanke ist mir in der vergangenen Nacht gekommen, als ich traumlos im Bette lag – meist gelingt es dem Stamm, die Lücke zu schließen, die der Tod in seine Verteidigungsanlagen reißt, aber was ist mit dem, der stirbt? In manchen Gegenden glaubt man, er würde im Frühjahr wieder sprießen wie ein Krokus, doch bin ich niemals Zeuge eines solchen Blühens geworden. Früher habe ich geglaubt: Ich muß mich denen anvertrauen, die in der nächstfolgenden Welt die Mächtigsten sind, seien es nun Götter oder Dämonen. Doch nun, da mein eigenes rasches Hinscheiden zunehmend wahrscheinlich wird, übernehme ich nur ungerne die Rolle des ersten Preises im Tauziehen einer anderen Welt.»

«Ist das Gotteslästerung, mein Herr?»

«Ich glaube nicht. Jene, die mich geschaffen haben, ob Götter oder Dämonen sei einmal dahingestellt, schufen auch dieses Gehirn, das meinen Widerstand gegen ihre Ordnung hervorbringt. Bestimmt waren sie so weise, bei dem Spinnrad, auf dem ich gesponnen wurde, auch den zukünftigen Widerstand in dem Herzen zu berücksichtigen, das sie da in die Welt setzten.» Alobar sah sie erwartungsvoll an. «Kannst du mir nicht zustimmen?»

Wren legte ihre sanfte Hand auf Miks Fell. Es schien bei der Berührung fast so, als würde der riesige Hund schnurren. «Ich kann weder zustimmen noch widersprechen. Ich bin in der Morgendämmerung, noch halb schlafend hierher gekommen in der Erwartung, meine Ackerfurche würde gepflügt, und nun muß ich erleben, wie ihr solch sonderbare Vorstellungen in mein Gehirn pflanzt.» Sie hielt Mik ihre Finger hin, so daß er sie liebevoll besabbern konnte.

«Vielleicht», sagte Alobar, «sollte ich den Geisterbeschwörer um Rat fragen.»

«Nein, nein, Alobar. Tut das nicht. Bitte tut das nicht.»

«Sag mir, warum?»

«Es fällt mir schwer, mein Herr, das zu erklären, aber ich werde es versuchen. Die Könige unter Euren Vorfahren sind bei so manchem Freudenfeuer gefeiert worden. Gefeiert jedoch für ihre Schlauheit und für ihre Muskeln. Weisheit, wahres Wissen, ist allein die Domäne des Geisterbeschwörers gewesen. Durch Euch hat sich all das verändert, und das gefällt Noog nicht. Ihr müßt mir vergeben für das, was ich Euch zu sagen habe, aber es entspricht ganz der Wahrheit. Es gibt Männer in den Mauern dieser Stadt, die kräftiger gebaut sind als Ihr, Alobar, die geschickter mit dem Speer umzugehen wissen. Männer, die schneller laufen können, die einen Stein weiter zu schleudern vermögen, die wie Ihr dem furchteinflößenden Feind ohne ein Zittern der Angst entgegentreten, die wie Ihr einen Harem mit einer standhaften Lanze zu befrieden verstehen. Aber Ihr, nun, ohne daß ich mir erklären kann, wie Ihr dazu gekommen seid, Ihr besitzt ein Gehirn. Wieder und wieder habt Ihr Eure ungewöhnliche Fähigkeit unter Beweis gestellt, in den Menschen hineinzusehen und die schweigenden Klagerufe zu verstehen, die sie an die Sterne richten. In der Vergangenheit sind die Könige *Herrscher* dieses Volkes gewesen. Ihr aber seid ein *Gouverneur*.»

«Gouverneur?»

«Das ist ein hellenisches Wort –»

«Hellenisch.» Alobar schloß die Augen und dachte darüber nach, was er über die hellenischen Stadtstaaten weit im Südosten, ganz nah am Rande der Welt, gehört hatte. Wie ruhmreich sollten sie gewesen sein, wie reich und gebildet und stolz auf ihre Künste. Vor langer Zeit waren Stämme aus dem Norden gekommen, ähnlich seinen Vorfahren, und hatten sie ausgeplündert. Was nützte eine gerechte Herrschaft, wenn irgendwelche unzivilisierten Leute kommen konnten, wann immer sie wollten, um einen abzuschlachten?

«– ein hellenisches Wort, das bedeutet, einen direkten Einfluß auszuüben. Und das habt Ihr getan. Die Heldentaten der Herrscher aus vergangenen Tagen haben Euer Königreich lediglich in einem Zustand der Aufregung gehalten. Ihr habt es beruhigt. Und das nimmt Noog Euch übel, denn eine Folge Eurer vernünftigen Führung ist es, daß der Geisterbeschwörer weniger gebraucht und weniger bewundert wird.»

«Das überrascht mich nicht. Es gibt Grenzen für die Bewunderung, die wir einem Mann entgegenbringen sollten, der seine Zeit damit verbringt, mit einem Stock in den Innereien von Hühnern herumzustochern.»

«Die Wahrsagerei hat ihren Wert.»

«Ja, und das gleiche gilt möglicherweise auch für die Beseitigung von Königen, an denen der Zahn der Zeit nagt. Dennoch rumort beim heutigen Tagesanbruch die Rebellion in meinem Inneren. Ich weiß deine Warnungen, was Noog angeht, zu schätzen. Wenn ich ihm sagen könnte, was ich im Begriff bin, dir zu sagen, würde ich das bittere Ei verspeisen, noch ehe der Mond in voller Reife am Himmel steht. Ich habe miterlebt, wie Könige in jenes Ei beißen, wie sie grün werden wie Efeublätter und über den Hof flattern wie Federvieh, dem gerade der Kopf abgeschnitten wurde. Und die ganze Zeit schaut das Volk zu, als würde es einem Kampf zwischen Bär und Hund beiwohnen. Aus Sicht der Sterne mögen die Menschen nicht höher stehen als die wilden Tiere, und der königliche Mensch mag nicht mehr wert sein als der elende. Vergib mir, vielleicht hat mich der Saft jenes silbrigen Haares im Inneren meines Schädels betrunken gemacht, aber ich bin erfüllt von der Sehnsucht, *mehr* zu sein. Etwas zu sein, dessen Wiederhall das Rasseln des Todes verschlingt.»

Während Wren angesichts seines sonderbaren Verhaltens mit ihren asphaltfarbenen Lidern klimperte, erhob sich Alobar, warf seine Kleider ab und drehte sich langsam vor ihr im Kreis wie beste Ware auf dem Sklavenmarkt. Abgesehen von einzelnen glänzenden Stellen, an denen der gelegentliche Stich einer Klinge ihn gezeichnet hatte, war sein Körper glatt und ebenmäßig braun, muskelbepackt, geschmeidig, schnell; weder so massig noch so behaart wie die vieler Krieger, die in seinem Gefolge marschiert waren. Seine kastanienrote Mähne war zwei Zentimeter unterhalb der Ohren glatt abgeschnitten, sein Bart war zottig und dicht. Seine Nase, die sich weniger weit hervor wagte als ihr eigenes, südländisches Modell (vielleicht gibt es in tropischem Klima einfach mehr zu schnuppern), wurde auf dem Nasenbein von einem Stück Wundverband geziert. Seine Augen, die leuchteten wie Fackeln in einer Gletscherhöhle, waren so unendlich blau, daß sie an bestimmten Tagen mit der Farbe des Himmels zu verlaufen schienen. Alobars Mund, von dem man durch den dichten Bart nur wenig zu sehen bekam, war schmaler als die fleischigen Münder seiner Stammesgenossen und gleichzeitig weniger grob; er erinnerte Wren an den Mund ihres toten Vaters und faszinierte sie deswegen von allen körperlichen Charakteristika des Alobar am stärksten. Manches Mal, wenn sie mit ihm zusammen war, hätte sie um Lippenbreite das Küssen entdeckt.

Nachdem er sich lange genug zur Schau gestellt hatte, legte er seine Hände auf seine beiden Wangen und sagte mit zugleich trotziger und zitternder Stimme: «Der Mann, der hier vor dir steht, ist Teil der Gemeinschaft, der Rasse und der Art, aber dennoch gehört er irgendwie nicht wirklich dazu. Diese Vorstellung erschrickt dich, das sehe ich dir an. Aber Wren, ich kann nicht tatenlos die Vernichtung all dessen hinnehmen, was ich mir selbst bedeute. Meine Taten sind nicht so gering, daß man ihrer am Feuer nicht gedenken wird, doch das reicht nicht, um meine Sehnsüchte zu erfüllen. Mein Leben ist nicht allein ein öffentliches Phänomen, es ist darüber hinaus ein einzigartiges Erlebnis.» Er schlug sich auf die Schenkel. «Nur schwer vermag ich mir vorzustellen, wie dieser mir vertraute Körper erkaltet. Diese Glieder, dieser Leib, dies schlagende Herz – sie alle drängen mich, entgegen meiner ganzen Erziehung, der Unterwerfung unter das kollektive Schicksal Widerstand zu leisten.»

Wrens Mund öffnete sich mit der Zaghaftigkeit einer Muschel. «Eitelkeit?» fragte sie. Obwohl ihr der Schreck noch in den Gliedern saß, sorgte sie – ganz Weib – dafür, daß es weniger wie eine Anschuldigung, sondern vielmehr wie eine Frage klang. «Eitelkeit?»

«Eitelkeit? Ich bin nicht sicher. Vom *Gefühl* her ist es anders als Eitelkeit. Wenn ich nichts anderes bin als eitel, werden die Dämonen meinen Geist von Hölle zu Hölle scheuchen. Zu meiner Verteidigung kann ich nur dies sagen: Ich habe für meine Stammesbrüder gekämpft, und ich würde wieder für sie kämpfen; sie brauchen nur den Feind zu nennen. Aber ich bin nicht bereit hinzunehmen, daß sie den Kopf eines anderen mit der Krone zieren, auch wenn seiner blond ist wie Schwefel und meiner weißer, als jemals ein Schneegestöber im Winter es war.»

Lange saß Wren schweigend da in einer Haltung, die an einen Blutstropfen auf der Spitze eines Dolches erinnerte. Dann sagte sie: «Euch scheint an meiner Meinung gelegen, mein Herr. Also sage ich Euch: Es wäre schmerzvoll für mich, Euch das Gift reichen zu müssen. Es täte mir weh, Euren Körper reglos und kalt zu sehen, auch wenn das Fortleben unseres Stammes dadurch einfacher wäre. Eure Worte verwirren mich unendlich. Aber ich vertraue Euch mehr, als ich je einem Menschen vertraut habe, ausgenommen meinem Vater. Wenn es Euer Wille ist, mit dem Mittel der Täuschung weiterzuleben, so will ich alles tun, um Beihilfe zu dem Betrug zu leisten. Ganz sicher werde ich mich jeglicher Erwähnung des Vorganges enthalten.»

«Es handelt sich nicht um einen wirklichen Betrug. Sofern meine Eltern keine Lügner waren, habe ich bislang nicht öfter als siebenunddreißigmal das Fest der Feste begangen. Ich bin nach wie vor jung und leistungsfähig, ganz gleich, was das verräterische Haar herausposaunt.» Wieder schlug er sich auf die Schenkel. Dann sprudelte es mit einemmal aus ihm hervor: «Ach, Wren, vielleicht bleibt dir gar nicht viel Zeit, unser Geheimnis zu hüten. Ich habe die Eigenarten von Haaren genau beobachtet, und es wird nicht viele Tage die Sonne aufgehen, ehe das nächste hervorsprießt, ebenso farblos wie das letzte. Und das nächste, und das nächste, wie Tauben auf der Stange. Tag für Tag werde ich meinen Kopf im Spiegel betrachten müssen, und dabei kann ich den Spiegel nicht den Konkubinen wegnehmen, ohne daß sie Verdacht schöpfen. Du bist über alle Maßen treu ergeben, aber es ist kaum von Nutzen ...» Er ließ sich neben sie auf das Fell fallen.

«Ich werde Euer Spiegel sein», sagte Wren.

Er verstand und umarmte sie voller Dankbarkeit, bis er schließlich spürte, wie seine Lebensgeister zurückkehrten. Ein behutsames Lächeln verdrängte sein schattiges Laubwerk. «Mir steht der Sinn danach, dich niederzustrecken und zu spalten wie eine Hammelrippe. Was würdest du dazu sagen?»

«Ihr wißt sehr wohl, was ich dazu sagen würde. Ich würde jene kaum verständlichen halbverrückten Laute von mir geben, die die Pantherin vernehmen läßt, wenn sie im Fieberwahn ihrer stets wiederkehrenden heißen Zeit von ihrem Männchen bestiegen wird.»

Alobar stand auf und wollte das Fenster schließen, um das einsetzende Summen und Treiben des städtischen Alltags aus dem Raum zu verbannen. Dann überlegte er es sich anders und ließ das Fenster weit offen. Es würde zu seinem Vorteil sein, so machte er sich klar, wenn das Volk die wilden Schreie der Pantherin aus seinem Zimmer vernähme.

Die Tage wurden kürzer. Die Zitadelle hüllte sich in Frühnebel. Rote Beten, die aussahen wie die Herzen von Gnomen, türmten sich in den Vorratskellern. Enten standen Schlange, um ihre Fahrkarten in südliche Sümpfe zu kaufen. Met wurde in Krüge gefüllt. Klingen und Leder gefettet. Vor den Mäulern der Wölfe bildeten sich Wolken, wenn sie des Nachts heulten. Vielleicht waren sie der Ursprung des Nebels. Überall gab es Geräusche vom Schroten von Maiskörnern, von tanzenden Jungfern, von Bienen auf einem letzten Einkaufsbummel, vom Prasseln eines Feuers mit einer letzten Opfergabe auf einem Altar.

Auch an König Alobar ging der Wechsel der Jahreszeiten nicht spurlos vorüber. Wren hielt Wort und diente ihm als Spiegel, und ungefähr einmal pro Woche entdeckte sie einen weißen Siedler, der die schattigen und zottigen Ufer zu kolonisieren trachtete. Prompt vertrieb sie ihn aus der Gegend.

Alobar war nachdenklicher denn je und teilte seine Gedanken mit ihr. «Ich glaube, daß ich etwas suche», gestand er ihr einmal, als sie allein im westlichen Wachturm standen, um aus unblutiger Entfernung die Schlachtung magerer Rinder zu beobachten. «Was ich suche, hat nichts zu tun mit Beute oder neuen Gebieten, mit mehr Frauen oder mehr Ruhm und auch nichts, um keine Zweifel aufkommen zu lassen, mit einer lediglich verlängerten Lebenszeit. Was ich suche, hat es noch nie gegeben, weder zu Lande noch zu Wasser.»

Was er suchte, sollte etwas Einzigartiges werden, hervorgegangen aus seiner einzigartigen Erfahrung – und Wren mochte sich noch so sehr bemühen, sie konnte es nicht verstehen. Wenn ihr schon die Wahrnehmung eines Individuums, das sich um seiner selbst willen dem Tode widersetzt, nicht vertraut war (und niemandem in jenem Umfeld wäre es anders ergangen als ihr), so mußte ihr die Vorstellung von der Einmaligkeit eines einzigen Menschenlebens fremd bis zur völligen Unbegreiflichkeit sein. Da sie dem gotteslästerlichen Unsinn ihres Gatten das Durcheinander auf den Viehkoppeln entschieden vorzog, hörte sie einfach nicht mehr hin und rief statt dessen den Schlächtern ihre Aufmunterungen zu.

Und dennoch diente Wren ihrem Alobar weit über das Maß aller Pflicht hinaus. In einem verzweifelten Versuch, seine Lebenskraft unter Beweis zu stellen, machte sich der König über seinen Harem her wie eine verhungerte Ratte über ein Faß mit Pfirsichen. Nacht für Nacht versenkte, verrenkte und versprengte er. Genußvoll stieg er über Frols dicken Bauch. Wenn er Juun oder Helga verließ, klagten sie über Schmerzen in ihren niederen Gefilden. Die Leiber von Ruba und Mag umgab er mit einer funkelnden Morgenröte. Alma verschaffte er eine Vorstellung vom Geschmack ihrer eigenen Medizin. Jede Nacht, wenn er sich mit der einen oder anderen von ihnen vergnügt hatte, rubbelte er ihre Nasen, zog sie an ihren Zöpfen und schickte sie zurück in ihre Gemächer, um Wren zu holen. Während Alobar erschöpft an ihrer Seite lag, sie streichelte und unvorsichtige Bemerkungen machte wie: «Frauen sind wunderbar, aber warum mußte ich so *viele* haben?», täuschte Wren die Schreie einer Löwin vor. Des Morgens, während er noch von der relativen Ruhe des Krieges träumte, tat sie es noch einmal. Es dauerte nicht lange, da schämten sie sich beide so sehr für ihr falsches Spiel, daß sie es kaum noch ertragen konnten, sich anzusehen. Es war in der Tat eine Erleichterung, als die Angelegenheit zum Ende kam.

Noog, der Geisterbeschwörer, schenkte den Aktivitäten des Königs große Aufmerksamkeit. Das hatte er schon seit Jahren getan. Er hatte Alobars allmählich schwindenden sexuellen Enthusiasmus genauestens registriert, so daß ihm auch die Verzweiflung nicht entging, die der plötzlichen Gegenentwicklung innewohnte. Als er aus den Eingeweiden mehrerer Hennen die Bestätigung für seine Vermutungen herausgelesen hatte, beschloß er, sich persönlich Klarheit zu verschaffen.

Es kam so, daß eines Morgens, als Noog sich an das königliche Fenster heranschlich, nachdem er einen Wächter mit einer Glasperle bestochen hatte, Alobar und Wren tatsächlich gerade miteinander schliefen. An jenem Tage hatten ihn ihre albernen Schauspielereien erregt. Schließlich war sie ihm wichtiger als alle anderen. So hatte er mit ungewöhnlicher Zärtlichkeit ihren Bauch berührt, und schon bald entsprach ihr Stöhnen den Tatsachen. Noog war eben im Begriff, sich enttäuscht abzuwenden, als sich die Elster, die auf seiner Schulter saß, plötzlich in die Lüfte erhob und in das Gemach des König flatterte. In Alobars Bart war im Laufe der Nacht, so hell wie ein Eiszapfen, ein langes lockiges Haar gesprossen, das bislang von dem sich liebenden Paar noch unentdeckt geblieben war. Die Elster flog direkt darauf zu, zog es mit ihrem Schnabel heraus und legte es in die von Innereien besudelten Hände des Magiers.

Nach einem ganzen Tag voller Jubel, Gesang und wildem Tanz von angemalten Wesen in Tierkostümen, fand in der Abenddämmerung die Hinrichtung statt.

Alobar saß in Erwartung des Ausklangs seines irdischen Daseins auf einem bronzenen Thron und trug zum letztenmal eine schwere, aus Gold geschmiedete Krone. Auf seinem Schoß lag die heilige Muschel. Die Muschel und die Krone stritten sich mit dem ägyptischen Spiegel um den ersten Rang in der Hierarchie der Schatzfunde der Stadt. Genau in dem Moment, da das Auge der Sonne blinzelnd hinter den Bergen im Westen verschwand, trat Wren aus einer winzigen Hütte aus Tannenzweigen, die speziell zu diesem Anlaß errichtet worden war; auf einem Hermelinkissen trug sie das dampfende Ei. Als hätte sie seit Tagen geübt, tänzelte sie ohne einen einzigen Schrittfehler dreimal im Kreis um das Freudenfeuer und dann hinauf zum Thron. Eigentlich sollte es sich um das Ei einer Natter handeln, doch Alobar hatte den Verdacht, es sei das Produkt von Noogs Elster.

Wie auch immer, Wren hob es graziös an Alobars Lippen, und während die Sänger schwiegen und die Tänzer in ihren Bewegungen innehielten, schluckte er es hinunter. Sofort begann er, sich zu winden. Sein Gesicht nahm die Farbe der Tannenzweige an. Er stürzte vom Thron und landete mit weit heraushängender grüner Zunge kopfüber im Matsch. Noog kam herbei, reinigte die Krone, die ein paar Spritzer abbekommen hatte, und setzte sie auf das Haupt des jungen Helden, der bereits Alobars Platz auf dem Thron eingenommen hatte. Alobar trat mit beiden Stiefeln aus, dann lag er regungslos da.

Der neue König wischte mit einer kurzen Handbewegung einen Klecks grünen Schaums vom Thron. Er hob seinen Speer und lächelte. In der Stadt brach Jubel aus, der jedoch nur von kurzer Dauer war, da Mik auf den bronzenen Thron losstürzte und dem neuen Inhaber des Platzes das Bein abgebissen hätte, wäre er nicht daran gehindert worden. Kaum war der Hund gebändigt, als von neuem ein Fauchen zu hören war. Diesmal stammte es von Frol, der vierzehnjährigen Konkubine, die zum Entsetzen der Menge den Zauberspiegel aus ihrem Umstandskleid hervorzog und ihn auf den Scheiten des Freudenfeuers zerschmetterte.

Der Grabhügel lag außerhalb der Stadtmauern auf einem freien Feld, das übersät war mit Kuhfladen und großen Steinen. Die Steine waren in geometrischen Mustern angeordnet, denen die Götter, so hoffte man, eine Bedeutung zumaßen. Die Kuhfladen waren vermutlich rein zufällig an ihren jeweiligen Platz gefallen, wenngleich es damals wie heute außerordentlich schwierig erscheint, die Trennlinie zu ziehen zwischen dem, was zufälliger Natur, und dem, was Absicht ist.

Krieger trugen Alobars Leib auf die Spitze des Hügels, wo eine flache Mulde ausgehoben war. Als der Leib in dem Loch lag, bedeckten die Ratsmänner ihn mit Erde. Dann träufelten sie Met über das Grab. Sie sangen eine Zauberformel, die etwa halb so alt war wie die Steine auf dem Feld; Wörter, wie die Steine in sinngebenden Mustern angeordnet; Wörter, die vielleicht einst von Säbelzahntigern vernommen wurden. Tränen gab es keine, abgesehen von jenen, die Frol zuvor im Hof der Zitadelle verschüttet hatte. Der Tod war keine Angelegenheit zum Weinen. Die Mulde auf der Hügelspitze war der Nabel des Großen Bauches. Alobar war dorthin zurückgekehrt, von wo er ursprünglich kam. Geburt und Tod waren einfach. Es war das Leben, das Schwierigkeiten machte.

Alboar war dorthin zurückgekehrt, von wo er ursprünglich kam. Aber nicht lange. Gleich nachdem sich die Begräbnisgesellschaft zurück durch die Tore der Stadt geschlängelt hatte, wobei sie die Windungen des Sternbildes der Schlange imitierte, löste sich Wren aus dem Schatten eines aufrecht stehenden Steines, rannte zur Grabstätte und begann wie eine Wahnsinnige, ihn auszugraben. Nur ein halber Meter Erde bedeckte ihn, so daß er schnell freigelegt war. Sie hatte ein Gefäß mit Met in ihrem Gewand verborgen, das sie nun zu einem Teil benutzte, um Alobar die Erde aus Mund und Nasenlöchern zu spülen. Den Rest goß sie ihm in den Hals. Da Met ein intensives Getränk ist, neutralisierte es nach und nach die Wirkung der Tollkirsche, die sie in das Ei getan hatte. Da Tollkirsche in kleinen Mengen den Herzschlag stark verlangsamt, war es Alobar möglich gewesen, seinen Tod zu simulieren. Außerdem hatte Wren Algen in das Ei gestopft, die sie von der Oberfläche eines Tümpels geschöpft hatte. Diesen Algen war es zu verdanken, daß seine Haut ein so überzeugendes Grün angenommen hatte.

Es hatte sich kein tödliches Gift in dem Ei befunden, das Alobar schluckte. Einem Plan folgend, den sie beide in der Woche zwischen Noogs Entdeckung und der Hinrichtungsfeier ausgearbeitet hatten,

hielt Wren Noogs Todesei in ihrem Mieder verborgen, während sie in der Hütte wartete, und ersetzte es durch ein Ei, das sie mit Algen und einer nicht tödlichen Dosis Tollkirschen gefüllt hatte.
Alobar war einigermaßen verwirrt, doch sobald er zu Wrens Zufriedenheit demonstrierte, daß sein Atem wieder von hinreichendem Tempo war, um die Segel seiner Seele zu blähen, verließ sie ihn. «Ich muß zurück sein, ehe man mich vermißt. Ich muß mich bereit machen, um meinen neuen Gatten zu empfangen.» Das letzte hatte sie in sachlichem Ton gesagt, doch rieb sie heftig seine Nase, ehe sie eilig davonlief.
Bei aller Benommenheit war Alobar geistesgegenwärtig genug, seinen Körper den Abhang des Grabhügels, der inzwischen vom aufgehenden Mond beleuchtet wurde, herunterrollen zu lassen. An einer schattigen Stelle blieb er liegen. In einem mehr oder weniger frischen Kuhfladen zudem – aber er stieß keinen Fluch aus. *Vielleicht bin ich verrückt*, dachte er, *aber ich ziehe die Scheiße dieser Welt jeder noch so süßen Götterspeise vor, die das Jenseits für mich bereit hält.*

Wenn der Morgenstern mit dem Osten Vorlieb nahm, würde der auch für Alobar gut genug sein. Es war besser, nicht in westliche Richtung zu ziehen, denn die Römer, mit denen sein Volk ein traditionelles Waffengeplänkel verband, kontrollierten die Gebiete im Westen, und seit nunmehr geraumer Zeit standen die Römer in wachsendem Maße im Banne irgendeines entliehenen Gottes, der gar nicht gut klang. Moderne Römer bestanden darauf, daß es nur einen Gott gäbe, eine Vorstellung, die in Alobars Augen auf absurde Weise vereinfachend war. Schlimmer noch, diese semitische Gottheit war dem Vernehmen nach eifersüchtig (auf wen sollte sie denn eifersüchtig sein, wenn es keine anderen Götter gab?), nachtragend und überhaupt von unfreundlichem Wesen. Wenn man dem gräßlichen Kerl nicht dienen wollte, brannten einem die Römer das Haus nieder. Wenn man ihm diente, wurde man ein Christ genannt und mußte anderer Leute Häuser niederbrennen. Es gab eine lange Liste angenehmer Dinge, die Christen jedoch *nicht* tun durften, wozu auch das Halten von mehr als einer Frau gehörte. «Denk einmal nach», überlegte Alobar, «das ist vielleicht doch keine so schlechte Idee.»

Ach, aber die Christen waren Leute, die sich in fremde Angelegenheiten mischten, und ein Mann, der den Tod, die Pflicht und wer weiß was noch alles floh, konnte Einmischung am allerwenigsten gebrauchen. Es war möglich, daß er eine ganze Reihe von Gottheiten, die ihm vertraut waren, beleidigt hatte, darum legte er keinen Wert auf die Einmischung irgendeines streitsüchtigen fremden Hitzkopfes. Die Christen bevölkerten den Süden wie den Westen, während im Norden die Kieselsteine bereits von Schnee bedeckt waren, und Alobar besaß weder Felle noch einen Speer. Es war entschieden. Er würde gen Osten reisen, wo die Geizhälse erst kürzlich den breit grinsenden Oktobermond freigegeben hatten.

Nachdem die letzten Anfälle von Brechreiz sich verflüchtigt hatten, nachdem alle Spuren von Schmutz und Drogen hinfortgespült waren und sein Blut wieder melodisch und sauber seine Adern durchströmte, stand er auf, streckte sich, raffte die Leichentücher um seinen Körper und trabte los gen Osten – hinein in die vielfache Ungewißheit.

Während er dahintrabte, vernahm er in der Ferne den trunkenen Lärm der Stadt, wo sein Volk zugleich den zerbrochenen Spiegel beklagte und die Errettung aus Schwäche und Verfall feierte. Dann wandte er sich gegen den Wind, und mit einemmal war die Nacht vollkommen still. Er hielt inne, um zurückzuschauen. Der rote Schimmer von Fackeln und Freudenfeuern ließ die Stadt wie einen Miniatursonnenuntergang erscheinen. *Soll sie nur untergehen*, dachte er. *Im Osten wird eine neue aufgehen*. Nichtsdestoweniger spürte er Stiche in seinem Herzen. Vielleicht hatten sich in jenen Hexenkessel von Geräuschen, die gerade erst verklungen waren, auch die heuchlerischen Schreie von Wren gemischt, die ohne Zweifel bei dem neuen Herrscher unter Alobars Hermelindecken lag. Schnarchte Mik am Fußende des Bettes? So fragte er sich. Alle Frauen Alobars gehörten seinem Nachfolger, sofern dieser sie wollte, aber Mik gehörte auf ewig Alobar, und er wäre mit ihm begraben worden, hätte nicht Alobar vor seiner «Exekution» gefordert, den Hund zu verschonen. «Ich würde geloben, dich später zu holen», flüsterte der ehemalige König, «aber so sehr ich dich auch vermisse, ich werde nicht zurückkehren. Nicht einen Gefährten aus der Zeit meiner Herrschaft werde ich jemals wiedersehen.»

Schon bald sollte er eines Besseren belehrt werden.

Er war mittlerweile am Rand des finsteren Waldes angelangt. Unbewaffnet wie er war, traute er sich nicht tief hinein, aus Furcht vor unternehmungslustigen wilden Tieren, die sein Fleisch zu Frikadellen und sein Blut zu ihrem Wintertrunk verarbeiten mochten. Daher faßte er den Plan, sich gerade innerhalb der Baumlinie niederzulegen und bis zum Tagesanbruch zu schlafen. Beim ersten Tageslicht würde er aufbrechen und versuchen, den Wald zu durchqueren, ehe es wieder dunkel würde. Da er jedoch einen furchtbaren Durst verspürte, ein dringendes Bedürfnis, seinen Mund von den verbliebenen Resten von Met, Matsch und Überraschungsei zu reinigen, beschloß er, zunächst bis zur Quelle in den Wald vorzudringen, um etwas zu trinken. Dann würde er sich an einem Platz zur Ruhe legen, der von den Wolfsküchen aus weniger leicht zugänglich wäre.

Die Quelle sprudelte in einer kleinen Schneise, einer Lichtung, die vom stets feierlichen Mond wie ein Altar beleuchtet wurde. So hell war es in der Schneise, daß Alobar beobachten konnte, wie sein Schatten über den bemosten Uferrand glitt und sich mit ihm zum Trinken niederkniete. «Wo viel Licht ist, ist starker Schatten», sagte er nachdenklich und kam damit dem gleichlautenden Ausspruch des Götz von Berlichingen in Goethes Schauspiel um mehr als tausend Jahre zuvor. «Wo viel Licht –» Aber was war das? Sein Schatten hatte einen zweiten Schatten angelockt, einen Gefährten, ein wenig kleiner als er selbst, aber nichtsdestoweniger von menschlicher Gestalt. Wenn sein Schatten nicht mehr allein war, bedeutete das, daß auch er sich nunmehr in Begleitung befand? Und konnte Alobar, wenn der Schattenfreund seines Schattens einen Schattenspeer wurfbereit hielt, daraus schließen, daß auch auf ihn ein Speer gerichtet war?

Noch auf den Knien wirbelte Alobar herum und stürzte sich auf die Stelle, wo er, nach dem Schatten zu schließen, Beine vorzufinden erwartete. Ja, das waren Beine, was er da griff! Er zerrte heftig an ihnen in der Hoffnung, den Körper, den sie trugen, zu Fall zu bringen, ehe sich eine Klinge in die eine Seite seines Brustkorbes hinein und aus der anderen wieder hinausbohren konnte. Er spürte, wie die Speerspitze zunächst seine Wange und dann seine Schulter streifte, während das Wesen, das die Waffe führte, auf ihn fiel. Alobar hatte keine Ahnung, wie sich inzwischen die Schatten verhielten, aber was ihn selbst anging, so gab es einen Angreifer, der rittlings über ihm stand und mit den Beinen seinen Kopf eingeklemmt hielt. Ekel mischte sich mit Angst, während er sich mühte, sein Gesicht aus der Umklammerung des Gegners zu befreien. Während des Gerangels setzte irgendein Teil von ihm, höchstwahrscheinlich seine Nase, eine dringende Nachricht an sein Gehirn ab. Die Nachricht bestand nur aus einem einzigen Wort: weiblich!

Alobar befreite sich mit solchem Schwung aus seiner mißlichen Lage, daß er rückwärts in die Quelle fiel. Als er, spuckend und spritzend, wieder auftauchte, den Bart voll abgefallenem Laub und verschmiert von den Liebessäften winterschlafender Frösche, sah er sich wieder mit einer Speerspitze konfrontiert. Diesmal jedoch konnte er das Gesicht des Angreifers erkennen, und während er nicht überrascht war, eine Frau vor sich zu sehen, erstaunte es ihn durchaus, daß es sich bei dieser Frau um Frol handelte.

Alobars Verwunderung war gering verglichen mit der Frols. Als sie begriff, daß sie versucht hatte, ihren jüngst hingerichteten Herrn und Gatten zu durchbohren, geriet ihr junges Gehirn angesichts der potentiellen Redundanz ins Rotieren, und sie fiel auf der Stelle in Ohnmacht. Alobar benutzte das Wasser, das er aus seinen Kleidern wrang, um sie wieder zu Bewußtsein zu bringen, und eine weitgehend verwirrende Stunde lang bemühten sie sich, die Dinge zu klären.

Nur das Einschreiten des neuen Königs hatte verhindert, daß Frol, nachdem sie den gepriesenen Spiegel zerstört hatte, von den Stammesbrüdern in Stücke gerissen worden war. Der König schien das Bedürfnis zu haben, Alobars Vorbild zu ehren, das Bedürfnis, lieber zu regieren als lediglich zu herrschen (Alobar bemerkte Wrens Einfluß), und so berief er sich auf sein Mitgefühl – wie er glaubte, daß Alobar es getan haben würde – und begnadigte Frol zu ewiger Verbannung. Und als dann Frol unter einem Hagel von Flüchen aus der Stadt getrieben wurde, gab seine Hoheit ihr gar noch seinen eigenen Speer, mit dem sie das Festmahl der Bären zumindest noch ein wenig hinauszuzögern vermochte, wenn sie Glück hatte (Alobar stellte sich Wren vor, wie sie Anweisungen in das frisch gekrönte Ohr flüsterte).

Kaum fünf Minuten brauchte Frol, um ihr Auftauchen im Wald zu erklären. Den Rest der Stunde nahm Alobar dafür in Anspruch, ihr darin zu widersprechen, daß er ein Gespenst sei. Frol ließ sich nur langsam überzeugen und akzeptierte seine Körperlichkeit erst, als er den Endstutzen seines Urinnetzwerkes hervorholte und vor ihren Augen die Wasser fließen ließ. «Jedermann weiß, daß Gespenster nicht pinkeln!» rief er, und obzwar sie mit dieser spezifischen Weisheit nicht vertraut war, klang sie allzu logisch, als daß sie sie hätte leugnen können.

Über jene Reisenden, die ohne Karten oder Führer ihren Weg finden, bricht bei jeder unerwarteten Änderung von Plänen eine Welle der Heiterkeit herein. Diese Heiterkeit ist keine Hure, die sich mit Geld kaufen läßt, und auch keine Schönheit aus der Nachbarschaft, um die man werben kann. Sie (wir wollen dabei bleiben, dieses Gefühl als weiblich zu personifizieren) ist eine ungestüme und see-äugige Wassernymphe, die Lieblingstochter des Abenteuers, die Schwester der Gefahr, und es ist ihre seltene und stets flüchtige Umarmung, es ist der vorübergehende Druck, den sie auf die Membrane der Ekstase ausübt, was viele Männer veranlaßt, von zu Hause wegzugehen. Gegenwärtig befand sich Alobar in ihren Armen, denn die Schwere des Gepäcks, das Frol mit sich trug – sie würde beim nächsten Vollmond niederkommen – hatte ihn dazu veranlaßt, seine Richtung um einhundertachtzig Grad zu ändern. Er ging nun gen Westen und suchte einen sicheren Hort für Frols Niederkunft, anstatt den fernen Rand der Erde anzusteuern, um dort das Schicksal herauszufordern. Auf den ersten Blick sah es so aus, als habe er damit die weniger abenteuerliche Wahl getroffen, aber die Aussicht, unter dem Christentum eine Familie zu gründen, war für Alobar eine weit größere Herausforderung als alle denkbaren Kämpfe mit Menschen oder Ungeheuern, und die eigentliche Spontaneität der Entscheidung hob seine Stimmung. Und so kam es, daß er, obwohl er nun dem Zauber des Morgensterns den Rücken gekehrt hatte, obwohl eine steife Brise ihm den Bart gegen seinen Adamsapfel preßte, obwohl ihm gar seine feuchten Kleider eiskalt am Leibe klebten, beim Sprung von Baumstumpf zu Felsbrocken vor sich hinpfiff, als wäre er ein Tee-

kessel, der beim alljährlichen Töpfe-und-Pfannen-querfeldein-Marathon das Feld anführt.
Drei Tage später kam er, immer noch pfeifend, eine stolpernde Frol hinter sich herziehend, in das Dorf Aelfric. Auf einen Schlag verstummte das Pfeifen.
Aelfric war nichts weiter als ein Haufen Hütten, eine häßliche Ansiedlung aus Lehm und Stroh, in der jene Bauern hausten, die das Land des Fürsten Aelfric bebauten, dessen imposantes Haus drohend über dem Dorf aufragte, obwohl es einen halben Kilometer entfernt lag. Mit seinen blauen Augen musterte Alobar die erbärmlichen Häuser der Bauern und die Bauern selbst, die gezeichnet und gebrochen waren von einem Leben schwerster Landarbeit; er betrachtete die granitenen Türme des Herrenhauses, er ließ den Blick über die umliegenden Felder und Wälder schweifen. Unruhig verkrampften sich die Zehen in seinen Stiefeln, doch gerade, als sie im Begriff waren, sich zu entkrampfen und ihn auf einem Umgehungsweg mit paradiesischer Aussicht am Zentrum von Aelfric vorbeizuführen, fiel sein Blick auf Frols Bauch. Er beruhigte seine Zehen. Er nahm Frols Hand. «Hier werden wir unser lehmiges Nest bauen», sagte er.
Sie wurden von den Bauern herzlich empfangen. Die waren natürlich mißtrauisch, doch frisch getauft hatten sie ein Gespür für die Verantwortung christlicher Nächstenliebe. Da sie in Alobar das Gebaren eines Kriegers erkannten, legten sie ihm nahe, er sei am besten als Vasall bei den Truppen des Fürsten Aelfric aufgehoben. Als der Fremde darauf bestand, bei ihnen zu bleiben, waren sie sowohl erstaunt als auch hoch erfreut. Sie hatten immer Verwendung für kräftige Rücken auf den unbarmherzigen Feldern von Aelfric.
Alobar seinerseits wußte nur zu gut, wie das Leben im Herrenhaus sich gestalten würde. Er war ein gewaltiger Krieger gewesen, er war ein erhabener König gewesen. Nun freute er sich darauf zu erfahren, was für einen Untertan er abgeben würde. Außerdem war er aus irgendeinem Grunde – vielleicht hatte es etwas mit dem Trauma des weißen Haares zu tun – der Gewalt überdrüssig geworden. «Ich spüre, daß noch andere Arten von Schlachten zu schlagen sein werden», sagte er zu Frol, «und die werde ich für mich, nicht für den Fürsten Aelfric schlagen.»
Trotz seiner Prominenz fürchtete Alobar kaum, erkannt zu werden. Aelfric lag ganze vierzig Meilen von seinem früheren Schloß entfernt, aber es gab nicht einen Untertan, der seinen Geburtsort mehr als zehn

Meilen hinter sich gelassen hatte. Und als erst einmal sein Bart ab war, seine Hände Schwielen bekommen hatten und sein Körper gebeugt war, wie es der Arbeit bei der Ernte entsprach, wären nicht mal die Weitgereistesten unter den Rittern des Fürsten in der Lage gewesen, ihn zu identifizieren. Außerdem war er ja «tot». «Lang lebe der Tod», pfiff Alobar, während er die Spreu vom Weizen trennte.

Für Frol stellte Aelfric eine weit schwierigere Herausforderung dar. Eine Schwangerschaft bedeutete für Landarbeiterfrauen keine Verminderung der Arbeit, nicht einmal in den letzten Stunden vor der Niederkunft. Mit Zobelfellen und duftenden Kissen aus dem Harem abgepolstert, fiel Frol zwei Tage hintereinander in Ohnmacht, während sie mit schweren Schwingmessern auf den Flachs einhieb. Daraufhin wurde sie jeden Morgen in der Dämmerung hinauf zum Herrenhaus geschickt, wo sie den Damen zu Diensten stand. Frol diente leidenschaftlich wie immer, ohne zu klagen, und schnell lernten die Damen, ihr keine zerbrechlichen Gegenstände anzuvertrauen.

Eines Nachts im Bett nahm Alobar Frols Hände von seiner Taille und legte sie vorübergehend auf die groben Bettdecken. Während er ihre plumpen Finger betrachtete, sagte er: «Hier also findet alles Glas den Tod.»

Lächelnd schliefen sie ein. Allein zu dem Zweck, dieses festgeschriebene Lächeln von den Gesichtern schlafender Paare zu löschen, hat Satan die Hähne darauf trainiert, um fünf Uhr in der Früh zu krähen.

Während der ersten Wochen als Bürger von Aelfric machte Alobar unter anderem die folgenden Beobachtungen:

1. «Die Leute hier beerdigen ihre Toten nicht in gemeinschaftlichen Grabhügeln, sondern in Einzelgräbern. Da ich mittlerweile den Tod eher als eine persönliche Herausforderung und nicht, wie mein Stamm, als ein gesellschaftliches Phänomen betrachte, das – wenn es einmal eingetreten ist – zum Wohle der Gemeinschaft kultiviert wird, frage ich mich, ob das Christentum nicht möglicherweise doch etwas für sich hat.»

2. «Der hiesige Priester erinnert mich in allen Einzelheiten an Noog.

Das einzige, was ihn interessiert, ist seine Stellung innerhalb der Rangordnung, und er manipuliert alle, ob Gebieter, Gebieterin oder Untertan, um seine Position zu verbessern und um den Einfluß der Kirche auf die Gesellschaft zu verstärken. Außerhalb des Dorfes jedoch, in einer Hütte aus Stöcken, lebt ein Priester anderer Art, ein weiser alter Mann, Schamane genannt. Der Schamane lebt außerhalb des sozialen Systems und weigert sich, in irgendeiner Weise daran teilzuhaben. Und doch scheint er viel unmittelbarer als der Priester das gemeine Volk mit dem Himmel und der Erde zu verbinden. Vielleicht ist das der Grund, warum der Priester ihn geringschätzt.»

3. «Das am meisten verzehrte Gemüse in Aelfric ist die Steckrübe. Bei meinem Stamm ist es die Rote Bete. Könnte das die Erklärung dafür sein, daß die Leute hier so fügsam sind und meine Leute so leidenschaftlich?»

Nicht nur einmal im Laufe seines ersten Jahres in Aelfric erwog Ex-König Alobar, sich um den Posten eines Vasallen beim Hausherrn des Herrenhauses zu bewerben. Das Leben der Bauern war entsetzlich hart. Als Gegenleistung für den Schutz ihres Herrn mußten sie eine vorgeschriebene Anzahl von Tagen auf seinen Feldern arbeiten. Die wenigen Stunden, die ihnen noch blieben, pflügten, säten und ernteten sie auf ihrer eigenen mageren Scholle, oder sie widmeten sich einer schier endlosen Reihe von täglich anfallenden Arbeiten wie Holzhakken, Wild schlachten, Schafe scheren, Gräben ausheben, Wasser holen, Fahrwege reparieren, Mist fahren und Karren bauen, um noch mehr Mist fahren zu können. Im stillen Schmerz des Abends lauschte Alobar dem Wachsen seiner Schwielen – ein Geräusch, das sich in seinem Ohr mit dem Nachhall der Schwanzschläge auf dem Fell der Rinder mischte.

Mittlerweile war auf seinem Kopf von jeweils vier Haaren mindestens eines grau, und in manchen Nächten pflückte er diese verblaßten Haare heraus, als wären es Blütenblätter; dabei sagte er zu Frol: «Wenn ich auch damals nicht alt war, als unser Stamm beschloß, daß ich es sei, so werde ich es doch bald sein. Harte Arbeit durchsticht das rosige Jungfernhäutchen der Jugend und läßt die für das Dahinwelken verantwortliche Lauge einsickern.»

Dennoch waren die von Arbeit gezeichneten Monate nicht ohne Befriedigung. Das neue Leben mit nur einer einzigen Frau faszinierte Alobar nach wie vor. Frol blieb ihm so ergeben, als sei er weiterhin ihr oberster Herr, und es gab Anzeichen dafür, daß sie zu einer Frau heranreifte, die sexuell ähnlich geschickt war wie Alma und deren Intelligenz der von Wren nur um weniges nachstand. Mit ihr an seiner Seite war er zufrieden, und als sie in jenem ersten November Zwillinge zur Welt brachte, von jedem Geschlecht einen, wurde sein Leben um eine neue Dimension bereichert. In seiner Heimatstadt waren seine Nachkommen gemeinschaftlich in einem Kinderhaus großgezogen worden, das gleich neben dem Harem lag. Das Kinderhaus war weibliche Domäne und dem Schritt seiner Stiefel ebenso fremd wie die von widerlichem Getier verseuchten Klippen am Rande der Welt. Nun entdeckte er Kinder, und diese Entdeckung blies ihm Wolken von Zucker in jede Kammer seines Herzens.

Wenn seine Kräfte reichten, ordnete Alobar seine Erfahrungen und Beobachtungen, und ohne das Ergebnis absehen zu können, versuchte er, von ihnen zu profitieren. Da das Christentum den Wert des einzelnen in den Mittelpunkt stellte, hatte im römischen System jede Person ihren Platz. Die Gedankenwelt, in der er sich bewegte, seit zum erstenmal jenes Haar seine Ruhe gestört hatte, machte ihm dieses Konzept schmackhaft, lieferte es doch Nahrung für die geistige Verdauung.

Die Bauern waren alles in allem ein träger Haufen, aber sie hatten sich in außerordentlicher Freundlichkeit darum bemüht, den Fremden dabei behilflich zu sein, in einer flohverseuchten Hütte mit Lehmboden einen Haushalt zu gründen. Ihre Freundlichkeit steigerte sich noch, als zunächst Frol (aus Überzeugung) und dann Alobar (aus strategischen Erwägungen) einwilligten, sich im Namen ihres einzigen Gottes taufen zu lassen. Es gab jedoch gewisse Aktivitäten im Dorf, von denen Alobar und seine Familie ausgeschlossen blieben. Diese Aktivitäten schienen ihrem Wesen nach gemeinschaftliche Unternehmungen zu sein, sie schienen fröhliche Anlässe zu haben, und sie schienen mit jahreszeitlichen Feiern zusammenzufallen.

Das traditionelle Winterfest, das bei Alobars Leuten, wie auch bei vielen anderen Europäern, an jenen zwölf Tagen gefeiert wurde, die das Ende des Mondjahres (353 Tage lang) vom Ende des längeren Sonnenjahres (365 Tage) trennten, und dessen Zweck es war, die beiden unterschiedlichen Himmelsjahre einander anzugleichen, war von den Christen übernommen und in ein religiöses Fest verwandelt worden, das «Weihnachten» hieß. Soweit Alobar die Dinge begriff, handelte es sich bei Weihnachten um das gleiche Winterfest wie ehedem, nur daß der Priester die tiefe Empfindsamkeit, die alljährlich durch die Einflüsse von Sonne und Mond herbeigeführt wurde, dem Jahrestag der Geburt «Christi» zuschrieb, eines semitischen Gott-Menschen, dessen genaue Beziehung zu dem einzigen Gott Alobar nie ganz auf die Reihe kriegte.

Bei ihrem ersten Weihnachten in Aelfric mußten Frol und Alobar den ganzen Vormittag in der Kirche verbringen und sich Predigten und Lobhymnen in einer Sprache anhören, die sie kaum verstehen konnten. Später am Tag stapften sie durch den Schnee hinauf zum Herrenhaus, wo der Gebieter für alle seine Untertanen ein gewaltiges Mahl aufgetischt hatte. In der Dämmerung kehrten Frol und Alobar in ihre Hütte zurück, um bei einem guten Nachtschlaf Speis und Trank zu verdauen, doch noch lange, nachdem sie ihre Kerzen gelöscht hatten, flackerten in den Häusern der anderen Lichter, und ebenso im Gemeinschaftshaus, von wo fast die ganze Nacht hindurch Gelächter und Gesang zu hören war. Die Lieder, die Alobar vernahm, waren alles andere als Lobhymnen, und das Geschrei und Gelächter, das die frostklare Nacht erfüllte, hatte mit Gebeten nichts gemein, wenngleich Alobar für seinen Teil es in jeder Hinsicht göttlich fand. Das Gelage wiederholte sich jede Nacht bis zum sechsten Tage des Januar, dem Ende des «verlorenen» oder ergänzenden Monats.

Da sich ähnliches auch zu Zeiten des ehemaligen Frühjahrs-Fruchtbarkeits-Festes – der Priester nannte es «Ostern» – und zu Zeiten des Festes der Toten – «Allerheiligen» in der Sprache der Christen – ereignete, da er und Frol als Neulinge niemals eingeladen waren, und da der Priester sich von den Festlichkeiten fernhielt, während der Schamane, eine gehörnte Maske vor dem Gesicht, gelegentlich vorbeischaute, zog Alobar den Schluß, daß die Bauern trotz all ihrer frommen christlichen Überzeugungen nach wie vor an den heidnischen Bräuchen festhielten, die Teil ihres archaischen Erbes waren.

Der Schluß, den er zog, war richtig, wenngleich schon bald eine Nacht kommen sollte, in der er wünschte, er hätte sich geirrt.

Alobar saß, die Lippen gegen den Rand eines Kruges mit Apfelwein gepreßt, vor der Feuerstelle. Draußen hatte sich der Schnee halbwegs bis zum Großen Bären aufgetürmt, und die Erde lag untätig da wie eine Kartoffel ohne Augen. Es schneite immer noch, und Alobar pries jede einzelne Flocke. Weiter so, Schnee! Die unterworfene Landschaft erwartet deinen kristallenen Sieg! Auch wenn die Frauen der Bauern sich am Kochtopf, am Spinnrad und am Webstuhl zu beschäftigen wußten, war die Arbeit ihrer Männer durch das Wetter erheblich eingeschränkt, und für diese Unterbrechung dankte Alobar dem neuen Gott, den alten Göttern, dem Morgenstern und dem Schnee selbst, denn der Schnee schien wach und voller Energie in einem Universum, das schlief wie ein Toter.

Vor dem knisternden Feuer schaukelte Alobar seine Babys auf den Knien und war endlich in der Lage, seine ganze Aufmerksamkeit seinem Schicksal zu widmen. Wie er diese Gelegenheit genoß, nachdenken zu können, ohne dabei gestört zu werden! Seit jenes silberne Haar in seinem Gesicht gesprossen war, hatte sich sein Leben innerlich und äußerlich entscheidend verändert, und obwohl am nächsten Tag Weihnachten war, dachte er nicht über die Schweine nach, die in Fürst Aelfrics Öfen geröstet würden, und auch nicht über die göttlichen Offenbarungen, die im Gebetsbuch des Priesters in sauer lagen; er dachte vielmehr über seinen Weg vom König zum Bauern nach und darüber, welche Windungen diese Straße in Zukunft noch nehmen mochte. Ein Leben in fortschreitender Entwicklung. Ein Ding, das es zu betrachten galt.

Er war so verloren in seinen Gedanken, daß er, als es laut an die Tür klopfte, sowohl seinen Krug als auch seine Kinder auf die Feuerstelle fallen ließ. Der Krug rollte in die Flammen, während die Zwillinge, die über weniger gerundete Konturen verfügten, dort liegen blieben, wo sie hingefallen waren.

Frol öffnete die Tür, und aus der Dunkelheit kam ein schneebedeckter Trupp von Nachbarn hereinspaziert, die Gesichter rot von der Kälte und vom vielen Alkohol. Die Dörfler umarmten sie beide in keinesfalls anzüglicher Weise und legten ihnen Girlanden aus Stechpalmenblättern und Zedernzweigen um den Hals. Sie hießen Alobar und Frol, sie in das Gemeinschaftshaus zu begleiten.

Frol machte das ungestüme Wesen der Bauern, die gewöhnlich so nüchtern und gesetzt waren, nervös, doch Alobar flüsterte: «Laß uns mit ihnen gehen. Über ein Jahr ist vergangen. Dies ist unser zweites Weihnachten in Aelfric, und man vertraut uns so weit, daß wir würdig sind, an ihrem jahreszeitlichen Vergnügen teilzuhaben. Wie es scheint, werden wir in Feierlichkeiten einbezogen, die älter, ungehemmter und, wie ich glaube, herzlicher sind als alles, woran wir am morgigen Tage teilnehmen werden.»

Die Dekoration am Eingang zur Halle erinnerte an das Gesicht eines wilden Tieres mit hervorquellenden, glühenden Augen (Laternen in Ziegenhäuten) und Zähnen aus dünnen Holzlatten. Sie traten ein durch das Maul des Ungeheuers, wobei sie über blutgetränkte Felle gingen, die die Zunge des gewaltigen Tieres darstellten – und vielleicht die Ursprungsform des roten Teppichs waren. Drinnen waren die niedrigen Dachbalken prächtig mit Zweigen voller Tannenzapfen, mit Stechpalmenzweigen und mit Zedernranken geschmückt; allerdings hatten die feuchten Holzscheite, die im Kamin glommen, den Raum derart mit Rauch erfüllt, daß das Grün kaum noch zu erkennen war. Das machte nichts, denn die Zider-Fässer, die sich majestätisch aus dem Qualm erhoben, waren nicht zu übersehen. Frol und Alobar ließen sich wiederholt ihre Krüge füllen, wenn auch der größte Teil der Flüssigkeit rasch überschwappte in den Rempeleien ihrer Stammesbrüder, die versuchten, die Neuankömmlinge zu beschwatzen, zotige Lieder mit ihnen zu singen. Frol bemühte sich verzweifelt, jede einzelne lyrische Unanständigkeit genauestens mitzukriegen, während Alobar einfach wieder und wieder das einzige Lied sang, das er kannte oder je gekannt hatte, ein Epos über Schlachten, die vor langer, langer Zeit geschlagen worden waren, damals, noch bevor der Morgenstern die Bärin schwängerte, die daraufhin Rote Beten gebar.

Saiten- und Blasinstrumente wurden aufs dilettantischste gespielt. Bald begann der Tanz. Der Zider tat seine Wirkung, Alobar und Frol entspannten sich und gingen auf im lärmenden Wesen der Dinge. Frol tanzte mit jedem Tolpatsch, der sie aufforderte, während Alobar Würstchen und Blutwurst mümmelte und sich mit Würfeln und Kartenspiel die Zeit vertrieb.

Kurz vor Mitternacht hörten Gesang, Tanz und Spiele plötzlich auf – wie auf ein unsichtbares Zeichen. Alobar und Frol, die glaubten, das Fest sei vorbei, begannen ihre Umhänge und ihre schlafenden Babys einzusammeln, um nach Hause zu gehen, aber man sagte ihnen, sie würden den Höhepunkt der Veranstaltung verpassen, wenn sie nicht blieben. Im gleichen Moment tauchten aus dem Grün, das sich hinter den Zider-Fässern türmte, zwei Bauersfrauen auf, in kostbarste Stickereien gehüllt. Sie trugen ein Brett, auf dem sie einen Kuchen aus vielen Schichten balancierten. Ein Tisch war in die Mitte des Raumes geschoben worden, und darauf wurde der Kuchen gestellt. Die Art und Weise, in der sich die Männer dem Kuchen näherten und ihn umringten, ließ vermuten, es würde jeden Moment eine nackte Jungfrau herausspringen, doch diese spezifische Entwicklung in der Bäckereikunst sollte noch neun oder zehn Jahrhunderte auf sich warten lassen.

Eine der Frauen zog ein Messer aus ihrer edlen Schürze und begann, das Backwerk zu zerschneiden. Als es zu ihrer Zufriedenheit zerlegt war, servierte die andere Frau. Jeweils nur ein Stück wurde herausgegeben, und zwar ausschließlich an die Männer. Als alle Männer einschließlich Alobar ein Stück bekommen hatten, begannen sie, ihre Stücke zu essen, wobei sie sehr sorgfältig kauten und dabei die ganze Zeit die Kaubewegungen ihrer Kollegen auf das genaueste beobachteten; das bedächtige, kraftvolle Auf und Ab von Kiefern. Abgesehen von dem sanften Kauen herrschte in der Halle eine Stille wie zwischen den Kiemen eines Fossils.

Der Kuchen war so feucht und süß, daß Alobar geneigt war, den Bäkkern ein Kompliment zu machen, hätte nicht in dem Schweigen des Raumes die kleinste Äußerung wie ein umstürzender Baum geklungen. Als er auf etwas Kleines und Hartes biß, auf ein Etwas, das ihm einen Schauer puren heißen Schmerzes durch die Nervenbahnen jagte, wagte er nicht aufzuschreien, denn wenn es schon nötig war, ein Kompliment zu unterdrücken, um wieviel mehr galt das gleiche dann für eine Beschwerde. Da er die Gefühle der Bäcker nicht verletzen wollte, nahm Alobar den Gegenstand so unauffällig wie möglich aus seinem Mund, eine Aktion, die jedoch zum Scheitern verurteilt war, da sämtliche vom Rauch gerötete Augen im Raum auf ihm ruhten.

Bei einer genaueren Untersuchung zeigte sich, daß sich das Objekt leicht identifizieren ließ und daß man bei allem Schmerz, den es seinem Backenzahn zugefügt hatte, wenig gegen es einwenden konnte. Da ohnehin alle ihn anstarrten, hielt Alobar es hoch, so daß jeder es sehen konnte, während er vor Scham ein wenig rot anlief. «Nur eine Bohne», sagte er schüchtern. Noch ehe er mit seinem Satz zu Ende war, erhob sich ein Getöse in dem Raum. «Die Bohne! Die Bohne! Die Bohne! Die Bohne!» riefen alle, Männer und Frauen gleichzeitig, und die Dörfler kamen zu ihm, klopften ihm auf den Rücken, zerwühlten ihm das Haar, umarmten ihn und drückten seine intimsten Teile. Ein hölzerner Stuhl, die wackelige Imitation eines Thrones, wurde herbeigeholt und unter ein Geweih gestellt, das vor noch nicht langer Zeit dort an die Wand genagelt worden war. Alobar wurde zu dem Thron geführt und aufgefordert, Platz zu nehmen, woraufhin man ihm unter ohrenbetäubendem Gebrüll und Geschrei, glucksendem Kiechern und wieherndem Lachen, absichtlichen Rülpsern und nicht minder mutwilligen Furzen eine windschiefe Krone aus Mistelzweigen auf den Kopf legte.

Als die Menge begann, ihn als «König» zu titulieren, schnappte Alobar nach Luft. Sein Herz kam aus dem Takt, und seine blauen Augen wurden starr wie die Tümpel im Dezember, und er verlor sich in einem Durchfall-treibenden, Knie-zusammengekniffenen, Zider-schwitzenden Déjà-vu.

«Viva Fabarum Rex!» glaubte er sie wie durch Vorhänge von Schnee und Kuchen rufen zu hören. «Viva Fabarum Rex! Lang lebe der König der Bohne!»

Gemäß den Bräuchen genoß der König der Bohne absolute Freiheit. Für zwölf Tage nach seiner zufälligen Wahl war er der oberste Herrscher, der seine Stammesgenossen herumkommandierte und seinen Leidenschaften fröhnte. Es war ihm gestattet, in jeglichem Vergnügen zu schwelgen, ganz gleich, wie sündig es auch sein mochte. Keine Tür war ihm verschlossen, kein Bett ihm verboten. Zu jeder Stunde des Tages konnte er in ein beliebiges Haus gehen und essen und trinken, bis er satt war. Wenn er die Frau eines Nachbarn begehrte, so war sie sein; das gleiche galt für eine jede Tochter. Obszönes Benehmen, wie zum Beispiel das Urinieren auf den Altar in der Kirche, war ihm nicht nur erlaubt, es wurde sogar von ihm erwartet. Wo immer er hinging, was immer er tat, der Bohnenkönig war umgeben von einem Trupp Rabauken, die seine Narrenkrone zurechtrückten (so daß sie immer schief saß), die an seinen Narrengewändern zerrten (so daß sie sein Hinterteil entblößten), die ihn mit Gesang und Zider plagten, die ihn bejubelten, ihn verspotteten, ihn anstachelten.

Als man Alobar dies erklärte, dachte er, *nun, wenn sie einen König wollen, wie passend, daß gerade auf mich die Wahl gefallen ist. Ich habe dieses Königtum durch reines Glück gewonnen, aber ich wage zu behaupten, daß niemand in dieser Rolle so erfahren ist wie ich. Es ist wahr, daß ich die Absicht hatte, diese winterlichen Tage der Beschaulichkeit zu widmen, aber jetzt ist Zeit zum Feiern, und ein bißchen Vergnügen kann ich gut gebrauchen. Frol hat mich reichlich befriedigt, aber ich gebe zu, daß es hier drei oder vier Röcke gibt, die ich gern einmal heben würde. Sie wollen einen Monarchen, nicht wahr? Es dürfte ihnen kaum klar sein, daß ihre Bohne in ihrer Gemüse-Weisheit den einen Mann unter allen ausgewählt hat, der für den Job geeignet ist. Hach hach.*

Dann erklärten die Bauern ihm den Rest der Bräuche. Am Ende der zwölftägigen Herrschaft, am Dreikönigstag, traten urplötzlich die normalen Beschränkungen von Gesetz und Moral wieder in Kraft. Seine schiefe Krone noch auf dem Kopf, wurde der König der Bohne auf eine bestimmte Weise außerhalb des Dorfes geführt, wo man ihm die Kehle durchschnitt.

«Wer da?»

«Alobar. Aus dem Dorf. Ich muß mit Euch reden. Laßt mich herein.»

«Verschwindet.»

«Nein! Ich kann nicht verschwinden. Ich bin der König der Bohne.»

In der Hütte war ein Lachen zu hören, oder vielmehr der urtümliche animalische Vorläufer eines Lachens; ein Gackern, das sich wie kratziges Garn um die rasende Spindel in der Kehle eines Fuchses windet. «Ihr habt Euch aus Eurem Königreich verirrt, Majestät. Ich falle nicht unter Eure Herrschaft. Um ehrlich zu sein, Ihr könnt mich am Arsch lecken.»

Alobar lehnte sich gegen die Tür des Schamanen. Noch nie war er so nah daran gewesen zu weinen. Wenn er doch wenigstens seinen Bart wieder hätte, der könnte ihm die Tränen auffangen. «Ihr versteht mich falsch. Ich mach keine Spielchen. Ich bin nicht einer von den Bauern. Ich bin ein König.»

«Das sagtet Ihr schon. König der Bohne. Geht und sauft noch einen Krug Zider, Majestät. Und vergeßt nicht, den Priester um Vergebung zu bitten, wenn Ihr morgen in der Kirche niederkniet.»

Mit einem wütenden Sprung trat Alobar die Tür ein. In einer Wolke umherfliegender Splitter torkelte er ins Innere der Hütte und hob den Schamanen von seiner Matratze. Ohne seinen angemalten Rentierschädel über dem Kopf wirkte der alte Mann nicht mehr allzu großartig. Alobar schüttelte ihn, bis seine ganzen Halsketten aus unterschiedlichsten Zahnsorten klapperten wie ein Haufen emaillierter Schafsköpfe.

«Schon gut, schon gut», sagte der Schamane. «Was wollt Ihr, Wissen oder Weisheit?»

«Äh ... nun ... ahem ... *Weisheit*!»

«Dann habt Ihr Pech gehabt. Weisheit dauert lange, und Ihr werdet in zwölf Tagen tot sein.»

Alobar warf den Schamanen auf seine Kissen. «Nein, das werde ich nicht!» schrie er und stampfte mit dem Fuß auf. «Nein, das werde ich nicht!»

«Oh? Das werdet Ihr nicht? Aber Ihr seid ‹König›, und daher bereits verurteilt.» Der Schamane grinste wie ein Wiesel, das als Laufbursche in den Diensten des Mondes steht.

«Ich bin ein *zweifacher* König und ich bin *zweifach* verurteilt – und ich habe die Sache zum Kotzen satt. Erst ein Haar, und dann eine Bohne. Wenn der Tod mich holen will, dann soll er auf einem hellen Pferd geritten kommen, Asche im Mund, Eis in den Hoden; meinetwegen soll er eine Sichel schwingen und schreckliche Geräusche machen, aber er soll persönlich kommen und nicht irgendein Haar schicken, irgendeine beschissene kleine schwarze Bohne, die hammelärschige Bäuerinnen in irgendwelchen Naschkram einbacken. Und selbst dann würde ich nicht unbedingt mitgehen. Um ehrlich zu sein, die Art, wie der Tod seinen Geschäften nachgeht, gefällt mir nicht.»

In den Augen des Schamanen zeigte sich ein Schimmer von Interesse. Er erhob sich auf seine knorrigen Hüften und betrachtete den Schnee, der sich anschickte, das Inventar seiner Hütte zu bedecken. «Fühlt Ihr Euch ein bißchen wie ein Versuchskaninchen? Hier, helft mir, dieses Fell vor

die Tür zu hängen. Dann koche ich uns einen Pilztee, und wir können uns über Euer Problem unterhalten.»
Während sein Gastgeber sich über die winzige Feuerstelle aus Lehmziegeln beugte, schnupperte Alobar an den verschiedenen aus getrockneten Gemüseteilen geflochtenen Zöpfen, die an den Wänden hingen und von denen jeder eine unterschiedliche Version der inneren Bedingungen des Pflanzenreiches verströmte. Er befingerte die Knochen, Reißzähne und Schneckenhäuser, die von der Decke hingen wie Glocken, die der schwere Atem des Schamanen zum Läuten brachte. Jedes Teil aus dem Tier- und Pflanzenreich war aus seinem ursprünglichen Kontext gerissen und in ein widersinniges Umfeld gebracht worden, und doch schien alles genau an seinem Platz zu sein. In diesem Moment platzte die Party in Alobars Kopf, die von Aufregung und Angst geschmissen wurde, aufgrund einer Wahrnehmung: *Das Sein läßt sich neu ordnen.* Alobar, der hin und her gerissen war zwischen der Alternative, diesem Gedanken die Tür zu weisen oder ihm einen Ehrenplatz einzuräumen, ließ sich erst mal durch eine dampfende Teetasse, die ihm in die Hand gedrückt wurde, aus seinem Dilemma befreien.
Der Schamane schlürfte ritualistisch. Alobar erzählte seine ganze Geschichte. Als der Tee des einen und die Geschichte des anderen zur Neige gingen, zog der Schamane einige kurze Stücke Bindfaden aus der Tasche und begann, sie miteinander zu verknoten, wobei er die ganze Zeit vor sich hinmurmelte. «In meinem Netz», murmelte er, «fange ich das Klagen des brechenden dunklen Eises. In meinem Netz fange ich die Antwort der Axt auf den Tannenzapfen. Ich fange den gewölbten Bauch der Larve. Ich fange das Loch im Himmel, durch das die Kometen entkommen. Ich fange die Wurzeln des Regenbogens und die Flucht der Erle.» So ging es weiter und weiter – «Mein Netz fängt die taube Großmutter der Hornisse» –, bis Alobar kurz davor war, ihn zu packen und noch einmal kräftig durchzuschütteln.
Gerade als Alobar im Begriff war, die Geduld zu verlieren, öffnete der Schamane die Hände und gab die Bindfadenstücke frei, aus denen unter seinen Knoten ein zartes Veilchen geworden war, dessen Blütenblätter der Farbe entsprachen, die Knutschflecken auf dem Schlüsselbein anzunehmen pflegen. Alobar griff nach der Blüte, die jedoch in Flammen aufging und in den Fingern des Schamanen vom Feuer verschlungen wurde, ohne diese zu verbrennen. Nun war es an Alobar zu murmeln. «In Zukunft werde ich mich mehr in acht nehmen damit, wessen

Tür ich eintrete», sagte er und wischte mit seinem Ärmel den Tee auf, den er in seinem Erstaunen verschüttet hatte.
Der Schamane lachte. «Schenkt diesem alten Zauber keine Beachtung», sagte er. «Früher hatte er eine gewaltige Wirkung, aber inzwischen ist er nichts weiter als der Zeitvertreib von ein paar verrückten alten Spinnern, die noch erinnern, wie man es anstellt, mit Kräutern zu reden.» Alobar wollte protestieren, aber der Schamane ließ ihn nicht zu Wort kommen. «Der Mensch wendet sich von den Pflanzen und den Tieren ab», sagte er. «Allmählich zerreißt er die Bande zwischen sich und ihnen. Wenn das Universum überleben soll, wird er eines Tages diese Verbindung wiederherstellen müssen. Im Augenblick ist es jedoch möglicherweise am besten, wenn er seine neue Richtung verfolgt.»
«Wie das?»
«Ein Salamander kann nichts als ein Salamander sein, ein Elch nichts als ein Elch und ein Strauch nichts als ein Strauch. Es stimmt, daß der Strauch in seinem Strauchsein ganzheitlich ist, doch seine Grenzen, die allerdings nicht annähernd so dramatisch sind, wie einige dumme Menschen glauben würden, liegen auf der Hand. Die Bauern von Aelfric sind wie Sträucher, wie Salamander. Sie sind als etwas geboren und werden als dieses etwas sterben. Aber Ihr ... Ihr wart bereits ein Krieger, ein König und ein Untertan, und so, wie es aussieht, seid Ihr noch nicht am Ende angelangt. Das heißt, Ihr habt das Geheimnis der neuen Richtung erkannt. Und die lautet: Ein Mensch kann vieles sein. Vielleicht *alles*.
In der Vergangenheit gab es kaum Unterschiede zwischen dem Leben der Pflanzen und Tiere und dem der Menschen. Heute gibt es Menschen, die den Unterschied hervorheben, nicht nur den Unterschied zu niederen Kreaturen, sondern auch den zu anderen Menschen. Die Römer mit ihrem Christentum haben die Vorstellung vom menschlichen Individuum gefördert. Doch Ihr seid weder Römer noch Christ und seid auch nicht infiziert, der Geist scheint also in der Luft zu liegen. Die Römer rufen zwar zum Individualismus auf, aber sie üben strikte Unterdrückung aus. Früher oder später werden Menschen auftauchen, deren Glaube in den Vorrang des außergewöhnlichen, isolierten Individuums sie veranlassen wird zu erklären, sie seien von jeglicher Unterdrückung *auszunehmen*. Oh, diese Menschen werden Rom – und allen Roms, die nach Rom kommen werden – schweres Kopfzerbrechen be-

reiten. Ihr, Alobar, gehört, wie ich vermute, zu den ersten dieser Menschen.

Nein, nein, widersprecht nicht. Ich sehe Euch an, daß meine Worte Euch sowohl erfreuen als auch erregen.»

Das stimmte. Und in seiner Freude und Erregung hatte Alobar seinen Tee kalt werden lassen, so daß der Schamane seine Tasse aufwärmte.

«Wärt Ihr ein gewöhnlicher Bauer, würde ich Euch mit ein oder zwei anderen Tricks verwirren; ich würde Euch ausschimpfen und Euch trösten und Euch zurück nach Aelfric schicken, damit Ihr ohne Furcht dem Tod ins Auge seht. Die meisten Bauern sind's zufrieden, daß sie sterben. Für sie bedeutet der Tod das Ende aller Mühen. Endlich können sie ihren schmutzigen und geschlagenen Leib verlassen und in die Regionen des reinen Geistes vordringen. Pflanzen und Tiere sind mit dem Tod gar noch zufriedener. Er ist das natürliche Ende. Aber der Mensch ist seinem Wesen nach ein unnatürliches Tier. Wenn es ein Lebewesen gibt, das eine Chance hat, den Tod zu besiegen, so ist es der Mensch.

Wenn Ihr ein gewöhnlicher Bauer wärt, würde ich Euch zurück nach Aelfric schicken, damit Ihr Euren Nachbarn bei der öffentlichen Reinigung behilflich seid, der sie sich am Ende des alten und Anfang des neuen Jahres unterziehen; damit Ihr sie darin unterstützt, die Dinge zu verhöhnen, die sie am meisten lieben, um sie am Ende vielleicht um so mehr zu verehren. Ich würde Euch zurückschicken, damit Ihr den heiligen Mistelzweig tragt, damit Ihr König der Bohne seid, damit Ihr der guten alten Göttin des Ackerbaus geopfert werdet. Statt dessen aber ermutige ich Euch, auf jenem sonderbaren Wind zu reiten, der durch Euch hindurchweht. Auf ihm zu reiten, ganz gleich, wo er Euch hinträgt.»

«Aber welche Richtung soll ich einschlagen?»

«Das müßt Ihr mit dem Wind ausmachen. Ihr scheint auf der Suche nach so etwas wie Unsterblichkeit zu sein. In dieser Sache kann ich Euch nicht helfen. In den Sphären, die ich bewohne, ist der Tod ein ständiger Begleiter. Man streitet nicht mit seinem Freund. Wenn Ihr Meistern begegnen wollt, die Macht über den Tod besitzen, würde ich vorschlagen, Ihr reist in den fernen Osten.»

«Ganz bis nach Hellas?»

«Weit, weit über Hellas hinaus.»

«Bis Ägypten also?» In Alobars Vorstellung war Ägypten mit seinen verdammten Spiegeln die absolute Endstation.
«Bei der Entfernung Ägyptens müßt Ihr dreimal so weit.»
«Dreimal weiter als Ägypten? Wollt Ihr mich übers Ohr haun? Da würde ich doch über den Rand der Welt fallen!»
Der Schamane schnaubte auf vor Lachen. «Alobar. Die Welt hat keinen Rand.»
Jetzt war Alobar mit Lachen an der Reihe. Er glaubte gar, es mit einem verrückten alten Spinner zu tun zu haben. «Was für ein totaler Blödsinn», verkündete er.
«Ihr seid ein freier und ein besonderer Mensch, Alobar. Darum werde ich Euch in ein kleines Geheimnis einweihen. Hört zu. Ich verkehre regelmäßig mit den Vögeln und den Fischen. Und die Vögel und die Fische haben mir vielmals versichert, daß es keinen solchen Rand gibt. Wir leben auf einer Kugel, Alobar. Wirklich. Behaltet es für Euch: Die Erde ist rund.»
Die Vorstellung war dermaßen berauschend, daß Alobar in Ohnmacht fiel. Der Tee kam ihm hoch, und er starrte dem Schamanen in die Augen – Augen, die genauso leuchtend und schwarz waren wie die Bohne im Kuchen –, um sich zu vergewissern, daß er nicht auf den Arm genommen wurde. Nachdem er sich von der Aufrichtigkeit des Schamanen überzeugt hatte, erhob er sich und hüllte sich in seine Felle. «Ich glaube, ich sollte jetzt gehen.»
«Ich denke, das solltet Ihr.»
«Ich vermute, daß noch einige Feste der Feste ins Land gehen, ehe ich zurückkehre. Es wird mir jedoch eine Freude sein, Euch eine stabile neue Tür zu bauen, wenn ich das nächste Mal hier vorbeikomme.»
«Ihr habt also die Absicht zurückzukehren?»
«Wenn die Welt rund ist, werde ich das kaum vermeiden können.» Er kicherte. «Eines Tages würde ich mich gern wieder unter die Angehörigen meines Stammes mischen, selbst wenn ich mich zu diesem Zweck verkleiden muß.»
Der Schamane schüttelte den Kopf. «Ich weiß aus zuverlässigen Quellen, daß die Männer des Fürsten Aelfric eure alte Zitadelle angreifen werden, sobald im Frühjahr die Straßen trocken sind. Sie werden alle töten, die Widerstand leisten, und die übrigen werden getauft werden. Lange Zeit, bevor Ihr zurückkehrt – sofern Ihr überhaupt zurückkehrt – wird jene unabhängige Stadt, die Ihr einst beherrschtet, nichts weiter

sein als ein Außenposten unter vielen an den Grenzen des Heiligen Reiches.»
Alobar schlug sich mit der Faust in die Handfläche. «Dann muß ich den Stamm warnen! Ich werde die Verteidigung organisieren! Vielleicht werden wir sogar zuerst angreifen! Beim goldenen Schnurrbart des Morgensterns, wir werden diesen Steckrübenfressern schon beibringen, was ein richtiger Kampf ist! Die werden mehr als einen Gott brauchen, um ihren blanken Arsch zu retten; ehe die sich's versehen, haben ich und meine Jungs den Durchbruch geschafft, blah blah blah ...»
«Zu spät, Alobar, zu spät.» Als wolle er das, was er meinte, auf irgendeine Weise illustrieren, riß der Schamane eine Dachs-Maske von der Wand und warf sie ins Feuer. «Der Feind ist nicht allein Fürst Aelfric, sondern das ganze Reich. Es ist zu groß, zu befestigt, es hat zuviel Stoßkraft. Die Welt verändert sich, Alobar.» Er deutete auf die brennende Maske. «Vergeudet Euer Leben nicht, indem Ihr versucht, die Gezeitenströme der Geschichte aufzuhalten. Die Geschichte hat Rom hervorgebracht, und die Geschichte wird es eines Tages auch begraben. Ihr habt in der Zwischenzeit Wichtigeres zu tun. Habt Ihr vergessen? Seid Ihr ein Individuum, ein Unbefugter, der in Gebiete vordringt, die zu erforschen vordem noch niemand den Verstand oder den Mut hatte, oder seid Ihr nur eine von vielen lästigen Mücken, die von den Mächtigen zerquetscht werden? Ihr seid kein Krieger mehr und auch kein König, vergeßt das nicht, sondern Ihr seid etwas Neues. Es wird Euren Stammesbrüdern nichts nützen, wenn Ihr an ihrer Seite niedergemetzelt werdet, doch wer kann vorhersehen, was an Gutem aus einem neuen Leben erwächst, das bis zum Ende geführt wird?»
«Ihr habt recht», sagte Alobar. Er seufzte. «Der Stamm, seine lüsternen Frauen und seine edlen Hunde, das alles liegt hinter mir. Nach vorne muß ich schreiten.»
Nachdem er den alten Mann umarmt hatte, stapfte er hinaus in den Schnee. Er lenkte seine Stiefel in Richtung Osten und zwang seine Fersen, den Zehen zu folgen. Schon bald war die kleine Hütte des Schamanen außer Sichtweite. Außer Sichtweite war auch das Dorf und das Herrenhaus.
Frol muß glauben, daß ich aus meiner Bohnenschaft raschen Nutzen ziehe, daß ich zu so später Stunde die Schenkel einer anderen spreize, dachte er. Er spürte, daß er ihr einigen Schmerz bereiten würde, was wiederum ihm weh tat. Er würde Frol und die Babys vielleicht mehr

vermissen als Wren und Mik. Aber ein sonderbarer Wind durchwehte ihn, oder etwa nicht? Wehte er ihn nicht sogar hinfort?
Der Himmel glich einer samtenen schwarzen Pfote, die sich mit katzenhafter Weichheit auf die weiße Landschaft legte, wobei Sterne wie Funken aus ihrem Fell stoben. Der Schrei einer Eule, die ihre rubinroten Lüste ausbrütete, gellte durch die frigide Nacht wie ein Vibrator. Dann war alles still, bis auf das weiche Knirschen seiner Stiefel auf dem Schnee, wie von Ameisen, die Wachs kauen. Seine Schritte wurden schneller. Sie gingen über in einen heiteren Rhythmus. Fast tanzte er über die gefrorenen Felder.
«Die Erde ist rund», sang er im Takt seiner Schritte.
«Das Sein läßt sich neu ordnen. Der Mensch kann vieles sein.»
«Ich bin besonders und frei.»
«Und die Erde ist rund rund rund.»

Ein paar Wochen darauf wurde Alobar von der brennenden Sonne im Gesicht und von einem brennenden Gestank in den Nasenlöchern geweckt. Er setzte sich im Gras auf und rieb sich die Augen. Frag nicht lang, was aus dem Rest des Traums geworden ist, Alobar. Alle Träume gehen im Jenseits weiter.
Der warme Sonnenschein gab ihm ein träges, wohliges Gefühl, den-ganzen-Tag-herumliegen-und-sich-die-Achselhöhlen-kraulen, aber in seiner Nase flatterten die Flimmerhärchen, in den Nasenmuscheln hämmerte es, und in der Siebbein-Keilbeinhöhle war die höchste Alarmstufe ausgerufen. Bei Wodans Honigtöpfen, was für ein Geruch!
In der Nähe graste eine Herde, und Alobar vermutete, sie sei für die Düfte verantwortlich, aber schäm dich, Wolle, und allen Hammeln die Syphilis, wenn Schafe dem Rüssel derart zusetzen. *Vielleicht übernehmen Schafe in warmem Klima den Geruch ihrer Verwandten*, dachte Alobar, denn es waren zweifellos die Ausdünstungen von Ziegen, die seine Nasengewölbe durchströmten, und zwar die von Ziegen in der Brunstzeit.
Wo eine Herde ist, muß auch ein Hirte in der Nähe sein. Vielleicht kann ich ihm ein paar Krümel für ein Frühstück abschnacken, bevor ich mich

in besser riechende Gefilde verziehe. Alobar wollte sich erheben, aber irgend etwas hielt seinen Umhang, und er wurde hinabgezogen. Wieder versuchte er aufzustehen, wieder wurde er zurück ins Gras gerissen. Er griff hinter sich, um sich von dem Zweig oder der Rebe zu befreien, die ihn hielt, aber da war nichts. Schnell arbeitete er sich auf dem Hintern ein paar Meter vor, um erneut zu versuchen, auf die Beine zu kommen, und wieder und wieder, doch immer mit dem gleichen Ergebnis. Wütend und ein bißchen ängstlich zog er sein Messer und wirbelte herum, aus dem Sitzen heraus. Es war niemand hinter ihm. Mit der ganzen Spannkraft seiner Beinmuskeln ließ er sich nach oben schnellen. Bums! Runter ging es mit ihm wie mit einem Sack Sternschnuppen, der per Eilpost an die Schwerkraft unterwegs ist.

Diesmal saß er einfach nur da, betastete die Klinge seines Messers und bot allen Schafen auf dem Hügel einen prächtigen Ausblick auf seine Frustration, seine Verwirrung und seine Demütigung. Es verging fast eine Viertelstunde, ehe er ganz langsam begann, sich Zentimeter für Zentimeter, Sehne für Sehne vorsichtig aufzurichten. Und es schaffte! Er stand! Er streckte sich, gab einen Seufzer der Erleichterung von sich, der in zwanzig Meter Entfernung die Augenwimpern eines Mutterschafes zum Flattern brachte, und schlenderte los, um nach ein paar Schritten auf seinen frisch gesprossenen Bart zu fallen.

Ein wildes, großartiges Lachen scholl über den Hügel und wurde von den fernen Felsen zurückgeworfen; wildes Lachen deshalb, weil seine Töne jenseits des Bereiches der normalen menschlichen Stimme lagen und weil es so hemmungslos war, daß dagegen das Kichern des Schamanen geradezu armselig erschien; ein großartiges Lachen deshalb, weil es in seiner Reichweite gewaltig und in seiner Verbreitung gering zu sein schien; ein Lachen, das zugleich fremd und vertraut wirkte und das Alobar sowohl Angst vor dem Unbekannten wie auch Freude der Selbsterkenntnis einflößte. Es war ein Lachen, das aus den Kapillaren seines eigenen finsteren Herzens hätte gewrungen sein können, um dann mit dem Blasebalg eines Hurenarsches auf das Fünfzigfache verstärkt zu werden.

Das Lachen hatte offensichtlich auch Auswirkungen auf die Schafe, denn plötzlich begannen sie zu blöken und auszuschlagen, wobei sich die ältesten Böcke der Herde gebärdeten, als seien sie Lämmer. Auf einmal strich ein Wind über die Wiese, der das Gras düster murmeln und die Distelsträucher tuscheln ließ wie hinter vorgehaltener Hand.

Bienen verließen den Stechginster und flogen verrückte Kreise dicht über dem Boden, während der Vogelgesang, der bislang den Hügel beglückt hatte, an Lautstärke erheblich nachließ und die kapriziösen Triller und Pfeiftöne ersetzt wurden durch eine kontinuierliche melodische Linie, fast ehrfurchtsvoll in ihrem Klang. Das Unbehagen, das Alobar verspürte, glich dem, das ein Splitter unter der Haut verursachte, doch zugleich machte sich ein angenehmes Spannen in seiner Leistengegend breit, und seine Glieder, in denen es prickelte und brodelte, gerieten ihm außer Kontrolle in ihrem Verlangen, an dem sonderbaren Tanz der Herde teilzuhaben. Die Art und Weise, wie er sich in der Horizontalen durch das Gras bewegte, ließ ihn sich fragen, ob er im Bann der Schlange stünde, ob es nicht doch einen Rand der Erde gab und ob er ihm nicht gefährlich nahe war.

«He!» rief eine Stimme. «Warum kriechet Ihr daher auf Eurem Bauche? Seid Ihr ein Mensch oder ein Gewürm?»

Getrieben von der Stimme, die schrecklich und lustig, bedrohlich und verlockend zugleich war, rappelte Alobar sich auf, seine vorherigen Fehlschläge vergessend. «Wo bist du?» fragte er mit zitternder Fistelstimme. «Warum lachst du?»

«Ich bin überall», dröhnte die Stimme. «Und warum sollte wohl ein Gott nicht lachen über das schwächliche Trachten des Menschen?»

In diesem Moment endlich entdeckten Alobars kriegsgeübte Augen den lüsternen Blick, der sich im Laub verbarg. Zunächst sah er lediglich den lüsternen Blick, doch dann gewahrte er außerdem einen zottigen Schwanz und stellte fest, daß er mit dem lüsternen Blick verbunden war. (Der Schwanzknochen ist häufig mit dem Lüsternen-Blick-Knochen verbunden, wenngleich heute diese Verbindung in siebzehn Staaten der USA sowie im District of Columbia gesetzlich verboten ist.) Gleich darauf teilte sich das Grün der Büsche, und auf die Weide sprang ein unvorstellbares Wesen, wollig und ziegengleich von der Taille hinab bis zu den Hufen; menschengleich und maskulin darüber. Oder, um es genau zu sagen, menschengleich darüber, abgesehen von zwei kurzen, stumpfen Hörnern, die wie Werkzeuge mit Bronze-Spitzen zum Ausgraben von Roten Beten in die klare Bergluft stießen.

«Ihr – Ihr seid der – der Gehörnte», stotterte Alobar.

Das Wesen sprang näher, wobei es jegliche Zweifel über die Herkunft des Gestanks ausräumte. «In manchen Gegenden kennt man mich unter dieser Bezeichnung. Hier jedoch nennt man mich Pan.» Er machte eine Pause. «Das heißt, jene nennen mich so, die mich nach wie vor anbeten.» Wieder machte er eine Pause. «Und wer möget Ihr sein? Und worin besteht Eure Mission?»

«Alobar, einst König, einst Untertan, nun Individuum – habt Ihr schon einmal von Individuen gehört? –, frei und hungrig, zu Euren Diensten. Meine Mission? Nun, um ehrlich zu sein, ich laufe dem Tod davon.»

Pans Hufe, die in einem fast trunkenen kleinen Fandango im Boden gescharrt hatten, kamen allmählich zur Ruhe, und der lüsterne Blick wich langsam aus seinem Gesicht, als hätte eine schwache, aber beharrliche Hand ihn beiseite geschoben. Seine breiten Lippen bildeten einen ernsten Bogen nach unten, und in seinen wollüstigen Augen trat Kummer an die Stelle von Schalk. «Ich auch», sagte er.

«Was soll das heißen?» fragte Alobar.

«Seid Ihr dermaßen hungrig, daß Ihr nicht mehr zu hören vermögt? Ich sagte, daß auch ich dem Tod davonlaufe.»

«Aber das ist doch unmöglich! Ihr seid ein Gott. Sind die Götter nicht unsterblich?»

«Nicht ganz. Es stimmt, daß wir unangreifbar sind durch die Enttäuschungen und Gefahren, die der Menschheit den Garaus machen, aber Götter können durchaus sterben. Wir leben nur so lange, wie Menschen an uns glauben.»

«Hmmm. An so etwas habe ich nie gedacht», sagte Alobar. «Aber für jemanden wie Euch gibt es gewiß keinen Mangel an Gläubigen.» Trotz seiner schmutzigen Locken und seiner verfilzten Wolle, trotz des Sabbers im Spitzbart und des Mists an seinen Hufen war Pan das bei weitem eindrucksvollste Wesen, dem Alobar je begegnet war.

«Ha! Wo habt Ihr Euer Leben verbracht, Alobar? In einem Kürbis? Seid Ihr gerade von einem Karren voller Steckrüben gefallen?»

«Ich esse nur *Rote Beten*», verkündete Alobar stolz.

«Wie kann ein solcher Ignorant bloß jemals König gewesen sein? Lebt Euer Stamm so tief in den Wäldern, daß Ihr noch nie die berühmte Stimme gehört habt, die über die weinrote See ruft: ‹Der Große Pan ist tot, der Große Pan ist tot›? Das ist freilich fast ein Jahrtausend her, und wenn Ihr mich auch heute als armseligen Kerl vor Euch seht, so vermag ich doch nach wie vor kräftig auszuschlagen. Aber dennoch schwand mit der Geburt von Christus der Glauben in mich dahin, und seitdem kämpfe ich ununterbrochen um mein Leben.»

«Ja, jetzt, da Ihr es sagt, der Priester bei uns in der Kirche hat oft von

Euch als einem der falschen Götter gesprochen. So wie er den Teufel beschrieben hat – dieser Dummkopf glaubt, es gäbe nur einen Gott und einen Satan –, könnte der glatt Euer Zwillingsbruder sein.»

«Ihr seid *Christ?*» Aus Pans Mund klang dieses Wort dermaßen verächtlich, daß die Herde aufhörte zu tanzen und Alobar anstarrte; die Bienen umsurrten ihn wütend, und ein Schmetterling schiß ihn im Vorbeifliegen mit bemerkenswerter Treffsicherheit an.

«O nein, nein», sagte Alobar und wischte sich den grünen Schmetterlings-Schiß aus dem Augenwinkel. «Nicht wirklich. Ich hab meinen Nachbarn nur etwas vorgemacht, um ihren Argwohn zu zerstreuen. Dieser Bursche Christus ist für meinen Geschmack ein bißchen sentimental. Und wenn ich jetzt höre, was er Euch angetan hat, na ja, da mag ich ihn noch weniger, auch wenn er für den Individualismus eintrat.»

«Ihr Birne.»

«Mein Herr, ich verbitte mir, daß Ihr mich eine Dirne nennt!»

«Birne, nicht Dirne! Meint Ihr, ich würde Euch als etwas beschimpfen, das mir am liebsten ist?» Pans schwere Lider sanken für einen Augenblick müde herab, während seine Gedanken auf anderes Weideland zu anderen Tagen wanderten, an denen die blühend rosanen Genitalien der Geißen ihn von den schroffen Felsen hinabgelockt hatten.

«Ganz egal ...» Alobar hatte seine Faust um das Messer geballt.

«Wenn Ihr dem Tode entkommen wollt, so verschenkt nicht Euren knappen Vorsprung, indem Ihr einen Gott herausfordert – weder Christus, der nicht hier ist, um sich zu verteidigen, noch mich, der ich viel näher bin, als ich es sein müßte, um einen stolzen Gockel wie Euch niederzustrecken.» Mit einem unangenehmen Plumps landete Alobar erneut auf dem Kinn. Pan hatte keinen Muskel bewegt. «Sentimental, ja? Christus hat gesagt, daß Erleuchtung nur der erlangt, der alles, was er hat, aufs Spiel setzt. Ihr müßtet von allen menschlichen Wesen am ehesten verstehen können, was für einen Mut es verlangt, die sicheren Annehmlichkeiten der Gemeinschaft aufzugeben, um sie gegen die unvorhersehbaren Sinnestaumel der einsamen Seele einzutauschen. Es ist wahr, daß Christus wenig für Tanz oder Beischlaf übrig hatte, daß er ‹recht› und ‹verkehrt› allzu genau nahm und daß er sich von der natürlichen Welt abgrenzte, aber bei all seinen Mängeln war er weit erhaben über euch Sterbliche, die ihr ihn in die Arme geschlossen habt, um euer eigenes Ende hinauszuzögern.»

Zwar fand Alobar Kritik ebenso unangenehm wie den Umstand, zu Boden geschmissen zu werden wie ein Pfirsichkern, doch hatte er von dem Schamanen gelernt, daß der Weg zum Wunderbaren bisweilen geebnet wird durch eine scharfe Zunge, und als Pan sich abwandte und damit zu verstehen gab, daß ihre Unterhaltung beendet sei, beeilte sich Alobar, ihn zurückzuhalten. «Sagt mir, Gehörnter», rief er, «warum nehmt Ihr Christus in Schutz, wenn er doch eine Gefahr für Euer Leben darstellt?»

Der Gott hielt inne und streckte seine Hüfte vor wie eine Frau in Hohenhackenschuhen. Statt jedoch zu antworten, holte er eine Hirtenflöte hervor und blies sie derart, daß die Schafe wieder herumhüpften und die kleinen Wolken am Himmel schwänzelten. Die Musik war hell und verspielt, ein zarter, bebender, silbriger Klang, der sich in trägen Spiralen entfaltete, als kümmere ihn nichts in der Welt. Der Gegensatz zwischen dieser leichtherzigen Flötenmelodie und Pans Verhalten, seinen groben, affenähnlichen Zügen und seinen großen, traurigen Augen, war so gewaltig, daß Alobar, ohne es zu wollen, gerührt war, und als schließlich die Musik verklungen war, wischte er sich mit den Knöcheln eine Träne weg und sagte: «Für Euch, mein Herr, mögen die Kiefern des Todes mit Zähnen von Wolle besetzt sein.»

«Für Euch desgleichen», antwortete Pan. «Doch wie können wir anstoßen ohne Kelche mit starkem Wein? Und Ihr habt mit solcher Inbrunst Euren Hunger beklagt, daß sogar die tauben Wurzeln ihn bemerkten. Ich wette, zu alledem seid Ihr auch noch scharf. Kommt mit mir, Alobar, denn da wir ewiglich in Verzweiflung leben werden, laßt uns auch ewiglich im Genuß der Welt leben.»

Auf einen Schlag war Pan auf der anderen Seite der Weide, Alobar ihm auf den Fersen, im Sturm ging es über die schroffen Felsen, ohne Furcht vor dem Dickicht dornigen Gebüschs. Alobar war körperlich fit, abgehärtet durch die Feldarbeit und durch seine jüngsten Reisen, doch er konnte mit dem Gott nicht Schritt halten, und bald war Pan außer Sichtweite. Das war jedoch kein ernsthaftes Problem, denn Alobar folgte einfach dem Geruch, jener Ausdünstung, die direkt aus den Drüsen der Ziegen zu kommen schien und die in der Luft hing wie salziger Nebel und ihn, Alobar, immer weiter den schroffen Rückgrat hinaufzog. Je höher Alobar kletterte, desto stechender wurde sein Unbehagen, bis er sich buchstäblich in einem Zustand der Panik befand. Gerade als diese prickelnde Furcht ihren Höhepunkt erreicht hatte und ihn in Versuchung führte, einem irrationalen Anstoß zu folgen und sich von den Felsen zu stürzen, hörte er Mädchenstimmen und das Geräusch von planschendem Wasser. Vollends verflüchtigte sich die Panik, als der pansche Geruch ihn in eine Grotte führte, in eine von Farn umstandene Einbuchtung, in deren Mitte sich ein klarer Tümpel befand.

Sieben oder acht ungewöhnliche, menschliche, weibliche Wesen genossen die flüssigen Freuden des Tümpels: Sie waren von kleinem Wuchs mit dennoch üppig entwickelten Körpern, ihre Knochen waren in Leiber von Elfenbein und Violett gepackt; ihr wirres Haar hing wie Seetang herab bis fast zu den Füßen; ihre vollendeten Brustwarzen waren so rot wie die Augen von Meerschweinchen, und ihre Schreie waren von der Art, daß von ihnen ein Glühen in der Dunkelheit zurückblieb; und keine von ihnen war älter als der Teenager Frol, den Alobar in Aelfric zurückgelassen hatte. Süße genitale Funken stoben, als sie Alobar anschauten, und er spürte, daß er sich in äußerst wohlwollender Gesellschaft befand.

Genau auf der anderen Seite des Tümpels, im Eingang zu einer seichten Höhle, hockte Pan, in der einen Faust einen Weinschlauch, in der anderen eine Erektion. Eine grobe Tonschale zu seinen Füßen, in bedenklicher Nähe zur brutzelnden Knolle seines Kameraden, enthielt Oliven, Feigen und Feta-Käse. Mit einem Nicken des Kopfes machte der Gott eine einladende Bewegung. Alobar starb vor Hunger, doch um zu den Nahrungsmitteln und Getränken zu gelangen, mußte er durch das nymphenverseuchte Wasser waten. Er riß sich zusammen und tauchte hinein. Spätes Frühstück in Arkadien.

Der Rest des Tages verging in einer wohligen, matten Benommenheit, gegen die sich Alobars nordisches Temperament vergeblich aufzulehnen versuchte. Er hatte erwartet, die Nymphen würden eine recht stürmische Vorstellung liefern, würden beißen, kratzen und schreien, doch weder als König noch als Untertan hatte er je solch Delikatesse erlebt, und die Weichheit, in die die Erlebnisse des Nachmittags eingebettet waren, verursachte bei dem Helden in ihm eine gewisse Mißstimmung. Als er jedoch im blassen Zwielicht um sich schaute, erkannte er überall die Anzeichen seiner Beteiligung: getrockneter Samen bedeckte die Schenkel schlummernder Nymphen wie Zuckerguß, Klümpchen desselben trieben im schimmernden Wasser wie Stoffe, die sich vom Webstuhl der Forelle losgerissen haben, und auf den Spitzen der Farnblätter glitzerten Tropfen, die zu milchig waren, als daß es sich bei ihnen um

Tau handeln konnte. Unmöglich, daß alles das allein aus Pans Produktion stammte, denn Alobars Hoden war so platt und saftlos wie zertretene Weintrauben. Außerdem hatte sich Pan nach einer Stunde ereignisreichen Planschens im Tümpel in die Höhle verkrochen, wo er ein ausgedehntes Nickerchen machte, aus dem ihn auch die schnurrenden Ekstasen der Nymphen nicht zu wecken vermochten.
«Pan geht es nicht gut», flüsterten die Nymphen vertraulich.
«Ich habe beobachtet, wie er über die Felsen hinweggestürmt ist, ich habe beobachtet, wie er vier von euch nacheinander abgefertigt hat», sagte Alobar. «Ich habe den Eindruck, daß es ihm nicht allzu schlecht geht.»
Die Nymphen ließen einen Chorgesang verträumter Seufzer erklingen. «Du hättest ihn sehen sollen, als er auf dem Höhepunkt seiner Kräfte war. Wenn man es mit dem Ziegenbock vergleicht, der er einmal war, dann ist er heute wie eine kranke Taube.»
«Ist es Christus, der ihn so schwächt?»
«Nicht Christus, sondern die Christen. Mit jedem Fortschritt des Christentums verringern sich seine Kräfte», sagte eine Nymphe.
«Das fing schon lange vor Christus an», sagte eine zweite.
«Ja, das tat es», pflichtete ihr die erste bei. «Es begann mit dem Aufstieg der Städte. In den kultivierten Tempeln Attikas und Spartas gab es einfach keinen Platz für einen Bergziegenbock wie Pan.»
Eine dritte Nymphe, die sich gerade mit einem Blätterbüschel von verklumpten Absonderungen sauberwischte, schaltete sich in das Gespräch ein. «Es war die Eifersucht der Männer auf die Frauen, damit fing alles an», sagte sie. «Sie wollten die Göttinnen vom Olymp vertreiben und durch männliche Götter ersetzen.»
«Ist denn Pan kein männlicher Gott?» fragte Alobar.
«Doch, das ist er schon, aber in ihm vereinigen sich auch weibliche Qualitäten. Um den Wert von Frauen zu verringern, mußten die Männer den Wert des Mondes verringern. Sie mußten einen Keil treiben zwischen die menschlichen Wesen einerseits und die Bäume und die Tiere und die Gewässer andererseits, denn Bäume und Tiere und Gewässer sind dem Mond ebenso treu ergeben wie der Sonne. Sie mußten einen Keil treiben zwischen Denken und Fühlen, zwischen den Schein der Lampe, bei dem sie die Einkünfte des Tages zählen, und die Dunkelheit, mit der unser Pan auf ewig verbunden ist. Zunächst diente ihnen Apollo als Keil, und die abstrakte Logik des Apoll gab in der Tat einen

äußerst wirksamen Keil her, aber Apollo, der Künstler, bewahrte sich eine Liebe für Frauen, nicht die offene, unbändige Lust, wie sie Pan eigen ist, aber eine gezügelte Begierde, die patriarchalische Ambitionen unterminierte. Doch dann kam Christus, Christus, der mit keinem weiblichen Wesen schlief, sei es zwei-, sei es vierbeinig, Christus, der kein Musikinstrument spielte, keine Gedichte vortrug und nie des Nachts bei Mondschein mit den Hufen ausschlug, und dieser Christus war der perfekte Keil. Das Christentum ist nichts weiter als ein System, um aus Priesterinnen Mägde, aus Königinnen Konkubinen und aus Göttinnen Musen zu machen.»

«Und nun rate mal, was es aus Nymphen machen wird.»

Alobar spürte eine Welle bete-roter Wut in sich emporschlagen. Heftig schüttelte er den Kopf. «Die Welt ändert sich», sagte er, «aber für euch wird es immer einen Platz auf ihr geben. Und für Pan.»

«Vielleicht. Freilich wünschen wir den Modernen nichts Böses, auch wenn Pan ihnen bisweilen übel mitspielt. Und du? Wirst du dem Schicksal entkommen, das du fürchtest?»

«Ihr habt mich mißverstanden. Ich *fürchte* den Tod nicht. Ich *verachte* ihn. Scheinbar muß alles sterben, auch ich bin da keine Ausnahme. Aber ich möchte gefragt werden. Versteht ihr, was ich meine? Der Tod ist ungeduldig und gedankenlos. Er platzt bei einem herein, wenn man gerade dabei ist, irgend etwas Wichtiges zu tun, und er tritt sich nicht einmal die Stiefel ab. Ich habe eine neue Leidenschaft, meine Lieblinge, eine Leidenschaft dafür, ich selbst zu sein, eine Leidenschaft dafür, mehr zu sein als das, was ursprünglich einer einzelnen Lebensspanne zugeschrieben wurde. Ich habe beschlossen zu sterben, wann es mir paßt. Deshalb reise ich gen Osten, wo es, Menschen geben soll, die dem Tod ein bißchen Benehmen beigebracht haben.»

«Wir haben den Verdacht, daß du ebenso töricht wie tapfer bist, Alobar. In der Tat könnte die Tapferkeit schlimmer sein als die Torheit. Die Furcht ist, genau wie die Liebe, ein Ruf in die wilde – in die tiefe, schattige Grotte. Furcht ist etwas Edleres als Verachtung. Die Verachtung, ein Kummer des Geistes, wird dazu führen, daß du jammernd in den hell erleuchteten Hallen Christi sitzt, die Furcht hingegen, eine Weisheit des Körpers, wird dich zurückbringen zu Pan.»

Während Alobar dies überdachte, erwachte Pan, streckte sich und verschwand eilig im Distelgebüsch. Als er bei Sonnenuntergang noch nicht zurückgekehrt war, machte sich Alobar ein letztes Mal über die Nymphen her, um dann mit dem langen, mühseligen Abstieg zu beginnen, bei dem ihn mehrmals ein donnerndes Gelächter umtoste, und einmal glaubte er zu erkennen, wie hoch oben zwischen den Felsen ein Mondstrahl auf ein dahineilendes Horn fiel.

Allein, ohne auch nur eine einzige Spermie in seiner Begleitung, richtete Alobar seinen Schritt wieder gen Osten. Sein Gehen war erfüllt von Erwartung, es war eher Intuition als Vernunft, die ihn einen Fuß vor den anderen setzen ließ, seine scharfe Gangart verdankte ihren Antrieb eher vagen Anzeichen des Erstaunens als einer laufenden Bestätigung von Absichten.

Er sollte einen für literarische Verhältnisse unangemessen langen Zeitraum in dieser Weise fortfahren und dabei mehr Landschaften durchqueren, als eine Schreibmaschine Tasten hat, und mehr Abenteuer erleben, als es Federn für Füller gibt. Nicht ein einziges Mal während oder nach einem gefährlichen Erlebnis kam es ihm in den Sinn, daß es die Unvorhersehbarkeit des Augenblicks des eigenen Todes ist, die dem Leben seine notwendige Spannung gibt. Doch die Geschlechtspartnerinnen des Pan, deren Andenken keine noch so dramatische Begegnung auszulöschen vermochte, stets lebhaft vor Augen, gestattete er es sich, den Tod weniger zu verachten und mehr zu fürchten. Und während er eine exotische Umgebung nach der anderen durchquerte, Sprachen lernte und Stiefel verschliß, sang er sein kleines Lied:

«Ich liebe den Grund, ja den Grund
Eine Kugel, auf die ich trete
Die Erde ist rund, ja rund
Wie eine Rote Bete.»

Nein, er würde nicht als Barde in die Geschichte eingehen – übrigens auch nicht als Krieger oder König. Doch das Leben ist gerecht, und in der Duftindustrie sollte sein Name eines Tages einen allseits anerkannten Platz in der Nomenklatur einnehmen. Laut Priscilla, der genialen Kellnerin, ist ein *alobar* die Maßeinheit, in der die relative Geschwindigkeit gemessen wird, mit der *Old Spice* After Shave Lotion von den Spitzen mösenfreier Schlüpfer absorbiert wird, wenngleich sie es in anderem Zusammenhang auch mal als die Zeit definiert hat, die *Chanel No. 5* benötigt, um auf den Flügelspitzen einer rückwärts fliegenden Wildente zu verdunsten.

SEATTLE

Die ganze Stadt schien sich in den Haaren zu liegen wegen der Sonnenfinsternis. Viele Leute waren der Meinung, daß es, da man in Seattle die Sonne ohnehin nur selten sah, nichts besonders Großartiges sei, sie einmal mehr nicht zu sehen. Der Montag vormittag würde nur um einen Hauch düsterer sein als gewöhnlich, so meinten sie. In den Augen anderer, vielleicht war es die Mehrheit, lag das Besondere darin, daß für Montag ein klarer Himmel vorhergesagt war. Bei Fehlen jener Wolkendecke, die den Himmel über Seattle für gewöhnlich aussehen ließ wie Hüttenkäse, der zehn Kilometer hinter einem Zementlastwagen hergezogen worden ist, hätte die Stadt zum erstenmal seit Menschengedenken einen ungehinderten Ausblick auf eines der geheimnisvollsten Schauspiele der Natur.

«Warst du drüben am Volunteer Park, um die Sonnenfinsternis zu beobachten?» war das erste, was Ricki zu Priscilla sagte, als sie Montag mittag in ihrer Wohnung vorbeischaute.

«Nee. Ich hab heute noch keinen Schritt vor die Tür gesetzt», sagte Priscilla und gähnte.

«Hast du sie dir denn wenigstens im Fernsehen angeschaut?»

«Nein, hab ich nicht.»

«Du hast sie *überhaupt nicht* gesehen?»

«Ich hab sie mir angehört», sagte Priscilla. «Ich hab sie mir im Radio angehört. Es klang wie brutzelnder Speck in der Pfanne.»

«Scheiße, Alte. Manchmal hab ich das Gefühl, so was wie dich gibt's gar nicht.» Ricki blickte im Zimmer umher, auf der Suche nach einem Platz zum Sitzen. Das Sofa und der Sessel, die sich logischerweise am ehesten anbieten würden, waren überhäuft mit schmutziger Wäsche, mit sauberer Wäsche, mit Wäsche in sämtlichen Stadien dazwischen, mit Büchern, ungeöffneter Post und Laborgeräten. Auch ein paar Rote

Beten lagen herum. Ricki beschloß, stehenzubleiben. «Du solltest einen Überraschungsangriff ins Auge fassen», sagte sie. «Die Versammlung fängt in einer halben Stunde an.»
«Mit einer Flanke habe ich geduscht, ein Steilpaß, und ich bin geschminkt, dann noch ein kleines Dribbling, und ich bin angezogen. Wenn der Ball bis dahin noch nicht im Netz ist, kann ich immer noch ein Tor aus der zweiten Reihe schießen.»
«Sofern du dich nicht festfummelst.»
Priscilla knallte die Badezimmertür zu. Ricki mußte auf dem Labortisch ein bedrohlich schwankendes Becherglas mit Flüssigkeit festhalten, um eine größere Überschwemmung zu verhindern.
Der fußballerische Schlagabtausch war eine Spätfolge des vorangegangenen Nachmittags, den in einem Stadion zu verbringen Priscilla sich von Ricki hatte überreden lassen – ein Ausflug, in dessen Verlauf Priscilla erfahren sollte, was Ricki an den Kickern so gut gefiel. Es waren die Spielmannszüge in der Halbzeitpause. «Moden kommen und gehen, kommen und gehen», sagte Ricki, «aber die Länge des Rockes der Anführerin des Zuges bleibt stets dieselbe, und es ist dieser hoch angesetzte Standard, der den Wechselkurs meiner Freude bestimmt.»
Heute (sie hatten beide sonntags und montags frei) wollte Ricki Priscilla mitnehmen zu einer Versammlung der Töchter der Tageskarte, einer Organisation von Kellnerinnen mit akademischem Abschluß. Zumindest in der Gründungsphase hatten alle Mitglieder über einen akademischen Abschluß verfügt. Vor einiger Zeit hatte die Gruppe ihre Maßstäbe gesenkt und auch Kellnerinnen mit lediglich zwei Jahren College akzeptiert. Damals war auch Ricki aufgenommen worden, damals, als die Gruppe noch *Schwestern* der Tageskarte hieß. «Schwestern» hatte irgendwann einen allzu politischen Beigeschmack bekommen. Es suggerierte weibliche Solidarität, was in den Augen der Kellnerinnen, wenn sie ehrlich waren, nicht nur ungenau, sondern auch unangemessen war. «Uns geht es darum, auf unsere Kosten zu kommen, nicht irgend jemandem die Eier abzuschneiden», wie Ricki es auszudrücken pflegte.
In Seattle gab es, wie in den meisten großen Städten, zahlreiche Frauen, die Kunst, Literatur, Philosophie, Geschichte usw. studiert hatten, um dann herauszufinden, daß sie sich für ihre Ausbildung und einen Dollar wenn es hoch kam ein Perrier kaufen konnten. Freilich hatten sie ihre jeweiligen Fachgebiete nicht in erster Linie deswegen gewählt, um reich

zu werden, doch hatten sie auch nicht erwartet, daß ein *summa cum laude* sie gerade so weit vom Campus wegbrächte, daß sie es bis zum nächsten ausgetrockneten Wasserloch schafften. Unfähig, sich durch einen Beruf ihrer Wahl zu ernähren, wandten sie sich der Kellnerei zu, denn dort konnten sie mit der geringsten Investition das meiste Geld verdienen. Wenn sie schon nicht die Möglichkeit hatten, etwas Bedeutungsvolles und Erfüllendes zu tun, so gelang es ihnen doch wenigstens, sich angemessen entschädigen zu lassen für ein Minimum an moralischem Kompromiß und ein noch winzigeres Minimum an beruflicher Identifikation.

Die Töchter der Tageskarte hatten sich, nachdem ihnen klargeworden war, daß es zu viele individuelle Unterschiede zwischen ihnen gab, um sich «Schwestern» zu nennen, auf einen äußerst klaren und einfachen Daseinsgrund geeinigt: Sie hatten vor, sich gegenseitig zu befreien, jeweils eine zur Zeit. Sie zahlten verhältnismäßig hohe wöchentliche Beiträge und brachten mit bewährten und wirksamen Methoden wie der Bikini-Autowäsche zusätzliche Mittel auf. Ein- oder zweimal im Jahr, je nachdem, wieviel sie in der Kasse hatten, vergaben sie ein Stipendium, das es einem ihrer bedürftigen Mitglieder erlaubte, sein Tablett abzustellen und einige Zeit seiner wahren Berufung zu widmen. Zum Beispiel holten sie Trixie Melodian aus dem Salmon House und schickten sie ins Tanzstudio, wo sie, basierend auf den Vulkanausbrüchen des Mount St. Helens, ihr Ballett choreographierte; sie finanzierten Ellen Cherry Charles sechs Monate an ihrer Staffelei, wo sie eine Reihe von Landschaftsmotiven vollendete, die später in einem Restaurant ausgestellt wurden («Ich bin entkommen, meine Bilder nicht», bemerkte sie dazu); und Sheila Gomez erhielt die Gelegenheit, nicht länger im La Buznik an der Bar die Preise für irgendwelche Drinks zusammenrechnen zu müssen, sondern statt dessen ihre Magisterarbeit in Mathematik fertigschreiben zu können, «irgendwas mit puertoricanischer Trigonometrie», laut Ricki.

Ricki war kein aussichtsreicher Anwärter auf ein Tageskarten-Stipendium, da sie ihren Abschluß in Leibeserziehung gemacht hatte und wann immer sie wollte, mit den anderen Studentinnen unter der Dusche stehen konnte, aber sie war überzeugt, daß für Priscilla die Chancen nicht schlecht standen, und deswegen hatte sie sich dafür eingesetzt, daß Priscilla Mitglied würde. Zunächst ließ Priscilla Widerwillen erkennen. Sie war nun mal keine Vereinsmeierin. «Die einzige Organisation, der ich in meinem ganzen Leben Mitglied beigetreten bin, war der Columbia Plattenclub», erklärte sie, «und auch da mußte ich wieder austreten, weil die viel zu diszipliniert waren.» Je mehr jedoch Ricki von jenen dicken, fetten, saftigen Stipendien sprach, desto verlockender klangen sie. Pris spürte, daß sie bei ihren Experimenten kurz vor einem entscheidenden Durchbruch stand, doch sie war fast zu müde, um weiterzumachen. Wenn die Töchter in der Lage waren, ihr ein paar ungestörte Monate in ihrem Labor zu finanzieren, war sie nicht nur bereit, ihren Aufnahmeantrag zu unterschreiben, sie würde ihnen sogar den Hintern küssen. «Angefangen mit meinem», zirpte Ricki.

Als Priscilla aus dem Bad kam, trug sie hautenge Jeans und einen eidechsen-grünen Zopfmuster-Pullover, der das Rot in ihrem rötlichbraunen Haar unterstrich. Ihren im klassischen Amorsbogen gewölbten Mund – der winzig war im Vergleich zu Rickis vollen Latino-Lippen – hatte sie zur Abwechslung pink angemalt, und der grellrote Lidschatten um ihre Augen hätte ausgereicht, um Bela Lugosi wie einen Rettungsschwimmer aussehen zu lassen. «Pah!» rief Ricki. «Du bist das Zweiteindrucksvollste, was ich heute gesehen habe, wobei das erste eine totale Sonnenfinsternis war.»

«Man sollte glauben, eine Sonnenfinsternis würde ein Geräusch machen wie der Chor in einem Mormonentempel», sagte Priscilla, «aber sie klang wirklich wie brutzelnder Speck in der Pfanne.»

«Du hast sie verpennt, du Arschloch.»

Sie fuhren mit Rickis verrostetem VW-Käfer in die Stadt. «Ich schäme mich, hinter dem Steuer dieser Bettpfanne gesehen zu werden», sagte Ricki. «Das Ding sieht aus, als hätte es eine Hautkrankheit. Schlimmer noch, es sieht aus wie ein Auto, das *du* fahren würdest.»

«Wenn ich dieses Rezept hinkriege, wirst du mich mit einem BMW oder einem Lincoln Continental durch die Gegend fahren sehen», sagte Priscilla. «Vielleicht sogar mit beiden gleichzeitig.»

«Darum sollst du ja auch Mitglied bei den Töchtern werden. Du mußt raus aus diesem muffigen Studio-Apartment und in ein Penthouse. Ich hoffe, du hältst es besser in Ordnung als deine jetzige Absteige. Wobei mir einfällt, Pris, was sollen eigentlich diese alten, vertrockneten Roten Beten in deinem Sessel?»

«Irgend jemand hat sie bei mir vor die Tür gelegt. Um ganz ehrlich zu sein, ich dachte, du könntest es gewesen sein.»

«Ich? Warum sollte ich so was Bescheuertes machen? Ich *hasse* Rote Beten. In der Tat hasse ich fast alles Gemüse.» Sie machte eine Pause. «Allerdings muß ich zugeben, daß Vegetarier besser schmecken als starke Fleischesser. Raucher sind am schlimmsten. Man würde niemals glauben, daß es zu merken ist, weißt du, *da unten*. Aber es ist so.» Sie zog ein Gesicht, daß die schmale Lenkstange von Haaren oberhalb ihrer Lippe sich sträubte wie der Flaum auf der Wange eines Straußes.

«Seit ich im El Papa Muerta gearbeitet habe, schmeckt mir überhaupt nichts mehr», sagte Priscilla.

Der verheerende Effekt, den das Servieren von Essen als Lebensunterhalt auf den Appetit haben kann, war eines der Themen, über das auf der Versammlung der Töchter der Tageskarten gesprochen wurde. «Darum ist es besser, Cocktails zu servieren», sagte jemand. «Nein, das ist eher noch schlimmer», antwortete Sheila Gomez. «Wenn man Cocktails serviert, wird der Appetit auf Alkohol abgetötet.»

Die Versammlung fand im Raum der Gepunkteten Krawatte in der Alten Spaghetti Fabrik statt. Es waren ungefähr vierzig Frauen anwesend, doppelt so viele, wie Priscilla erwartet hatte. Nachdem sie ihre Klagen über Appetitverlust abgelassen hatten, klagten sie über die Neutronenbombe, die das Arbeiten zur Nachtzeit auf ihre sozialen Kontakte geworfen hatte. Dann gerieten sie richtig in Fahrt angesichts des Problems, daß sie nett zu Leuten sein mußten, die sie nicht ausstehen konnten. Es waren nicht die Männer, die sie wütend machten, nicht einmal die pokneifenden Männer (einige Kellnerinnen, eine Minorität, genossen es sogar, in den Po gekniffen zu werden), es waren die Frauen.

«Der unerträglichste Aspekt dieser Arbeit ist das Bedienen von reichen, griesgrämigen, angetrunkenen Damen», sagte eine Kellnerin. «Genau!» sagte eine andere. «Abgesehen von den wenigen, die irgendwo in ihrer trüben Vergangenheit selbst einmal Tabletts geschleppt haben, sammeln sie das Trinkgeld wieder vom Tisch, sobald ihre Ehemänner sich abgewandt haben.»

«Wie wahr. In der Öffentlichkeit ist ein Eheweib der ärgste Feind einer Kellnerin.»

«Hüte dich vor blaugefärbten Haaren und vor T-Shirts mit der Aufschrift ‹Die beste Omi der Welt›. Die erwarten, daß *du ihnen* ein Trinkgeld gibst.»

Als nächstes verglichen sie ihre Eindrücke davon, wie sehr ihre Füße schmerzten und wie es um das seelische Befinden von Köchen bestellt sei. Es gab keinen Zweifel, daß alle Köche in Restaurants Psychotiker waren, einige gebärdeten sich lediglich weniger gewalttätig als andere. Es war alles ziemlich deprimierend. Doch dann fingen sie an, sich gegenseitig Geschichten von dem erstaunlichen Mammut-Trinkgeld zu erzählen, das sie in der vergangenen Woche kassiert hatten, von dem erstaunlichen Angebot an Alkohol, Kokain oder einem großen Haus in Südfrankreich; von dem sonderbaren, interessanten Gast – darunter auch lokale Prominenz –, mit wem die Prominenz zu Tische saß und was man aß; und da sie die ganze Zeit Chianti tranken, dauerte es nicht lange, bis sie vom Thema der Kellnerei gänzlich abkamen und sich bestens dabei amüsierten, Besprechungen und Kritiken über die Sonnenfinsternis auszutauschen.

Die Versammlung war beinahe beendet, als sie dazu kamen, Priscillas Aufnahmeantrag zu besprechen. Wie Ricki warnend vorausgesagt hatte, stieß er auf einigen Widerspruch.

«Es spielt überhaupt keine Rolle, daß sie nur ein Jahr auf dem College war», erklärte Ricki den Versammelten. «Sie ist ein Genie.»

«Wer sagt das?»

«Ich sag das.»

«Haha.»

«Man muß nicht selbst ein Genie sein, um eines zu erkennen. Wäre das anders, Einstein hätte niemals eine Einladung ins Weiße Haus bekommen.»

«Nun gut, wie wär's mit dem einen oder anderen Beweis?»

«Nur zu», sagte Ricki, «prüft sie. Stellt ihr eine Frage.»

«Was ist die Hauptstadt von San Salvador?» fragte Trixie Melodian.

«Das nennst du eine geniale Frage?» antwortete Doris Newton. «Ich habe bei Quiz-Sendungen im Fernsehen schon Feldwebel der Luftwaffe schwierigere Fragen beantworten sehen.»

«Außerdem», sagte Ellen Cherry Charles, «*ist* San Salvador die Hauptstadt. Das Land heißt El Salvador.»

«Bist du sicher?» fragte Trixie. «Warum sollte denn die Stadt einen längeren Namen haben als das Land?»

«Wenn sie ein so großes Genie ist, warum arbeitet sie dann im El Papa Muerta? Jeder weiß, daß mexikanische Restaurants in punkto Trinkgelder absolute Katerstimmung verbreiten.»

«Das El Papa Muerta ist ungefähr so mexikanisch wie das Juneau.»

«Bedeutet El Papa Muerta Die Tote Puppe oder Der tote Papst?»

«Was ist da der Unterschied?»
«Ich bin empört», sagte Sheila Gomez und betrachtete das kleine Kruzifix, dessen vergoldeter Querbalken über ihren Halbkugeln baumelte.
Priscilla räusperte sich. Sie sprach zum erstenmal seit Beginn der Versammlung. Ihre Stimme war ein wenig hoch und quiekend. «Ich habe innerhalb von drei Jahren in fünf verschiedenen mexikanischen Restaurants gearbeitet. Ich bin auf der Suche nach dem perfekten Taco.»
Das brachte die anderen zum Schweigen. Verdammt, vielleicht war sie tatsächlich ein Genie.
Wieder erhob sich Ricki. «Die kleine Priscilla hier ist Wissenschaftlerin. Sie hat ihr eigenes Labor. Und sie ist auf einer heißen Spur! Ich bin zu diesem Zeitpunkt nicht befugt zu sagen, worum es sich handelt. Ihr versteht, ein Wort, das zuviel kommt über die Lippen, kann sein wie für ein Schiff die tödlichen Klippen, aber wenn es erst einmal soweit ist … dann werdet ihr euch mit eurem Zaudern und Zagen, was ihre Aufnahme angeht, fühlen wie die Entdecker der Langsamkeit. Ich möchte euch an etwas erinnern. Keines der Stipendien, die von den Töchtern bislang vergeben worden sind, haben auch nur einen Groschen an Einkünften für den Verein gebracht. Das ist nicht persönlich gemeint, Sheila; ich weiß, daß Dritte-Welt-Algebra von großer Bedeutung ist, aber sie bringt keinen Pfifferling in die Kassen; und, Joan, das kleine Büchlein, das du hast drucken lassen, über Treibholz und das Melanom deiner Mutter, war sehr hübsch, es hat mir große, riesengroße Tränen in die Augen getrieben, aber, um ehrlich zu sein, das Bruttosozialprodukt war nicht betroffen. Das gleiche gilt für Trixies harmonisches Zucken. Ich will nicht rüde erscheinen, aber Priscilla hier ist kommerziell ausgerichtet. Sie hält eine Million Dollar an ihrem langen grünen Schwanz, und wenn wir ihr dabei helfen, sie festzuhalten und an Land zu ziehen, werden wir samt und sonders unsere wunden Füße in Dom Perignon baden. Dies ist nicht der Moment, um über eine Förderung ihrer wissenschaftlichen Forschungen zu reden, dazu kommen wir später, aber dieses kluge kleine Gänschen könnte bereit sein, uns unser erstes goldenes Ei zu legen. Alle, die dafür sind, sie in den Club aufzunehmen, rufen ‹ja›.»
Die Jas machten alles klar, und draußen auf dem Parkplatz schaute Ricki zu Priscilla herüber und zwinkerte mit den Augen. «Wie heißt

die Hauptstadt von El Papa Muerta?» fragte sie. «*San* Papa Muerta?»
Priscilla zog Ricki an sich und küßte sie voll und naß auf den Mund, direkt vor den Augen zahlreicher Kellnerinnen, die in allen möglichen verrosteten VW-Käfern vom Parkplatz fuhren. Der verrostete VW-Käfer ist der Wappenvogel vom Kellnerinnenland. Dort und in jenem Moment entschloß sich Priscilla, mit Ricki ins Bett zu gehen. Doch während ihr Geist überzeugt war, brauchte ihr Körper noch Ermutigung, und deshalb gingen sie ins Virginia Inn an der Ecke First und Virginia und tranken ein paar Gläser billigen Sekt. Immer noch hinkte Priscillas endokrines System ein gutes Stück hinter ihrem Entschluß her. «Meine Zündflamme ist ausgegangen und muß neu angesteckt werden», sagte sie. Ricki schlug einen Pornofilm vor. Sie hoffte, daß eine Doppelvorstellung von *Starship Eros* und *Garage Girls* den Thermostaten wieder hochdrehen würde. Priscilla hatte die gleiche Hoffnung.
Als sie jedoch im Kino saßen, begannen der Chianti und der Sekt bei Ricki Wirkung zu zeigen. Sie saßen weit vorne, in der dritten Reihe, und von dem ganzen kolossalen Rein und Raus und Rauf und Runter wurde ihr übel. Es war ein klassischer Fall von Bewegungskrankheit. Sie hielt sich den Bauch und stöhnte. Priscilla drehte sich zu den glatzköpfigen Männern in der Reihe hinter ihnen um. «Würden Sie so nett sein und aufhören zu rauchen», sagte sie. «Diese Frau erlebt gerade eine religiöse Offenbarung.»
«Wenn die noch einmal zustoßen, muß ich mich übergeben», sagte Ricki.
Priscilla half ihr beim Aufstehen und führte sie den Gang entlang. Ein paar der glatzköpfigen Jungs folgten ihnen. «Meine Freundin hat eine chronische Allergie gegen Heterosexualität», erzählte Priscilla ihnen. «Wir sind hergekommen, um zu versuchen, das natürliche Abwehrsystem ihres Körpers zu aktivieren, aber es hat nicht funktioniert.» Die Männer kicherten irgendwie nervös. «Spottet nicht über die Elenden!» schrie Priscilla sie an. Die Don Juans kehrten auf ihre Plätze zurück.
Es war eine Weile her, seit Priscilla zum letztenmal ein Auto gefahren hatte. Es ruckte heftig, wenn sie die Gänge wechselte. Ricki ächzte. Sie mußten drei Kotzstopps machen auf dem Weg von der Innenstadt zum Ballard District, einer Strecke, die so kurz ist, daß selbst achtzigjährige norwegische Greisinnen das Auto stehen gelassen hätten, wären ihre Einkaufstaschen auch noch so voll mit Lutefisk. In Rickis Duplex-

Apartment wusch Priscilla dem Opfer das Gesicht, um es dann zu vernaschen. Ricki schien ohnmächtig geworden zu sein, doch als Priscilla auf Zehenspitzen zur Tür schlich, rief sie mit schwacher Stimme: «Es war wunderbar, Pris.»
«Was, Liebling? Die Versammlung? Der Sekt?»
«Die Sonnenfinsternis», sagte Ricki. «Es war vielleicht das Wirklichste, was ich je erlebt habe, aber gleichzeitig war es auch wie ein Traum. Weißt du, was ich meine? Wirklich und unwirklich, schön und sonderbar, wie ein Traum. Es hat mich emporgetragen wie einen Drachen, aber es hat nicht lange genug gedauert. Es war zu schnell vorbei, und nichts ist geblieben.»
«So ist das mit den Träumen», sagte Priscilla. «Sie sind das perfekte Verbrechen.» Sie dachte an das so schwer bestimmbare Exsudat, an den lebendigen Smaragd, dem sie in den Wäldern der olfaktorischen Erinnerung nachspürte, an den Traum, den sie in ihrer Nase lebte. Sie spürte, wie ihr Labor sie mitzog wie eine Gezeitenströmung, und es bedurfte ihrer ganzen Kraft zu widerstehen.
Mühsam fuhr sie mit Rickis Auto ans Wasser und schlürfte eine Tasse Muschelsuppe an Ivars Clam Bar (es handelte sich um einen Fisch-Steh-Imbiß, wo sie nicht befürchten mußte, von einer der Kellnerinnen bedient zu werden, die am gleichen Tag auf der Versammlung waren). Anschließend erinnerte sie sich, daß sie an ihrem letzten Geburtstag den Vorsatz gefaßt hatte, alles zu Ende zu führen, was sie einmal angefangen hatte, und sie fuhr zurück zum Kino, um sich das Ende von *Starship Eros* anzuschauen. Alles in allem waren es die entspannendsten und unterhaltsamsten zwei freien Tage gewesen, die sie während des ganzen Jahres genossen hatte. «Wenn Priscilla nur arbeitet und nichts ausprobiert, wird sie ein langweiliges Genie», belehrte sie sich auf dem Weg nach Hause.
Es war nach Mitternacht, als sie bei sich ankam. Im Treppenhaus hing ein Geruch, der noch deprimierender war als Kohlsuppe, und auf ihrer Türschwelle lag in einer gewissen hydrantischen Pracht, wie ein von der Sonnenfinsternis hinterlassener Haufen, wie eine vom *Starship Eros* zur Erde gesandte körperlose Knolle, eine weitere Rote Bete.

NEW ORLEANS

Louisiana im September war wie ein obszöner anonymer Anruf der Natur. Die Luft – feucht, drückend, heimlichtuerisch und alles andere als frisch – fühlte sich an, als würde einem jemand ins Gesicht stöhnen. Bisweilen *klang* sie sogar wie schwergehender Atem. Geißblatt, Sumpfblumen, Magnolien und der geheimnisvolle Geruch des Flusses schwängerten die Atmosphäre und verstärkten den Eindruck organischer Flüchtigkeit. Es war aphrodisisch und repressiv, sanft und gewalttätig zugleich. Auch in New Orleans, im Französischen Viertel, viele Meilen entfernt von den bellenden Schreien der Alligatoren, hatte die Luft jene Qualität von Atem, wenngleich sie hier einen Anflug von metallischem Mundgeruch annahm, was auf die Düfte zurückzuführen war, die Touristenbusse, Lastwagen voller Dixie Bier und ein riesiger Kraftomnibus mit der Endstation Sehnsucht auf der Decatur Street verströmten.

Die einzige Möglichkeit, den anonymen Anrufer loszuwerden, bestand darin, sich Air-conditioning anzuschaffen. Die Parfümerie Devalier hatte jedoch nie Air-conditioning gehabt und würde, sofern sie sich nicht von ihrer gegenwärtigen wirtschaftlichen Krise erholte, möglicherweise auch nie eines haben. Die Folge war, daß sowohl Madame Lily Devalier als auch ihre Haushalftshilfe und Assistentin V'lu Jackson altmodische Fächer aus lackiertem Papier in den Händen hielten, mit denen sie die feuchte Atemluft verwirbelten, die ihnen Louisiana in den Laden schwemmte. Sie saßen auf dem limonengrünen samtenen Sofa im hinteren Teil des Verkaufsraumes, sahen fern und umfächelten sich. In den Sechs-Uhr-Nachrichten gab es Bilder einer totalen Sonnenfinsternis, wie sie von der Spitze der Space Needdle in Seattle und der des Eiffelturms in Paris aufgenommen worden war (die Bahn einer Sonnenfinsternis ist zweihundertneunundsechzig Kilometer breit, so daß

Seattle den südlichen und Paris den nördlichen Rand dieser Finsternis mitbekam: In New Orleans hatte die Sonne weitergebrannt, wie es ihre Art war, verdunkelt lediglich durch eine kurze Schauerboe am späten Nachmittag).

«Oooiii!» rief V'lu, als sie sah, wie zunächst in Seattle und dann in Paris innerhalb weniger Sekunden das strahlende Tageslicht in eine unnatürliche Dunkelheit überging. «Oooiii! Dagegen ssind Hu'icane-T'opfen 'ein ga' nichtss.»

«Ich begreife das als ein Omen», sagte Madame Devalier.

«Alss wass'»

«Als ein Omen. Ein Zeichen. In Paris herrscht Finsternis, New Orleans badet im Sonnenlicht. Die Parfums von Devalier waren stets genauso gut wie die in Frankreich, und von nun an werden sie sogar besser sein. Die Parfümerie Devalier wird aufblühen, und Paris – das stolze, arrogante, pompöse Paris – wird die zweite Geige spielen.» Madame berührte die Lawine ihres Busens mit ihrem Fächer, nickte dreimal und lächelte.

V'lu kicherte. «Sseattle auch, Madame.»

«Was ist mit Seattle?»

«In Sseattle he'scht auch Finsste'niss. Wi' b'auchen unss alsso um Sseattle keine Gedanken ssu machen.»

«Ich habe mir um Seattle nicht die geringsten Gedanken gemacht. Warum sollte ich mir ausgerechnet um Seattle Gedanken machen?»

V'lu zögerte, ehe sie antwortete. Die junge Frau und die alte Frau starrten einander an, während sie unerbittlich weiter fächelten. «*Ssie* iss in Sseattle, Madame. Dass letsste, wass von ih' gehöh't wu'de.»

«So? Was spielt es für eine Rolle, wo ‹sie› ist? Nicht daß ich nichts für sie empfinde, aber ihr Verbleib hat mit unseren Geschäften nicht das geringste zu tun.»

Wieder zögerte V'lu. Ihre braunen Augen waren so weit aufgerissen wie die Schnäbel von Vogelbabies. «Ssie hat die Flasche», sagte V'lu.

«Die Flasche! Pah! Häh! Du und diese Flasche. Vergiß die Flasche, sie hat nichts zu bedeuten. *Rien*. Selbst wenn sie von Wert wäre, was sollte *sie* schon damit anfangen?» Madames Fächer wirbelte wie eine Nähmaschine. Ihr Fächer schien statische Elektrizität zu erzeugen. Ein Glorienschein von Wetterleuchten umgab ihn. «Selbst wenn die Flasche alles das ist, was du behauptest, brauchen wir sie nicht. Wir haben hier

in diesem Laden den großartigsten Jasmin-Sud, der der Menschheit je zu Nasen gekommen ist –»
«Bingo Pajama!»
«Wie bitte? Ist das wieder so ein ordinärer Ausspruch deiner ordinären Generation?»
«Bingo Pajama, Madame. Dass isst sseine Name. E' isst zu'ück von die Inssel nächsste Woche mit meh' Blumen.»
«Und wir haben noch nicht einmal die letzte Lieferung im Griff. Mandarine scheint sich als Kopfnote zu bewähren. Sie sorgt für eine verhältnismäßig rasche Sättigung mit Kohlensäure, aber sie reitet auf dem Jasmin und geht nicht vollkommen darin unter. Bei einer Herznote von der Intensität dieses Bingo Pajama-Jasmin – Herr im Himmel, Mädchen, heißt der wirklich so? – brauchen wir eine Basisnote, die ein stahlhartes Fundament liefert. Das wiederum darf jedoch nicht einfach nur passiv am Grund hocken, es muß unmerklich emporsteigen und irgendwie die Mandarine mit diesem schicksalsschweren Jasminduft vereinigen. Eine sehr besondere Basisnote ist es, die wir beide finden müssen.» Madame Devaliers Fächer zuckte wild, und V'lu fächelte heftig, um das Tempo zu halten.
«Aber wir wollen den zweiten Schritt nicht vor dem ersten tun.»
«Madame?»
«Wir brauchen eine einzigartige Basisnote, und wir werden eine finden, und wenn ich dafür meine gesamte Trickkiste durchstöbern muß. Du erinnerst doch noch, daß ich die Hurricane-Tropfen zusammenbraute, lange nachdem die Darkies behaupteten, das Rezept sei für alle Zeiten verschwunden. Stimmt's?»
«Sstimmt.»
«Zunächst jedoch haben wir ein Problem mit der Destillation. Es ist nicht groß, aber es ist groß genug. Wir machen sie alle fertig mit diesem Sud, Liebling; wir sind im Besitz eines Rohstoffes, mit dem wir halb Frankreich dazu bringen können, Dixie zu pfeifen, und wir werden uns die Sache nicht versauen, bloß weil wir kein Geld zum Pumpen oder Spritzdampfen haben. Und weißt du auch, wie wir das Problem lösen werden? Mit Papas Fett!»
Die gute Madame stand bis zur Taille im Kielwasser des Duftgeschäftes. Sie hatte sich für Jasmin als Herznote ihres Comeback-Parfums entschieden, weil sie wußte, daß es ein Hauptgewinn war, eine botanische Platinschallplatte, ein bewährter Pflanzenweltmeister, mit des-

sen Leistungen auf dem Gebiet der Parfümerie nur die Rose zu konkurrieren vermochte; doch ebensogut wußte sie, daß es – wie bei jeder Primadonna – Bedingungen gab, unter denen zu singen es sich weigern würde. Jasmin (in extremen Fällen auch bekannt unter der Bezeichnung *Jasminum officinale*) duldet einfach nicht jene Hitze, die mit der Destillation verbunden ist. Schon kochendes Wasser genügt, um den vorherrschenden Duft seiner Blüten meuchlings zu morden. Jasminöl muß extrahiert, nicht destilliert werden, und eine effiziente und erfolgreiche Extraktion ist nicht ganz so einfach wie bei einem losen Zahn, den man mit Zwirn an der Türklinke festbindet.

Es beginnt damit, daß die frischen Blütenblätter in einem Lösungsmittel – in reinem Hexan, um es genau zu sagen – gefiltert werden. Und eben das taten Madame und V'lu mit Bingo Pajamas Blüten, und zwar mit gutem Erfolg. Doch dann muß das Lösungsmittel entfernt werden. Keine Frau von Anmut möchte ihren Körper mit synthetischem Hexan einreiben, wie rein auch immer es sein mag. Wenn die Parfümerie Devalier einen Spritzdampfkessel oder eine Vakuum-Pumpe ihr eigen hätte nennen können, wäre der Hexangestank schneller aus dem Jasminöl raus gewesen als ein japanischer Pendler aus einem Munitionszug. Doch leider konnte sich der kleine Laden in der Royal Street jene Art von Geräten ebensowenig leisten, wie es sich eine Spinne in der Dritten Welt leisten kann, ihre Gewebe von einem Designer entwerfen zu lassen, und wie sich Fliegen Cordon bleu leisten können. So vermischten Lily und V'lu ihren Extrakt in einem Kessel mit heißem Wasser, schickten das ganze durch ein Filterrohr, destillierten es mit Alkohol und hofften das Beste.

Als Lily Devalier ihr winziges U-Boot von einer Nase an die Pier des Kruges mit dem Extrakt manövrierte, oh!, da wurde ihr Gehirn von einer nächtlichen Wärme umschwirrt, sie wurde in Sternenwassern gebadet, in milchigem, cherubinischem Sperma und in jenem mitternächtlich blauen Sirup, den tropische Nachtfalter schlürfen. Die verzehrende Köstlichkeit dieses Jasmin schwemmte sie hinfort, doch war sie nicht so gänzlich von Sinnen, daß sie nicht bemerkte, daß das ganze eine Idee zu heiß gekocht und daß noch eine flüchtige Spur des Lösungsmittels zu riechen war. Dort und in jenem Moment entschloß sie sich, auf das alte Verfahren der Enfleurage zurückzugreifen, das schon ihr Papa angewendet hatte. Bei der Enfleurage werden Blütenblätter auf Platten gestreut, die mit Fett bestrichen sind; dort bleiben sie so

lange liegen, bis das Fett den größten Teil des Duftes aufgenommen hat. Wenn die Blüten erschöpft sind, werden sie durch neue ersetzt. Irgendwann kann das Fett keinen weiteren Blütenduft mehr aufnehmen, der dann mit Alkohol von dem Fett heruntergewaschen wird. Das alles wird in Handarbeit gemacht, es ist mühsam und geht langsam; viel, viel zu langsam für die Konzerne in Paris und New York, aber es entsteht ein wahrlich einzigartiges Öl, eine Essenz, die der nackten nächtlichen Kreatur würdig wäre, die der Jamaikaner für sie gefangen hatte, und würdig auch der seltenen Basisnote, die Madame herauszufinden geschworen hatte, als tragendes Fundament für diesen Duft.
«Es wird ein schweres Stück Arbeit, aber wir werden Papas fettigen Weg gehen. Bist du einverstanden?»
«Einve'sstanden.»
«Bitte?»
«Ich bin einve'sstanden mit Ihnen, ganss und ga'.»
Der Fächer von Madame Devalier stand plötzlich still, als hätte ihr fettes, mit Armbändern behängtes Handgelenk sich eingebildet, den Schlußpfiff zu vernehmen, um dann, um ein paar Hoffnungen ärmer, doch befreit von ein paar Illusionen, seine Arbeit wieder aufzunehmen.
«Laß uns eine Schüssel Gazpacho essen, Liebes. Dann legen wir uns für ein paar Stunden aufs Ohr. Gegen zehn wird es so kühl sein, daß wir unsere Arbeit im Labor fortsetzen können.»
«Ich finde ess wi'klich höchsste Sseit, dass Ssie oben Ai'-conditioning einbaun.»
«Wieso gerade du, V'lu? Ein abgehärtetes Plantagenmädchen wie du braucht doch zum Schlafen kein Air-conditioning.»
«Ich 'ede nicht vom Sschlafen, Madame. Ich 'ede von Gemüsse. Gemüsse, dass du'chss Fensste' fliegt und auf mein Bett landet.»
«Ach, dummes Zeug! Wahrscheinlich irgendein Spinner, der versucht, deine Aufmerksamkeit zu erregen, und nicht gut genug erzogen ist, um Rosen zu schicken. Vielleicht dieser verrückte Jamaikaner.»
«O nein, Madame, Bingo Pajama 'iecht *gut*.»
«Wie meinst du das, Liebes?»
«Isst schon gut. Ich we'de jetsst die kalte Ssuppe sse'vie'en.»
«*Merci*. Dankeschön. Laß uns hier unten im Laden essen, da wird es weniger drückend sein.»
Mit Hüften, die wackelten wie Mandolinen an der Wand eines Zigeunerwagens, kletterte V'lu die schmale Treppe hinauf und ließ ihre Ar-

beitgeberin unten zurück, die mit dem Fächer den wollüstigen Atem Louisianas verscheuchte, während sie auf die Sieben-Uhr-Nachrichten und auf wtere schicksalsschwangere Bilder vom verfinsterten Himmel über Paris wartete.

Von der obersten Stufe rief V'lu: «Wenn Miss P'isscil mit de' Flasche nichtss im Ssinn hat, wie kommt ess dann, das sie auf dem Pa'fumeu'-Kong'es ist?»

Es kam keine Antwort, doch aus irgendeinem Grund hätte V'lu schwören können, daß das Gefächel aufgehört hatte.

PARIS

Die Karotte steht für finanziellen Erfolg; eine vielversprechende, oft illusorische Auszeichnung. Eine Karotte ist ein Wunsch, eine Lüge, ein Traum. In dieser Hinsicht hat sie etwas mit Parfum gemein. Eine Rote Bete hingegen … eine Rote Bete ist proletarisch, unmittelbar und auf eine nicht im geringsten verlockende Weise morbid. Wie lautet die Botschaft einer Roten Bete in den Augen des Parfümeurs? Daß seine eleganten, elitären Wege verdammt sind? Daß ein natürlicherer, irdischerer, direkterer Zugang ihm Nutzen bringen könnte? Diese Rote Bete, diese glühende Kohle, dieses blutunterlaufene Auge eines Bergarbeiters, dieser von einer Eule durchdrungene Apfel, ist er Warnung oder freundschaftlicher Hinweis?

Um solche Fragen drehten sich die Gedanken von Marcel LeFever, während er aus dem Fenster seines Büros im dreiundzwanzigsten Stock starrte. Marcel stand seit Stunden am Fenster. Ununterbrochen seit der Sonnenfinsternis.

Claude LeFever, Marcels Cousin und äußerlicher Zwilling, hatte die Sonnenfinsternis von seinem eigenen Bürofenster aus beobachtet. Wenngleich Claude ein nüchtern denkender Mann war, hatte ihn das Ereignis nichtsdestoweniger bewegt. Paris ist ohnehin dem Theater geweiht, doch als an diesem Morgen das Tageslicht immer schneller zu verblassen begann und der riesige Schatten von Westen her heranstürmte, schien sich die Stadt endgültig in eine Bühne zu verwandeln, mit einem düster beleuchteten Prospekt, vor dem sich ein Drama abzuspielen versprach, das sogar die Talente der Franzosen übertraf. Während sich das sonderbare Zwielicht sammelte, wogten abwechselnd Streifen von Licht und Schatten über die Fassade der Kirche auf der anderen Straßenseite, und als Claude zum Himmel aufschaute, sah er, daß der Text aus «Die Elenden» von Salvador Dalí übermalt worden war. Die Sonne war so rund und glänzend und schwarz, daß sie, wenn auf ihr die Ziffer acht zu lesen gewesen wäre, nun ja, eine Menge althergebrachter philosophischer und theologischer Klagen bestätigt und uns Erdenwesen ein für allemal unseren Platz auf dem kosmischen Pool-Billard-Tisch zugewiesen hätte. Ein silberner Schein, wie das Glühen von geschmolzenen Schneckenzangen, flammte hinter der pechschwarzen Korona auf, und Claude spürte, wie er in einem Anflug von Euphorie zu zittern begann.

Als nach drei furchteinflößenden Minuten ein Stück blendender, diamantener Sonnenkruste hinter dem Mondschatten zum Vorschein kam, vernahm Claude, wie Leute im Gebäude applaudierten, und auch er klatschte in seine weichen, manikürten Hände, wenn auch sehr zurückhaltend. Die Sonne nahm wieder die ihr zugewiesene Aufgabe wahr, aber aus irgendeinem Grunde hatte *er* noch keine Lust, sich sofort wieder an seine Arbeit zu machen, also ging er nach nebenan, um mit Marcel über das himmlische Schauspiel zu reden. Marcel würde seine sonderbare euphorische Stimmung verstehen. Wenn irgend jemand erklären könnte, warum eine Sonnenfinsternis in der Lage war, in ihm ein derart tiefgreifendes Gefühl von Handlungsunfähigkeit auszulösen, dann Marcel. Es gab Leute, die behaupteten, daß Marcel Le-Fever für Dinge, die nicht riechen, kein Interesse habe, aber Claude wußte es besser. Und da es außerdem Marcels Gabe war, Düfte aufzuspüren, die so schwach waren, daß anderer Leute Nasen sie nicht wahrnahmen, konnte wohl kaum jemand mit Fug und Recht behaupten, daß in der Welt seines Cousins nicht *sämtliche* Dinge ihre charakteristischen Gerüche hatten. Claude erinnerte sich an einen Abend am Strand, als Marcel behauptet hatte, das Meer röche bei Vollmond anders als bei Neumond. Sie waren damals noch ziemlich jung, irgendwo in den Zwanzigern, und wenn er sich recht erinnerte, hatten sie ein bißchen Hasch geraucht, vielleicht war das ganze also auch nur ein Scherz. Doch wenn es lunare Gerüche gab, dann konnte es ebenso gut auch solare geben. Was wäre, wenn eine Sonnenfinsternis eine spezifische olfaktorische Schwingung aussenden würde, die zum Beispiel von Tieren und von ein paar sensitiven Menschen wahrgenommen werden könnte, und was wäre weiter, wenn sich dieses Signal analysieren, reproduzieren, verstärken und auf Flaschen ziehen ließe? Die Rede ist von einem Parfum, das zu Kopfe steigt! Jeder, der einen Hauch davon mitbekäme, würde so berauscht, wie er es jetzt war. Claude spürte

einen Knall in seinen Schläfen und zuckte zusammen. Sein Gehirn war diese Art hochfliegender Gedanken einfach nicht gewöhnt.
Marcel stand an seinem Fenster und starrte wie gebannt nach draußen, so daß Claude sich entschloß, seine Träumereien zunächst nicht zu stören. Statt dessen ging er zurück in sein eigenes Büro, öffnete die elegant knarrende Tür einer Louis Seize-Vitrine und nahm eine Flasche Pernod heraus. Aus dem Chefeisschrank schaffte seine Sekretärin Wasser und Eiswürfel herbei. Claude schenkte sich einen kräftigen ein, beobachtete, wie der klare Pernod unter Zugabe von Wasser milchig wurde, und fragte sich, ob dieser Vorgang analog sei zu der Art und Weise, wie die Sonnenfinsternis sein Denken beeinflußt hatte – oder hatte sie die entgegengesetzte Wirkung gehabt? Er stürzte einen Drink hinunter, nippte einen zweiten, und es verging fast eine Stunde, bevor er wieder zu seinem Cousin hinüberging. Marcel stand immer noch am Fenster, nur daß er jetzt seine Walmaske trug.
Den ganzen Nachmittag hindurch stand Marcel am Fenster, den ganzen Nachmittag hindurch trank Claude. Um fünf, als die Sekretärinnen nach Hause gingen, nahm Claude was von dem Pernod noch übrig war und setzte sich an den Platz der Empfangssekretärin, von wo aus er Marcel durch dessen Tür, die ein wenig offenstand, beobachten konnte. Claude hätte es weit von sich gewiesen, daß er spionierte. Er hatte vielmehr ein Interesse, seinen Cousin zu beschützen, und zwar sowohl aus geschäftlichen wie aus familiären Gründen. In der Tat hatte der alte Luc LeFever, Claudes Vater, Marcels Onkel und mit siebzig Jahren der unangefochtene Präsident des Unternehmens, Claude die Verantwortung übertragen, auf Marcel aufzupassen. «Er ist ein Irrer», hatte Luc gesagt, «aber du wirst dafür sorgen, daß er ein für uns sicherer und ein zufriedener Irrer ist.»
Claude war nicht vollkommen überzeugt, daß Marcel wirklich so irre war, und noch weniger überzeugt war er von dessen Zufriedenheit, aber er würde alles Notwendige tun, um seine Sicherheit zu garantieren. Schon seit geraumer Zeit äußerte sich Marcel kritisch darüber, welche Entwicklung die LeFever-Firma nahm. Marcel war ein Parfümeur. Er *glaubte* an Parfum. Kölnisch Wasser, Toilettwasser und Badeöle nahm er problemlos hin, denn sie waren nichts weiter als verdünnte Parfums, und er hatte auch nicht besonders heftig widersprochen, als jene Duftnoten, die er und seine Mitarbeiter kreiert hatten, benutzt worden waren, um Seifen, Puder, Körperlotionen, Handcremes

und Shampoos aufzuwerten. Das Wort *Deodorant* verabscheute er jedoch, und bei einer Geschäftsführungssitzung hatte er einmal versucht, einen Mitgeschäftsführer der Firma zu zwingen, den Anti-Perspirant-Stift zu essen, den LeFever auf den Markt bringen wollte. Man hatte ihn mit körperlicher Gewalt zurückhalten müssen. Doch das war noch harmlos, verglichen mit seiner Reaktion auf die Neuigkeit, daß LeFever einen Duft liefern würde, der bei der Herstellung von Toilettenpapier Verwendung finden sollte. «Willkommen bei der Chemischen Aroma-Industrie», hatte Claude gesagt. «Nunmehr sind wir ein vollwertiges Gerüche-Haus.» – «Wir sind eine Fabrik!» hatte Marcel geantwortet, mit genug Verachtung in der Stimme, um einem Bischof den Speck unter der Haut verdorren zu lassen, und er war hinausgestürmt zum Louvre, wo ihn der Duft großer Kunst beruhigte, bis er zu einem jener Gemälde von Hieronymus Bosch kam, auf dem eine kleine Person einer anderen kleinen Person einen Blumenstrauß in das Rektum schiebt, woraufhin er angefangen hatte zu schreien: «Kein Gebrauchtwagenhändler wird sich mit meinem Parfum den Arsch abwischen!» und die Museumswärter ihn hinauswarfen. Es hatte nicht mehr lange gedauert, bis LeFever auch die Geruchskomponenten für Reinigungsmittel, Desinfektionsmittel, Möbelpolituren, Textilien, Papierwaren, Gummibänder, Hai-Abwehrmittel und Riechbücher für Kleinkinder lieferte, und an jenem Tag, als Claude und Luc beschlossen, «Space Sprays» für die Geruchsverbreitung in öffentlichen Gebäuden und U-Bahnen auf den Markt zu bringen, hatte Marcel geschrien: «Muzak für die Nase!» und war nach Tahiti gefahren. Nach einem Jahr kam er zurück, und sie hießen ihn ohne zu zögern willkommen, denn ohne ihren «Bunny» waren sie in der Tat nichts weiter als eine Fabrik.

Daß Marcel Bunny genannt wurde, hatte nichts mit seinen sexuellen Gewohnheiten zu tun. Wie jene frömmelnden Bürger, die jeden Sonntag in die Kirche gehen, um sich dann durch die Woche zu lügen und zu betrügen, besuchte Marcel mit frommer Regelmäßigkeit jeden Sonnabendabend ein Bordell, um dann für die nächsten sechs Tage den Sex anscheinend völlig zu vergessen. Abgesehen von einer noch nicht lange zurückliegenden Begegnung auf einem Parfümeur-Kongreß in Amerika hatte er sich noch nie körperlich mit einer Frau eingelassen, die keine Professionelle war, und auch da nur äußerst zurückhaltend. Nein, sein Spitzname hatte etwas mit seiner Nase zu tun. Man hat ausgerechnet, daß Kaninchen über einhundert Millionen olfaktorische Rezeptoren verfügen – kein Wunder, daß sie ständig ihre kleinen Schnauzen rümpfen, sind sie doch gefangen in einem wogenden Schneesturm aromatischer Stimulanzen –, und Marcel «Bunny» LeFever genoß, mit einiger Übertreibung, den Ruf, das menschliche Äquivalent zu Bugs Bunny zu sein. In den Laboratorien von LeFever gab es Spectrometer, Flüssiggas-Chromatographen, nuklear-magnetische Radargeräte und andere Instrumente, um aromatische Substanzen zu analysieren und zu testen, doch da der Wert einer Duftnote in ihrer Wirkung auf die Nase besteht, hatten die wissenschaftlichen Geräte kaum Aussicht, die schnüffelnde Nase aus Fleisch und Blut als endgültigen Wertprüfer von Düften zu ersetzen, und es herrschte allgemeine Übereinstimmung darüber, daß Marcels Nase die feinste der Branche war. Sie konnte feststellen, ob das Balsamharz in einer Sendung aus Peru zuviel Regen bekommen hatte, ob skrupellose Händler in Madagaskar wieder einmal Ylang-Ylang-Öl gepanscht hatten oder ob das synthetische Geraniol «ins Wanken geraten» war. Ihr bedeutendstes Talent bestand jedoch in der Fähigkeit, Arrangements und Kombinationen zu erschnüffeln, aus denen neue Parfums werden konnten. Sie funktionierte wie ein katalytischer Laser, sie oxydierte die Leidenschaft, die unentdeckt in einem Veilchen schlummert, sie setzte die Passatwinde frei, die in der Orangenschale eingeschlossen sind; sie identifizierte nach Namen und Anzahl die Schmetterlinge, die in kleinen Splittern von Sandelbaumholz aufgelöst waren, und verheiratete sie, einen nach dem anderen, mit den wohlhabenden Söhnen des Moschus.

LeFever gehörte zu den zwanzig bedeutendsten Herstellern von Aroma-Chemikalien und Duftpräparaten der Welt. Unter den Herstellern von edlen Parfums gehörte es zu den ersten fünf, und es war Bunny Marcel, der diesen Rang sicherte. Derselbe Marcel, der seit sieben Stunden ununterbrochen durch eine Fensterscheibe von einem halben Quadratmeter Größe starrte. Verdammt, sensibler Künstler hin oder her, umhätschelter Irrer hin oder her, mystische Sonnenfinsternis hin oder her, es war Zeit, daß jemand mit etwas Zigarrenrauch die Sprinkleranlage auslöste.

«Verzeih, Bunny, ich wollte dich nicht erschrecken, aber ich habe Angst, du könntest dich in den Sardinen verheddern.»

«Sardinen? Du meinst Gardinen. Eine *Sardine* ist ein Fisch, was hier vor mir hängt sind *Gardinen*. Man ißt Sardinen, und vor den Fenstern

hat man Gardinen. Es ist unmöglich, daß man sich in *Sardinen* verheddert, insofern nehme ich an, du meintest *Gardinen.*»
«Ja, du hast ja recht. Aber wenn man ein bißchen zuviel getrunken hat und einen Wal am Fenster stehen sieht, kann man schon mal eine Sardine mit einer Gardine verwechseln.»
«Wenn man *Sardinen* und *Gardinen* nicht auseinanderhalten kann, sollte man vielleicht nicht trinken.»
Es muß einigermaßen verwirrend gewesen sein, aus einer Walmaske eine Vorlesung in Semantik gehalten zu bekommen, aber zumindest nach außen hin ließ sich Claude nichts anmerken. «Wie dem auch sei», sagte er, «ich habe getrunken, und zwar eine Menge. Die Sonnenfinsternis ist Schuld daran. War sie nicht furchtbar unwirklich? Hat sie dir keine Schauer über den Rücken gejagt? Hat sie dich nicht in andere Sphären versetzt? Hat sie nicht aus deinen braunen Augen blaue gemacht?»
Der Walkopf nickte.
«Ist es das, worüber du hier am Fenster die ganze Zeit nachgedacht hast?»
Marcel wagte nicht zuzugeben, daß sich seine Gedanken, als er unterbrochen wurde, um Karotten und Rote Beten drehten, denn Claude in seiner miesen Art würde garantiert einen Weg finden, diese Gemüse verbal mit seinem Spitznamen in Zusammenhang zu bringen und irgendeinen fiesen Witz über Kanickelplagen zu reißen. Also sagte Marcel: «Nein, ich habe über Parfum nachgedacht», was keine gewaltige Lüge war, wenn man Marcels immerwährende Obsession berücksichtigte. «Und ich habe über V'lu nachgedacht.»
«Aha!» rief Claude. «Du weißt, daß man nicht viel tun kann, um den Schmerz jener Stiche zu lindern, die einem eine Frau versetzt. Oder, wie man in ihrer Heimat zu sagen pflegt, es ist einfacher, sich am Arsch zu kratzen als am Herzen.»
«Du mißverstehst mich. Ich will versuchen, es in Worte zu fassen, die auch der Trunkene begreift. Im letzten Monat habe ich die meiste Zeit unten im Labor verbracht, um die Duftnote zu vervollkommnen, die bei uns *New Wave* heißen wird. Du kennst das Konzept, das *New Wave* zugrunde liegt. Wir gehen davon aus, daß für viele Menschen die Faszination der Nostalgie – bezogen auf eine Vergangenheit, die einfacher, ehrlicher, natürlicher gewesen sein soll als die Gegenwart – bald nachlassen wird. In den Städten gibt es eine große, wohlhabende, berufs-

tätige Schicht, die schon jetzt die süßen, schweren, weiblichen, orientalischen Düfte, die in den sechziger Jahren von den Hippies in Mode gebracht worden waren, ebenso ablehnt wie die klaren, natürlichen Frucht- und Kräuterdüfte, die den Rucksack-Charme der siebziger Jahre begleiteten. Für diese Avantgarde und für jene, die sich ihr anschließen werden, entwickelt LeFever *New Wave*, einen wahrhaft modernen Duft – scharf, kantig, bejahend, eingeschlechtlich, urban, unromantisch, un-geheimnisvoll, cool, leicht, elegant und vollkommen synthetisch –»

«Das weiß ich alles, Marcel.»

«Ja, aber was du nicht weißt ist, wie langweilig und letztendlich beängstigend ich diesen Duft finde. Ich habe die letzte Nacht mit *New Wave* auf meinem Kopfkissen geschlafen, und meine Träume waren nichts als totalitaristische Alpträume. Der Geruch ist nicht unattraktiv, aber wenn ich ihn prüfe, kann ich mich des Eindrucks nicht erwehren, die unheilvollen Dünste des Faschismus zu riechen.»

«Wirklich, Bunny. Haha.»

«Ich mache keinen Spaß.» Marcel nahm die Walmaske ab. Seine Miene war tatsächlich ernst. «Ich mache keinen Spaß.»

«Aber, gewiß –»

«Wenn ich *New Wave* rieche, habe ich das Gefühl, ich rieche Kontrolle, Anpassung, Beherrschung. Wie gesagt, es ist ohne jeden Zweifel reizvoll ...»

«Na, dann –»

«Anpassung hat etwas Tröstliches, Kontrolle gibt Sicherheit, das ist das Reizvolle. In der Beherrschung liegt etwas Spannendes, und jeder von uns hat einen heimlichen Hang zur Gewalt.»

«Ein gewalttätiges Parfum? Haha. Erinnerst du dich noch an dieses amerikanische After-Shave, *Hai Karate*?»

«Wenn ich *New Wave* nur um eine Spur von Leder ergänzen würde, Claude, müßte ich sagen, daß ich die olfaktorische Silhouette der Nazis auf meine Laken gezeichnet hätte.»

Das Wort erschreckte Claude. Er schauderte. Während der Besetzung von Paris durch die Nazis waren die LeFever-Zwillinge kleine Jungen gewesen, aber sie erinnerten die Zeit, wie ein Erwachsener einen Knochenbruch in seiner Kindheit erinnert: das fürchterliche Knacken, die Angst, den Schmerz, die Traurigkeit, das plötzliche Durchsickern von Blut, das aussieht wie der finstere Blick einer Hexe im Märchen. Es war

eine Wunde in ihrer Erinnerung, das Stampfen von riesigen Stiefeln in einer entfernten Sandkiste.
«*New Wave* ist ein faszinierendes Parfum», fuhr Marcel fort, «aber ich fange an, es immer mehr zu hassen und sogar seine tiefere Bedeutung zu fürchten. Darum habe ich heute über Grundstoffe nachgedacht. Die Sonnenfinsternis hat in mir die Frage nach jenen mächtigen und geheimnisvollen Aspekten der natürlichen Welt aufgeworfen, mit denen sich der Parfümeur bislang noch nicht im Entferntesten beschäftigt hat. Wir sind zu synthetischen Stoffen übergegangen, als natürliche Grundstoffe knapper und teurer wurden. Aber es gibt Dutzende, vielleicht Hunderte von Grundstoffen in verschiedenen Teilen der Erde, die wir noch nicht ausprobiert haben – nimm allein das Tal des Amazonas, nimm den *Ozean*, mein Gott – und es gibt die Geschichte ... Die letzte Liebesaffäre mit der Vergangenheit spielte sich mit einer verhältnismäßig jungen Vergangenheit ab. Sie lag fünfzig, allerhöchstens hundert Jahre zurück. Aber was ist mit den Düften von vor fünftausend Jahren, waren sie wirklich so primitiv und unraffiniert und fundamental, wie wir glauben? Geschichte? Was ist mit den Düften der Vorgeschichte?»
Marcel setzte sich hin. Er seufzte. Er war kein besonders sportlicher Typ, und er hatte diesen ganzen sonderbaren Tag hindurch gestanden. «Die Sonnenfinsternis hat mich außerdem veranlaßt, an V'lu zu denken.»
«Ja, zurück zu V'lu.» Claude setzte ein matschiges Pernod-Grinsen auf. «Laß mich raten. Das schwarze Antlitz der Sonne hat dich an sie erinnert. Hat dich daran erinnert, daß ihre Vorfahren im Dschungel Duftstoffe verwendeten, von denen wir kaum etwas wissen –»
«Idiot. Woran ich mich, neben den Dingen, die dich nichts angehen, erinnert habe, war eine Bemerkung, die sie gemacht hat. V'lu hat mir gegenüber erwähnt, daß die synthetischen Stoffe, die heutzutage die Parfümerie beherrschen, praktisch sämtlich Mineralölprodukte sind. Der Preis für Rohöl ist gegenwärtig abhängig von den willkürlichen Entscheidungen der OPEC-Länder. Da man den Arabern nicht trauen kann, so meinte V'lu, und da die Zukunft des Mittleren Ostens höchst ungewiß ist, besteht die nicht unwahrscheinliche Möglichkeit, daß petrochemische Produkte sogar knapper und teurer werden als natürliche Stoffe. Sie schlug vor, daß wir die Blumen aus einem neuen Blickwinkel betrachten sollten.»

«Das ist elementar und recht plausibel», stimmte Claude zu. «Es ist eine durchaus verdienstvolle Idee, ich muß nicht nüchtern sein, um das zu erkennen. Scheiß auf die Araber, sowieso. Man sollte sie den Sardinen zum Fraß vorwerfen! Und den *Gardinen* auch; stimmt's, Bunny? Aber was ich mir nicht vorstellen kann, ist, wie dieses Ladenmädchen – mit seiner kindlichen Ausdrucksweise, stimmt's? – dir all das erklärt hat; ich meine, konntest du sie überhaupt verstehen, wenn sie mit ihrem südlichen Negerdialekt und so daherkam?»
Marcel sah zunächst seinen Cousin an, dann schaute er wieder aus dem Fenster, wobei er vielleicht den gleichen unsichtbaren himmlischen Fußabdruck anstarrte, der schon den ganzen Tag hindurch seinen Blick gefangengehalten hatte. «Ich hatte da kein Problem», sagte er. «V'lu hat all das nicht auf englisch zu mir gesagt, mußt du wissen. Sie sprach fehlerfrei Französisch.»
Mangold, Mon Amour.

II. Teil

EIN BLICK UNTER CHOMOLUNGMAS KLEID

Im Laufe des Nachmittags werden unsere Schatten länger. In der Nacht, im Dunkeln, *werden* wir unsere Schatten. Das ist heute ebenso wahr wie damals. Nur daß es den Leuten in früheren Zeiten bewußt war. In früheren Zeiten war die ganze Welt religiös und voller Bedeutung.

Alobar war seit zwanzig Jahren am Lamakloster, als Kudra auftauchte, gekleidet als Junge. Die Lamas durchschauten ihre Verkleidung sofort, doch sie ließen sie Steine schleppen. Sie hatte noch keine Stunde am Bau der Mauer gearbeitet, als auch Alobar erkannte, daß sie eine Frau war. Der Schatten, den sie warf, verhielt sich durchaus diskret. So sind Schatten. Es war ihr Geruch, der sie verriet.

Sie tranken ihren Nachmittagstee am kühlen Fluß. Der Lama, der die Bauarbeiten an der Mauer überwachte, schlug vor, die Arbeiter sollten sich ausziehen und ein Bad nehmen. Alobar unterstützte diesen Vorschlag, denn es war lange her, daß er eine nackte Frau gesehen hatte. Er stellte fest, daß er zitterte.

Kudra weigerte sich, schwimmen zu gehen. Der Lama bestand darauf. «Los, Junge», sagte er. «Alle müssen baden, sonst stürzt die Mauer ein.» In der dünnen Bergluft lag Unheil.

Schließlich sprang der «Junge» hinüber zu Alobar, der gerade im Begriff war, ins Wasser zu waten, und flüsterte: «Hilf mir, bitte. Erkennst du mich nicht?»

Natürlich erkannte er sie nicht. Auch nackt hätte er sie nicht erkannt. Sie war acht Jahre alt gewesen, als er sie zum letztenmal gesehen hatte.

«Du hast mich bei einem fremden Namen gerufen. Wren, kleine Wrenna war es, glaube ich.» Kudra lächelte. «Du bist übrigens überhaupt nicht älter geworden.»

Das eiskalte Wasser, das Alobars Knöchel umspülte, ließ seine Genitalien schrumpfen. Er schämte sich und wollte ihr den Rücken zukehren. Dieses Unbehagen war ein Fehler.

Kudra faßte ihn beim Arm. «Erinnerst du dich? Du hast versucht, mich davon zu überzeugen, eine Rote Bete zu essen.»

Von unseren neun Planeten ist Saturn derjenige, der nach Vergnügen aussieht. Von unseren Bäumen ist zweifellos die Palme der aufrechte Komödiant. Unter dem Federvieh ist es die Ente, die die Narrenkappe trägt. Von unserem Obst und Gemüse könnte die Tomate den Falstaff spielen, während der Banane eher eine Slapstick-Rolle zukäme. Der Hamlet – oder der Macbeth – würden mit der Roten Bete besetzt. Im weitgehend vegetarischen Indien wird die Rote Bete kaum gegessen, weil ihre Farbe an Blut erinnert. Hinfort, verdammter Mangold.

Alobar erinnerte sich …

Von dem Moment an, da er den Rauch sah, war er verwirrt. An einem Tag, so schwül, daß er sich durch ihn hindurchbewegte, wie sich vielleicht eine Spannerlarve durch einen Bottich mit Lauge bewegen würde, an einem Tag, so strahlend, daß seine Augäpfel sich zurückzogen in den Schatten ihrer eigenen Höhlen, an einem solchen Tag konnte er sich einfach nichts vorstellen, wofür Fackeln hätten von Nutzen sein können. Gewiß hätten die Fackeln einen Aufschub bis nach Sonnenuntergang geduldet, wenngleich es Alobar an den dürren Gangesufern vorkam, als würde der Schweiß bei Nacht ebenso reichlich strömen wie am Tage. Als er den Flammen näher kam, erkannte er, daß sie getragen wurden von Trauernden, die sich zu einer Beerdigung versammelten – ein weiterer Grund, einen weiten Bogen zu machen und die freundliche Kühle eines Hains aufzusuchen. Es dürfte kaum überraschen, daß der Reisende aus dem Westen in Beerdigungsangelegenheiten ein wenig scheu war.

Die Straße, die zu viele Monsunregen erlebt und zu wenige wieder vergessen hatte, führte wenige Meter an der Begräbnisstätte vorbei, o weh!, und in der grasbedeckten Savanne abseits vom Wege hatte Alobar jenes sonderbare Zischeln und Schlängeln entdeckt, das ihm als überzeugender Grund gereichte, den ausgetretenen Pfad nicht zu verlassen. So fand er sich schon bald inmitten der weiß gekleideten Trauernden wieder und wurde so unfreiwillig zum Zeugen unappetitlicher Bräuche.

Nicht weit vom Fluß waren vier hohe Stangen in den Boden gesteckt, die die Ecken eines Quadrats bildeten. Sie trugen vier dicke Bretter, die fest miteinander verzapft waren. Zwischen den Stangen waren Holzscheite in der Art aufgetürmt, daß in der Mitte ein Loch blieb, in das Späne und Harz geworfen wurden. Auf dem Holzstoß und drumherum lagen trockene Zweige bereit, die schnell und lichterloh brennen würden. Die Überdachung des Scheiterhaufens bestand aus Brettern, die mit Grassoden bedeckt waren. Das Ergebnis war eine Art hölzerner Verschlag, eine Hütte, die niemals von einem Versicherungsagenten aufgesucht werden würde, ein Studio-Apartment des Todes.

Der Leichnahm wurde in die Mitte des Quadrats, auf den Holzstoß gelegt. Der tote Mann sah, wenn man alles bedachte, recht zufrieden aus (es störte Alobar in philosophischer Hinsicht, daß die Toten stets gelassener erschienen als die Lebenden), aber es war offensichtlich nur noch eine Frage von Minuten, bis er anfangen würde zu verkohlen wie einer jener Brotlaibe, die die vergeßliche Frol stets zu lange im Herd gelassen hatte, eine Vorstellung, die Alobar zusätzlich antrieb, seinen Weg rasch fortzusetzen. Er hatte jedoch lediglich ein paar Schritte gemacht, als eine Prozession ihm den Weg versperrte, in deren Mitte mit großem Pomp eine bekränzte Frau zu dem Scheiterhaufen geführt wurde.

Als sich die Prozession an der Grabstelle entlangschlängelte, fragte Alobar einen der Trauernden, ob die Frau wohl die Witwe sei. Kaum hatte der Fremde ein «Ja» genickt, als sich die Frau langsam, jedoch ohne zu zögern auf den «Eingang» des Scheiterhaufens zubewegte. Ein Brahmane folgte ihr und reichte ihr eine der Fackeln, mit der sie alle vier Ecken des Quadrats anzündete. Dann legte sie sich zu Alobars Entsetzen neben ihren toten Ehemann.

Es war ruhige Resignation, wenn nicht gar matte Intelligenz, mit der sie die Flammen, die zwischen den Zweigen emporzüngelten wie Finken aus der Hölle, zunächst betrachtete, doch als die Hitze stärker wurde und sie das erste Stechen von Schmerz spürte, stieß sie einen gellenden Schrei aus und saß aufrecht in der ihr zugedachten Gruft. Die Brahmanen stießen sie mit den langen Bambusstangen zurück, die sie zu Beerdigungen bei sich trugen, für den Fall, daß einer Witwe die Begeisterung für Selbstmord-Suttee abhanden kommen sollte. Sie geriet in völlige Panik. Sie stieß die Stangen beiseite und war im Begriff, aus dem brennenden Quadrat zu springen. Mit Hilfe ihrer Stangen sorgten die Brahmanen dafür, daß ihr das Dach auf den Kopf stürzte, aber ihr überhitztes Adrenalin verlieh ihr einen Schub übermenschlicher Kräfte, und sie schaffte es, von dem lodernden Scheiterhaufen zu springen und mit qualmendem Sari zum Fluß zu laufen.

Die Brahmanen holten sie am Flußufer ein und schleppten sie zurück zum Scheiterhaufen, der inzwischen toste wie ein Hochofen. Während die Frau mit den Priestern rang, schrie und kreischte die Menge. Alobar bemerkte zu seiner Überraschung, daß er der einzige war, der für die Frau jubelte. Geleitet von einem überstürzten Impuls, eingreifen zu müssen, zog er sein Messer, als drei kräftige Brahmanen sie vom Erdboden hochrissen, an dem sie sich festkrallte, und sie mitten in das Inferno warfen. Noch etwa eine Minute kämpfte sie weiter, wobei sie mit ihren Schreien die Hitzewellen durchdrang, doch als Alobar den Scheiterhaufen erreichte, war sie so reglos und ruhig wie all die Scheite im Feuer.

Rücksichtslos plappernde Trauernde beiseite stoßend, mit zugehaltener Nase zum Schutz gegen die blutrünstigen Düfte, die die Luft verkleisterten, mit den spärlichen Überbleibseln seiner Stiefel Lotus-Girlanden, Hibiskus-Kränze, Reisbällchen und Milchschüsseln zertretend, sauste er über die Begräbnisstätte wie eine Elefant, und nichts, weder die Flüche der Brahmanen noch der mächtige Hitzevorhang, noch die Löcher und die roten Staubwolken auf dem Weg konnten ihn bremsen. Er wäre vielleicht noch meilenweit in diesem Tempo weitergelaufen, hätte er nicht ein kleines Mädchen eingeholt, das ebenfalls die Stätte floh und dabei hysterisch schluchzte.

Alobar legte den Arm um das Kind und versuchte, es zu trösten. Aus den Tiefen seiner Bettrolle kramte er ein Stück honiggetränktes Kokosnußfleisch hervor, das er sich als Betthupfer aufbewahrt hatte. Das Mädchen lehnte ab, wenngleich ihr Schluchzen ein wenig nachließ, und sie legte ihren Kopf gegen seine Seite. Als sie, außer Sichtweite von Rauch von Haaren, Asche von Lippen und Verkohltem von Eingeweiden, an einen belaubten Mangobaum kamen, setzte Alobar sie hin, wischte ihr die Tränen ab und sang für sie ein Liedchen von der Welt, die wider allen Augenschein angeblich rund ist. Sie nahm den süßen Happen an.

Zwischen den einzelnen Bissen erklärte das Kind, daß es mit der Beerdigungsgesellschaft nichts zu tun habe und daß es zufällig in die Sache hineingeraten sei, weil es einen Botengang für seine Familie zu erledigen hatte. Daraufhin öffnete das Mädchen ihren Korb und enthüllte seinen Inhalt: ein Dutzend roter und rötlicher Wurzeln, mit Lehm beschmiert.

«Rote Bete!» rief Alobar. «Du hast vielleicht ein Glück!» Er schmatzte mit den Lippen. «Du wirst heute abend köstlich speisen.»

Das Mädchen verzog das Gesicht. «Kein Mensch ißt diese scheußlichen Dinger», sagte sie. Weiter erzählte sie, wie ihre Familie Rote Beten auskochte, wegen der Farbe, die sie enthielten. Ihr Vater hatte sie losgeschickt, diesen Korb voll zu sammeln, weil er die Baumwollstreifen färben wollte, in die er die aromatischen Zapfen und Stäbchen einwikkelte, die er herstellte und verkaufte. Sie war, vor acht Jahren, in eine Kaste von Weihrauch-Herstellern hineingeboren worden, und da bei den heiligen Stätten entlang des Ganges, wo die Pilger badeten, das Geschäft blühte und da sie außerdem nur einen Bruder hatte, wurde sie oft von ihren häuslichen Pflichten weggerufen, um bei der Arbeit zu helfen.

«Färben», brummte Alobar. «Eine tragische Verschwendung von allerbester Nahrung.» Aber sein Klagen war nur von kurzer Dauer. An dem Mädchen gab es Dinge, die interessanter waren als ihr Korb mit Roten Beten. Sie war eine Miniaturausgabe von Wren! Je länger Alobar sie betrachtete, desto sonderbarer wurde sein Gefühl. Ihre Augenlider waren, wie die Wrens, dick und schlaff wie die Pelle einer saftigen Frucht; sie hatte das gleiche Grübchen im Kinn: ein Wurmloch in einer Birne; den gleichen prall gefüllten Hosenlatz von einer Nase. Wie bei Wren teilten sich ihre Lippen widerstrebend, gleich dem Wasser, das eine Austernbank schützt, um dann nur langsam das nasse Schelf leuchtender Zähne freizugeben, das sich hinter ihnen verbarg, und in den Augen des Mädchens flatterte leuchtendes Pergament, auf das intelligente Dinge geschrieben waren, Dinge, die zu lesen Alobar kaum hoffen durfte. Sie war um einige Schattierungen dunkler und natürlich um einige Größen kleiner, aber Alobar konnte nicht anders, als sie Wren nennen, seine kleine Wrenna, nicht wissend, daß sein Weib von dem eifersüchtigen Geisterbeschwörer Noog umgebracht worden war, und zwar ein paar Wochen, nachdem man Alobar vor acht Jahren mit den Füßen zuerst aus seiner Zitadelle getragen hatte.

«Mein Name ist Kudra», sagte das Kind. «Kudra, nicht Wren, und ich glaube, ich muß jetzt gehen.»
«Ja, das mußt du», pflichtete ihr Alobar bei, der Beschämung und Beunruhigung darüber empfand, wie sein Schwanz begann, gegen die Falten seines Zeltes zu pochen. «Auch ich muß meinen Weg fortsetzen.» Er zeigte gen Norden, in dessen weit entfernten Bergen die Lehrmeister weilen sollten, die er schon so lange suchte, die Herren über den Tod. Er teilte Kudra nur einen Bruchteil seiner Reisepläne mit, aber sie sollte sie in späteren Zeiten gut erinnern, genauso, wie sie sein Abschiedsbekenntnis erinnern sollte, das in einem Lob auf die Eßbarkeit der Roten Bete bestand, und wie sie erinnern sollte, daß er sich umgedreht hatte und ihr nachgelaufen war, sie bei den Schultern gepackt und sie unter einem Strom von Tränen hatte versprechen lassen, daß das, was an diesem Tag mit der Witwe auf dem Scheiterhaufen geschehen war, niemals mit ihr geschehen würde …

«Knochen sind geduldig. Knochen werden niemals müde, noch laufen sie einem fort. Begegnet man einem Menschen, der schon seit vielen Jahren tot ist, so werden seine Knochen noch immer daliegen, an Ort und Stelle, zufrieden, geduldig wartend, während sein Fleisch sich erhoben und ihn verlassen haben wird. Wasser ist wie Fleisch. Wasser steht nicht still. Es ist stets auf dem Weg zu einem anderen Ort; ruhelos, geschwätzig und neugierig. Selbst Wasser in einem abgedeckten Krug wird mit der Zeit verschwinden. Fleisch ist Wasser. Steine sind wie Gebeine. Zufrieden. Zuverlässig. Sag also, Alobar, solltest du, um Unsterblichkeit zu erlangen, es dem Wasser oder dem Stein gleichtun? Solltest du deinem Fleisch oder deinen Knochen trauen?»
Alobar hatte den Lama angestarrt und nichts gesagt. Nach einigen Minuten hatte der Lama ihn gefragt, warum er schweige. «Wasser schwatzt mit dem Stein», sagte Alobar, «aber der Stein antwortet nicht.»
Von da an bezeugten sie ihm einigen Respekt.
Als Kudra sich Alobar am Fluß zu erkennen gab, zog er sich rasch an und führte sie hinfort. «Wohin gehst du mit dem Jungen?» rief der Lama. «Kommt zurück. Es gibt noch viele Steine zu schleppen.»

«Steine sind geduldig», antwortete Alobar. «Ich dachte, Ihr wüßtet das.»

Sie kletterten vom Flußbett hinauf zu einer grasbestandenen Ebene, wo sie ein wenig Polsterung für ihre Hinterteile zu finden hofften und vielleicht würden zusehen können, wie die Berge miteinander wetteiferten, welcher von ihnen der größte sei. Chomolungma war der Sieger. Chomolungma war so, wie die Welt aussehen würde, wenn die Welt auf Zehenspitzen stehen würde. Bleich vor Anstrengung, blau vom Mangel an Sauerstoff. Der Vegetation war schwindelig geworden, und sie war ihr den Buckel heruntergerutscht, Schnee schwirrte ihr in ewigen Spiralen um den Schädel, und in ihrer Spalte trug sie einen Gletscher, wie eine Monatsbinde.

«Ist es möglich?» fragte Alobar. «Bist du wirklich das Kind, dem ich am Ganges begegnet bin? Ja, ich erkenne es an dem Grübchen in deinem Kinn, du bist es. Oder ihr Bruder.»

Kudra nahm ihren Turban ab, so daß ihr hüftlanges Haar herausfließen konnte. Sie knöpfte ihre ausgebeulte Phul-Jacke auf und löste ihr Wams. Entfesselt sprangen ihre Brüste hervor wie Quallen, die zur Fütterung an die Wasseroberfläche kommen. Sie seufzte erleichtert auf. Alobar seufzte anerkennend auf. «Vielleicht ist es besser, wenn du ein Junge bleibst», sagte er.

«Warum das?»

«In dieser Gegend sagt man, Frauen bringen Unglück. Sie haben ein Sprichwort hier, es lautet: ‹Hunde, Kinder und Frauen sind die Wurzeln allen Übels.›»

«Oh?»

«Sie haben noch ein anderes Sprichwort: ‹Wenn du den Reden einer Frau dein Ohr schenkst, wird das Dach deines Hauses bald mit Unkraut übersät sein›.»

«Ist das so? Unkraut, hä?»

«Sie haben noch ein anderes Sprichwort –»

«Schon gut, schon gut. Ich hab's kapiert.»

«Tut mir leid. Du mußt das Gefühl haben, es wäre besser, gar nicht geboren zu sein, als ausgerechnet als Frau auf die Welt zu kommen.»

«Tut mir leid. Dieses Gefühl habe ich nicht im geringsten.»
«Nein? Aber warum bist du dann so angezogen?»
Kudra holte eine Eberborsten-Bürste hervor und bearbeitete damit das Gewirr auf ihrem Kopf. Es dauerte nicht lange, da fiel ihr Haar in Wellen und glänzte. Mount Chomolungma reckte sich auf ihren Zehenspitzen ein paar Zentimeter höher empor, um sehen zu können, woher der schwarze Glanz stammte.
«Ich glaube, ich habe es immer genossen zu leben, ganz gleich, ob als Frau oder nicht», sagte sie. «Heutzutage genieße ich es mehr denn je. Würde es dich interessieren, meine Geschichte zu hören, oder hast du Angst um dein Dach?»
Alobar beschloß, sich verführen zu lassen. Chomolungma dagegen ließ sich wieder auf ihre gewöhnliche Höhe von achttausendachthundertvierundzwanzigeinhalb Meter zurücksinken. An jenem Frühlingstag hatten es an ihren Hängen achtundsechzig Schneeleoparden-Paare und elf Yeti-Paare getrieben. Was interessierte sie schon ein Mann und eine Frau, die versuchten, sich kennenzulernen?

Noch Wochen nach ihren Erlebnissen bei der Leichenverbrennung wurde Kudra von Alpträumen geplagt. Sie schlug um sich und wimmerte, bis sie die ganze Familie aufgeweckt hatte. In manchen Nächten umgurrten die anderen sie mit beruhigenden Mantras und holten ihr warme Milch, in anderen Nächten machten sie gereizte Bemerkungen. Ihre Tante drohte ihr, sie müsse im Hof schlafen, wo die Kuh angebunden war, aber ihr Vater wandte ein, daß es ungehörig sei, eine Kuh im Schlaf zu stören. Ihre Mutter war ihr zwar wohlgesonnen, doch konnte sie den Grund für die schlechten Träume nicht begreifen. Suttee war schließlich ein ganz gewöhnliches Erlebnis, und dies war kaum das erste Mal, daß Kudra mit angesehen hatte, wie eine Witwe dem Leichnam ihres Gatten auf den Scheiterhaufen folgte.
«Aber … sie ist weggelaufen», schluchzte Kudra.
«Ein dummes Frauenzimmer», sagte ihre Mutter. «Das Leben einer Witwe ist schlimmer als Feuer.»
«Ein böses, feiges Frauenzimmer», sagte ihr Vater. «Mann und Frau

sind eins. Die Unsterblichkeit beruht darauf, daß sie zusammenbleiben. Die Suttee-Frau ist die heroische Erretterin der Unsterblichkeit ihres Mannes. Gelobt sei Schiwa.» Gewöhnlich sparte sich ihr Vater seine spirituellen Unterweisungen für ihren Bruder auf.
«Eines Tages werde ich dir vom Leben einer Witwe erzählen», sagte ihre Mutter.
Im Laufe der Zeit verschwanden die schlechten Träume, doch eines Tages, einige Monate später, als Kudras Eltern von einer Leichenverbrennung zurückkamen, konnte sie nicht umhin zu fragen: «Hat die Witwe versucht zu entkommen?» Ihr Vater gab ihr eine Ohrfeige.
Dennoch verblaßten die hitzigen Träume, und Räume mit blau gestrichenen Lehmwänden riefen lieblichere Visionen in ihr hervor. Zu Beginn der Monsunzeit, als die großen Wolkenschiffe von See her über Land trieben, um ihre Tanks mit grünem Regen über den Reisfeldern zu entladen und Staubflocken, Skorpion-Häute und Mengen wertloser, in der Hitze entstandener Diamanten – die schmerzliche Fracht des Sommers – hinfortzuspülen begannen, nahm Kudra an der Kein-Salz-Zeremonie teil. Fünf Tage lang nahm sie ihre Mahlzeiten, ausschließlich ungesalzenes Essen, allein zu sich und betete zarte Sprößlinge an, die aus Weizen- und Gerstenkörnern hervorgegangen waren, die sie vor der Zeremonie selbst ausgesät hatte. Dieses Ritual sollte ihr dabei helfen, sich psychologisch auf die ihr vorbestimmte Rolle im Leben vorzubereiten, die Rolle als Eheweib und Mutter, die ihre Kinder, ihren Mann und die Familie ihres Mannes ernährte und versorgte.
In einem Universum, das seinem Wesen nach als göttlich begriffen wurde, wo heilige Tiere in Hainen mit heiligen Bäumen heilige Pflanzen kauten, wo heilige Flüsse aus den Schößen von Bergen entsprangen, die Götter waren, galt es als etwas Herrliches und Bedeutsames, das Leben zu fördern. Kudra machte der Umgang mit Babies Spaß, und die Vorstellung, Babies zu machen, erregte sie auf eine undefinierbare, jukkende Weise. Im Alter von acht Jahren war sie bereits in die Kunst des Fladenbrot-Backens eingeführt, und sie erlernte schnell die Geheimnisse des Curry in seiner Wildheit und seinem Duft. Ihr wahres Glück jedoch fand sie in jenen Stunden, wenn sie für notwendige Arbeiten aus der Küche in die Werkstatt gerufen wurde, wo sie auf die eine oder andere Weise bei der Herstellung oder beim Verkauf von Räucherwerk behilflich sein konnte. Sie zog das Mischen von Harzen und Balsamen dem Mischen von Reis und Linsen entschieden vor, das Raspeln von

Sandelholz machte ihr mehr Spaß als das Flicken von Kleidern. Sie dachte nicht darüber nach, warum das so war. Als sie älter wurde und neben ihr der Räucherwerk-Handel wuchs, begann sie, mindestens soviel Zeit im Geschäft zu verbringen wie im Haushalt, und niemals kam sie auf den Gedanken, daß im feuchten Boden ihres Herzens ein Konflikt sprießen könnte, so wie einst die rituellen Gerstenkörner gesprossen waren.
Als Kudra zwölf war, begleiteten sie und ihr Bruder ihren Vater auf einer ehrgeizigen Geschäftsreise. Es handelte sich um eine Reise von annähernd vier Monaten Dauer, in deren Verlauf Kalkutta, Delhi, Benares und zahlreiche kleinere Städte aufgesucht wurden mit der Absicht, in buddhistische Märkte einzudringen, denn die Buddhisten hatten begonnen, Räucherwerk in weit größerem Umfang zu verwenden als die Hindus entlang des Ganges. Am Ende der Reise war das Mädchen ziemlich gaga, blöd, besudelt, verwandelt, ihre Nase ein geborstenes Jungfernhäutchen, durch das hindurch Sperma in tausend Farben einen Hootchy-Kootchy-Rhythmus in ihre zerebrale Lagune schwemmte. Wenn immer sie nunmehr die Harze, die Balsame und die besonderen Aromastoffe roch, die Händler von weit her mitbrachten, wirbelten in ihrem Kopf Bilder von Tempeln umher, Bilder von Schreinen, Palästen, Festungen, geheimnisvollen Mauern, Stickereien, Gemälden, Juwelen, Likören, Ikonen, Drogen, Färbemitteln, Fleisch, Süßigkeiten, Konfekt, Seiden, Ballen und Ballen von Baumwollstoffen, Erzen, glänzenden Metallen, Nahrungsmitteln, Gewürzen, Musikinstrumenten, elfenbeinernen Dolchen und elfenbeinernen Puppen, Masken, Glocken, Schnitzereien, Statuen (zehnmal so groß wie sie!), Holz, Leoparden an der Leine, Pfauen, Affen, weißen Elefanten mit tätowierten Ohren, Pferden, Kamelen, Prinzen, Maharadschas, Eroberern, Reisenden (Türken mit bedrohlichen Schnurrbärten und Griechen mit einer Haut, die so blaß war wie die jenes Fremden, der sie an der Begräbnisstätte getröstet hatte), Sängern, Fakiren, Zauberern, Akrobaten, Propheten, Gelehrten, Mönchen, Verrückten, Weisen, Heiligen, Mystikern, Träumern, Prostituierten, Tänzern, Fanatikern, Avataras, Dichtern, Dieben, Kriegern, Schlangenbeschwörern, Festzügen, Paraden, rituellen Handlungen, Hinrichtungen, Hochzeiten, Versuchungen, Konzerten, neuen Religionen, sonderbaren Philosophien, Fiebern, Seuchen, Prachten und Herrlichkeiten und Dingen, die zu fürchterlich waren, um aufgezählt zu werden, und all das wand sich, kam in Sturz-

bächen daher, geriet durcheinander, vermischte sich, spritzte und wirbelte, unermeßlich verwickelt, unerschöpflich, ewig.
Damals wurde ihr klar, daß es der *Duft* des Räucherwerks war, der sie schon immer gefangengenommen hatte, erst jetzt füllten die Gerüche ihre Phantasien aus, die bislang bloße Silhouetten geblieben waren, klebrige Umrisse, hingekritzelt mit Geisterkreide. Vielleicht das Schrecklichste (oder Herrlichste), was einem phantasievollen jungen Menschen passieren kann – abgesehen von dem Fluch (oder dem Segen) der Phantasie selbst –, ist die unvorbereitete Konfrontation mit dem Leben außerhalb seiner eigenen Sphäre, die plötzliche Enthüllung, daß es ein Dort gibt dort draußen.

Der Tag, an dem sich Kudras Geburt zum fünfzehntenmal jährte, begann wie jeder andere auch mit einem Bad vor dem Morgengrauen im Fluß, gefolgt von Gebeten zu Kali und einer Opfergabe von gereinigtem Schmalz im Feuer auf dem Hof. Beim ersten Tageslicht hatte sie ihrem Vater, ihrem Bruder und ihrem einbeinigen Onkel das Frühstück bereitet und war bereits damit beschäftigt, die geronnene Milch zu spülen, die den Hauptbestandteil des mittäglichen Mahles ausmachen würde. Sie stand über die Milchkrüge gebeugt, als von der Werkstatt her ihr Vater nach ihr rief, ganz so, wie sie es gehofft hatte.
«Hochverehrter Vater.» Sie verbeugte sich vor ihm, während sie aus dem Augenwinkel nach irgendeinem neuen Korb mit Bergamotte, Opoponax-Harz, Muskat oder Patschuli Ausschau hielt, denn sie hatte im Geschäft ihr unvertraute Stimmen gehört und vermutete, daß eine Lieferung eingetroffen sei. Nichts Neues war erkennbar, aber das machte nichts, sie war es zufrieden, ein paar Sandelholzspäne zu schneiden, wie sie es in den vergangenen Tagen getan hatte. Das rauhe Sandelholz war so zäh, daß ihr vom Spänen die Arme weh taten, aber mit jedem beschwerlichen Auf und Nieder der Raspel zog ein Hauch von lauer, frischer Waldluft an ihrer Nase vorbei, ein unsichtbarer Duft, der ihr sang vom Aufsetzen der Tatze des Tigers auf trockenem Laub, auf herabgefallene Papageiennester und auf dunklem Madras-Moos.

«Kudra», sagte ihr Vater, «ich habe gute Nachrichten. Gelobt sei Schiwa.»
Etwa wieder eine Handelsreise? Ihre Phantasie galoppierte rittlings auf einem Sandelholz-Besen durch den Raum.
«Gerade waren die Eltern eines respektablen Mannes hier. Wir haben vereinbart, daß du ihn heiraten wirst, sobald die Monsunregen einsetzen. Gelobt sei Schiwa.»
Der Besen knallte auf den harten Lehmboden. Kudra begann zu weinen. Ihre Tränen irritierten ihren Vater nicht. Er hatte erwartet, daß sie fließen würden. Jedes Hindumädchen weinte und klagte über ihre Heirat, vom Augenblick der Ankündigung, die Hochzeit hindurch bis hinein in die Flitterwochen. Es gehörte sich, daß eine zukünftige Braut weinte. Hochzeit bedeutete, daß sie das Haus ihres Vaters verlassen mußte, um bei der Familie ihres Ehegatten zu leben, wo sie behandelt würde wie eine Dienstmagd, wenn sie Glück hatte, und wie Affendreck, wenn sie keins hatte. So war nun mal das Leben. Kudras Mutter hatte geheult. Nun war Kudra an der Reihe. Tradition und Kontinuität hießen die Mehlsorten, aus denen das soziale Brot gebacken wurde; Nahrung für die Kultur, Freude für die Götter.
«Vater, ich bin nicht bereit ...» flennte Kudra.
«Häh? Natürlich bist du bereit. Wenn du nicht daran denkst, einen Ehemann zu finden, warum machst du dich dann in dieser Weise zurecht? Gelobt sei Schiwa.»
Der Räucherwarenhändler spielte auf den karminroten Lackharz an, mit dem sie angefangen hatte, ihre schweren Augenlider zu bemalen, auf die Sandelholzpaste, die sie mit den Fingern in geschlängelten Linien auf ihren Körper malte, auf die nach Jasmin duftenden Salben, die in jenen Tagen ihren Wangen ein Glühen verliehen wie das von Schmalzlampen in der Dämmerung. Wie konnte sie ihm verständlich machen, daß es der Duft dieser Substanzen war, der sie lockte, daß sie nicht versuchte, sich einen Mann einzufangen, sondern die sonderbaren und phantastischen Bilder, die von den Gerüchen heraufbeschworen wurden?
Tränen flossen. «Ich – ich – ich will bei euch arbeiten, ich – ich will hier bei euch arbeiten.» Tränen strömten.
Das traf ihren Vater an einem wunden Punkt. Tatsache war, daß Kudra eine bessere Hilfe bedeutete als ihr Bruder, eine bessere Hilfe als ihr hinkender Onkel und auf jeden Fall eine bessere Hilfe als die faulen

Sudra-Arbeiter, die er nach und nach hatte einstellen müssen. Sie war emsig und fröhlich, und sie besaß ein Gefühl für Räucherwerk, nicht allein Begeisterung, sondern eine Beziehung. Es war zum Teil ihr zu verdanken, daß sein Geschäft blühte. Dennoch, sie war ein Mädchen, und jeder wußte, daß Mädchen heißer waren als Mungos und daß man sicher sein konnte, daß sie beim ersten Hauch einer Gelegenheit ihre Jungfernschaft verlieren würden. Bei der Art, wie die Brüste dieses Mädchens sich aufblähten, bei der Art, wie ihre Augen geglotzt hatten, als sie in Khurja einen kurzen Blick auf die erotischen Friese hatte werfen können, gebot es die Weisheit, sie an einen Ehemann zu binden, ehe das Unglück zuschlug.

«Mach dir keine Gedanken, mein kleiner Patschuli-Tropfen. Die Familie deines Angetrauten hat ein sehr feines Geschäft, gelobt sei Schiwa, und es soll dort Personalmangel herrschen.»

Es stellte sich heraus, daß dies tatsächlich der Fall war. Doch die Familie ihres Ehegatten stellte kein Räucherwerk her. Sie machte in Tauwerk.

Tauwerk. Die Götter haben einen ausgeprägten Sinn für Humor, stimmt's? Wenn dir die Kraft und der Biß fehlt, dein Leben selbst in die Hand zu nehmen, wenn du darauf beharrst, dein Schicksal den Göttern zu überlassen, dann werden dir die Götter deine Schwachheit heimzahlen, indem sie sich ein- oder auch zweimal auf deine Kosten amüsieren. Wenn du es nicht schaffst, dein Schiff selbst zu steuern, darfst du dich nicht wundern, wenn du plötzlich in einem dir unliebsamen Hafen landest. Die trägen und prosaischen Typen werden Abenteuer erleben, die ihr zentrales Nervensystem in Würfel schneiden wie eine Zwiebel, und romantische Träumer enden in der Seilerei. Man mag einwenden, daß es von einem ungebildeten fünfzehnjährigen Mädchen zuviel verlangt sei, daß es seiner Familie, seiner Gesellschaft, seinem gewichtigen kulturellen und religiösen Erbe trotze, um einem Traum Rechnung zu tragen, den es gar nicht wirklich versteht. Natürlich ist es zuviel verlangt. Der Preis der Selbstbestimmung ist stets hoch, und in gewissen Situationen ist er vollkommen unvorstellbar. Aber um das Wunderbare zu erlangen, ist es genau das Unvorstellbare, das gedacht werden muß.

Kudra also landete beim Tauwerk. Tauwerk von gelbbrauner Farbe, Tauwerk von rauher Struktur, Tauwerk von nützlicher Machart, Tauwerk mit einem armseligen Geruch. Im Spätsommer würde sie mit den anderen Angehörigen der Kaste in die feuchtheißen Berge ziehen, um die faserigen Stiele des Bhabar-Grases zu schneiden. Den Rest des Jahres saß sie, sofern sie nicht gerade mit ihren Pflichten im Haushalt beschäftigt war, auf dem Boden neben ihrem Mann und kämmte Fasern zu Bändern, sponn Bänder zu Garn, drehte Garn zu Kardeelen und flocht Kardeele zu Tau. Tau, das die Kuh daran hinderte, dem Bauern wegzulaufen, Tau, das den Flußkahn daran hinderte, auf das offene Meer zu entkommen, Tau, das den einzelnen Stock des Feuerholzes die Strategie des Bündels lehrte, Tau, um eine junge Ehefrau an einen Bettpfosten, einen Ofen, einen düsteren Götteraltar zu fesseln.

In den Straßen Kalkuttas hatte sie einen Fakir gesehen, der ein Seil wie eine Kobra sich emporstrecken ließ. Mit tanzenden Bewegungen wand sich das Seil aus einem Korb, bis sein Ende über die Baumwipfel reichte, woraufhin der Fakir daran emporkletterte und im Himmel verschwand. Nun, wo Meter für Meter, Meile für Meile Tauwerk durch ihre schwieligen Hände lief, bemühte sie sich, Einfluß zu gewinnen auf das Seil, versuchte, es mit ihrem Willen himmelwärts zu richten, so daß sie daran emporklettern könnte, wobei sie hin und wieder innehalten würde, um ihrer Schwiegermutter zum Abschied zu winken, ehe sie sich den Wolken übergäbe.

Jedoch das Tau bewegte sich allein auf horizontaler Ebene, und das auch nur, wenn es physisch gezwungen wurde. Sehen wir den Tatsachen ins Auge – so, wie Kudra konditioniert war, hätte sie das Seil möglicherweise ohnehin nicht erklommen. Außerdem hatte sie sich eine Reihe von Fluchtwegen eingerichtet, die es ihr ermöglichten, sich über die Welt von Schwiegern und Bhabar-Fasern zu erheben. Der eine war der Geruch. Ihr Vater versorgte sie regelmäßig mit natürlichen Duftstoffen, aus denen sie Öle und Essenzen herstellte, um damit ihren Körper verschwenderisch einzureiben. Ob sie gerade den Taukarren belud, Bettwäsche austrug oder ihrer Schwiegermutter den Kuhmist von den Schuhen kratzte, Kudra war stets gehüllt in einen tragbaren Nebel von Wohlgerüchen, umschlungen von einem Seil von Parfum, an dem sie emporklettern konnte, um – zumindest teilweise – zu verschwinden. Da es zu den Traditionen der Hindus gehörte, daß ein Weg zu Schiwa durch die Nase führte, und da in Indien der Frömmigkeit keine Grenzen gesetzt waren, konnten ihre Schwieger nicht widersprechen, auch wenn sie gelegentlich Hustenanfälle bekamen, wenn sie vorbeiging. Was Navin, ihren Ehegatten anging, so zeigte er sich offiziell zwar bestürzt über die Exzesse seiner Braut, privat jedoch war er Feuer und Flamme. Navins lüsterne Reaktion auf die Düfte seiner Frau eröffneten ihr einen zweiten Fluchtweg: Sex.

Kudra gebärdete sich im Ehebett wie ein Wasserbüffel in einem Schlammloch. Wie jeder gewissenhafte, dem Kaufmännischen geweihte Bursche hatte Navin das *Kamasutram*, das hinduistische Handbuch der Liebe, gelesen. Da er dreißig war, doppelt so alt wie seine Braut, als sie getraut wurden, hatte er Zeit gehabt, es auswendig zu lernen, und in der Tat war er in der Theorie, wenn nicht gar in der Praxis wohl vertraut mit den acht Arten der Umarmung (vier sanfte, vier heiße), mit den vier Körperteilen, die, wie das Handbuch lehrte, auch einzeln umarmt werden konnten, mit den drei Arten, ein unschuldiges Mädchen zu küssen, und den vier Winkeln, aus denen heraus die Küsse anzusetzen sind; mit den sechzehn Arten, wie man sein Eheweib küßt (darunter der gemäßigte Kuß, der pressende Kuß, der sanfte Kuß, der saugende Kuß, der umklammernde Kuß und der «Kuß des hungrigen Esels»); mit den acht Arten von Liebesbissen und den acht Arten von Nägelmalen, die man auf dem Körper hinterlassen darf (das *Kamasutram* beschrieb sogar, wie die Nägel des Liebhabers im Idealfall manikürt sein sollten), mit den acht Stufen der Mundvereinigung, den neun Arten, den Penis in der Vagina zu bewegen und mit den vierzig Arten von Liebeslauten, die derweil geäußert werden können (darunter das Donnern, Weinen, Girren; Worte des Lobs, des Schmerzes und des Verbots; und die Laute der Taube, des Kuckucks, der Biene, des Papageien, des Sperlings, des Flamingos, der Ente und der Wachtel), sowie mit den mehr als dreißig Stellungen des Beischlafs, die Namen tragen wie «einen Nagel einschlagen» oder «den Bambus spalten». Wenn all diese Unterweisungen, die Aspekte der Arithmetik, der Ornithologie, der Zimmermannskunst und des Daseins tierischer Ehegatten umfaßten, den Verdacht nahelegen sollten, Navin sei überqualifiziert für die Aufgabe, eine fünfzehnjährige Jungfrau zu befriedigen, so muß berichtet werden, daß Kudra zu keiner Zeit Gefahr lief, Opfer eines Overkills zu werden. Wenn sie ihm auch in der Technik nicht ebenbürtig war, so kompensierte sie diesen Mangel mit Düften und mit Enthusiasmus, und Nacht für Nacht linderten sie die Schmerzen und Strapazen der

Seilerei in den salzigen Fluten und dem leuchtenden Schleim eines herzensfrohen Ficks.
Es dürfte kaum überraschen, daß dem Paar innerhalb von fünf Jahren vier Kinder geschenkt wurden. Es wären ihnen womöglich noch mehr beschert worden, wenn nicht die Schwiegermutter beschlossen hätte, daß das Haus zu voll werde, und deshalb Kudra in das Geheimnis der Anwendung von Flohkraut als orales schwangerschaftsverhütendes Mittel einführte.

Kudra liebte ihre Kinder. Eines Tages, als sie bereits im zwölften Jahr ihrer Ehe stand, sollte sie auch ihren Mann lieben lernen. Es geschah am Morgen nach dem Mahaschiwaratri-Fest – der Großen Nacht des Schiwa –, als Navin, geschwächt vom Feiern und redselig aufgrund einer Art spirituellen Katers, Kudra anvertraute, daß er Pferde vergöttere und daß er sich während seiner Jugend dem undenkbaren Traum hingegeben habe, auf wunderbare Weise Vaisya, die Kaste der Händler, zu überwinden und in die Kaste der Krieger, Kshatriya, aufzusteigen, um reiten zu können. Das Eingeständnis dieser lächerlichen Sehnsucht beschämte ihn, aber Kudra war gerührt zu erfahren, daß auch Navin einen blasphemischen Wunschtraum mit sich herumtrug. Sie wurden dadurch zu Partnern in einem neuen, intimeren Sinne, und wenn immer sie über sein Geheimnis nachdachte, streckte sie über die Seilkiste hinweg ihre Hand aus und gab ihm einen zärtlichen Klaps. Ihren eigenen verborgenen Traum behielt sie dennoch für sich, weil sie nicht wußte, wie sie ihn in Worte fassen sollte. Sie wußte nur, daß er sie ruhelos machte, daß er gut roch und daß er stets gegenwärtig war.
Etwa einen Monat nach Navins Enthüllung besuchte eine Kolonne von Kriegern die Seilerei, um für ihre Rösser edles, maßangefertigtes, mit Glocken und Quasten geschmücktes Zaumzeug zu bestellen. Kudra zog den Anführer beiseite und überredete ihn, Navin einen Ritt anzubieten.
«O nein, nein, das ist vollkommen unmöglich», protestierte Navin.
«Mach schon», drang Kudra. «Das ist die große Chance für dich. Nur bis zum Tempel und wieder zurück.»

Der Offizier, der seinen Blick auf Kudras üppige Hüften gerichtet hatte, half Navin beim Aufsitzen und gab dem großen Pferd einen Klaps, so daß es sich mit Galopp in Bewegung setzte. Navin bekam es mit der Angst, lehnte sich zu weit vor und stürzte in einen Felsenhaufen. Sein Kopf wurde gespalten wie eine Milchschale, und Tropfen für Tropfen erblickten verbotene, mit Blut und Hirn vermischte Sehnsüchte das Licht der Welt.

In den darauffolgenden Tagen zog Kudra es ernsthaft in Erwägung, Navis Leichnam auf den Scheiterhaufen zu folgen. Es hatte nichts damit zu tun, daß sie sich selbst die Schuld an seinem Hinscheiden gab – Schuld ist ein neurotisches Gefühl, das seinen Höhepunkt an Ausbeutung zu ökonomischen und politischen Zwecken unter dem Christentum erfuhr; der Hinduismus war in dieser Hinsicht gesünder – aber konfrontiert mit ihrer Witwenschaft mußte sie erleben, daß die schauderhafte Schilderung, die ihre Mutter ihr von diesem Zustand gegeben hatte, sogar noch untertrieben war.

Vom Augenblick des Todes ihres Mannes an stand eine Witwe unter der Vormundschaft ihrer Söhne, auch wenn die Söhne, wie in Kudras Fall, lediglich Kinder waren. Sie konnte nie wieder heiraten, und sollte sie sich auf unerlaubte sexuelle Aktivitäten einlassen, würden die Brahmanen sie auspeitschen, bis das Weiß ihrer Knochen zu sehen wäre. Sie durfte auch nicht zu ihren Eltern zurückkehren, sondern mußte bei der Familie ihres Ehegatten bleiben, und während man von ihr erwartete, daß sie von früh bis spät Arbeiten im Haushalt erledigte, durfte sie doch niemals an Familienfesten teilnehmen, die im Leben der Hindus eine so wichtige Rolle spielten, denn der Trübsinn einer Witwe würde allen anderen Anwesenden Unglück bringen. Eine Witwe war in jeder Hinsicht ein Asket, ihr Kopf war kahlgeschoren, sie schlief auf dem Boden und nahm nur eine Mahlzeit am Tage zu sich, und die ohne Honig, Wein oder Salz. Sie durfte weder farbige Gewänder noch Schmuck tragen und auch keine Parfums benutzen.

Das Verbot von Parfums war für Kudra letztlich ausschlaggebend. Sie merkte, wie sie zustimmend nickte, als eine Abordnung von Brahmanen aus dem Dorf die spirituellen Vorteile aufzählten, die die Suttee ihr bringen würde. Als die Priester gegangen waren, lief sie ihnen nach, um zu erkunden, wie lange es ihrer Meinung nach dauerte, bis sie wiedergeboren würde. Da sie ihr Gespräch nicht stören wollte, folgte sie ihnen schweigend die staubige Straße entlang und wurde unbeabsichtigt Zeuge ihrer Spekulationen über den Wert ihres Schmucks. Bei der Suttee würden, so lautete das Gesetz, ihre persönlichen Habseligkeiten an die Brahmanen fallen. Einer der Priester vertrat die Meinung, daß Navin, wie jeder gute Ehemann der Händler-Kaste, seine Frau sicher reichlich mit Gold- und Silberschmuck beschenkt hätte und daß sie – die Brahmanen – es sich kaum leisten konnten, Kudra der Einäscherung entsagen zu lassen.

Kudra hatte das Gefühl, ihre Eingeweide würden sich um eine bleierne Achse drehen. Das Sanskrit-Alphabet, in schweren und gewundenen Buchstaben, rezitierte sich selbst in ihrem Bauch; die Zunge einer Kobra durchschwamm die Wasser ihrer Augen. Während die Landschaft vor ihr verwischte, konnte sie mit unverfälschter Deutlichkeit die Witwe mit ihrem rauchenden Sari erkennen, die vom Flußufer weggezerrt und kreischend zum Scheiterhaufen zurückgeschleppt wurde. Und dann erinnerte sie sich an ihr Versprechen dem blaßhäutigen Fremden gegenüber, daß ein solches Schicksal niemals sie selbst ereilen würde.

In jener Nacht, dem Vorabend der Verbrennung, als alle anderen im Hause fest schliefen, zog sie die Kleider ihres Neffen an. Sie legte den Brahmanen ihren Schmuck hin, in der Hoffnung, ihre Gier, sie zu verfolgen, sei dann geringer. Sie wickelte ein paar Fladenbrote, Reisbällchen und Münzen in ein Seidentuch. Dann öffnete sie das Bündel noch einmal und legte eine Haarbürste und einige elfenbeinerne Fläschchen mit Parfums dazu. Schließlich knotete sie das Tuch ein drittes Mal auf und tat, ohne sich bewußt zu machen warum, ein kleines Beutelchen Flohkraut hinein. Als warmes Vanillenmondlicht sahnig durch die Fenster floß, kniete sie vor ihrem groben kleinen persönlichen Schrein nieder, opferte der Göttin Kali eine Schüssel halbflüssiger Butter und bat um Vergebung. Sie kniete vor Navins Sarg nieder und erbat das gleiche noch einmal. Sie küßte jedes ihrer schlafenden Kinder. Sich stets im Schatten haltend, schlich sie aus dem Haus und verharrte im Hof nur so lange, wie es braucht, um einmal mit aller Kraft gegen einen zutiefst überraschten Korb mit Tauwerk zu treten.

«So bist du also dem Tod davongelaufen», sagte Alobar. Er war offensichtlich erfreut. Kudras Flucht weckte in ihm Erinnerungen an die beiden Male, als er unter dem Hieb der Sense des Schnitters hindurchgetaucht war. Es bedeutete, daß er und diese Frau etwas gemeinsam hatten, etwas Revolutionäres und Skandalöses, das sie aneinanderfesselte am äußersten Rand allen Seins, dort, wo die Bande am festesten und am süßesten sind.

«Nein», sagte Kudra. «Ich bin nicht dem Tod davongelaufen. Wie soll ein Mensch dem Tod davonlaufen können? Und warum sollte ein Mensch das tun wollen? Tod ist Erlösung. Ich bin nicht dem Tod entflohen, ich bin der Verderbtheit der Brahmanen entflohen.»

«Unsinn! Willst du mir etwa erzählen, daß du bereitweillig in die Flammen gesprungen wärest, wenn die Brahmanen sich für deine ewige Seele anstatt für deine Armreifen interessiert hätten?»

«Na ja ... ich habe große Angst vor den Flammen.»

«Angenommen, sie hätten von dir verlangt, daß du dich ertränkst. Wärst du froheren Herzens ins Wasser als ins Feuer gegangen?»

«Ja. Nein. Ach, ich weiß nicht! Ertrinken ist keine besonders gute Art zu sterben.»

«Was ist eine gute Art zu sterben?»

«Im Schlaf, nehme ich an. Wenn man alt ist und die Kinder erwachsen.»

«Ach? Alt und im Schlaf? Nach einem Leben voller harter Arbeit und schlechter Behandlung? Und wie alt ist alt? Ist es jemals alt genug? Du hättest das qualvolle Leben einer Witwe auf dich nehmen und im Alter von vierzig Jahren von allen unbeachtet im Schlaf sterben können, du hättest das dem Feuer vorziehen können, die Wahl stand dir frei, aber auch davor bist du davongelaufen.»

«Du beschämst mich. Heißt du mich zurückkehren?»

Alobar legte ihr seine Hand auf die Schulter. Es war das weicheste, was er seit Jahren berührt hatte. Die Hitze ihres Fleisches, die durch ihre Jungensjacke wellte, ließ Fischeier des Schweißes aus seiner Handfläche springen. «Ganz gewiß nicht», sagte er. «Ich will nur, daß du zugibst, daß du nicht sterben möchtest. Nicht einmal, wenn es Schiwas Wille ist oder Kalis Wille, möchtest du sterben. Du willst leben, und – was mehr ist – du willst anständig und glücklich leben, du willst ein Leben leben, das du dir selbst gewählt hast. Gib es zu, auf der Stelle, und du wirst reichen Lohn dafür empfangen.»

Kudra betrachtete neugierig seine Finger. Sie kneteten ihre Schulter und schienen sich mit den Gedanken zu tragen, südwärts zu wandern. «Und worin wird mein Lohn bestehen?»

Er spürte ihr Mißtrauen und zog seine Hand zurück. «Im Trost und Schutz eines verwandten Geistes.»

«Wie willst du mich beschützen? Begreifst du nicht, daß ich sicher sein kann, zur Strafe für das, was ich getan habe, als Spinne wiedergeboren zu werden? Als Spinne oder Floh oder als *Wurm.*» Sie schauderte.

«Ein Grund mehr, ein langes, angenehmes Leben zu leben, solange du noch ein Mensch bist.»

«Jetzt muß ich vielleicht noch hundert weitere Leben durchstehen, ehe ich in das Nirvana eintrete und meine endgültige Erlösung erlange.»

«Was macht das für einen Unterschied, selbst wenn du noch eine *Million* Leben durchlebst? Zumindest kannst du dieses eine genießen.»

«Es ist albern, an die Wirklichkeit und Beständigkeit der vergänglichen alltäglichen Welt zu glauben.»

«Warum bist du dann hier und nicht in dem Aschehaufen an der Begräbnisstätte?»

«Vielleicht, weil ich eine dumme Frau bin.»

«Gut.» Alobar lächelte. «Meine eigene Dummheit kann ein bißchen Gesellschaft vertragen.»

Auch Kudra lächelte. Sie wollte nicht lächeln, es geschah einfach von selbst. Das Lächeln war ihr unangenehm, so als hätte sie gerülpst oder gefurzt. Sie versuchte, das Lächeln mit Gedanken an ihre leidvollen Erfahrungen, ihr schmachvolles Verhalten, ihre ungewisse Lage zu verscheuchen, aber es handelte sich hier um ein Lächeln, das sich nicht ohne weiteres Angst einjagen ließ, es blieb beharrlich an seinem Platze wie ein Mieter, der seine Rechte kennt und sich weigert, seine Wohnung zu räumen. Schließlich wandte Kudra sich ab, aber Alobar konnte ihr Lächeln noch durch ihren Hinterkopf hindurch erkennen.

«Wie heißt du noch gleich?» Alobar rückte dichter an sie heran.

«Kudra.» Das Wort schwamm aus ihrem Lächeln wie ein Kugelfisch aus einem Spalt im Riff.

«Ich heiße Alobar.» Er legte seinen Arm um sie und bedeckte ihre linke Brust. Sie war schwer und schaukelte in seiner Hand, als wäre sie mit Flüssigkeit gefüllt. Melonensaft. Oder Saft von Roten Beten. «Das Gras ist weich hier, Kudra.»

«Eine Matratze ist weicher. Es ist nicht meine Art, im Gras zu kopulieren wie ein Tier.»

«Nun, daran solltest du dich gewöhnen. Ich meine, falls du als Käfer wiedergeboren wirst ...»

«Bitte laß mich los. Ich bin eine Witwe und kenne dich gar nicht.» Das Lächeln war verschwunden, wenn es auch jedem selbst überlassen bleibt zu entscheiden, ob es sich in ihren Kopf zurückgezogen hatte oder hinweggeflossen war zu den Gletschern des Chomolungma.

«Du kennst mich gut genug», sagte Alobar. Widerwillig ließ er die Satin-Kokosnuß fallen. Er hatte das Gefühl, sie würde gurgeln, als er sie losließ. «Bist du nicht hinauf in diese Berge gekommen, um mich zu suchen?»

«Nicht unbedingt. Damals, als ich ein Kind war, erzähltest du mir, du würdest hinauf in den Himalaya reisen, um nach Meistern zu suchen, die Macht über den Tod besitzen. Als ich fortlief, wußte ich nicht, wohin mit mir, und ich dachte, ich müßte nach Kalkutta gehen und eine Frau der Straße werden, aber zunächst beschloß ich, selbst nach diesen Meistern zu schauen. Du warst damals sehr freundlich zu mir, und das Versprechen, das du mir abverlangtest, hat meine Entscheidung beeinflußt, mich nicht der Suttee zu unterwerfen. Es hat zum Teil mit dir zu tun, daß ich einen weniger tugendhaften Weg einschlug. Aber es gibt eine Grenze dessen, wieviel Tugend du mir mit deinem Gerede abspenstig machen darfst.»

«Wenn es keine Tugend ist, lebendig zu sein, dann steckt wenig Tugend in der Tugend, mehr sag ich nicht.»

«Am schlimmsten ist, daß ich Freude an meinem fortdauernden Aufenthalt in dieser Welt der Illusionen empfinde.» Sie drehte sich um und sah ihm ins Gesicht. Das Lächeln kehrte zurück, überraschte sie beide, und verschwand dann wieder ganz plötzlich, ohne sich verabschiedet zu haben. «Sag, Alobar, sind diese Lamas, bei denen du hier lebst, die Meister, nach denen du auf der Suche warst? Und haben sie dich das Geheimnis vom ewigen Leben gelehrt?»

«Äh? Nun, also, in gewisser Weise, glaube ich ... ich weiß nicht genau. Ähh ...»

«Was meinst du damit. Sind sie es oder sind sie es nicht? Haben sie oder haben sie nicht? Für mich sehen sie aus wie buddhistische Mönche, und dort, wo ich herkomme, sterben Buddhisten genauso normal wie alle anderen auch.»

Alobar stand auf und starrte eine Weile auf die Berge. Die Berge sahen aus wie der weiße Lattenzaun, der das Sommerhaus der Ewigkeit umgibt, wenngleich Alobar sie in einer gänzlich anderen Weise wahrnahm. Vielleicht sah er Lagerhäuser in ihnen, angefüllt mit Donnerschlag-Scharnieren und Erdbeben-Ersatzteilen und verstaubten Blitz-Bolzen; vielleicht betrachtete er sie als einen weiteren Versuch der Götter, ihn klein und schwach und sterblich erscheinen zu lassen. Wie auch immer, er schaute eine Weile hinüber zu den Gipfeln und wandte sich dann wieder Kudra zu.

«Als ich von deinem Land über die Grenze in dieses kam, fragte ich ein paar Hirten, wo die großen Lehrer lebten, und sie antworteten: ‹In Samye›, also begab ich mich hierher. Ich klopfte ans Torhaus des Lamaklosters in Samye, und ein paar Männer in roten Gewändern führten mich hinein und gaben mir zu essen und Tee, sie machten Eimer mit Wasser heiß, so daß ich baden konnte, und statteten mich mit warmen Kleidern aus und mit Stiefeln, denn meine eigenen Sachen waren in Fetzen und fielen mir vom Leibe. Dann fragten sie mich, was ich wolle – schließlich bot ich ihnen einen merkwürdigen Anblick –, und ich antwortete: ‹Ich möchte tausend Jahre leben.› Sie sahen einander an, und dann fragte einer von ihnen: ‹In *diesem* Körper?› Und als ich sagte: ‹Ja›, schüttelten sie die Köpfe und schnalzten mit den Zungen. Sie sagten, sie könnten mir bei der Erfüllung meines sinnlosen, irrgeleiteten Wunsches nicht helfen, und daß ich mich nach einer guten Nachtruhe wieder auf den Weg machen müsse. Als ich am nächsten Morgen aufbrach, flüsterte mir einer von ihnen, Fosco, ein Maler von Gedichten, zu, daß ich das, wonach ich suchte, möglicherweise bei den Weisen von Bandaloop finden würde. Er sagte, diese Leute lebten in den Höhlen am Fuße der Berge auf der indischen Seite. Also dankte ich ihm und machte mich auf den Weg.»

«Aber du hast sie nicht gefunden, diese Bandalooper, oder?»

«O doch, ich habe sie durchaus gefunden, obwohl es nicht einfach war. Sie hatten keine hübschen Steinhäuser, wie hier in Samye, sondern sie lebten in einem Bienenstock von Höhlen, weit ab vom Hauptweg.»

«Aber du hast sie gefunden?»

«Ja. Oder besser, sie haben mich gefunden. Eines Tages ruhte ich mich in einer Schlucht aus und dachte: ‹Oh, ich wünschte, ich hätte etwas zu ‹Essen›, als ich plötzlich mit Maiskolben beworfen wurde. Doll. Sehr doll. Mir blutete die Nase davon, und ich kriegte Ohrensausen. Ich zog mein Messer und schaute hinauf zu dem Felsvorsprung, von woher das Getreide gekommen war, und da standen drei langhaarige Männer, die fast ebenso wüst gekleidet waren wie ich, und lachten mich an. Ich drohte ihnen mit meiner Klinge, und sie riefen: ‹Nun, du hast *gesagt*, du seiest hungrig.»

«Gelobt sei Schiwa. Wie konnten sie deine Gedanken hören?»

«Das genau wollte ich herausfinden. Nachdem ich den Mais geröstet und gegessen hatte, kundschaftete ich ihren Pfad aus und folgte ihnen bis zum Fuße eines Berges, der durchlöchert war von Höhlen. ‹Ihr müßt die Weisen von Bandaloop sein›, sagte ich, als sich ein paar von ihnen näherten. ‹Du mußt Alobar sein›, antwortete einer von ihnen. ‹Woher weißt du meinen Namen?› fragte ich. ‹Woher weißt du den unsrigen?› gab er zurück. ‹Ein frommer Mann in Samye hat ihn mir gesagt›, antwortete ich. Da brachen sie in schallendes Gelächter aus.»

«Sie kommen mir sehr unhöflich vor.»

«Unhöflich? Ja, das kann man wohl sagen. Aber weißt du, vor langer Zeit, weit von hier im Westen, wo ich herkomme, bin ich schon zweimal unhöflichen Typen begegnet, der eine war ein Schamane, der andere ein Gott, und obwohl sie mich beide anfangs sehr schlecht behandelten, gab mir der eine speziellen Mut, der andere spezielle Furcht, beides Dinge, die ich brauchte für diese Reise, auf der ich mich befinde. Jene, die im Besitz von Weisheit sind, können sie nicht einfach mit dem Schöpflöffel über jeden dahergelaufenen Narr und Stutzer ausschütten, der danach fragt. Ein Mensch muß darauf vorbereitet sein, Weisheit in Empfang zu nehmen, andernfalls wird sie ihm mehr schaden als nutzen. Außerdem wird ein Tolpatsch, der im klaren Wasser der Weisheit herumplanscht, dieses Wasser für alle anderen trüben. Daher muß ein Mann, der Weisheit sucht, erst daraufhin geprüft werden, ob er ihrer würdig ist. Soweit ich die Dinge verstanden habe, ist Unhöflichkeit auf seiten des Meisters die erste Phase dieser Prüfung.»

«Du meinst also, daß der Meister, wenn du es zuläßt, dich von ihm ungehörig, so wie es ihm gerade paßt, behandeln und deine Würde beleidigen zu lassen, es möglicherweise für angebracht hält, dich seine Sicht der Dinge erfahren zu lassen?»

«Ganz im Gegenteil. Du mußt deine Integrität verteidigen, vorausgesetzt, du hast eine zu verteidigen. Aber du mußt sie auf edle Weise verteidigen, nicht etwa, indem du sein niedriges Verhalten nachmachst. Wenn du freundlich bist, wo er grob ist, wenn du höflich bist, wo er sich ungeschlacht gebärdet, dann wird er dich als potentiell würdig erachten. Wenn er es nicht tut, dann ist er letztlich kein Meister, und du brauchst keine Hemmungen mehr zu haben, ihn in den Arsch zu treten.»

«Interessant. Ist es mit den Weisen von Bandaloop so gelaufen?»

Alobar schüttelte den Kopf. «Nein», sagte er. Er warf wieder einen langen Blick auf Chomolungma und ihre Verfolger im Wettkampf um den höchsten Berg der Welt. Die Sonne begann zu sinken, und die Gipfel waren von farbigen Wolken umflort wie von Kränzen, die darüber Aufschluß gaben, welche Placierung sie in dem Wettkampf erreicht hatten. Es war nicht schwer, den Sieger und den Zweiten und Dritten auszumachen. Fräulein Kongenialität dagegen war weit schwieriger zu identifizieren. «Nein, so ist es mit den Weisen von Bandaloop nicht gelaufen. Sie waren zu gleicher Zeit gastfreundlich und das genaue Gegenteil davon. Sie gaben mir Milch zu trinken, um dann Scheiße in den Becher zu werfen. Sie schmeichelten mir, um mir dann ins Gesicht zu spucken. Sie ignorierten mich, und als ich Anstalten machte zu gehen, flehten sie mich an, doch zu bleiben. Es war teuflisch verwirrend. Und es gab keine Chance, ihnen in den Arsch zu treten. Sie forderten mich auf, sie zu schlagen, aber sie waren so schnell, daß ich sie nie zu fassen bekam. Ihre Bewegungen waren nicht wahrnehmbar, und doch waren sie immer ein winziges Stück links oder rechts von der Stelle, auf die ich meinen Schlag richtete. Nicht einer von ihnen hat mich berührt, aber indem ich sie ständig verfehlte und dabei hinfiel, schlug ich mich sehr blutig.»

«Was für eine Erniedrigung für dich.»

«Das ist noch untertrieben, meine gnädige Frau. Schließlich war ich in meinem Heimatland ein hoch angesehener Krieger.»

«Du bist also fortgegangen?»

«Ich war zu erschöpft, um mich noch fortzubewegen, auch nicht auf allen vieren. Sie gaben mir Öl für meine Kratzer und Schrammen und luden mich in ihre Höhlen ein. Was meinst du wohl, wie es darin aussah? Kantige Felsen, kaltes Wasser, das von den Decken tropfte, Fledermäuse, die in der Dunkelheit kreischend an einem vorüberflattern? O nein, diese Höhlen waren ausgelegt mit wunderbaren Teppichen und Stickereien, dick, warm und üppig. In jeder Ecke, in jedem Winkel glühte eine Öllampe, und in kleinen Schüsselchen brannten Pulver, die dafür sorgten, daß die Luft nach Orangenhainen und nach Gärten duftete.»

«Räucherwerk!» rief Kudra aus.

«Was auch immer. Und drinnen waren Frauen, die Lammfleisch mit Kräutern bereiteten und Wein erhitzten. Alle tranken Wein, bis ihre Augen rot waren. In Pfeifen rauchten sie zerstampfte Blätter der Hanfpalme –»

«Ich kenne diese Pflanze. Wir haben *Tauwerk* daraus gemacht. Sie haben sie geraucht, sagst du?»

«Ja, und sie schienen ganz verträumt davon zu werden. Sie starrten ins Feuer, lachten ohne erkennbaren Grund. Sie boten mir eine Pfeife an, sie boten mir Wein und Fleisch an, sie boten mir sogar eine Frau an, oder auch zwei, wenn ich wollte. Natürlich lehnte ich ab. Ich dachte, das sei eine Finte, eine Prüfung meiner Reinheit. Allein schlief ich ein, gepeinigt von Verlangen, um dann mitten in der Nacht von einem Eimer eiskalten Wassers geweckt zu werden, der mir über den Kopf gegossen wurde. Na ja, *da* bin ich dann gegangen, das kann ich dir versichern. Ich war wütend und verwirrt – und ich hatte Angst. Denn, Kudra, es war keine Hand da, die den Eimer hielt, aus dem das Wasser über mich geschüttet wurde, der Eimer hing mitten in der Luft und leerte sich über mir aus eigenem Antrieb.»

«Alobar, du warst verwirrt, sonst nichts. Oder du hast geträumt. Oder ...» Sie senkte ihre Lider, Lider, die an kleine, aus den Häuten dicker, dunkler Trauben genähte Täschchen erinnerten. «Oder erzählst du mir ein Märchen?»

«Es ist alles wahr, das schwöre ich.»

«Dann werde ich dir wohl glauben müssen. Sag, haben sie dich ungehindert ziehen lassen?»

«Einer von ihnen – sie waren insgesamt vielleicht ein Dutzend, wenn man die Frauen nicht mitzählt – folgte mir nach draußen und befragte mich über meine Absichten. Ich sagte ihm, ich würde wahrscheinlich zurück in das Lamakloster in Samye gehen. ‹Gut›, sagte er. ‹Du wirst dort viel lernen. Danach kannst du zu uns zurückkommen.› Na, das hat mich in Fahrt gebracht, kann ich dir sagen. ‹Es gibt nicht genug Teufel in dieser oder der nächsten Welt, um mich an diesen verwunschenen

Ort zurückzubringen›, schrie ich. Ich schwor, daß ich niemals zurückkommen würde. Er lachte und griff mir in die Kleider und holte ein Ei hervor, wo vorher kein Ei gewesen war. Er zerbrach das Ei auf dem Boden, und heraus kam ein riesiger Hund – er sah genau aus wie Mik, mein eigener Hund aus meiner Stadt, den ich über eine Spanne von acht Festen der Feste nicht gesehen hatte. Er leckte auf die mir vertraute Weise meine Füße, dann lief er in eine der Höhlen und verschwand ...»

«Alobar!»

«Ich schwöre, es ist wahr.»

«Bemerkenswert. Und bist du ihm nachgelaufen?»

«O nein. Ich bin in die Nacht hinausgetaumelt und schließlich wirklich nach Samye zurückgekehrt, wo du mich eingeholt hast. Ich wollte die ganze Geschichte mit Bandaloop vergessen. Unglücklicherweise ist sie mir lebhaft in Erinnerung geblieben.»

«Aber du bist nie dorthin zurückgekehrt?»

«Ich habe einen Schwur geleistet. Wenn wir Sterblichen bei den Göttern schon sonst für keinerlei Besserung sorgen können, so sollten wir zumindest unsere Versprechen halten.»

«Warum bist du zurück nach Samye gegangen?»

«Ich weiß es nicht genau. Als ich ankam, wollte ich Fosco sprechen. Er kam mit seinem Kalligraphenpinsel in der Hand zum Torhaus, und ich packte ihn bei seinem Gewand und schüttelte ihn, bis die Tinte spritzte. ‹Warum hast du mich an diesen verrückten Ort geschickt?› fragte ich. Er antwortete mir mit sanfter Stimme: ‹Die Weisen von Bandaloop werden von meinen Superioren zutiefst verachtet, und ich habe dafür, daß ich dich zu ihnen gesandt habe, das Risiko von Improperien auf mich genommen. Sie praktizieren eine orgiastische Urform der Religion, die wir ihnen nicht nachsehen können. Aber sie sind hervorragende Zauberer und Heiler und Wahrsager, und ich glaubte, sie könnten dir helfen in deiner Besessenheit, was den irdischen Planeten angeht. Vergib mir.› Fosco war so eindeutig aufrichtig, daß ich das Gefühl hatte, *ihn* um Vergebung bitten zu müssen. Er gewährte sie mir nicht nur, er überzeugte auch den Abt des Klosters, daß ich als Arbeiter und Schüler in Samye bleiben durfte. Mir scheint, ich bin schon eine ganze Weile hier.»

Kudra musterte ihn von oben bis unten. «Samye hat dich akzeptiert. Du siehst gesund und kräftig aus. Ich habe nicht gelogen, als ich unten am Fluß sagte, du seist nicht gealtert, seit ich dich das letzte Mal gesehen habe. Vielleicht erhältst du hier das Wissen, um das es dir die ganze Zeit ging. Was haben die Lamas dir beigebracht, daß du zwanzig Jahre in ihrer Obhut ausgeharrt hast?»

«Du findest wirklich, daß ich nicht gealtert bin? Wir hatten ein Zauberglas, damals, in ...» Seine Stimme geriet ins Stocken, eine Art Geiselnahme durch die Erinnerung. Gefesselt, geknebelt, die Augen verbunden mit einem Streifen Hermelin von einer konkubinenbefleckten Bettdecke, lag seine Stimme in einer düsteren Ecke, bis die Erinnerung ihr Lösegeld kassiert hatte oder Mitleid zeigte. Die Sonne war so tief gesunken, daß sie, bis Alobars befreite Stimme wieder zu ihrem gewohnten Alltagsleben zurückkehrte, einen Blick unter Chomolungmas Kleid werfen konnte. «Hier gibt es nirgendwo Spiegel. Der Fluß zeigt mir, wie ich mich rasieren muß, aber er verrät mir kaum etwas über den Zustand meiner Haut oder die Farbe meines Haares. Hmm. Es freut mich, was du sagst.» Er setzte sich nieder und berührte sie noch einmal bei der Schulter. Sie entzog sich ihm nicht.

«Ich habe Frieden gefunden hier. Jahre der Unruhe haben meine Lebensgeister so strapaziert, daß sie wund waren, aber eine Gelassenheit, eine Ruhe, die sowohl von innen als auch von außen kommt, hat sie geheilt. Die Architektur, die Malereien, die Skulpturen, die Musik, die Liturgie und die feinen Gewänder, vor allem aber, wie ich glaube, die Meditation, die Stunden, die man jeden Tag schweigend und reglos dasitzt, diese Dinge haben meine abgestoßenen Kanten geglättet und haben es mir erlaubt, mich durch das Leben treiben zu lassen wie eine Kröte in einem Gebirgsbach. Die Lamas haben unter meiner Ablehnung ihrer Dogmen und ihrer strengen Moral unendlich gelitten, aber ich wage zu behaupten, daß wir alle davon profitiert haben. Ich bin friedlich geworden, und sie, nun ja, manch eine Tonne Stein wurde für sie geschleppt, und sie waren schwer auf Trab die ganze Zeit. Haha.»

«Verstehe ich dich richtig, daß sie dich in den Praktiken der Langlebigkeit nicht unterwiesen haben?»

«Nicht direkt. Sie reden mit mir gelegentlich über das Thema, aber sie erreichen ihr höchstes Ziel, indem sie verschiedene Stufen geistigen Fortschritts durchleben. Und ihr höchstes Ziel ist weder die Unsterblichkeit noch ein ewiges Leben, sondern die Befreiung aus dem Kreislauf von Geburt, Tod und Wiedergeburt.»

«Ja, ja. Das ist auch das höchste Ziel meines Volkes. Weißt du nicht die Perfektion zu schätzen, die diesem Ideal zugrunde liegt?»

Mit seiner freien Hand kratzte sich Alobar am Kopf, einem Kopf, den ein Fischgrätenmuster zierte, das gleichermaßen kastanienfarben wie silbern schimmerte, wie ein Kuhfladen an einem eisigen Morgen. Die andere Hand verharrte an ihrer Ruhestätte auf Kudras Schulter. «Um ehrlich zu sein, weiß ich sie *nicht* in dem Maße zu schätzen, wie sie es möglicherweise verdiente. Vielleicht liegt es daran, daß es mir nicht um die Perfektion, sondern um die Vollkommenheit geht, und ein Leben, das dem Umstand gewidmet ist, dem Leben zu entkommen, hat etwas Unvollkommenes.»

«Bitte, erklär mir das.»

«Hier wird gelehrt, daß ein großer Teil des Daseins allein in Elend besteht; in einem Elend, das durch Sehnsucht verursacht wird; wenn also die Sehnsucht ausgemerzt ist, so ist auch das Elend ausgemerzt. Das ist richtig, aber nur bis zu einem bestimmten Punkt. Es gibt zwar reichlich Elend auf der Welt, zugegeben, aber es gibt auch unendlich viel Freude. Wenn ein Mensch der Freude entsagt, um dem Elend zu entkommen, was hat er dann gewonnen? Ein Leben ohne Elend und ohne Freude bedeutet ein leeres, neutrales Dasein, und in der Tat ist es die Nichtigkeit der Leere, die die Lamas letztendlich anstreben. Das Nichts aktiv zu suchen, ist schlimmer als die Niederlage; warum, fragst du, Kudra – es bedeutet Kapitulation; feige, hasenherzige, entwürdigende Kapitulation. Die armen kleinen Babies haben solche Angst vor Schmerz, daß sie die unzähligen lieblichen Wunder des Lebens verschmähen, um sich vor Verletzungen zu schützen. Wie soll man diese Art von Schwäche respektieren, wie soll man einen Menschen bewundern, der bewußt mit der Milde, der Mittelmäßigkeit und der Sicherheit paktiert, statt das Risiko des Leids einzugehen, das Enttäuschungen mit sich bringen können?»

Alobar war überrascht, sich mit solcher Schärfe die Lehren jener Männer angreifen zu hören, die ihm in den vergangenen zwei Jahrzehnten den Seelenfrieden gebracht hatten. Vielleicht brauchte er Kudra, um lange schwelenden Unzufriedenheiten endlich den Garaus zu machen. Kudra ihrerseits fand die Worte nicht, die sie brauchte, um ihren Glauben zu verteidigen. Vielleicht war ihr der Glaube genommen. Sie sah Alobar an und sagte nichts. Er verstand ihren schweigenden Blick als Aufforderung, in seiner Schmährede fortzufahren – und seine Finger langsam auf eine Umlaufbahn um ihre Kokosnuß-Monde zu bringen.

«Wenn Sehnsucht Leid hervorbringt, so mag das daran liegen, daß wir nicht weise sehnen oder daß wir ungeschickt darin sind, das zu erlangen, wonach wir uns sehnen. Warum sollten wir nicht, anstatt unsere Köpfe in Gebetsmänteln zu verbergen und Mauern gegen die Versuchung zu errichten, lieber daran gehen, Sehnsüchte zu erfüllen? Die Erlösung ist für die Schwachen, das ist meine Meinung. Ich will keine Erlösung, ich will das Leben, das ganze Leben, das elende ebenso wie das wunderbare. Wenn die Götter Begeisterung besteuern würden, wäre ich bereit zu zahlen; aber ich werde bei jeder Gelegenheit gegen ihre Steuern Einspruch erheben, und wenn Wodan oder Schiwa oder Buddha oder dieser Christentyp – ich komm jetzt nicht auf seinen Namen – das nicht respektieren, dann werde ich ihren Zorn auf mich nehmen. Zumindest werde ich von dem Bankett gekostet haben, das sie auf diesem reichen, runden Planeten vor mir auftischen, anstatt mich zu verkriechen wie ein zahnloses Kaninchen. Ich kann nicht glauben, daß die köstlichsten Dinge lediglich da sind, um uns zu prüfen, um uns in Versuchung zu führen, um es uns nur noch schwerer zu machen, den Großen Preis zu gewinnen: die Sicherheit des Nichts. Das Leben zu einem derart armseligen Spiel zu machen, ist weder der Menschen noch der Götter würdig.»

Alobar machte eine Pause, um zu überlegen, was er gesagt hatte. Er hatte seit Jahren solche Gedanken nicht einmal sich selbst gegenüber zum Ausdruck gebracht, wenngleich er sich einmal, als er ein Jak-Kalb über die Felsen springen sah wie eine Ziege, gefragt hatte, was wohl der Große Gott Pan von der buddhistischen Lebensweise halten würde. Die Antwort hatte ein lang andauerndes, stechendes Gefühl von Unbehagen hervorgerufen.

«Die Lamas behaupten, sie hätten keine Angst vor dem Tod, aber was, wenn nicht Angst, veranlaßt sie, zu sterben, bevor sie sterben? Um den Tod zu zähmen, weigern sie sich, das Leben vollständig zu genießen. Indem sie den vollständigen Genuß ablehnen, sind sie schon im voraus halb tot – und das auch noch ohne jede Garantie dafür, daß ihr Opfer ihnen zugute kommt, wenn einmal alles getan sein wird. Sie sind gute Kerle, und ich muß ihre Entscheidung respektieren, aber dieses Narren Ziel ist die Fülle, die Vollendung, nicht die leere Perfektion.»

«Verstehe ich dich richtig, daß du diesmal nicht ablehnen würdest, wenn die Weisen von Bandloop dich noch einmal an ihre Vorräte lassen sollten?»

«Das ganze ist eine Frage der Qualität, gnädige Frau. Sollte ich den Eindruck erweckt haben, daß ein Mensch bei dem, was er genießt, auf Besonnenheit verzichten muß, so befinden sich meine Zunge oder Euer Ohr im Irrtum.»
Als wolle er bei der einen oder dem anderen für eine Richtigstellung sorgen, schob er seine Zunge in die perlmuttenen Windungen ihres Ohrs, während er gleichzeitig ihre Brüste immer wieder von neuem mit seinen Händen bedeckte, damit ihre schwankenden Bewegungen nicht den Prozeß der Richtigstellung behindern konnten. Wenngleich ihr rechtes Ohr auf diese Weise verstopft war, vernahm ihr linkes doch klar und deutlich ein Läuten, das vom Lamakloster herüberklang.
«Ich bin am Verhungern», erklärte sie und sprang mit solcher Kraft auf die Füße, daß er einen Moment lang fürchtete, sie habe seine Zunge mitgerissen. «Ich hoffe, das ist die Glocke zum Abendessen.»
Widerstrebend führte er sie hinab von dem Felsvorsprung, dessen Gras dazu verdammt war, nicht von ihren sich vermischenden Säften benetzt zu werden. Während sie ihr Haar wieder unter den Turban stopfte, bewegte sie sich stolpernd über den unebenen Boden. Sie hatte dicke Schenkel, breite Hüften und große Brüste, aber ihre Taille war so schmal, daß selbst eine humpelnde Schnecke in zwei Minuten lässig die Strecke ihrer Gürtellinie hätte zurücklegen können; mit einem Wort, sie entsprach dem indischen Ideal der Frau, die geschaffen ist für die körperliche Befriedigung, und obwohl Alobar geringfügig abweichende Maßstäbe entwickelt hatte, konnte er nicht umhin, mit weit aufgerissenen Augen zu beobachten, wie diese aufrührerische Fleischeskultur sich abmühte, ihre barbarischen Grenzen (hüpfende Brüste, ein schlingernder Hintern) unter Kontrolle zu halten und zu einem geschlossenen Reich zusammenzufassen, während sie den Abhang hinunterrutschte und schlitterte.
Wie das scheidende Tageslicht die Berge in violette Schattenrisse verwandelt hatte, so hatte der scheidende Seelenfrieden Alobar als Schattenriß auf die Wolkendecke seiner Frustrationen geworfen. Als er einen Teller mit Gerstenbrei hinaus zu den Felsen vor dem Torhaus brachte, wo der «Junge» Kudra wartete, war er so unter Druck, daß ihm die Bedeutung des Flohkrauts, das sie über ihr Essen streute, vollständig verborgen blieb.

Alobar nahm sein schlichtes Mahl zusammen mit den Lamas ein, wie er es gewöhnt war. Nach dem Essen suchte er mit Foscos Hilfe im Stall einen Schlafplatz für Kudra.

«Es tut mir leid», sagte Alobar, «aber das ist die Art, wie Frauen hier behandelt werden.»

«Ich bin das gewohnt», sagte Kudra. «Die Art, wie *du* Frauen behandelst, ist mir allerdings ziemlich neu.» Sie drückte seine Hand. «Komm zurück, wenn der Mond über dem Stall steht», flüsterte sie

Alobar ging hinaus und wandelte durch die Himalayanacht, die Dunkelheit auf den Dächern der Welt. Die dünne, klare Luft summte wie ein Bienenstock unter den monotonen Gesängen der Lamas. Der Himmel war übersät von weißen Sternen wie von Pickeln. Es fiel nicht schwer, sich vorzustellen, die Sterne seien Bienen, sie seien der Quell des allgegenwärtigen Summens der Lamas. Es fiel nicht schwer sich vorzustellen, die blasse Mondsichel sei der Schöpflöffel des Imkers, eingetaucht in das Gesumme und den Honig.

Die Luft voll des monotonen Gesangs wirkte beruhigend auf ihn in der Art, wie eines Tages das Geräusch der drehenden Schraube beruhigend auf die Männer auf See wirken sollte. In jenen Tagen jedoch waren Boote nur so laut wie der Wind, der sie trieb, und natürlich gab es keine Seeleute im Himalaya; es gab nicht einmal belaubte Bäume, die Flottillen kleiner Segel hätten blähen können, so grün wie die Schleier von Meerjungfrauen. Die Winde im Himalaya wehten Schneeflocken umher, und Grassamen und Haare von Pandabären und die ernsten, summenden Laute der Lamas.

Alobar selbst hatte auch ein Lied gelernt. Der Abt persönlich hatte ihm die Laute beigebracht. Das Lied trug ihn an einen Ort im Inneren seiner selbst, der unerreichbar war für Sturm oder Wind, ein Ort, so frei jeder Kräuselung, wie der rasierte Kopf des Abtes, so glatt wie Buddhas Bauch. In jener Nacht jedoch hatte er mehr Lust, das kleine Liedchen zu singen, das er sich vor langer Zeit ausgedacht hatte, jenes Lied, das ging: *Die Erde ist rund, ja rund …* Zweifellos war es die dunkelhäutige Witwe, die jene alten Gefühle in ihm wiederbelebte.

Kudra hatte ihn aus einem lange währenden Schlaf geweckt. Nein, das war verkehrt, er hatte nicht geschlafen in Samye, er hatte sich in einem Zustand höheren Bewußtseins befunden, aber in gewissem Sinne kann Bewußtsein genauso stagnierend sein wie Trägheit. Sein Aufenthalt in dem Lamakloster war zum Trott geworden, zum friedlichen, nahrhaften, lehrreichen Trott, der ihm wenig geschadet und viel genützt hatte, der aber nichtsdestoweniger ein Trott war; sein Rad war sozusagen in einem Graben der Erleuchtung steckengeblieben, und er verspürte einen überwältigenden Drang, auf die Dunkelheit zuzusteuern. Wenn die Erde die Nacht genauso braucht wie den Tag, folgt dann nicht daraus, daß auch die Seele die Dunkelheit braucht, als Ausgleich für die Erleuchtung?

Auf alle Fälle hatte Alobar seine Ruhe und seinen Frieden verloren, und an ihre Stelle war eine begierige, knisternde Freude getreten. Ob dies ein vorübergehender Zustand war, gebunden an das wollüstige Verlangen, das Kudra in ihm geweckt hatte, oder ob es das Ende seiner friedlichen Jahre als Aushänge-Gottloser von Samye ankündigte, konnte er nicht mit Gewißheit sagen. Was er wußte, war, daß nun der Mondhahn auf dem Türsturz des Stalles krähte und daß im Stall die flüchtige Witwe auf die eine oder andere Weise seiner bedurfte.

Es heißt, daß der Schnurrbart eines Mannes, der sich in Erwartung sexueller Aktivitäten befindet, mit erhöhter Geschwindigkeit wächst. Vielleicht muß Alobar noch innehalten und sich rasieren, ehe wir das Ende dieses Absatzes erreichen; ehe die letzten Gesänge hinter den hohen Mauern verklingen und der kondensierte Atem eines schlummernden Jaks die Seite vorübergehend in Nebel hüllt.

Nachdem sie ihr Bad in einer Ponytränke beendet hatte, überlegte Kudra, ob sie sich wieder in die Kleider ihres Neffen zwängen sollte. Die Mainacht war kühl und ließ sie erschauern, aber die Aussicht darauf, jene schmutzigen, unfemininen Sachen über ihren glänzenden braunen Körper zu ziehen, war noch weniger verlockend als eine Gänsehaut. Außerdem würde Alobar sie ja doch nur wieder ausziehen, oder?

Sie hatte sich darein gefügt, daß er sie besteigen würde. Sie hätte es lieber noch ein wenig aufgeschoben oder sogar ganz vermieden – wenn man in seinem Kopf so viele Dinge zu ordnen hat, kann man den Körper nur als Ablenkung begreifen –, aber er war so begierig nach der fleischlichen Umarmung wie der Pilger nach dem Ganges. Ihn wiederzusehen würde bedeuten, sich mit ihm herumzuwälzen, und sie mußte ihn einfach wiedersehen.

Er ist überwältigend aufregend, dachte sie. Dann fügte sie hinzu: *natürlich nicht in sexueller Hinsicht.* Sie fand ihn aufregend, weil er genauso verdammt war wie sie, jedoch nichts bedauerte. Bei ihm bekam die Verdammnis sogar etwas Attraktives. Sie hatte von Männern gehört, die die Götter ablehnten, die bekundeten, nicht zu glauben, aber hier war ein *Gläubiger,* der sich weigerte, im Staub zu kriechen, ein Mann, der sich vor Schiwa, vor Buddha, vor die Götter seines eigenen Volkes, wer immer sie sein mochten, der sich vor sie hinstellte und eine Rechtfertigung verlangte für ein System, in dem Freude bezahlt wird mit Schmerz, für ein System, in dem der einzige Triumph über das Leid im mühsam erkämpften Vergessen besteht, für ein System, das seinem unfreiwilligen Publikum kaum eine Wahl läßt in Fragen, die die Dauer der Vorstellung betreffen.

Die Brahmanen konnten solche Klagen wegerklären; sie war wohl vertraut mit ihren Erklärungen, und mehr noch, sie glaubte, daß sie zutrafen; nur hatte sie keinen Bedarf an theologischen Rechtfertigungen, nicht mehr. Sie war jetzt eine Sünderin, und ihre Möglichkeiten stellten sich wie folgt dar: Sie konnte bereuen und den unumgänglichen Preis zahlen, oder sie konnte sich auf Gedeih und Verderb mit diesem hübschen Ketzer zusammentun und sehen, wohin die Sache führte. Oh, hatte sie ihn «hübsch» genannt? Das hatte sie nicht sagen wollen, obwohl er nicht schlecht aussah, wo sie es schon erwähnte. Es störte sie nicht, daß er über sechzig war, er war kräftig und jugendlich, und außerdem wurden Hindu-Frauen in der Regel mit älteren Männern verheiratet. Um jedem Mißverständnis vorzubeugen, natürlich hatte sie nicht im entferntesten die Absicht, ihn zu heiraten.

Vielleicht standen die Götter Alobars Wünschen aufgeschlossen gegenüber. Vielleicht erwogen sie Veränderungen in der göttlichen Ordnung der Dinge. Vielleicht war es ein Fehler, ein Versehen gewesen, den menschlichen Wesen ein kurzes, unglückliches Leben zuzubilligen, nur daß der Irrtum nie korrigiert worden war, weil sich bislang niemand je offen beschwert hatte. Auf jeden Fall hatte kein Blitzstrahl Alobar niedergestreckt. Dann kam ihr ein anderer Gedanke in den Sinn, und er überzog ihre Gänsehaut mit einer Gänsehaut. War Alobar aus Gleichgültigkeit verschont geblieben? Was wäre, wenn die Götter seine Auflehnung nicht einmal bemerkt hätten?

Im Augenblick spielte das keine Rolle. Eine Rolle spielte allein, daß sie in etwas Großes und Bedeutsames verwickelt war, so schien es jedenfalls. Sie spürte, daß sie sich auf ein Abenteuer eingelassen hatte, das viel großartiger war als die Handelsreise, die sie mit ihrem Vater gemacht hatte, jene wundersame Reise, die auf der kargen Ebene ihres Gehirns eine von Türmen überragte Stadt errichtet und sie für alle Zeiten verdorben hatte für das normale, seßhafte Leben einer Ehefrau.

Blasses Mondlicht rann über die Dachtraufe des Stalls und tropfte auf den Wasserspiegel der Ponytränke. Alobar mußte jeden Augenblick kommen. Gut, sie konnte ihn weiter über diese Bandalooper ausfragen, über die Zauberei, die sie praktizierten, und über die Geheimnisse, die sie kannten. Deshalb hatte sie ihn gebeten, noch einmal zu kommen, deshalb und aus keinem anderen Grunde. Damit das jedem klar ist.

Plötzlich kam er durch die Tür und überraschte sie nichtsahnend, noch nicht einmal angezogen war sie. Kudra erinnerte sich später, daß er es war, der auf sie zugestürzt war, auch wenn die Ponys, der Mond und das Wasser in der Tränke dies anders gesehen hatten. Wie dem auch sei, es war nicht zu leugnen, daß sie in seinen Armen lag, daß ihre Zunge in seinem Mund umherglitt und daß ihre Hand nach etwas Lotrechtem – gelobt sei Kali – im engeren Umfeld seiner Leistengegend tastete.

Irgend etwas stimmte nicht. Statt dem Stoßzahn eines Elefanten fand Kudra eine Tresse aus Hanf. Sollte Tauwerk ihr ewiges Schicksal werden? Alobar war so schlaff, daß man einen Knoten hätte machen können, und gerade in diesem Augenblick befreite er sich aus ihrer Umarmung.

Bestürzt und verwirrt griff sie nach einer lumpigen alten Ponydecke und versuchte, ihre Blößen zu bedecken. «Ist es wegen meiner Farbe?»

«Was ist mit deiner Farbe?»

«Ein Pferd kann sich nicht mit einer Kuh paaren. Ist es möglich, daß ein hellhäutiger Mann unfähig ist, mit einer dunkelhäutigen Frau zu verkehren?» Kudra hatte in ihrem Leben nur mit einem einzigen Mann geschlafen und verfügte über keinerlei Erfahrung mit Impotenz oder Zurückweisung.

«Nein», sagte Alobar. Die Vorstellung ließ ihn verächtlich schnauben. «Man sagt mir im Gegenteil nach, daß ich ein Mann sei, der an dunklem Fleisch Geschmack findet.»

Kudra dachte: *Du hattest auch einen guten Ruf als Krieger, wie du behauptest, aber gegen die Bandalooper hast du nicht allzu gut ausgesehen.* Sie fragte: «Oder liegt es an meiner Nase? Vielleicht stößt ihre Größe dich ab.»

«Du kannst dich glücklich schätzen, daß du im Besitz einer so prächtigen großen Nase bist. Sie wird dir als Ruder dienen und dich durch die schwierigen Gewässer des Lebens steuern.»

War er aufrichtig? Sie hatte ihren Rüssel noch nie unter diesem Aspekt betrachtet. «Nun ja, dann war ich wohl zu vorschnell: mein Kuß, meine Zunge ...»

«Eine neue Erfahrung für mich, das gebe ich zu.»

«Wirklich?»

«Ja, dieser ‹Kuzz›, wie du ihn nennst, ist im Westen unbekannt. Ein ziemlich sonderbares Gefühl, aber eines, das noch einmal zu erleben ich nicht abgeneigt wäre. Ich bin ein aufgeschlossener Mensch.»

Was du aufschließen mußt, ist dein Mund, dachte sie. Doch sie sagte: «Warum verschmähst du mich dann?» Sie rückte die schäbige Decke zurecht in dem Versuch, eine größere Fläche ihres Körpers vor der nächtlichen Kühle und vor Alobars Blick zu schützen.

«Um ganz ehrlich zu sein, es ist dein Geruch.»

«Mein Geruch?!» Sie konnte es nicht glauben. «Aber ich habe gerade gebadet und mich mit duftenden Ölen eingerieben. Im Gras, als ich noch vor Schmutz und Schweiß klebte, warst du nur zu bereit, mich zu nehmen; ich habe die Ausbeulung in deinen Gewändern gesehen; aber hier, auf dem weichen, gemütlichen Stroh, wenn ich sauber und parfümiert bin ...»

«Du hast gut gerochen da oben auf dem Berg, du hast gerochen wie eine Frau. Jetzt riechst du wie eines von diesen kleinen Puderhäuflein, die sie in den Höhlen verbrannt haben; du riechst wie ein – wie ein *Obstbaum*!»

Sie klärten das Problem. Kudra mußte zurück an die Tränke, um sich die Jasmin- und Patschuli-Gerüche von der Haut zu schrubben, woraufhin Alobar, dessen Frauen und Konkubinen wenig von der Wissenschaft des Bades und gar nichts von der Kunst der Parfümerie (abgesehen von den paar Kräutern, die sie in ihre Haremkissen einnähten) verstanden hatten, sie von Kopf bis Fuß beschnüffelte und sie, wenn auch nicht für erregend, so doch für nunmehr harmlos erklärte. Mit ein wenig Unterstützung ihrer vom Seilflechten flinken Finger begann er, wächsern zu werden. Und wächserner. Und Wachs. Bis sie anfing zu quieken.

«Habe ich dir nicht erklärt, daß ich einstmals König war?»

Ein König bist du nach wie vor, dachte sie und schwor, nie wieder eine seiner verschiedenen Reputationen in Zweifel zu ziehen.

Mit der Zeit gefielen ihm die Moleküle besser, die seine Nase erreichten, doch die Geräusche in seinen Ohren – Taube, Kuckuck, Biene, Papagei, Sperling, Flamingo, Ente und Wachtel – zerstörten jegliche in ihm möglicherweise aufkeimenden Illusionen, er könne sich auf vertrautem Terrain befinden.

Später, bei dem schwachen Mondlicht, das geblieben war, registrierte sie auf seinen Schultern und seinem Rücken fünf verschiedene Arten von Nägelmalen. Ihn schmerzten sie alle in gleicher Weise.

«Ich würde dieses *Kamasutram* gern mal lesen», sagte Alobar. «Nur daß ich nicht lesen kann.»

«Das kann ich auch nicht. Aber ich kann dich in jenen Teilen des Inhalts unterweisen, die dir am meisten nützen könnten. Sofern du nichts dagegen hast, werde ich lieber demonstrieren als zitieren.» Sie hatte vier Orgasmen gehabt und fühlte sich hinreichend selbstsicher. «Jetzt jedoch mußt du mir mehr über die Weisen von Bandaloop erzählen.»

«Es gibt nichts mehr über sie zu erzählen.»

«Du willst sagen, du hast nie wieder von ihnen gehört?»

«Oh, jede Menge Geschichten über sie, aber ob sie wahr sind ... Das heißt, doch, einmal ist etwas passiert ...»

«Was ist passiert, Alobar?»

«Einmal im Frühjahr gab es auf dem Paß, der südlich von hier liegt, eine Schneelawine. Reisende wurden unter ihr begraben. Ein paar von uns aus Samye sind hingegangen, um zu helfen, sie auszugraben. Wir fanden einige steif gefrorene Leichname und legten sie an den Wegrand. Nach einer Weile begann einer von ihnen, sich zu bewegen. Es handelte sich um eine Frau. Sie stand auf, streckte sich, bedankte sich bei uns und ging fort. Ging einfach fort. Fosco mußte bemerkt haben, daß ich verblüfft war, denn er legte mir eine Hand auf die Schulter und flüsterte: ‹Das war eine Bandaloop-Frau.› Das war das einzige, was je darüber gesprochen wurde. Die übrigen Opfer verhielten sich so, wie es sich für Leichen gehört.»
Kudra schüttelte erstaunt ihren Kopf, den sie auf die Ellbogen gestützt hatte, und sagte, «Und sie war lediglich eine ihrer Frauen.»
«Ja.»
«Hmmm.» Sie ließ sich ins Stroh sinken, den Hintern in die Luft gestreckt. Der letzte Mondstrahl der Nacht hatte sich im Gewirr ihrer Scham-Moräne verfangen. Alobar griff von hinten dazwischen, als wolle er ihn befreien. Wie ein unvorsichtiges Tier auf dem Rand einer Kiesgrube rutschte sein Mittelfinger aus und war schon bald nicht mehr zu sehen. Kudra wand sich hin und her, dann lag sie still da. Ihre Gedanken waren irgendwo anders. Ihr Körper und Alobar warteten geduldig auf ihre Rückkehr. Er schlief ein, wobei er seine Hand dort ließ, wo sie sich gerade befand. Als die Lamas ihn lange nach Sonnenaufgang weckten, war sein Finger von Feuchtigkeit aufgeweicht. Aber Kudra war verschwunden.

Ein Vorteil, wenn man ein tibetanisches buddhistisches Lamakloster verläßt, besteht darin, daß man sich keinen Karren mieten muß. Alobars weltliche Besitztümer – eine Teeschale, einmal Kleider zum Wechseln und ein Messer, das in den zwanzig Jahren lediglich zum Rasieren benutzt worden war – waren blitzschnell gepackt. Er verabschiedete sich lediglich von Fosco. Fosco legte seinen Pinsel nieder, faltete seine tintenbeschmierten Hände über dem Bauch und betrachtete Alobar voller Güte. Der kleine Lama schien von der Abreise nicht überrascht zu sein, er führte ihn vielmehr rasch zum Tor, wo er ihm in die einzigen blauen Augen schaute, die der Himalaya je gesehen hatte, und etwas so Unverständliches sagte, daß Alobar bereit war, seine Abreise zu verschieben, um den Worten auf den Grund zu gehen. Fosco jedoch enthielt sich jeder Erklärung, und bald schon ging Alobar in weiten Bögen den Berghang hinab, wobei er alle paar hundert Meter stehenblieb, um einen Blick zurückzuwerfen auf die friedlichen Mauern von Samye. *Stein bleibt, Wasser geht,* dachte er. Immerhin wußte er zum erstenmal, wohin er ging.

Es dauerte nicht einmal einen Tag, bis er Kudra eingeholt hatte. Sie kauerte am Wegrand, um sich zu erleichtern, als er um die Kurve kam. Mitten im Fluß sprang sie auf und fiel ihm um den Hals.

«Ich wußte, daß du mir folgen würdest», sagte sie mit jener Art von Selbstvertrauen, das einige Frauen an den Tag legen, wenn sie spüren, daß sie einen sicheren Fang in dem Netz ihrer Vagina haben.

«Du bist ohne ein Wort gegangen», sagte er. Ihr Kuß, so naß und exotisch auf seinen ungeübten Lippen eines Westlers, sorgte für einen erheblichen Abfall des Dampfdrucks seiner Anklage.

«Ich hatte Sorge, du würdest es mir ausreden. Du hast mir schon so vieles ausgeredet, unter anderem die Tugendhaftigkeit einer Witwe und meine Pflichten auf dem Scheiterhaufen.»

«Gelobt sei Schiwa», sagte er im Scherz.

«Gelobt sei Schiwa», wiederholte sie nach einer langen Pause mit einer deutlichen Spur Bissigkeit.

Sie hatte ihre Knabenhosen noch nicht wieder hochgezogen, und Alobar knetete ihre bloßen, von Urin feuchten Schenkel. «Du hast es mir unmöglich gemacht, in Samye zu bleiben», sagte er.

«Deine Geschichten von den Bandaloopern haben es *mir* unmöglich gemacht, dort zu bleiben.»

«Du *warst* also unterwegs zu den Höhlen.»

«Ich *bin* unterwegs zu den Höhlen. Und du kommst mit mir.»

Jeglicher Protest, den er vielleicht hätte äußern wollen, wurde erstickt von den flatternden Seiten des *Kamasutram,* Seiten mit Eselsohren und mit Notizen an den Rändern, die mit seinem einen schwitzigen Auge zu lesen sie Alobar lehrte, wobei das *Kamasutram* ein Buch ist, das sich gewöhnlich in der Mitte öffnet und am Ende beginnt.

Nachdem der Band abgewischt und an seinen Platz im Bücherbord zurückgestellt war, machten sie sich wieder auf den Weg. Bewässert von der Schneeschmelze glitzerte das frisch gesprossene Gras auf den Hängen wie Spinat zwischen den Zähnen der harten Erde. Weit unter ihnen, in tiefen, engen Schluchten, schlugen sich reißende Wasser zu Schaum und tosten dabei, als würde sämtlichen Seemuscheln dieser Welt das Innere nach außen gekehrt; und über ihnen versuchten gewaltige, kalte Gipfel in mineralischem Harnisch, den Himmel zu zertrümmern. Schritt für Schritt führte der Pfad sie hinab, fort von dieser schrecklichen Schönheit.

«Ich habe nachgedacht über das», sagte Kudra wie ein kleiner Junge, der außer Atem ist, «was du über die Sehnsucht gesagt hast.»

«Aha», sagte Alobar, «und jetzt stimmst du mir zu, daß die Sehnsucht des Eiferers, frei von Sehnsucht zu sein, die hinterhältigste aller Sehnsüchte ist.»

«Nicht ganz, Alobar. Sieh es einmal so. Das Wort *Sehnsucht* legt nahe, daß es etwas gibt, was wir nicht haben. Wenn wir schon alles haben, kann es keine Sehnsucht geben, weil nichts bleibt, was wir wollen könnten. Ich glaube, daß Buddha vielleicht versucht hat, uns zu sagen, daß wir alles haben, jeder von uns, jederzeit; darum ist Sehnsucht ganz einfach überflüssig.» Sie blieb stehen, um zu Atem zu kommen. «Um die innere Unruhe und die Enttäuschung auszumerzen, die von der Sehnsucht hervorgerufen wird, brauchen wir uns nur die Tatsache bewußt zu machen, daß wir hier und jetzt alles haben, was wir wollen und brauchen.»

Alobar dachte: *Sie ist eine ganz Schlaue, sogar schlauer als Wrenna, an die sie mich in körperlicher Hinsicht auf sonderbare Weise erinnert. Und ihre Scham ist so schlau wie ihre Rede. Ich hatte recht, ihr zu folgen, obwohl ich aufpassen muß, daß sich ihre Kraft nicht gegen mich kehrt, und ich muß mich zwischen sie und diese widerlichen Öle drängen, mit denen sie so gerne ihr Fleisch einschmiert.*

Vernehmbar fragte er: «Haben wir alles, du und ich?»

Sie befanden sich auf dem Abstieg in ein kleines Tal. Es neigten sich Wolken in das Tal hinein, und die Wolken waren dunkel, als hätten sie blaue Flecken von den spitzen Stößen der Gipfel. Eine der Wolken war so dunkel, daß wahrscheinlich Chomolungma persönlich sie so zugerichtet hatte. Der Wind war ihnen auf den Fersen und begann zu kläffen.

«Ich habe meinen Ehemann, meine Kinder, mein Volk, meinen Glauben verloren», sagte Kudra. «Und doch habe ich das Gefühl, noch alles zu haben. Zumindest alles, was mir zusteht. Brrr. Es wird kalt.»

«Ein Unwetter braut sich zusammen», sagte Alobar. «Es gibt etwas, was wir nicht haben, und das ist etwas, wonach wir uns zwangsläufig sehnen müssen.»

«Und das wäre?» Kudra knöpfte ihr Wams zu, um sich gegen die ersten eisigen, vom Wind getriebenen Regentropfen zu schützen.

«Irgendwelcher Einfluß auf das unbekannte Gericht, das uns dazu verurteilt, gegen unseren Willen zu sterben. Eine Reform jenes Gesetzes, das den Tod zu einer unausweichlichen Folge der Geburt bestimmt.»

Der Wind war so stark geworden, daß er sie förmlich den Pfad hinunterkullern ließ. Als Kudra sagte: «Ich kann nicht entscheiden, ob das die einzig wahre Sehnsucht oder die größte Selbsttäuschung ist», mußte sie schreien, um sich verständlich zu machen. «Vielleicht werden die Bandalooper uns die Antwort darauf geben.»

«Die was?»

«Die Bandaloo-oo-per.» Das Wort segelte mit dem Wind davon, seine Vokale prallten gegeneinander und zerstreuten sich, die Konsonanten zerrten an den Lippen des Wortes wie das Zaumzeug eines fliehenden Pferdes.

In dem Tal fanden sie keinerlei Unterschlupf, nicht einmal einen Felsbrocken mit einem schützenden Winkel, also hetzten Alobar und Kudra weiter. Bald gewannen sie wieder an Höhe. Als die Nacht hereinbrach, war aus dem Regen Schnee geworden, der letzte Schneesturm des Himalaya-Frühlings. Würden sie weitergehen, konnten sie in eine Schlucht stürzen; würden sie Rast machen, konnten sie erfrieren. Sie gingen, und zwar in einem Tempo, das gerade genügte, ihre Zirkulation in Gang zu halten.

Als schließlich die Morgendämmerung kam, war sie nichts weiter, als ein Fleck am Himmel. Kudra betete zu Schiwa und zu Kali, einzeln und zu beiden gemeinsam, und während sie nach einem Zeichen der Götter Ausschau hielt, daß sie das Licht noch unter Vertrag hatten, knallte sie gegen den Stamm einer Yünnan-Kiefer, die der Sturm auf den Pfad geastet hatte. Sie mußte sich mitten in einem Schneeschauer hinsetzen, bis der Schmerz nachließ, und Alobar beugte sich über sie wie ein menschliches Zelt. Ihre Kniescheibe schwoll an, bis sie so rund war wie eine ihrer Brüste und so stramm wie eine Teufelstrommel. Sie stützte sich auf Alobar, und so kehrten sie, er schlurfend und sie humpelnd, mit gemarterten Mägen und alle ihre Energie zusammenraffend, in das Zentrum des Sturmes zurück.

Nach zwei Stunden stützte er sie weniger, als daß er sie schleppte. Sie babbelte etwas von Sandelholz-Hainen und von Marktflecken, wo Krumen von Jasminblüten durch die Straßen wirbelten wie Musik. Obwohl seine Finger taub waren, spürte er, wie sie ihm langsam aus den Händen glitt.
«Halt dich fest. Kudra, bitte halt dich fest. Bitte, Kudra, bitte, Kudra, bitte.»
Der Pfad führte wieder abwärts, aber wenn seine Berechnungen stimmten, waren sie noch zwei Tagesmärsche vom Fuß der Berge entfernt. Drei Tage, wenn sich das Wetter nicht änderte. Eine Ewigkeit, wenn sie nicht wieder auf die Füße kam.
«Bitte, Kudra. Es ist nicht mehr weit ...» Er biß sich auf seine blauen Lippen ob dieser Lüge. «Es ist nicht mehr weit bis zu den Höhlen.»
Sie jammerte. Ihr Schrei war den Klagen der Witwe auf dem Scheiterhaufen so ähnlich, daß gewaltiges Entsetzen ihn packte, ein von einem Adrenalinstoß begleitetes Entsetzen, und so hob er sie auf und begann, mit ihr in den Armen, zu laufen.
Das Entsetzen wandelte sich in eine Art Schwindelgefühl. *Das muß lächerlich aussehen,* dachte er, ohne benennen zu können, für *wen* es lächerlich aussehen sollte. Er mußte den Tod gemeint haben, denn gleich darauf gestand er sich ein: «Der Tod hat uns in der Falle, aber er wird uns nicht im Sitzen kriegen.» Und als, nicht weniger lächerlich als dieser wahnsinnige Sprint durch den Schnee, der hohle Schein seines Lebens vor ihm aufflackerte, mußte er wieder und wieder lachen.
Fast auf der Stelle flaute der Wind ab, wie ein Betrunkener, der mitten in einem Wutanfall ohnmächtig wird. Die Sonne brannte sich durch und machte aus kochenden Wolken zunächst Mehlklöße, dann Bratensoße.
Nachdem Kudra sich ein wenig erholt hatte, schafften sie die Strecke bis zum Fuß der Berge in kaum mehr als einem Tag. Die letzte Meile legten sie praktisch auf allen vieren zurück. Doch niemand hieß sie willkommen. Die Höhlen der Bandalooper waren nackt und leer.

Alobar sammelte Holz und machte ein Feuer an. Während sie ihre feuchten Kleider trockneten, glitten sie hinüber in die Bewußtlosigkeit und wachten erst nach Stunden wieder auf. Als Alobar die Augen öffnete, erhob er sich und fachte das Feuer wieder an. Nicht weit von den Höhlen entdeckte er ein paar Kräuter, die er pflückte, um sie in seiner Schale zu einem kräftigen grünen Getränk ziehen zu lassen. Nachdem sie den Tee getrunken hatten, legten sie sich von Neuem zum Schlafen. Dieser Ablauf wiederholte sich mehrere Male, bis sie sich an einem sonnigen Morgen im Eingang zu einer der Höhlen sitzend wiederfanden, hellwach und leidlich genährt.

Zum Abschluß seines Berichtes darüber, wie er sie getragen und mit ihr gelaufen war, riskierte Alobar die Spekulation, daß sie überlebt hätten, weil er im Begriff war, einen Punkt zu erreichen, an dem er seine Sehnsucht nach dem Leben nicht mehr ernst nahm. «Meine Sehnsucht war nicht geringer als vorher, mußt du wissen, aber ich habe mich nicht mehr mit der Sehnsucht *identifiziert*. Vielleicht ist das der Grund dafür, warum die Sehnsucht dem Menschen Elend bringt. Indem wir uns mit unseren Sehnsüchten identifizieren und sie allzu ernst nehmen, steigern wir nicht nur unsere Anfälligkeit für Enttäuschungen, wir schaffen darüber hinaus ein Klima, das der freien und leichten Erfüllung jener Sehnsüchte abträglich ist.»

«Vielleicht», murmelte Kudra und reckte ihre sonnengewärmten Muskeln, bis die Sehnen angenehm kribbelten und sich in einem Bassin an ihrer Schädelbasis ein von Gedanken freies, animalisches Glück sammelte. *Alobar ist ein prächtiger Mann,* dachte sie träge, *aber dieses ewige Geschwätz über die Bedeutung von Dingen kann einen ganz schön langweilen.*

Weil er ihre Schweigsamkeit als Ungläubigkeit mißverstand, sagte Alobar: «Ich nehme an, du meinst, ich hätte mir das alles ausgedacht. Das mit den Bandaloopern, meine ich.»

Nacheinander wandten sie die Köpfe, um in die Höhle zu schauen, wo der Felsen so roh war wie ein Brocken im Hals und wo Fledermäuse den erloschenen Stern eines dumpfigen Äthers umkreisten.

«Ich glaube dir.»
«Wirklich?»
«In diesen Höhlen ist viel Räucherwerk verbrannt worden. Die Spuren sind schwach, aber ich kann sie riechen.»
«Ich kann dir gar nicht sagen, wie froh ich darüber bin, daß du das sagst. Aber wo –»
«Das spielt keine Rolle mehr», sagte Kudra entschieden. Sie hob einen Kiefernzweig auf und begann, den Eingang zu fegen, ohne dabei ihr schmerzendes Knie unnötig zu belasten. «Die Unsterblichen sind verschwunden. Jetzt sind wir die Unsterblichen.»

In jener Nacht liebten sie sich auf einem Lager von Hanfgras, das durch die Verdrehungen ihrer Hüften fast zu einem Seil geflochten wurde. Ihr gelang der Übergang vom Orgasmus in die Träume, ohne einen Takt zu überspringen, aber Alobar konnte nicht so schnell einschlafen. Die Arme als Kissen unter den Kopf geschoben, lauschte er dem Widerhall der Kreise, die die Fledermäuse zogen, und dachte über die früheren Bewohner der Höhlen nach. In mancher Hinsicht war er erleichtert, daß sie nicht mehr da waren, doch in den samtenen Winkeln seines Herzens spürte er, daß er sich ihnen eines Tages würde stellen müssen, oder anderen, die nicht weniger irritierend waren: Die Unendlichkeit war offensichtlich nicht auf der bequemen Landstraße unterwegs, und sie gesellte sich nicht als höflicher Begleiter zu einem. Doch jene sonderbaren, so sonderbaren Worte Foscos, was konnten sie nur bedeutet haben?
Fosco, der dicke kleine Gedichtmaler, hatte Alobar in die verständnislosen Augen geschaut und gesagt:
«Wenn du Bandaloop das nächste Mal begegnest, wird es sich um einen Tanz handeln, der 1986 ganz Argentinien kopfstehen läßt.»

SEATTLE

Da kommt es, durch die Galaxien, es verschlingt Welten, es saugt sämtliche Energie aus Atomen und Sonnen; da kommt es, Kugeln können es nicht töten, Hunde können es nicht beißen, es weigert sich, der Vernunft zu gehorchen; da kommt es, es hat gerade eine Wasserstoffbombe verschlungen. Oh, mein Gott, da kommt es, direkt auf uns zu! alptraumhafter Asteroid, manisches Vakuum, transkosmischer Allesfresser; nicht aufzuhalten, von Photonen besoffen, Pizzas aus vergiftetem Plutonium ausrülpsend. Es will unser Öl, es will unsere wunderbare Kohle, es will unsere Air Force One, es will Graceland und es will die Wäsche auf der Leine; es wird jedes Erg schlabbern, es wird jedes Volt annagen, wenn nicht ... Es hat unser magnetisches Lasernetz gekappt, Stacheldraht ist nutzlos, Napalm ist ihm ein Festschmaus, man kann ihm nicht entkommen, es läßt sich nicht ablenken, nur dieser kleine Junge kann es aufhalten; große blaue Augen, Senf auf dem T-Shirt, dieser entzückende Struwwelkopf mit dem Kaufhaus-Geländerad und der scharfen Mami; allein Jeffrey Joshua und sein flauschiger Teddybär, Mr. Bundy, stehen zwischen uns und dem galaktischen Vergessen; kann er ...?

Priscilla sah einen Fernsehfilm in der Bar des El Papa Muerta. Sie und einige der anderen Kellnerinnen hatten im Eßraum die Tische fertig gedeckt und warteten nun auf die Öffnung um 17 Uhr (Seattler essen früh zu abend). Ricki, die erst kürzlich zur Barmann-Assistentin ernannt worden war, stand hinter dem Tresen.

Priscilla sah sich den Film an, und sie sah ihn sich nicht an. Ricki bemerkte jenen Teil, der den Film nicht ansah, und kam herüber. «Hattest 'ne harte Nacht im Labor?»

«Das kann man wohl sagen. Bis ich mir das Zeug leisten kann, das ich brauche, wird es nur harte Nächte geben.» Das «Zeug», das Priscilla brauchte, war hochwertiges Jasminöl. Es kam aus Frankreich und kostete 600 Dollar pro Unze. Priscilla schätzte, daß sie für den Anfang mindestens drei Unzen bräuchte. Das würde für die Herznote reichen. Dann gab es immer noch das Problem, den richtigen Basisgeruch zu treffen. Was *war* das bloß für ein gottverdammter Basisgeruch? Manchmal wünschte sie, sie hätte diese Flasche da gelassen, wo sie sie gefunden hatte.

«Los, erzähl mir deine Sorgen», sagte Ricki. «Als Barkeeper-Novizin brauche ich ein bißchen Übung.»

Priscilla seufzte. Sie sah, wie eine Rakete ihr Leben aushauchte. Die Farbe des Fernsehers mußte neu justiert werden – die Explosion der Rakete war so rosig wie ein Kinderzimmer. Sie hätte einen Feuerstrahl als Beistand brauchen können, auch wenn er nur in blassen Pastelltönen daherkam. «Ricki», sagte sie matt, «betest du manchmal?»

«Beten?»

«Ja, beten.»

«Natürlich, Schätzchen. Ich bete ständig.»

«Gut, und wenn du mit Gott redest, antwortet er dann auch?»

«Absolut.»

«Was sagt Gott?»

Ricki schaute umher. Die Bar begann sich mit Gästen zu füllen, die auf die Öffnung des Eßraums warteten. «Ist dir aufgefallen», sagte sie, «daß du und ich die einzigen Mexikaner in diesem Restaurant sind?»

«Ich bin Irin und du bist Italienerin. Ricki, sei mal einen Moment ernst. Was sagt Gott?»

«Gott sagt, der Scheck ist unterwegs», antwortete Ricki und ging hinüber zum Tresenende, wo das Cocktail-Girl gerade einen mundvoll Bestellungen ausgurgelte.

In einem gut besuchten Restaurant muß die Kellnerin die Drinks beim Barkeeper in einer bestimmten Reihenfolge bestellen: Neats, Rocks, Wasser, Sodas, Sevens, Tonics, Collins, Cokes, diverse Mixes, Säfte, Sour-Mischungen, Cream-Mischungen, Bier und Wein. So konnte man zum einen die Bestellungen einfacher behalten, zum anderen half es, die Gläser richtig zu arrangieren. Vor allem aber diente es dazu, daß der Mixer nicht den Geschmack des vorigen Drinks an den nächsten abgab (wenn beim schnellen Schußwechsel einer Getränke-Pistole ein wenig 7-Up in einen Collins tropfte, so würde kein Mensch das merken, wohingegen Coke zweifellos durchschmecken würde).

«Jack/Soda, groß; vier ‹Ritas›, ein Sunrise, ein Dos Equis und ein Bud.»

Die Schönheit eines Barkeepers liegt in seinen Bewegungen. Wie bei einem Liebhaber, wie bei einem Matador. Das fertige Produkt bedeutet wenig: ein gehabter Orgasmus, ein toter Stier. Befriedigung und sehniges Rindfleisch. Kein Zweifel, es gibt Drinks von hoher und Drinks von niederer Handwerkskunst; es gibt stimmige Ramos Fizz und unstimmige; es gibt Martinis, in denen der Gin autonom ist, und Martinis, bei denen die Integration und die Harmonie der Zutaten im Vordergrund steht; Bloody Marys können unter zu hohem oder unter zu niedrigem Blutdruck leiden. Allerdings hatte Priscilla noch nie erlebt, daß ein Kunde sich über einen Drink beschwerte, es sei denn, er wollte seiner Begleiterin imponieren, es sei denn, es war nicht genug Stoff drin, und Stoff war im El Papa Muerta immer genug drin.

Die Schönheit eines Barkeepers liegt in seinen Bewegungen, in der Art, wie er seine Sachen zelebriert, im Reich der Rhythmen, die sich bei der orchestrierten Materialisierung einer umfangreichen Bestellung von Drinks herausbilden. Ein versierter Barkeeper schaut genauso wenig auf seine Ausstattung, wie eine geübte Schreibkraft oder ein erfahrener Pianist auf die Tasten schaut, er arbeitet vielmehr mit beiden Händen gleichzeitig, auf höchsten Touren, ungebremst durch die in der Regel öden Anforderungen der Routine. (Selbst wenn gerade nichts los ist und er nur einen Drink zu mixen hat, wird er sein rhythmisches Tempo nicht mindern oder gar die Sache glyptisch angehen.) Wenn er eine Flasche aus ihrem Loch zieht, weiß er, daß es sich um Grenadine und nicht um Triple Sec handelt, und wenn es sich doch um Triple Sec handeln sollte, tja, Pech hast, lieber Gast, der Drink ist schon fertig. Rühren und Schwappen, Spülen und Wischen, Gießen und Verzieren, mit dem Gedächtnis eines Fischbratküchen-Kochs und dem Timing eines Akrobaten tanzt er sich förmlich durch seine Schicht, glitscht hin und her auf den Eisklumpen, die er mit unbändiger Eleganz in jedes Glas schaufelt. Der Oberkeeper im El Papa Muerta war ein Meister des Bartanzes, er füllte den ihn umgebenden Raum vollständig aus, er hatte Tempo, Präsenz und Finesse; sein Output war gewaltig. Für Ricki gab es noch eine Menge zu lernen. Ihr Stil war verspannt. Häßlich und kurios. Doch Priscilla spürte, daß Ricki eines Tages eine gute Keeperin abgeben würde. Es gereichte ihr zum Vorteil, daß sie mit Kleinkram und Details keine Geduld hatte, daß sie kleinliches Getue und Richten, womit der

Dilettant auf jedem Gebiet versucht, seine mangelnde Inspiration zu ersetzen und so seine Kunst zu retten, nicht ausstehen konnte. Sie hatte einen Sinn für das Grandiose, und mit einem blassen Bild von vollkommener Herrlichkeit vor Augen machte sie sich an jenem Herbstabend daran, die erste Bestellung an Drinks zu mixen, die Arme – und ihre Stimmung – in einer Haltung, die dem natürlichen Bogen entsprach, den fließende Flüssigkeit beschreibt.

«Jack/Rocks, C. C./Wasser, Wodka Martini, fünf ‹Ritas›, ein Grande, ein Erdbeer; und ein kleines Helles. Der Martini kann ein bißchen kräftiger.»

Es ist eingedrungen in unser Sonnensystem. Es wird unser Sonnensystem! Wenn dieser Junge keinen Kontakt aufnimmt ... Was ist das? Sein Teddybär ist verschwunden?!?!

Priscilla schloß die Augen und verschwand in einer Ritze zwischen den Geräuschen der Bar und den Geräuschen des Films, wo sie in kaffeeduftendem Flüsterton betete; wo sie Gott, an den sie nur sehr begrenzt glaubte, die Frage stellte, was sie tun solle in punkto Formel, was sie tun solle in punkto Rickis Lust und Liebe. Aus Gewohnheit endete sie mit «Amen», ohne genau zu wissen, was «Amen» wirklich bedeutete, obwohl sie davon ausging, daß, wenn Gott eines Tages die Welt untergehen ließ, er mit seiner gewaltigen Bumm-Bumm-Stimme nicht «Amen», sondern «Da-da-da-da-das war's, Leute» donnern würde, à la Schweinchen Dick.

Sie ging, fast humpelnd vor Erschöpfung, in den Eßraum und verzog beim Anblick der Gäste, die zu ihren Tischen geführt wurden, angewidert das Gesicht. Was für Feinschmecker waren das, die sich einem mexikanischen Restaurant anvertrauten, in dem die Vorgerichte nach Ketchup rochen und die Kellnerinnen Matrosenkleider trugen? Die Entfernung zum perfekten Taco konnte nicht größer sein. Fünf Minuten später kam sie wieder in die Bar, um ihre erste Bestellung aufzugeben.

«Zwei langsame Gin Fizz, zwei schnelle Gin Fizz; drei Martini, trokken, aber nicht steif, achtundzwanzig Schlückchen Tequila, drei Bier (ein Bud, ein Tree Frog und ein Coors lite), sieben Rum Separators, fünf Coffee Nudges, zwei Scotch mit Wasser, fünf Wodka mit Buttermilch, ein Zombie, ein Zoombie, vier Tequila Mockingbird, dreizehn Gläser billigen Weißwein, ein Becher Glühwein, neun Gläser Wild Turkey (drei ohne Füllung), ein Manhattan (mit acht Kirschen), zwei Yellow Jackets, fünfzehn Straitjackets, siebenunddreißig Flying Dragons, neun Bridges of Frankenstein, und ein Green Beret, allerdings mit 7-Up statt süßem Vermouth und mit Bananenlikör statt Grenadine. Amen.»

Der Scherz verursachte eine Fehlzündung. Noch ehe Priscilla das Ende ihrer Bestellung erreicht hatte, war Ricki in absoluter Panik, und auch als Pris sagte: «Mach zwei Margaritas, große; und eine Carta Blanca», stand Ricki einfach nur da, bis zu den Ellbogen in Gläser getaucht, und sah aus, als seien ihr die Gehirnströme von jenem Schwarzen Loch ausgesaugt worden, das im Fernsehen aufgehört hatte, Grand Coulee Dam zu verschlingen und sich statt dessen einen Riegel Snickers mit Jeffrey Joshua teilte. Sie hatte mindestens eine Träne im Auge. «Es war eine Sauerei, dir das anzutun bei deiner ersten Schicht, die du alleine machst», entschuldigte sich Priscilla. Dann flüsterte sie: «Mach deine Pause um halb zehn, wenn es geht. Ich hab was ganz Besonderes für uns.»

Aber natürlich wollte Ricki mehr als den kleinen Kick Kokain, und so fand Priscilla sich in ihrer Pause in der Damentoilette wieder, den Schlüpfer irgendwo in Kniehöhe.

«Tut mir leid, ich glaube, ich bin ziemlich trocken.»

«Das macht nichts», sagte Ricki. «Ich bin wie ein Kaktus. Ich verstehe es, aus einem Minimum an Feuchtigkeit ein Maximum an Nutzen zu ziehen.»

Ein lautes Klopfen an der Klotür ließ sie beide zusammenschrecken.

«Pris. Pris, bist du da drin?»

Priscilla schob Ricki beiseite und beeilte sich, ihr Höschen hochzuziehen.

«Pris, da ist eine Sendung für dich von Federal Expreß.»

Mit gemischten Gefühlen ging Priscilla zum Tresen für Reservationen. Einerseits war sie erleichtert, aus Rickis Reichweite zu kommen; andererseits machte sie sich Gedanken, worum es sich bei der Sendung handeln könnte. Bei ihr zu Hause waren inzwischen auf geheimnisvolle Weise fast ein Dutzend Rote Beten für sie abgegeben worden. Was wäre, wenn die Dinger jetzt auch auf ihrer Arbeitsstelle eintrudelten?

Der Umschlag von Federal Expreß enthielt jedoch kein rohes Gemüse, sondern eine elegante Einladung mit Prägedruck, auf der um ihre Anwesenheit bei einer Dinnerparty zu Ehren des Chemikers und Nobelpreisträgers Wolfgang Morgenstern gebeten wurde. Das Dinner würde bei der Last Laugh Foundation stattfinden. Das war noch erstaunlicher als die Roten Beten. Priscilla, die nicht mehr als ein Jahr Chemie im Hauptfach studiert hatte, kannte Dr. Morgenstern nur vom Hörensagen, und, abgesehen vom militärischen Trakt bei Boeing Aircraft, war die Last Laugh Foundation das exklusivste Stückchen Erde, das am besten bewachte Heiligtum von ganz Seattle.

«Warum ausgerechnet ich?» fragte sie.

«Die Last Laugh Foundation», überlegte Ricki. «Das ist doch dieses Ding mit der Unsterblichkeit.»

«Ich weiß. Ricki, glaubst du an Unsterblichkeit?»

«Irgendwann probier ich alles mal aus.»

Das Kokain klingelte Sturm in Pris' Bauch. Sie summte auf der gleichen Frequenz wie der orangene Schein, der anfing, in pulsierendem Rhythmus von den schmiedeeisernen Wandleuchtern abzustrahlen. Rein physisch war sie zumindest wieder in der Lage, die mit Essen vollgepackten Tabletts zu schleppen, auf denen versammelt war, was sie einem Gast gegenüber als «die authentischste mexikanische Küche nördlich von Knott's Berry Farm» angepriesen hatte.

«Du bist nicht mehr böse mit mir, oder?»

Ricki musterte sie. «Nein», sagte sie. «Mir ist klar geworden, daß du nur neidisch bist, weil *ich* den Barkeeper-Job gekriegt habe. Aber sie hätten dich nicht dafür gebrauchen können, Pris. Du bist zu zerstreut und zu ungeschickt.» Sie machte auf dem Absatz kehrt und ging weg.

Priscilla überstand die Schicht, ohne zu weinen oder zu beten, obgleich es ihr, von der Einladung verwirrt und tief getroffen von Rickis Bemerkung, Schwierigkeiten bereitete, sich auf ihre Aufgaben zu konzentrieren. Sie verwechselte so viele Bestellungen, daß sie an zwei Tischen kein Trinkgeld bekam. Auf diese Weise würde sie nie das Geld für drei Unzen Jasminöl zusammenkriegen, ganz zu schweigen von dem Geld für drei Jahre Omphaloskopie, die ihr der Arzt dringend empfohlen hatte (oder hatte der Arzt ganz dringend einen geschmorten Burrito bestellt?).

Als sie gegen Mitternacht nach Hause radelte, machte sie einen Umweg von fünf Blocks, um am Capitol Hill Townhouse vorbeizufahren, wo die Last Laugh Foundation ihren Hauptsitz hatte. Es handelte sich um ein stattliches altes Haus, das durch seine Kuppel bestach, durch seinen Spitzgiebel, seinen Efeu, der jeder Universität zur Ehre gereicht hätte und der mit seinen Krallen die elfenbeinerne Farbe von den Wänden holte, und durch seine hohe, verputzte, am oberen Rand mit Glasscherben garnierte Mauer, die das Grundstück schützte. Wie immer standen am Tor Leute, die auf die eine oder andere Weise versuchten, an den Sicherheitsbeamten vorbeizukommen. Doch während vor einem Monat vielleicht zehn Leute am Tor gestanden hatten, lauerten jetzt – mitten in einer feuchten Novembernacht – so viele dort, daß die Schlange bis zum Ende des Blocks reichte.

Sonderbar, dachte Priscilla und fuhr prompt gegen einen hohen Kantstein, so daß ihr Rad durch die Gegend flog, ihre Unterhose zerriß und sie sich ihr Bein aufschlug.

Bis sie zu Hause war, ihre Wunde versorgt, ihre Haare gewaschen und ihren schmutzigen Laborkittel übergezogen hatte, waren sowohl die Einladung als auch Rickis Beleidigung ziemlich weitgehend aus ihrem Gedächtnis verschwunden. Aus dem Badezimmerschrank holte sie eine Kleenex-Schachtel und schaute nach, ob die Flasche noch unter den Pads lag. Sie nahm die Flasche jedoch nicht heraus. Wozu auch.

Sie brauchte Hilfe, aber Gott war immer gerade in einer Besprechung, wenn sie ihn anrief, und die Töchter der Tageskarte hatten die Entscheidung über ihr Stipendium etwa genauso oft vertagt, wie sie es vertagt hatte, mit Ricki ins Bett zu gehen. Da sie nun auch noch Streit mit ihrem Sponsor Ricki hatte, mußte sich Priscilla mit dem Gedanken befreunden, daß ihr das Stipendium möglicherweise nie gewährt werden würde. «Ach, Scheiße», sagte sie. «Scheiße scheiße scheiße. Ich habe keine andere Wahl, ich muß diesen Anruf machen.»

Sie schob die Kleenex-Schachtel zurück in den Schrank, zog eine steife Jeans an, griff sich eine Handvoll Münzen aus dem Goldfischglas und lief nach unten in die Eingangshalle, ohne darauf zu achten, ob sie vielleicht an einer Roten Bete vorbeigekommen war. Es war spät, aber sie wußte, daß ihr Gesprächspartner die Angewohnheit hatte, bis spät in die Nacht zu arbeiten. Obwohl ihr Finger zitterte, gelang es ihr zu wählen. Der Münzfernsprecher schluckte Münzen, Priscilla schluckte ihren Stolz herunter.

«Hallo, Stiefmutter», sagte sie.

Eine Pause trat ein. Dann:

«Wo bist du?»

Madama Lily Devalier pflegte ihr «Wo bist du?» stets in einer Weise zu intonieren, die nahelegte, daß es nur zwei Plätze auf der Welt gab, an denen man sein konnte: in New Orleans oder an irgendeinem lächerlichen Ort.

NEW ORLEANS

Wenn wir die Existenz kleiner Wunder akzeptieren, versetzen wir uns in die Lage, uns große Wunder vorstellen zu können. Wenn wir also zugestehen, daß eine Auster – funkelnd, weich, saftig und schön – aus einer Schale kommen kann, sind wir bereit uns vorzustellen, daß Aphrodite aus einem ähnlichen Haus heraustreten könnte. Wir wären, wenn wir eine solchermaßen geartete Phantasie besitzen, darüberhinaus in der Lage uns vorstellen zu können, daß Aphrodite ihre Schale *ausschwitzt,* daß sie ihr Studio-Apartment mit all seinen Ventilen, Scharnieren und Gewinden aus ihren eigenen Ausscheidungen zusammenbaut, wie eine Auster es tut, wenngleich die durchschnittliche Vorstellungskraft, das muß gesagt werden, irgendwo vor diesem Punkt haltmachen würde.

«O nein, Miss Lily, ich nehme keine ‹ohe Ausste› in *meinen* Mund! Ich esse kalte Ssuppe mit Ihnen, ich esse Lebe'wu'sst mit Ihnen, Wu'sst auf Gänsselebe'n, abe' ich esse keinen *Ssleim.*»

«Wirklich, mein Kind! Wie geschmacklos.» Madame Devalier legte die halbe Schale, deren Inhalt sie gerade im Begriff war auszuschlürfen, zurück in ihre Mulde aus Steinsalz und zerstampftem Eis und goß sich, während sie darauf wartete, daß das Wort «Schleim» seinen abscheulichen Widerhall im Ohr ihres Geistes allmählich verlor, ein weiteres Glas Champagner ein.

«Auf Papas Fett», sagte sie.

«Wi' haben auf Fett sson d'eimal get'unken», sagte V'lu und erhob ihr eigenes Glas mit Orangenlimonade, der Madame Devalier, obwohl es sich um eine Feier handelte, nur unter Protest einen Spritzer Hurricane-Tropfen beigegeben hatte.

«Also gut. Dann auf Bingo Pajama.»

«Auf Bingo Pajama», sagte V'lu sehnsuchtsvoll. «Wo imme' sseine a'me Sseele ssein mag.»

«Also, ma chère, du mußt dir deinen hübschen Kopf nicht über diesen verrückten Jamaikaner zerbrechen. Ich bin sicher, der wird schon für sich selbst sorgen.» Sie nahm einen Schluck. Sie betrachtete die im Kreis angeordneten Muscheltiere, die, jedes eine aufgeblasene Pustel, dalagen und auf den erlauchten Fußböden (oder Decken) ihrer eigenen intimen architektonischen Meisterwerke, den verfestigten geometrischen Formen ihrer Sehnsüchte, funkelten. Die Auster war ein Tier, das sich dieser Stadt würdig erwies, sie war ebenso geheimnisvoll und privat und schön wie New Orleans selbst. Wenn man akzeptierte, daß Austern ihre Häuser aus ihrem Leben bauen, dann konnte man sich das gleiche auch von New Orleans vorstellen, dessen Häuser in ähnlicher und konsequenter Weise gegen eine Außenwelt abgeschottet waren, bei der man niemals sicher sein durfte, ob sie gegenüber den sich verflüchtigenden Köstlichkeiten im Inneren die angemessene Sensibilität an den Tag legen würde. Wieder nahm Madame einen Schluck. Wenn man bereit war, den unverhältnismäßigen Tatbestand der Auster zu akzeptieren, dann konnte man sich eine Vorstellung von der Unverhältnismäßigkeit der Tat Bingo Pajamas machen, der verschwunden war, nachdem ein Polizist, der versucht hatte, ihn festzunehmen, weil er ohne Genehmigung Blumen verkaufte, von Bienen zu Tode gestochen worden war; man konnte sich vorstellen, daß Bingo Pajama sein Versprechen halten und ihnen weiterhin Jasmin bringen würde, dessen mühselige aber erfolgreiche Verarbeitung zwecks Extraktion seines Dufts Anlaß zu dieser kleinen Feier in der Royal Street gewesen war.

Das Telefon klingelte.

«Ich geh ran», sagte Madame, ein wenig erstaunt darüber, daß das staubige Telefon noch wußte, wie man klingelte. Ein sonderbarer Blick lag auf ihrem Gesicht, als sie ihren schweren Körper aus der Kuhle im Sofa stemmte – dem Verkäufer bei Acme nicht unähnlich, der eine halbe Stunde zuvor die Austern aufgestemmt hatte. Als sie fünf oder vielleicht zehn Minuten später in den hinteren Teil des Ladens zurückkam, war ihr Ausdruck noch sonderbarer. Sie sah traurig aus, worüber sie sich aber zu freuen schien, oder fröhlich, worüber sie traurig zu sein schien. Traurig, fröhlich, das war alles das gleiche für V'lu, deren immens braune Augen inzwischen schlafwandlerisch, wenn nicht gar fein beschuppt waren – ein sicheres Zeichen dafür, daß die Hurricane-Tropfen zu wirken anfingen.

«Priscilla war ein Fastnachtsbaby», sagte Lily aus heiterem Himmel. «Habe ich das schon erwähnt?»

«Ja, Madame. Dass haben Ssie auf alle Ssälle sson e'wähnt.»

«Ein Fastnachtsbaby.» Sie leerte ihr Glas und betrachtete die Austern nunmehr ohne ein nennenswertes Anzeichen von Appetit. «Empfangen in der einen Fastnacht, verstoßen in der nächsten.»

«We' iss die Mutte'?»

«Pardon?»

«De' alte Wallet Lifte' iss ih' Daddy, we' iss die Mama?»

«Ihre Mutter.» Madame seufzte in ihr leeres Glas. «Du weißt, V'lu, daß ich mich an den richtigen Namen ihrer Mutter nicht mehr erinnere. Sie kam aus guter irisch-katholischer Familie, wohnte in einem hübschen Haus im Garden District, soviel weiß ich. Aber wenn ein junges Mädchen dem Teufel eine leckere Stelle hinhält, dann beißt er zu, und an diesem Mädchen hat er ganz bestimmt tüchtig geknabbert. Sie hätte sich die Parade von ihrer Veranda aus anschauen können, sie wohnten direkt an der St. Charles Street, aber nein, sie mußte hinunter ins Quartier kommen und sich unter die sogenannten Künstler mengen – sie hat diese Künstler geliebt –, und da hat Wally sie aufgegabelt. Auf der Straße hat er sie verführt, unter dem Kreppapiersaum eines Festwagens, der steckengeblieben war.»

«'eve'end Wallet Lifte'.»

«Ja, so nannten ihn die Zyniker. Er selbst nannte sich Reverend Wally Lester. Kam von der Irischen See, armer weißer Abschaum höchstwahrscheinlich, aber dumm war er nicht. Ich selbst habe ihn nie predigen gehört, aber er muß recht gut gewesen sein, er hatte den richtigen Blick und fand die richtigen Worte. Er bereiste ganz Texas; Oklahoma auch, überall hielt er in einem Zirkuszelt Erweckungsversammlungen ab; überdramatisierte das Wort Gottes, machte aus seinem Vortrag der Heiligen Schrift eine Mischung aus Deutscher Oper und einem Hokkeyspiel, wie nur ein Protestant das tun kann. Und dann tauchte er jedes Jahr eine Woche vor Fastnacht hier im Quartier auf, darauf war absoluter Verlaß. Oh, niemand genoß Fastnacht mehr als Wally. Er machte sich auf eine Zechtour, die weit in die Fastenzeit hineinreichte. Nachdem alle anderen längst wieder auf dem Teppich waren, trat er immer noch die Türen von Bars ein. Als nächstes hörte man dann jedesmal, er wäre verschwunden, runter nach Mexiko; die einen sagten, auf der Suche nach Frauen, die anderen, auf der Suche nach Gold – mit den

Frauen hatte er offensichtlich mehr Glück. Wie auch immer, am Ostersonntag war er wieder da, um zu predigen; über jedem zweiten Präriehundbau von Texas stellte er seine Plastikkanzel auf. Bis Fastnacht, da kam er dann wieder zurück ins Quartier, und die ganze Sache ging von vorne los. *Sacrebleu.*»

«Ih'e Ausste'n we'den wa'm, Madame», erklärte V'lu verträumt. Ohne darauf einzugehen, fuhr Madame fort, ihre Geschichten von Reverend Wally Lester zu erzählen, die sie schon ein Dutzend Mal vorher erzählt hatte. «Wa'me' Ssleim ssmeckt nicht halb sso gut wie kalte' Ssleim», sagte V'lu. Sie lächelte, wobei sie einen Mund voll kleiner schillernder Zähne enthüllte. Wenn Austern Auto führen, die Ornamente auf ihren Kühlerhauben würden aussehen wie V'lus Lächeln.

«Das Mädchen ist eine Saison lang mit ihm gereist. In seinem airconditioned Wohnwagen, mit dem sie gerade in einer dieser entsetzlichen Städte waren, in denen Eselhasen über die Hauptstraße hoppeln, kam sie nieder», Lilly verzog das Gesicht. «Ich war schon immer der Meinung, daß Priscilla schlechte Startbedingungen hatte, weil sie nicht in New Orleans geboren wurde.» Sie schenkte sich ihr Glas voll. «Noch etwas Champagner? Ach, ich vergaß. Es tut mir leid.»

«Ich nehme an, dass wa' vo'hin Miss P'isscilla am Telefon?»

«Ich werde nie den Tag vergessen, an dem sie zurückkamen. Kaum waren sie in der Stadt, sammelte sie ihre Siebensachen zusammen und sprang in die nächstbeste Straßenbahn zum Garden District, obwohl sie es immerhin geschafft hatten, ihren großen Zweikampf auszutragen, ehe sie verschwand. Wally kam mit dem Baby im Laden vorbei, damit ich es mir anschauen konnte, und er hatte tiefe Kratzspuren auf der Wange, das Blut war kaum getrocknet. Er rubbelte das nackte Hinterteil des Babys über die Kratzer, als würden sie dadurch heilen. Ein paar Tage später kam er ein zweites Mal mit ihr vorbei und fragte, ob ich auf sie aufpassen könnte, während er sich ‹jener Sünder annimmt, die die wahre christliche Bedeutung der Fastnacht verhöhnen›, wie er es ausdrückte. Erst nach einem Jahr sah ich ihn wieder. Sein Gesicht war verheilt, ohne daß sich Narben gebildet hatten.»

«Wa'um ge'ade Ssie?»

«Warum gerade ich? Warum Wally sie bei *mir* ließ? Nun. Ich nehme an, weil er mir vertraute. Weißt du, er saß viel hier herum im Laden –»

«E' mochte Ssie?»

Die Schamesröte befleckte Madame Devaliers Gesicht so wie Schuldposten die Rechungsbücher eines im Niedergang begriffenen Unternehmens. «Nein, nein, er interessierte sich nicht für mich persönlich. Auch damals schon war ich zu alt und zu beleibt. Ich bin alt und beleibt *geboren.* Er interessierte sich für die ‹Arbeit›. Er wollte die ‹Arbeit› erlernen, obwohl ich nie begriff, was ein Evangelist damit anfangen könnte. Ich hab ihm ein paar – ein paar Artikel verkauft. Er war der einzige Weiße, an den ich je etwas verkauft habe.»
Ein Austern-Cadillac rollte ins Bild. V'lu Jackson, mit ihren blitzenden Schneidezähne, wies ihm den Weg. «Hie hie hie. Der' alte Wallet Lifte' hat Jessuss mit ein paa' T'opfen auf T'ab geb'acht.»
«Romanzen-Puder und Geld-Mojo lagen mehr auf seiner Linie, aber das gibt es weder hier noch dort. Ich war einverstanden, sein Kind aufzuziehen, weil … nun ja, ich war überzeugt, daß ich niemals heiraten würde, und ich ging davon aus, daß ich ein Mädchen im Laden gebrauchen könnte, jemanden, der mir hilft, weißt du, jemanden, dem ich das Handwerk der Parfümerie beibringen konnte. Daraus wurde natürlich nichts. Priscilla hat Seife immer verabscheut, und ich hatte nie die Assistentin, die ich brauchte, bis – bis du kamst.»
Jetzt wäre es wohl an V'lu gewesen zu erröten; ob sie es tat oder nicht, werden wir nie erfahren. Immerhin brachte sie ein stolzes Schürzen der Lippen zustande, und dann fragte sie: «Wa' dass Miss P'iss am Telefon?»
«Sie war kein gemeines Gör, mußt du wissen. Sie unternahm, wie die Dinge lagen, hin und wieder sogar ernsthafte Anstrengungen, in meine Fußstapfen zu treten. Sie war unvorsichtig und unordentlich, sie zerbrach viele Dinge, aber sie arbeitete hart. Dann war Fastnacht, und natürlich tauchte Wally auf. Er brachte ihr massenweise Geschenke: Lollis und Pralinen, alle möglichen Arten von Süßigkeiten und Püppchen und ausgestopfte Tiere und Dreiräder und später Fahrräder und die hübschesten Sachen zum Anziehen: kleine Kleider aus Tüpfelmusselin, mit Rüschen und Schärpen. Sie glaubte, ihr Papa sei reich, sie glaubte das mit ihrem ganzen Herzen, und Wally hat das nach Kräften unterstützt, dieses alte Schwein. Als er abfuhr, bat sie ihn, sie mitzunehmen, aber er erzählte ihr, er müsse nach Süden über die Grenze, um nach seinen Goldminen zu sehen, und daß Mexiko nichts sei für reiche kleine amerikanische Mädchen. *Mon Dieu,* wie es mich gequält hat mitanzusehen, wie sie mit den Tränen kämpfte! Noch Monate nachher

war sie schwermütig und verdrießlich und behauptete, der Geruch von Parfum mache sie krank.»

Lily schenkte sich den Rest von dem Champagner ein. Sie warf einen kurzen Blick auf die ungegessenen Austern, die zwar in zunehmendem Maße schlaff aussahen, aber dennoch in perfekter Harmonie auf der ihnen jeweils verbliebenen Hemisphäre jener Traumhäuser lagen, in denen sie einst ihre exquisite Einsamkeit genossen hatten. Zweier kräftiger Hände und einer stählernen Klinge bedurfte es, um in die Abgeschlossenheit der finsteren Eingangshalle der Auster vorzudringen. Eines Gespanns von vier Pferden bedarf es, um die Riesenmuschel der Südsee gegen ihren Willen zum Gähnen zu zwingen. Jedes passive Weichtier macht die versteckte Lebenskraft der Introvertiertheit sichtbar, die Kraft, die dem Frieden innewohnt.

«Ungefähr in jener Zeit fing der Laden an, rote Zahlen zu machen. Ich fuhr mit meinen Rezepten nach Paris und wurde brüsk abgewiesen. LeFever zeigte Interesse, aber schließlich erhielt ich auch dort eine Absage –»

Bei der Erwähnung von LeFever drang in der Tat ein Erröten durch V'lus schützende Pigmentierung und breitete sich auf ihrem Johannisbrot-Gesicht aus wie ein Ölfleck auf dem trüben Mississippi, und obgleich ihr Nervensystem mit den Hurricane-Tropfen beschäftigt war, zuckte sie zusammen.

«– nachdem man mich lange hingehalten hatte, und am Ende lohnte man mir mitnichten all die Zeit und die Mühe, die ich aufgewandt hatte. Ich hätte New Orleans niemals verlassen sollen. Ich gebe zu, ich war deprimiert nach dieser Erfahrung, aber Priscilla war noch schlimmer dran. Schließlich sorgte ich dafür, daß wir ein Dach über dem Kopf hatten, wenn ich zu diesem Zwecke auch mit Artikeln handelte, von denen ich hier lieber nicht sprechen möchte. Priscilla rührte keinen Finger, sie redete nur die ganze Zeit von ihrem Papa, daß er wiederkommen und ihr dies oder das schenken würde, ihr einen Sportwagen kaufen würde, ihr Ballettstunden bezahlen würde, für sie ein großes Haus mit Garten mieten würde, so daß ich ihr schließlich die Wahrheit über Reverend Wallet Lifter und sein Vermögen in Mexiko erzählen mußte; ich hatte keine andere Wahl, V'lu.»

V'lu hatte sich noch immer nicht ganz von der Beule, die die Erwähnung des französischen Parfum-Hauses LeFever in den Rumpf ihres mitternächtlichen Luftschiffes getreten hatte, erholt. Sie spürte, daß ihre Herrin des Trostes bedurfte, aber ein «Glaubte Ssie Ihnen?» war das Äußerste, was sie hervorzubringen vermochte.

«Nein, sie hat mir nicht geglaubt, aber sie hat mir auch nie vergeben. Oh, ich nehme an, in ihrem tiefsten Inneren hat sie mir geglaubt. Auf jeden Fall war Wallys nächster Besuch ein stürmisches Ereignis, das kaum dazu beitrug, unsere finanzielle Situation zu verbessern. Ein halbes Jahr später lief sie fort und heiratete diesen Akkordeonspieler.»

«Wie alt wa' Ssie da?»

«Sechzehn.» Madame schüttelte den Kopf und schluckte. «Sechzehn.»

«E' hatte viel Geld?»

«Er hatte *einiges* Geld. Priscilla hatte die Vorstellung, es sei viel. Und auf Geld war sie aus. Ich meine, er ging auf die Vierzig, nicht so wie dein traumhafter romanischer Liebhaber, und sie war so ein hübsches kleines Ding – und so gut in der Schule! Seine Band, eine von diesen südamerikanischen Tango-Fandango-Bands, war eine Zeitlang ziemlich populär. Sie reisten überall herum, von Puerto Rico bis in die New York State Mountains, und spielten in gut besuchten Hotels. Er behauptete, er würde ihr Unterricht geben, damit sie bei seiner Truppe tanzen könnte. Mir ist unbegreiflich, wie einer von den beiden das auch nur eine Sekunde lang hat glauben können. *Mon Dieu,* das Mädchen hat zwei linke Füße!»

«E' isst dann abe' nach Hausse gefah'n. Übe'ss Mee'.»

«Ja, irgendwann hat seine Band sich aufgelöst, und er ist alleine nach Argentinien zurückgegangen, aber ich glaube, da hatte sie ihn schon verlassen. Sie verließ ihn gleich, nachdem Wally gestorben war.»

«Kam ssie, um beim Tod ih'ess Papi dabei ssu ssein?» V'lu wußte nur zu gut, daß Priscilla am Sterbebett ihres Vaters gesessen hatte, sie hatte die Geschichte schon öfter gehört, als Rote Beten unter ihre Bettstelle gekullert waren, aber sie hatte nichts dagegen, sie sich noch einmal erzählen zu lassen.

«Pris war dabei, als es zu Ende ging. Wally erkrankte in Mexiko und besaß den Anstand, zurück nach New Orleans zu kommen, um hier zu sterben. Er war schon ziemlich am Ende, als Pris und ich zur Charity kamen.» Madame bekreuzigte sich, wobei ihre beringten Finger wie UFOs über den Gipfeln ihrer bergigen Brüste aufblinkten. «Doch in dem Moment, als wir den Krankensaal betraten, öffnete er die Au-

gen. Seine Lider waren schwer, sein Blick war fiebrig, so wie deiner jetzt. Er starrte Priscilla eine ganze Weile an, ehe er sprach.»
«Wass ssagte e'?»
«Er sagte: ‹Du fängst an, genau zu werd'n wie dein alter Papi, Schätzchen. Der letzte Schrei.› Das traf sie wie ein Hammerschlag.
Dann entdeckte er mich und zwinkerte mir zu. Er war erst fünfzig, aber er sah aus wie fünfundsechzig. ‹Kümmer dich›, sagte er zu mir. ‹Hast du jemals ...?›
Er schloß die Augen und verschränkte die Arme auf der Brust; man konnte fast zusehen, wie das Leben aus ihm entwich. Er seufzte irgendwie lieblich, und ein zufriedenes Lächeln sorgte für einen weichen Ausdruck auf seinem Gesicht. Er murmelte etwas. Dann war er verschieden.»
«Wass mu'melte e'?»
«Er sagte: ‹Der perfekte Taco.› Ja, das waren seine letzten Worte. Er seufzte: ‹Ahhh›, und sagte: ‹Der perfekte Taco›.»
Die beiden Frauen schwiegen eine Weile und sannen möglicherweise über das Geheimnis der Dinge nach – das Geheimnis des Lebens, des Sterbens, der Blödheit –, in V'lus Fall vielleicht in Verbindung mit einem persönlichen Toten. Die Austern, jene zarten Meister konfiszierbarer Baukunst, hatten allem Anschein nach den Geist aufgegeben – vielleicht, um in fernen Zeiten in fernem Meeresschaum als Aphroditen wiedergeboren zu werden. Als V'lu schließlich sprach, war es die Plötzlichkeit, die Lily veranlaßte, versehentlich die letzten noch verbliebenen Tropfen Champagner über Bord zu werfen.
«Wa'um hat Miss P'isscilla ange'ufen?»
«Wie bitte? Oh. Nun, also, Miss Priscilla sucht Hilfe, sei es finanzieller, sei es anderer Art, um sich ein wenig – halt dich gut fest – ein wenig erstklassiges Jasminöl beschaffen zu können.»
«Jamais!» schnappte V'lu. Sie riß sich zusammen. «Niemals», wiederholte sie (auf englisch), riß sich noch einmal zusammen und modifizierte ihre Antwort zu «Niemalss».
«Chérie, du erstaunst mich. Schau nicht so böse drein.» Mit einer gelb gefärbten Serviette tupfte Madame die Champagnerflecken von dem Samt des Sofas. «Die Parfümerie Devalier hat acht Unzen des besten Jasminöls extrahiert, das die Welt je gesehen hat. Wenn wir die richtige Basisnote unterlegen, wird sich ein Sud in unserem Besitz befinden, der so gut ist, daß Paris auf Knien hierher, zu *mir* gekrochen kommen wird.

«Tom Robbins schreibt» …

Es würde uns ruinieren, wenn unser Extrakt in die falschen Hände fällt, aber trotzdem, Pris hat gewisse Rechte. Es hat sie viel Mut gekostet, sich an mich zu wenden, nachdem ich sie vor drei Jahren abgewiesen habe, *dich* ihr vorgezogen habe, als sie bat, in den Laden zurückkommen zu dürfen –»

«Abe' –»

«Ich weiß schon, was du jetzt sagen wirst: Sie hat sich geweigert, mir zu helfen, als ich sie wirklich brauchte. Nun ja, auch ich habe mich geweigert, ihr zu helfen, als sie Hilfe brauchte.»

«Ssie haben Ih' ganssess Leben ih' geholfen.»

«Ich hätte ihr noch mehr helfen können.»

«Wie?»

«Ich hätte ihr die Wahrheit über Wally sagen können. Jahre, bevor ich es tat. Ich hätte ihre albernen Träume zermalmen können.» Madame machte eine Pause. «Aber schließlich ist das Parfum-Geschäft ein Geschäft mit den Träumen, stimmt's?» Sie breitete ihre Serviette wie ein Leichentuch über die Platte mit Austern. «Keine Sorge, Chère. Ich habe zu Priscilla kein Sterbenswörtchen über unseren Jasmin gesagt, und da wir nicht sicher sein können, daß der Jamaikaner uns noch mehr liefert, können wir es uns eventuell nicht leisten, mit ihr zu teilen. Andererseits – was macht es schon, wenn wir es tun? Ich kann mir nicht vorstellen, was sie damit anfangen sollte. Um ehrlich zu sein, es würde mich freuen, wenn sich das Interesse für Parfum, das sich neuerdings bei ihr zeigt, als aufrichtig erweisen sollte. Aber sie ist weit davon entfernt, auf diesem Gebiet Expertin zu sein.»

V'lu saß aufrecht da, mit einer für sie untypisch grimmigen Miene. «Ssie hat die Flasche», sagte sie nachdrücklich. «Ssie hat die gottve'-fluchte Flasche!»

Die ältere Frau schien im Begriff, zu protestieren, überlegte es sich dann jedoch anders. Die beiden saßen einfach da wie Trauernde, die die Nacht hindurch bei den in ein Leichentuch gehüllten Austern wachten. Es war noch Anfang der Woche, so daß weder Rufe alkoholisierter Fröhlichkeit von der Bourbon Street herüberdrangen noch der Schrei einer Touristin, der gerade drüben auf St. Ann Street das Portemonnaie geklaut wird. Sie hätten ebenso gut auf der Plantage sein können; es ließ sich in der Tat sogar das Geräusch von Grillen ausmachen, die auf einem nahen Innenhof ihre Lacklederhufe aneinander rieben. Ein Kater schrie. Ein Nebelhorn mark-twainte auf dem Fluß. Dann vernahmen sie direkt über ihren Köpfen ein einzelnes weiches Bumsen oder Plumpsen, gefolgt von dem noch weicheren Geräusch eines Gegenstandes, der über den Boden rollt.

«Hmmm», sagte Madame D. «Vielleicht ist unser Bingo Pajama zurück.»

«Ja, Madame. Ode' ess isst jemand ande'ss, de' imme' die Beten ssmeisst.»

Das zumindest hatte V'lu zu sagen beabsichtigt. Genau in jenem Moment jedoch schlugen die Hurricane-Tropfen mit voller Kraft zu, so daß sie stattdessen andere Laute vernehmen ließ: «Ui jeh! Fft, fft, fft, fft, fft, fft, fft.»

PARIS

An einem späten nebeligen Novembernachmittag, als er gerade seinen Aktenkoffer zuschnappen ließ und den Arbeitstag für beendet erklärte, wurde Claude LeFever ins Büro seines Vaters Luc, Präsident von LeFever Odeurs, gerufen. Als er dort eintrat, traf er den alten Mann mit einer Walmaske vor dem Gesicht an.

«Papa! Was um alles in der Welt …? Nimm das ab!»

Wenngleich er eher daran gewöhnt war, selbst Anordnungen zu geben, tat Luc, wie ihm geheißen. Bei abgenommener Maske ließ sich leicht erkennen, warum Claude derart heftig reagierte. Es gibt Menschen auf dieser Welt, die Walmasken tragen können, und solche, die es nicht können, und wer weise ist, weiß, in welche dieser beiden Kategorien er fällt. Ein großer Mann, die Schultern von siebzig Jahren quälender Schwerkraft nur leicht gebeugt; ein kräftig gebauter Mann, dessen Gestalt der Blinde mit einem Heimgefrierschrank verwechseln könnte; ein gut aussehender Mann mit einer strukturell äußerst stabil gebauten Nase, die die vielleicht schwerste Hornbrille Europas zu tragen vermochte; ein würdevoller Mann, trotz einer einsam verbliebenen Insel schneeweiß-rostbrauner Haare, die an ein Büschel Füllung erinnerten, die aus der Matratze eines Penners quillt – dieser Luc LeFever verfügte über ein so gelassenes Wesen, daß die wenigen Gelegenheiten, bei denen er ein Lächeln aufsetzte, von seinem Körper wie eine Infektion wahrgenommen wurden, die in dem verzweifelten Versuch, das fremde Leben abzuwehren, das in ihn eingedrungen war, mit einer Verdreifachung der Interferon-Ausschüttung beantwortet wurde. Eine solche Charakteristik entspricht nicht dem durchschnittlichen Walmasken-Träger.

(Freilich war auch Marcel LeFever ein vornehm aussehender Mann, der seinen Schneider, seinen Friseur und seinen Gesichtsausdruck sehr

sorgfältig wählte, doch in Marcels Augen fanden sich verräterische Schwadrone von Wolfsmilchsamen, begierig, die erste kooperationsbereite Brise zu nutzen, um zu fernen Orten zu fliegen; Lucs Blick dagegen war seßhaft, ein Dornengebüsch, das unerbittlich alles kratzte, was unvorsichtig genug war, es zu streifen.)
«Ich wollte erleben, und sei es nur für fünf Minuten, wie es sein muß, *er* zu sein», sagte Luc. Er strich sich übers Haar. Er zündete sich mit einem vergoldeten Feuerzeug eine Romeo y Julieta Presidente an, handgedreht in der Dominikanischen Republik mit Kamerun-Deckblättern: Als Gegner des Sozialismus hatte er seit geraumer Zeit Havanna-Zigarren mit einem persönlichen Boykott belegt.
«Ich wollte erleben, wie es sein muß, wenn man … labil ist.» Er blies einen Rauchring. Er war quadratisch.
Claude war nicht wenig überrascht. «Was hat dich darauf gebracht?»
«Der Tod.»
«Wie bitte?»
«Ich bin heute morgen ärztlich untersucht worden.»
«Oh, nein.»
«Reg dich ab. Mein Blutdruck ist gestiegen, aber wenn ich mich ihrer verdammten Behandlung unterziehe, wird er wieder sinken. Außerdem habe ich ein schwaches Herzsausen und eine leichte Schwellung des großen Zehs, die den Anfang einer Gichtattacke bedeuten könnte. Alles kein Grund zur Beunruhigung, aber es unterstreicht, daß ich allmählich ein alter, alter Mann werde. Ich habe das im Vorbeigehen zu einem der Ärzte gesagt, und er hat geantwortet: ‹Niemand lebt ewig, Monsieur LeFever.›»
«Eine scharfsinnige Beobachtung. Wenigstens einmal eine Äußerung der Medizin, der ich zustimmen kann.»
«Kannst du das heutzutage wirklich? Ich vermute, du hast noch nicht von der Last Laugh Foundation gehört.»
«Doch, Papa, ich *habe* von der Last Laugh Foundation gehört. Was für eine Farce. Du weißt, wer den Laden leitet? Wiggs Dannyboy, der Drogensüchtige und Knastschieber. Verrückter Ire –»
«Ja, es ist wahr, daß der berüchtigte Dr. Dannyboy sie gegründet hat, aber weißt *du,* wer sich auf Gedeih und Verderb mit ihm verbündet hat? Wolfgang Morgenstern. Ich habe gemeinsam mit Morgenstern an der Sorbonne studiert, wir waren zusammen in den gleichen Einfüh-

rungskursen für Chemie, wir kannten einander. Großartiger Bursche. Er hat später zwei Nobelpreise gewonnen. Zwei, hast du gehört.»
«Ja, aber –»
«Morgenstern würde nicht mitmachen, wenn an der Sache nichts dran wäre.»
«Ja, aber –»
«Ich sage dir, Morgenstern ist niemand, der sich mit einem Scharlatan einläßt.»
«Papa, denkst du etwa daran, dich selbst mit der Unsterblichkeits-Klinik einzulassen?» Die Mißbilligung in Claudes Stimme war so dicht wie der Nebel in den Straßen von Paris.
Langsam rollte Luc seine Zigarre zwischen den Fingerspitzen. Er untersuchte die Asche. Je höher die Qualität einer Zigarre, desto länger die Asche, die sie produzierte. Am Ende jedoch muß jede Asche fallen. Und das Fallen ist in der Regel ebenso plötzlich wie endgültig. Entdeckte Luc in der Asche seiner Zigarre eine Metapher? Könnte es sein, daß er auf philosophischer Ebene über das Wesen des Ewigen Aschenbechers nachsann? Könnte es sein, daß wir dies tun?
«Nein», sagte er nach ein oder zwei Zügen. «Ich muß zugeben, daß eine gewisse Versuchung mich geplagt hat, zumal ich Morgenstern als den kenne, der er ist. Aber am Ende –» er seufzte – «bringt mir die Unsterblichkeit doch nichts. War das eben ein Wortspiel? Nein? Gut. Wie dem auch sei, Sterben ist eine Tradition, und ich gehöre ganz einfach nicht zu den Leuten, die sich Traditionen widersetzen.»
«Sofern kein Profit daraus zu schlagen ist.»
«Hä?»
«Du warst immer bereit, mit Traditionen zu brechen, wenn damit Profit zu machen war. Das ist das Geheimnis deines Erfolges im Geschäftlichen.»
«Hm. Das mag stimmen. Aber ich kann keinen Profit darin sehen, für ein Leben zu kämpfen, das über die natürlichen eigenen Grenzen hinausgeht. Das Ganze hat etwas Habgieriges, und ich habe dich gelehrt, zu unterscheiden zwischen dem Motiv des Profits und dem der Habgier. Früher oder später büßen die Habgierigen ihren Profit ein. Zu profitieren ist ehrbar und gesund, Habgier ist entwürdigend, pervers.»
«Leben ist nicht dasselbe wie Geld.»
«Gottseidank! Das Leben schwindet dahin, während Geld, wenn es

richtig verwaltet wird, wächst und immer weiter wächst, Generation für Generation. Das Leben ist vergänglich, Geld ist ewig. Könnte es zumindest sein, wenn die verdammten Amerikaner ihre Zinssätze senken würden.» Luc griff zu der Walmaske und blies Wolken blauen Rauchs durch ihre Augenlöcher. «Dieses Geplauder über Tod, Geld und nicht zuletzt Perversion bringt uns zwangsläufig wieder auf *ihn*.»

«Christus?»

«Nein, du Idiot, nicht Christus. Auf deinen Vetter. Marcel.»

Claude runzelte die Stirn. «Papa, wenn du vorhast, dich wieder über Bunny lustig zu machen, vergiß es. Du weißt, was ich ihm gegenüber empfinde.»

«In der Tat, das weiß ich, und auch darin liegt etwas Perverses. Du verbringst mehr Zeit mit diesem Irren als mit deiner eigenen Frau.»

«Ja, nun, Bunny ist unterhaltsamer als meine Frau. Und er bringt uns mehr Geld.»

«Deine Frau macht dich nicht lächerlich in der Öffentlichkeit. Und wenn es deiner Vorstellung von Unterhaltung entspricht, daß einer einen Fischkopf aus Pappe trägt ...»

«Wale sind keine Fische.»

«Na und?»

«Ich bin bereit, seine Lächerlichkeit und seine Sonderheit zu akzeptieren. Und du bist es letztendlich auch, Papa. Wo stände diese Firma ohne Bunny?»

«Das ist eine Abhängigkeit, für die ich Vorsorge getroffen habe.»

«Wie meinst du das?»

Luc lehnte seine Zigarre gegen den Rand eines Alabaster-Aschenbechers. Die Zigarre sah aus wie irgendein Gemüse, ein Wurzelgemüse, vielleicht verwandt mit dem Mangold. Das Gemüse brannte. Brandstiftung war nicht auszuschließen.

«Ich meine, daß Marcel labil ist.» Luc nahm die Zigarre wieder auf und klopfte mit ihr gegen die Walmaske. Asche rieselte in den Rachen. Die Zigarre brannte weiter. Feuerwehrmann, Feuerwehrmann, rette mein Gemüse! «Ich meine, daß es von einem Tag auf den anderen passieren kann, daß Marcel aufsteht und beschließt, nach Tahiti zu schwimmen. Denk doch nur daran, wie er *New Wave* hat fallenlassen, er ist dagegen eingetreten, als hätte es sich um irgendeine gefährliche politische Bewegung gehandelt, und nicht um ein äußerst vielversprechendes Parfum, in das wir Millionen investiert haben und das er höchstpersönlich entwickelt hat. Jetzt redet er davon, Duftstoffe aus Seetang zu gewinnen. Er meint, Frauen würden tausend Franc pro Unze bezahlen, um zu riechen wie Niedrigwasser. Ich dachte immer, die meisten Frauen würden Parfum kaufen, um *nicht* zu riechen wie die Mündung des Amazonas.»

«Aber –»

«Hör zu, ich traue Marcel nach wie vor. Er zeigt auch neuerdings wieder Interesse an natürlichen Jasminen, was vielleicht ganz vernünftig sein könnte. Er ist die beste Nase in der Branche, und er hat zu oft recht gehabt, als daß ich Grund hätte, jetzt auf ihn sauer zu sein. Nichtsdestoweniger *ist* er unberechenbar und insofern ein Risiko. Während du also Versicherungen auf ihn abgeschlossen und ihm sein Labor mit Assistenten vollgestopft hast, von denen ihm unglücklicherweise keiner auch nur annähernd das Wasser reichen kann, habe ich andere Vorkehrungen getroffen.» Luc holte aus einer Schreibtischschublade eine Mappe. «Nach dem Schrecken, den mir die Ärzte heute eingejagt haben, scheint es mir am besten, daß ich dies an dich übergebe.»

«Was ist das?»

«Eine Agentenliste.»

«Agenten?»

«Ausgewählte Mitarbeiter unserer wichtigsten Konkurrenten. Frankreich. New York. Deutschland. Plus ein paar Leute, die bei kleinen Parfümerien arbeiten, bei gewissen vielversprechenden Läden abseits des ausgetretenen Pfades, wo sich etwas entwickeln könnte, was die Big Boys übersehen haben.»

«Spione?»

«Wenn du sie gerne so nennen möchtest. Sagen wir doch einfach, daß wir auch für den Fall, daß Marcel in die Irre geht, noch Zugang zu erstklassigen Rezepten haben. Und wenn eine der kleinen Parfümerien irgendwo auf Gold stoßen sollte ... Hast du irgendwelche Einwände?»

Ein wenig einfältig schüttelte Claude den Kopf. «Ich glaube nicht. Solange es nur eine Vorsichtsmaßnahme ist, für den Notfall. Weißt du, ich bin optimistisch, daß der Kuckuck in Bunnys Uhr auch weiterhin richtig tickt. Er wird nichts Unbesonnenes tun.» Luc warf ihm einen ungläubigen Blick zu. «Jedenfalls nichts Unbesonnenes, das die Firma in Gefahr bringt und ungesetzliche Aktivitäten rechtfertigt. Aber weißt du, wenn ich sehe, wie er an diesen nebeligen Abenden einfach so, ohne Mantel, draußen herumläuft, dann kann es nichts schaden, wenn wir etwas in der Hinterhand haben für den Fall, daß er sich eine tödliche Erkältung der Leber zuzieht. Ich meine, solche Dinge kommen schließlich vor.»

Luc stieß einen solchen Geiser von Rauch aus, daß, käme er von einem entgleisten Tankwaggon, die Behörden sofort die umliegenden Häuser evakuieren lassen würden. Unter bestimmten Bedingungen konnten Lucs Ausatmung Hunderte von Menschen zwingen, die Nacht in Kirchengruften und in Schulturnhallen zu verbringen. «Es ist nicht seine *Leber,* um die ich mir Sorgen mache. Es ist auch nicht meine. Ich war immer ein körperlich erstklassiges Exemplar, ich hatte erwartet, ein Jahrhundert alt zu werden, aber die Ärzte haben dieser Vorstellung den Boden entzogen. Na ja, damit kann ich leben, ich hab nicht die Hosen voll, was den Tod angeht. Mir macht allein folgendes Sorge: Was passiert, wenn Marcel *dich* überleben sollte? Kannst du dir Marcel als verantwortlichen Boss vorstellen?»

«Papa!»

«Mein Gott. Dieses Gebäude. Er würde vielleicht die oberen dreiundzwanzig Stockwerke vermieten und eine kleine Parfümerie im Keller betreiben, wie die Mönche vor siebenhundert Jahren oder wie dieser kleine Laden von der Kudra, der nebenan war, als unsere Vorfahren 1666 das Unternehmen erwarben.»

«Papa! Das ist doch lächerlich. Erstens bin ich bei besserer Gesundheit als Bunny. Zweitens verbietet ihm der Gesellschaftsvertrag, so etwas zu tun, selbst wenn er es wollte. Drittens ist es die sicherste Methode für einen Menschen, seinen Blutdruck in die Höhe zu treiben, wenn er sich über Dinge wie Langlebigkeit, auf die er keinen Einfluß hat, Gedanken macht.»

Wieder stieg von dem Tankwaggon aus komprimiertem Mangold eine derartige Rauchsäule auf, daß die Anwohner jegliche Hoffnungen aufgeben mußten, in absehbarer Zeit in ihre Häuser zurückkehren zu können. «Aber was wäre, wenn jemand Einfluß darauf hätte?»

«Verdammt, wovon redest du?»

«Davon. Ich rede davon. Vor ein paar Tagen hat Marcel eine Einladung zum Besuch der Last Laugh Foundation bekommen.»

«In Amerika?»

«Du Idiot. Natürlich in Amerika.»

«Warum Marcel? Er fährt doch bestimmt nicht hin?»
«Seine Sekretärin sagt, er hätte zugesagt. Heute.»
Claude furchte seine Stirn. Er zupfte an der Beilklinge seines Barts.
«Aber worum geht es bei alledem?»
«Ich wünschte verdammt noch mal, daß ich es wüßte. Das ist es, was ich herausfinden möchte. Vielleicht ist es eine Sache, die mit der albernen Rede zu tun hat, die er auf dem Parfümeurkongreß gehalten hat, vielleicht ist es aber auch ganz etwas anderes.»
Nachdem Claude seinen Vater ermahnt hatte, er möge seine Medizin nehmen, verließ er das Büro. Auf dem Weg zum Fahrstuhl warf er einen Blick in Marcels Büro. Marcel war nicht da. Alles schien zu sein wie immer, abgesehen natürlich von der Roten Bete auf dem Silbertablett.
Claude fuhr ins Erdgeschoß. Die nebeligen Straßen sahen durch die verspiegelten Fensterscheiben aus wie Frankensteins Vorstellung vom Club Med. Claude überkam eine Ahnung, daß es besser sei, Lucs «Agenten»-Akte in seinen Diplomatenkoffer zu schließen, ehe er hinausging. Als er im Begriff war, sie hineinzulegen, blätterte er sie flüchtig durch. Der Name *V'lu Jackson* fiel ihm auf.

III. Teil

VERSPRICH IHR DAS BLAUE VOM HIMMEL, ABER GIB IHR K 23

Die höchste Funktion der Liebe besteht darin, daß sie den Geliebten zu einem einzigartigen und unersetzlichen Wesen erhebt.
Der Unterschied zwischen Liebe und Logik besteht darin, daß in den Augen eines Liebenden eine Schildkröte ein Prinz sein kann, während in der Analyse des Logikers der Liebende *beweisen* müßte, daß die Schildkröte ein Prinz ist – ein Unterfangen, das geeignet ist, so ziemlich jeder Leidenschaft den Glanz zu nehmen.
Die Logik schränkt die Liebe ein, worin der Grund liegen könnte, warum Descartes nie geheiratet hat. Descartes, der Architekt des Zeitalters der Vernunft, floh 1628 aus Paris, der romanisch-romantischen Stadt, um «seinen Zerstreuungen zu entkommen». Er ließ sich in Holland nieder, wo er, umgeben von Schülern und unterstützt von Gönnern, über Mathematik und Logik arbeitete. Im Herbst des Jahres 1649 wurde er nach Stockholm eingeladen, um die Königin Christine in Philosophie zu unterrichten. Descartes willigte sofort ein. Vielleicht war die Bezahlung gut. Es wird einen vernünftigen Grund gegeben haben.
Königin Christine nahm ihre Stunden im Liegen. Häufig war sie nackt. Das wird kaum das schlimmste gewesen sein. Der Schwedische Hof war, wie jeder andere Ort im Europa des 17. Jahrhunderts auch, von Flöhen verseucht. Christine hatte sich von ihren Handwerkern eine winzige Kanone aus Silber und Gold arbeiten lassen. Während sie in den Kissen lag, feuerte sie mit der kleinen Kanone auf die Flöhe, die ihren Körper bevölkerten. Das war der Grund, warum sie nackt war. Es heißt, sie sei ein guter bis sehr guter Schütze gewesen.
Der tägliche Anblick Ihrer Majestät bei dieser Art von Vergnügung, während er, Descartes, in dunklen holländischen Plumphosen, den Versuch unternahm, die einer unbezweifelbaren Sphäre des Seins inne-

wohnende Vollkommenheit zu erklären, war mehr, als seine leidenschaftliche Vernunft zu ertragen vermochte. Rasch wurde er nervöser und blasser. Am 11. Februar 1650, nur wenige Monate nach seiner Ankunft in Stockholm, starb Descartes im Alter von vierundfünfzig Jahren. Christine überlebte ihn um neununddreißig Jahre und knallte noch eine ganze Menge Flöhe ab.

1666 – da konnte ihm die Liebe nur noch wenig anhaben – wurde der Leichnam Descartes' nach Paris umgebettet. Während der Beisetzung erfüllte ein unangenehmer Geruch den Kirchhof. «Es war, als hätte ein Ziegenhirte seine Herde durch unsere Mitte getrieben», sagte einer von Descartes' Anhängern. Eine logische Erklärung bot sich nicht an.

Die höchste Funktion der Liebe besteht darin, daß sie den Geliebten zu einem einzigartigen und unersetzlichen Wesen erhebt. Dennoch streiten sich Liebende. Oft streiten sie nur, um die Luft zwischen sich wieder mit Spannung anzureichern, um die Lebendigkeit ihrer Beziehung zu erhöhen. Um einen solchen Streit heraufzubeschwören, wird in der Regel der verschwitzte Kimono sexueller Eifersucht aus dem Wäschekorb gezerrt, obwohl fast alles als Anlaß dienen könnte. Nur selten liegt der Keim des Zankes im Beten-tiefen Erdreich eines ernsthaften Themas, doch wenn dies der Fall ist, stellt sich eine gewisse Traurigkeit ein, denn die Wunden des Geistes heilen langsamer als die des Herzens, und derartige Streitereien vermögen einem Lebensbund zum Verhängnis zu werden, auch einem Lebensbund, der zuvor über lange Zeit prächtig gediehen ist.

Der Streit zwischen Kudra und Alobar zog sich bis tief in die Nacht. Von der Frequenz ihrer Wörter in Schwingungen versetzt, zerfielen die Gegenstände in ihrer Wohnung in ihre Einzelteile: Blumentöpfe taumelten auf den Fensterbänken, Federn flogen aus Kissen, und der Teekessel sang, obwohl kein Feuer unter ihm brannte, und es war kein behagliches Lied, das er da anstimmte. Als hätte sie lange Fingernägel, streckte sich die Hand ihrer Auseinandersetzung aus dem Fenster hinaus auf die Straße, wo sie über das Kopfsteinpflaster, die Kastanienblüten und die Wandtafel des Himmels kratzte.

«Zankende Liebespaare sollen die Pocken kriegen», brummte Pan. Pan wollte schlafen. Er lag seit Stunden im Bett, doch es kamen keine Träume zu ihm; statt dessen drangen scharfe Stimmen durch die Wand. Pan warf und rollte sich von einer Seite auf die andere und fluchte ein wenig, obwohl ihm die Ironie der Situation (Götter haben einen Sinn für Ironie) nicht entging: Alobar und Kudra stritten über Unsterblichkeit, während Pan den Schlaf herbeisehnte, weil er früh aufstehen wollte, um an einer Beerdigung teilzunehmen.
Pan warf und rollte sich, rollte und warf sich. Ein Späher am Schlüsselloch hätte gestaunt. Er hätte ein Bett in Aufruhr gesehen, das Geklapper eiserner Bettgestänge, hin- und hergeworfene Decken, doch keine Seele in den Laken.
Man schrieb das Jahr 1666, und der arme Pan war vollkommen unsichtbar.

Um sieben Uhr morgens öffnete und schloß sich die Tür des Geschäftes für Duftstoffe in der Rue Quelle Blague Nr. 21, ohne daß jemand beim Betreten oder Verlassen des Geschäftes zu sehen gewesen wäre. Ein transparenter Moschus-Nebel bewegte sich langsam ostwärts entlang des linken Seineufers. Bei der Rue St. Jacques wandte sich die herbe Wolke, die jede Nase, an der sie vorbeischwebte – die von Menschen ebenso wie die von Pferden – zutiefst beleidigte, in südliche Richtung. Nach etwa acht Blöcken schlug sie wieder eine östliche Richtung ein, um den Abhang eines steilen Hügels hinaufzukriechen, auf dessen Spitze die brüchige alte Abtei Ste. Geneviève-du-Mont stand.
«Dieser Tempel (japs) ist so müde (schnauf) und erschöpft wie ich», keuchte Pan, und in der Tat sollte die Kirche, obwohl der professionellen Jungfrau Genoveva in der romanisch-romantischen Stadt viel widersinnige Zuneigung entgegengebracht wurde, in nicht einmal hundert Jahren niedergerissen werden, um einem hübschen neuen Gebäude in neoklassizistischem Stil Platz zu machen. 1817 wurden die reiseerfahrenen Knochen von Descartes nach St.-Germain-des-Près überführt, doch an jenem Frühlingsmorgen sollten sie auf dem moos-

bewachsenen Friedhof beigesetzt werden, auf dem die heiligen Überreste der Genoveva bereits seit tausend Jahren ruhten.
In seinen lebendigeren Tagen hatte Descartes in seinen philosophischen Traktaten genug wissenschaftliche Fakten untergebracht, um die Bischöfe zu verärgern, so daß abgesehen von dem Geistlichen, dessen lateinische Plattitüden auf seinen tauben Schädel niederträufelten, der Klerus bei seiner Beerdigung nicht vertreten war. Unter denen jedoch, die der neuen Religion der Wissenschaft huldigten, die zu jener Zeit in einem fortgeschrittenen Kindheitsstadium steckte, genoß Descartes zunehmende Verehrung, so daß sie in großer Zahl zu den Feierlichkeiten erschienen. Pan ruhte sich auf einem Grabgewölbe in einer entlegenen Ecke des Hofes aus und beobachtete, wie ihre Kutschen vorfuhren.
Einige der Professoren und Ärzte sahen ziemlich abgerissen aus; diese Männer waren zu sehr in Gedanken versunken, als daß sie der Pflege ihrer Kleider viel Aufmerksamkeit zu schenken vermochten. Zahlreiche andere jedoch, darunter der Rektor der Universität von Paris, der Präsident der Zünfte, der Architekt des Observatoriums, das gerade gebaut werden sollte, und der Vorsitzende der Mathematischen Gesellschaft, waren kostbar gekleidet in schwarzer Seide und trugen gepuderte Perücken. Beim Anblick dieser Perücken kam Pan eine Idee. Am Anfang jenes Jahrhunderts hatte ausschließlich der Adel Perücken getragen, doch inzwischen erfreuten sie sich auch unter der Bourgeoisie einiger Beliebtheit. Wenn Alobar mit einer Perücke protzen könnte, so dachte Pan, würde das vielleicht sein gegenwärtiges Problem lösen und seinen Zänkereien mit Kudra ein Ende setzen. «Das wäre ein nicht zu unterschätzender Segen», sagte er. Er rieb sich die trüben Augen und gähnte.
Ungefähr in diesem Moment stimmte eine kleine Blechbläserkapelle eine traurige Melodie an, und Pan, der sich selbst für einen Musiker hielt, lauschte kritisch. «In ganz Arkadien gibt es kein einziges Schaf, das zu so einem Lärm tanzen würde», klagte er. Doch als das Redenhalten anfing, tat es ihm leid, daß die Musik vorbei war.
Aristoteles hatte Pan einen schwächenden Schlag versetzt. Dann hatte ihm Jesus Christus praktisch die Hörner vom Kopf geprügelt. Und nun hieß es, daß Descartes ihm den Gnadenstoß versetzt hätte. Das Wenige, was Pan von seiner ursprünglichen Macht verblieben war, sei dazu verurteilt, im Zeitalter der Vernunft zu verdampfen, so jedenfalls sagten die Experten. Müde und unsichtbar, wie Pan war, konnte er sich mit

ihnen nicht auseinandersetzen. Als er von Descartes' Beerdigung hörte, zog ihn trotz schmerzender Hufe eine morbide (oder ziegenbockige) Neugierde zur Ste-Geneviève-du-Mont.
Wie Bienen im Stock summten die feierlichen Reden weiter. Ein Intellektueller würdigte Descartes' *Abhandlung über die Methode,* ein anderer überzeugte auch den letzten reaktionären Spießer auf dem Kirchhof von dem bedeutenden Beitrag des Verschiedenen zur Theorie der Gleichheit, während ein Dritter, mit noch bombastischeren Worten als seine Vorredner, das ungeprüfte Becken der guten heiligen Genoveva in seiner Gruft zum Rasseln brachte, indem er den neuen Rationalismus pries. Gerade, als der Rektor der Universität *sein* Einerlei zum Besten geben wollte, wechselte plötzlich die Frühlingsbrise ihre Richtung, so daß sich die Beerdigungsgesellschaft nunmehr im Lee von Pan befand.
Die Unaufmerksamkeit in der Menge wuchs. Aus dem Augenwinkel prüfte der Rektor, ob in dieser Umgebung tierisches Leben zu erwarten wäre. Jene, die Taschentücher besaßen, hielten sie sich bald unter die Nase (ein Passant hätte meinen können, sie würden weinen). Zu denen, die kein Taschentuch bei sich hatten, gehörte der Priester. «Das ist es, was der Allmächtige von der Wissenschaft hält», murmelte er, um sich dann sofort zu bekreuzigen und um Vergebung zu bitten, weil er Gott einen Geruch zugesprochen hatte, der doch ganz offensichtlich dem Satan eigen war.
Freilich hatte die Gruppe noch Glück. Pans jetziger Gestank war im Grunde mild, verglichen mit dem der guten alten Zeit. Nichtsdestoweniger sorgte ein gewisser schelmischer Mathematiker für einigen Spott und viel unterdrücktes Gelächter, als er mit einem Bühnenflüstern Descartes' berühmteste Maxime paraphrasierte.
«Ich stinke, also bin ich», sagte er und nickte in Richtung des Sarges aus schwedischer Walnuß.
«Stimmt genau.» Pan seufzte. Wo blieben die Vorteile der Unsichtbarkeit, wenn einen der eigene Geruch verriet? Mit knirschenden Knochen erhob er sich und schlängelte sich auf wackeligen wollenen Beinen durch die Menge, um zu dem steinernen Tor zu gelangen. Als er die halbe Strecke zurückgelegt hatte, erinnerte er sich an seine Idee mit der Perücke und nahm im Vorbeigehen einem bedeutenden Gelehrten das Haarteil vom Kopf. In dem Glauben, der Wind habe es erfaßt, griffen andere perückentragende Gäste nach ihren eigenen Schmuckstücken,

um sie auf ihren Quadratschädeln zu verankern. Da stand sie also, die französische Intelligenz, die eine Hand im Haar, die andere unter der Nase, während der Gott und die Perücke vom verfallenden Kirchhof der heiligen Genoveva den Hügel hinab zur Seine schlingerten. Es war das erste Mal in der ganzen Woche, daß Pan seinen Spaß gehabt hatte.

Als er das Flußufer erreichte, machte Pan eine Pause, um zu Atem zu kommen. Er riß eine Rasensode aus, um darunter die Perücke zu verstecken, damit kein vorüberfahrender Kahnschiffer sie irrtümlich für ein Relikt aristokratischen Herumtollens im Gras halten konnte. Ein Unsichtbarer lernt schnell, daß seine Besitztümer und Staffagen seine Eigentümlichkeit nicht teilen, was bedeutet, daß er stets mit leeren Händen herumlaufen muß. Pan konnte noch nicht einmal seine Flöte mitnehmen.

Das war bitter, denn ein frischer Aprilmorgen wie jener war wie geschaffen für eine kleine Melodie. In den alten Zeiten, in den goldenen Zeiten, waren an ähnlichen Morgenden Pans schelmische Flötentöne am Rande eines Dorfes für jeden Mann das Signal gewesen, Frau und Tochter wegzusperren. Jene, die es versäumten, ihre Frauen in Sicherheit zu bringen, verloren sie für den Tag ans Weideland, von wo sie in der Dämmerung mit wirrem Haar, mit Grasflecken und Brunftgestank am Körper zurückkehrten. Pan mußte grinsen bei diesen Gedanken. «Mich dünkt, ich könnte ohne weiteres Maria Theresia aus dem Palast flöten», dachte er und meinte die junge Braut Ludwigs XIV.

Es war ein gutes Zeichen, daß er ein zeitgenössisches weibliches Wesen erwähnte, denn Pan hatte angefangen, in seinen Erinnerungen zu leben, was bei jedem ein ungesundes Symptom ist, suggeriert es doch, daß der Zenit des Lebens überschritten ist. Bei jedem Tagtraum, der die Vergangenheit mit einbezieht, steckt im Hutband eine Fahrkarte zum Grab. Doch was gab es, worauf sich der vernachlässigte Gott noch freuen konnte? Auf Ambrosia, auf Maria Theresia, auf eine monatliche Rente, eine Herde ganz für sich allein? Nein, nur die Fürsorge Alobars und Kudras hielt ihn am Leben, und wie der jüngste Streit zeigte, gab es andere Dinge, um die das Paar sich sorgen mußte.

Während Pan am sonnigen Flußufer seine Hörner wärmte und beobachtete, wie die vom Wind zerzausten Kastanienblätter gleich geschmolzenem Nymphenfleisch mit der Strömung vorübertrieben, verbannte er Descartes und dessen eitles Begehren, die Natur einer menschlichen Kontrolle zu unterwerfen, aus seinen Gedanken, um stattdessen an Alobar und Kudra zu denken, daran, wie sie, trunken von ewiger Weisheit, nach Arkadien gekommen waren, wie sie ihn aufgespürt und wie sie gelacht hatten ...

Ihre «ewige Weisheit» stammte vermutlich von den Bandaloopern, wenn auch indirekt. Die Bandalooper haben keine Dokumente, keine Werkzeuge, keine Wandzeichnungen hinterlassen, aber bei Dr. Wiggs Dannyboy von der Last Laugh Foundation heißt es: «Physische Unsterblichkeit ist in erster Linie eine Frage von Schwingungen», und in den Höhlen waren die Schwingungen ihrer früheren Bewohner zweifellos noch gegenwärtig.

Alobar und Kudra lebten sieben Jahre lang in diesen Höhlen, inmitten dieser Schwingungen, und in jener Zeit erfuhren sie viel über die Geheimnisse des ewigen Lebens. Alobar glaubte, sie hätten bleiben und noch mehr lernen sollen, und dieser Glaube kam im stürmischen Seegang ihrer Zänkereien im siebzehnten Jahrhundert wie ein Kugelfisch immer wieder an die Oberfläche. Damals jedoch, sechshundert Jahre zuvor, als die Sahne, die auf der magischen Milch schwamm, noch dick und gelb war und das Ei der Logik, das die griechischen Philosophen gelegt hatten, noch darauf harrte, ausgebrütet zu werden, damals war Alobar einfach zu glücklich, um dauerhaft zu widersprechen.

Kudra war wie er begeistert von dem, was sie von den Bandaloopern lernten, aber seit ihrer Kindheit, seit jener prägenden Handelsreise, hatte sie sich danach gesehnt, hinauszuziehen in die weite Welt, und nun, da es sie juckte vor Lebenskraft und Selbstvertrauen, war sie begierig, hineinzutauchen in ferne Städte und Länder. «Bring mich dorthin, wo die Sonne untergeht», flehte sie. «Wir können unsere Unsterblichkeitsarbeit überall tun, wo wir gerade sind.» Das war grundsätzlich richtig, denn, und an dieser Stelle zitieren wir wieder Wiggs Dannyboy: «Physische Unsterblichkeit ist kein Endergebnis, kein Zustand, den man in der Zukunft erreichen wird, sondern eine weiterführende Disziplin, eine Einstellung, eine Lebensform, die man in der Gegenwart praktizieren muß, Tag für Tag.» Nichtsdestoweniger war Alobar überzeugt, daß in ihrem Wissen erhebliche Lücken klafften, die sich am besten in den Höhlen der Bandalooper schließen ließen. Er unternahm einen ernsthaften Versuch, Kudra zum Bleiben zu bewegen; als der jedoch gescheitert war, sprang er leichten Herzens und begierig gemeinsam mit ihr in den breiten gewundenen Strom mittelalterlichen Lebens.

Alobar verdingte sich als Wächter bei einer Gewürz-Karawane, und so reisten sie auf dem Rücken von Kamelen nach Konstantinopel, so schwankten sie auf Höckern aus der sandigen Seitenbühne des Ostens in jenes goldene Rampenlicht, in dem Basileios II. unter der Schirmherrschaft des byzantinischen Christentums ein umfangreiches Drama inszenierte, das von Expansion und Reichtum handelte. Da die beiden vermuteten, daß sich Unsterblichkeit unter angenehmen Lebensbedingungen besser entwickelte als unter asketischen, und da sie in der ganzen Zeit, die sie zusammen waren, von der Hand in den Mund gelebt hatten, beschlossen sie, sich vorübergehend in Konstantinopel niederzulassen und von seinem Luxus zu kosten.

Weder er noch sie hatte jemals zuvor in einer großen Stadt gelebt, und Konstantinopel, eine wichtige Handelsmetropole, ein kosmopolitisches Bindeglied zwischen Ost und West, ein mosaikbelegter Bienenstock mit kommerziellem und religiösem Honig, dieses Konstantinopel weckte sie jeden Tag mit einem aufgeregten Rippenstoß seines güldenen Ellbogens. Unterstützt von Kudra, die ihr Wissen über Grundstoffe eifrig an ihn weitergab, stieg Alobar rasch vom Stauer zum Verwalter der Gewürzspeicher des Basileios auf, in eine Position also, auf deren Grundlage sie sich ein elegantes Haus mit Blick über den Bosporus, ein silbernes Teeservice sowie Teppiche leisten konnten, die dicker und farbenprächtiger waren als jene, die zusammen mit den Bandaloopern aus den Höhlen verschwunden waren. Auf diesen Teppichen (die zum Teil mit dem Saft Roter Beten gefärbt waren) lagernd, schlürften sie Pfefferminztee, mampften Spinatpasteten und Melonen, liebten sich nach jenen Regeln der Kunst, die das Utram des *Kamasutram* in den Mittelpunkt stellten, und perfektionierten die Atemtechniken, die offensichtlich für eine extreme Langlebigkeit unentbehrlich sind.

Auch Badetechniken sind von Bedeutung, und glücklicherweise war es in Konstantinopel einfach, sich darin zu üben. Wie Alobar wohl wußte, hielt die Mehrzahl der zweibeinigen Säugetiere Europas Wasser für ein Element, das sich für die äußerliche Anwendung nur geringfügig besser eignete als Feuer. Die geringe Popularität des Bades war nicht nur weit verbreitet, sie hielt sich auch hartnäckig (in Ludwig XIV. unvergleichlich elegantem Versailles gab es nicht ein einziges Behältnis, das zum Baden geeignet war – ein Umstand, der eines Tages Kudra dazu veranlassen sollte, den Hof des Sonnenkönigs als potentiellen Absatzmarkt für ihre Duftstoffe zu betrachten; selbst im späten *zwanzigsten* Jahrhundert gab es noch eine große Anzahl von Europäern, die sich weigerten, ihre Körper zu waschen, um damit nicht eine – körperliche oder unkörperliche – Eigenheit zu entfernen, die ihnen für ihr Selbstbild unverzichtbar erschien). Als Folge des regelmäßigen Verkehrs mit dem Fernen Osten hatte sich in Konstantinopel eine gewisse Wertschätzung für das ausgedehnte heiße Bad herausgebildet, zu welchem Zweck Wasser über steinerne Aquädukte von Reservoiren in den umliegenden Bergen in die Stadt geleitet wurde. Um gemeinsam baden zu können, was in den nach Geschlechtern getrennten öffentlichen Bädern verboten war, zapften Alobar und Kudra das Aquädukt-System an und bauten sich hinter ihrem Haus, zwischen Rosenbüschen und einem Pistazienbaum, eine hüfttiefe, ziegelüberdachte Wanne. Kudra sprach fließend amphibisch, während Alobar, dem die europäische Aversion näher lag, häufig überredet werden mußte, in die Wanne zu steigen – sei es durch die Erinnerung daran, daß rituelle Bäder die Langlebigkeit fördern, sei es durch einen Hinweis darauf, daß ein Einweichen die koitalen Funktionen seiner Organe oder der Organe seiner Gefährtin um eine ungewöhnliche, schlüpfrige Dimension erweitern könnte.

«Nirgends unter der dort drüben untergehenden Sonne wirst du Wasser finden, das dazu bestimmt ist, darin zu baden», pflegte Alobar warnend zu bemerken, wenn immer Kudra hibbelig wurde, und sollte das ihre Unruhe nicht dämpfen, fügte er hinzu: «Und Parfums wirst du ebenso wenig finden.»

Er hatte recht, westlich des Bosporus gab es kein Parfum. Im modernen Sinne gab es nirgendwo Parfum, denn die Entdeckung des Prozesses, durch den die Gerüche einer Blume mit Hilfe der Alkohol-Destillation extrahiert und bewahrt werden können, sollte noch hundert Jahre auf sich warten lassen; dann erst sollte der arabische Alchemist Avicenna bei dem Versuch, dem Islam die Seele seiner heiligen Rose zu isolieren, dieses Verfahren ausfindig machen. Im Konstantinopel des elften Jahrhunderts jedoch waren Duftstoffe ebenso populär wie in Kudras Indien, und wie in Indien gab es sie meist in Form von dickflüssigen Harzen und pappigem Kautschuk. Jeden Morgen brachte ein Diener eine kleine Schachtel aus Zedernholz zu Basileios II., in der sich harziger Weihrauch und gallertartige Myrrhe befand; der Kaiser zertrümmerte sodann die Schachtel auf seinem eigenen Kopf, so daß ihr Inhalt über seinen Hals und Bart rinnen konnte. Im Laufe der Zeit und nach all der Schachtelzertrümmerei begann Basileios, sich zunehmend schlagkräftig zu gebärden, und häufig waren seine Augen von dem Kautschuk in halboffenem Zustand fest verklebt. Er roch jedoch großartig, und als er 1025 starb, ging sein Nachfolger in dem Wunsch, noch größere Herrlichkeit auszustrahlen, dazu über, sich jeden Morgen *zwei* Schachteln auf dem Kopf zu zertrümmern. Vielleicht hing es mit der kraftvollen Art, ihre Düfte aufzutragen, zusammen, daß es keinem der beiden Kaiser auffiel, daß ihr Gewürz-Verwalter sich in seiner äußeren Erscheinung nicht veränderte, während sie selbst alterten – anderen in Konstantinopel blieb dieser Umstand durchaus nicht verborgen: Bei Hofe und in der Kirche raschelte der Klatsch mit seinen beharrlichen Flügeln.

«Der Kaiser, der Bischof, die Kamele auf dem Markt, die Olivenbäume an den Hängen, die Schiffe im Hafen, jeder und alles wird älter. Alobar und Kudra werden es nicht.»

«Sie sind immer bei bester Stimmung und Gesundheit, dabei trifft man sie nie beim Gebet an.»

«Sie baden zusammen.»

«Sie lächeln zuviel.»

«Sie reibt sich mit lieblichen Salben ein, als wäre sie ein Mann.»

«Keiner weiß, woher sie gekommen sind.»

«Sie geben sich häufig dem Akt der Liebe hin, wie ihr geräuschvolles Gebaren verrät, aber sie zeugen kein Kind.»

«Es geht das Gerücht, sie würden ihre Kinder aufessen, sobald sie geboren sind.»

«Aha. Das Verspeisen von Säuglingen also ist es, was sie jung hält.»

«Sie ist dunkel.»

«Er ist überheblich.»

«Sie sind Ungläubige.»

«Übernatürliche Wesen.»

«Agenten des Bösen.»
«Unsere Kinder sind in Gefahr.»
Gerücht um Gerücht verstärkte sich das Mißtrauen gegen sie, bis – «Hast du gehört? Gestern ist ein kleiner Junge verschwunden, der zum Spielen am Bosporus war» – sie eines Nachts mit nur knappem Vorsprung vor dem Mob aus Konstantinopel fliehen mußten. Alobar bestach einen griechischen Kapitän, daß er sie zwischen gestapelten Elfenbeinzähnen versteckte, die auf seinem Deck verzurrt waren, und von diesem günstigen Platz aus wurden sie Zeuge, wie das Haus niederbrannte, das fast dreißig Jahre lang ihr Heim gewesen war.
«Verkneif dir dein Schluchzen», sagte Alobar tröstend und drückte einen von Kudras Delphinschenkeln. «Wir haben aus dieser Erfahrung zwei wichtige Dinge gelernt. Zunächst, daß unser Bandaloop-Experiment erfolgreich ist; wir haben den Falten grabenden, Silber säenden Herold des Todes aufgehalten, wenn nicht gar zur Umkehr gezwungen. Darüber können wir uns freuen. Zweitens ist uns nunmehr bewußt, daß es in einer Gesellschaft, die den Bedingungen des Alterns und des Sterbens unterworfen ist, Probleme heraufbeschwört, wenn man eine unangemessene Langlebigkeit offen zur Schau trägt. In Zukunft müssen wir das sorgfältiger berücksichtigen.»
Er deutete auf ihr brennendes Haus, das inzwischen nichts weiter war als ein glimmender Haufen Asche am Horizont. «Wir haben ein Dach über unseren Köpfen verloren, einen schönen Teekessel, eine überschätzte Badewanne und ein paar Teppiche voller Flecken unserer Liebe. Lassen wir sie dahingehen. Dafür haben wir unser Leben. Und auf dieser ganzen Welt, von der ich sicher weiß, daß sie so rund ist wie eine Rote Bete, gibt es sicher kein zweitesmal ein Paar wie uns beide.»
Durch ihre Tränen hindurch mußte Kudra lächeln. «Ich bin sicher, daß wir andere Teppiche für unsere Flecken finden», sagte sie. «Aber sogar du wirst unsere Wanne vermissen, warte nur ab. Und was den Teekessel angeht …» Triumphierend zog sie ihn unter ihrem Umhang hervor.
Alobar drückte sie samt Teekessel an sich und tat so, als würde er unter ihren Stoffen etwas suchen. «Dir wäre zuzutrauen, daß du da drin auch noch unsere Badewanne versteckt hast. Aha, hab ich es mir doch gedacht! Ich fühle etwas Heißes und Nasses.»
«In nicht allzu ferner Zukunft wirst du dir wünschen, es wäre eine

Badewanne. Oh, was soll meine arme große Nase bloß von einem Volk halten, das weder badet noch Parfums benutzt?»
«Nun», sagte Alobar, «ich habe vor, dich von vornherein daran zu gewöhnen, indem ich dich mit Pan bekannt mache. Niemand in der westlichen Welt vermag so eindringlich zu stinken wie er. Pan ist ein Gott, und er ist mein Freund.»
«Du bist der einzige, Alobar. Du bist der einzige Mensch auf dieser Erde, der einen Gott seinen Freund nennen kann. Und natürlich handelt es sich um einen ungewaschenen und stinkenden Gott.»
Sie umarmte ihn und schwabberte seinen Bart mit Küssen, als das Schiff im gleichen Augenblick mit seiner schwarzen, hölzernen Zunge in den rauschenden Mund des freien Meeres tauchte und nach allen Seiten Salz-Zähne lockerschlug; und während dieser uralte Kuß die Laschungen erbeben ließ, während der Mast den Hals reckte wie ein Voyeur bei dem Bemühen um bessere Sicht, während das Großsegel mit einer harten, schnellen Bewegung einen Himmel voller Sterne aus seinen Falten und Nähten schüttelte, wurden Kudra und Alobar fortgetragen nach Griechenland – unsicher, furchtlos, möglicherweise unsterblich, zweifellos ineinander verliebt ...

Pan erinnerte sich noch gut an die frische Art, mit der die beiden seine Weide überquert hatten, mehr hüpfend als gehend, obwohl jene Weide, wie alles Weideland in Arkadien, mit für bloße Zehen nicht ungefährlichen Steinen übersät war; und sie hatte gesagt: «Es ist so still hier draußen, daß ich meine Ohren hören kann», und er hatte zurückgegeben: «Wenn deine Nase deine Ohren wäre, würde dir vor lauter Lärm das Trommelfell platzen.» Die Vaudeville-Show war nicht tot. Sie war noch gar nicht geboren.
Pan beobachtete die beiden von einer mit Büschen bestandenen Klippe aus und mußte zugeben, daß sie das angenehmste Paar Homer waren, das er je zu Gesicht bekommen hatte («Homer», so nannten die überlebenden griechischen Götter die Sterblichen – eine verächtliche Bezeichnung, die auf den Namen des gleichnamigen Barden anspielte, der so viele Lügen über sie verbreitet hatte). Pan war begeistert vom Schwung

ihrer Schritte, von der Freude in ihren Stimmen, von der Art, wie sie etwa alle fünfzig Meter stehenblieben, um sich gegenseitig zu liebkosen; Pan war neugierig, was der Teekessel zu bedeuten hatte, den der weibliche Homer an ihren runden, muhenden Brüsten wiegte, als sei er ein Säugling, und Pan amüsierte sich über den männlichen Homer, der einen der Seidenschuhe der Frau (dafür gedacht, auf Teppichen zu schreiten, und nun zerschlissen und zerfetzt von scharfen Steinen) inspizieren sollte, ihn statt dessen aber aufrollte und rauchte.
O ja, sie strahlten etwas aus, aber erst als sie direkt unterhalb seines Verstecks waren, gelang Pan, dessen starrer Blick auf den blühenden Schwung der Hüften dieser Frau geheftet war – wenn es je eine Möse wie ein Füllhorn gegeben hat, das Fleischpudding ausstreut, heiße Weine und Leckereien aller Art: endlos (Schellfisch), unendlich (Pfirsiche), ohne Ende (Pilze) Feta Feta Feta auf immer und ewig, dann war es ohne Zweifel die ihre –, erst als ihr Gefährte sich plötzlich die Nase zuhielt und rief: «Er ist ganz in der Nähe! Ich habe ihn gerochen!», gelang Pan die Identifizierung. Aber hallo, das war doch dieser Ex-König Waswardochgleichdername, dieser draufgängerische Parvenu aus dem Norden, dieser verrückte Typ, der sich aufgemacht hatte – war das nun fünfzig oder sechzig Homer-Jahre her? –, um eine Petition an die Tür des Todes zu nageln. So, wie er aussah, schien der Tod seinem Begehren stattgegeben zu haben. Nun ja, nun ja ...
Alobar war damals einhundertundzwei, sah jedoch nur halb so alt aus, und zwar nach der besseren Hälfte. Immer noch bevölkerten weiße Haare seinen edlen Kopf, als wären sie die vertrauten Freunde, die blassen Schatten jener braunen Fäserchen, die dort ebenfalls weiterhin ihr Zuhause hatten; doch die Phantome, impotent und unfruchtbar in ihren geisterhaften Gewändern, hatten es nicht geschafft, sich zu vermehren, und schienen zufrieden damit, einfach nur da zu sein und die ursprünglichen Bewohner zu erschrecken, die zwar einst einmal erzittert waren, mittlerweile jedoch längst aufgehört hatten, sich zu fürchten. Alobar hatte ein paar Pfund zugelegt und gab sich nicht mehr als Krieger – die Meditationen in Samya hatten die Verspannungen aus seinem Rückgrat herausmassiert, die Übertragungen der Bandalooper hatten aus seinem Speerwerfer-Arm ein fröhlich winkendes Etwas gemacht – doch sollten wir Mitleid haben mit jedem verspielten jungen Bullen, der die Muskeln nicht bemerkte, die sich in der Edelsteinschleiferei seines Gewandes selbst schliffen und polierten. Sein Bart war nach der byzan-

tinischen Mode geschnitten, die zahlreichen augenfälligen Stellen narbigen Gewebes hatten das Leuchten von Pflaumen angenommen, seine eisblauen Augen betrachteten die Welt mit der Neugierde eines Kükens und der Verschlagenheit eines Papa-Bären. Spielerisch blies er Pantoffel-Rauchwolken durch seine Nase.

Wo gerade die Rede von Nasen ist – seine Gefährtin verfügte über eine grandiose Banane, die man, so wie sie gebogen war, schon beinahe musikalisch nennen konnte. Bei einer kantigeren Frau hätte das lächerlich wirken können, aber diese dunkle Kreatur glich so sehr einem wandelnden Sperrfeuer von rülpsenden Ausbuchtungen und gekrümmten Linien, daß sich ihre Nase perfekt in ihre Konturen fügte. Von den dicken Parabeln ihrer Augenlider bis hin zu den betont runden Ballen ihrer nunmehr bloßen Füße, war sie eine Endloskurve, dem Wert der Kurven von drei Nymphen entsprechend, ein ausländischer Widerspruch zur griechischen Geometrie. Der Sabber, der von Pans Lippen triefte, während er sie beglotzte, wäre mitten im Tropfen erstarrt, wenn er aus zuverlässiger Quelle erfahren hätte, daß sie so alt war wie jene Großmütter, die in den umliegenden Tälern die Ziegen melkten, zahnlose Skelette (die hier hatte zwei makellos strahlende Perlenschnüre im Mund), deren einzige Kurven die tief über Wanderstäbe gebeugten Rücken waren. Kudra war sechsundsechzig, Pan, und sie war, wie du noch erfahren solltest, eine ebenso gute Partie für dich wie jedes andere Homer-Mädchen, das du je mit deiner Flöte auf eine Weide gelockt hast. Du selbst, Mr. Geil, du hattest freilich deine besten Tage längst hinter dir …

Ja, Mr. Ziegenfuß, trotz des wütenden Streits zwischen Rom und Konstantinopel war das Hochwasser des Christentums nicht zurückgegangen, es war im Gegenteil langsam und zähflüssig in jeden Winkel und jede Ritze des Landes geschwappt, bis es kaum noch einen Gottlosen gab, dessen Herz und dessen Gehirn nicht von den Fluten beleckt worden wäre, in vielen Fällen so hartnäckig beleckt, daß alte Glaubensgrundsätze erodierten oder gar fortgespült wurden, und Sie, Mr. Charmeur, Mr. Irrational, Mr. Instinkt, Mr. Zigeunerhuf, Mr. Clown; Sie,

Mr. Körpergeruch, Mr. Tiergeheimnis, Mr. Alptraum, Mr. Aufderlauer, Mr. Panik, Mr. Mondanbellen; ja, Sie, Mr. Vergewaltigung, Mr. Masturbator, Mr. Mutterschaftsbespringer, Mr. Innere Wildnis, Mr. Erstaunte Reaktion, Mr. Unberechenbare Kräfte, Mr. Überheblichkeit, Mr. Natur Wird's Schon Wissen, Sie haben ständig an Einfluß bei den Bauern verloren und waren inzwischen noch gebrechlicher an Körper und Geist als bei Ihrem letzten Zusammentreffen mit Alobar. Sie verschwanden allmählich, und das war kein schöner Anblick, denn Sie waren schließlich ein Gott, mit der Stärke eines Gottes; bestimmt für den erlauchten goldenen Kreis, lachend und tanzend in diesem Kreis, in dem bedeutende und besorgniserregende Entscheidungen getroffen werden. Es hat Sie geschmerzt, miterleben zu müssen, wie Ihre Popularität dahinschwand, und diese Erfahrung hätte Sie möglicherweise an den Weinschlauch getrieben, wäre nicht, Mr. Lüsterne Lizenz, der Weinschlauch ohnehin schon Ihr Leben lang ein enger Freund gewesen; und es verstärkte Ihr Elend noch zusätzlich, die Auswirkungen der Entfremdung auf Ihre ehemaligen Anhänger beobachten zu müssen. Indem sie Ihrer verlustig gingen, verloren sie ihre Körper-Weisheit, ihre Mond-Weisheit, ihre Berg-Weisheit, sie tauschten das lebendige Holz des Maibaums gegen die tote Schnitzerei des Kreuzes. Sie machten nicht mehr soviel Spaß, die armen Homer; sie mühten sich so verzweifelt um den Zugang zum Paradies, daß sie vergaßen, daß Ihre Adresse stets Paradies gelautet hatte. Darum waren Sie so angezogen von diesem ungleichen Paar, das auf Ihre Wiese gehüpft kam, die Frau in offensichtlicher Eintracht mit den läutenden Glocken ihres Fleisches, der Mann ohne Furcht, in den Augen Jesu frivol zu erscheinen, als er eine Mohnblume streichelte, während er einen Schuh paffte. Sie hätten die beiden bewundert, auch wenn sie Sie nicht gewittert hätten, was sie freilich taten.

Pan vermutete, und damit lag er richtig, daß die Fröhlichkeit des Paares, ihr Selbstbewußtsein und ihr Elan irgendwie in Zusammenhang stand mit Alobars erfolgreicher Petition in Sachen Tod, und besser als irgend jemand sonst hätte sich vielleicht der heimgesuchte Gott den leidvollen Ausdruck vorzustellen vermocht, der auf die Rückseite der Unsterblichkeits-Münze geprägt ist.

Wenn man Kudra in jenem Moment sah, kichernd und barfuß zwischen den Mohnblumen, war es schwer, sie sich auf Knien vor einem Speiseschrank in Konstantinopel vorzustellen, weinend und klagend, zitternd wie ein Raumschiff beim Start, Schakti, Schiwa, Kali und Krischna um Vergebung anflehend, weil sie sich gegen die göttliche Autorität aufgelehnt hatte. (Und ist es nicht wirklich die göttliche Autorität, die darauf beharrt, daß wir sterben müssen? Die uns für ein paar Jahrzehnte Bewußtsein zubilligt, um es uns dann, ganz gleich, wie ruhmreich wir es zu nutzen verstanden haben, wieder wegzuschnappen. Zweifellos hat die menschliche Rasse irgendein abscheuliches, atavistisches Verbrechen begangen, das den Göttern als Anlaß galt, uns Moral aufzubürden; und macht es unser Verbrechen nicht nur noch schlimmer, bedeutet es nicht eine Massierung unserer Schuld, wenn wir versuchen, unserer gerechten Strafe zu entgehen?) Auch nachdem sie sich das Vermächtnis der Bandalooper (oder zumindest Teile davon) zueigen gemacht hatte, konnte Kudra nie völlig das Gefühl loswerden, daß sie, indem sie sich dem Tod widersetzte, etwas Verkehrtes tat, wofür sie auf irgendeine lang anhaltende und unaussprechlich qualvolle Weise würde bezahlen müssen. Wenn sie mit Alobar zusammen war, wenn sie meditierte oder badete, konnte sie frohlocken in einem Körper, der fest und saftig blieb, während Tausende um sie herum welkten, aber wenn sie allein war, getaucht ins Licht der Abenddämmerung, und auf Alobars Heimkehr von den Docks wartete, sickerte Angst aus dem braunen Loch am Boden ihres Kinngrübchens, und wimmernd wandte sie sich an eine Gottheit nach der anderen, sogar an den bizarren Ganesch mit seinem Elefantenkopf, und flehte um Gnade dafür, daß sie sich nicht in der Seilerei dem Witwentod überantwortet hatte.

Alobar seinerseits war in einer intimeren Beziehung zu seinen Göttern aufgewachsen. Sie schnarchten in geheimnisvollen Baumstämmen und zwinkerten aus den Sternbildern auf ihn herab, sie erschienen häufig, mal mit bemoostem Haar, mal vom Mond verbrannt, um sich mit der Menschheit zu verbrüdern, mit der sie Schwächen und Gelüste teilten. Als König in jenen Wäldern, die eines Tages den Namen Böhmen erhalten sollten, wurde Alobar selbst für ein halb göttliches Wesen gehalten. Aber auch er fühlte sich bisweilen sonderbar und unwohl, er spürte, wie sich die Kluft verbreiterte zwischen ihm und seinen Mitmenschen, die klaglos ins Grab wanderten. «Halte ich an meinem individuellen Sein fest, nur damit es immer unmenschlicher und fremder wird?» so fragte er sich selbstquälerisch. «Fordere ich zu einer Vergeltung heraus, die schlimmer ist als einfache Vernichtung?»

An einem Tag wie jenem jedoch, einem Tag, der vor Sonnenschein, Lust und Abenteuer aus den Nähten platzte, fiel es ihm – oder Kudra – schwer, sich etwas vorzustellen, das schlimmer war als die Vernichtung. So zogen sie durch den nach Lavendel duftenden Bergdunst wie geschwätzige Autogrammjäger, die sich dem entlegenen Zufluchtsort eines Stars nähern, aber in ihrem tiefsten Herzen wollten sie etwas anderes als Ihr Gekritzel, Mr. Zottelig; sie wollten, daß Sie ihnen in ihr tiefstes Herz hineingriffen und den harten, knotigen Hundeknochen des Zweifels entfernten, den ihr scheinbarer Sieg über die Zeit dort vergraben hatte.

«Wir haben in Konstantinopel unter Christen gelebt», erklärte Alobar.

«Die Christen, sie sind überall», sagte Pan.

«Nicht in meinem Heimatland», sagte Kudra.

«Sie werden kommen», sagte Pan. Eine Welle von Schwäche und Übelkeit durchspülte ihn. Er nahm sie nicht zur Kenntnis, sondern konzentrierte sich auf Kudras Erhebungen.

«Davor», sagte Alobar, «haben wir in einer Höhle, weit weg im Osten gelebt. Habt Ihr schon mal was von den Weisen von Bandaloop gehört?»

«Nein», sagte Pan. «Seid nicht albern.»

Alobar errötete. «Ihr treibt Euch schon eine ganze Weile herum. Ich dachte, vielleicht hat irgend jemand Bandaloop Euch gegenüber erwähnt.»

«Ich bin Pan», sagte Pan. «Die Leute *erwähnen* mir gegenüber nichts.»

«Wir haben wohl verstanden», sagte Kudra. Pan grinste sie wollüstig an. Alobar blickte finster drein.

«Ich werde für Euch spielen», sagte Pan und holte seine Flöte hervor.

«Wir wollten mit Euch über Unsterblichkeit reden», protestierte Alobar.

«Da seid Ihr zu spät», sagte Pan. Er blies ein paar schwache Töne auf seiner Flöte.

«Zu spät zum Reden oder zu spät für die Unsterblichkeit?» fragte Kudra.

Pans Instrument gab einen Ton von sich, hoch und dünn.

«Zu spät für uns oder zu spät für Euch?» fragte Alobar. Ihm war der körperliche Niedergang des Gottes nicht verborgen geblieben.

«Wenn Ihr euch für das Unsterbliche interessiert, *dies* ist unsterblich», sagte Pan und begann, ernsthaft zu flöten.

«Aber –» widersprach Alobar.

«Wir haben wohl verstanden», sagte Kudra.

Alobar blickte finster drein.

Bevor sie ihm begegnete, bevor sie ihn aus seinem Gestrüpp scheuchten, hatte Kudra sich Pan als einen Riesen vorgestellt, als ein geflügeltes Monster mit vom Feuer geschwärzten Hufen und mehr Armen, als für die Erledigung vornehmer Pflichten notwendig sind; hatte sich ihn schwelend vorgestellt, zischend, Bäume ausreißend, Steinhagel um sich verteilend, die Menschheit mit donnernder Stimme unterweisend. Sie war aufrichtig enttäuscht, als sich herausstellte, daß er von seiner Statur her schmaler war als ihr Alobar, und es fiel ihr schwer, nicht loszukichern angesichts seines schmutzig-verfilzten Fells und seines idiotischen Schwanzes. Selbst sein Gestank blieb hinter Alobars Schilderung zurück, erschien er ihr doch eher lokal liederlich zu sein als universal widerlich. Erst als er anfing zu flöten, bekam Kudra einen Eindruck davon, Wer (oder Was) er wirklich war.

Zunächst schien auch sein Flöten seicht zu sein; es war so simpel, so sorglos und primitiv, daß man unwillkürlich Timolus rechtzugeben geneigt war, der als Schiedsrichter im Musikwettstreit zwischen Pan und Apoll den Preis, ohne zu zögern, der Lyra des Apoll zugesprochen hatte, wobei er die Tradition begründete, daß Kritiker das Glatte und Unaufdringliche zu loben und das Verschrobene und Widerspenstige anzugreifen haben, eine Tradition, die sich bis auf den heutigen Tag gehalten hat. Wenn Timolus Pan nicht so schnell von der Bühne gejagt hätte, wenn er die – die was? die Aufrichtigkeit? die Ehrfurcht? (Timolus selbst konnte einen Scheißdreck spielen) die Seelenstärke? besessen hätte, Pan wirklich zuzuhören, mit etwas Ursprünglicherem als seinen Vorurteilen zu reagieren, wäre er möglicherweise berührt gewesen, so wie Kudra anfing, berührt zu sein, nachdem sie einmal aufgehört hatte, seinen offensichtlichen Mangel an technischer Übung zu belächeln und ihn in unvorteilhafter Weise mit dem Flötisten Krischna zu vergleichen.

Pans Lied war, weil es keinem Zweck diente, weil es in der Tat das menschliche Joch der Zwecke transzendierte, in erster Linie befreiend. Es war Musik, die sich der Kontrolle durch den Willen des Spielers oder des Zuhörers entzog; der Wille löste sich vielmehr in ihr auf (was vielleicht die Erklärung dafür liefern könnte, warum es für Apoll politisch notwendig war, sie in Komplizenschaft mit Timolus zu übertönen). Für Kudra war sie das akustische Äquivalent zum Seiltrick: ein schwindelerregendes Erklimmen eines schwankenden Seils, um an einen geheimnisvollen Ort zu gelangen, an dem das Gefühl für die alles umfassende Einheit mit der natürlichen Welt und das Gefühl des völligen Alleinseins des Individuums nebeneinander existiert und sich miteinander vermischt. Pans launiger Melodie war etwas Hoppel-di-hoppel-kaninchenhaftes eigen, aber auch etwas Umherstreifend-ziegenhaftes, dickköpfig, rauh und hager. Wenn sie im einen Moment zart und idyllisch klang und im nächsten bedrohlich und brutal, so lag das vielleicht daran, daß Pans Lied das Destillat aller inneren Lieder der Tiere war, zusammengefaßt in einer anscheinend beliebigen Offenbarung. Kudra spürte, daß sie sich während Pans Konzert auf einem alles andere als festen Boden befand, doch wie schwankend dieser Grund auch sein mochte, sie hatte Lust, darauf zu tanzen. (Vielleicht gibt es keine angemessenere Art, auf die inneren Melodien der Tiere zu reagieren, als zu ihnen zu tanzen.)

Kudra spürte, wie sie sich rhythmisch hin und her bewegte und mit ihren vom Gras befleckten Zehen wackelte. Sie wandte sich zu Alobar, der einen kleinen Shuffle hinlegte, wobei er mit den Fingern der linken Hand schnippte, während er mit der rechten ein Tempo vorgab, indem er die verkohlten Überreste ihres halb gerauchten Schuhs schwenkte. Kudra amüsierte sich über Alobars zaghafte Polka, bis ihr Blick auf die geschwollene Ausbuchtung fiel, die mit ihm tanzte. *Widerlich*, dachte sie. *Eine Erektion ist einfach nicht angebracht.* Dann stellte sie erschrocken fest, daß sie so naß war, daß Kinder ihre Spielzeugboote in ihrer Unterhose hätten schwimmen lassen können.

Es dauerte nicht lange, da tanzten sie und Alobar den Hügel hinauf, der Flöte des Charmeurs durch dorniges Gebüsch und über spitze Felsen folgend; und während mit Getose eine panische Angst aus ihrem tiefsten Inneren hervorbrach, und während sie mit halbem Ohr hörte, wie Alobar traurig fragte: «Bedeutet es Euch denn nichts, daß sie meine Frau ist?», war sie doch unfähig, umzukehren.

Die raffinierte erotische Technik, die Kudra aus dem *Kamasutram* erlernt hatte, war als Vorbereitung auf jene Nacht des Priapismus kaum geeignet, aber am nächsten Morgen, nachdem sie im Tümpel der Grotte ihre wundgescheuerten Teile gewaschen und anschließend wieder und wieder mit Duftstoffen eingerieben hatte, die sie in dem Teekessel mit sich herumtrug (dennoch sollte der Ziegengestank noch wochenlang an ihr haften), stellte sie fest, daß sie und Alobar einander ohne Scham unter die Augen treten konnten, und sie nickte in vollem Einverständnis, als Alobar vorsichtig bemerkte: «Ich habe irgendwie das Gefühl, seine Geilheit war nur untergeordnet, wem oder was, kann ich jedoch nicht sagen.»

Zum Frühstück servierte Pan ihnen Oliven, Tomaten und Käse, und sie aßen vollkommen nackt, ohne sich dessen auch nur im Entferntesten bewußt zu sein. Die ganze Mahlzeit hindurch prüfte der müde dreinschauende Gott die Luft, mehr wie ein Hase als wie eine Ziege, bis Alobar ihn schließlich fragte, was er denn wohl wittere.

«Blumen, glaube ich, aber anders als alle Blumen, die in diesen Gegenden blühen. Äußerst sonderbar. Riecht Ihr sie auch?»

«Ihr riecht meine Parfums», sagte Kudra, und als Pan sie irritiert anschaute, hielt sie ihm ihre Schulter unter die Nase. Seine Verwirrung wuchs. «So habt Ihr letzte Nacht nicht gerochen», sagte er.

Alobar machte eine Bewegung, um die Parfumtiegel hervorzuholen, doch Kudra griff nach seinem Handgelenk und schob es fort. «Wir armseligen Homer, wie Ihr uns nennt, haben unsere eigenen magischen Fähigkeiten», sagte sie. «Sagt mir, findet Ihr den Duft unangenehm?»

«Er ist recht hübsch – für eine Blüte. Eine Frau sollte riechen wie Ihr in der vergangenen Nacht.»

«Bah! Ihr westlichen Mannsbilder seid alle gleich, ganz egal, ob ihr euch Götter oder Menschen nennt. Ihr habt eure Nasen in zu viele Schlachten und zu viele Jagden gesteckt. Alobar konnte Parfums nicht ausstehen, aber als er jeden Abend vom Gewürzspeicher nach Hause kam und zufällig nach Muskat und Zimt und Vanille duftete, begann er, sich an die Vorstellung zu gewöhnen, daß menschliches Fleisch ansprechender ist, wenn es nicht der Marinade seiner eigenen ätzenden Säfte überlassen bleibt. Hier. Macht mal einen Moment die Augen zu. Nur einen Moment. Los! Ihr könnt mir vertrauen.»

Widerwillig ließ Pan seine großen Fallhammerlider sinken, woraufhin Kudra ihn so reichlich mit Patschuli durchtränkte, daß es gereicht hätte, um eine ganze Herde Elefanten in die Flucht zu jagen. Seine Augen flogen auf wie die Lukendeckel eines explodierenden Schiffes, und er begann, an seinen Extremitäten zu schnuppern, als wäre er stürmisch verliebt in sich. Eine Art Verwirrtheit schien sich seiner zu bemächtigen und äußerte sich darin, daß er im Kreis lief und wiederholt seinen eigenen Weg kreuzte. Die Nymphen, die während der Nacht, als Kudra von Pan unterhalten worden war, Alobar unterhalten hatten, kicherten nervös auf ihrem moosigen Lager jenseits des Tümpels. Eine der Nymphen schlängelte sich an den Gott heran und zog ihn mit einer blumenpflückenden Bewegung am Schwanz, um gleich darauf gewaltsam zu Boden geschleudert zu werden. Schließlich setzte sich Pan, immer noch mit ungläubiger Miene seine eigenen Gerüche inhalierend, zwischen Alobar und Kudra und begann, bei weitem mildere Töne anzuschlagen, als sie Alobar je bei ihm vernommen hatte.

«Es stimmt, ihr Homere verfügt über eine eigene Zauberkraft, das haben die Götter immer gewußt, sogar besser gewußt als ihr selbst. Wir Götter verstehen es, unsere Kräfte zu nutzen, aber die meisten Männer und Frauen verstehen dies nicht, das ist der Unterschied zwischen uns und euch. Schnüff schnüff.»

«Verzeiht mir», sagte Alobar, «aber der entscheidendste Unterschied zwischen Menschen und Göttern besteht doch wohl darin, daß Götter unsterblich sind und Menschen nicht. Ist dies eine Folge der Unfähigkeit von uns Menschen, unsere Kräfte richtig zu nutzen?»

Pan ließ seine ziemlich zerknautschte Nase an seinem patschuli-verseuchten Arm entlangstreichen. «Einst, vor langer Zeit, als die Erde noch ein glattes dunkles Gesicht und einen Bauch von Feuer hatte, als die Berge noch nicht so hoch gewachsen waren, daß sie den Mond fortstießen, wurde die Menschheit vor die Wahl zwischen Leben und Tod gestellt, und sie traf, weil sie getäuscht oder falsch informiert wurde oder sonst irgend etwas geschah, die verkehrte Entscheidung. Das ist die ganze Geschichte.»

«Aber was wäre», fragte Kudra und warf Alobar einen bedeutungsvollen Blick zu, «aber was wäre, wenn wir uns jetzt dazu entschließen, das Leben zu wählen?»

«Dann wählt es», sagte Pan.

Wieder wechselten Kudra und Alobar vielsagende Blicke. «Aber würde das nicht die Götter verärgern?» fragte Kudra.

«Hahaha!» Das Gelächter platzte aus Pan heraus wie das Bellen eines obszönen Hundes. «Die Götter verärgern? Die Götter, jene, die es noch gibt, würden euch beglückwünschen, daß ihr endlich den Anschluß gefunden habt.»

«Was meint Ihr ...?»

«Ich meine, daß die Götter den Menschen keine Beschränkungen auferlegen. Die Menschen beschränken die Menschen.»

«Wir sind», fragte Kudra, «der Unsterblichkeit ebenso würdig wie die Götter?»

«Ihr habt euch der Unsterblichkeit nicht würdig erwiesen, weil ihr in eurem Geist und in eurem Herzen und in eurer Seele zu schwach wart. Schnüff.»

«Aber wir können das noch ändern?» In Kudras Stimme klang Hoffnung mit. «Wir können unseren Geist erweitern und unsere Seele ausdehnen und das Leben statt dem Tod wählen?»

«Schnüff schnüff. Ihr habt diese Möglichkeit.»

Alobar nickte aufgeregt mit dem Kopf, und Kudra trug ein Lächeln auf dem Gesicht, in dem man einen Brief hätte verschicken können. Einen Brief aus dem elften Jahrhundert, geschrieben auf Pergament, zu einem Zylinder zusammengerollt und mit Riemen verschnürt. Der Charmeur hechelte noch immer von einem Patschuli-Flecken zum nächsten.

«Großer Pan», sagte Alobar mit einem gewissen Maß an Verehrung, «ich war einst König eines Landes, aber jetzt bin ich mein eigener König.»

«Liebster Pan», sagte Kudra mit mehr als nur einem gewissen Maß an Intimität (schließlich hatten sie und der Gott in der vergangenen Nacht keinen einzigen Satz im Buch der Sexualität übersprungen), «ich habe einst Tauwerk geknüpft, aber jetzt knüpfe ich mir meine Welt.»

«Mir will scheinen, ihr redet von Freiheit, nicht von Eitelkeit», sagte Pan, «und ich erhebe meinen Weinschlauch auf euch, denn solche wie euch gibt es wenige unter den Menschen. Schnüff.» Er spritzte sich einen Strahl Wein in seinen häßlichen, aber sinnlichen Mund. Rote Rinnsale rannen in seinen Bart und versickerten dort, aufgesogen vielleicht von Wirbeln durstiger Wolle. «Ah, aber Alobar, erinnert Ihr nicht mehr, wie ich Euch davon gesprochen habe, daß Götter nur so lange unsterblich sind, wie die Welt an sie glaubt? Ihr braucht nur mich anzuschauen, um zu sehen, wie ein Gott dahinschwindet, wenn der Glaube an ihn schwindet. Die Unsterblichkeit hat ihren Preis. Die Unsterblichkeit hat ihre Grenzen. Und die Unsterblichkeit hat ihre Gefahren. Was immer ihr von euren weisen Männern im Osten über den Tod erfahren habt, ihr tut gut daran, euch dessen zu erinnern ...»

«Ja? Fahrt fort», drang Alobar.

«Wessen, Pan? Wessen erinnern?» fragte Kudra.

Es nützte nichts. Pan hatte aufgehört zu reden, und es sah nicht danach aus, als würde er noch etwas sagen. Auch sein An-sich-rumschnuppern hatte ein Ende, denn – kaum zu glauben – sein angeborener Geruch hatte das Parfum abgestreift, das ihn überdeckte; hatte sich langsam hindurchgebrannt durch den wirkungsvollen Exzess von Patschuli, wie ein Sonnenstrahl sich seinen Weg bahnt durch purpurnen Nebel, und nun, nach nicht einmal einer Stunde der Unterdrückung, kam das Ziegen-Gas – diese Chlorverbindung von Scheunenhof und Schlafzimmer – wieder zu seiner vollen Entfaltung und füllte die Grotte mit einem feinen Dunst, mit einem Dampf, geeignet, selbst dem Gecken die Hosen zu bügeln.

Mit der Wiederkehr seines Gestanks tauchte auch das Unglück wieder in seinen Augen auf. Als er in die Höhle eilte, um seine Flöte zu holen, begannen Alobar und Kudra, sich hastig anzuziehen. «Wir haben eine weite Reise vor uns», sagten sie zur Erklärung, und mit einer sonderbaren Mischung aus Erleichterung und Bedauern verabschiedeten sie sich rasch von ihrem göttlichen Gastgeber.

Keiner von beiden sagte ein Wort, bis sie die Weide erreichten, wo sie innehielten, um nach dem steilen Abstieg wieder zu Atem zu kommen. Da saßen sie, an den Fuß des Felsens gelehnt, Silberpoletten des Schweißes an den Augenbrauen, und betrachteten einander, wie sonst nur Pilger – oder Überlebende – das tun. Kudra faltete die Hände über ihrem Uterus, in dem kürzlich ein paar sehr sonderbare kleine Schwimmer ertrunken waren. Alobar gab einen Seufzer von sich, der die Form eines Trichters hatte: Man hätte einen vollen Liter Rote Beten-Saft hindurchgießen können.

«Wir werden ihn für eine Weile nicht vergessen», sagte Alobar.

«Wir werden ihn niemals vergessen.»

«Das heißt, du warst nicht enttäuscht?»

«Du meinst, enttäuscht, daß er nicht so war wie Krischna? Nein, am Ende war ich es nicht.» Falls Kudra ihr Wortspiel bewußt war, so ließ sie es sich zumindest nicht anmerken. «Enttäuscht bin ich lediglich darüber, daß er sich mit Ratschlägen an uns so zurückgehalten hat.»

«Er ist Pan. Er gibt keine Ratschläge.» Bei diesen Worten sprang Kudra auf, und Alobar tat desgleichen, denn es war ein Dritter, der sie gesprochen hatte. Die Stimme, die aus dem Gebüsch direkt über ihnen kam, war sanft und nicht bedrohlich, und gleich darauf teilten sich die Zweige, und es kam eine Frau zum Vorschein, den Arsch so nackt wie Butter. Alobar erkannte, daß sie die älteste – vielleicht die erste – unter den Nymphen war; jene, die ihn in ernsten Angelegenheiten angesprochen hatte, als er das letztemal zu Gast in diesem Teil des Waldes war.

«Verzeiht mir, meine Dame, mein Herr, daß ich euch gefolgt bin.»

«Stattgegeben», sagte Alobar, «obwohl du uns ganz schön erschrocken hast. Kudra, darf ich vorstellen ...»

«Lalo», sagte sie, «Schwester der Echo, deren Stimme du in allen hohlen Räumen dich wiederholen hörst. Lalo. Ich wollte dir nur für deinen Besuch bei Pan danken. Er hat ihm Freude gebracht in einer Zeit, da er mit Freude nur sehr spärlich gesegnet ist.»

«Wirklich?» fragte Kudra. «Wenn ich die Art bedenke, mit der er uns am Anfang willkommen hieß und am Ende fortschickte, hatte ich nicht den Eindruck, daß er von unserer Anwesenheit besonders begeistert war.»

«Er ist Pan», sagte Lalo ziemlich scharf. «Hattest du erwartet, daß er sich verbeugt und dir die Hand küßt?»

Kudra errötete. Alobar streckte den Arm aus, um Lalo beim Sprung hinab auf die ebene Erde zu helfen. Die Nymphe war nicht mehr ganz so wendig wie einst. «Wie ernst ist Pans Zustand?» fragte Alobar. «Er wird doch gewiß nicht weichen. Pan ist Teil dieses Landes mit seinen Felsen, seinen Wasserfällen, seinen Winden, seinen Wiesen, seinen verborgenen Plätzen, er kann dieses Land niemals verlassen, er wird immer hier sein, solange es dieses Land gibt.»

«Zwei Dinge würde ich dir in diesem Zusammenhang gerne sagen», antwortete Lalo. «Zunächst lautet die Schlußfolgerung, die ein weiser Homer – verzeih diesen Ausdruck, mein Herr – aus Pans Äußerung, er lebe nur so lange, wie die Menschen an ihn glauben, ziehen muß, daß die Menschen das Schicksal ihrer Götter bestimmen. Man könnte sogar sagen, daß die Menschen ihre Götter erschaffen, so, wie die Götter die Menschen erschaffen, denn wie ich als einfache Bergnymphe die Dinge sehe, beruht das ganze auf Gegenseitigkeit. Götter und Menschen erschaffen einander, sie zerstören einander, wenn auch mit unterschiedlichen Mitteln.»
Ein Pfiff entschlüpfte Kudras Lippen. «Kann so etwas sein? Ja, wenn es der mangelnde Glaube des Menschen ist, was Pan leiden läßt, dann muß es wahr sein.»
«Eine Warnung!» fauchte Lalo und klang in diesem Moment mehr wie eine Furie als wie eine Nymphe. «Ihr dürft wegen eures Einflusses auf die Gottheiten niemals überheblich oder arrogant werden. Wenn ihr Götter geschaffen habt, so deswegen, weil ihr ihrer *bedurftet*. Der Bedarf muß außerordentlich groß gewesen sein, wenn dadurch ein solch kompliziertes, schwieriges und großartiges Unternehmen in Gang gekommen ist. Heute sind die Menschen zahlreich, die glauben, Pan nicht länger zu brauchen. Sie haben neue Götter geschaffen, diesen Jesus Christus und seinen angeblichen Papa, und sie glauben, daß ihre neuen Kreationen ausreichen werden, aber seid versichert, daß Christus und sein Vater, wie wichtig auch immer sie sein mögen, kein Ersatz für Pan sind. Der Bedarf für Pan ist unter den Menschen nach wie vor erheblich, und das wollt ihr, zu eurem eigenen Schaden, nicht wahrhaben.
Das bringt mich zum zweiten Punkt», fuhr Lalo fort. Ihre tiefliegenden Augen leuchteten, ihre weinroten Brustwarzen standen aufrecht wie Spielzeugsoldaten. «Du hast recht, Pan ist Teil des Landes, er und der Urwald gehören untrennbar zusammen, aber du irrst, wenn du davon ausgehst, das Land sei ewig. Es wird eine Zeit kommen, da wird das Land selbst von Zerstörung bedroht sein; die Haine, die Flüsse, sogar der Himmel, nicht allein hier in Arkadien, sondern überall auf der Welt, wo Wildnis ...»
«Unvorstellbar», brummte Alobar.
«Wenn man Pan sterben läßt, wenn sich der Glaube an ihn in völliges Nichts auflöst, dann wird auch das Land sterben. Es wird hingemordet werden aus Respektlosigkeit, so wie auch Pan hingemordet wird.»

Alobar blickte um sich. In allen Richtungen, so weit sein Auge reichte, nur wilde Ausbrüche grauen Felsgesteins, grüne Kurven von Weideland, kompromißlose Abhänge, dorniges Gestrüpp und zauberhafte Mohnblumen (aussichtslos unterlegene Partner in einer Aussaat, die von einer verwegenen Brise angeordnet wurde), Berge, in denen es von unsichtbaren Quellen wimmelte, Wolken, die wie Haferkuchen auf dem blauen Tischtuch des Himmels lagen, all dies schien so unzerstörbar, daß es ihm nicht gelang, die Verletzbarkeiten wahrzunehmen, und das sagte er auch zu Lalo.

«Wie dem auch sei», antwortete die Nymphe, «wenn du weiterhin Erfolg mit deinen Bemühungen um ein langes Leben haben solltest, wirst du mit eigenen Augen sehen, wie das Land diese Verletzbarkeit ausschwitzt. Darum bitte ich dich dringend, Pans Domänen und Reputationen zu beschützen, wohin auch immer du kommen magst. Dies ist ganz besonders deine Pflicht, nicht allein als ein Subjekt Pans, sondern weil du, Alobar, ein führender Fachmann für Individualismus bist, und es wird diese neue Vorstellung von Individualität sein, die in Zukunft viele Menschen auf Abwege bringt, was zur Folge hat, daß sie sich über Pan erheben, und damit auch über das Land, über das sie herfallen werden, um es zu vergewaltigen und zu zerstören.»

Eine Kräuselung von Ärger, wie die Stoßwelle von einem Klecks Bussardscheiße, schlängelte sich im Zickzack über Alobars Stirn. «Nymphe», sagte er und plusterte sich auf wie eine Taube, «ich weiß nicht, wie ich es finden soll, daß du mir erzählst, was meine Pflichten sind.»

«Alobar ...» Kudras Stimme sollte vermittelnd klingen.

«Außerdem würde ich mich nicht als *Subjekt* Pans bezeichnen. Und was deine Attacke gegen den Individualismus angeht ...»

«Werter Herr, ich attackiere nicht deine Philosophie. Ich warne lediglich, daß sie in den gefühllosen Händen der Dummen und Korrupten ein gefährliches Instrument sein wird.»

«Dann kläre mich bitte darüber auf», sagte Alobar sarkastisch und verharrte in seiner aufgeplusterten Pose, «wer oder was eine Votze-aus-dem-Wald dazu autorisiert, Warnungen hinsichtlich der Zukunft auszusprechen. Besitzt du neben deinen augenfälligeren Talenten –»

«Alobar!» Diesmal kam in Kudras Stimme schärfste Mißbilligung zum Ausdruck.

«– auch die Fähigkeit der Prophetie?»

«Leider kann ich diese für mich selbst nicht beanspruchen, mein Herr,

aber bevor ich anfing, in Arkadia herumzutollen, habe ich jahrelang in Delphi gelebt, wo ich eng mit den Priestern und Priesterinnen befreundet war, die beim Orakel ihren Dienst verrichteten, und wo ich in viele der Orakelsprüche eingeweiht wurde. Ich merke wohl, daß die Kühnheit meiner Rede deine Federn zerzaust hat, aber dennoch mußt du dir einen weiteren prophetischen Einwand anhören. Gewiß erinnerst du Pans Worte hinsichtlich der Tatsache, daß sich die Menschheit der Unsterblichkeit nicht würdig erwiesen hat, weil sie in ihrem Geist, in ihrem Herzen und in ihrer Seele zu schwach war. Ja? Und gewiß mußt du, um dir ein Alter von dem Ausmaße erobern zu können, wie du es getan hast, viel kräftigende Arbeit an deinem eigenen Geist, deinem Herzen und deiner Seele geleistet haben. Eines Tages jedoch, noch tausend Jahre von jetzt, wird es Menschen geben, die versuchen, den Tod allein durch Intelligenz zu besiegen. Sie werden gegen das Alter und gegen den Tod mit Zaubertränken und ähnlichen Dingen zu Felde ziehen, mit medizinischen Waffen, die ihr Geist erfunden hat, und das Alter und der Tod werden vor ihnen und ihren Medizinen zurückschrecken. Da sie jedoch allein ihre Vernunft in den Kampf führen und auf dem Gebiet des Herzens und der Seele keinerlei Fortschritte machen, wird ihnen die wahre Unsterblichkeit versagt bleiben. Aber es darf auch nicht geschehen, daß sie die falsche Unsterblichkeit erlangen, die ihnen durch ihre geistigen Fähigkeiten ermöglicht wird, denn es wird großes Unglück mit sich bringen, sollte es ihnen gelingen. Darum mußt du am heutigen Tage geloben, daß du, solltest du nach wie vor leben, wenn diese Ereignisse sich zutragen, sie bekämpfen wirst und jedem Vorstoß der Unsterblichkeit, der allein aus dem Geist des Menschen, und nicht zugleich auch aus seiner Seele und aus seinem Herzen entspringt, den Erfolg versagst. Versprich mir dies jetzt.»
«Es tut mir leid», sagte Alobar, «aber das kann ich nicht tun. Deine Absichten sind gut, darum werde ich deinen Wunsch sorgfältig bedenken, aber ich gebe grundsätzlich keine Versprechen, an niemanden und über nichts.»
Die Nymphe drehte sich rasch herum und wollte wieder im Gebüsch verschwinden, aber Kudra hielt sie zurück. «Lalo», rief sie. «Mein Gatte behauptet mit einer gewissen Berechtigung, sein eigener König zu sein, doch an diesem Morgen verlor er vorübergehend die Herrschaft über seinen männlichen Stolz. Solange er darum kämpft, jenen Teil seines Königreiches wieder unter seine Kontrolle zu bringen, möchte

ich dir als Ersatz mein Wort anbieten, sofern es dir etwas wert ist. Es ist anmaßend von mir, wenn ich mir vorstelle, in tausend Jahren noch am Leben zu sein, aber sollte dieses Wunder geschehen, so werde ich tun, was ich kann, um deinem Wunsch zu entsprechen. Das gelobe ich.»

«Ich danke dir, meine Dame, ich danke dir sehr. Wenn Pan um diese Angelegenheit wüßte, so bin ich sicher, er würde seine Dankbarkeit sehr umfangreich zum Ausdruck bringen.» Sie zwinkerte Kudra zu. Kudra zwinkerte zurück. Einen Augenblick lächelten die beiden Frauen, die eine statuenhaft und dunkelbraun, die andere zart und rosig, einander wissend an. Dann tauchte Lalo schnell wie ein Kaninchen (ein Kaninchen mit einem Hauch von Arthritis) ins Gebüsch und war verschwunden.

Alobar wollte etwas sagen, aber Kudra besänftigte ihn. «Sieh mal, da oben», flüsterte sie. Hoch über ihnen, kaum erkennbar auf der obersten Spitze des Berges, von der Mittagssonne aufs Prächtigste angestrahlt, Hufe und Hörner fast silbern, fast heilig; die Haltung lässig, doch erhaben, königlich, doch ein wenig lächerlich; den bärtigen Kopf schräggestellt und auf diese Weise sowohl einen Hang zur Vielfalt des Lebens als solchem, wie auch ein Leid zum Ausdruck bringend, so urzeitlich und spitz wie der Gipfel selbst, stand Pan, die Flöte an den Lippen, und obwohl sie seine Melodie kaum hören konnten, spürten sie ihre Gegenwart in dem trägen Schwanken der Mohnblumen und in dem stummen Atem der Schlange, die sich auf einer nahegelegenen Felsbank sonnte. Sie beobachteten ihn eine Weile mit ihnen unerklärlichen Tränen in den Augen; dann schrie Alobar, wohl unterstützt von Schwester Echo, den Abhang hinauf: «Lalo! Lalo! Auch ich gelobe! Ich gelobe! Ich gebe dir mein Wort ort ort.»

Kudra gab ihm einen saftigen Kuß. Sie nahm seine Hand. Sie griff nach dem Teekessel. Sie zogen los, über die Wiesen, nach der zirkulären Methode der Bandalooper Atem schöpfend, in einem langen Schweigen verharrend, das erst von Kudras Gelächter gebrochen wurde, als Alobar sich ihren anderen Schuh anzündete.

Wenn wilde Tiere reden könnten, würden sie dann reden wie in Zeichentrickfilmen? Würden aus dem düsteren Sumpf schrille, wirre, kindliche Stimmen zu hören sein; ein niedlicher Chor von schnuckeligen Peanuts, die hübsche krächzige Nichtigkeiten von sich geben?
Oder würden sich wilde Tiere im Stil Hemingways unterhalten, mit kurzen, tapferen und klaren Sätzen; jedes Wort ein glatter Kieselstein, feucht von Blut; Eingeborenen-Sprache, Macho-Sprache, eine Sprach-Ökonomie, die sich Gary Cooper bei Grenzern ausgeliehen hat, die diese sich wiederum von Apachen und Ute abgeguckt haben?
Wir fragen: «Haben Sie zwei Leute hier entlangkommen sehen, einen Mann und eine Frau, die in Richtung Norden unterwegs sind?»
Der Hirsch schüttelt sein Geweih. «Nein», sagt er.
«Die Frau war dunkel, mit einem üppigen Körper, der Mann hatte schon graue Haare. Sind Sie sicher, daß Sie sie nicht gesehen haben?»
«Ja.»
«Und was ist mit Ihnen?» fragen wir den Fuchs. «Haben Sie ein Paar in byzantinischen Kleidern gesehen, unterwegs nach Böhmen?»
Der Fuchs redet langsam. «Heute abend habe ich am Weiher einen Seetaucher verspeist», sagt er. «Es war ein köstliches Mahl. Essen nimmt in meiner Wertordnung einen herausragenden Platz ein. Auch die Ruhe hat einen herausragenden Platz in meiner Wertordnung. Der Wald war ruhig heute nacht. Es ist schön, Fuchs zu sein, wenn der Wald ruhig ist.»
«Es tut uns leid, wenn wir Ihre Ruhe stören, aber wir suchen einen Ehegatten und seine Frau, rassisch gemischt, die sich möglicherweise in einer Art Verwirrung befinden, weil sie kürzlich eine Audienz bei Pan hatten – Sie wissen, was das heißt –, und entweder ziellos durch die Wälder irren und versuchen herauszubekommen, was sie als nächstes tun sollen, oder sich, den Sternen folgend, nach Böhmen durchschlagen, wo der Mann früher einmal – das ist länger her, als Sie sich vielleicht vorstellen können – einen wichtigen Posten und eine große Familie hatte. Sie könnten hier entlang gekommen sein.» Voller Hoffnung machen wir eine Pause.
«Die Jagd war gut», sagt der Fuchs. «Der Mond stand genau richtig. Es wehte ein frischer Wind. Ein Mann und eine Frau hätten den Seetaucher verscheucht. Wie schön doch der Wald ist, wenn er dem Fuchs und dem Seetaucher allein gehört.»
Würden Tiere so reden?

Wie sich herausstellte, waren Alobar und Kudra vor der Mahlzeit des Fuchses durch jenen Wald gekommen; sie waren, von den Sternbildern geführt, weiter gen Norden marschiert, über Serbien, Kroatien und das Königreich Ungarn, so daß sie 1032 (ungefähr) in jenes Gebiet gelangten, wo der feudale Staat Böhmen an die Territorien der Slaven grenzte. Von Alobars früherer Zitadelle war keine Spur mehr zu finden. Sie war, wie viele Dinge der Welt des Altertums, im Hochofen des Mittelalters niedergebrannt, und ihre Asche hatte man unter den frisch ausgerollten Teppich der Zivilisation gekehrt. Im Vergleich zu Westeuropa waren Böhmen und die slavischen Gebiete noch immer einer Wildnis ähnlich und dünn besiedelt, so daß sie manch einem Fuchs Raum boten, sich über einen Happen Seetaucher herzumachen wie irgendein ferner Vorfahre Ernest Hemingways, doch selbst dort, im östlichen Stauwasser, hatten die Goldstaub-Zwillinge Christentum und Kommerz ihr trügerisches Glücksrad aufgebaut.

Kudra hatte das sonderbare Gefühl, sie sei früher schon einmal dort gewesen. Alobar starrte in ihre Augen, die lacküberzogenen Weintrauben glichen, und fragte, ob ihr der Name «Wren» etwas sage. «Nichts», beharrte sie. Sie sprachen nicht mehr davon, aber das *déjà* ließ sich nicht beirren und *vu*te weiter. Einmal sah Alobar in der Ferne einen riesigen Hund. «Mik!» rief er und lief ihm nach. Der Hund machte sich über ihn her und hätte vielleicht einige seiner besten Teile abgebissen, wäre nicht der Besitzer dazugekommen. Um für kurzfristige Aufregung zu sorgen, eignen sich Geister hervorragend, auf die Dauer sind sie jedoch langweilig. Alobar und Kudra machten sich, nachdem sie sich mit einem Sack Roter Beten versorgt hatten, auf den Weg nach Aelfric.

Aelfric war vier- oder fünfmal so groß wie früher. Es war von einer Mauer umgeben. «Warum wollt ihr hier herein», fragte ein Soldat am Tor, wo einst Obstbäume gestanden hatten. Alobar erhaschte einen Blick auf die engen, gewundenen Gassen voller Abfälle und vor sich hin sickernder Abwässer; dunkle Schatten, nur vom Quieken der Ratten belebt. *Wenn es Orte wie dieser sind, wo Menschen Zuflucht suchen*

müssen, um ihre Läden betreiben und ihrem Jesus dienen zu können, dann sollten sie vielleicht besser zur Jagd und zum Morgenstern zurückkehren, dachte Alobar. «Was sind eure Geschäfte?» verlangte die Wache zu erfahren. Mittlerweile hatte Alobar erheblich an Interesse verloren, seine Nachkommen zu suchen. «Bandaloop-Geschäfte», sagte er heiter. Der Wachsoldat legte die Stirn in Falten, aber plötzlich und vollkommen ungewollt vollführte er mit seinen Füßen eine Art Tanzschritt, so daß er auf seine eigenen Stiefel starrte, als würde er sie am liebsten wegen unzüchtigen Verhaltens, oder zumindest wegen Aufsässigkeit festnehmen. Alobar und Kudra machten sich rasch aus dem Staub und legten kurz darauf in der Nähe der Stelle, wo der Schamane gewohnt hatte, eine Pause ein.
«Warum halten wir ausgerechnet hier?» fragte Kudra.
«Ich muß eine Tür erneuern», antwortete Alobar, während er statt dessen ein Feuer anmachte und Rote Beten röstete.
«Wenn ich dich richtig verstehe, verzichten wir auf eine Besichtigung von Aelfric», sagte Kudra.
«Hat ein Blick nicht genügt? Wenn deine Enkelkinder Bürger Aelfrics wären, würdest du dann Wert darauf legen, sie kennenzulernen?»
«Vielleicht schon. Aus Neugierde.»
«Meine Neugierde erstreckt sich nicht auf Mistkäfer, selbst wenn sie aus meinem Stammbaum hervorkriechen. Außerdem, wenn ich wirklich unsterblich bin, dann bin ich mein eigenes Enkelkind, mein eigener Nachkomme, meine eigene Dynastie. Ich bin nicht darauf angewiesen, durch das fortzuleben, was ich an andere weitergebe.»
«Dann gib mir eine Rote Bete», sagte Kudra. Und das tat er.

Das Mittelalter wölbt sich über den Gürtel der Geschichte wie ein Bierbauch. Heute ist es zu spät für Aerobic oder Hüttenkäse-Diät, um das Mittelalter abzuspecken. Die Geschichte wird auf alle Zeiten Shorts in Größe 48 tragen müssen.
In den Tiefen dieses unermeßlichen Bauches – in dem dunkle und säuerliche Säfte hin- und herschwappen, die Folge eines tausendjährigen Sodbrennens – sorgten bedeutende Figuren für akute Kontraktionen,

um schließlich doch verdaut zu werden und den Blähbauch zu vergrößern. Chlodwig, Karl der Große, Otto I., Wilhelm der Eroberer, der Wikingerführer Rorik, Papst Leo, Thomas von Aquin, Johann Gutenberg und eine Platte weiterer berühmter Generäle, Könige, Philosophen und Päpste, die in jenem gewaltigen Labmagen in Gärung gebracht und zersetzt wurden. Unser kleines Paar jedoch, unser Alobar und unsere Kudra, blieben unversehrt und unverdaulich wie die harten Schnäbel der Tintenfische, die den Walfischen Bauchschmerzen bereiten, was diese wiederum dazu veranlaßt, jenes Ambra auszukotzen, das bei hervorragenden Parfums das Bouquet bindet. Wie die Schnäbel von Tintenfischen, unser Paar. Oder wie Maraschino-Kirschen.

Mehr als zehn Jahre nach seinem Tod wurde der Leichnam Wladimir Iljitsch Lenins aus seinem Grab im Kreml entfernt, und es wurde eine verspätete Autopsie durchgeführt. Dabei wurden in Lenins Dickdarm vier Maraschino-Kirschen gefunden. Die Kirschen, perfekt konserviert, ebenso ganz und kandiert rot wie am Tag (oder an den Tagen), als Lenin sie verspeiste, waren in besserem Zustand als er selbst. Es heißt, daß Maraschino-Kirschen mit einer Chemikalie hergestellt werden, die große Ähnlichkeit mit Formaldehyd hat, so daß sie weder assimiliert noch zersetzt werden können, sondern ein Leben lang im Gepäcknetz der Gedärme mitreisen müssen, wie die Seesäcke des *Fliegenden Holländers*. Wenn dies der Fall sein sollte und man bereit ist, von Maraschino-Kirschen das Schlimmste zu denken, zumal sie aussehen, und das tun sie schließlich, als seien sie im Obstgarten des Pluto gepflückt; als seien sie aus verdorbenem Neon herausgeschnitzt; als seien sie Obst- und Gemüse-Besucher aus dem dreiundzwanzigsten Jahrhundert, nur zu uns gekommen, um uns die guten altmodischen Roten Beten näher zu bringen; wenn dies wahr ist, dann könnten wir sagen, daß Alobar und Kudra Maraschino-Kirschen waren, eingemietet im Gedärm des Bauches der Geschichte.

Andererseits bieten möglicherweise Tintenfisch-Schnäbel, die bereits auf die Entstehung zukünftiger Duftstoffe verweisen, eine akuratere und lyrischere Analogie.

Wie dem auch sei, Alobar und Kudra überlebten Kriege, Räuber, Feuersbrünste, Plünderungen, Seuchen (einschließlich der Schwarzen Pest von 1347 bis 1350) und die Intoleranzen der Kirche; sie überlebten eiskalte Winter, Hungersnöte, gotische Kunst und unbequemes Mobiliar; sie überlebten, und das ist das wichtigste, den «natürlichen» Prozeß des Alterns, der laut Dr. Wiggs Dannyboy so unnatürlich grausam ist, daß nur Menschen ihn verfügt haben können – weder die Natur noch die Götter würden sich derart erniedrigen.

Wenn man oberflächlich genug ist, die Existenz als ein System von Auszeichnungen und Bestrafungen zu betrachten, so wird man bald erfahren, daß wir für unsere Triumphe ebenso teuer bezahlen wie für unsere Niederlagen, und der Sieg des Paares über das Altern schuf für die beiden genauso viele Probleme wie Hexenverfolgungen und Streitereien im Feudalsystem. Nirgendwo konnten sie länger als ein oder zwei Jahrzehnte bleiben. In jenen harten Zeiten alterten die Menschen sogar noch schneller, als wir es heute tun. Deshalb fiel es umso stärker auf, daß Kudras und Alobars Zahnfleisch mit Zähnen gespickt blieb. Sie taten ihr Bestes, um nicht groß in Erscheinung zu treten, aber seien wir ehrlich, sie waren nicht gerade ein besonders unauffälliges Paar, das da die mittelalterliche Chaussee entlangschlenderte. Zum einen brutzelte es in ihnen offensichtlich vor Liebe und Begierde füreinander, und das in einem Zeitalter, in dem es Romantik innerhalb der Bande des Ehestandes ganz einfach nicht gab. Praktisch sämtliche Ehen des Mittelalters waren zwischen einander Fremden arrangiert, und die Kirche verbot die Scheidung. Darum war die romantische Liebe fast ausschließlich eine Angelegenheit des Ehebruchs. Für die Ehebrecher sangen Troubadoure ihre schmeichlerischen Balladen, um die Aufmerksamkeit der Frau eines anderen Mannes zu erregen, schwenkte der Turnierkämpfer die Lanze. Als Alobar und Kudra sich weigerten, an dem kontinentalen Zeitvertreib teilzunehmen (in den Jahrhunderten, die sie gemeinsam verbracht hatten, waren Alobar nur einmal Hörner aufgesetzt worden, nämlich von Pan, und das war kein eigentliches Hörneraufsetzen, das war ... etwas anderes gewesen), steigerte sich der Argwohn, der ohnehin bereits geweckt war, durch ihre exotische Hautfarbe ebenso wie durch sein königliches Gebaren, durch ihre sonderbare Art, zu atmen, und ihre Neigung, sich zu waschen. So waren sie zur ständigen Wanderschaft gezwungen. Ein paar Jahre in Heidelberg, ein paar in der Nähe von Rom; Frühjahr in Flandern, Trockenzeit auf Kreta. Glücklicherweise hatten sie keine Zeitschriften abonniert. Die Post wäre durchgedreht.

Im frühen vierzehnten Jahrhundert, als sie in Südfrankreich den Jahrmarkt von Beaucaire besuchten, begegneten sie dort einer Gruppe von Leuten, deren Hang zum Reisen Kudra und Alobar das Gefühl gab, sie selbst seien an einen Baumstumpf gekettet. Diese Nomaden rumpelten in kunterbunten Wagen von Stadt zu Stadt, von Jahrmarkt zu Jahrmarkt. Diese Leute, die mal Gaukler, mal Böhmen oder Zigeuner genannt wurden, gaben vor, umherziehende Metallarbeiter zu sein, aber ihre wirkliche Berufung waren Musik und Zauberei. Zwar galten die Zigeuner in Europa als etwas Neues, doch Kudra kannte sie aus Indien und konnte sich in ihrer Sprache mit ihnen unterhalten. Darüber hinaus hatte ihre Haut den gleichen Farbton wie die der Zigeuner. Ihr Anführer lud sie ein, sich ihnen anzuschließen. Nur widerwillig stimmte er zu, auch Alobar mitzunehmen.

Für das nächste halbe Jahrhundert (die Zeit vergeht wie im Fluge, wenn man sich amüsiert) lebten sie als Zigeuner, holperten über die Quasi-Straßen des Kontinents in einem rot und orange angemalten Eselskarren, schliefen in einem Zelt aus gewebtem Stoff, der mehr schlecht als recht mit Steinen gehalten wurde, und wärmten sich mit *Tezek*, jenem reizenden Brennstoff, der aus Kuhmist und Stroh zusammengesetzt ist. Sie gingen bisweilen der ernsthaften Arbeit nach, Pferde zu beschlagen und Zaumzeug herzustellen, aber häufiger verdienten sie und ihre Bande sich den Lebensunterhalt, indem sie Besucher von heiligen Stätten, von Festen und Jahrmärkten unterhielten und bisweilen auch ausplünderten. Die Zigeuner tanzten, sie sangen und spielten Gitarre, sie verstanden es so geschickt, eine Erbse unter einer Walnußschale umherzunavigieren, daß man seinen letzten Sou dafür verwettet hätte, daß sich die Erbse unter der Schale daneben befand. Wenn sie in wollüstiger Pose ihre Tambourine und Sistren schüttelten, fanden die Feudalherren sie unwiderstehlich, doch das machte die Zigeuner in den Augen der Frommen und Gesetzten nur umso verhaßter, eine Reaktion, die für Alobar ein Quell schier endloser Freude wurde. Kudra bedachte ihn dafür mit einem milden Tadel, aber er war selten glücklicher als in jenen Augenblicken, wenn er die Angst und den Abscheu auskostete, der in anständigen Christen beim Anblick ihrer rasselnden und klimpernden Truppe aufwallte.

Die Meinung, daß «alles Gute einmal ein Ende haben» müsse, ist ein Bekenntnis zum Fatalismus, das die unsterbliche Hand Alobars niemals unterzeichnen würde. Dennoch wurde ihm klar, daß seine Tage als Zigeuner gezählt waren, als er einige der Söhne des Anführers dabei überraschte, wie sie seine und Kudras Habseligkeiten durchwühlten, auf der Suche nach ihrem vermutlichen «Elixir der Jugend». In der Tat war schon dreimal vorher in ihren Wagen und in ihr Zelt eingebrochen worden, aber Alobar hatte das den routinemäßigen Diebstählen der Zigeuner und ihrem Beharren darauf zugeschrieben, Kudra und ihn als Bürger zweiter Klasse zu behandeln. Die Zigeuner, die behaupteten, direkte Nachfahren des biblischen Kain zu sein, betrachteten sich als Eliterasse. Es lag auf der Hand, daß ihr Ethnozentrismus die vollständige Akzeptanz von Außenstehenden niemals zulassen würde, ganz gleich, wie ähnlich sie auch sein mochten. Sie bestahlen Kudra und Alobar nicht nur, sie gaben ihnen auch bei gemeinschaftlichen Mahlzeiten zuletzt zu essen und verlangten von ihnen, gelegentlich niedrige Arbeiten zu verrichten. Zum Beispiel wurde von Kudra erwartet, daß sie sonnabends den Wagen des Anführers saubermachte und seine zahlreichen prächtigen Halstücher wusch.

Einmal, als sie den Wagen des Chefs ausfegte, bemerkte sie, daß die berühmte Kristallkugel seiner Frau nicht wie üblich abgedeckt war. Eine Zeitlang gelang es Kudra, die nackte Kugel zu ignorieren, doch dann setzte sich die Neugierde bei ihr durch, und sie schaute hinein, zunächst vorsichtig, doch dann so bohrend, daß man auf ihrem Blick die Wäsche des Anführers zum Trocknen hätte aufhängen können. Sie sah nichts in der Kugel. Es gab nichts zu sehen. Das ganze war nichts weiter als ein bloßer Brocken polierten Glases. Als Ausgangspunkt für Ausflüge der Psyche jedoch haben Kristallkugeln sich bewährt, wenngleich sich ein Mandala, eine Seemuschel oder eine Zigarettenschachtel für diesen Zweck ebenso gut eignet. Es gibt scheinbar kaum Begrenzungen hinsichtlich der Zeit oder des Raumes für Reisen der Psyche, und nur der von unseren eigenen Hemmungen eingestellte Zollbeamte beschränkt den Umfang dessen, was sie mitbringt, wenn sie in das Heimatland des alltäglichen Bewußtseins zurückkehrt. Als Kudra die Augen schloß, um sich nach der intensiven Untersuchung der kristallenen Innereien ein wenig zu entspannen, entfaltete sich vor ihrem geistigen Auge eine lebhafte Szene. Sie sah Alobar und sich selbst, mit Tauen gefesselt, wie sie gefoltert wurden von den Zigeunern, die von ihnen eine Karte verlangten, auf der der Jungbrunnen verzeichnet war.

Als Kudra in ihr gemeinsames Zelt zurückkehrte, erzählte sie Alobar von ihrer Vision. «Damit ist alles klar», sagte er. In derselben Nacht, als der Mond untergegangen war, schlichen sie davon. Als sie im Wald verschwanden, blickten sie noch einmal zurück und sahen schemenhafte Gestalten, die sich auf ihr Zelt zubewegten.

In der Aufregung ihrer Flucht hatte Kudra vergessen, Alobar zu erzählen, daß sie die Kristallkugel noch ein zweites Mal konsultiert hatte, ehe sie an jenem Sonnabend den Wagen des Anführers verließ. Wieder hatte sich vor ihrem geistigen Auge eine bis in jede Einzelheit genau erkennbare Szene abgespielt, als sie sich von der Betrachtung des Kristalls ausruhte. Diese zweite Vision war ihr weit weniger dringlich vorgekommen, so daß sie sie vorläufig beiseite schob, aber sie war auch sonderbarer, schwerer zu interpretieren. Ein großer schwarzer Mann, um viele Schattierungen dunkler als sie selbst, winkte sie lachend zu sich. Der schwarze Mann trug die sonderbarsten Kleider, die sie je gesehen hatte, und der sonderbarste Gegenstand seiner Garderobe war seine Mütze. Es stellte sich heraus, daß es gar keine Mütze war, sondern ein Bienenschwarm.

Wenn auch die Zigeuner als solche für sie gestorben waren, so lebten Alobar und Kudra doch weiter wie die Vagabunden und machten die Runde über europäische Jahrmärkte auf eigene Rechnung. Zwischen Marktständen, die überquollen von Baumwolle, Fellen, Metallen, Wein, Tee, venetianischem Glas, Fleisch – verarbeitet und in Form von lebendigem Vieh –, verkauften oder tauschten sie Duftstoffe in einer Zeit, da die Bevölkerung anfing, schöne Gerüche zu schätzen, wenngleich – oder weil – sie das Konzept des Bades noch nicht akzeptiert hatte. Wenn die Geschäfte schlecht gingen, schlüpfte Kudra in ihr Zigeunerkleid und tanzte den *Dodole* zu den Tambourinklängen von Alobar, der sie auf diesem Instrument begleitete. Wenngleich er die lüsternen Blicke nicht guthieß, die der Tanz seiner Frau bei Jahrmarktsbesuchern männlichen Geschlechts provozierte, amüsierte es Alobar, über Kudras tatsächliches Geburtsdatum nachzusinnen, während sie ihre auf verborgene Weise antiken Hüften und Lenden kreisen ließ; und natürlich hob es nach wie vor seine Stimmung, wenn die Priester vorüberkamen, um sie in die Hölle zu verbannen wegen ihrer schamlosen Darbietung.

Die Priester sollten sich als gute Kunden erweisen, als Kudra begann, aus den Aromastoffen, mit denen sie gewöhnlich in ihrer ursprünglichen Erscheinungsform handelte, brennbare Kegel zu formen. Beeinflußt von den Byzantinern hatte die westliche Kirche eine wachsende Vorliebe für das rituelle Verbrennen von Räucherwerk entwickelt, angeblich, um die süßen Sauerstoffe des Himmels freizusetzen, aller Wahrscheinlichkeit nach jedoch eher als ein Mittel, um den konzentrierten Ausdünstungen schwitzender Menschen entgegenzuwirken. Alles deutete darauf hin, daß Räucherwerk in den Kathedralen von Paris zum großen Renner werden würde, so daß es Alobar nicht weiter überraschte, als Kudra eines Morgens verkündete, sie wolle sich nun für immer in der französischen Hauptstadt niederlassen und dort einen festen Laden aufmachen.

«Ein Laden ist möglicherweise eine kluge Idee», pflichtete Alobar ihr bei, «aber wenn du sagst ‹für immer›, dann meinst du das natürlich im Vergleich zu unserem gewöhnlichen Herumzigeunern.» Immerhin waren sie seit einigen Jahrhunderten unterwegs.

«Nein», sagte Kudra. «Ich meine für immer.»

«Bitte erspare mir, dich an den Ärger zu erinnern, der uns erwartet, wenn wir lange genug dortbleiben, um unsere immerwährende Frische vor den eifersüchtigen Augen unserer im stetigen Verfall begriffenen Mitbürger zur Schau tragen zu können. Ahem. Realistischer ist es, von fünfzehn, vielleicht auch zwanzig Jahren als Pariser Räucherwerk-Händler auszugehen. Aber das wird eine willkommene Abwechslung für uns sein, eine hübsche Erholung, und wenn die Zeit gekommen ist, werden wir weiterziehen.»

«Ich werde nicht weiterziehen. Ich bin fertig mit dem Weiterziehen. Ich will einen Laden, ich will ein Zuhause, und ich will dort bleiben.»

«Bleiben», wiederholte Alobar. «Wie lange genau beabsichtigst du zu bleiben?»

«So lange, wie ... ich weiß nicht. So lange, wie es mir verdammt noch mal gefällt.»

«Nun ja, es wäre besser, wenn es dir nicht länger als fünfzehn Jahre oder so gefällt, denn wenn es den Nachbarn dämmert, daß wir nicht altern –»

«Vielleicht *werde* ich ja altern.»

«Wie bitte?»

Kudra bedachte ihn mit einem Blick, den man auf ein Brötchen hätte schmieren können. Ihre Worte jedoch gaben ihm einen Stich wie das Messer, das man dazu braucht. «Wir besitzen die Fähigkeit zu altern, wenn wir es wollen. Wir haben den Alterungsprozeß unterbrochen, und wir können ihn wieder in Gang setzen. Sind wir nicht dadurch, daß wir seit fünf – oder sind es sechs – Jahrhunderten das gleiche Alter haben, in eine Art Trott verfallen? Ich weiß nicht, wie es dir geht, aber ich habe die Sache allmählich satt. Ich hätte wirklich nichts dagegen, wieder zu altern.»

Alobar konnte nicht glauben, wie ruhig, ja, sogar heiter sie das Unsagbare gesagt hatte. Eisige Finger huschten über die Tasten des Spinetts seiner Wirbelsäule. «Du – du weißt nicht, was du sagst. Hier, ich schenk dir ein wenig Tee ein. Du bist noch nicht richtig wach, das ist dein Problem.»

«Ich bin wach, Liebling. Ich war fast die ganze Nacht wach. Und die Nacht davor. Ich habe alles dies in mehr schlaflosen Nächten durchdacht, als du Nächte hindurch dein Tambourin geschüttelt hast. Und ich bin bereit, gewillt, ja, sogar begierig, mich wie ein normaler Mensch an einem Ort niederzulassen und wie ein normaler Mensch älter zu werden. Das bin ich.»

Alobar hielt sich zurück und wollte nicht sprechen, solange er nicht sicher sein konnte, daß seine Stimmakkorde nicht zitterten. Jedoch er wartete zu lange, schoß über das Ziel hinaus, und hörte, wie seine Stimme jenseits jeder Gleichmäßigkeit zur Versteinerung geronn. Die besten Steinmetze Frankreichs wären stolz gewesen, unter eines der Worte des folgenden Satzes ihr Zeichen meißeln zu dürfen: «Altern erscheint mir ein hoher Preis zu sein für Normalität.»

«Das macht mir nichts. Ich bin bereit, ihn zu zahlen. Außerdem, wenn es mir nicht gefällt, älter zu werden, kann ich jederzeit damit aufhören.»

«Kannst du das?» Simple kleine Frage, gehauen in massiven Basalt. «Woher weißt du das so sicher?» Sechs Wörter, die zusammen eine Tonne wiegen, die Interpunktion nicht eingerechnet. «Wir glauben, daß wir es nach unserem Willen anfangen und aufhören können, aber Tatsache ist, daß wir es nie probiert haben. Was ist, wenn du es nicht aufhalten kannst, was ist, wenn du einfach immer älter wirst, bis, bis ...» Die Stimme war so starr geworden, daß sich Risse bildeten. So verhalten Moleküle sich heute, und so verhielten sie sich damals, wenn auch in jenen Tagen noch niemand den Molekülen ihre Brüchigkeit übelnahm, ebensowenig wie man sie für ihre Plastizität lobte.

«Bis was? Bis ich sterbe? Erstens, Alobar, bin weder ich, noch bist du überzeugt, daß Altern automatisch zum Tode führt. Wir haben oft darüber gesprochen. Wo bleibt der Mut deiner Überzeugungen? Es ist nicht das Altern, was zum Tode führt, es ist der *Glaube*, daß Altern zum Tode führt, der zum Tode führt. Habe ich recht oder habe ich unrecht?»

«Du hast möglicherweise recht», quiekte Alobar mit seiner neuerlich gerissenen Stimme. «Wir wissen es nicht mit Sicherheit.»

«Es gibt nur eine Möglichkeit, es herauszufinden.»

«Aber was ist, wenn –»

«Wenn ich sterbe? Bei Schiwa, dann sterbe ich eben! Es kommt mir inzwischen nicht mehr als ein so entsetzliches Schicksal vor zu sterben.»

«Ich kann nicht glauben, daß du so etwas sagst. Du wendest dich zurück. Du befindest dich auf dem Rückweg. Du –»

«Ich sehe der Wahrheit ins Auge», unterbrach Kudra, «und die Wahrheit ist, daß an diesem unserem langen Leben nichts gar so allmächtig Wunderbares ist.» Er schreckte zurück, als hätte sie auf ihn gespuckt. Sie nahm seine Hand und küßte jeden seiner von Speertreffern gezeichneten Finger einzeln. «Liebling», sagte sie, «sieh uns an. Wir sind ein Zigeunerpaar, das den Wachhunden der Behörden davonläuft. Von Stadt zu Stadt ziehen wir, von Jahrmarkt zu Jahrmarkt, wir schlafen im Freien, essen diesen gräßlichen Mangold, verkaufen hübsche Gerüche an Heuchler und die härteren Sachen an kleine Bauern. Was ist der Sinn –»

«Wir sind am Leben!» rief Alobar. «Und es –»

«Und es gibt kein zweites Paar wie uns auf diesem ganzen runden Planeten. Schön, na und? Unsere Einmaligkeit macht weder den Boden weicher noch die Roten Beten schmackhafter. Sie verbessert nicht die Bedingungen im Feudalsystem, sie verringert nicht die Gewalt, und sie trägt nicht zum Wohle der Menschen bei. Was haben wir wichtiges erreicht in all diesen vergangenen sechshundert Jahren?»

«Wir haben den Tod besiegt», sagte Alobar, und seine Stimme war fest und gleichförmig, wie sie es immer gewesen war. Mehr als das, sie war stolz. «Wir haben den Tod besiegt. Was jeder Mensch, der von Anbeginn aller Zeiten auf diese Erde geboren worden ist, sich gewünscht hat, wir haben es erreicht. Was sollte großartiger sein als das?»

«Mit welchem Ergebnis haben wir den Tod besiegt? Wir können anderen nicht beibringen, wie man ihn besiegt, weil sonst die Kirche über uns herfällt und uns samt derer, denen wir die Sache erklärt haben, ausradiert. Aus den gleichen Gründen können wir dieses großartige Wissen auch nicht verkaufen. Wir sind gezwungen, unsere bedeutendste Fähigkeit zu verbergen, als wäre sie ein abscheuliches Verbrechen. Wo bleibt bei alledem die Pracht? Unser Leben ist selbstsüchtig, heimlich und nicht eben einfach. Ich glaube, du hattest ein großartigeres Leben, damals, als du noch sterblich warst. Damals warst du ein König, Alobar, ein Führer von Menschen, und jeder Tag, jede Stunde war angefüllt mit Bedeutung.»

«Und bedroht durch den Schnitter. Angefüllt, aber bedroht, denn für den Schnitter ist ein König ebenso gutes Futter wie ein Sklave. Bei meinem Stamm war ein König sogar eine leichtere Ernte.»

«Du magst vom Tode bedroht gewesen sein, aber schau dir das Leben an, das da bedroht war! Und schau es dir jetzt an, mein zerlumpter Zigeuner –»

«Ziehen wir also nach Paris!»

«Ja. Ich, um das Gewerbe der Räucherwerk-Hersteller auszuüben, und du, edler Krieger, als mein Gehilfe.»

Sie machte eine Pause. Gemeinsam betrachteten sie die Sonne, die sich durch den Morgennebel kämpfte und auf das verlassene Jahrmarktsgelände zurückkehrte wie ein Dandy, der zurückkehrt auf den Boulevard, jederzeit bereit, sich im passenden Augenblick in Pose zu bringen. Mit einem Kleestengel fuhr Kudra die Bahnen von Alobars Adern entlang, durch die schier endlose Ströme von Blut geflossen waren; sie küßte die Stirn, die schon so oft von der aufgehenden Sonne begrüßt worden war.

«Dir», sagte sie, «genügt die Langlebigkeit um der Langlebigkeit willen. Mir genügt das inzwischen nicht mehr. Gibt es eine Stellung im *Kamasutram*, die wir nicht gemeistert haben, gibt es ein Rezept für Mangold, das unser Kochtopf nicht in- und auswendig kennt? O Liebling, ich weiß, daß das Leben gut ist und daß es noch Überraschungen für mich bereithält, aber vielleicht ist der Tod auch etwas Gutes; auf jeden Fall bietet er einiges an Überraschung. Beruhig dich jetzt, reg dich nicht auf. Mein Ziel ist ein Laden für Räucherwerk, nicht das Grab. Aber wenn ich altern muß, um ein glücklicheres Leben zu führen, dann werde ich es tun. Und wenn das Altern zum Tode führt, dann werde ich eine Weile den Planeten des Todes erforschen. Eine angenehm lange irdische Reise habe ich auf jeden Fall gehabt. Lang genug,

um so ehrlich zu sein zuzugeben, daß ich trotz meiner Liebe zu dir anfange, mich zu langweilen.»
«Ich wette, daß der Tod millionenfach langweiliger ist als das Leben.»
«Wenn das so ist, werde ich ins Leben zurückkehren. Wenn wir wirklich unsterblich sind, sollten wir in der Lage sein, zwischen beiden Seiten hin und her zu reisen.»
«Ha!» höhnte Alobar. «Ja, wir *sollten* in der Lage sein. Wir sollten, prima, und wenn wir lange genug in den Höhlen ausgehalten hätten, dann wären wir es vielleicht auch. Dann wären wir vielleicht in der Lage, gemäß unserem eigenen Willen zu dematerialisieren und zu rematerialisieren. Aber wir können es nicht. Zumindest gibt es keine knallharten Anhaltspunkte dafür, daß wir es können. Du redest davon, der Wahrheit ins Auge zu sehen. Die Wahrheit ist, Kudra, daß wir kaum wissen, was wir tun. Zu dieser Unsterblichkeitsgeschichte gehört noch so viel mehr, so viel mehr, was wir vielleicht von den Bandaloopern hätten lernen können, aber nein, du mußtest losziehen, um die Welt zu sehen, du konntest nicht länger warten, und nun stehen wir hier, halb Weise und halb Idioten, wir führen das gewaltigste Experiment in den Annalen der Menschheit durch und sind nicht voll qualifiziert, um es korrekt durchzuführen, wir tappen nur im Dunkeln wie Mäuse in einem Kasten. Warum, o warum hab ich mich von dir überreden lassen, die Höhlen zu verlassen, ehe wir alle Antworten wußten? Also, eines kann ich dir sagen, du wirst mich nicht überreden, zu altern. Wenn *du* das riskieren willst, bitte, aber du bist dumm.»
Kudra ließ seine Hand los. «Ich mag vielleicht dumm sein, aber ein Feigling bin ich nicht.»
Und die Sonne zog sich eine Wolke über die Ohren. Und der Wind hörte auf, seine zerstreuende Melodie zu pfeifen. Und die Krähen, die Jahrmarkt-Krumen frühstückten, schauten auf die eine oder andere Uhr und stellten fest, daß es höchste Zeit war, zur Arbeit zu gehen. Und die Flammen des Feuers unter dem Kessel zogen sich in die schalldichten Keller der Asche zurück. Und der Tee im Teekessel brach sich bei seinem überhasteten Verdunsten beinahe das Genick.
Es gibt einen alten Grundsatz: «Der erste Streit eines Paares dient Amor als Abführmittel.»

Das nächst Schreckliche nach einem Streit ist ein Kompromiß. Sie schlossen auf der Stelle einen.

Da Alobar von Anfang an fast vierzig chronologische Jahre älter war als Kudra, einigten sie sich, daß Kudra sich etwa vier Jahrzehnte Zeit nehmen konnte, zu altern, um dann aufzuhören, wenn sie ihren Partner «eingeholt» hatte. Sofern sie aufhören *konnte*, natürlich. Was Alobar betraf, so würde er seine Brücken überqueren, wenn er sie erreichte.

Sie zogen nach Paris, sie eröffneten einen Laden für Räucherwerk. Er lag an der Rue Quelle Blague, neben einer Brauerei und einer Parfümerie, gegenüber einem Kloster und einer Kirche. Er lief recht gut. Ihre Ehe (es ist gerechtfertigt, von einer Ehe zu sprechen, auch wenn nie eine formelle Zeremonie stattfand) lief auch recht gut, was ungefähr heißt, daß der Champagner bei weitem nicht schal war, auch wenn sich in jedem einzelnen Schluck weniger prickelnde Bläschen fanden als in der Zeit vor Beginn der Auseinandersetzung. Sie stritten sich stets über dasselbe Thema. So ist es am besten. Wenn Liebhaber sich schon unbedingt streiten müssen, können sie sich ebensogut spezialisieren. Und die Auseinandersetzungen endeten in der Regel mit Alobars Vorwurf, daß sie die Akademie der Bandalooper verlassen hatten, ehe ihr Seminar beendet war.

(Immerhin ist es sonderbar, daß er sie nicht drängte, in die Höhlen zurückzukehren, um die Studien fortzusetzen – vielleicht deswegen, weil er meinte, nach so langer Zeit seien keine Schwingungen mehr da, die sich «studieren» ließen. Wenn man Fosco aus Samye glauben konnte, hatten die Bandalooper die Höhlen für immer verlassen. Modetanz? Argen*was*?)

Wenn sie jemals einen Punkt erreichten, an dem sie ernsthaft an Trennung dachten, dann in dem schrecklichen Winter von 1664, einer Eiszeit, die sich durch noch so große Mengen Feuerholz oder wie immer geartete Variationen des *Kamasutram* nicht erwärmen ließ. Doch mitten in all dem Gebibber und Gekeife geschah etwas, das sie beieinander hielt, hastiges Flickwerk des Maurers für gemeinsame Sachen.

An jenem Tag war die Dunkelheit so plötzlich hereingebrochen, als hätte eine Zigeunerin Paris unter eine Walnußschale geschoben – viel Glück, Ihr Spieler, beim Raten, unter welche. Um vier Uhr bereits brannten die Straßenlaternen. Obwohl sie schon so früh an die Arbeit gerufen worden waren, flackerten die Lampen pflichtbewußt, als würden sie dem Schnee den Weg leuchten. Der Schnee würde jeden Moment kommen. Die Wolken versprachen es, und die Lampen glaubten ihnen. Auch Alobar glaubte ihnen. Außerdem glaubte er, daß an jenem Tage keine Kunden mehr durch die Tür kommen würden, also verriegelte er sie zum Schutz gegen Diebe (eine Zigeunerin, die Tageslicht stahl, würde unter Garantie auch Räucherwerk stehlen) und gegen die Januarstürme. Er ging zu Kudra ins Hinterzimmer.

Kudra stand über eine große Kerze gebeugt, um in einer Metallschale neu erworbenes Styrax-Harz zu erhitzen, und schenkte ihm wenig Beachtung, als er eintrat. «Es ist kalt hier», sagte Alobar. «Mmmhh», sagte sie, ohne aufzuschauen. Als der Klumpen Styrax die Kontrolle über sich selbst verlor, begann der Raum zu riechen wie das Zentrum einer Schokoladencreme. Manchmal, wenn ein gestreßter Mensch sich entspannt, parfümiert er die Luft um sich herum in ähnlicher Weise. Alobar setzte sich hin und versuchte es.

Der Schein der Kerze, der Kudras Kopf wie einen Gegenstand in einer Glasvitrine schweben ließ, ermöglichte es Alobar, in ihrer Mähne fünf silberne Haare zu zählen. Bisher waren sie ihm noch nicht aufgefallen. Er tat, was in seinen Kräften stand, um nicht laut loszuschreien. Er fragte sich, ob sie davon wußte.

Seine Gedanken wanderten zurück zu jenem Nachmittag, an dem er ihr zum erstenmal begegnet war, acht Jahre alt und schluchzend, auf der Flucht vor dem Scheiterhaufen. Er dachte an sie im Himalaya, als sie wie ein Junge gekleidet war; die glänzende schwarze Explosion ihrer offenen Haare, als sie aus dem Turban purzelten. Dann dachte er an jenen schicksalsschweren Tag, als der Spiegel der Konkubinen ihm seine eigenen bleichen Eindringlinge gezeigt hatte. Was dieses kleine Ding für eine Kette von Ereignissen ausgelöst hatte!

Alobar war so lange still gewesen, daß Kudra zusammenfuhr, als er schließlich etwas sagte. Sie mußte vergessen haben, daß er überhaupt dort war. Der Glorienschein von Kerzenlicht und der Vanillekranz des Styrax umschwebten sie konzentrisch, als sei sie zweifach gesegnet, eine doppelte Madonna.

«Kudra», sagte er. «Ich habe eine großartige Idee.»

«Und was für eine großartige Idee ist das?» fragte sie, den Kopf weiterhin über ihre Arbeit gebeugt.

«Laß uns in die Neue Welt fahren.»

«Die Neue Welt?»

«Ja, die Neue Welt, jenes Land, über das sie gestolpert sind, als sie endlich begriffen haben, daß die Welt rund ist, was ich, ahem, schon immer sage.»

«Nur Glücksjäger und christliche Fanatiker gehen in die Neue Welt. Wir sind weder das eine noch das andere.»

«Glücksjäger, christliche Fanatiker und Eigenbrötler. Die letzte Kategorie beschreibt uns einigermaßen genau.»

Er sprang auf, und mit zwei ruckartigen Bewegungen reduzierte er ihr silbriges Quintett auf ein Trio. Während er die Haare vor ihr in die Harzschale fallen ließ, sagte er: «In der Neuen Welt bräuchtest du dein wunderschönes schwarzes Haar nicht zu opfern.»

Kudra starrte auf die Haare in der Schale. Sie hätte vielleicht geleugnet, daß ihr Tränen in den Augen standen, aber der Widerschein von Kerzenlicht auf zwei Wassertropfen bewies das Gegenteil.

«Sieh dir das an», sagte Alobar. «Das sind Würmer; Vorboten, die vom Modergeruch des Grabes künden.»

Sie preßte die Augen zusammen. Einer einzigen Träne gelang es, die Barrikaden zu durchbrechen – sie rannte um ihr Leben, verlor jedoch den Boden unter den Füßen und stürzte in die Schale mit dem Harz und den Haaren. War das nun ein besserer Ort als der, den sie so fluchtartig verlassen hatte?

Alobar legte Kudra die Hände auf die Schultern und massierte sie sanft. «Du mußt das nicht alles durchmachen», sagte er mit weicher Stimme. «Wir können in die Neue Welt fahren.»

Kudra schüttelte den Kopf. «Wir haben uns unsere eigene neue Welt geschaffen», sagte sie, «aber mit der ist etwas schiefgelaufen. Ich nehme an, neue Welten werden auch alt. Pan hatte recht. Die Unsterblichkeit hat ihre Grenzen.»

«Wenn wir bloß in den Höhlen noch mehr gelernt hätten!»

«Oh, Scheiße», sagte Kudra. «Nicht das schon wieder.»
«Aber Liebling –»
«Alobar, ich würde gern einen Augenblick allein sein.»
«Aber –»
«Bitte, Alobar!» Sie sammelte die Haare aus dem Styrax und warf sie auf den Boden. Der Tränentropfen war verschwunden – ob er vom Harz absorbiert wurde, aufgrund der Hitze des Kerzenlichtes verdunstete oder in eine geheimnisvolle Welt eingegangen ist, können wir nicht mit Sicherheit sagen. Es wurde nie ein Finderlohn auf seine Ergreifung ausgesetzt. «Bitte. Laß mich.»
Also tauschte Alobar seine Hausschuhe gegen Stiefel, die bis hinauf zum Saum seiner Kniehosen reichten, zog einen wollenen knielangen Mantel über seine Brokatweste, schloß seinen Spitzenkragen so weit, daß er seinen Adamsapfel zwickte, und ging hinaus in die Nacht, wo die vereisten, mit Kopfstein gepflasterten Straßen im Lampenlicht an Marshmallow-Plantagen zur Erntezeit erinnerten. Obgleich er kein Ziel im Kopf hatte, ging er schnell und fand sich bald in einem obszönen Viertel von Paris wieder, in einer verwahrlosten Gegend ohne Kopfsteinpflaster oder Fackeln, ein ungepflasterter Stadtteil, wo sich in den gefrorenen Pfützen der Schein roter Laternen widerspiegelte. Aus jedem Hauseingang stieg der verruchte Atem der Prostituierten wie ein Fanghaken aus Rauch. Sie standen, um sich gegen die Kälte zu schützen, in Gruppen dicht beieinander und sprachen ihn an, wenn er vorbeiging, und er, er begann, sich Vorstellungen zu machen. Mißverstandene Ehemänner sind in der Regel mit einem stumpfen Gegenstand ausgestattet, dessen Knauf rot leuchtet wie das Gesicht eines Richters.
Die Prostituierte, die er schließlich ansprach, war groß und blond. Als sie die Preise besprachen, rückte ihre Kollegin, eine untersetzte, ältere Frau, die Alobar nicht einmal in die engere Wahl gezogen hätte, immer dichter heran, bis es ihr schließlich gelang, sich zwischen Alobar und die Blonde zu schlängeln. Sie verströmte einen scharfen, animalischen Geruch und hatte so viele Falten, daß sie sich ihren Hut aufschrauben konnte. Alobar war im Begriff, sie zur Seite zu stoßen, als die Blonde ihr einen Hieb mit ihrem Muff versetzte und sagte, «Sieh zu, daß du weg kommst, Lalo. Der hier ist nicht verzweifelt genug, um dich zu wollen.»
«Lalo?»
«Alobar! Ich dachte mir schon, daß du es bist!»
Sie begrüßten sich an Ort und Stelle mit einer tränenreichen Umar-

mung, derweil die Blonde spottete und die ersten Schneeflocken durch den scharlachroten Laternenschein rieselten. Dann führte er sie zu dem Laden für Räucherwerk; diesmal gingen sie langsam, denn Lalo war keine Nymphe mehr, sondern eine alte Schabracke, die den Bordellen von Athen den Rücken gekehrt hatte, als dort die Nachfrage nach ihren Diensten zurückging. Es hieß damals, keine Hure sei zu alt oder zu häßlich, um in Paris nicht überleben zu können.

Kudra war bei ihrem Anblick traurig und erfreut zugleich. Sie holte ihren besten Käse und schenkte aus dem verbeulten, aber gehegten Silberkessel Tee ein. Als Lalo sich einigermaßen satt gegessen und aufgewärmt hatte, fragten die beiden sie nach Pan. Die Nachrichten waren dazu angetan, den Käse sauer werden zu lassen.

Pan sei inzwischen zum Geist geworden, sagte Lalo; man konnte vollkommen durch ihn hindurchsehen. Sein Herzschlag war nicht kräftiger als der eines Spatzen. Seine Flöten bewirkten bei den Herden zwar noch ein Scharren mit den Hufen, und manch einem Bauern standen die Nackenhaare zu Berge, aber ihm fehlte die Energie oder der Wille, regelmäßig auf ihnen zu spielen. Pan kam auch weiterhin zu den Menschen, was er laut Lalo möglicherweise immer tun würde, aber in der modernen Welt suchte er sie nicht mehr persönlich, im Sonnenlicht, direkt und plötzlich heim, sondern in Träumen – in erotischen Alpträumen – oder in Schreckensvisionen von der Art, daß plötzlich eine Menge grundlos die Flucht ergriff, ohne hinterher etwas erklären oder begreifen zu können. In Ermangelung einer direkten Beziehung zu Pan standen die modernen Europäer ihren Herden und ihren Ernten entfremdet gegenüber, der natürlichen Welt ebenso wie ihren eigenen, natürlichen Impulsen. «Grämt euch nicht nur um Pan», sagte Lalo mit einer Stimme, die so verkratzt war wie der Teekessel, «sondern auch um euch selbst.»

«Und was ist mit den Nymphen?» fragte Kudra.

«Es ist über hundert Jahre her, daß Pan zum letztenmal einer Nymphe nachgestiegen ist. Als er nicht mehr hinter ihnen her war, verloren sie ihre Identität, sie wurden mager und verrückt. Viele von ihnen nahmen sich das Leben. Andere wurden wie ich Huren für die Homer und versuchten, in jeder sexuellen Vereinigung den alten Zauber, die alte Magie, das alte Gefühl der Einheit wiederzufinden.» Sie seufzte verzweifelt. «Ich weiß auch nicht, warum ich weitermache, aber ich tue es.»

Sie brachten Lalo ins Gästezimmer ihrer Wohnung, dann gingen sie selbst zu Bett, und während sich der Schnee auf dem Fenstersims anhäufte, kuschelten sie sich aneinander und schmiedeten einen Aktionsplan: Sie würden Pan aus Europa herausbringen.

Die Neue Welt war groß und jungfräulich. Dort, unter rauchlosem Himmel, wo eine primitive Gleichheit herrschte, würden sie ihm einen Ort finden. Weit entfernt von jeder Stadt würden sie ein neues Arkadien schaffen, mit Ziegenherden und allem; die heidnischen Indianer, die gegenwärtig so heftig von christlichen Missionaren verfolgt wurden, konnten sich ihnen anschließen in einer freien Landschaft, in der die alten Götter und Göttinnen bekämen, was ihnen gebührte. Ja, sie würden den Indianern beibringen, was sie über die Unsterblichkeit der Bandalooper wußten, und außerdem würde Kudra ihr Flohkraut wegwerfen, und sie und Alobar würden schließlich doch noch ihre eigenen Kinder haben. Sie würden eine Rasse der Unsterblichen begründen, mit Pan als ihrer obersten Gottheit. Ja! War nicht dies die große Bestimmung, der sie sich die ganze Zeit entzogen hatten?! Sie wurden trunken von diesen Visionen, und der nüchterne Schnee schaute ihnen dabei zu.

Sobald das Wetter es erlaubte, wollte Alobar sich nach Griechenland aufmachen (Lalo könnte Kudra im Laden helfen), um Pan nach Paris zu holen. Dort in ihrer Wohnung würden sie ihn wieder aufpeppeln und gleichzeitig das nötige Geld sparen und die nötigen Vorbereitungen für ihre Überfahrt über den Atlantik treffen.

«Wieviel Geld haben wir zur Zeit?» fragte Alobar. «Komm, laß uns aufstehen und es zählen. Ich kann es gar nicht abwarten, endlich loszulegen.»

Kudra zog ihn zurück in die Decken. «Wir können das Geld bei Tageslicht zählen», sagte sie. «Wir müssen eine neue Welt bevölkern. Ich kann es gar nicht abwarten, endlich loszulegen.»

Vor seiner Abreise nach Griechenland füllte Alobar Kudra bis zum Rand. Sie war gesättigt. Bei jedem Schneuzen setzte sie Schwadrone von Sperma ab. Sie schwirrten durch Paris wie mikroskopische Engel und suchten Harfenkonzerte im Schnee. Wo immer sie hinging, sie tropfte und hinterließ klebrige und durchsichtige Schneckenspuren auf ihrem Arbeitshocker, auf Teppichen und Kutschenpolstern. Es erübrigt sich zu erwähnen, daß es in ihrem Uterus nur Stehplätze gab. Dennoch empfing sie nicht. Das war das erste, was Alobar auffiel, als er aus Griechenland zurück in ihre Umarmung kehrte: daß die Topographie ihres Bauches seinen Fähigkeiten als Bergsteiger keinerlei Herausforderung bot. Das zweite, was ihm auffiel, als er seinen enttäuschten Blick von der Tiefebene ihres Unterleibs aufwärts gleiten ließ, war die Tatsache, daß keinerlei graue Bewohner mehr ihr Haar bevölkerten und daß die Haut im Umfeld ihrer Augen, die einem Spinngewebe von Falten geglichen hatte, nun so glatt wie ein Pudding war. Nach acht Monaten, die er unterwegs gewesen war, sah sie um mindestens acht Jahre jünger aus.

«Kudra, du hast es geschafft! Du hast es umgekehrt!» Er war so begeistert, daß er die Vakanz in ihrem Bauch für einen Augenblick vergaß. «War es schwierig? Mußtest du daran arbeiten? Versprichst du mir, daß du nie wieder rückfällig wirst?»

Sie überhörte sein Geschwätz und konzentrierte sich auf Pan, sofern «konzentrieren» das richtige Verb ist. Sie konnte Pans Aufenthaltsort im Zimmer nur lokalisieren, indem sie ihren Geruchssinn auf das Epizentrum des Ziegengeruchs konzentrierte, der ihr gesamtes Inventar an Räucherwerk laut «Onkel» schreien und zur Tür drängen ließ.

«Seid gegrüßt, Kudra», sagte eine vertraute Stimme aus dem Epizentrum. «Ich danke Euch für Eure Gastfreundschaft, mag sie auch noch so unbedeutend und menschlich sein.»

«Ihr seid willkommen, mein Herr», sagte Kudra. «So denke ich.» Sie wandte sich Alobar zu. «Es ist ziemlich verwirrend, mit jemandem zu reden, den man nicht sehen kann.»

«Unsinn», sagte Alobar. «Tausende von Christen tun das jeden Tag. Dieser Gott antwortet einem wenigstens.» Er schob eine Weinflasche in das Zentrum des Gestank-Sturms. Die Flasche kippte und rosaner Chablis gluckerte heraus, ohne daß ein Tropfen den Boden erreichte. «Aber ich weiß wohl, was du meinst. Mit einem Unsichtbaren herumzureisen, dessen Geruch das ganze Land übertönt, ist eine Prüfung, der ich mich so bald nicht wieder unterziehen würde. Mich störten nicht so sehr die Blicke und die Beleidigungen und die gelegentlichen Steine, aber ich bin, seit wir Arkadien verlassen haben, nicht ein einziges Mal in den Genuß einer warmen Mahlzeit oder eines weichen Bettes gekom-

men. Man sollte meinen, Gastwirte auf dem Lande wären weniger kleinlich.»
«Ich fürchte, das wird auch in Paris ein Problem.»
«In der Tat. Je weiter wir uns von Griechenland entfernten, desto mehr hat er sich den Augen entzogen und der Nase aufgedrängt. Übrigens, wo ist Lalo?»
Kudra zögerte. «Ach, Lalo. Ja, also. Lalo ist verschwunden. Sie hat sich mit einem Seemann aus Britannien aus dem Staube gemacht.»
«Wie rücksichtslos. Sie hatte dir im Laden helfen sollen.»
«Lalo ist eine Nymphe, keine Ladenhüterin», sagte Pan. «Sie hat nur getan, was sie tun mußte.»
«Ja», pflichtete Kudra ihm bei. «Und Ihr seid ein Gott der Wälder und Felder. Wie wird es Euch ergehen in dieser Umgebung?»
«Vielleicht nicht gut», sagte Pan. «Ist Euch bewußt, daß ich der einzige Gott bin, zu dessen Ehren niemals ein Tempel gebaut worden ist? Es ist wahr, kein einziger. Die Menschen haben mich immer im Freien angebetet.»
Alobar nahm die Flasche wieder an sich, die inzwischen halb leer war. «Unser Laden wird für einige Zeit Euer Tempel sein. Sobald es uns möglich ist, werden wir Euch in grünere Gefilde bringen, wo wildere Gefährten Euch erwarten. Bis dahin müßt Ihr dieses Spiel mitspielen. Es gibt Parks in der Nähe, in denen Ihr umherstreifen könnt. Wir müssen freilich eine Verkleidung für Euren Geruch finden. Kudra und ich werden uns umgehend damit befassen. Jetzt, wo sie wieder zur Vernunft gekommen ist und aufgehört hat zu altern, bin ich sicher, daß es ihr nicht schwerfallen wird, Euch einen Duft und mir ein Kind zu schenken. Hä, Kudra?»
Kudra nickte mit vorsichtiger Zustimmung. Die Aufgaben, die ihr zugedacht waren, sollten sich jedoch als ähnlich schwierig erweisen, wie der Versuch, mit einer Zahnprothese ein Rhinozeros zu häuten.

Sie wußte aus Erfahrung, daß Patschuli Pans Inferno nicht würde in Schranken halten können. Weihrauch und Myrrhe haben vielleicht die Windeln des schnuckeligen Christuskindes mit neuen Düften versehen können, doch in dem infernalischen Golf des Ziegengottes verschwanden sie wie Ruderboote im Bermuda-Dreieck; und Sandelholz, sauberes, nettes Sandelholz, überlebte auf die Sekunde genau so lange wie ein Schneeball in der Hölle. Ein Resinoid aus Styrax, ergänzt um eine Essenz von Ladanum (gepreßt aus den fetthaltigen Kapillaren der Cistrose), erwies sich als hinreichende Tarnung für einen Spaziergang um den Block, aber es besaß keine größere Ausdauer als Patschuli. Und was Zibet anging, so ergänzte es lediglich Pans eigenen Geruch, wodurch seine Anwesenheit nur noch deutlicher spürbar wurde.

Nach zwei Wochen waren Kudras Vorräte an Duftstoffen erschöpft. Ihnen blieb nichts anders übrig, als ihre Ersparnisse anzuzapfen (der Neue-Welt-Fonds wuchs nur sehr langsam), um von den Mönchen nebenan eine Reihe Parfums zu erwerben. Sie würden ohnehin nicht fahren können, wenn es ihnen nicht gelang, ihren gespenstischen Freund vor neugierigen und angewiderten Nasen zu verbergen.

Gebraucht wurde ein Parfum, das kräftig genug war, um den brunstigen Ziegenduft zu überdecken, das jedoch gleichzeitig nicht so aufdringlich roch, daß es selbst eine übertriebene Aufmerksamkeit hervorrief: Wenig war gewonnen, wenn man sich im olfaktorischen Spektrum von einem Extrem zum anderen bewegte. Weiter wäre es ideal, wenn der Geruch eine gewisse Ausdauer besäße, denn bei einem Freigeist wie Pan konnte man nicht erwarten, daß er herumlief und sich jede Stunde einmal Handgelenke und Schlüsselbeine betupfte, als wäre er eine nach einem Ehemann Ausschau haltende Marquise auf einem Ball in Versailles.

Es gab Kritiker, die sich darüber beklagten, daß in der Rue Quelle Blague Nr. 23 das Bier wie Fliederwasser schmeckte und die Parfums nach Hopfen rochen. Was die Qualität des Bieres angeht, so können wir dazu nichts sagen – wenn wir es heute probieren könnten, würden uns vielleicht zwei Worte weniger schwer über die Lippen kommen – aber was die Parfümerie angeht, so waren die Mönche keine Stümper. Vielmehr legten sie den Grundstein zur französischen Duftstoff-Industrie. Der Parfum-Konzern LeFever stand in direkter Nachfolge ihrer frühen Tätigkeiten. Die Quelle Blague-Mönche gehörten zu den wichtigsten Lieferanten des Hofes Ludwigs XIV., wo gewaltige Mengen Parfum verbraucht wurden. Bei den Hochzeiten von Versailles plätscherten dort Tag und Nacht zwischen zwanzig und dreißig Brunnen mit Rosenwasser, und die Männer trugen Fingerringe, die mit Patschuli gefüllt waren und mit denen man um sich spritzen konnte – wenn ihre Geliebten sich näherten, bestäubten sie sich und die Luft um sich herum mit einem feinen Duft. Ludwig selbst wechselte seinen Duft alle tausend Meilen. Doch all diese Exzesse vermochten nicht die Tatsache zu verbergen, daß man sich der königlichen Abwässer in unzureichender Weise entledigte und daß es bei Hofe keine einzige Badewanne gab. Ein auf Besuch weilender englischer Schriftsteller schrieb über Ludwig, daß «all die wohlriechenden Parfums, die seine Höflinge ihm beschafften, seiner Nase keine Erleichterung verschafften und er trotzdem wie ein schmutziger Schurke roch.» Das war eineinhalb Jahrhunderte vor dem Auftauchen der großen Duftkomponisten, aber trotz der Unfähigkeit der Mönche, der ungewaschenen Nase des Sonnenkönigs Beruhigung zu verschaffen, waren die Duftstoffe, die sie destillierten, alles andere als primitiv. Würde es ihnen gelingen, Pan eine Duftgirlande umzulegen?

Wohl kaum. Ihr berühmtes Rosenwasser war einfach kein Gegner für die Produktion seiner Drüsen, und einen nach dem anderen schickte er Lilie, Flieder, Lavendel und Linde mit eingekniffenem «L» auf die Bretter. Es war ein schwarzer Tag für den Vanillestrauch, als seine Essenzen über den transparenten Gott geträufelt wurden, und aus Veilchen wurden in Sekundenschnelle Bogenchen. Das teuerste Produkt der Mönche basierte auf einem Rezept, bei dem Rosenöl vermischt wurde mit Nelken, Zimt, Muskatblüte, Moschus, Ambra, Zitrone und Wacholder. Mit einigem Experimentieren hätte Kudra es vielleicht nachmachen können, aber Pan war ungeduldig und Alobar machte sich Sorgen, also schmälerten sie ein weiteres Mal ihre finanziellen Vorräte und kauften ein Fläschchen. Erwartungsvoll rieb Kudra es in Pans Oberschenkel-Wolle – bei dem Strich ihrer Finger unter Einbeziehung der glatten Unterseite seines Hodensacks war dies eine Berührung, die ihm einige Freude und ihr ein Erschauern bereitete, denn es gibt nichts, was eine Frau so nachhaltig schwach werden läßt wie eine unsichtbare Erektion. Der alte Ziegenbock hätte vielleicht die Gelegenheit beim Schopfe ergriffen – in der Tat griff er nach seiner Flöte –, wenn nicht Alobar seinen Geschlechtsteilen mit einer Geste gedroht hätte, die auf die Produktion von Eunuchen schließen ließ. Statt dessen also begab sich Pan, reichlich gesalbt, auf das Gelände des Louvre, um ein paar Stunden später mit seinem den anderen allzu vertrauten Geruch zurückzukehren und zu erzählen, wie er allein durch sein heimliches Zuschauen,

nicht wahrnehmbar für andere Augen, eine schicke *fête champêtre* gesprengt hatte.
Der wirksamste Duftstoff, den die Mönche anzubieten hatten, war eine Essenz von Jasmin. Die unbehandelten Pflanzen stammten aus dem Süden Frankreichs, wo bis heute die edelsten Jasminblüten der Welt gezüchtet werden (es sei denn, man bezieht die jamaikanische Sorte Bingo Pajamas mit ein, über die so gut wie nichts bekannt ist). Ach ja, überlassen wir es dem Jasmin, das wilde Tier zu bändigen, denn der Jasmin in seiner köstlichen Art vollführt eine olfaktorische Pantomime vielfältigster Bewegungen glücklicher Tiere aus vergangenen Zeiten. Es mag noch ein paar andere Blumen geben, die genauso süß sind, aber Jasmin ist süß bar jeder Rührseligkeit, süß bar jeder Kraftlosigkeit, süß bar jeden Kompromisses; er ist aggressiv süß, er ist unerhört süß: «Ich bin süß», sagt der Jasmin, «und wenn dir das nicht gefällt, kannst du mich an meinem süßen Arsch lecken.» Expansiv, doch niemals übersättigend; romantisch, doch nur selten melancholisch, so hat der Jasmin das innere Gleichgewicht einer wilden Kreatur, eines schwer faßbaren, selbstgenügsamen Dinges, das schmachtend singt wie ein organisches Saxophon in tropischer Nacht. Pans Drüsen vernahmen das zuckersüße Wehklagen des Jasmin und waren hypnotisiert, so daß sie vorübergehend ihren Ausstoß an Sekreten einstellten.
«Jasmin könnte uns sehr zustatten kommen», sagte Kudra. «Alleine jedoch mangelt es ihm noch an Vollkommenheit. Gleich einem großen Redner bedarf es zunächst einer weniger bedeutenden Stimme, die ihn vorstellt. Ich bin sicher, daß wir einen qualifizierten Conférencier finden werden, und sollte uns das nicht gelingen, so wäre es auch keine Katastrophe, wenn der Jasmin gezwungen ist, sich selbst vorzustellen. Doch was ist ein großer Redner ohne ein stabiles Podest, auf dem er steht, ohne ein ihn umfangendes Publikum, das seine Worte behält? Versteht ihr, was ich meine? Jasmin ist von wesentlich größerer Langlebigkeit als all die anderen Blüten, die wir bisher ausprobiert haben, aber wir müssen ein Theater finden, in dem er auftreten kann, einen Anker, wenn ihr so wollt, um ihn an seinem Platz zu halten, denn um wirksam zu sein, muß er noch mindestens dreimal so lange halten, wie er es jetzt tut.»
Mit anderen Worten, eine Kopfnote würde nicht schaden, und was sie unbedingt brauchten, war ein Fixator und eine Basisnote.
Da sie es sich nicht leisten konnten, eine solche Mischung bei den Mön-

chen in Auftrag zu geben, mußte Kudra sie entwickeln. Sie hatte in ihrem langen Leben viel mit Aromastoffen gearbeitet – hier ist die Rede von ihrem hohen Dienstalter –, doch da sie über keine Erfahrung mit Destillation verfügte, war sie kein Parfümeur im eigentlichen Sinne. Glücklicherweise wird Jasminöl durch Extraktion und nicht durch Destillation gewonnen, und das würde sie hinbekommen. Nach einer Phase des Ausprobierens und Scheiterns fand sie heraus, daß die Limone eine akzeptable Kopfnote hergab; sie übernahm es, dem im Mittelpunkt stehenden Jasmin eine kurze aber schmeichelhafte Einführung vorauszuschicken. Was den Fixator anging, so wurde damals im allgemeinen Ambra verwendet, und wenngleich seine Verleumder es als «Koloß-Kotze» bezeichnen, muß ein feinerer Fixator erst noch entdeckt werden. In diesem Fall jedoch gereichte Ambra nicht zur völligen Befriedigung. Es nagelte das Bouquet am Parfum fest, das schon, aber es nagelte das Parfum nicht an Pan fest – zumindest nicht sehr lange. Da bei dem Ambra keine Verbesserungen zu erreichen waren, kam der Basisnote neben ihrer gewöhnlichen Funktion einer ausgleichenden und ergänzenden «Plattform» die Aufgabe zu, dem Fixator bei der Bemühung, das Leben des Duftaromas zu verlängern, unter die Arme zu greifen. Es bedurfte einer außergewöhnlichen Basisnote. Kudra fand sie nicht gleich. Sie verbrachte Monate mit Experimenten und Forschungen.

In der Zwischenzeit zerschlug ein zynischer Kuckuck Alobars und Kudras Eier in ihrem Nest und ersetzte sie durch anrüchige Produkte aus eigener Herstellung.

Zur vereinbarten Stunde, als Höflinge Ludwigs XIV. endlich doch noch den Laden besuchen sollten, um die dortigen Waren zu prüfen, kam Pan vorzeitig von einem Streifzug durch den Park zurück, seinen Gestank aufgrund der Testphase und der saftigen Einflüsse des Frühlings wie ein flatterndes Banner vor sich hertragend. Die Höflinge, drei an der Zahl, trafen unmittelbar nach ihm ein. «Meine Güte», sagte der erste Höfling; «Schnief», sagte der zweite; «Puh», sagte der dritte. Was Räucherwerk auch immer an Glaubwürdigkeit für sie besessen haben

mochte, sie war auf der Stelle verloren. Ebenfalls verloren war der profitträchtigste Markt, auf den Kudra es je abgesehen hatte.
Der anhaltende Eindruck, den Pan hinterlassen hatte, kostete sie auch eine Reihe kleinerer Deals, und das zu einer Zeit, als die Unkosten stiegen. Da die Jagd nach einer wirkungsvollen Basisnote weiterging, wurde ständig Geld in Grundstoffe investiert, die für die Herstellung normalen Räucherwerks nicht von Nutzen waren. Und natürlich gab es nunmehr einen hungrigen Mund mehr am Tisch, einen Mund, der zwar nicht zu sehen war, in dem aber nichtsdestoweniger zur Essenszeit das Wasser zusammenlief. Sie hatten ein Cashflow-Problem, und wenn es ihnen nicht gelingen sollte, es zu lösen, würden sie nie in Marseilles die Gangway hinaufstolpern.
Mitten in den Zeiten der Geldsorge und Kudras Unfähigkeit zu empfangen – keine von Alobars Einzahlungen schien Zinsen zu bringen – wurde er eines Tages auf der Straße von einem Mönch aus der Nachbarschaft angehalten und in jener groben Art, wie sie Kindern, Polizisten und Journalisten eigen ist, darüber befragt, ob er und seine Frau sich heidnischer Praktiken befleißigten. Der Mönch drückte sich nicht genauer aus, doch Alobar vermutete sofort, daß von ihrer Langlebigkeit die Rede war. «Ihr meint wie dieser alte Bandalooper, Methusalem?» antwortete er blitzschnell, und während der christliche Bruder noch mit dem Schaum seiner Bestürzung gurgelte, lief er, kalten Schweiß am ganzen Körper, davon, um Kudra, zu Recht oder zu Unrecht, zu warnen, daß sie einmal mehr entdeckt worden waren.
Gemessen an der Reaktion, die er von Kudra bekam, hätte er ihr genauso gut erzählen können, daß die Pudelgötter auf die Wege des Louvre geschissen hätten. Sie steckte bis über die Ellenbogen in einem Korb mit Rinde, mit der leprösen aber duftenden Epidermis irgendeines afrikanischen Baumes; sie dröselte seine Geschichte auf, entzifferte sein Schicksal, erlernte seine Sprache, sein Vokabular botanischen Leids; sie schmeichelte seinen alten Wunden schillernden Eiter ab, der nach Regen und Nestern und gelben Früchten roch, die unter den Füßen schwerer Tiere zerquetscht worden waren. «Das könnte es sein», ließ sie Alobar vertraulich wissen, ohne dabei mit dem Melken aufzuhören. Ein einzelnes Harzkügelchen rollte aus einem der Geschwüre heraus und wurde in einer Schale aufgefangen. Irgendwo in Afrika stand ein Baum nackend da. «Dies könnte es sein, was den Jasmin stützt.»

«Das wird uns wenig nützen, wenn die Mönche Stimmung gegen uns machen.»
Als sie darauf verzichtete zu antworten, sagte er: «Kudra, was werden wir als nächstes tun?»
«Das Bouquet aus dem Harz herauspressen.»
«Nein, nein, hast du nicht zugehört? Es könnte Probleme geben, wegen –»
«Ach, das», sagte sie. «Also, Alobar, ich habe gedacht …»
Sie hielt ein weiteres Stück gepeinigter Borkenkruste über die Kerzenflamme und preßte und zog, bis das schwarze Geschwür aufbrach und ein fiebriger Blutungssaft heraussickerte, harte Honigperlen, die funkelten wie in einem anhaltenden Delirium, hervorgerufen durch die Pestilenz der Zeit. «Ich habe gedacht, daß es alles in allem am klügsten wäre, zu dematerialisieren – und dann in der Neuen Welt zu rematerialisieren.»
Alobar sah verdutzt drein.
«Verstehst du nicht, das spart uns Zeit und Geld. Wir bräuchten keinen Sou für die Überfahrt und müßten nicht mit einer Horde kotzender Missionare auf den Weltmeeren herumtanzen. Und wenn Pan zusammen mit uns dematerialisieren könnte – er ist schon so gut wie dematerialisiert, bräuchten wir nicht einmal dieses Parfum fertigzustellen. Es könnte sich ohnehin als unmöglich herausstellen, die richtige Basisnote zu finden.» Sie schnupperte mißtrauisch an den hölzernen Geschwulsten in ihren Fingern.
«Kudra, wir *wissen* nicht, *wie* man de- und rematerialisiert!»
«Dann wird es Zeit, daß wir es lernen! Haben wir umsonst siebenhundert Jahre gelebt? Abgesehen von unserer Langlebigkeit sind wir dem Göttlichen nicht näher als die gemeinen Leute. Unsere Übungen haben uns am Leben erhalten, aber sie haben uns weder ein einziges göttliches Geheimnis noch ein Fitzelchen von der Magie der Götter enthüllt.» Sie legte die häßlichen Rindenstücke hin und wandte sich ihm zu. Er begann, die Hände zu ringen.
«Kudra …» wimmerte er.
«Trotz seines Alters ist Alobar, der große Individualist, nichts weiter als ein ganz gewöhnlicher Mann.»
«Kudra! Wir wissen nicht –»
«Was ist aus dem kühnen Abenteurer geworden, der mich hoch oben, auf dem Dach der Welt, in nicht nur einer Hinsicht verführt hat?»

«Kudra, du redest vom Tode, ich spüre das.»
«Es gibt keinen Tod. Es gibt nur unterschiedliche Ebenen von Leben. Das solltest du inzwischen wissen.»
«Du, die du vor dem Scheiterhaufen davongelaufen bist! Woher nimmst du das Recht, so zu sprechen?»
Kudra versetzte dem Rindenkorb einen Tritt, so wie sie einst einem Korb mit Tauwerk einen Tritt versetzt hatte, und brachte ihn zum Kreisen, so daß ein kurzer Schneesturm von Krätze-Schorf aufstob.
«Verdammt, Alobar! Bei der blauen Pisse der Kali, du frustrierst mich vielleicht! Wie kann ein Mensch es bloß so weit bringen, wie du es gebracht hast, und sich dann weigern, noch weiter zu gehen? Ist es ein Mangel an Vorstellungskraft, der dir deine Neugierde geraubt hat, oder ist es ein Versagen deiner Nerven, das dich veranlaßt, dich so begierig mit dem einen einzigen Zugeständnis zufriedenzugeben, das du dem Schicksal abgerungen hast?»
«Ein Zugeständnis, hä? Bei dir klingt das so unbedeutend. Ich will dir etwas sagen, Kudra. Jeden Morgen, wenn ich aufwache, fließen meine Augen über vor Tränen bei dem Gedanken, daß ich noch immer hier bin und atme, wo doch all jene, die den Tag meiner Geburt miterlebten, seit einem halben Jahrtausend zu Staub geworden sind; jeden Morgen, wenn ich sehe, wie der erste Strahl der Morgendämmerung dein schlafendes Gesicht zärtlich in seine Zange nimmt, zittere ich wie in Ekstase, weil wir ein saftiges Jahrhundert nach dem anderen fortfahren, in Liebe vereint beieinander zu liegen, während jedes andere Liebespaar, das je gelebt hat, hilflos mit ansehen mußte, wie seine Leidenschaft in den Senkungen des kranken Fleisches erstickt. Das mag dir als etwas Kleines und Unbedeutendes vorkommen ...»
Kudra nahm seine Wangen zwischen ihre Hände (er war damals glatt rasiert, im Stil des siebzehnten Jahrhunderts) und küßte ihn. Sie legte ihren Kopf von einer Seite auf die andere und blinzelte ein paar ihrer eigenen Tränen zurück. «Nein, mein Liebling, ich finde das so wundervoll, daß ich es gar nicht beschreiben kann.» Wieder küßte sie ihn. «Aber das ist noch nicht alles, das Ende, Schluß und aus. Wenn jemand ein Glas hat, soll der dann eine Flasche zurückweisen; wenn er eine Flasche hat, bedeutet dies, daß er keinen Wein wollen sollte? Komm, Liebling, bleib bei mir und hör mich zu Ende an. Wir haben die Schwelle des Hauses göttlichen Wissens überschritten, aber wir bleiben in der Vorhalle und bewundern die Tapeten, und wir meiden die wich-

tigsten Räume des Hauses. Warum weigern wir uns, das Anwesen zu erforschen, zu dem Zutritt zu erlangen unser einzigartiges Privileg ist?»

«Weil», antwortete Alobar, «der Tod Herr in jenem Hause ist. Mein Streben ist es gewesen, mich vom Tode zu befreien, nicht aber, ihn in seinem Salon zu besuchen und mit ihm Tee zu trinken.»

«Der Tod ist kein Bewohner dieses Hauses. ‹Tod› ist lediglich der Name, den wir gewissen Zimmern des Hauses geben, Zimmer, die wir, die sogenannten ‹Lebenden›, aus dem einfachen Grunde fürchten, weil wir nicht durch sie hindurchgegangen sind.»

Alobar stellte den umgestürzten Korb wieder hin und begann, Rindenstücke aufzusammeln. «Wieder muß ich, mein kleiner Suttee-Flüchtling, deine Autorität in diesen Dingen in Frage stellen.»

In diesem Moment hätte Kudra ihm gern die Wahrheit über Lalo erzählt – daß die Nymphe während Alobars Griechenlandreise nicht mit einem Seemann fortgelaufen, sondern daß sie gestorben war, friedlich, glücklich, in jenem Bett, in dem jetzt Pan schlief; daß sie, Kudra, bei Lalos Tod dabei und daß sie ihr in der Tat aus ihrem Körper heraus gefolgt war und mit ihr ein Stück des Weges hinein in das helle Licht der Anderen Seite zurückgelegt hatte, bis ein plötzlicher Gedanke an Alobar sie veranlaßte umzukehren. Nach jenem Erlebnis hatte sich ihre Vorstellung vom Tode gewandelt, und darüber hätte sie Alobar gerne erzählt, aber sie hatte der Nymphe versprochen, ihr Sterben geheimzuhalten. «Die Welt sollte Nymphen nicht als alternde und sterbende Wesen erleben», hatte Lalo gesagt, «denn das steht im Widerspruch zu den mädchenhaften sexuellen Dingen, die wir repräsentieren.» Vielleicht führte Lalo bis zum Ende einen vergeblichen Kampf, aber es muß festgehalten werden, daß sie sich um die Welt sorgte, auch um die moderne Welt (deren Verdrängung einer kosmischen Ordnung durch einen zügellosen Wettstreit zwischen Möchtegern-Gleichen zu ihrem Tod beigetragen hatte).

«Hör zu», sagte Kudra. «Als wir in den Höhlen waren, haben wir auf dem Wege über das Experimentieren gelernt, durchs Probieren und Scheitern, von irgendeiner Intelligenz geleitet, vielleicht einer göttlichen, die von den dortigen Gesteinen abstrahlte. Was sollte es schaden, wenn wir hier, in unserem Laden, mit der Dematerialisation experimentieren? Schließlich ist das hier jetzt ein Tempel des Pan. Ich spüre deutlich, daß wir wieder geleitet werden. Die göttliche Energie beschränkt sich nicht auf ein paar Höhlen in Indien. Sie ist überall, wir müssen nur offen für sie sein. Vertraue auf meine Eingebung, Alobar. Was kann es schaden, es auszuprobieren?»

«Gut, in Ordnung, ich werde es mir überlegen», brummte Alobar. «Aber nur, sofern kein Altern mit ins Spiel kommt.»

Mit einem eisernen Blick streckte sie ihn nieder. «Wenn die Mönche oder sonst jemand anfangen sollte, uns Ärger zu machen, ehe wir entweder die Dematerialisation oder eine Basisnote für Pans Parfum entdeckt haben, würde ich ohne Zögern schnell und hemmungslos altern, und du wärest gut beraten, es mir gleichzutun.»

An dieser Stelle begann ihr ganzer Streit von vorne.

Ihre Streiterei fraß sich durch die Vorhänge, durchdrang die Fenster und ratterte draußen über das Kopfsteinpflaster. Wie sonderbar er geklungen haben muß, dieser Streit über Dematerialisation, freiwilliges Altern, Ziegengötter und Unsterblichkeit, in den Ohren einer Stadt, die am Anfang des Zeitalters der Vernunft stand, in den Ohren einer Bevölkerung, die im Begriff war, Descartes über das Jenseits zu stellen.

Auch wenn die Behauptung, Materie könne beliebig ihren materiellen Charakter transzendieren, Descartes dazu veranlaßt hätte, sich in einem seiner verschiedenen Gräber umzudrehen, ist ein Mensch, der an die physische Unsterblichkeit zu glauben vermag, nur einen Schritt entfernt vom Glauben an die Dematerialisation. Kudra glaubte daran und war bereit zu experimentieren. Alobar glaubte vielleicht auch daran, doch widerstrebte es ihm – aus Angst, um ehrlich zu sein –, die Angelegenheit weiter zu verfolgen. Wiggs Dannyboy von der Last Laugh Foundation, ausgebildet in der Tradition des kartesianischen Zweifels (sorgfältige Ausschaltung jeglicher Interpretationen von Erfahrung, über die nicht völlige Gewißheit besteht), war, anders als Kudra, nie Zeuge des indischen Seiltricks geworden, und, anders als Alobar, nie von den Bandaloopern in Erstaunen versetzt worden, und doch erschien ihm die Vorstellung von der Transzendenz von Materie glaubwürdig. Vielleicht lag es daran, daß er Ire war.

«Subatomare Teilchen scheinen ziemlich routinemäßig zu de- und zu rematerialisieren», hat Dr. Dannyboy geschrieben. «Einige von ihnen können sogar an zwei Stellen gleichzeitig sein. Ihre Befreiung von den normalen Beschränkungen des Raum-Zeit-Kontinuums muß man sich als das Ergebnis einer sonderbaren elektrischen Strömung, einer intelligenten, kreativen, spielerischen und unvorhersehbaren Interaktion zwischen in Bewegung befindlichen Teilchen gegensätzlicher elektrischer Ladung vorstellen.» An wenigstens einer Stelle hat Dr. Dannyboy diese energiegeladenen Partikel als «Feen» bezeichnet, und unglücklicherweise bestehen Zweifel darüber, ob er dies metaphorisch meinte. Doch es sei noch einmal darauf verwiesen, daß er Ire ist, und darüber hinaus in seinem Leben viel Drogen genommen hat.

Wie dem auch sei, Dr. Dannyboy fuhr fort: «Wir selbst bestehen aus subatomaren Teilchen (und den Zwischenräumen zwischen ihnen), und unsere Organismen werden mit elektrischer, wie mit chemischer Energie betrieben. Unsere Zellen, oder etwas, das unsere Zellen besetzt hält, übertragen einen elektrischen Impuls. Wenn wir so atmen, baden, essen, uns lieben und denken, wie Alobar und Kudra es taten, verändern wir die zellulare Stromstärke, bis wir feststellen, daß wir mit der Frequenz der Ewigkeit vibrieren: *Unsterblichkeit*.

Auf die Frage, wie sie durch Flammen hindurchgehen können, ohne sich zu verbrennen, haben ‹Primitive› den Anthropologen geantwortet, daß sie die Vibrationsgeschwindigkeit ihres Fleisches erhöhen, um sie der des Feuers anzugleichen. In gleicher Weise könnte ein Eingeweihter seine Vibrationsgeschwindigkeit erhöhen – oder senken –, um sie der einer anderen Dimension anzugleichen und auf diese Weise aus dem uns vertrauten Universum zu verschwinden und in einem anderen wieder zu erscheinen: *Dematerialisation.*»

Von seinem günstigen Blickpunkt im zwanzigsten Jahrhundert aus genoß Dannyboy das Privileg, eine ganze Anzahl wissenschaftlicher Erkenntnisse ins Feld führen zu können, die dazu angetan waren, Alobars und Kudras Fertigkeiten zu erklären. Kein Zweifel, derartige Daten haben ihre Vorteile, und sei es nur, weil die Unsterblichkeits-Methodologie des Paares oftmals zu vereinfachend klingt, um plausibel zu sein: Das Ergebnis war weit dramatischer als der Prozeß, wenngleich hinsichtlich aller praktischen Erfolge das Ergebnis der Prozeß *war*.

Ob nun angeleitet von einer göttlichen Intelligenz, wie Kudra vermutete, ob auf irgendeinem übernatürlichen Weg von den abwesenden Weisen von Bandaloop inspiriert (vielleicht waren die Bandalooper

Agenten einer göttlichen Intelligenz) oder ob ganz einfach von ihrer eigenen Intuition durchdrungen – während ihres Aufenthalts in den Höhlen hatten sie und Alobar ein Programm entwickelt, das auf den vier Elementen basierte: Luft, Wasser, Erde und Feuer. Wenn man ihn dazu auffordert, erläutert Wiggs Dannyboy jedes der Elemente einzeln und legt dar, wie sie folgerichtig in Kudras und Alobars Programm ihren Niederschlag fanden. Dr. Dannyboy ist schlicht und ergreifend verrückt nach dem Thema Unsterblichkeit, er quasselt darüber, bis die Kühe heimgetrieben werden, wenngleich das genaue Datum und die genaue Zeit des Eintreffens der Rindviecher noch nicht zu seiner Zufriedenheit berechnet wurde.

Zu einem späteren Zeitpunkt mag es nützlich sein, Dannyboys Argumente einer genauen Betrachtung zu unterziehen. Für den Augenblick soll es genügen, darauf hinzuweisen, daß er die Luft mit dem Atem, das Wasser mit dem Bad, die Erde mit der Nahrung und das Feuer mit der Sexualität in Zusammenhang gebracht hat, wobei er eine Mischung aus empirischen Tatsachen und medizinischer Theorie vorlegt, die seine These unterstützt, daß diesem Quartett, sofern es rituell und resolut akzeptiert wird, lebensverlängernde Eigenschaften zukommen.

Zusätzlich hat Dr. Dannyboy ein fünftes Element ins Spiel gebracht: das positive Denken. Nachdem es keinen Zweifel gibt, daß all ihr Atmen, Baden, Essen und Vögeln Alobar und Kudra großes körperliches Vergnügen bereitet hat und daß ein Organismus, der im Vergnügen schwelgt, dazu bestimmt ist, weiterzubestehen, hat Dr. Dannyboy betont, daß der Wille zum Leben als ein Stimulans der Langlebigkeit gar nicht hoch genug eingeschätzt werden kann. In der Tat geht er so weit zu behaupten, daß neunzig Prozent aller Todesfälle Selbstmorde sind. Menschen, so sagt Wiggs, denen es an Neugierde aufs Leben mangelt, die nur geringe Freude an ihrem Dasein finden, sind, unterbewußt, nur zu bereit, mit Krankheit, Unfall und Gewalt zu kooperieren und selbige anzuziehen.

Genug davon. In einer urbanisierten, technologisierten Gesellschaft – diesem institutionellen Zuhause für die Waisenkinder des Pan – gibt es möglicherweise nur noch wenige, die sich auf die vier Elemente zu beziehen vermögen. Zumindest in einem primären Sinne. So hat beispielsweise V'lu Jackson einmal Madame Devalier gefragt, ob nicht die Four Elements eine Motown-Swing-Band seien, während die Barfrau Ricki die vier Elemente definiert hat als Kokain, Champagner, Möse und Schokolade.

Paris. April. Zwielicht. Ein paar Fladenwolken klappten sich wie Crèpes über ihre Füllung, einen Aprikosenhimmel. Pompadourfrisuren aus Mittagessen-Rauch schwollen aus Schornsteinen und teilten sich in Jungmädchenzöpfe, als über den Schieferdächern der Wind sie auskämmte. Kastanienblüten, der den ganzen Tag andauernden Bewunderung müde, setzten angesichts des herannahenden Für-sich-seins der Nacht ein mattes Lächeln des Vorgeschmacks auf. Oder aber die Blüten wurden von den schläfrigen Insekten gekitzelt, die sie aufsuchten, als handelte es sich bei ihnen um Hotels. Steifbeinige Korken lösten sich mit einem Quietschen aus Flaschenhälsen, in denen sie seit Mittag Wache gestanden hatten. Steifbeinige Gäule, mit winzigen Glocken an ihrem Zaumzeug, zogen Marktkarren in die Vororte. Entlang den Boulevards legten Laternenanzünder in regelmäßigen Abständen ihre fröhlichen Feuer. Eine wunde Zunge leckte den Glanz von Kirchenkuppeln. Eine Fledermaus löste sich aus einem Glockenturm, ein Brotlaib löste sich aus einem Ofen, sechs Schläge lösten sich aus einer Uhr. Überall eine gewaltige, allumfassende Weichheit; weich wie Gesichtspuder, weich wie Petticoats, weich wie das Schnuppern in der Dose einer Kurtisane.

Nun schlug die Uhr siebenmal. Die Dämmerung war fast vollendet. Die Weichheit wurde plötzlich unterbrochen von hartem Hufschlag – sonderbarerweise waren es nicht vier Hufe, sondern zwei, die da eine steinerne Brücke traktierten, klink! klink!, auf der kein Tier zu sehen war; darüber hinaus wurde die pfirsichhafte, puderige Weichheit gestört durch die Freisetzung derart übler Düfte, daß es schon fast an Bösartigkeit grenzte. Klink! klink! Funken stoben von Pflastersteinen. Klink! klink! Die unschuldigen Nasenlöcher des Frühlings wurden mit einer schmutzigen Serenade gestopft.

Pan hatte mit seiner Rückkehr nach Hause bis zum Einbruch der Dunkelheit gewartet, damit er unbemerkt die Perücke transportieren konnte, die er auf Descartes' redundanter Beerdigung gestohlen hatte. Er hatte seit dem frühen Morgen nichts gegessen, und zu dem Scharren seiner Hufe (die nicht gedacht waren für Straßen in der Stadt) und dem Sturmwind seines Gestanks (für keinen Ort gedacht, abgesehen von den Brunftplätzen) gesellte sich ein schreckliches und rüdes Magenknurren. Aus Grashalmen hatte er ein kurzes Tau geflochten und an die Perücke geknotet, um sie hinter sich herziehen zu können. Jene Fußgänger, die in dem schwachen Licht sahen, wie sie die Straße entlangflog, meinten, sie werde vom Wind getrieben. Einige nahmen die Verfolgung auf, doch jedesmal, wenn sie schon glaubten, sie greifen zu können, flog sie mit einem Ruck weiter. Einer nach dem anderen warfen sie das Handtuch. «Sie stinkt sowieso», sagte der Letzte, der die Verfolgungsjagd aufgab. Und als Pan mit Perücke im Schlepptau beim Räucherwerkladen ankam, hatte er die friedliche Dämmerung dieses Aprilabends mit einem Hauch von Allerheiligen durchsetzt.

Feierlich übergab Pan die Perücke, die nun mit Fresken von Kies und Abfall überzogen war, an Alobar. Wenn Alobar eine Perücke trüge, so überlegte Pan, könnte er die weißen Haare des Alters so lange, wie er wollte, unter Verschluß halten, und kein Außenstehender wäre der Klügere. Wenn dieser Druck entfiele, würden Alobar und Kudra ihre Streitereien vielleicht einschränken, vielleicht würde der Haushalt auf diese Weise wieder froh.

Wie sich herausstellte, traf Pan seine Gastgeber bereits in recht verträglicher Stimmung an. Als an jenem Nachmittag der letzte Kandidat für eine Basisnote hinter den in ihn gesetzten Erwartungen zurückgeblieben war, hatten sie sich bei einem Krug Wein hingesetzt und auf die Dematerialisation angestoßen.

Eine Woche lang fasteten sie. Sie meditierten täglich mehrere Stunden und nahmen zahlreiche Bäder. Zwischen den Bädern liebten sie einander, versagten sich jedoch den Höhepunkt, um den orgastischen Zyklon in sich zu bewahren und ihn an der Wirbelsäule entlang hinauf in ihr Gehirn zu lenken. Dann, eines Nachmittags, als das grüne Erröten des Aprils noch über der Stadt lag, schlossen sie den Laden eine Stunde früher als gewöhnlich und stiegen die Treppe hinauf – einer von ihnen zum letztenmal.

Das Experiment sollte in ihrem kleinen Wohnzimmer durchgeführt werden. Nach einer kurzen Diskussion darüber, ob sie sich entkleiden sollten oder nicht, einigten sie sich darauf, daß ihre Nacktheit Pan ablenken könnte, der den Versuch überwachen sollte, und sie blieben, abgesehen von ihren Schuhen, vollständig angezogen. Auf dem zerschlissenen Teppich, der nichts gemein hatte mit jenen Exemplaren, die seinerzeit in Konstantinopel ihren Hinterteilen geschmeichelt hatten, saßen sie sich im Schneidersitz gegenüber. Sie schlossen die Augen, und ...

In jenem Augenblick kam es auf der Straße zu einem Tumult. Vor ihrem Laden waren aufgeregte Stimmen zu hören. Alobar bat Pan, einmal nachzuschauen. «Ich bin ein Gott, kein Laufbursche», brummte der alte Faun, holperte aber dennoch nach unten.

Der Krawall wurde von den Mönchen veranstaltet. Seit mehr als einem Jahr, seit Pan in die Gegend gekommen war, hatten im Kloster verschiedene Dinge nicht mehr gestimmt. Die guten Brüder waren in zunehmendem Maße von erotischen Träumen heimgesucht worden. Träume lasziver Natur sind nichts Ungewöhnliches bei denen, die von der Kirche das Zölibat auferlegt bekommen, aber die Häufigkeit und die Intensität derartiger Träume in der Rue Quelle Blague brachte den Beichtstuhl zum Qualmen. Einige Mönche hatten angefangen, sich dem Schlaf zu verweigern, und liefen mit schweren Lidern unruhig umher. Andere lebten nur noch auf den Moment des Schlafengehens hin und machten während des Tages einen ausgelaugten, schwachen und desinteressierten Eindruck. Rom entsandte einen Exorzisten, um den Quälgeist zu vertreiben, aber die klebrigen Dämone machten sich über seine Zauberei lustig: Er selbst wurde von einem Sukkubus mit solch verführerischem Talent heimgesucht, daß er sogleich am nächsten Morgen seine Austreibe-Werkzeuge einpackte und in den Vatikan zurückkehrte.

Auch der Abt war betroffen. Mindestens zweimal pro Woche versteifte er sich auf sahnige Visionen; in den übrigen Nächten, so berichtete er seinem Beichtvater, träumte er «von Kaninchen, die in Fallen sitzen, von Schlangen, die ganze Vogeleier verschlingen, von Weinstöcken, die mich verfolgen und drohen, mich zu Fall zu bringen, von Steinlawinen, von trächtigen Mutterschafen, von surrenden Hornissen, von rülpsenden Aasgeiern, von gelben Augen, die aus hohlen Bäumen starren, und von allen möglichen anderen scheußlichen Dingen, die Satan über Gottes makellose Welt ausgestreut hat, Dingen, die ich seit meiner Kindheit auf dem Lande in der Provence nicht mehr gesehen habe.»

Auch die Mönche unter seiner Obhut waren Opfer dieser Alpträume vom «Lande». Wenn nicht das Reiben weiblicher Schenkel sie quälte, löste das Gesabbere von Bären, die ihre Jungen verspeisten, Übelkeit in ihnen aus. Wer am späten Abend zu Fuß die Rue Quelle Blague entlangging, mochte sich aufgrund des Gestöhnes und Geschreis und des jaulenden Protestes vorgestellt haben, nicht an einem Kloster, sondern an einem Hospital oder einem Bordell oder einer Kombination von beidem vorbeizukommen.

Immer mehr verdichtete sich unter den Mönchen der Verdacht, daß der Räucherwerk-Laden die Quelle ihrer kollektiven Besessenheit war. Trotz all der aromatischen Dinge, die in dem Laden vorrätig waren, drang oft ein tierischer Geruch aus dem Haus, «ein Geruch», wie der Abt sich auszudrücken pflegte, «von so wildem Fleisch, wie es Vagabunden auf dem Lande essen». Nie hatten sich die Besitzer des Ladens bei der Messe blicken lassen, ihnen war ein körperliches Wohlbefinden eigen, das schon fast als übernatürlich bezeichnet werden mußte, und die Frau – die Frau war verderbt proportioniert und wackelte schamlos beim Gehen. Einige Mönche behaupteten, daß ganz besonders sie es wäre, die in ihren Schlafkammern herumspukte.

Andererseits waren die beiden Ladenbesitzer gute Kunden in der Parfümerie und hatten sich bewährt bei der Zusammenarbeit zum Erwerb von Grundstoffen. Außerdem war die Traum-Epidemie erst vor einem Jahr über das Kloster hereingebrochen, während es den Laden schon mehr als zehn Jahre gab. Die Superioren forderten Zurückhaltung bei der Suche nach Verantwortlichen, aber fast täglich wurden Beschuldigungen geflüstert, und als bei der milden Luft und den fruchtbaren Säften des Frühlings die Träumerei in den Zellen einen hysterischen Höhepunkt erreichte, begannen kleine Gruppen von aufgebrachten Mönchen, um den Block zu streifen – in der begierigen Erwartung, wie es schien, ihnen möge sich etwas Dämonisches darbieten.

Eine solche Gruppe war es, die an jenem schicksalhaften Nachmittag

über einen jungen Mann herfiel, der zaghaft an der Klinke der verschlossenen Ladentür rüttelte.
«Was hast du hier zu suchen, Junge?» fragte einer der Mönche.
«Ich habe etwas abzuliefern, Pater.»
«Etwas abzuliefern, von wem?»
«Vom Glasbläser. Ich bin sein Lehrbursche.» Das letzte sagte der Junge voller Stolz.
«Und was ist in dem Paket?»
«Warum? Glas, Pater. Eine Glasflasche.»
«Eine Flasche mit was?»
«Eine Flasche mit nichts.»
«Hä?»
«Die Flasche ist leer. Die Besitzerin dieses Ladens hat sie bei meinem Meister in Auftrag gegeben. Eines Tages werde *ich* schöne Flaschen blasen, und –»
«Ruhig! Wir werden einen Blick auf diese Flasche werfen.»
«Aber, Eure Heiligkeit –»
Der Mönch gab dem Burschen eine Ohrfeige. Es war ein so angenehmes Gefühl, daß er ihm noch eine gab. «Wir wollen die Flasche sehen!»
Verwirrt wandte der Junge sich ab, das Paket an seine mit Kieselerde bekleckerte Schürze gepreßt. Sein Ohr wurde so rot wie die Laterne einer Hure. Der Kreis von Mönchen zog sich um ihn zusammen. «Die Flasche! Die Flasche!» forderten sie. Sie entwanden dem verängstigten Jungen das Paket, das er umklammert hielt, und rissen es auf. Ein Strahl der Nachmittagssonne beschien ein bläuliches Behältnis, das die Form einer Parfumflasche hatte, nur drei- oder viermal größer. Als wolle er sich konzentrieren, verkleinerte der Sonnenstrahl sein Lichtbündel und beschien eine fein gearbeitete Figur, die in das Glas graviert war. Nun war es an den Mönchen zu erbleichen.
Für ein oder zwei Augenblicke waren sie sprachlos, und es herrschte allgemeines Gezitter von Käppchen und Rosenkranz. «Das ist *er*», brachte einer flüsternd heraus. «Er», wiederholte ein anderer etwas lauter. «Der Räucherwerk-Laden und er», sagte ein dritter. «Das haben wir schon die ganze Zeit vermutet. Sie sind mit Luzifer im Bunde!»
Der Mönch, der das schändliche Objekt hielt, hob den Arm, als wolle er es auf das Steinpflaster schleudern, aber siehe da, die Flasche entglitt seinen Fingern und schwebte aus eigener Kraft – so jedenfalls erschien

es den entsetzten Mönchen – eineinhalb Meter über dem Boden davon. Langsam schaukelte sie die Straße entlang, bog um eine Ecke und verschwand. Erst da, sich so heftig bekreuzigend, daß es ein Wunder ist, daß dabei keine Handgelenke zum Teufel gingen, erst da kam den Mönchen der gräßliche Geruch vollends zu Bewußtsein – natürlich dachten sie, es handele sich um Schwefel oder so – den die Flasche in ihrem Kielwasser zurückließ.

Pan betrat den Laden von der Rückseite (ein vertrauter Weg für einen Griechen) und brachte die Flasche hinauf ins Wohnzimmer, wo Kudra sie ausführlich bewunderte. Normalerweise hätte sich Alobar viel zu viele Gedanken um die Mönche gemacht, um einer übergroßen Parfumflasche besondere Aufmerksamkeit zu schenken, aber die Vorbereitungen für den Versuch der Dematerialisation hatten ihn so beruhigt, daß er alle Gedanken über die Ereignisse auf der Straße beiseite schob und sich statt dessen auf die blasse Frucht konzentrierte, die aus der Glasbläserpfeife hervorgegangen war.
«Wie genau der Kerl deinen Entwurf umgesetzt hat!»
«Ja», sagte Kudra, «ist es nicht großartig? Pan, das seid Ihr, hier auf der Seite. Was sagt Ihr dazu?»
Pan antwortete fast nie auf direkte Fragen, aber in diesem Moment jagte er eine Herde kleiner haariger und schmachtender Seufzer in die Flucht: pralle Euter und eilige Hufe galoppieren über eine Felsklippe.
«Die Darstellung schmeichelt Euch, möchte ich sagen», wandte sich Alobar scherzend an Pan. Dann sagte er zu Kudra: «Es ist ein wundervolles Behältnis für eine potentiell wundervolle Flüssigkeit, doch leider ist das jetzt alles rein akademisch. Wir sind immer noch nicht im Besitz der, wie du es nennst, Basisnote, und außerdem braucht Pan, wenn wir drei uns in der Neuen Welt wieder rematerialisieren können, keinen Deckmantel mehr für seinen Gestank.»
«Oh, da wäre ich nicht so sicher. Vielleicht ist ihm ein solcher Deckmantel auch in einem wilden und fernen Land von Nutzen. Und auch, wenn er ihn nicht brauchen sollte, will ich diese Basisnote finden, will ich dieses Parfum haben, will ich, daß diese Flasche gefüllt wird mit

dem Inhalt, für den sie vorgesehen ist. Nunmehr will ich es für dich und mich ebenso sehr wie für Pan.»

«Aber warum?»

Langsam drehte Kudra die Flasche in ihren Händen. Dann stellte sie sie zwischen sich und die anderen auf den Boden. Sie war etwa fünfzehn Zentimeter hoch, hatte einen quadratischen Fuß, aber gerundete Schultern und einen kurzen, wulstigen Hals, der mit einem Glaspropfen dicht verschlossen war. An beiden Seiten des Körpers lief ein Grat hinunter, eine Spur der Nähte in der hölzernen Form, in die hinein er geblasen worden war. Hals, Lippe und Propfen waren nahtlos, da sie von Hand geformt und erst nach der Blasarbeit angefügt worden waren. Am Boden der Flasche befand sich eine Narbe, die Ähnlichkeit mit einem Bauchnabel hatte und von einem Hefteisen stammte, mit dem die heiße, frisch geblasene Flasche gehalten worden war, während ihr Hals geformt wurde. Die hübsche kleine Narbe von dem Hefteisen maß einen Kubikzentimeter – das gleiche, was im Durchschnitt der menschliche Bauchnabel mißt, an den sie erinnerte. (Ein Harley-Davidson-Motorrad mit einer 1000-ccm-Maschine hat in seinem Zylinder Platz für tausend Bauchnabel – eine Information, die möglicherweise die Hell's Angels interessiert.) Das Glas der Flasche war klar, hatte aber aufgrund von Unreinheiten eine bläuliche Färbung, und es enthielt hier und da eine Blase, eine Riffelung oder ein winziges Stückchen Stein. Auf der einen Seite des Körpers war ein ovaler «Rahmen» eingraviert, in dessen Innenraum sich das Bildnis von keinem Geringeren als Herrn Ziegenfuß höchstpersönlich befand, in kecker Haltung, die Hörner offen sichtbar, die Flöte an die lüsternen Lippen gepreßt, die buschigen Brauen von einem Gewinde aus Unkraut umflort.

Die Flasche stand zwischen ihnen, und Kudra sprach über sie hinweg: «Angenommen, nur einmal angenommen, wir werden getrennt bei unseren – unseren Reisen hinüber auf die Andere Seite. Wenn wir uns durch einen einzigartigen Geruch auszeichnen, einen Duft, der nur uns eigen ist, dann könnten wir uns immer gegenseitig wiedererkennen, auch bei schlechtem Licht, auch, wenn unser Blick getrübt ist oder unsere äußere Erscheinung sich verändert hat; wir könnten einander finden, auch wenn wir uns in den Räumen des Todes verloren hätten.»

Solcherart Reden waren Alobar ein wenig unheimlich. Er schlug vor, sie sollten mit ihrem Experiment fortfahren, solange er noch in der richtigen Stimmung war. Sie schlossen also wieder die Augen und brachten ihren Atem wieder auf eine synchrone Kreisbahn. Kudras Plan lief darauf hinaus, daß sie sich so verlangsamten, bis ihre «Gemütsverfassung» in einem Tempo surrte, das unter dem der sichtbaren Welt lag, daß sie sich dann mit den Vibrationen mischten und sich selbst durch einen Riß hinaussendeten. Durch welchen Riß? Wieso, den Riß am oberen Ende des indischen Seiltricks. Alles klar. Alobar würde es probieren. Schließlich war es schon immer sein Ziel gewesen, vollkommen zu sein, und solange er auf die Inanspruchnahme dieser einen Welt, wie rund und voll bepackt sie auch immer sein mochte, beschränkt war, konnte von Vollkommenheit keine Rede sein, so glaubte er. Er war so nervös wie eine betende Gottesanbeterin bei einem Atheisten-Picknick, aber er beugte sich leicht vor, intensivierte seine Konzentration, löste sich von seinem Hang zur Schwerkraft, zog die Bremsen seiner Körperfunktionen. Kurz bevor er sich jedoch vollständig diesem Prozeß hingab, hörte er Kudra flüstern: «Die Flasche muß gefüllt werden.»

Ein Gewebe von Stille durchzog den Raum von einer Ecke zur anderen. Nach und nach fing es in Alobars Ohren an zu klingeln. Der Klang wurde zweifellos von seinem zentralen Nervensystem hervorgerufen, obwohl er ihn als ein sphärisches Klingeln erlebte. In der Tat hatten bereits Sterne begonnen, die Dunkelheit hinter seinen Lidern zu bevölkern. Zunächst waren sie so blaß und eisig wie die Pickel auf dem Hintern eines Albinos, doch ihr Strahlen und ihr Umfang schwoll an, bis sich ein Nähkorb voller flammender Knöpfe über ihn ergoß und ihn der Große Bär mit seinen siderischen Tatzen kratzte.

Bewegungslos saß er in sich selbst, wie in einem Planetarium. Kein Zwinkern oder Zucken, kein Pulsschlag oder erkennbares Atmen entstellte seine glatte Fassade. Sein Herz wurde langsamer und schien in seiner Höhle einzufrieren. Seine Lungen bewegten sich so wenig wie Schwämme. Das Rad kam zum Stillstand, und kleine Sauerstoffbläschen lösten sich, um auf der Oberfläche seines stagnierenden Blutes zu tanzen wie Wasserflöhe, die irgendeiner verwirrenden Tätigkeit nachgehen. In ihm sauste es, in ihm funkelte es, in ihm klingelte es. Er fühlte sich leicht und frei und riesig. Je statischer seine Körperfunktionen wurden, desto mehr schien er sich auszudehnen, als sei er in einen Zustand übergegangen, in dem es Fortschritt ohne Zeit, Vorwärtskommen ohne Bewegung gibt.

Er wurde vollkommen losgelöst, dessen war er sich sicher – seine Knochen waren nicht mehr in Fleisch gehüllt, sondern in Wolken von Staub, in Kolibris, Libellen und floureszierende Motten – aber sein Gleichgewicht war so perfekt, daß er keinerlei Angst verspürte. Er war weit, er war viele, er war dynamisch, er war ewig.

Dann, plötzlich, begann er zu fallen, nicht nach unten, sondern nach außen, über den Horizont hinaus – als hätte die Erde am Ende doch einen Rand. Und bei diesem Gedanken fing sein Leben an, sich vor seinen Augen abzuspulen. Er sah sich selbst als Säugling, der an der Brustwarze seiner großen goldenen Mutter saugt; als Kind, das sich in Tannennadeln wälzt; als Knabe, der Flüsse durchschwimmt. Er beobachtete sich in einer Schlacht nach der anderen, Rauch umwehte seinen Helm, sein rechter Ärmel war steif von geronnenem Blut. Er nahm den Thron ein, zog einem Fuchs das Fell ab, leerte einen Becher Met, teilte das gelbe Schamhaar von Alam, Ruba und Frol. Dort, über dem Wachturm, stand der Wintermond mit seinem Hermelinbesatz; hier, im Haremsspiegel, war sein guter alter Bart, makellos, ohne eine silberne Strähne; dort drüben war Noog und sägte ein Huhn in der Mitte durch; hier stand Wren, ein Ratschlag bildete sich in ihrem Mund wie Speichel; und – o Freude! – da kam der riesige Hund herbeigesprungen, Mik, mit triefenden Lefzen und wedelndem Schwanz. Alobar umarmte den Hund und vergrub sein Gesicht in dessen Fell, um sogleich von einem überwältigenden Geruch zurückgestoßen zu werden.

Im ersten Moment war er ätzend und abstoßend, doch beim zweiten oder dritten Hinriechen wurde er einigermaßen erträglich, und beim vierten oder fünften geradezu akzeptabel. Ein Schock olfaktorischen Wiedererkennens durchfuhr Alobar, und er sagte zu sich selbst – zu seinem leichten, losgelösten, riesigen und fallenden Selbst: «Ah, es ist Spätsommer, und die Hunde waren draußen bei der Ernte.»

Der Prunk seines Lebens zog weiter an ihm vorüber, doch er hielt an der kurzen Begegnung mit Mik fest, irgendwie gefesselt von dem ihm vertrauten Geruch. Und dann traf es ihn wie ein Hammerschlag. «Das ist es!» rief er. «Das ist es!» Er war so tief in «seiner» Zeit versunken, so vollkommen der ihn umgebenden Zeit entrückt, daß er keinerlei Geräusch in dem Zimmer verursachte, doch rief er sein «Ich glaube, ich habe es gefunden!» mit solcher Kraft, daß sich sein Atemrad wieder in Bewegung setzte, ein wildes Pochen erschütterte sein Herz, und mit einem Male kehrte sich seine Flugbahn um, und er kam zurückgeflogen, dabei Sterne wie Schuppen verstreuend, an Gewicht zunehmend, sich zusammenziehend, schrumpfend, bis er über den Rand zurück in die flache Schale unserer Realität taumelte, sein Plasma zähflüssig in der Pumpe, seine Augen mit irgendeinem atomaren Klebstoff zugekleistert, doch seine Stimme schließlich hörbar in dem kleinen Wohnzimmer: «Kudra! Ich habe es.»

Eine Rote Bete riecht im großen und ganzen wenig; ihre Blätter, ihr Stiel und ihre berühmte rote Wurzel wirken gleichermaßen farblos auf die Nase. Im August jedoch, wenn die Pflanzen sich aussäen, geht ein einzigartiger Geruch von ihnen aus, gleich einem gasförmigen Schraubenschlüssel, durch den die ihn umgebende Atmosphäre eine scharfe Drehung nach links erfährt und in sonderbare neue Strukturen verdreht wird. Wenn im August die Hunde durch Felder mit Roten Beten laufen, bestäuben die Pollen ihr Fell, und sie kehren mit einem so strengen Duft zu ihren Herren zurück, daß keine Scheuerbürste, wie energisch auch immer sie geführt wird, sie wieder in einen Zustand versetzt, daß sie im Hause schlafen können. Alobar erinnerte sich, daß nur die Zeit – und es brauchte derer Tage – den Hunden ihre eigentümliche olfaktorische Last wieder zu nehmen vermochte, «eigentümlich» insofern, als der Geruch nicht unangenehm war, wenn die Nase den ersten Schock einmal überwunden hatte; doch ohne erhebliche Verdünnung war der Genuß nur schwer zu ertragen.

Wenn die Duftwelle, die einem eben geöffneten Bienenstock entströmt, aufdringlich ist bis hin zur Peinlichkeit (man frage jeden sensitiven Imker), so verhält es sich mit den Pollen der Roten Bete ähnlich. Irgend etwas Persönliches haftet ihnen an, und etwas Ursprüngliches. Sofern es einen vergleichbaren Geruch gibt, so ist es in der Tat der des modernden inneren Heiligtums eines gärenden, zum Bersten gefüllten Bienenstocks; aber die Pollen der Roten Bete sind Honig im Quadrat, Gelée

Royal hoch drei, Nektar in der *n*ten Potenz; sie sind die verdichteten Sekrete der Bienenzucht-Drüse dieser Welt, sie stinken nach urzeitlichen Hochzeitsgemächern und nach Intimitäten, die halb so alt sind wie die Zeit.

Doch auf dem unordentlichen Schminktisch der Natur gibt es keinen Geruch, der ihnen wirklich das Wasser reichen könnte, nicht Haschisch, nicht Ambra, nicht mal verfaulender Honig höchstpersönlich. Die Pollen der Roten Bete sind in ihrer faszinierenden Ambivalenz das Aroma des Paradoxen, des Yang und des Yin gleichzeitig, des Lebens und des Todes, miteinander vereint in dem absoluten Gemüse. Und Alobar wußte intuitiv, daß er das fehlende Glied bei der Entwicklung des perfekten Parfums gefunden hatte. «Rote Bete sind unsere Basisnote», sagte er. «Warum hab ich daran bloß nicht früher gedacht?»

Vielleicht hatte er recht. Die Bete-Pollen hatten die nötige Kraft, die Ausdauer, die Hartnäckigkeit, um sowohl dem Jasmin zur Entfaltung zu verhelfen, als auch sich gegen seine Verleumdungen durchzusetzen. Wie jener äußerst selten anzutreffende weise Ehemann waren sie stark genug, um ihre Partnerin zu besitzen, und sicher genug, um ihr ihre Freiheiten zu lassen. Wenn der Geruch des Pan die düstere und erschütternde Essenz des animalischen Verhaltens darstellte, so bildete der Geruch der Roten Bete das florale Gegengewicht, die olfaktorische Schnittstelle, an der der Fick des wilden Tieres und die Bestäubung der Pflanzen ungefähr gleichwertig waren. «Kudra, ich glaube, ich habe es gefunden!

Kudra.

Kudra?»

Mit Mühe brachte Alobar seine Lider auseinander. Das Licht stach in den Augen, aber der Schmerz war schnell vorbei. Er blinzelte und versuchte, seinen Blick zu fokussieren. Langsam traten die Wände wieder plastisch hervor, und nacheinander auch die Feuerstelle, die Vorhänge, die Möbel und die leere Flasche bei seinen bestrumpften Füßen. Kudra jedoch war nicht zu sehen. Er zwinkerte verzweifelt und rieb sich die Augen mit den Fäusten. Seine Sehkraft war wieder normal. Da lag nicht das Problem. Die Sonne ging unter, aber es war noch hell genug in dem Zimmer. Auch da lag nicht das Problem. Kudra war fort.

Das Leben ist ein zu kleines Behältnis für bestimmte Individuen. Einige von ihnen, wie Alobar, schubsen und stoßen und versuchen, dieses Behältnis zu vergrößern. Andere, wie Kudra, versuchen, den Deckel aufzustoßen und hinauszuspringen.

«Ihr wart beide dabei zu verschwinden», sagte Pan von seinem Beobachtungsposten in der Ecke. «Ihr aber habt innegehalten und seid zurückgekehrt. Sie ist gegangen.»

Natürlich war Alobar sehr geneigt, das Experiment zu wiederholen und zu versuchen, zu ihr zu stoßen – wo immer sie auch sein mochte. Nach einigem Nachdenken jedoch fügte er sich seiner wahreren Natur und beschloß, auf ihre Rückkehr zu warten.

Als es dunkel wurde, zündete er im Wohnzimmer eine Kerze nach der anderen an, unbekümmert darüber, was die Mönche von diesem konzentrierten Glanz halten mochten. Sollte irgendein winziger Teil von ihr weiterblinzeln, wollte er dies nicht versäumen. Als bis Mitternacht nicht einmal ein Kinngrübchen aufgetaucht war, durchlebte er abwechselnd Zustände der Panik und der Erleichterung; Panik, daß ihr Verschwinden endgültig sein könnte, und Erleichterung, daß *er* nicht verschwunden war.

In der Morgendämmerung blies er die Kerzen aus, die inzwischen an die Finger unvorsichtiger Fabrikarbeiter erinnerten, und setzte seine Wache im Licht der Sonne fort. Über Pans kataraktisches Schnarchen hinweg hörte er Karren zum Markt holpern, Vögel, die sich die Frösche aus dem Hals bliesen, und Mönche, die vor dem Laden auf und ab gingen, aber von der Anderen Seite konnte er keinen Laut vernehmen. Von Kudra war außer einem verlassenen Paar Schuhe einfach nichts übrig. In einem irgendwie verzweifelten Versuch, ihre Aufmerksamkeit zu erwecken, zündete er ihren linken Schuh an und rauchte ihn.

Er hatte gerade einen Ring von etwa der Größe ihrer linken Brust geblasen, als – wie unangenehm! – die Gendarmen eintrafen. Sie nahmen Alobar fest und beschuldigten ihn der Ketzerei, der Blasphemie, des Satanismus und der Hexerei, und als Beweismittel konfiszierten sie die neue Parfumflasche.

In der Bastille einzubrechen, war für den unsichtbaren Pan nicht schwieriger, als von einem Mutterschaf zu steigen. Keine vierundzwanzig Stunden nach der Festnahme, noch ehe die Peitschen und Ruten geschmeidig geworden waren, hatte Pan sowohl Alobar als auch die Flasche befreit, und zurück blieb nichts als ein entsetzlicher Gestank.

Sie machten sich sofort auf den Weg zum Räucherwerk-Laden. Er war vernagelt, und die Eingangstür war mit einem schweren Holzkreuz verkeilt. Sie rissen von einem der hinteren Fenster die Bretter los und eilten nach oben. Das Wohnzimmer sah noch genauso aus, wie sie es verlassen hatten. Kudras Schuh lag umgedreht auf dem dünnen Teppich, wie ein Boot, das an einen verlassenen Strand gespült wurde.

Es war erst vier Uhr in der Frühe, aber in den Räumen des Klosters auf der gegenüberliegenden Straßenseite trainierten einige Kerzen bereits ihre kleinen Flammen, *links, rechts, flacker, spritz, links, rechts.* Alobar wußte, daß er schnell verschwinden mußte, doch zuvor sammelte er soviel Duftstoff-Gerät zusammen, wie er tragen konnte, und hinterließ eine Nachricht in Kudras Schuh, auf der er ihr mitteilte, sie solle in den Rote Beten-Feldern Böhmens nach ihm suchen.

In Alobars Denken kristallisierten sich eine Reihe möglicher Gründe dafür heraus, warum Kudra nicht rematerialisiert hatte. Und zwar:

1. Nachdem sie einmal über den Rand gefallen war (Alobar ging davon aus, daß ihre Erlebnisse den seinen entsprachen), war sie einfach weiter gefallen, war leichter, losgelöster und größer geworden, bis sie nichts – oder alles – wurde, so daß sie nun als in ziemlich großartiger Weise «tot» oder zumindest als nicht mehr zurückgewinnbar bezeichnet werden mußte.

2. In der nichtlebendigen Welt war sie von neuem vereint worden mit ihren Eltern, mit dem Seiler Navin und mit ihren nicht empfangenen

Kindern, denen gegenüber sie, das wußte Alobar, ein fortwährend schlechtes Gewissen hatte. «Alobar machte im Geheimen sich selbst – kein Mann des siebzehnten Jahrhunderts hätte sich öffentlich eines solchen Mangels bezichtigt – verantwortlich für den Umstand, daß Kudra bei ihren jüngsten gemeinsamen Bemühungen nicht in der Lage gewesen war zu empfangen, aber freilich lag die Ursache bei dem Flohkraut, das sie mehr als siebenhundert Jahre hindurch eingenommen hatte und das einen empfängnisverhütenden Rückstand hinterlassen hatte, der noch für lange Zeit einem jeden Sperm den Kopf einschlagen würde.) In diesem Falle würde sie beschließen, vorläufig oder gar für immer auf eine Rematerialisierung zu verzichten.

3. Sie war wohlbehalten auf der Anderen Seite angekommen und suchte dort nach ihm. Da sie keine Möglichkeit besaß, in Erfahrung zu bringen, daß seine Dematerialisierung in die Hose gegangen war, würde sie vielleicht fürchten, er sei verloren.

4. Sie war auf der Anderen Seite gelandet und dort selbst verlorengegangen. Vielleicht sehnte sie sich danach zurückzukommen, konnte aber den Weg nicht finden.

5. Da sie die Dematerialisierung mit dem praktischen Ziel erlernt hatte, sich über den Atlantik zu bringen, konnte es sein, daß Kudra die Überquerung direkt in Angriff genommen hatte und jetzt darauf wartete, daß Pan und er in der Neuen Welt zu ihr stießen.

Für den Fall, daß es die erste Ursache war, die sie festhielt, blieb Alobar nichts, als zu trauern. Wenn es die zweite war, konnte er nichts weiter tun, als – Kopf hoch, wie es so passend hieß – sein Schicksal zu ertragen und zu hoffen, daß seine Liebe sie schließlich zu ihm zurückbringen würde. Die Möglichkeiten drei oder vier könnten bedeuten, daß er dematerialisieren mußte, aber ob er es nun tat oder nicht, er spürte instinktiv, daß in beiden Fällen ihr lange gesuchtes Parfum der Schlüssel sein würde, mit dessen Hilfe sie sich wiederfänden. Insofern wäre, falls Nummer fünf zuträfe, falls sie die Gelegenheit zu einer preiswerten und einfachen Überfahrt in die Neue Welt ergriffen hatte und damit rechnete, daß Pan und er ihr folgten, das Parfum ebenfalls notwendig, und

zwar sowohl als Schutz gegen das Ziegengas wie auch als Wiedererkennungszeichen für den Fall, daß sie sich aufgrund natürlicher oder übernatürlicher Hindernisse nicht unmittelbar zu sehen in der Lage waren.
Na ja, wenigstens konnte er jetzt das Parfum liefern. Oder vielleicht doch nicht? Neben einem Sack mit Bechergläsern, Röhren, Tiegeln, Industrie-Kerzen, Limonen, Jasminöl und einer Hundertfünfzig-Gramm-Flasche mit Pan auf der Außenseite war es vor allem diese Frage, die während des langen Marsches nach Böhmen auf ihm lastete.

Die Rote Beten-Ernte hatte pünktlich begonnen. Der Juli ging dem Ende zu, und die Bauern waren von früh bis spät auf den Feldern, um schnurrbärtige Föten aus dem irdischen Matsch zu ziehen. Ein stetiger Strom von Ochsenkarren mit Körben voller rauchloser Kohlen und Säcken voll des falschen Scheins wand sich zu den Dörfern. Aus einem dichten Gebüsch am Abhang beobachtete Alobar mit einem Auge die Ernte, mit dem anderen die Straße nach Westen, auf der, so erwartete er, jeden Moment hüpfend und winkend eine haschischfarbige Frau in Sicht kommen könnte; springende Bohnen in Aspik, ein samtenes Schiff, das auf einem Strom von Lakritzsauce schaukelt.
Die Ernte ging zu Ende, die Frau tauchte natürlich nicht auf, aber die böhmischen Bauern ließen – wie immer, solange Alobar denken konnte – ein paar Hektar Rote Beten im Boden, die so ihren Kreislauf vollenden und das Saatgut für die kommende Ernte produzieren konnten. Es gab mal hier, mal dort ein Fleckchen mit Saat-Beten, manchmal lagen sie Meilen auseinander. Alobar fertigte eine Karte der Gegend an und kennzeichnete jene Stellen, an denen die Schätze lagen, mit Kreuzen. Das hätte er sich sparen können. Mitte August hätte seine Nase ihn selbst bei verbundenen Augen an die Stellen geführt, wo die Pollen versammelt waren.
Im Schutze der Nacht sammelten Alobar und Pan das klebrige Pulver von den Spitzen der Pflanzen und füllten es in Bechergläser, die sie in einem besonders dichten Gebüsch versteckten. Äste und Zweige sta-

chen ihnen in die Augen, Dornen zerrissen Pan das Fleisch und Alobar die Kleider, doch jeden Morgen in der Dämmerung bahnten sie sich trampelnd und drängelnd einen Weg in das Dickicht, wo sie ein paar weitere gefüllte Gläser in ihr Versteck brachten und sich dann in einem Durcheinander von schwitzenden Weinreben, schleimigen Blättern und madigen Baumstämmen zum Schlafen legten. Von Mistelzweigen tropfte eine ekelhafte Flüssigkeit auf sie herab, Spinnen und Ohrwürmer überzogen ihre Körper wie lebendiges Konfetti, trocknender Pilzmatsch und ein Gewirr von Flechten verdreckten sie bis auf die Knochen, aber Pan schlief, als habe er seit frühester Kindheit in diesem modrigen Haus gelebt, und Alobar war zu verzweifelt, um sich zu ekeln. Seine wechselvollen Träume handelten allesamt von Kudra, und wenn er inmitten all des Wirrwarrs und Verfalls wachlag, beschnupperte er die gegensätzlichen Duftwolken, die von dem Gott und von den Gläsern mit Beten-Pollen zu ihm herüberwogten, und stellte mit immenser Befriedigung fest, daß sie einander fast völlig neutralisierten.

Nachdem ein Dutzend Behälter gefüllt waren, stiegen sie hinauf in die höheren Regionen der Berge, wo niemand den Rauch bemerken würde, und während Pan auf dem Mutterboden lag und seine Flöte bearbeitete (Alobar hatte sie in seinem Sack mitgenommen, und nun versetzte sie die örtliche Tierwelt in heftige Aufregung), baute Alobar ein behelfsmäßiges Labor. Er verkochte die Beten-Pollen zu einem grauen, pappigen Extrakt, dem ein *basso profondo* eigen war, der in der großen Oper der Gerüche die Dachbalken durchgebogen hätte.

Als der gesamte Extrakt fertig war, schüttelte sich Alobar die Holzläuse aus den Hosenbeinen, wusch sich das Gesicht in einem Bach und machte sich auf den Weg zu einer großen Stadt an der russischen Grenze, wo, wie er wußte, ein Wodka-Meister lebte. Pan blieb zurück, um auf ihre Ausrüstung aufzupassen. Da ihn der schwächliche Gott nicht aufhielt, erreichte Alobar die Stadt innerhalb einer Woche. Dort wandte er sich an den Wodka-Brenner, der sich bereit erklärte, als Gegenleistung für Alobars letzte französische Goldstücke den Beten-Pollen-Extrakt zu destillieren, eine Aktion, die zu Alobars Mißfallen fast einen ganzen Monat in Anspruch nahm.

Als die Arbeit getan war, band Alobar eine Fünf-Liter-Kanne mit Destillat an jedes Ende eines kräftigen Holzknüppels, den er sich quer über beide Schultern legte; dann verließ er im Trab die Stadt. Hätte er nicht eine so wertvolle und schwere Last zu tragen gehabt, wäre er vielleicht sogar im Galopp losgebraust. Er war besorgt wegen Kudra, die während seiner Abwesenheit zurückgekommen, besorgt wegen Pan, der weggelaufen sein konnte. Soweit seine Gesundheit es erlaubte, hatte sich Pan an den Bemühungen beteiligt, seinen Geruch zu verbergen und ihn in die Neue Welt zu verbringen, aber von Begeisterung konnte bei ihm kaum die Rede sein. Er war in der Tat so sprachlos, so entrückt, so zerstreut, so eigenbrödlerisch und stand trotz seiner Unsichtbarkeit, oder gerade wegen seiner Unsichtbarkeit, derart unter psychischem Schock, daß nichts, was er möglicherweise tat, Alobar wirklich überrascht hätte, doch es blieb ihm kaum etwas anderes übrig, als sich in Vertrauen zu üben. So lief der Mann, der einst König gewesen war in diesem Land, ohne Essens- oder Schlafenspausen einzulegen, den Kopf prall gefüllt mit Vorstellungen von irgendwelchen möglichen Katastrophen, in schmutzigen Lumpen durch die Landschaft, die Stiefel fielen ihm fast von den Füßen, und sein neuer Bart wehte im Wind wie bei einem kotzenden Chinesen, der sich gerade von seiner Vogelnestersuppe verabschiedet.

Ihr Lagerplatz war glücklicherweise unversehrt, Pan war anwesend und belästigte gerade eine verwirrte Hirschkuh, die sich von seinen Flötenklängen hatte anlocken lassen. Nachdem das arme Tier im Gebüsch verschwunden war, nahm Alobar den Knüppel von seinen wunden Schultern. «Es ist geschafft», sagte er, legte sich in ihrem Unterstand nieder und fiel sofort in einen von Frauen durchsetzten Schlaf.

Zwölf Stunden später erwachte er und machte sich sogleich daran, das Beten-Pollen-Destillat in unterschiedlichen Mengenverhältnissen mit Jasminöl und Limonenessenz zu mischen. Nach fünf Tagen des Experimentierens stieß er auf die wohl ideale Mischung: ein Teil Beten auf zwanzig Teile Jasmin auf zwei Teile Limone, ein Mengenverhältnis, das ihn darauf brachte, den Duft *K 23* zu nennen. Das *K* stand für Kudra.

Wie ein Hummer, der eine Perle in seiner Zange hält, hielt die Rote Bete den Jasmin fest, ohne ihn zu zerquetschen oder zu überdecken. Rote Bete hob den Jasmin in die Höhe, wie ein stiernackiger Tanzpartner eine Ballerina in die Höhe hebt, und auf einen zarten Fingerzeig der

Limone hin betrat das Paar die Tanzfläche. Als wäre der Jasmin eine Sammlung wunderschöner Gemälde, hängte die Rote Bete ihn in die Galerien der Nase, versicherte ihn gegen Feuer und Diebstahl und veranstaltete eine Party, um ihn zu feiern. Limone verschickte die Einladungen.

Sofern Alobar seiner Nase noch trauen konnte, verwischte *K 23* jegliche Spuren Pans. Es schien einen Mantel – der an manchen Stellen hauchdünn, an anderen reich verziert war – über seinen Geruch zu werfen, und wie lange und wie heftig auch immer der Ziegengestank unter diesem Umhang herumzappelte, er schaffte es nicht, sich herauszuwinden. «Ich frage mich, ob ich mir nur einbilde, daß es so großartig wirkt», sorgte sich Alobar. «Vielleicht ist der Wunsch Vater des Geruchs.» Es gab keine andere Möglichkeit, als die Angelegenheit einem objektiven Test zu unterwerfen.

Alobar packte eine Fünf-Liter-Kanne mit *K 23*, den Rest des Beten-Pollen-Destillats (Jasmin und Limone waren aufgebraucht), die leere Flasche, die Kudra entworfen hatte, ein paar geröstete Rote Beten als Verpflegung für unterwegs und die unschuldig aussehende Flöte seines Begleiters in einen Sack. Dann machten sie sich in dem von Pan vorgegebenen Tempo – dort draußen, im fernen Hinterland, wurde er von den Bauern noch immer heimlich verehrt, eine Tatsache, die seinen Schritt ein wenig beflügelte – auf den Weg nach Frankreich. In jedem Dorf, durch das sie kamen, ging Pan – frisch besprenkelt mit *K 23* – voran, und Alobar folgte ihm in einem Abstand von neun oder zehn Metern. Auf Anheißen von Alobar versuchte Pan, sich auf der Straße so dicht wie möglich an den Leuten vorbeizuschieben. Von Böhmen bis nach Paris waren die Ergebnisse stets dieselben.

Wenn der unsichtbare Pan vorbeiging, zogen die Leute ihre Augenbrauen empor, schnupperten mit der Nase und wandten sich mit erwartungsvollem oder unverhohlen begeistertem Gesichtsausdruck der Quelle des Geruchs zu. Mitten in der Bewegung wich dieser Ausdruck jedoch ganz abrupt einem verlegenen Zucken, und leicht errötend wandte der Betreffende sich ab, als könnte der direkte Blick auf die Quelle eines solchen Geruchs eine Intimität verletzen, die sogar von einem unerzogenen Bauerntölpel respektiert wird. Mit einem amüsierten Lächeln, das ungewollt ihre Lippen umspielte, gingen die Leute dann noch ein paar Meter weiter, und wenn sie sich in sicherer Distanz wähnten und nicht länger widerstehen konnten, hielten sie inne und wandten sich, wobei sie die ganze Zeit lächelten, langsam um, nur um festzustellen, daß der Verursacher des Geruchs – wie sie glaubten – bereits um eine Ecke gebogen oder in einem Hauseingang verschwunden war. Sie gingen dann weiter, ohne wirklich enttäuscht zu sein, und der eine oder andere dahingeträumte Gedanke berührte die Genitalien ihres Geistes ganz zart mit einem Grashalm.

Nun war Alobar zwar beileibe kein Fachmann und doch hatte er da ein einzigartiges und wahrhaft erstaunliches Parfum entwickelt, einen Duftstoff, dessen Möglichkeiten weit über seinen eigentlichen Zweck – der Morgenstern sei gepriesen für diesen Zweck! – als Deckmantel für die stinkenden Ausdünstungen des Gehörnten hinausreichten. Und genau das hatte Kudra vorhergesehen, als sie sagte. daß sie sich das Parfum für Alobar und sich selbst mindestens ebenso sehr wünschte wie für Pan.

Am Stadtrand von Paris, wo sie sich unter einer steinernen Brücke ausruhten, um die Dunkelheit abzuwarten, bevor sie das Wagnis eingingen, die Stadt zu betreten, füllte Alobar die bläuliche Flasche bis zum Rand mit *K 23*. Er steckte den Propfen hinein. Er drückte sie gegen seine von Tränen nassen Wangen.

Es war Ende September und der Frost, der in der Luft lag, spielte auf seinen Tambourines. Alobar und Pan durchquerten die große Stadt, wobei ihnen der Atem stets einen Schritt voraus war. Der Atem des Menschen und der Atem des Gottes glichen einander vollkommen als weiße Fahnen in der urbanen Nacht. Ihre Schritte hingegen unterschieden sich deutlich voneinander – der dumpfe Schlag von Alobars Stiefeln, das metallische Klirren von Pans Hufen –, wenngleich sie über das starre Schäumen der Pflastersteine demselben Ziel entgegenstrebten.

Der Räucherwerk-Laden war noch im gleichen Zustand, wie sie ihn verlassen hatten – mit Brettern vernagelt und mit einem groben Holzkreuz verbarrikadiert. Anscheinend machten die Mönche einen weiten Bogen um den Laden. Wenn Alobar bei der benachbarten Brauerei/Parfümerie vorbeigeschaut hätte, wäre er Zeuge eines Gesprächs zwischen dem Abt und einem wagemutigen Duftstoffhändler namens Guy LeFever geworden, bei dem es um den Verkauf des Ladens ging. Just an jenem Tag hatte LeFever angefragt, ob es eine Möglichkeit gäbe, den Eigentümer des Räucherwerk-Ladens ausfindig zu machen und den Laden zu erwerben, denn er habe gehört, das Inventar sei recht wertvoll und werde nicht benutzt, aber der Abt, der in jenen Nächten wieder besser schlief und keine Risiken eingehen wollte, rang seine lilienweißen Hände und rief: «Nein, nein, kaufen Sie ihn nicht.»

So flink wie möglich brach Alobar eines der rückwärtigen Fenster auf. Er und Pan krabbelten hindurch. Als sie die Treppe hinaufstiegen, schlug Alobars Herz lauter als Pans Hufe. Die Tür zum Wohnzimmer öffnete sich mit einem Quietschen. Alobar konnte sich nicht daran erinnern, sie jemals zuvor quietschen gehört zu haben.

Es scheint in jener Nacht Vollmond gewesen zu sein, aber kein Manschettenknopf von Mondlicht war zu sehen. Vielleicht verbrachte der Mond den Abend in Versailles. Wie dem auch sei, Alobra brauchte im Grunde kein Mondlicht, um zu sehen, daß sich in dem Zimmer nichts verändert hatte. Der blasse Schein einer Straßenlaterne genügte, um die traurige Szenerie zu beleuchten: seine Nachricht, der einzelne Schuh, die Staubmäuse.

Er betrat das Zimmer nicht, sondern lehnte sich so weit über die Schwelle, daß er die Flasche mit *K 23* auf den Boden stellen konnte, nachdem er vorher den Propfen herausgenommen hatte. Mit einer schnellen Bewegung schloß er die Tür, als könne der auf diese Weise erzeugte Luftzug einen Hauch des Parfums auf die Andere Seite hinüberwehen.

Auf dem Bett, auf dem er, der Spätentwickler im Küssen, sie so heftig geküßt hatte, lag er die ganze Nacht und weinte, döste ein, wachte wieder auf, nur um weiter zu weinen. Den ganzen Vormittag lag er dort mit einem Kissen auf dem Gesicht, von dem er meinte, es berge etwas von dem Geruch ihres kohlpechrabenschwarzen Haares. Mittag war schon vorbei, als er sich endlich aus den Verschlingungen der vom Liebesleben gezeichneten Tücher löste. Fusseln im Bart und salzige Ränder in den Augenwinkeln, tappte er barfuß ins Wohnzimmer, um die Flasche zu holen. Pan war aufgestanden und würde einen Schuß brauchen können.

Als Köder hatte *K 23* versagt – zumindest für den Augenblick. Alobar hatte während der Nacht keinerlei Geräusche aus dem Wohnzimmer vernommen, und jetzt, da er die quietschende Tür öffnete, sah er, daß seine Nachricht noch immer dalag, unter dem einsamen Schuh. Doch halt! Hatte er den Zettel nicht *in* den Schuh gesteckt?! Und hatte der Schuh nicht genau in der Mitte des Teppichs gelegen, während er jetzt ein bißchen weiter auf der rechten Seite stand, dichter am Kamin!?!

Zitternd wie eine Heiratsanzeige in der Faust eines Misogamen, untersuchte Alobar den Schuh und faltete die Nachricht auseinander, um sie noch einmal zu lesen. Er drehte und wendete die beiden Gegenstände, um sie von allen Seiten zu betrachten. Er schnupperte sogar an ihnen. Es gab keinerlei Spuren, keine Gerüche, nichts in irgendeiner Weise Ungewöhnliches. Und doch waren sie bewegt worden, daran gab es für ihn keinen Zweifel! Die Frage lautete, ob sie während der Nacht bewegt worden waren – was bedeuten würde, daß das Parfum eben doch ein Lockmittel war – oder irgendwann während der vorangegangenen fünf Monate. Das Licht war am vergangenen Abend so spärlich gewesen, und seine Gefühle so überschwenglich, daß er eine solch kleine, aber doch augenfällige Veränderung ohne weiteres übersehen haben konnte.

Da es ihm nicht gelang, aus dem Schuh oder dem Papier irgendwelche Erkenntnisse zu gewinnen, wandte er seine Aufmerksamkeit dem Zimmer selbst zu, indem er den Teppich Zentimeter für staubigen Zentimeter untersuchte. Nichts. Auch die Wände waren Tabula rasa. Als er jedoch seinen Blick auf den Kamin richtete, spannte sich sein Rückgrat mit einem fulminanten Ruck. Auf dem Sims, direkt neben Kudras geliebtem Teekessel, war ein Wort in den Staub geschrieben!

Jawohl, jemand hatte seine Fingerspitze als Werkzeug benutzt und auf die Oberfläche des Marmor, wo der Staub so dick lag wie ein Pelz, ein Graffito gepflügt. Die Schrift war ihm zwar sofort vertraut, doch kam sie nicht von Kudra, und auch das Wort war nicht in der einzigen Sprache, die sie schreiben konnte. Als Kudra endlich Alphabetin wurde, war es Französisch, das sie zu lesen und zu schreiben lernte. Das Wort auf dem Sims stammte aus jener slawisch-nordischen Sprache, in der sein Stamm über Schlachten, Bärenjagden, Rote Beten-Ernten und zerbrochene Spiegel zu sprechen pflegte, und die Handschrift war die der einzigen Frau in seinem Königreich, die des Schreibens dieser Sprache kundig gewesen war: Wren.

Lange Zeit stand Alobar einfach nur da und hielt sich an der Simskante fest. Er war so schockiert über das, was Sprache und Urheberschaft implizierten, daß er sich mit dem Inhalt überhaupt nicht beschäftigte. Als er es dann schließlich doch noch tat, wurde seine Verwirrung nur noch größer. Das Wort war ein transitives Verb, ein Ausruf, ein Befehl, den exakt ins Deutsche zu übertragen unmöglich ist. Am nächsten käme ihm möglicherweise die Wendung:

Nimm's nicht so schwer!

Nimm's nicht so schwer, gut gesagt. Wider besseres Wissen und zu Pans Kummer blieb Alobar eine Woche lang in der Wohnung und ernährte sich von uralter Brotrinde und von Stückchen schimmeligen Käses. Jede Nacht stellte er die offene Flasche mit *K23* ins Wohnzimmer, jeden Morgen eilte er hinein und suchte nach Botschaften im Staub. Es gab keine. Das heißt, es gab nur eine, die eine und einzigartige: *Erleichda.* «Nimm's nicht so schwer!»

Alobar beobachtete, wie der letzte Krümel grünen Käses sich seinen Weg durch Pans Speiseröhre bahnte, während von der anderen Straßenseite ein morbider Gesang über das geronnene Blut Christi an sein Ohr drang. Er kaute auf einem Mundvoll getrockneter Blüten aus den Lagerbeständen des Geschäfts. Sie schmeckten wie Grendels Unterhosen. Er spuckte sie aus, wischte sich mit dem Ärmel über den Bart und fragte: «Was wollen wir zum Abendessen kochen? Die Gardinen?» Hätte Guy LeFever, der nebenan mit dem Abt gerade sein Geschäft abschloß, ihn hören können, so hätte der Geschäftsmann möglicherweise bissig bemerkt: «Nicht Gardinen, du Idiot, Sardinen. Gardinen hat man vor dem Fenster.» LeFever konnte ihn *nicht* hören, aber Alobar wußte, daß es eine Frage der Zeit war, bis einer der Mönche ihn hörte oder ihn durchs Fenster sah (die oberen waren nicht vernagelt), eine Aussicht, die seinen leeren Magen veranlaßte, mit den Ketten zu rasseln.

Da saß er also in der universellen gebeugten Haltung der Hoffnungslosigkeit, mit dem uralten Kopfhängenlassen der Verzweiflung, als er plötzlich Pans Hand auf seinem Arm verspürte. Der Gott hatte ihn nie zuvor berührt, und Alobar mußte zugeben, daß seine erste Reaktion die Befürchtung war, sich gegen beabsichtigte Sodomie verteidigen zu müssen. Pan beschränkte sich jedoch darauf, ihn anzufassen und bemerkte: «Der Tod, so scheint es, verfügt über mehr als nur eine Waffe, um den Menschen zu besiegen. Der Tod haut Euch sogar übers Ohr, während Ihr lebt.» Dann ging er fort, wobei seine Hufe ein langsames rat-a-tat auf

dem Holzfußboden verursachten, hielt jedoch noch einmal inne und rief über seine vermutliche Schulter hinweg: «Armseliger Homer.»
Das muß den Ausschlag gegeben haben. Alobar saß noch eine weitere Viertelstunde in sich zusammengesunken da, dann stand er auf, badete, nahm sich seinen tränenverkrusteten Bart ab, zog seine besten Kleider an, putzte sein zweites Paar Stiefel, setzte sich die zerfranste Perücke auf, die Pan von Descartes' Begräbnis nach Hause geschleppt hatte, puderte sie, und indem er dem Gott, der vielleicht lächelte, vielleicht auch nicht, ein Zeichen gab, schlüpfte er unbekümmert aus dem Laden, zu einer Tageszeit, da das Sonnensiegel noch immer auf der Schriftenrolle des Horizonts heftete.
Mit dem Parfum, dem Rote-Beten-Destillat und sonst kaum etwas im Gepäck, machte sich das Paar auf den Weg nach Marseilles, wo das letzte Schiff der Saison gerade ausgerüstet wurde, um nach Neufrankreich zu segeln.
Über ein Jahrzehnt hatten die Franzosen das Gebiet der Großen Seen jenes Kontinents beherrscht, der später einmal Nordamerika heißen sollte, doch anders als die Engländer und die Spanier neigten die Franzosen dazu, die Neue Welt in Hinblick auf mögliche Ausbeute – an Fell, Fisch, christlichen Konvertiten und einer eventuellen Westroute nach Indien – zu betrachten, und nicht als einen Ort, an dem man Häuser, Städte und ein neues Leben aufbauen konnte. Seuchen, Angriffe der feindlich gesonnenen Irokesen und ein großes Erdbeben in Quebec im Jahre 1663 hatte die französische Fellhandelsgesellschaft an den Rand des Ruins getrieben und Siedler zu dem Ausruf «Zurück nach Frankreich!» veranlaßt, ehe noch Ludwig XIV. die Zeit fand, seinen Walzer zu unterbrechen und die Dinge wieder ins Lot zu bringen. Gerüchte von einem gewaltigen und geheimnisvollen Fluß, der südlich der Großen Seen vielleicht bis zum Pazifik fließen sollte, hatten König Ludwig erreicht, und während er «Mississippi, Mississippi» in sein parfümiertes Taschentuch murmelte, erhob er Neufrankreich in den Rang einer königlichen Provinz, sicherte es mit einem Regiment erstklassig ausgebildeter Soldaten und ernannte einen fähigen Gouverneur, der sich um die inneren Angelegenheiten zu kümmern hatte. Ferner verfügte Ludwig, daß qualifizierte Siedler (solche, die sich durch handwerkliche Fähigkeiten auszeichneten) auf den Schiffen nach Montreal Vorrang vor Missionaren und Trappern hätten.
Als Alobar sich an den Kapitän der *Mississippi Poodle* wandte, wurde

ihm mitgeteilt, daß noch Platz für einige einzelne männliche Passagiere sei – die meisten Familien warteten mit dem Auswandern bis zum Frühling, um ihr Kolonialisten-Dasein nicht mit dem Ausbruch des rauhen nördlichen Winters beginnen zu müssen –, und wenn er sich als brauchbar erwies, konnte er nicht nur umsonst mitfahren, er würde für sein Engagement sogar ein kleines Entgelt ausbezahlt bekommen. Alobar behauptete, er sei ein Aristokrat, der kürzlich sein Vermögen verloren hätte, und da ihm ein elegantes Benehmen anhaftete und da bereits ein anderer Herr in vergleichbarer Situation an Bord war («Sieur de La Salle mit Namen, ist er ein Freund von Ihnen?»), schenkte der Kapitän ihm Glauben.

Allerdings gab es einige Verwirrung hinsichtlich Alobars Alter. «Wie alt *sind* Sie denn nun, mein Herr?» fragte der oberste Immigrationsbeamte. Alobar wußte nicht, was er antworten sollte. Er hatte keine Vorstellung mehr davon, wie alt er aussah, und Gott weiß, daß er die Wahrheit nicht sagen konnte. Er stotterte ein wenig herum, bis er schließlich herausplatzte: «Sechsundvierzig», eine Zahl, die sich aus der Verdoppelung von *K 23* ergab. «Gesunde und muntere sechsundvierzig, mit der Führung von Männern vertraut.»

Mit glucksenden Duftflüssigkeiten in seinem Sack und einem unterdrückten glucksenden Lachen in der Kehle ging er die Gangway hinauf. Pan folgte ihm.

Die *Mississippi Poodle* glitt so leicht durch das Mittelmeer wie ein Spargel durch einen Klecks Sauce Hollandaise, doch als Gibraltar hinter und der offene Atlantik vor ihr lag, segelte sie geradewegs mitten hinein in kaltes Wetter und eine rauhe See. Mit jedem düsteren Tag wurden die Wellen boxiger. Die Passagiere stellten sich vor, wie der Rumpf des Schiffes allmählich blau wurde von der Kälte und den Schlägen.

Freilich war es ganz gewöhnliches Segeln für jene Jahreszeit, und die Seeleute nahmen es nicht nur gelassen hin, sie schienen die zufriedenste Mannschaft zu sein, die der Kapitän je kommandiert hatte. An Bord war ein sonderbar süßlicher Geruch, den zwar niemand identifizieren oder lokalisieren konnte, der jedoch jedermanns Stimmung auf eine scheue, persönliche Weise hob, nährte er doch die geheime Hoffnung, daß einen unter Deck (sofern man auf Deck war) oder auf Deck (sofern man unten war) irgendeine wundervolle Begegnung erwartete. Wie regelmäßige Schnupftabaknehmer schnüffelten die Männer vor sich hin, während sie ihrer Arbeit nachgingen. «Dieser Eimer riecht wie 'ne Nutte aus Bombay», brummte ein alter Seebär, doch die jüngeren Männer, die Bombay nie gesehen hatten, grinsten nur und opferten als echte Seeleute den pornographischen Alpträumen, die in zunehmendem Maße ihre Hängematten heimsuchten, nur wenig Schlaf. Erste homosexuelle Impulse, die in der Regel nicht auftauchten, bevor die Männer mehrere Monate von ihren Frauen getrennt waren, meldeten sich, eher zum Amusement als zur Irritation der Betroffenen beitragend, bereits wenige Tage nach Gibraltar.

Alobar verbrachte einen großen Teil der Reise an einem Platz hinter dem Bugsprit, wo er alleine saß, sich an der Kraft der Wellen freute und sich von der salzigen Gischt erfrischen ließ, die ihn wie Nadelstiche piekste. Für ihn bedeuteten die stürmischen Tage eine friedliche Innenschau, sie gaben ihm Zeit, sein langes, sonderbares Leben in eine Art von Ordnung zu bringen.

«Pan hat recht», dachte er. «Der Tod kann das Leben eines Menschen zerstören, auch wenn er fortfährt zu atmen.» Die See zischte ihn an, aber er zuckte nicht mit der Wimper. «Wenn Kudra tot ist, tot wie all die anderen, die gestorben sind, so muß ich aufhören, mich dadurch verrückt zu machen, sie zurück ins Leben zu wünschen. Ich weiß nicht, warum die Toten nicht ins Leben zurückkehren. Vielleicht ist der Tod auf eine Weise, die wir nicht begreifen können, derart wunderbar, daß sie ihn ihren Freunden und Geliebten vorziehen, obwohl ich geneigt bin zu bezweifeln, daß es sich so verhält. Wenn Kudra tot ist wie all die anderen, tue ich gut daran, meinen Kummer zu zügeln, damit mein Leben nicht aufgrund von Niedergeschlagenheit und Schmerz zur bloßen Imitation des Todes gerät.» Er wischte sich einen Bausch Schaum aus dem Auge und schnippte ihn ohne Groll zurück in die Wellen.

«Ach, aber angenommen, sie ist tot in der Art, wie die Bandalooper tot sind, in der Lage, sich frei zwischen dieser Seite und der Anderen Seite hin- und herzubewegen. Wenn auch bereits sechs Monate vergangen sind, so ist dies doch nach wie vor eine vernünftige Vermutung, vor allem, wenn man ihre ungewöhnlichen Fähigkeiten berücksichtigt und die bedeutende Tatsache, daß sie keinen Leib zurückgelassen hat, der in der Erde vermodert: Sie hat ihren Körper mitgenommen. Ich bin voller Hoffnung, doch diese Hoffnung tagtäglich von früh bis spät ertragen zu müssen, so wie dieses Schiff den bockigen Ozean erträgt, ist auch eine Art von Tod. Freilich segele ich mit meinem Köder *K 23* in der Absicht nach Neufrankreich, sie dort zu treffen, aber ich sollte bereit sein, auch dann noch zu gedeihen, wenn sie nicht auftaucht.»

Zu beiden Seiten, so weit das Auge reichte, erstreckte sich das kalte chromgrüne Wasser, und für jede Welle, die sich aus dieser Wasseroberfläche erhob und wieherte, gab es eine Frage, die sich aus seinem Geist erhob und wieherte. Konnten die Bandalooper *wirklich* kommen und gehen, wie sie wollten, unabhängig von der normalen Unterscheidung zwischen «Leben» und «Tod»? Wo war der Beweis dafür? Wer *waren* die Bandalooper? Wo waren sie jetzt? War Kudra bei ihnen? Eine Welle der Eifersucht warf ihn empor, so als wäre *er* ein Schiff auf dem herbstlichen Meer.

Er hatte dem Parfum große Bedeutung beigemessen, doch was war, wenn sein Duft Kudra nie würde erreichen können? Oder wenn er sie erreichte und sie nicht die Möglichkeit besäße zu reagieren, oder, noch schlimmer, ihr das Parfum nichts mehr bedeutete?

Und, ja, welche Verbindung bestand zwischen Kudra und Wren, sofern überhaupt eine bestand? Da gab es nun also ein Geheimnis. Wenn Wren es war, die im Wohnzimmer in den Staub geschrieben hatte, bedeutete das dann nicht, daß auch sie am Leben war hinter jenem Vorhang, der uns von der Anderen Seite trennt? Und da Wren nichts über Dematerialisierung wußte, da sie die Vorstellung von Unsterblichkeit als etwas Unnatürliches und Sinnloses betrachtete, bedeutete da nicht ihre Nachricht auf dem Kaminsims, daß ein Mensch nicht notwendigerweise Unsterblichkeitswünsche hegen muß, um nach dem Tode weiterzuleben? Lieferten die sogenannten Bandaloop-Praktiken lediglich eine andere Art von Leben – länger, gesünder, flexibler – und hatten wenig oder gar nichts mit dem eigentlichen Tod zu tun? Angenommen, Kudra und nicht Wren hatte jenes Wort (*«Erleichda!»*) geschrieben, wobei sie Wrens Sprache und Handschrift verwendete, die sie sich irgendwie in der jenseitigen Welt angeeignet hatte. Vereinigten sich die Frauen eines Mannes nach ihrem Tod alle zu einer einzigen Einheit? Würde *er* sich mit Navin, dem Seiler, vereinigen, wenn er starb? Gab es auf der Anderen Seite Ehefrauen-Suppe und Ehemänner-Suppe? Oder gab es einfach nur Suppe?

In diesem Moment erschien La Salle, der junge Adlige ohne einen Pfennig auf der Naht, auf dem Vorschiff, um Alobar in ein höfliches Gespräch zu verwickeln, doch dessen Blick schweifte über den Atlantik, und er war so sehr damit beschäftigt, sich eine Suppe vorzustellen, die so weit war wie der Ozean, daß er kein Wort von der Begrüßung seines vermeindlichen Standesgenossen vernahm. Mißmutig trollte La Salle sich von dannen, wobei sein gespreizter Gang trotz der wogenden Bewegungen des Decks noch jenen dickköpfigen Stolz verriet, der ihn ein paar Jahre später daran hindern sollte, zuzugeben, daß er gerade in Texas zugrundeging, während er doch eigentlich Louisiana erforschen sollte (seine frustrierten Leute ermordeten ihn schließlich und beraubten ihn damit der Möglichkeit, New Orleans zu gründen, Amerikas parfümierte Metropole).

Alobar fuhr fort, das Meer zu betrachten. War jene Welle dort Kudra und diese hier Wren? Oder befand sich in jeder Welle, die sich erhob und wieder zusammensank, ein Tropfen von Kudra, ein Tropfen von Wren? Wren. Er hatte Kudra so lange und so heftig geliebt, daß seine einstige Liebe zu Wren beinahe aus seiner Erinnerung entschwunden war. Es war Wren gewesen, die ihn getröstet hatte, als sich jenes erste weiße Haar wie eine Viper in sein Paradies geschlichen hatte, Wren, die ihn zu seinen daraus folgenden Ausflüchten angestiftet und ihm Beistand geleistet hatte, obwohl seine verrückten Vorstellungen von Identität und Überleben sie entsetzten, Wren, die ihn aus seinem Grabhügel gezogen – und die in derselben Nacht für seinen Nachfolger die Beine gespreizt hatte. Ach, Frauen: Das Geheimnis, das sich mit ihnen verband, schien manchmal größer zu sein als das Geheimnis des Todes.

Eines war sicher, wenn Wren nicht gewesen wäre, wäre er jetzt nicht hier, siebenhundert – jawohl, siebenhundert! – Jahre später, mittendrin im sonderbarsten Abenteuer seines sonderbaren Lebens. Und nun, nach all dieser Zeit, hatte Wren Kontakt mit ihm aufgenommen. Um ihm was zu sagen? *Nimm's nicht so schwer!*

Sehr gut. Er würde es sich leichter machen. In der Tat fühlte er sich so leicht wie der schaumige Speichel, der von den Lippen der Wellen geweht wurde. Was immer sein langes, beispielloses Leben sonst noch sein mochte, ein Vergnügen war es auf jeden Fall gewesen. Ein Vergnügen! Wenn andere diese Einschätzung oberflächlich oder gar nichtig fanden, sollten sie doch. Ihm erschien es jetzt, als sei sein Leben zum großen Teil eine Art Spiel gewesen. Und er schwor, daß er sich in Zukunft bemühen würde, diesen Sinn fürs Spielen in sich wachzuhalten, denn er war inzwischen davon überzeugt, daß es das Spielerische war – und nicht die Frömmigkeit, die Wohlfahrt oder die Aufmerksamkeit –, was es den Menschen ermöglichte, das Böse zu überwinden.

Obwohl Alobar inzwischen von der Gischt ziemlich naß geworden war, machte er keinerlei Anstalten, unter Deck zu gehen. Er hatte der See gegenüber ein Versprechen abgegeben, und er würde bleiben, um noch ein zweites folgen zu lassen. Er glaubte, er würde an seiner Überzeugung, ein individuelles Bewußtsein zu besitzen, festhalten. Vielleicht war das selbstsüchtig. Vielleicht würde er trotz aller Bemühungen eines Tages ohnehin in einer großen Suppe landen. Doch wenn er sein Leben und das Leben der Welt aus dem günstigsten Blickwinkel von sieben aufeinanderfolgenden Jahrhunderten betrachtete, in denen er viel herumgekommen war, würde er jedem, der tapfer genug war, es sich anzuhören, folgendes sagen: Der Geist eines einzigen Individuums vermag das gesamte Uhrwerk der Geschichte zu überwinden und außer Kraft zu setzen.

«Unsere Individualität ist alles, *alles,* was wir haben. Es gibt solche, die sie eintauschen gegen Sicherheit, solche, die sie unterdrücken im Dienste dessen, was sie für die Verbesserung der Gesellschaft halten, doch gesegnet vom Zwinkern des Morgensterns ist derjenige, der sie nährt und sich ihrer in Dankbarkeit und Liebe und Witz bedient, solange er auf dem bittersüßen Weg des Lebens von einer Station zur nächsten geht.»

Sofern seine Überzeugung einen Riß hatte, sofern es aufgrund der in seiner Erinnerung lebendigen Lehren der Buddhisten in Samye noch eine offene Naht gab, so schloß sie sich spätestens, als er sein Gesicht von der steifen, salzigen Luft abwandte und einen Hauch *K 23* erheischte.

Alobar profitierte von der Reise, aber für Pan hatte das Seepferd eine andere Farbe. Es handelte sich gar um die schrecklichste Erfahrung seines Lebens.

Der alte Gott hatte in der Vergangenheit empfindliche Rückschläge hinnehmen müssen: die Geringschätzung durch Apoll und seine arroganten Anhänger, den Aufstieg der Städte, die Feindseligkeiten der Philosophen – von Aristoteles bis Descartes – mit ihren blasierten Behauptungen, daß der Mensch vernünftig und die Natur unvollkommen sei, und, schlimmer als alles andere, die Bemühungen der christlichen Kirche, seine Autorität zu untergraben, indem sie ihn mit Satan gleichsetzte. Die arroganten Attacken, die schmutzigen Tricks, die Gleichgültigkeit hatte ihn schwach und unsichtbar werden lassen und wäre ihm möglicherweise gänzlich zum Verhängnis geworden, hätte sich nicht an abgeschiedenen Orten eine kaum verständliche Zuneigung zu ihm erhalten: in versteckten Tälern und entlegenen Berghütten; und in den Herzen von Ketzern, derben Frauen, Verrückten und Dichtern.

Vor kurzem erst war er aus seinen angestammten Berghängen herausgerissen und in eine städtische Umgebung verpflanzt worden, ein Schritt, von dem einige hätten annehmen können, er würde den Gnadenstoß bedeuten. In der Tat war es schwer für ihn gewesen, aber man kann der Natur nicht wirklich entkommen, indem man die Straßen pflastert und Gebäude errichtet, und so fand Pan in den Parks und auf den freien Grundstücken von Paris genug Gras und Bäume, und in den Seelen seiner Bürger genug animalische Triebe, um sich am Leben zu erhalten. Ein Schiff jedoch war eine ganz andere Sache.

Niemals zuvor hatte er sich so eingeschlossen gefühlt. Der überfüllte Schiffsbauch, der endlose Ozean. Dies hatte absolut nichts mehr mit seinem Element gemein, hier befand er sich gänzlich auf dem Terrain des Poseidon. Es war ihm fremd, und es war unwirklich. Wenn er wenigstens auf seiner Flöte hätte spielen können, wer weiß, ob er nicht vielleicht die Fische zum Springen hätte bringen oder eine Meerjungfrau aus der Tiefe hätte emporlocken können (sofern Meerjungfrauen nicht ebenso ausgestorben waren wie Nymphen). Aber er traute sich nicht zu flöten. Er traute sich nicht, sich frei zu bewegen oder Unheil zu stiften. Selbst wenn er die Freiheit dazu besessen hätte, er war nicht in der richtigen Verfassung. Er war seekrank.

Doch das war nicht das schlimmste ... Die Vorstellung von einem Unsichtbaren, der über der Reling lehnt und grüne Galle aus einem Magen heraufwürgt, den niemand sehen kann, ist schon fast wieder komisch. Doch leider machte noch etwas Heimtückischeres als das schaukelnde Schiff Pan zu schaffen. Er wurde auch seelisch krank. Und das lag am Parfum.

Pan hatte die perfekte Verkleidung gefunden, gut und schön. Er wußte nicht mehr, wer er war. Das Parfum trennte ihn von sich selbst, demontierte seine Persönlichkeit. Schon die Unsichtbarkeit alleine war befremdlich. Wenn er aus einer Quelle trank, nahmen allein die Wasserflöhe Notiz von ihm, und wessen Körper war es, der da juckte, und wessen Hand, die kratzte? In seiner Unsichtbarkeit war ihm sein Geruch in zunehmendem Maße wichtig geworden, er bewohnte ihn wie eine Muschelschale, einen zweiten Körper, vertraut und eine Orientierungshilfe, zu Hause stinkt's am schönsten. Von Anfang an hatten die verschiedenen Parfums eine verwirrende Wirkung auf ihn ausgeübt, aber sein angeborener Geruch hatte in der Regel kurzen Prozeß mit ihnen gemacht, und so dauerte es nie sehr lange, bis es ihm wieder gutging, weil er wieder vertraut stank wie ein alter mit Gonaden gefüllter Hochofen. Bei *K 23* war das etwas anderes. Es hüllte sein Geruchshaus so vollkommen ein, wie manchmal der Nebel seinen Lieblingsberg verhüllt hatte; eine Wolke ohne Fallbö, die dem leeren Raum entgegentrieb.

Ironischerweise gefiel ihm das neue Parfum. Der Jasmin wehte wie ein sanfter Wind aus Ägypten über das Weideland seines Geistes, die Rote Bete schlug eine Trommel zum Tanz, daß es einem den Hodensack umspannte. Gemeinsam linderten sie den Schmerz, der seit seiner Geburt in seiner Brust gebrannt hatte. Aber war es möglich, daß er jene uralte Traurigkeit für seine Identität ebenso notwendig brauchte wie seinen Geruch?

Mit festem Boden unter den Füßen war es ihm stets gelungen, einige Peilungen zu nehmen. Die Felsen und die Blätter hatten ihm dazu gedient. Auf dem Meer jedoch war er verloren. Er würgte und wußte nicht einmal, wer würgte. Zweimal am Tag kam Alobar, um ihn einzuschmieren; dazu schnüffelte er sich zu ihm durch, ganz gleich, an welcher Reling er stand oder in welcher Taurolle er sich stöhnend zusammengekauert hatte. Pan merkte, daß er immer benebelter wurde, je häufiger ihn Alobar mit dem Parfum einrieb, aber wie ein Drogenabhängiger war er mittlerweile zu benebelt, um einer weiteren Benebelung Widerstand zu leisten.

Als die *Mississippi Poodle* Neufrankreich erreichte, weitaus süßer riechend als je ein Schiff nach einer Atlantiküberquerung, mit einer Mannschaft, die fröhlich pfiff bei der Arbeit, mit Matrosen, die sich in zärtlicher Umarmung hinter irgendwelchen Fässern versteckten, mit Alobar, der am Bug saß und blöde grinsend der Zukunft entgegensah, lag Pan in einem Übelkeits-Delirium und war dem Tode nah.

Was veranlaßte ihn, plötzlich auf seine wackeligen Hufe zu springen? Welcher Anfall von Wahnsinn speiste seinen Motor? Zwei Dinge kamen vielleicht in Frage. Eine Möwe, die erste, die sie seit Wochen sahen, schwebte dicht über der Mastspitze und fing laut an zu kreischen. Genau in diesem Moment ging eine der wenigen Frauen, die an Bord waren, an jener Ecke vorbei, in der Pan lag. Sie hatte gerade ihre Tage. Vielleicht weckte der Geruch von dunklem, der Unterwelt entsprungenem Blut in Verbindung mit dem Schrei der Möwe etwas auf, das ganz tief und versunken in den Überresten von Pans Bewußtsein verborgen lag. Vielleicht wäre dadurch auch in uns etwas ausgelöst worden, sofern wir keine Barrieren dagegen aufgerichtet hätten, und vielleicht wären auch wir nicht allzu schnell aus diesem Ur-Wirrwarr schlau geworden. Wie dem auch sei, der Gott sprang auf, wie besessen. Stolpernd und schwankend eilte er durch die Luke zu Alobars Hängematte.

Pan schnappte sich Alobars Sack, warf ihn über die Schulter und kletterte, ohne sich darum zu scheren, welche Angst der Anblick eines der Schwerkraft beraubten Sackes den Passagieren einjagen mußte, die Leiter hinauf an Deck. Er ging direkt zur Reling, über die jeder Bissen aus seinem Magen gewandert war, den Alobar ihm seit Gibraltar hatte zukommen lassen, öffnete den Sack und warf die Kanne, die definitiv einzige Kanne mit *K 23*, in den Ozean.

Dann holte Pan unter Alobars entsetzten Blicken die Flasche hervor. Er hielt sie für ein oder zwei Sekunden in die Höhe, als würde er das Bildnis bewundern (oder sich darüber wundern), das ihn zeigte, wie er in längst vergessenen Zeiten fröhlich, albern, sinnlich und kraftvoll Flöte gespielt hatte. Ein Sonnenstrahl traf das bläuliche Glas und schlug der Figur, die dort eingraviert war, die buschigen Augenbrauen ab, einer Figur, die zu lachen schien, auch wenn sie gerade eine schmerzvolle Melodie spielte; zu lachen schien über die armseligen Bemühungen des Menschen. Ein zweiter Sonnenstrahl schlug den Propfen heraus. Dann fiel die Flasche.

Während die schwere Kanne ohne Zögern auf den Grund gesunken war, schlug Kudras Flasche, die kaum halbvoll war mit Parfum, auf die Wasseroberfläche. Und blieb dort. Hielt sich wie ein Fussel auf der mit blauem Serge gefütterten Schulter des Meeres.

Sie tänzelte davon, war schnell außer Reichweite jedes Netzes oder Hakens, trieb mit der Strömung nach Süden, sprudelnd, duftend, gelegentlich gegen den Ausleger eines Klüverbackstags oder gegen eine Flosse stoßend, dazu bestimmt, am Ende die Halbinsel Florida zu umrunden und in Gewässer zu treiben, die gut zu ihrem Inhalt paßten – bis zu jener Nacht, als ein Wirbelsturm sie an Land warf. Und begrub. Im Uferschlick des Mississippi.

SEATTLE

«Bestellung! Hallo, Ricki. Ich brauche ...»
«Neun Fantasy Islands, sechs Stahlgürtel-Radial, ein Azteken-Fest mit Obsidian-Sektquirl, zwölf Macht-Sie-Unbezwingbar und eine Notlandung mit Kirsche.»
«Whoa! *Du* bist ja gut drauf heute abend.»
Ricki lehnte sich über das Mahagony, wobei sie ihre Arme auf die Chromrohre legte, die den Seiten-Tresen vom Rest der Bar abtrennten. Es war eine schöne, alte Bar, lang und geschwungen wie der Stoßzahn eines Elefanten und so solide gebaut, daß es sämtlichen Mitgliedern der Bruderschaft Kämpferischer Trinker Amerikas nicht gelungen wäre, sie vom Fleck zu bewegen. Rickis nackte Arme, die feucht und ziemlich stark behaart waren, wirkten zerbrechlich im Verhältnis zu der monolithischen Bar, aber ihrem Grinsen machte es keinerlei Probleme, die Stellung zu halten.
«Gut drauf? Schätzchen, mein Geweih hängt in den höchsten Baumwipfeln. Und deinem wird es gleich ebenso ergehen, wenn du die Neuigkeit erst gehört hast.»
Priscilla stellte ihr Tablett ab. «Welche Neuigkeit?» fragte sie.
«Zwei Stück Neuigkeiten, um es genau zu sagen. Die erste ist, daß sich die Töchter der Tageskarte am Montag versammeln, und ich weiß aus ziemlich zuverlässiger Quelle, daß sie deinem Stipendium zustimmen werden.»
Die Müdigkeit, die Priscilla wie eine Steinladung mit sich herumschleppte, verwandelte sich auf einen Schlag in Stein-Soufflé. «Du willst mich verarschen.»
«Nein.»
Kolibri-Soufflé. Spinnweben-Soufflé. «Wieviel? Weißt du das?»
«Ich habe etwas von zweitausendfünfhundert gehört.»

Lachgas-Soufflé. «Nicht gelogen?!» Priscilla brauchte keinen Taschenrechner, um überschlagen zu können, daß zweitausendfünfhundert Dollar ihr zu drei Unzen erstklassigem Jasminöl verhelfen und darüber hinaus reichen würden, sie ein paar Monate zu ernähren, in denen sie sich ganz und gar der Identifizierung und eventuell gar der Herstellung jener geheimnisvollen Basisnote widmen könnte. Außerdem würde es bedeuten, daß sie nicht auf die Hilfe ihrer Stiefmutter angewiesen wäre. «Allmächtiger Gott, das ist wunderbar!»

«Ich dachte mir, daß du dich freuen würdest. Gib deine Bestellung auf, dann erzähl ich dir den Rest der Neuigkeiten.»

«Drei Carta Blancas und ein 'rita, das ist alles.»

Ricki machte sich daran, den Margarita zu mixen. «Das heißt, ein 'rita und drei Carta Blancas, Pris», sagte Ricki mit ernstem Gesicht und ermahnte sie damit zur Einhaltung der richtigen Reihenfolge bei den Bestellungen.

«'tschuldigung», seufzte Priscilla. «Ich bin halt so aufgeregt», sagte sie zur Erklärung, obwohl sie genau wußte, daß diese Schicht nicht anders verlaufen würde wie jede andere auch, mit fallengelassenen Gedecken, verschütteten Cocktails, vergessenen Bestellungen, zu niedrigen Rechnungen, zu hohen Rechnungen, Pokniffen von den Lüstlingen und Beleidigungen von den Wohlerzogenen. Aber es war Erleichterung in Sicht. Ein Zweitausendfünfhundert-Dollar-Regenbogen mit Parfum am einen und, wer weiß, vielleicht dem perfekten Taco am anderen Ende.

«Also», sagte Ricki, während sie die Bierflaschen öffnete und sie auf Priscillas Tablett stellte, «der krönende Kick ist der, daß das Krankenhaus sagt, meine Entzündung sei vollkommen gegessen. Das heißt, die morgige Nacht können wir beide zusammen verbringen.»

Priscilla bemühte sich, ein Lächeln zustande zu bringen. «Toll, das ist Klasse, Rick. Aber du weißt doch, daß ich morgen abend was vorhabe. Da ist dieses Abendessen von der Last Laugh Foundation.»

«Du meinst, du willst da tatsächlich hingehen?»

«Also ja. Das hat mich neugierig gemacht.»

«Meinetwegen, wenn du deine Zeit verschwenden willst, dann los. Ein Haufen übersättigter Snobs blasen sich auf für irgendeinen großen Wissenschaftler, der vielleicht auch nichts weiter ist als ein übersättigter Snob, wenn man genau hinsieht. Das ist nicht mein Ding.»

«Also, ich hab beschlossen hinzugehen.»

«In Ordnung. Dann treffen wir uns halt hinterher.»
«Es wird vielleicht spät.»
«Na und? Ich werde auf dich warten.»
Priscilla zuckte resigniert mit den Schultern. *Es sieht so aus, als wäre es mein Schicksal, lesbisch zu werden,* dachte sie. *Warum dagegen ankämpfen?* Zu Ricki sagte sie: «Bei dir oder bei mir?», ohne sich darum zu kümmern, daß hinter ihr zwei andere Kellnerinnen ungeduldig warteten, um ihre Bestellungen loszuwerden, und dabei jedes Wort genüßlich auskosteten.
«Du wohnst näher.»
«Bei mir ist totales Chaos.»
«Bei dir ist immer totales Chaos.»
«Ich fürchte, das stimmt. Wie kommt es, daß bei dir immer alles so ordentlich ist? Wie machst du das bloß? Mit Spiegeln?»
Ricki schüttelte den Kopf. «Mein Aszendent ist Jungfrau», sagte sie. «Einmal im Monat bei Vollmond treibt es mich, mein Konto auszugleichen und meine Wohnung aufzuräumen. Ich kann nichts dagegen tun. Statt zu einem Werwolf werde ich dann zu einer Buchhalterin.»
«Die nur mit einem silbernen Dildo getötet werden kann», rief Priscilla und verschwand mit ihren Drinks, während ihre Kolleginnen, die mittlerweile zu viert vor dem Seitentresen standen, ihr angewidert und bestürzt nachschauten.
Sie beendete die Sonnabendschicht, ohne daß ihr mehr Mißgeschicke passierten als üblich. An einem ihrer Tische war eine Geburtstagsgesellschaft, was bedeutete, daß sie eine Festtorte mit einer brennenden Kerze servieren und für den Jubilar «Happy Birthday» singen mußte, eine Aufgabe, die sie schon immer verabscheut hatte. Sie fühlte sich jedoch besser, als sie einen anderen Gast, einen berühmten jungen Modefotografen aus Madrid, der von irgendwelchen Kaufhausdirektoren aus Seattle zu einer El Papa Muertas Onkel Ben-Paella eingeladen war, sagen hörte: «Wie peinlich, wie taktlos! In Europa wär eine solche Scheußlichkeit undenkbar. Ein Geburtstag ist eine private Angelegenheit. Nur in Amerika sind die Leute fähig, daraus eine billige öffentliche Veranstaltung zu machen.» Das letzte, was sie vor Feierabend tat, war, eine Geburtstagstorte zu bestellen und sie dem Fotografen an seinen Tisch bringen zu lassen.
Als sie hinausging, gab sie Ricki den Ersatzschlüssel, damit die Barfrau am Sonntagabend in ihre Wohnung konnte, um auf sie zu warten.

«Wir sehen uns nach dem Fest», sagte Pris. «Danke für die guten Nachrichten.»
«Ich bin sicher, du wirst einen Anlaß finden, dich zu revanchieren», sagte Ricki. Sie zwinkerte.
Priscilla radelte nach Hause, wo sie sich erleichtert, daß keine Rote Bete vor ihrer Tür lag, den seltenen Luxus leistete und gleich ins Bett ging, weich gebettet auf dem Ruhekissen baldiger finanzieller Unterstützung. In ihren Träumen jedoch mischte sie in einem fort Duftstoffe, und als sie am nächsten Morgen, noch immer in Uniform, erwachte, fühlte sie sich fast so müde, als hätte sie die ganze Nacht hindurch gearbeitet.
Da sie mit dem Trinkgeld in der Tasche geschlafen hatte, entdeckte sie beim Duschen rote Abdrücke in der Größe von Fünfundzwanzig-Cent-Stücken auf ihrem Oberschenkel. «Gezeichnet von dem Ungeheuer!» rief sie. «Na ja, eines muß man zur Verteidigung des Geldes doch sagen. Es kann einen reich machen.»
Nach einem Frühstück, bestehend aus nicht mehr ganz frischen Doughnuts und Dosenmilch, machte sie sich mit Schwamm und Putzmittel, mit Scheuerlappen und Besen, mit organisatorischen Techniken, für die sie bislang wenig Talent hatte erkennen lassen, über ihre Wohnung her. Sie gab erst Ruhe, als alles blitzblank war. «Ricki wird ganz schön staunen», sagte sie.
Nachmittags machte sie ein kleines Schläfchen. Sie träumte von ihrem Vater. Sie waren bei ihm zu Hause in Mexiko. Er rieb die Abdrücke auf ihrem Schenkel mit Salbe ein. V'lu Jackson war auf allen Vieren und schrubbte den Fußboden des Palastes. Es roch kräftig nach Ammoniak. Der Geruch war noch da, als Priscilla aufwachte. Eine ganze Minute lang erkannte sie ihre eigene Wohnung nicht.
Das am wenigsten zerknitterte Kleidungsstück in ihrem Schrank – und selbst das hatte so viele Falten wie der Watschelgang eines Präsidenten der Republikaner – war ein grünes Wollkleid, das ihr Ex-Ehemann, der argentinische Akkordeon-Crack Effecto Partido, ihr geschenkt hatte. Sie hängte es ins Badezimmer und drehte die heiße Dusche voll auf, bis der Dampf zustande brachte, was die nur zum Teil erfolgreichen Schönheitsoperationen mit alternden Schauspielerinnen anrichten. Das Kleid stand ihr gut. Es unterstrich das Violett ihrer Augen. Sie legte Lidschatten und Lippenstift auf und fummelte, als besondere Note, Ohrring-Drähte durch die so gut wie zugewachsenen Löcher in ihren

Ohrläppchen. Auch die Ohrringe waren ein Geschenk von Effecto. Sie stellten winzige Akkordeons dar.
Ein aufregender Kitzel kribbelte in ihrem Bauch, als sie beschloß, sich ein Taxi zu rufen. Die Last Laugh Foundation lag nur ein Dutzend Blöcke entfernt, aber wie üblich regnete es, und sie konnte in ihrem besten Kleid beim besten Willen nicht mit dem Rad fahren. Sie drehte das Riegelschloß, vergewisserte sich zweimal, daß auch wirklich fest zugesperrt war, und ging nach unten, um auf das Taxi zu warten. «Wenn heute abend eine Rote Bete kommt, kann sich die fleischfressende Pflanze Ricki damit befassen», sagte sie. Leise kichernd stieg sie in das Farwest-Taxi.
Das Taxi glitt mit dem Geräusch einer Viper durch die nassen Straßen. Doch ehe Priscilla Zeit fand, das verwischte Neonlicht, die mürben Vinylpolster, das geheimnisvolle Knacken in der Funkanlage richtig zu genießen, war sie bereits am Ziel. Sie zeigte einem der sechs Sicherheitsbeamten – es waren dreimal so viele wie gewöhnlich – ihre Einladung und wurde sofort durch das eiserne Tor gelassen, während von der ausgeschlossenen Menge, die sich trotz des kühlen Nieselwetters eingefunden hatte, ein lautes Gemurmel und Rufe zu hören waren: «Wer zum Teufel ist die?» Augenblicklich füllten sich ihre Lungen mit einer Art goldenem Gas, mit jenem redlichen Helium, das das Zwerchfell eines jeden aufrechten Menschen bläht, der sich plötzlich als Teil einer Elite wiederfindet. Ein wenig schwindelig ob ihres Privilegs stolperte sie einen Kiesweg entlang, der sich durch einen Rhododendrongarten schlängelte und zur Aufgangstreppe des Hauses führte. Sie hatte plötzlich Visionen von Wally Lesters Palast in Mexiko. Sie verflüchtigten sich, als sie auf den Stufen eine zertretene Schnecke bemerkte.
Der Messing-Türklopfer hatte die Form einer Fee. Mit kleinen Flügeln und Zauberstab und allem Drum und Dran. «Hmm», sagte Priscilla. Sie fürchtete, sie würde sich komisch vorkommen, wenn sie ihn gemäß seiner Bestimmung betätigen würde, aber es ging. Sie betrachtete noch immer den Klopfer, als ein etwa achtjähriges Mädchen die Tür öffnete und sie einließ. «Mein Papi glaubt an Feen», sagte das Kind. «Hmm», antwortete Priscilla.
Obwohl das efeuüberrankte Äußere der Last Laugh Foundation dazu verleitete, drinnen braune Ledermöbel, abgetretene oder teure orientalische Teppiche, geschnitzte Holzdecken und flämische Gobelins

mit mittelalterlichen Hirschjagden oder mythologischen Rüpeln zu erwarten, erwies sich die Inneneinrichtung als hell und modern: Chrom, Rauchglas, Segeltuch-Couchen in dreister Urschrei-Manier. Der Fußboden bestand aus gebohnertem Parkett. Die Wände waren schlicht weiß. «Weiß wie Alkaloid-Kristalle», wie Wiggs Dannyboy sagen sollte. «Weiß wie Yeti-Kot, weiß wie der Sabbath, weiß wie Gottes höchsteigener Bauch. Blumenmuster sind für die Verdammten. Die Unsterblichkeitswand ist weiß.» Hier und da hingen Drucke von M. C. Escher, eine Vervielfältigung steifer, metaphorischer Symbole, die dem Betrachter deutlich machen, daß die Welt ein Puzzle und das Leben eine Schleife ist, und damit fertig. (Kritiker rümpfen über Escher die Nase, aber er ist vielleicht einer der wenigen Künstler, die uns nicht belogen haben.) Über dem Kamin, in dem künstliche Holzscheite glommen, waren die Geräte einer Kopfjäger-Ausrüstung zur Schau gestellt, möglicherweise Relikte aus der Zeit, als Dr. Dannyboy sich noch aktiv als Anthropologe betätigte. «Möchten Sie einen Cocktail?» fragte das kleine Mädchen. Und wie.

In dem riesigen Raum standen etwa zwanzig Leute herum, von denen sich keiner merklich heimischer zu fühlen schien als Priscilla. Sie glaubte, einen der Gäste zu erkennen. Es handelte sich, man höre und staune, um einen Duftstoff-Großhändler, den einzigen im Pacific-Northwest-District. Sie hatte des öfteren bei ihm eingekauft. Er war es, der für sie französisches Jasminöl bestellen würde, sollten ihr die gebildeten Kellnerinnen tatsächlich die Mittel zur Verfügung stellen, um es zu bezahlen. Sie hatte, einen Bourbon mit Ginger Ale in der Hand, gerade den Entschluß gefaßt, sich ihm zu nähern, als strahlend Dr. Dannyboy in den Raum platzte, sich lautstark vorstellte und die Versammelten zu Tisch bat.

Trotz der Tatsache, daß der lange Eßtisch aus rotem Plastik und die Stühle aus Chromgestänge mit rotem Segeltuch waren, herrschte in dem Eßzimmer eine formelle Atmosphäre. Die Wände waren auch hier weiß, auch hier geschmückt mit ein oder zwei Eschern, die auch hier einen Kommentar zu den poetischen Transformationen darstellten, die in der scheinbar endlosen Schleife des Lebens auf ebenso systematische wie unerklärliche Weise vorkommen. Kerzen flackerten in einem Plastik-Kandelaber. Die letzten Chrysanthemen des Herbstes ließen ihre Köpfe ängstlich über den Rand einer Vase hängen, wie Reisende, deren überfülltes Schiff im Begriff war, in einen fremden und möglicherweise

gefährlichen Hafen zu dampfen. Die Chrysanthemen waren Teil eines Tafelaufsatzes, auf dem auch einige Rote Beten lagen.
Priscilla bemerkte die Roten Beten nicht sofort. Ihr Blick war auf Dr. Dannyboy konzentriert. Daß ein einäugiger fünfzigjähriger Mann so gut aussehen konnte! Dannyboy war schlank, grazil und gewandt, er war ein braungebrannter, athletischer Mann mit einem aerodynamischen Nest silberner Locken, mit Zähnen wie den Punkten auf Dominosteinen und mit mehr Zwinkern in seinem einen Auge, als die meisten Männer es in zweien haben. Mit ihrem Hochspannungs-Blau stand die Augenfarbe in ästhetischem Gegensatz zu der Klappe aus weißem Vinyl, die er rechts trug und in deren Mitte ein grünes Kleeblatt gemalt war.
Priscilla hatte natürlich Fotos von ihm gesehen, und zwar sowohl aus der Zeit vor als auch nach dem Verlust seines Auges, aber sie hatten kaum etwas von dem Charme verraten, der aus ihm hervorquoll wie Schaum aus einem Bierkrug.
Über seinen Hintergrund wußte sie einiges. Genialer junger Anthropologe, der seine Heimatstadt Dublin verließ, um in Harvard zu lehren, wo er weit über die akademische Notwendigkeit hinaus mit bewußtseinsverändernden Chemikalien experimentierte. Verlor seinen Lehrstuhl, reiste an den Amazonas, um dort mit den Indianern halluzinogene Weintrauben zu kauen, kehrte als selbst inszenierter Psychedelic-Prophet oder «Elektronik-Schamane», wie er selbst sich nannte, in die Vereinigten Staaten zurück, erschien in Fernseh-Talkshows, hielt Seminare an allen möglichen Universitäten, trat mit erstaunlichem Feinsinn für die Behauptung ein, daß bestimmte Drogen das Bewußtsein erweitern könnten und daß Menschen mit erweitertem Bewußtsein weniger zu Gewalt, Habgier, Furcht oder Unterdrückung neigten. Da es kaum im wahren nationalen Interesse lag, die Menschen von ihrer Gewalt, Habgier, Furcht oder Bereitschaft, sich unterdrücken zu lassen, zu befreien, schritt die Regierung ein, um Dr. Dannyboy zum Schweigen zu bringen, indem sie ihn wegen einer lächerlichen Marihuana-Geschichte festnehmen und hinter schwedische Gitter bringen ließ. Er floh, wurde jedoch zwei Jahre später auf einer Orchideenplantage in Costa Rica erwischt und wieder eingesperrt. Nach fast zehn Jahren begnadigt, in denen er sein eines Auge an einen sadistischen Gefängniswärter verlor und seine Frau schwängerte, indem er seinen Samen in einem Brötchen hinausschmuggelte. Tauchte vor ein paar Jahren in Seattle auf, um (für

seine Verhältnisse) ganz friedlich eine Institution zu gründen, die sich der «Unsterblichkeits- und Langlebigkeitsforschung» widmete.
Alles das wußte Priscilla, und doch schien es nichts mit dem attraktiven Mann zu tun zu haben, der in einem Anzug aus irischem Tweed am Kopf der Tafel saß, Rotwein schlürfte, von Zeit zu Zeit mit seiner Salatgabel gegen seine extravagante Augenklappe klopfte und sich zu den verschiedensten Themen äußerte. «England!» hörte sie ihn voller Abscheu bellen, «wie kann ein Land, das unfähig ist, Eiswürfel im Überfluß zu produzieren, darauf hoffen, sich als bedeutende Zivilisation zu entfalten?» Ein paar Augenblicke später hatte er seine Aufmerksamkeit der Grammatik zugewandt: «So etwas wie Synonyme gibt es nicht!» rief er in einer Lautstärke, die nur noch als Schreien zu bezeichnen war. «Sintflut ist nicht das gleiche wie Überschwemmung!» Nach jeder dieser Verlautbarungen brach er in schallendes Gelächter aus, fast so, als wolle er sich lustig machen über das, was er gerade so leidenschaftlich verkündet hatte.
Am anderen Ende des Tisches saß Dannyboys kleine Tochter, Huxley Anne, und spielte Gastgeberin. Priscilla saß zu Huxley Annes Linken. Der Platz genau gegenüber von Priscilla war frei. «Da sollte eigentlich eine farbige Frau sitzen und essen», erklärte Huxley Anne unaufgefordert, «aber sie ist nicht gekommen. Vielleicht hat sie sich verspätet. Sie wohnt weit weg.» Auch der Platz zu Dannyboys Rechten war frei. «Das ist der Teller von Dr. Morgenstern», erklärte das kleine Mädchen. «Er kommt gleich, sobald er mit dem Springen fertig ist.»
«Springen?» fragte Priscilla.
«Ju-huh», sagte Huxley Anne kichernd. Ehe sie Einzelheiten erklären konnte, betrat Professor Morgenstern das Zimmer und ging zu seinem Platz. Der große, untersetzte Deutsche war ein bedeutender Chemiker und wäre in seinem grauen Anzug, mit seiner Brille und seiner Glatze von der Form einer Bombe jedem als der Inbegriff des kühlen, klarsichtigen, methodischen Menschen erschienen, hätte er nicht gejapst wie ein Bernhardiner auf Lawinen-Patrouille. Sein Gesicht war so rot wie ein Nikolaus-Stiefel, und sein Herz schlug dermaßen doll, daß seine Fliege hüpfte.
Trotz der Tatsache, daß der Ehrengast offensichtlich und sonderbarerweise außer Atem war, zeigten sich die anderen am Tisch beruhigt darüber, ihn zu sehen. Sie waren zum überwiegenden Teil Mitglieder der Wissenschaftlichen Vereinigung von Seattle – Fachbereichsleiter der

University of Washington, Physiker von Boeing Aircraft, Chemiker der Forschungsabteilung am Swedish Hospital, Berater des Bürgermeisters in medizinischen und technologischen Fragen – und hatten sich in der Gegenwart von Wiggs Dannyboy mit seinen unbedachten Äußerungen und seinem unbändigen Lachen nicht sehr behaglich gefühlt. Wohlwissend um Dannyboys Reputation glaubten die angesehenen Akademiker möglicherweise, ihr Gastgeber würde nun mit verborgenen intellektuellen Qualitäten aufwarten, aber Priscilla hatte lange genug mit Herumtreibern im Französischen Viertel und mit Schwätzern von der Irischen See zu tun gehabt, um zu wissen, daß diese spezifische Sorte von Scheiße kein bewußt künstliches Produkt war.

Wie dem auch sei, die Gäste waren sichtlich erleichtert, als Dr. Morgenstern sich zu ihnen gesellte, und sie klatschten, als Wiggs sein häufig bemühtes Weinglas erhob und sagte: «Meine Damen und Herren, heißen wir ihn von ganzem Herzen willkommen in Seattle, bei der Last Laugh Foundation, an unserem fröhlichen Tisch hier an diesem verregneten Novemberabend, den einzigen zweifachen Nobelpreisträger der Welt, Dr. Wolfgang Morgenstern.»

Als der Applaus verklungen war und der Chemiker sich hingesetzt hatte, um seine Minestrone einer genauen Analyse zu unterziehen, lehnte sich die kleine Huxley Anne hinüber zu Pris und flüsterte: «Wolfgang, zeig uns ein paar Tricks auf deinem Hobelpreis. Das sagt mein Papi immer. Hihi.» Priscilla lachte artig. Wiggs mußte ihr Lachen gehört haben, denn er grinste beifällig in ihre Richtung und winkte ihr mit seinem Suppenlöffel zu.

Die Lachspastete schmeckte köstlich, und Huxley Anne, die sich an der Grenze zur Molligkeit befand, ließ es sich hemmungslos schmecken. Der Platz gegenüber von Priscilla blieb leer. Die anderen Gäste versuchten, mit dem ziemlich wortkargen Dr. Morgenstern Konversation zu machen. Die meisten ihrer Fragen wurden von Wiggs Dannyboy pariert, der nach ein bis zwei vernünftigen Sätzen irgendwelche Unsterblichkeits-Epigramme zum besten gab, wie zum Beispiel: «Wenn man es nicht mitnehmen kann, sollte man nicht gehen», oder: «Der Tod ist eine lebensgefährliche Sache», woraufhin ein vernügtes Donnern aus den Tiefen seines Tweedanzugs folgte – und ein gequältes Lächeln auf den Gesichtern der Gäste an der Tafel. Priscilla, die schweigend aß, ließ sich durch all dies leidlich amüsieren, bis sie die drei Roten Beten auf dem Tafelaufsatz entdeckte.

Konnte Dannyboy etwas mit den Freihaus-Lieferungen an ihrer Türschwelle zu tun haben? Sie versank in einem Sumpf gespenstischer Spekulationen, dem sie mit einem Zusammenzucken entkam, als eine Serviererin sie fragte, ob sie Mousse au Chocolat oder Apfelscheiben als Dessert wolle. «Äh, hmm, wie bitte?» murmelte Priscilla.

«Wie halten Sie es mit den Kalorien?» fragte die Serviererin und hielt ihr das Tablett mit den Nachspeisen hin.

«Na ja, es gibt mehr von ihnen auf der Welt als von uns», sagte Pris. Sie entschied sich für das Mousse.

Das veranlaßte Huxley Anne zu einem Entsetzensschrei, und zum zweitenmal während des Essens winkte Wiggs Priscilla mit einem Eßgerät zu und betrachtete sie mit einem innigen Blick.

Gleich nach dem Kaffee verschwanden viele der Gäste. Sie waren offensichtlich nur gekommen, um Wolfgang Morgenstern kennenzulernen, und nachdem ihnen das, verbunden mit einer mehr oder weniger großen Enttäuschung, gelungen war, machten sie sich aus dem Staub. (Staub, nicht Dreck. So etwas wie Synonyme gibt es nicht.) «Interessant», dachte Priscilla, «diese Leute wollen so dringend wieder weg, und da draußen auf der Straße stehen all die anderen und wollen unbedingt rein.» Sie beschloß, sich zu der kleinen, tapferen Gruppe zu gesellen, die sich im Nebenzimmer bei Cognac und Tabak versammelt hatte. Sie dachte, daß vielleicht später eine Führung durch die Labors stattfinden würde. Am meisten wünschte sie sich, jemanden wegen der Roten Beten auf dem Tisch fragen zu können.

«Ich muß jetzt ins Bett, Miz ...?»

«Partido. Miz Partido. Aber du kannst mich Priscilla nennen.»

«Ich muß jetzt ins Bett, Priscilla. Es ist schon nach zehn, und von dem Zigarrenrauch wird mir ganz schwindelig.»

«Gute Nacht, Huxley Anne. Es war absolut ehrfurchtgebietend.» Sie schüttelte die mollige Hand des Mädchens. «Sag mal, meinst du, daß dein Papi uns einen Blick in seine Labors werfen läßt?»

Das kleine Mädchen guckte irritiert. «*Welche* Labors?» fragte sie.

«Hmm», sagte Priscilla. «Keine Labors? Na ja, wahrscheinlich sollte mich das nicht überraschen. Kannst du mir zeigen, wo du meinen Regenmantel hingehängt hast? Auch mir wird vom Zigarrenrauch schwindelig.»

Sie kippte ihren Cognac in einem Zug herunter, was zur Folge hatte, daß Anzeichen eines Alkohol-Traumas ihre Wangen hinunterliefen, während sie ihren gelben Vinyl-Regenmantel überzog. Sie winkte zum Abschied der verschwommenen Gestalt von Huxley Anne zu, die bereits die Treppe hinaufstieg, und wandte sich dann, obwohl sie dreiviertel betrunken war, ein wenig schüchtern ihrem Gastgeber zu. Er hatte sich vor dem Kamin aufgebaut und erläuterte einem akademisch aussehenden Paar, das sein Bestes versuchte, um von ihm fortzukommen und mit Dr. Morgenstern reden zu können, die Handhabung einiger gefiederter Häutungsmesser. «Der kannibalische Gourmet hat eine besondere Vorliebe für die Handfläche», sagte Wiggs, «aber sein pièce de résistance besteht aus den Testikeln. Hab ich selbst mal probiert. Mörderisch gut!» Die Frau rang nach Luft.

«Entschuldigen Sie bitte, Dr. Dannyboy ...»

Wiggs drehte sich zu Priscilla um, wobei sein gesundes Auge, das hell leuchtete vor lauter Intelligenz und Rebellion, herumschwang wie der Strahl eines Leuchtfeuers. Die Kleeblatt-Klappe folgte im Kielwasser. «Sie wollen doch nicht etwa schon gehen?»

«Doch. Vor allem weiß ich nicht, was ich hier eigentlich soll. Aber vielen Dank für das Essen. Mörderisch gut.»

Das Paar ergriff die Flucht. Dannyboy grinste. «Klar, und das gleiche gilt für Sie. Auch Leute wie Sie sind ein klein wenig köstlich.» Köstlich sagte er, und köstlich war vielleicht auch das, was er meinte, wobei schmackhaft, wohlschmeckend und delikat unakzeptable Synonyme gewesen wären. «Haben Sie es eilig?»

Der Glanz in seinem Auge! Der Singsang in seiner Stimme! Ihr Östrogenspiegel beschleunigte von Null auf Sechzig in einskommaneun Sekunden. Die Fliehkraft war so groß, daß ihr Becken zurückschnellte und ihre Brustwarzen sich aufrichteten. Es bereitete ihr gewisse Schwierigkeiten, zu antworten. «In der Tat. Ich habe noch eine Verabredung.»

«Eine Verabredung? Sie scheinen darüber nicht allzu glücklich zu sein. Überhaupt, Darling, wenn ich soweit gehen darf, dies zu sagen, Sie machen auf mich den Eindruck einer unglücklichen Frau. Und ich gehe soweit, obwohl Sie hier heute abend der einzige Gast mit einem gewissen Sinn für Humor waren. Was bedeutet, daß Sie der einzige Gast waren, der über eine gewisse Weisheit hinsichtlich seiner selbst verfügt.»

Priscilla war ziemlich aus der Fassung gebracht. Sie wußte nicht, ob sie beleidigt sein oder sich geschmeichelt fühlen sollte. «Mir geht es gut», sagte sie. «Ich war ein wenig müde. Sie ziehen voreilige Schlüsse. Au-

ßerdem ist Unglück etwas ganz Natürliches. Ich gehör nicht zu diesen Hohlköpfen, die ihre ganze Zeit damit verbringen, dem normalen Kummer des Lebens zu entkommen.»
Sie bewegte sich auf die Haustür zu, allerdings nicht allzu rasch. Er folgte ihr.
«Freilich, und im Leben gibt es viel Kummer, alles richtig, und der Tod bedeutet noch mehr Kummer. Schrecken, Angst, Furcht, Schuld, auch ein bißchen Neurose, das sind alles vollkommen natürliche Reaktionen auf ein Leben, das ein solch unakzeptables Ende verspricht. Die Kunst besteht darin, solche Reaktionen nicht so schrecklich ernst zu nehmen, nicht seinen allzu kurzen Aufenthalt in seiner fleischernen Schachtel dadurch zu banalisieren, daß man mit dem Kummer gemeinsame Sache macht.»
«Mir scheint», sagte Priscilla, während sie den Kragen ihres Regenmantels öffnete und schloß, «daß die sogenannten glücklichen Menschen die banalen sind. Sie gehen der Realität aus dem Weg und denken nie über etwas Wichtiges nach.»
«Die Realität ist subjektiv, und es gibt eine wenig weise Neigung in unserer Gesellschaft, nur die Dinge als ‹wichtig› zu betrachten, die nüchtern und ernst sind. Freilich und dennoch haben Sie recht mit Ihren Fröhlich-Dummen, nur daß sie weniger glücklich als vielmehr gehirnamputiert sind. Aber Ihre Schwermütig-Klugen sind genauso lächerlich. Wenn man unglücklich ist, fängt man an, sich selbst eine Menge Aufmerksamkeit zu schenken. Und man fängt an, sich ach so furchtbar ernst zu nehmen. Die wirklich glücklichen Leute, das heißt, die Leute, die sich wirklich *mögen,* die denken nicht allzuviel über sich nach. Der unglückliche Mensch verschmäht es, wenn man versucht, ihn aufzuheitern, weil es bedeutet, daß er aufhören muß, über sich selbst nachzugrübeln, und statt dessen anfangen muß, dem Universum eine gewisse Aufmerksamkeit zu schenken. Unglück ist die höchste Form des Sichgehenlassens.»
Glaubte er, sie sei ein *Publikum* oder so was? Merkte er nicht, daß sie nichts weiter war als eine mit Mousse und Alkohol abgefüllte dienstfreie Kellnerin, die sich auf Kollisionskurs mit den Lippen einer hübschen italienischen Barfrau befand? «Mein Gott», sagte sie, «Sie reden wie ein Buch.»
«Das ist kein Wunder.»
«Sie meinen, daß Sie zuviel lesen?»
«Man kann gar nicht zuviel lesen. Es sei denn, diese betulichen altmodi-

schen Romane, aus denen wahrscheinlich Ihre Lektüre besteht. Nein, ich meine, daß ich, als ich ein kleiner Bursche war, immer früh morgens zu meinen Eltern ins Bett kletterte und mich zwischen Mami und Papi kuschelte, und sofort rollten sich beide auf die andere Seite und kehrten mir den Rücken zu, als wären sie ein Paar Bücherstützen. Es ist nur natürlich, daß ich in dem Glauben aufgewachsen bin, ich sei ein gottverdammtes Buch.»

«Elterliche Zurückweisung, hä? Ich kenne ein Thema, das hängt mir zum Halse raus. Das Ganze scheint Sie aber nicht sonderlich beeinträchtigt zu haben.»

«Wollen Sie darüber mit mir reden?»

«Nein», sagte sie. Sie witterte ihre Chance und nahm sie wahr. «Ich würde gern mit Ihnen über Rote Beten reden.»

Ein Lachen löste sich aus seiner Kehle wie aus einem Granatwerfer und veranlaßte die letzten Gäste, das Weite zu suchen. Sein Auge schloß und öffnete sich dann wieder ganz langsam, ein Vorgang, der so viel Zeit in Anspruch nahm, daß, als seine Iris wieder in voller Gänze leuchtete, sämtliche Wissenschaftler Seattles das Haus verlassen hatten und Wolfgang Morgenstern bereits die halbe Treppe hinaufgestiegen war.

«Rote Beten sagen Sie?»

«Genau! Ich will wissen, warum ich heute abend hier eingeladen war und warum der Tafelaufsatz in Ihrem Eßzimmer in gewissen Einzelheiten auf so verblüffende Weise meiner Türschwelle glich.»

Der Klang ihrer Stimme war so fest, daß er seinen Cognac hätte daraufstellen können.

«Ah. In der Tat. Ja. Also, um ganz offen zu sein, Miss Partido, Darling, es befand sich heute abend eine Ration Roter Beten auf meinem Tisch, *weil* Rote Beten vor Ihrer höchst eigenen Tür gelegen haben – doch leider ist mir die Verbindung selber nicht klar. Außer, daß es etwas mit dem tausend Jahre alten Pförtner und seinem Parfum zu tun hat.»

Sie musterte ihn Pore für Pore. Er war ein bißchen ungepflegt und hatte schrecklich viele Schuppen (und gab sich in jener papihaften Weise schlau, die ihr Herz stets Purzelbäume schlagen ließ), aber er ritt nicht auf der psychedelischen Welle, dessen war sie sicher. Mehr noch, er schien aufrichtig zu sein. «Wovon reden Sie?» fragte sie.

«Freilich, wovon ich rede, in der Tat. Ich hatte gehofft, wir könnten das hier heute abend zur Sprache bringen, aber nur einer von Ihnen ist gekommen. Zwar wußte ich schon seit einer Woche, daß Marcel

LeFever erst am *nächsten* Sonntag hier sein würde, aber ich hatte fest damit gerechnet, daß die andere –»
«Einen Moment. Marcel LeFever? Der Parfümeur?»
«Genau der.»
Priscilla hatte Bunny LeFever auf einem Parfümeur-Kongreß eine Rede halten hören. Das war vielleicht ein Vortrag gewesen. Er hatte auf irgendeine verrückte Weise ihr Leben verändert. Sie öffnete ihren Regenmantel. «Ich glaube, wir müssen uns hinsetzen und ein wenig reden», sagte sie.
«Also dann», sagte er und half ihr aus dem Mantel. «Ich werde uns ein wenig zu trinken holen. Und, sagen Sie, Miss Partido, zwar weiß ich, daß es ein Affront gegen die Jungfrau Maria ist, wenn man Geschäftliches und Vergnügen miteinander vermischt, wobei das Vergnügen mein Geschäft *ist* – die räumlich und zeitlich unbegrenzte Ausdehnung des Vergnügens –, und meine unsterbliche Seele ist beglückt von Ihrer Lieblichkeit, Sie sind ein Lichtblick für ein jedes kranke Auge –» mit dem leeren Cognacschwenker tippte er sich gegen die Kleeblatt-Klappe – «und es geschieht mir recht, daß ich des Nachts alleine und ohne einen Kassettenrecorder in einem Kirchenverlies festgekettet werde, wenn ich nicht Manns genug bin, Sie um einen allerwinzigsten, zartesten Hauch oral-muskularer Zuneigung zu bitten.»
Mein Gott, dachte sie. *Kein Zweifel, der Saukerl glaubt an Feen*. Aber sie konnte nicht anders. Sie küßte ihn.
Derweil hatte sich zwölf Blocks entfernt Ricki, beladen mit einem in Geschenkpapier eingepackten Pfundpaket Schokolade, Zugang zu Priscillas Apartment verschafft. Das war ohne irgendwelche Tricks möglich gewesen. Die Tür war nicht verschlossen. Sie hatte sogar einen Spalt offengestanden. Ricki schüttelte den Kopf. «Wo *ist* das Mädchen bloß mit seinen Gedanken?» fragte sie sich.
Hinzu kam, daß das Apartment in dem schlimmsten Zustand war, in dem Ricki es je erlebt hatte. Zwar lagen keine knorrigen alten Roten Beten herum, und es roch auch, als sei erst kürzlich geputzt worden – der Geruch von Ammoniak übertönte die Blumendüfte, die dem behelfsmäßigen Labor entströmten –, aber Schubladen waren aus der Kommode gezogen, der Küchenschrank sah aus, als sei er von einem verhungernden Affen geplündert worden, und überall lagen Habseligkeiten verstreut. Im Badezimmer war alles voll mit Kleenex-Tüchern, jawohl, so schlimm sah es aus.

Ricki krempelte die Ärmel ihres Sweatshirts hoch und machte sich daran, Ordnung zu schaffen. Sie brauchte mindestens zwei Stunden – ein Glück, daß es nur ein Studio-Apartment war, doch am Ende gelang es ihr, der den Jungfrauen eigenen Ordnungsliebe zum Durchbruch zu verhelfen. «Pris wird ganz schön staunen», sagte sie. «Es ist schon nach Mitternacht. Ich hoffe, sie kommt bald heim.»

NEW ORLEANS

In dem Moment, da man in New Orleans ankommt, fällt etwas Feuchtes und Dunkles über einen her und fängt an, einen zu bearbeiten wie eine läufige Promenadenmischung, und die einzige Chance, diesen Aspekt von New Orleans irgendwie loszuwerden, besteht darin, ihn sich einzuverleiben. Das bedeutet Küchlein und Krebs-Suppe und Jambalaya, es bedeutet Krabben-Remoulade, Pekannuß-Pastete und rote Bohnen mit Reis, es bedeutet besten Pompano in Papillote, ein mieses Filet aux Herbes und rohe Austern dutzendweise, es bedeutet Rostbraten zum Frühstück, einen Brotkuchen mit Mixed Pickles als Nachtmahl und zwischendurch schüsselweise Gumboschoten. Es ist nicht ungewöhnlich, daß Besucher der Stadt in einer Woche fünfzehn Pfund zunehmen – doch die Alternative ist wesentlich schlimmer. Wenn man nicht Tag und Nacht ißt, wenn man nicht ständig die heimischen Geschmacksnoten in seinen Blutkreislauf einspeist, wird einen das geheimnisvolle wilde Tier erbarmungslos bespringen, und man wird noch lange, nachdem man die Stadt verlassen hat, seine widerliche Gegenwart spüren, die an einem reibt. Es kann sogar, wie jeder sexuelle Straftäter, bleibende psychologische Narben hinterlassen.

Man sollte denken, die Einwohner der Stadt wären immun, und bis zu einem gewissen Grade sind sie das auch, aber selbst wer ein Leben lang in New Orleans lebt, muß seinen Teil an kreolischer Kost zu sich nehmen, andernfalls hat er mit negativen Folgen zu rechnen. Die Küche ist freilich hervorragend, und die Tatsache, daß die Menschen von New Orleans so oft gezwungen sind, auswärts zu essen, braucht lediglich in finanzieller Hinsicht als ein Ungemach betrachtet zu werden. Ah, aber es gibt grundlegende Motive, über die man in den besseren Kreisen des Südens nicht spricht. Selbst der Pöbel zögert, das gräßliche Phantom zur Kenntnis zu nehmen, das in der Stadt herumspukt. Man füttert den Loawurm und macht das beste draus.

Wenn Bürger der Stadt eine Weile fort gewesen sind, wissen sie instinktiv, daß sie, ganz gleich, wie gut sie unterwegs gespiesen haben, sofort bei ihrer Rückkehr das wilde Tier abwehren müssen. So verließ V'lu Jackson das Flugzeug aus Seattle und verspürte sogleich Appetit auf eine Platte mit Arnauds Daube Panée und dazu ein Glas Bichot Chass-Montrachet (vielleicht mit ein paar Hurricane-Tropfen, wegen des gewaltigen Auftriebs, den sie hatten). Zu Madame Lily Devalier jedoch, die sie am Flughafen abholte, sagte sie: «Mmm, ich wü'de ssu ge'n bei Busste' Holmess einen Telle' 'ippchen essen, bevo' wi' nach Hausse fah'n.»

Und Madame Devalier sagte: «Mein Gott, Liebes, ich habe alles stehen- und liegengelassen und ein kleines Vermögen ausgegeben, um hier ganz rauszukommen nach Moisant Field» – sie nannte New Orleans International immer noch bei seinem ursprünglichen Namen – «und dich abzuholen, und jetzt willst du, daß ich in diesem Loch herumsitze, während du mit irgendwelchen Rippchen herummanschst. Haben sie euch im Flugzeug nichts zu essen gegeben?» Sie beklagte sich zwar, doch sie sagte dem Taxifahrer, er solle zu Buster's fahren, denn insgeheim verstand sie es.

Was Madame *nicht* verstand, war, warum V'lu sie gebeten hatte, zum Flughafen zu kommen. Im Grunde hatte sie schon die Umstände nicht ganz begreifen können, die V'lu überhaupt veranlaßt hatten, nach Seattle zu fahren. Sie hatte geflissentlich die Karte ignoriert, mit der die Belegschaft der Parfümerie Devalier zu einem Abendessen in einem Etablissemant in Seattle eingeladen worden war, das sich ganz nach einem Kabarett-Nachtclub anhörte. Sie hatte den Verdacht gehegt, es handele sich um den Reklametrick irgendeiner Spelunke, in der Priscilla arbeitete. «Dr. Wolfgang Morgenstern» war möglicherweise einer von diesen lautstarken jüdischen Bengeln, die dafür bezahlt wurden, daß sie in der Öffentlichkeit schmutzige Witze erzählten. Dann kam ein Briefumschlag mit einem Rückflugticket und einer Gästeliste, auf der die Namen von Wissenschaftlern, von Parfümeuren standen, und, jawohl, der von Priscilla Partido. Sehr sonderbar. Dennoch weigerte sich Lily, hinzufahren, aber V'lu begann, sie mit der Bitte zu quälen, doch *sie* reisen zu lassen, und obzwar ihr die Vorstellung, daß V'lu mit feinen Herren zu Tische sitzen sollte, absurd erschien, war es Neugierde,

Sorge um Priscilla, eine Verdauungsstörung oder irgend etwas anderes, was sich ihrer bemächtigte und sie dazu veranlaßte, das arme kleine Negermädchen fortfliegen zu lassen, damit es sich – und den Laden – in einer fernen Stadt blamieren konnte, in einer Stadt, die, so wie Madame das sah, obendrein kaum zivilisiert war.

Sie hatte sich während der ganzen Zeit, in der ihre Assistentin fort war, Sorgen gemacht. Auf das Telegramm, in dem sie gebeten wurde, V'lu vom Flughafen abzuholen, reagierte sie so gereizt wie ein frisch rasierter Männerhals auf Eau de Cologne. Aber nun war V'lu wieder da und tanzte durch den Terminal, sah so hübsch und lässig aus wie Miss Tansania bei einem Fernseh-Schönheitstrallala und lächelte wie jene Katastrophe, die die Kanarischen Inseln verschlang. Und jedesmal, wenn Madame versuchte, sie auf ihre Reise hin auszusprechen, lächelte sie nur in ihrer adretten und schuldbewußten Art und sagte: «Ich bin ss'eckliss hung'ig, Madame. Wi' 'eden davon, wenn ich gegessen habe.»

Natürlich stand V'lu keineswegs kurz vorm Hungertod, aber sie mochte es einfach nicht, wenn irgendwelche heißen und scheußlichen Dinger an ihr rumrubbelten – es sei denn, sie gehörten zu Marcel LeFever. Oder vielleicht auch zu Bingo Pajama. Nachdem ihr die ersten fünfzig Gramm Rippchen-Sauce durch die Kehle geflossen waren, ließ das wilde Tier allmählich von ihr ab, und sie fühlte sich sicher genug, um mit dem Erzählen anzufangen. «Die Wah'heit isst, Madame, um Ih'e F'age zu beantwo'ten, *nein,* ich habe ssie nicht gessehen.»

Madame traute ihren Ohren nicht. «Du hast Priscilla nicht gesehen?! War sie denn nicht bei dem Fest?»

«Doch, Madame, ssie wa' da.»

«Und ...»

«Abe' ich nicht.»

Lily Devalier wäre außer sich gewesen, wenn sie am Tisch genug Platz dazu gehabt hätte. (Madame D. brachte bei Buster's mehr Tonnage an die Pier als jede andere Frau seit Velma Middleton und vielleicht noch Bessie Smith.) «Wovon, in Gottes Namen, redest du, Kind?! Du warst nicht auf dem Fest?!»

«Nein, Madame.»

«Sacrebleu!» Lily zog ein Taschentuch aus ihrer altmodischen schwarzen Handtasche und wischte sich die Stirn. Das Tuch war mit einem Duft beträufelt – mit Bingo Pajamas Jasmin? Mit Aufpulver-Pulver?

Oder noch schlimmer? –, der einige dunkle Köpfe dazu veranlaßte, wissend von ihren Bohnen mit Reis aufzuschauen. «Und, was ist passiert? Was ist schiefgegangen?» Vor ihrem geistigen Auge liefen Bilder ab, wie V'lu sich in Seattle verlief, wie sie diesen «Last Laugh»-Laden nicht finden konnte oder nicht hineingelassen worden war.
«Nichtss. Nichtss isst ssiefgegangen.» Sie spannte ihre Lippen zu jenem gräßlichen, geheimnisvollen und selbstzufriedenen Lächeln. «Etwass isst gutgegangen.»
«Merde», fauchte Madame Devalier, die es sich nie erlaubt hätte, auf Englisch zu fluchen. «Du rückst besser sofort damit raus, sofort – raus damit! – was ist passiert?!»
V'lu ließ die Worte langsam zwischen ihrem barbecuefarbenem Speichel und ihren makellosen Zähnen hindurchgleiten: «Ich hab die Flasse.»
Madame Devalier zeigte so gut wie keine Reaktion. Sie blinzelte lediglich ein- oder zweimal und schaute blöde-erstaunt vor sich hin, wie ein Walfischbaby, das auf einen Strand voller schicker Leute gespült wird.
«Ich habe die Flasse», wiederholte V'lu.
Sichtlich verwirrt blinzelte Madame noch ein paarmal. Sie wirkte fast senil. «Aber die Flasche gehört Pris», protestierte sie müde.
«Nun nicht meh', nicht meh'!»
«Du hast sie ihr gestohlen?»
«Ich habe ssie *bef'eit*», sagte V'lu. «Die Flasse gehö't unsse'm Laden, ssie hat Miss P'isscilla nie gehö't, dass wissen Ssie so gut wie ich.»
Madame war sich nicht so sicher, ob sie das wirklich wußte. Da sie der Flasche nur wenig Beachtung geschenkt hatte, waren ihr die Umstände ihres Auftauchens und Verschwindens ziemlich unklar. Sie kniff die Augen zu, schnupperte an ihrem Taschentuch und versuchte, sich zu erinnern.
Ja, es war, nachdem Pris' Ehe mit diesem alten Tango-Gangster auseinanderging, nach dem Tod ihres Vaters. Pris hatte mit einer Portion pathetischer Prahlerei erklärt, sie würde nun endlich doch die Parfümeurslaufbahn einschlagen. Mit nichts hätte sie Lily eine größere Freude bereiten können. Aber das Mädchen wollte nicht etwa ihre Lehrzeit in dem florierenden Laden ihrer Stiefmutter absolvieren, ganz und gar nicht, sie wollte aufs College und Chemie studieren. Sie hatte von Effecto Partido eine Abfindung bekommen und wollte sie benut-

zen, um die moderne Herstellung von Duftstoffen zu erlernen. Sie hatte keine Lust, in der altmodischen, bescheidenen Parfümerie Devalier hinterm Ladentisch zu stehen. Lily war ein wenig verletzt, aber sie wußte, daß sich die Zeiten geändert hatten und daß ihre Methoden einer jüngeren Generation wunderlich, wenn nicht gar überholt erschienen. Schließlich gab sie der Geschichte ihren Segen und schickte Pris auf die Vanderbilt-Universität.

Obwohl sie sämtliche Kurse mit guten Noten abschloß, blieb Priscilla rastlos und melancholisch, und nach einem Jahr kam sie nach New Orleans zurück und erklärte, sie habe vom College die Nase voll und wolle die Parfümerie Devalier übernehmen. Inzwischen hatte Madame jedoch eine junge Schwarze von der Plantage Belle Bayou als Assistentin eingestellt, eine Plantage übrigens, die sich im Besitz eines Zweiges der Familie Devalier befand. V'lu Jackson war zwar in fast absurder Weise ungeschliffen, aber sie erwies sich als anstellig und klug, und Madame hatte sie in ihr Herz geschlossen. Sie wollte V'lu nicht Pris zuliebe vor die Tür setzen, zumal bei Pris stets die Gefahr bestand, daß sie es sich anders überlegte und beschloß, einem Vermögen, einem älteren Mann oder beidem nachzujagen. Außerdem war V'lu nicht nur Assistentin im Laden, sie betätigte sich auch als Madames Hausmädchen, eine Aufgabe, die zu erfüllen Priscilla sowohl das Gespür als auch die Neigung fehlte. Und was Loyalität und Respekt anging, stellte V'lu für sie viel eher eine Tochter dar, als Priscilla das je getan hatte.

Madame teilte Priscilla mit, daß sie den Sommer über bleiben könne, vorausgesetzt, sie verdiene sich ihren Unterhalt selbst, daß sie sich aber ab September nach anderen Möglichkeiten umschauen müsse. Pris war darüber nicht allzu glücklich, aber Effectos Abfindung schwand schnell dahin, und ihr blieb keine andere Wahl. Sie arbeitete emsig, wenn sie sich auch ungeschickt anstellte, und sie achtete auf ihr Benehmen, obwohl sie oft mit einer Unterlippe herumlief, die so weit vorstand, daß man meinen konnte, sie sei mit einem Tennisschläger im Mund geboren worden.

In jenem Sommer, genau, als gerade alles ganz gut lief, da tauchte die Flasche auf, wegen der es dieses alberne Durcheinander gab. Irgendwelche Strandläufer brachten sie vorbei, soweit Madame sich erinnern konnte, ein pensioniertes Paar. Sie hatten sie an der Mündung des Mississippi aus dem Schlick gebuddelt, und da sie offensichtlich ziemlich alt war, hatten die beiden gedacht, daß jemand aus der Parfum-Branche vielleicht Interesse an ihr haben könnte. Da sie zudem gerade in einen Wohnwagen umgezogen waren, hatten sie wenig Platz für Nippes, und außerdem stellte der Bursche auf der Flasche irgendeinen Teufel dar, dessen Bild nicht in einen christlichen Haushalt gehörte. Sie stifteten ihren Fund also der Parfümerie Devalier, weil sie dort, wie sie sagten, fünfundvierzig Jahre zuvor, auf ihrer Hochzeitsreise, ein kleines Fläschchen Parfum gekauft hatten.

Ja, ja, Lily hatte es jetzt so klar vor Augen wie frische Morgenluft; Pris und V'lu hatten hinterm Ladentisch gestanden, und Pris sagte: «College macht Spaß, und du kannst 'ne Menge interessanter Sachen lernen, aber wenn du wirklich reich werden willst, mußt du schon raus in die Welt und selbst was aufbauen.» Nun, da Madame an ihrem Taschentuch schnüffelte, hörte sie diese Worte so deutlich, als ständen sie bei Buster's auf der Speisekarte. Und genau in jenem Moment, so erinnerte sie sich, waren die Strandläufer mit der Flasche hereingekommen und hatten ihr kleines Geschenk abgegeben.

Sie hatte an ihrem Schreibtisch zu tun gehabt, saß über den Abrechnungen und dachte darüber nach, ob es eine Möglichkeit gäbe, den Laden wieder auf die Beine zu bringen, wieder dafür zu sorgen, daß mit dem Parfum Geld verdient wurde, damit sie aufhören konnte, sich mit ... mit dieser anderen Arbeit abzugeben. Von ihrem Platz aus dankte sie dem Paar für seine nostalgische Geste, ohne dabei aufzustehen. Sie konnte schon aus der Entfernung sagen, daß die Flasche zu groß war, um ein wirklich edles Parfum enthalten zu haben; daß auf jeden Fall nur noch ein paar Tropfen übrig waren und daß die Zeit und die Gezeiten jenen Tropfen längst ihre Potenz genommen hatten. Die Flasche hatte eine hübsche Form, zugegeben, und ihre bläuliche Färbung verlieh ihr eine geheimnisvolle Aura. Mit der sonderbaren gehörnten Figur, die auf der Seite eingraviert war, könnte sie ein vortreffliches Behältnis für Maskottchen-Lotion und Mond-Medizin abgeben, falls sie aufgrund grausamer Umstände einmal dazu gezwungen sein sollte, Beiträge zur Wudu-Arzneimittelliste zu leisten. Sie würde die Flasche nach Ladenschluß genauer anschauen und sich einen möglichen Verwendungszweck überlegen. Bis dahin hatte sie, da gerade von Wudu die Rede war, noch rote Tinte, die gerne hätte schwarz werden können.

Ihre Nase steckte tief im Auftragsbuch – so wie sie jetzt tief in ihrem duftenden Taschentuch steckte –, als Pris und V'lu den Propfen aus der Flasche zogen und mit großem Ohhh und Ahhh den Geruch begrüßten, der ihr entströmte. Was wußten die schon, ein simples Plantagen-Packaninni und ein Mädchen, das sein Studium abgebrochen hat? Sie würde ihren professionellen Riecher an die Flasche halten, sobald sie Zeit dafür finden sollte, aber mal ehrlich, was für eine olfaktorische Überraschung sollte ein praktisch leeres Kuriosum enthalten, das irgendwo aus dem Schlick gegraben worden war?

Nachdem Madame bis zum Abendessen mit der Bilanz gerungen hatte, war sie über ihrem letzten Löffel Gumbo-Suppe fast eingeschlafen. Sie ging zu Bett, ohne den kaum noch vorhandenen Inhalt der Antiquität geprüft zu haben. Und in der Nacht war Priscilla mit der Flasche durchgebrannt, ähnlich wie seinerzeit mit Effecto Partido (nur daß diesmal niemand vor ihrem Fenster Akkordeon spielen mußte). Naja, der Sommer war ohnehin vorüber, also adé, Pris, Liebling, und Gottes Segen. Ihr Abgang war vielleicht zu ihrem Besten. Was die Flasche anging, so war sie von keinerlei Bedeutung, auch wenn V'lu in den folgenden drei Jahren zahllose Anlässe gefunden hatte, ihren Verlust zu beklagen.

Als Lily sich ihr Taschentuch aus dem Gesicht nahm und aus ihrer Trance erwachte, nagte V'lu gerade genüßlich eine Rippe ab. Gäste, die sie beobachtet hatten, wandten sich wieder ihrem Essen zu. Einer, der den Mund voll Maisbrot hatte, flüsterte seiner Begleiterin ins Ohr: «Die alte Madame D. da drüben ist eine stürmische Frau.» Von einem Hurricane war nicht direkt die Rede.

«V'lu, ich bin nicht sonderlich begeistert davon, was du getan hast. Es war unredlich und überflüssig. Offensichtlich hat die Flasche Priscilla etwas bedeutet, sie war ein Teil ihrer Träume. Für uns ist sie kaum von Wert.»

«Ich ssage kein eintssigess Wo't meh', bevo' Ssie nicht ge'ochen haben, Madame. Ssie haben ess nie ge'ochen!»

«Naja …»

«Ess hat Jassmin alss He'znote, eine *gewaltige* Jassmin-He'znote, fasst sso gut wie unsse'e Blumen von Bingo Pajama. Ess hat eine Limonen-Kopfnote, wie unsse'e Missung auch. Und ess isst noch wass d'in, Madame, ess hat eine Bassissnote. Ess hat eine Bassiss, die b'ingt ess!»

«Wie dem auch sei, Priscilla war –»

«Ssie müssen ess 'iechen.»

«Aber –»

«Ssie müssen ess 'iechen!»
«Gut. Aber nicht hier.»
Sie traten hinaus auf die Burgandy Street, als gerade die Sonne unterging. Es war Ende November und ein wenig kühl, aber die Leute saßen trotzdem auf ihren Balkonen und Veranden. Sie befanden sich in einer der wenigen Ecken des Französischen Viertels, in der noch Schwarze lebten, die ansonsten durch steigende Mieten in die Gebiete jenseits der North Rampert Street vertrieben worden waren. Es schien, als würde es um so teurer, in dem Viertel zu wohnen, je armseliger es wurde.
Die meisten Häuser in der Burgandy waren kreolische Hütten mit vier Zimmern und ohne die schattigen Höfe, in denen sich, außer Sichtweite von Touristen und Fotografen, das wirkliche soziale Leben des Viertels abspielte. Hier saßen die Leute statt dessen auf ihren Veranden wie auf dem Präsentierteller, und dennoch gelang es ihnen, ihre Privatsphäre zu schützen. Ein Fremder konnte ihre schleppenden Bewegungen beobachten, ihr Gelächter und ihre Musik belauschen, die würzigen Gerichte riechen, die sie aßen, aber er konnte niemals erwarten, an alldem teilzuhaben. Und wenn sie hineingingen und ihre Türen schlossen, waren ihre Bräuche so wenig erkundbar wie die der Kongolesen vergangener Jahrhunderte. Der Historiker Kolb hat New Orleans als Stadt beschrieben, «die sich nie wirklich im Hauptstrom des amerikanischen Lebens befunden hat». Obwohl New Orleans eine Stadt ist, in der sich ein großer Teil des Lebens in den Häusern abspielt, wird dort weniger ferngesehen als in jeder anderen amerikanischen Stadt vergleichbarer Größe. Aber was tun dann die Menschen hinter den geschlossenen Fensterläden? Was tun sie wirklich?
New Orleans liegt nicht im Hauptstrom der Kultur, aber damit nicht genug, es liegt auch nicht im Hauptstrom der Zeit. Ihm fehlt eine sauber definierte Gegenwart, und so treibt es irgendwo zwischen seiner Vergangenheit und seiner Zukunft dahin, als sei es unsicher, ob nun Fortschritt oder Rückzug die bessere Alternative ist. Vielleicht liegt sein verborgener Charme in seiner permanenten Ambivalenz. Von seinem Standort irgendwo zwischen Preservation Hall und Superdome, zwischen Wudu und Kybernetik, lauscht New Orleans begierig den verführerischen Versprechungen der Zukunft, bleibt aber mit mindestens einem Fuß auf dem festen Boden seiner Geschichte stehen und fügt sich am Ende, wie ein Künstler es tut, nicht der Welt, sondern

seinem eigenen inneren Sein – stets darauf bedacht, seinen persönlichen Stil beizubehalten.

Wie die beiden Frauen so über die St. Ann Street in Richtung Jackson Square und Fluß gingen – die ältere, weiße, angemalte und mit Juwelen behängte hatte einen Gang, eine Art watschelndes Dahinrumpeln, so als sei sie das Ergebnis eines Seitensprungs, den sich Pu, der Bär, mit Daisy Duck erlaubt hatte, wohingegen die jüngere, schwarze auf ihren geschmeidigen Schenkeln munter dahinscharwänzelte – gaben sie ein prächtiges Abbild des Stils dieser Stadt ab. Und es paßte tadellos in dieses Charakterbild, daß die beiden vor einem hohen schmiedeeisernen Tor mit Lilienwappen auf den Spitzen der Gitterstäbe stehenblieben, um der Jüngeren Gelegenheit zu geben, eine Flasche aus ihrer Reisetasche holen und sie verstohlen der anderen geben zu können.

«Laß schon los, ich hab sie», sagte Madame Devalier. «*Mon Dieu,* du scheinst ja Angst zu haben, daß sie weglaufen könnte.» Eine Weile betrachtete sie die Flasche prüfend im Dämmerlicht und runzelte die Stirn angesichts der teuflischen Figur, die gleichermaßen boshaft und unglücklich aussah. «Harumph», schnaubte sie. Das Bildnis war mit ihren katholischen Empfindungen ebenso schwer zu vereinbaren wie mit dem Aberglauben der baptistischen Strandläufer. «Harumph.»

«Wi' müssen vo'ssichtich ssein. Miss P'isscilla könnte die Polissei 'ufen ode' sso wass. Da'um hab ich Ssie gebeten, ssum Flughafen ssu kommen. Meinen Ssie, ess isst in O'dnung, ssie mit in den Laden ssu nehmen?»

Madame hörte kein Wort. Sie hatte den strammsitzenden Propfen entfernt, und nun flatterten, bebten ihre Nasenwände; die geöffneten Luken eines Mutterschiffs, aus denen Ladung emporschwebt. Wirklich, ihre Nase, ihr ganzer Kopf schien schwerer, größer zu werden, während sie den Duft einsog; und ihr zurückgebundenes Haar, tiefschwarz gefärbt wie Satchmos Trompetenkoffer, kräuselte sich in der Tabasco-Dämmerung.

Wie ein Stutzflügel in einer Stadt ohne Klavierträger hatte sich Madame an ihrem Standort aufgebaut, ihr massiger Körper war so starr wie eine Wildsau im Scheinwerferlicht eines Lastwagens. Ein feierlicher Trauerzug hätte die Gebirgspässe ihres Korsetts überqueren können, und sie hätte nicht einmal gezuckt. Für einen Passanten, vielleicht auch für V'lu, war sie nichts weiter als eine mürrische alte Dame, deren Füße in schwarzen Schnürschuhen steckten und die ihre Nase

über die Öffnung einer Flasche hielt, doch in ihrem schwellenden Kopf, hoch oben zwischen den Sparren des keilförmigen Recessus des Siebbeins, breitete sich Musik, breitete sich ein Glücksgefühl aus; ihr mürrisches altes Herz ging auf, bekam wieder etwas Heiteres und Mädchenhaftes, wie ein verlorener Strandball, der meilenweit einen Deich entlanggeweht wird, angeleuchtet von den Blitzen eines Hitzegewitters.
V'lu wartete geduldig. Sie wußte, daß es ein gutes Zeichen war, wenn Madame sich so lange Zeit nahm. Sie spürte fast die Energie, die aus dem altmodischen Plissee von Madames mitternachtsblauer Bluse herausstrahlte, sie spürte, wie sie in Madames dickes Rouge Linien hineinätzte und sich in den farbigen Vertiefungen der Gemmen sammelte, die sie trug. V'lu tappste mit ihren Tootsie Roll-Zehen auf und wartete.
Die Sonne war untergegangen, und es war dunkel geworden in der St. Ann Street, ehe Lily die Flasche wieder verschloß und sie V'lu zurückgab. Ihr Gesicht strahlte, aber ob Erinnerungen oder Erwartungen dafür verantwortlich waren, ließ sich nicht sagen. «Ich wünschte, Papa hätte das riechen können.» Sie sagte das mit ebenso gebrochener wie glückseliger Stimme, und für eine ganze Zeit war es das einzige, was sie von sich gab.
Sie gingen schweigend nebeneinander her, und die alte Frau schwenkte dabei ihre Handtasche. Als sie an die Royal Street kamen und nach links abbogen in Richtung Laden, sagte sie: «Ich bin stolz auf dich, V'lu, und auf Pris auch. Ihr habt die Herrlichkeit sofort erkannt. Für euch beide werde ich diese Basisnote identifizieren. Im Augenblick ist mir noch schleierhaft, woraus sie bestehen könnte. Es ist nicht mehr genug von der Flüssigkeit in der Flasche, um sie sich von einem chemischen Labor analysieren zu lassen. Aber ich werde es herausbekommen, darauf kannst du dich verlassen! Lily Devalier hat vielleicht keinen so bedeutenden Riecher wie Bunny LeFever, sie mag sich auf Dinge eingelassen haben, die jedem ehrbaren Parfümeur die Schamesröte ins Gesicht treiben würden, aber sie kennt ihr Parfum, das kannst du ihr glauben, sie kennt die Bausteine des Parfums und den Mörtel des Parfums, und sie kennt jede einzelne Variante und jede Gefühlsregung des Parfums.» Sie machte eine Pause. «Ich glaube, dieses Zeug kommt aus Ägypten. Ich habe gehört, einige von deren Parfums hatten ihren Duft nach dreitausend Jahren noch nicht verloren. Und dann diese Flasche!» Sie bekreuzigte sich, ohne dabei aufzuhören, ihre Handtasche zu schwenken. «Irgendein Sex-Dämon aus dem heidnischen Ägypten.

Von so einem wie dem wären sie an Fastnacht begeistert. Aber sein Geruch ist göttlich. Die arme kleine Pris. Anfängerin. Ihre Chancen, diese Basisnote herauszubekommen, waren ungefähr so groß wie die Chancen eines Schneeballs im Golfstrom. Stimmt's?»
«Sstimmt.»
«Aber ich werde sie herausbekommen. Ich werde dieses großartige Parfum neu ins Leben rufen – mit unserem Jasmin wird es sogar noch großartiger –, und ich werde es dir und Pris widmen.»
Watschelnd und mit rotierender Handtasche, die immer größere Kreise schlug, rumpelte sie den Block hinunter. Es gab Gegenden auf der Welt, vielleicht sogar in New Orleans, in denen sie Aufsehen erregt hätte, aber das Französische Viertel gehörte nicht dazu. Es gab im Französischen Viertel sogar schwule Männer, die Hundehalsbänder trugen und sich von ihren Liebhabern an der Leine spazierenführen ließen, es gab über und über tätowierte Frauen, die sich Schlangen umhängten, es gab Dixie-Mystiker, die sich die Augenlider zunähten und einem für einen Pfannkuchen die Zukunft vorhersagten, und es gab Leute, die dreihundertfünfundsechzig Tage im Jahr Fastnachtskostüme trugen. Nein, das Französische Viertel war nicht die Gegend, in der einer übermäßig aufgetakelten, korpulenten Frau, die eine Handtasche schwenkte, besondere Aufmerksamkeit geschenkt wurde. Aus dem gleichen Grund nahm das Viertel auch keine besondere Notiz von dem schlaksigen schwarzen Mann mit seiner sonderbar schwirrenden, pulsierenden, wogenden Mütze, der aus dem Schatten heraustrat, sich der korpulenten Frau näherte und ihr einen riesigen Strauß mit Jasminzweigen hinhielt, die in durchnäßtes Zeitungspapier gewickelt waren.
Das heißt, das Viertel nahm keine besondere Notiz, bis sich auf der gegenüberliegenden Straßenseite zwei Männer in Anzügen aus dem Schatten lösten und den schwarzen Mann erschossen.

PARIS

«… Vor neunzig Millionen Jahren, wobei es auf zwanzig Millionen mehr oder weniger nicht ankommen soll, fanden …»

Was war das? War das Bunnys Stimme?

«… zwei Ereignisse statt, die alle Parfümeure interessieren müßten. Damals, gegen Ende …»

Es *war* Bunnys Stimme.

«… der Kreidezeit, geschah es …»

Wer außer Bunny hatte eine so weite, tiefe, weiche, heiße, erstickte Stimme, eine Stimme wie Kohle, die in den Mooren der Kreidezeit vor sich hin entsteht.

«… daß die Blumen die Dinosaurier auslöschten.»

Vielleicht klang Bunnys Stimme deshalb so, weil er sich im Gegensatz zu der Mehrzahl der Franzosen weigerte, durch die Nase zu sprechen. Bunny fand, die Nase sei für Größeres geschaffen. Aber wie kam Bunny in Lucs Büro? Bunny sollte doch in der Frühmaschine nach Amerika sitzen.

Als er die Stimme seines Cousins hörte, wurde Claude LeFevers Hand so steif wie Medusas Optometriker. Nun befahl er die motorischen Funktionen zurück in seine Finger und drehte langsam den Türknauf. Am Präsidentenschreibtisch saß, seinen Schutenkopf um die Fracht der Walmaske geleichtert, Claudes Vater und lauschte einem Kassettenrecorder. Luc LeFever nickte seinem Sohn zu und drückte die Pausentaste. Die Kassette verstummte, und Claude hörte das Blut durch die verstopften Arterien des alten Mannes summen wie den Chor auf der Titanic.

«Setz dich hin, mein Junge, und hör dir das an. Ich hoffe, deine Leber ist gut beeinander heute morgen.»

«Falls es sich um den Vortrag handelt, den Bunny auf dem Kongreß

gehalten hat, den hab ich schon einmal gehört, und das war einmal zuviel.»
«Ich weiß», sagte Luc, «aber ich suche nach den Schlüsselstellen. Ich glaube, dieser alberne Vortrag war der Anlaß, Marcel zur Last Laugh Foundation einzuladen. Ich versuche herauszubekommen, was sie da drin entdeckt haben.» Er drückte die Rücklauftaste.
Claude war nicht sonderlich scharf darauf, genaueres über die Last Laugh Foundation, Bunnys dortigen Besuch oder Lucs morbides Interesse daran zu erfahren. Claude war in das Büro seines Vaters gekommen, um mit ihm über die sogenannte Agentenliste zu reden. Es irritierte ihn, daß eine gewisse V'lu Jackson als Spionin für die Firma aufgeführt war. Er fragte sich, ob Luc wußte, daß Bunny verrückt nach V'lu war. Hatte der alte Mann ihre Affaire angezettelt? Hatte Bunny bei der Rekrutierung von V'lu eine Rolle gespielt? Das schien nicht sehr wahrscheinlich, aber Claude hatte das unangenehme Gefühl, daß hinter seinem Rücken Geschäfte gemacht worden waren. Er wollte Antworten hören, doch nun sah es so aus, als würde er sich gedulden müssen, bis sie noch einmal jene Ansprache gehört hatten, die ihn schon damals geärgert hatte, als Bunny sie Anfang Juni auf dem Achten Internationalen Kongreß für aromatische Substanzen (dem alle zwei Jahre abgehaltenen Parfümeurs-Kongreß) in New Orleans vorgetragen hatte.
«Muß ich mir das wirklich alles noch mal anhören? Ich habe dringend mit dir über –»
«Pssst.» Luc legte seine Zigarre an wie eine Laserkanone. Nachdem er Claudes Stimmbänder durchschossen hatte, drückte er auf Pause, dann auf Play.
Das Band war weiter als nötig zurückgelaufen, und zunächst klang aus dem Lautsprecher die Stimme des Präsidenten eines großen New Yorker Duftstoff-Unternehmens, der seinen Vortrag über die Zukunft der Branche mit den Worten beschloß: «Da sich der Parfümeur mit der Kreation feinster Düfte beschäftigt, hat er genaueste Kenntnisse darüber, welche neuen Komponenten oder Materialien es gibt, ich fürchte jedoch, daß er dem Markt und dem Kunden zu weit entrückt ist, um diese Kenntnisse auch richtig anzuwenden. Die Hersteller von Fertigprodukten sind fast sämtlich dazu übergegangen, die volle Verantwortung für die Auswahl von Duftnoten, die ihren Produkten beigemischt werden, aus den Händen von technischem Personal oder von Duft-

stoff-Komponisten in die von Marketing-Leuten zu verlagern. Diesem Trend ist zu verdanken, daß es möglich war, in den vergangenen Jahren kommerzielle und in mancher Hinsicht auch erfolgreichere Duftstoffprodukte auf den Markt zu bringen.»

Claude lächelte bei der Vorstellung, wie Bunny angesichts dieser Behauptungen gekocht haben mußte.

«... Duftnoten müssen gestylt werden, genau wie Moden oder Automobile oder Eßgeschirre oder sonst was. Das Styling von Duftnoten unterliegt, genau wie das Mode-Styling, gewissen Zyklen, aber neue Entwicklungen in der Chemie bedeuten, genau wie neue Entwicklungen bei Stoff-Qualitäten, daß man immer wieder mit etwas anderem auf den Markt kommt. Ich danke Ihnen.»

Während des Applauses, der nun folgte, stellte Claude sich Bunnys geballte, blasse, manikürte Fäuste vor. In Claudes Vorstellung war sein Cousin der einzige im Publikum, der nicht klatschte. In Wirklichkeit hatte es sich jedoch anders verhalten. Wiggs Dannyboy hatte nicht geklatscht, weil er nichts erfahren hatte, das ihn in Erstaunen versetzte (selbst seine eigene Einführung in die Parfümerie hatte ihn gelangweilt und enttäuscht). V'lu Jackson und Priscilla Partido, die in verschiedenen Ecken des Zuschauerraums saßen, hatten nicht applaudiert, weil sie so kurz vor dem Einschlafen waren, daß ihr Atem sich bereits darauf einstellte, Schnarchgeräusche zu produzieren. Auch während der Einführung des «Meisterparfümeurs Marcel LeFever» schlummerten sie sanft und selig und erwachten erst, als ihrer beider Unterbewußtsein aus irgendeinem sonderbaren Grund ein Stich versetzt wurde durch die Worte: «Damals, gegen Ende der Kreidezeit, geschah es, daß die Blumen die Dinosaurier auslöschten.»

Ohne zu ahnen, daß es zwei attraktive Amateurinnen aus den Moskitonetzen des Schlummers wachgerüttelt und einen außenstehenden Beobachter veranlaßt hatte, seinen Entschluß zu revidieren, aufs Männerklo zu gehen, um einen Joint zu rauchen, fuhr Bunny fort: «Die Wissenschaft weiß, daß das Verschwinden der Dinosaurier und das Auftauchen von Blumen zeitlich zusammenfällt, doch sie hat erstaunlicherweise nie einen Zusammenhang zwischen den beiden Ereignissen hergestellt. Es bleibt den Parfümeuren vorbehalten, dieses Versäumnis nachzuholen.

Dinosaurier, ihres Zeichens Vegetarier, ernährten sich von Farnen, schwimmenden Wasserpflanzen und palmenähnlichen Zykadeen. Die

Tatsache, daß sie sich auf eine eng umgrenzte, strikt spezialisierte Kost festlegten, deutet darauf hin, daß sie nicht sonderlich intelligent und schon gar nicht sonderlich französisch waren. Als während der Kreidezeit die großen Gebirge entstanden, liefen Binnengewässer leer und Sümpfe trockneten aus. Zunächst verschwanden die Wasserpflanzen, dann die Farne und Zykadeen. Mangel an Oberflächenwasser. Gleichzeitig hatten sich jedoch einige neue Pflanzen ausgebreitet. Diese Pflanzen waren zunächst vollkommen unverdächtig, und weder die Dinosaurier noch die Sumpfpflanzen schenkten ihnen viel Aufmerksamkeit. Doch sie hatten Pläne für die Zukunft. Sie ließen ihre Wurzeln länger und länger wachsen, versenkten sie tiefer und tiefer im Erdreich, bis sie zu der Feuchtigkeit vordrangen, die sich unter der Oberflächenschicht sammelte, und als ihre faserigen kleinen Erkundungsorgane den Grundwasserspiegel erreichten – PENG!» (Bunny schlug auf das Rednerpult: wären V'lu und Priscilla nicht schon vorher wach gewesen, dann wäre es jetzt passiert.)

«PENG! Sie explodierten in einer skandalösen Zurschaustellung sexueller Anmache.

Die alte Klauen- und Fang-Welt eintöniger, räuberischer, niederträchtiger Unterdrückung hatte dergleichen noch nicht erlebt. In lüsterner Färbung und begleitet von einem erregenden Duft stellte eine Blüte nach der anderen ihre Genitalien offen zur Schau, um auf diese Weise mit visuellem und bis dahin unbekanntem *olfaktorischen* Charme jeden zu verführen, der geneigt war, von ihren Köstlichkeiten zu probieren.

Insekten mit ihrer entsetzlichen Begabung zur Anpassung reagierten begeistert auf den Ausbruch der Sinnlichkeit. Ebenso begeistert waren die kleinen Vögel. Dinosaurier hingegen zeigten sich angewidert. Obwohl ihre Reproduktionsgeräte gewaltig gewesen sein müssen – der Penis eines Brontosauriers war nur um wenige Meter kürzer als das zehn Meter lange Organ des großen Blauwals –, fristeten sie ihr Dasein im Verborgenen und wurden nur selten benutzt. Der dämliche und dünnblütige Dinosaurier war kein heißer Liebhaber, ein weiterer Punkt, in dem er sich vom Franzosen unterschied.» Seichte Wellen von Gelächter waren zu hören. Sehr seichte Wellen. «Einmal im Jahr raffte er sich zur sexuellen Vereinigung auf, eine Angelegenheit, die ihm ziemliche Kopfschmerzen bereitete. Der prüde Dinosaurier fand den erotischen Duft blühender Pflanzen so abstoßend, daß er verhungerte und es vorzog, lieber auszusterben als zu essen.»

Vor allem dieser Teil der Rede störte Claude, Claude liebte es nicht, an Walfisch-Penisse und Dinosaurier-Piephähne erinnert zu werden. Allein der Gedanke daran wie große, dumme, unbeholfene Dinosaurier geschlechtlich miteinander verkehrten, reichte aus, seine Geschlechtsdrüsen gefrierzutrocknen und ihn vorübergehend für seine Frau unempfänglich werden zu lassen. Aus diesem Grunde verabscheute Claude die Einrichtung der Natur, daß Hunde und Katzen und Hühner sich sexueller Praktiken befleißigten, die sich von seinen eigenen nicht wesentlich unterschieden. In einer vollkommenen Welt hätte, wäre es nach Claude gegangen, nur der Mensch einen Zugriff auf die Koitus-Lizenz gehabt.

Und selbst unter den Menschen waren die meisten nicht würdig, einer Betätigung teilhaftig zu werden, die so heilig, so persönlich, so sublim war. Oft konnte Claude es sich bei den Paaren, die er auf Parties traf oder denen er auf der Straße begegnete, einfach nicht vorstellen, wie sie verbunden waren in fleischlicher Umarmung. Er fand es nicht nur widerlich, es erschien ihm schlechterdings unmöglich. Hätten sie keine Kinder, er wäre überzeugt, sie lebten platonisch zusammen. Das traf ganz besonders zu, wenn Leute fett oder dumm waren. Claude glaubte, daß nur kluge, attraktive Menschen das Recht zum Vögeln hätten, und es verletzte ihn nachdrücklich, wenn er klare Anhaltspunkte für das Gegenteil entdeckte.

Claudes Seele war von einer Abscheu überschattet, düster wie seine Socken, aber das Tape lief munter weiter.

«Ich will Sie nicht glauben machen, daß eine evolutionäre Intelligenz Blumen in der spezifischen Absicht hervorgebracht hat, die Welt von Dinosauriern zu befreien (und nebenbei bemerkt, der Niedergang der fleischfressenden Dinosaurier folgte dem ihrer vegetarischen Verwandten auf dem Fuße, denn als die Pflanzenfresser verschwunden waren, hatten *sie* nichts mehr, wovon sie hätten leben können), oder daß eine solche Intelligenz versucht hätte, unserem Planeten einen Denkzettel zu verpassen: lieber klein, bunt, sexy, sorglos und friedfertig wie die Blumen als groß, konservativ, unterdrückt, ängstlich und aggressiv wie die Riesenechsen; ein Denkzettel übrigens, der der Welt noch immer gut anstände. Darauf will ich nicht hinaus. Ebensowenig will ich darauf hinaus, daß die größten, fürchterlichsten Tiere, die es je gegeben hat, durch Wohlgerüche ausgelöscht wurden.

Nein, mir geht es darum, daß der Blütenduft, dem wir unsere Parfums entliehen haben, zwar Ungeheures zu bewirken vermag, in seinen Absichten aber von Anfang an ganz und gar verführerisch war. Eine Rose ist eine Rose ist eine Rose.

Parfum besteht im Wesentlichen aus dem sexuellen Lockmittel der Blumen, oder, im Falle von Zibet und Moschus, der Tiere. Parfum wird aus den Geschlechtsdrüsen von Pflanzen und Tieren herausgepreßt und ist damit der Duft der Erschaffung, ein unseren Sinnen in erregender Form dargebrachtes Zeichen der regenerativen Kräfte unserer Erde – eine Botschaft der Hoffnung und eine Botschaft der Freude.

Kein Wunder, daß die Kirche Parfum mit Sünde und Gestank mit Heiligkeit gleichsetzte. Es heißt, daß gewisse Heilige die normalen Anforderungen an die persönliche Hygiene so vollständig vernachlässigten, daß selbst Satan, wenn er sich ihnen von Lee näherte, entsetzt die Flucht ergriff – daher ihr hohes Ansehen als Heilige. Hin und wieder zeigte die Kirche eine gewisse Vorliebe für Räucherwerk und Öle. LeFever kaufte seine ursprüngliche Parfümerie 1666 von einem katholischen Mönchsorden. Duftstoffe haben bei Zeremonien und Ritualen lange Zeit eine wichtige Rolle gespielt. Alles in allem jedoch sah sich die Kirche gezwungen, gegen das Parfum Partei zu ergreifen, da sie es nicht vermochte, sich von der Schlußfolgerung zu lösen, Parfum stelle eine stillschweigende Einladung zu verbotener sexueller Ausschweifung dar. Auch wir als Parfümeure müssen dieser Wirklichkeit ins Auge sehen.

Es besteht kaum ein Unterschied zwischen einem Zulu-Krieger, der sich den Leib mit Löwenfett einschmierte, und der modernen Frau, die den ihren mit teurem Parfum betupft. Der eine versuchte, den Mut des Königs der wilden Tiere zu erlangen, die andere versucht, sich die unwiderstehliche Sexualität der Blumen anzueignen. Das zugrundeliegende Prinzip ist das gleiche.»

Claude schauderte. Löwenfett. Irgs. Woher hatte Bunny bloß solche Sachen?

«Worüber wir letztendlich reden, ist *Magie,* oder etwa nicht? Im anthropologischen Verständnis homöopathischer Magie dient das Parfum als Medium, mit dessen Hilfe sich die Frau auf magische Weise der sexuellen Kräfte der Blüten bemächtigt. Wie beim Löwenfett des Kriegers ist auch hier mehr als bloße Einbildung im Spiel, denn ein potentieller Nutzen, der aus der Anwendung des magischen Mediums

erwächst, wird – wie diffus auch immer – ins Bewußtsein des Anwenders hineinprojiziert.
Da der Parfümeur mit sexueller Magie und romantischer Träumerei zu tun hat, bewegt er sich in einem Reich, in dem es äußerst primitiv und gleichzeitig ausgesprochen exaltiert zugeht. In diesem Reich herrschen eigene Gesetze, und es tut mir leid, Ihnen mitteilen zu müssen, daß diese nicht völlig identisch sind mit den Gesetzen des Marktes.»
Die letzte Bemerkung war offensichtlich aus dem Stegreif entstanden. Claude konnte nicht anders, er empfand einen Hauch von Stolz für seinen Cousin. Er wandte sich Luc zu, schüttelte den Kopf und kicherte: «Der Bunny ist ein ganz Schneller», sagte er. «Und er hat vor nichts Angst.» Luc antwortete nicht. Luc hatte andere Dinge im Kopf. Luc hatte den größten Teil der Nacht wachgelegen. Luc hatte Geld zu investieren, und nun, da Morgenstern sich an die Last Laugh Foundation gehängt hatte … nun ja, es war wert, der Sache nachzugehen. Die Foundation würde zweifellos Geld brauchen. Wer weiß, vielleicht *konnte* sie tatsächlich etwas für ihn tun. Luc kaute auf seiner Zigarre und lauschte aufmerksam. Luc fühlte sich entsetzlich. Die Ringe unter seinen Augen waren lila-rot wie vergammeltes Fleisch.
«Nun», sagte Bunny Marcel, «möchte ich Ihre Aufmerksamkeit auf ein weiteres prähistorisches Ereignis lenken. Vor etwa dreihunderttausend Jahren verdreifachte sich die Größe des menschlichen Gehirns. Die Wissenschaft war nicht imstande, diese verhältnismäßig plötzliche Vergrößerung zu erklären, denn jenseits einer bestimmten Größe, einer Größe, die das Gehirn unserer Vorväter vor zweihunderttausend Jahren bereits erreicht hatte, steigt die Intelligenz nicht mit dem Volumen des Gehirns. Worin also lag die evolutionäre Absicht der Verdreifachung unserer zerebralen Latifundien?»
Bunny machte eine Kunstpause, dann fuhr er fort: «Ich behaupte, daß das Gehirn sich vergrößerte, um mehr Erinnerungen speichern zu können. Wir haben bei jüngsten Experimenten in Erfahrung gebracht, daß Erinnerungen nicht in spezifischen neuralen Zentren gespeichert werden, sondern holographisch, über das gesamte Gehirn verteilt. Indem das menschliche Säugetier allmählich immer länger lebte und den Radius seiner intellektuellen Aktivitäten erweiterte, mußte es auch mehr erinnern. Es brauchte sozusagen mehr Stauraum. Interessant ist jedoch, daß die Erweiterung der Speicherkapazität weit über das hinausging, was seinerzeit benötigt wurde. Sie ging sogar weit über das hin-

aus, was heute benötigt wird, obwohl wir inzwischen mehr als dreimal so lange leben wie unsere prähistorischen Vorfahren und sich auch der Radius unserer Aktivitäten dementsprechend vergrößert hat. Könnte es sein, daß die Evolution uns für eine Zeit in der Zukunft ausgestattet hat, in der wir erheblich länger leben werden, als wir es heute tun? Könnte dem Wuchern des Speicherplatzes eine langfristige Langlebigkeits-Planung zugrunde liegen? Ein Unsterblichkeits-Planspiel?»
Luc grunzte. «Das muß die Stelle sein», sagte er. «Beim erstenmal hab ich sie verpaßt.» Er setzte sich in seinem Sessel auf. Von der Anstrengung wurde ihm schwindelig. (Fünf Monate zuvor war Wiggs Dannyboy von derselben Bemerkung in seinem Sitz hochgeschreckt worden. Wiggs hatte den Kongreß auf bloßen Verdacht hin besucht, und es hatte den Anschein, als sollte der Verdacht sich bestätigen.)
Bunny: «Wir können über solche Fragen nur spekulieren. Wir wissen jedoch, daß von unseren fünf Sinnen der Geruchssinn am unmittelbarsten mit der Erinnerung verknüpft ist. Obwohl sich der Mensch in seinen Orientierungen zunehmend auf die visuelle Ebene bezieht, obwohl sein olfaktorisches Sinnesorgan so geschrumpft ist, daß es kaum mehr die Größe eines amerikanischen Zehncentstückes aufweist, kann sich der optische Eindruck nicht im entferntesten messen mit dem Geruch, wenn es um die Fähigkeit geht, Erinnerungen wachzurufen. Erinnerungen, die mit Gerüchen in Verbindung stehen, sind grundsätzlich unmittelbarer und lebhafter als solche, die sich allein auf Bilder oder Klänge stützen. In der Tat haben Psychiater damit begonnen, Parfums zu benutzen, um dem Patienten zu helfen, die unterdrückten Erinnerungen der frühen Kindheit wieder heraufzubeschwören.»
Der alte Mann streckte den Kopf. Bunny sprach Englisch, und bei dem Blutdruck-Choral, der in Lucs Schläfen jubilierte, hatte er Schwierigkeiten, jedes Wort zu verstehen. In Lucs Augen war Englisch eine Sprache, die sich lediglich zur Vertonung von Zeichentrickfilmen und zum Anspornen des Publikums bei Sportveranstaltungen eignete.
Bunny: «Der Geruchssinn ist der letzte unserer fünf Sinne, der einen Sterbenden verläßt. Nachdem er nicht mehr sehen, nicht mehr hören, ja, nicht einmal mehr tasten kann, hält der Sterbende noch an seinem Geruchssinn fest. Steigt damit Ihre Wertschätzung für die Arena, in der wir Parfümeure uns produzieren?
Gerüche dienen einerseits als Wegweiser zu unseren frühesten Erinnerungen; andererseits begleiten sie uns bis zuletzt bei unserem Übertritt

in ein neues Leben. In der Zwischenzeit schaffen sie Stimmungen, stimulieren Träume, formen Gedanken und modifizieren das Verhalten. Sie stellen unsere stärkste Verbindung zur Vergangenheit dar und sind unsere vertrautesten Begleiter auf der Reise in die Zukunft. Vorgeschichte, Geschichte und Nachwelt, all das sind ihre Domänen. Es könnte sehr wohl sein, daß der Geruch die eigenhändige Unterschrift der Ewigkeit darstellt.»

«Da trägt er aber ein bißchen zu dick auf», kommentierte Claude. Luc unternahm einen Versuch, zustimmend zu nicken, aber sein Kopf war so voller heißem, lärmendem, verschmutztem Blut, daß er sich anfühlte, wie ein Bistro am Wochenende gegen Mitternacht, und er ihn beim besten Willen nicht bewegen konnte.

Das Tonband dagegen war bei bester Gesundheit und behielt sein Tempo munter bei. «Es gibt eine uralte Auseinandersetzung darüber, ob die Parfümerie eine Wissenschaft oder eine Kunst ist. Diese Auseinandersetzung erübrigt sich, da auf höheren Ebenen Wissenschaft und Kunst ein und dasselbe sind. Es gibt einen Punkt, an dem die hohe Wissenschaft ihre technologischen Anteile transzendiert und zur Poesie wird, und es gibt einen Punkt, an dem die hohe Kunst ihre technischen Anteile transzendiert und zur Poesie wird.

Der Parfümeur ist freilich weder Quantenphysiker noch Maler, aber im besten Fall, wenn seine Ziele edle Ziele sind, wenn seine Phantasien freigesetzt, seine Entscheidungen inspiriert sind, nähert auch er sich der Poesie. Und in solchen Momenten wird ihm klar, was die Alten meinten, wenn sie voller Überzeugung sagten, die Seele beziehe ihre Nahrung über den Geruchssinn.

Ich habe heute nachmittag über Poesie und sexuelle Magie zu Ihnen gesprochen. Es ist nicht allzu viele Jahre her, da zeugten noch die Namen unserer Parfums von solchen Dingen. Es gab eine populäre Duftnote, die *Tabu* hieß, es gab *Magie, Meine Sünde, Vampir, Wudu, Evening in Paris, Dschungel-Gardenie, Bandit, Shocking, Intim, Liebestrank* und *L'Heure Bleue* – Die Blaue Stunde. Und was begegnet uns heute? *Vanderbilt, Miss Dior, Lauren* und *Armani*, Parfums, die benannt sind nach überschätzten Schneidern» – unruhiges Gemurmel erfüllte das Publikum – «Namen, die nicht das Poetische, das Erotische, das Magische heraufbeschwören, sondern wirtschaftlichen Status, gesellschaftlichen Snobismus und die Egomanie von Designern. Parfums, die das Wesen der Kreation verwechseln mit dem Wesen des Geldes.

Wieviel Nahrung kann die Seele aus einem Duft ziehen, der den Namen *Bill Blass* trägt?
Vanderbild und *Bill Blass* haben wir den ‹Marketing-Leuten› zu verdanken.»
Marcel unterbrach sich, als wolle er einen Tumult verhindern. Claude schlug sich auf die Bügelfalte seiner teuren grauen Hose. «Gib's ihnen, Bunny», sagte er in einer Mischung aus Zuneigung und Spott. Luc hatte mittlerweile seine Zigarre weggelegt, damit er beide Hände benutzen konnte, um seine explodierenden Schläfen zu massieren.
«*Vanderbild* und *Bill Blass,* ohje. Aber Sie, meine Damen und Herren Parfümeure, wissen in der tiefen, aufblühenden Rose Ihres Herzens, daß Parfums keine Automobile oder Geschirre, keine Versicherungspolicen, kein Präparat X sind. Versuche, Parfum auf ein überschaubares Produkt zu reduzieren, mit dem Kostenbuchhalter sicher umzugehen verstehen; Versuche, es zu besitzen, zu kontrollieren und zu inszenieren, wenn der geheimnisvolle Geist fehlt, sind dazu verurteilt, als entsetzliche Fehlschläge und scheußliche Farcen zu enden.
Die Parfümerie hat mit gewöhnlicher Produktion nichts gemein. Und Parfümeure sollten stolz darauf sein, ihre historische Rolle als Hexenmeister, Seelen-Ernährer, geheiligte Zuhälter und Alchemisten wahrnehmen zu können. ‹Marketing-Leute› sind bestens geeignet, wenn es darum geht, Artikel zu verhökern, aber vergessen wir nie, daß es der Parfümeur, der Blumenmeister, der Wächter der Blauen Stunde ist, der es vermag, die Vögel und Bienen im menschlichen Geist zu betören – und die Dinosaurier zu vernichten.»
Vereinzelter Applaus. Entsetztes Gemurmel. Nervöses Lachen. Dann das weiß-auf-weiße Surren eines leeren Bandes.
«Das war's», sagte Claude und war erleichtert, daß er es nicht schlimmer gefunden hatte als beim erstenmal. «Der wunderbare Meister der Stinknase. Ich schätze, daß Wiggs Dannyboy mit Bunny übereinstimmt. Jemand hat ihm von dem Vortrag erzählt, und er hat gedacht: ‹Hier ist ein Mann, der genauso irre ist wie ich.› So muß es gekommen sein, daß Bunny in diese Klinik eingeladen wurde.»
Luc sagte nichts. Wie eine Papierschlange mit einem weißen Funken auf der Zunge zischelte das Band weiter.
Claude reckte und drehte sich, um seinem Vater ins Gesicht sehen zu können. «O, nein!» Der Präsident war über dem Schreibtisch zusammengesackt, sein Gesicht lag in dem Alabaster-Aschenbecher. Die Zi-

garre schwelte an Lucs Wange und fraß sich wie ein rotglühender Wurm in den Kopf, der inzwischen in Farbe und Struktur einer von Bunnys Roten Beten glich.

Daß Claude so langsam reagierte, lag daran, daß der Geruch ihn, ohne daß er etwas dagegen tun konnte, an einen fernen Sommerabend entführte, als er und seine junge Braut zwischen den Kohlepfannen hindurchschlenderten, in denen Kabab-Händler an einem Strand in Algerien ihren Hammel grillten – vom Zauber umfangen, doch vor lauter fettigem Rauch nicht in der Lage, das Meer oder die Sterne zu sehen.

IV. Teil

RÜCKENWIND VOM PERFEKTEN TACO

In der Zitadelle war es dunkel, und die Helden schliefen. Ihr Atem hörte sich an, als prüften sie gerade, ob Drachengeruch in der Luft lag.

Nur, daß es sich bei der Zitadelle um das Concord State-Gefängnis handelte und daß die schlafenden «Helden», die aufgrund armseliger Verhältnisse und dummstolzer Erbanlagen bereits schwer beschädigt waren, lange bevor sie Gelegenheit hatten, Heldenhaftes zu vollbringen, die Luft nach Tränengas abschnupperten. Hier waren Männer versammelt, die sich einen Dreck darum scherten, ob die Erde rund war oder platt. Ihre Träume drehten sich um Wagenheber-Griffe und Registrierkassen, und die, die schon länger als fünf Jahre hinter Gittern saßen, träumten nur noch in schwarzweiß.

Alobar träumte überhaupt nicht. Er war genauso wach wie die Wärter des Zellentraktes. Sogar wacher, denn die Wärter dösten über ihren Detektiv-Romanen und malten sich das lange Erntedank-Wochenende aus, das vor der Tür stand, während Alobars Aufmerksamkeit ganz dem Geruch seines alternden Körpers galt.

Ja, er konnte es riechen. Im ersten Jahr nach seiner Verurteilung war er kein bißchen gealtert. Sein Körper funktionierte nach wie vor aus dem Antrieb der Erfahrung mit einem Jahrtausend Unsterblichkeit. Abgesehen von den Atemübungen jedoch nützten ihm diese Erfahrungen im Gefängnis nichts, und eines Tages dämmerte es seinem zellularen Bankier, daß die Immunitätskonten überzogen und seit fünfzehn Monaten keine neuen Einzahlungen vorgenommen worden waren. Die DNS verlangte eine Rechnungsprüfung. Es stellte sich heraus, daß Alobars Zahlen frisiert waren. Er hatte sich seit mehr als neunhundert Jahren durch Unterschlagungen erfolgreich persönliche Vorteile erschlichen.

Die DNS hatte wohl voller Empörung auf eine volle Entschädigung gedrungen, denn es dauerte keine Woche, und Alobars Salz-und-Pfeffer-Haar hatte sich in eine Salzsäule verwandelt. Fältchen-Trupps suchten die Strände unter seinen Augen heim, zogen Gräben und forderten umgehend Verstärkung an. In seinen Gelenken mischte irgend jemand Zement.

Jetzt, im dritten Jahr hinter Gittern, konnte er den immer schnelleren Alterungsprozeß in seinem Inneren nicht nur riechen, sondern auch schmecken und hören. Er roch nach Mottenkugeln. Er schmeckte wie Frischkäse zwei Monate nach dem Verfallsdatum. Er hörte sich an wie Tom Waits.

Just an diesem Morgen hatte Doc Palmer (fünf Jahre wegen Krankenkassen-Betrugs) zu ihm gesagt: «Al, als du nach Concord kamst, sahst du so alt aus, wie du warst.» (Laut Gefängnispapieren hatte «Albert Barr» bei seiner Einlieferung das Alter von sechsundvierzig Jahren.) «Jetzt, ich schwör es dir, siehst du doppelt so alt aus. Brauchst du einen Schein fürs Krankenrevier, sollen wir mal nachsehn?»

«Nein, mir geht's gut.»

«Aber deine Haut ...»

«Muß was Falsches gegessen haben.»

Doc Palmer schüttelte den Kopf. «Wenn du meinst, Albert.»

Alobar lächelte. Es gefiel ihm, «Albert» genannt zu werden. Es erinnerte ihn an die Nächte, als er bei Einstein saubergemacht hatte.

Wenn er zurückdachte, staunte er, wie gering die Zahl seiner männlichen Freunde gewesen war. Es gibt Männer, die schließen an einem Tag mehr Freundschaften, als Alobar in tausend Jahren geschlossen hatte. Freilich, da war Pan, sofern man ihre sonderbare Beziehung als Freundschaft bezeichnen konnte. Dann war da der Schamane, aber sie waren sich nur ein einziges Mal begegnet. Fosco, den tibetanischen Künstler, könnte man eventuell dazu zählen, aber Fosco war oft unzugänglich und geheimnisvoll gewesen, und was Wiggs Dannyboy anging, also, bei Dannyboy war er sich einfach im Unklaren. Albert Einstein dagegen war ein echter Kumpel.

Eine Art Kumpel. Sie waren nie zusammen zum Bowling gegangen und hatten sich auch nie in einer Bar mit Bier vollaufen lassen, aber Einstein hatte ihm, wie ein echter Freund es tut, Geld geliehen, und sie hatten ein paar tolle Gespräche geführt. Wenn du und ein anderer Typ, wenn ihr Sachen übereinander wißt, die sonst niemand weiß, und wenn du diese Sachen vertraulich behandelst, dann müßt ihr, du und der Typ, Kumpel sein.

Erst ein oder zwei Monate zuvor, als Alobar im Tagesraum eine Zeitschrift durchgeblättert hatte, war er zufällig auf einen Artikel gestoßen, der mit dem Satz begann: «Albert Einstein, der am Morgen des 18. April 1955 um 1.15 Uhr im Princeton Hospital starb, hatte zuvor auf deutsch einer Nachtschwester, die kein Deutsch verstand, seine letzten Worte zugemurmelt ...» Er konnte nicht anders, er mußte lachen. Die Zeitschrift gab zu verstehen, daß Einsteins letzte Worte auf tragische Weise für die Nachwelt verloren seien. Alobar mußte zugeben, daß dies der Fall sein könnte. Aber *er* kannte sie, die letzten Worte von Einstein.

Stellten die sich etwa vor, daß Einstein sich plötzlich im Bett aufgerichtet und verkündet hatte: «E gleich MC *hoch drei*?»

Stellten die sich vielleicht vor, er hätte «Der perfekte Taco» gemurmelt?

Bei zahlreichen Gelegenheiten während der vergangenen drei Jahrhunderte hatte Alobar an der Schwelle zum Selbstmord gestanden, nicht aus Verzweiflung oder gar aus Langeweile, sondern aus Sehnsucht nach einem Wiedersehen mit Kudra und aus dem Wunsch heraus zu beweisen, daß sich ihr Vorwurf nicht bewahrheitet hatte – der Vorwurf, die Langlebigkeit um der Langlebigkeit willen würde sich für ihn als einschränkende Obsession erweisen. Bis zu einem gewissen Grade jedoch mußte Kudra mit ihrer Ermahnung den Nagel auf den Kopf getroffen haben, denn sie hörte nie auf, drohend über ihm zu schweben. Bisweilen war er soweit, nun doch sterben zu wollen oder wenigstens zu dematerialisieren – denn er hatte nicht die Absicht, seinen lieben Körper zurückzulassen, damit Polizisten an ihm herumschnüffeln und Priester Lügen über ihn verbreiten konnten –, doch im letzten Moment war immer etwas dazwischen gekommen, was ihn veranlaßt hatte, seinen Entschluß zu revidieren.

Alobar war sich ziemlich sicher, daß er eine Dematerialisierung hinbekommen würde. Unsicher war er, ob er auch würde rematerialisieren können. Da Kudra nicht wieder aufgetaucht war, nahm er an, daß es schlechterdings unmöglich war. Sein Ego bewahrte ihn, außer in seltenen Augenblicken des Selbstzweifels, davor, zu glauben, daß Kudra aus freiem Entschluß auf der Anderen Seite geblieben war.

Wie dem auch sei, Alobar beschloß, den Geisterzug doch noch zu besteigen, und er staubte seine antiken Laborgeräte ab, um ein bißchen *K 23* zusammenzumixen. Er mußte, so überlegte er sich, unbedingt nach dem Parfum riechen, wenn er auf die Andere Seite kam, um sicherzustellen, daß Kudra ihn erkannte. Er machte sich also daran, die Zutaten zusammenzusammeln, was nicht ganz so einfach war wie bei Kirschkuchen, weil Limonen schwer zu kriegen sind, hochwertiges Jasminöl noch schwerer und Rote Beten-Pollen am allerschwersten (es gab sie nur während weniger Wochen im Jahr, und auch dann nur an weit übers Land verteilten Orten). Stets war es so, daß er einen Grund fand, seine Reise zu verschieben, ehe er noch seine Duftstoffe beisammen hatte.

Genauso war es auch beim letztenmal gewesen, im Jahre 1953. Es war die Eisenhower-Zeit, und alles ging ziemlich langsam. Die Eisenhower-Zeit war so langsam, daß wenn sie über ein Kliff gestürzt wäre, sie sich mit einer Fallgeschwindigkeit von fünfzehn Stundenkilometern begnügt hätte. Die Eisenhower-Zeit war die Entdeckung der Langsamkeit, und es sah aus, als würde es ein langer Schneewittchenschlaf werden, bis endlich der Prinz, käme, um Amerika wieder wach zu küssen.

Fast ein halbes Jahrhundert lang hatte Alobar ein Kurbad in der Nähe von Livingston, Montana, besessen und betrieben. Dieses Unternehmen ermöglichte ihm den täglichen Zugang zu Mineralquellen. Heiße Bäder, erinnern wir uns, gehören zum Unsterblichkeits-Programm. In jener ländlichen Gegend Montanas gab es zudem keinerlei Probleme mit dem verfallenden Geiste Pans, der in Begleitung des verfallenden Geistes vom Steppenwolf den Wilden Westen durchstreifte. Gelegentlich kamen Pan und Steppenwolf vorbeigefegt (denn sie waren wie Winde), stifteten ein wenig Unruhe (denn Steppenwolf war ein Handlanger des Unheils) und veranlaßten die Kurgäste, sich ihre Handtücher gegen das Gesicht zu pressen (denn Pan stank noch immer zum Himmel).

Es war jedoch bereits eine ganze Weile her, seit Pan zum letztenmal vorbeigeschaut hatte. Wenn die Eisenhower-Zeit schon für Alobar langweilig war, so kann man sich unschwer vorstellen, wie Pan sie empfand. Wenn es etwas gab, das geeignet war, Pan fertigzumachen, dann waren es die Schwingungen all jener selbstgerechten Eisenhower-Puritaner, die Canastakarten und Rüstungsverträge mischten. Es war keine Zeit für Beherzte. Sollte Alobar den Schritt jemals wagen, sollte er sich jemals von der Langlebigkeit verabschieden und wieder mit seiner geliebten Kudra zusammenkommen (oder mit Wren, oder mit Kudra *und* Wren – wer konnte schon wissen, wie himmlisch die Andere Seite sein würde?), so war 1953 das richtige Jahr dazu.

Ferner waren, seit er sich in Montana niedergelassen hatte – mit pechschwarz gefärbten Haaren, die er im Laufe der Jahrzehnte allmählich in ihre natürliche Salz-und-Pfeffer-Farbe übergehen ließ (ein *paar* Tricks hatte er in seinem Jahrtausend gelernt) –, ganze fünfzig Jahre vergangen, und die benachbarten Rancher begannen, Verdacht zu schöpfen. Das uralte, immer gleiche Problem, aufgrund dessen er schon 1031, den Mob auf den Fersen, aus Konstantinopel geflohen war. Es war Zeit, weiterzuziehen.

Also ließ Alobar sich aus New York Limone und Jasmin kommen und stellte durch Nachfragen fest, wo auf den Feldern Minnesotas innerhalb der nächsten Wochen Rote Beten reif würden. Er hatte seit jenem ersten und einzigen Mal nie wieder einen Tropfen *K 23* zusammengebraut, aber er zweifelte nicht, daß er es wieder hinbekommen würde.

So weit so gut, aber dann, vierzehn Tage, bevor er sich auf den Weg nach Minnesota machen wollte, um die Rote Beten-Pollen aufzutreiben, erfuhr er auf irgendeinem Klo aus einem Exemplar des *Reader's Digest,* daß Genetiker an der Universität von Princeton im Begriff waren, Entdeckungen zu machen, die dazu führen könnten, daß sich die Lebenserwartung der Menschen mehr als verdoppelte. Gegen Ende des Artikels wurde ein Wissenschaftler zitiert, der sagte, er ginge davon aus, daß – vorausgesetzt die Experimente verliefen erfolgreich – das Weiße Haus die unmittelbare Kontrolle übernehmen würde, um der amerikanischen Führungsschicht den vorrangigen Zugriff zu sichern. Schließlich würde ein großer Teil der Forschungen durch staatliche Kredite finanziert.

Was Wunder, daß Alobar beunruhigt war. Man stelle sich nur einmal vor, was es bedeuten würde, Ike, John Foster Dulles und Dick Nixon wäre ein ewiges Leben beschert worden. Man stelle sich nur einmal vor, was es bedeuten würde, die Eisenhower-Zeit hätte nie ein Ende gehabt.

Vielleicht hätten schon solch beängstigende Vorstellungen genügt, um ihn zu motivieren. Doch es war jenes Versprechen, das er der Nymphe Lalo neunhundert Jahre zuvor gegeben hatte, was Alobar nun dazu veranlaßte, seine Reise zu den Rote Beten-Feldern abzusagen, sein Kurbad zu verkaufen, seine damalige Geliebte zu verlassen und sich auf den Weg nach Princeton zu machen, um Einsteins Hausmeister zu werden.

«Eines Tages», hatte Lalo gesagt, «wird es Menschen geben, die versuchen, den Tod allein durch Intelligenz zu besiegen.» Sie hatte die Warnung ausgestoßen, daß es entsetzliches Übel bedeuten würde, wenn diese Leute die Unsterblichkeit erlangten, oder besser, die «falsche Unsterblichkeit», denn wahre Unsterblichkeit setzt neben den Fortschritten des Geistes auch solche des Herzens und der Seele voraus.

Waren die Genetiker in Princeton jene falschen Unsterblichen, von denen Lalo gesprochen hatte? Um das herauszufinden, ergatterte Alobar sich einen Job als Hausmeistergehilfe am Institute for Advanced Study, wo die Genetiker ihre Büros und Labors hatten. Da Alobar zunächst dafür eingeteilt wurde, Aufgaben im Heizkesselraum zu verrichten, mußte er den Oberhausmeister bestechen, um die Erlaubnis zu erhalten, in dem Flügel sauberzumachen, in dem die Genetiker arbeiteten.

Als Alobar Dokumente entdeckte, die das Interesse des Weißen Hauses und des Pentagon an den Experimenten belegten, begann er, Sand in das empfindliche Getriebe zu werfen. Er spritzte schmutziges Aufwisch-Wasser in die Schalen mit Gen-Kulturen, er rieb die Protein-Kügelchen der Meerschweinchen mit Bohnerwachs ein, zog die Stecker der Brutapparate aus der Dose und veränderte Zahlen auf irgendwelchen Tafeln. Einmal fütterte er eine bereits unverschämt lang lebende weiße Ratte mit einem von Einsteins Zigarrenstummeln. Am nächsten Morgen war die Ratte hin.

Professor Einsteins Büro befand sich am Ende des Genetiker-Flügels auf der anderen Seite des Flurs und in totalem Chaos. Nicht etwa in einem einfachen zwei-plus-zwei-gleich-vier Chaos. In Einsteins Büro herrschte ein dem Genius würdiges Chaos. (Ein Durcheinander, in dem sich Priscilla möglicherweise zu Hause gefühlt hätte.)
Bücher, Berichte, Ordner, Packen, Listen, Periodika, Briefe und nicht eingelöste Schecks stapelten sich in vielen Schichten übereinander auf Fußboden und Möbeln und machten es praktisch unmöglich, zu fegen oder staubzuwischen. Das war vor allem deswegen frustrierend, weil der Raum förmlich danach schrie, ausgefegt zu werden. Zwischen den Papierhaufen lagen Apfelsinenschalen, Bananenschalen, Pappbecher, Kreidestücke, abgebrochene Bleistiftspitzen, Staubmäuse, Violinsaiten und Verwehungen von Zigarrenasche (der Schnee des El Producto). Am schlimmsten war, daß Einstein selbst gewöhnlich bis lange nach Mitternacht in seinem Büro blieb, und wenn auch nur ein einziges Blatt Papier durcheinander geriet, konnte ihn das furchtbar aufregen.
Alobar verlegte das Reinigen von Einsteins Büro an das Ende seiner Schicht, aber auch um 2 Uhr morgens war der Professor noch da, in seinen Stuhl gelümmelt wie ein Teddybär mit eingebauter Spieluhr, aus dem die Federn und die Füllung herausquillen. Nach und nach gab Einstein zu, daß er dort auf Alobar wartete, um sich mit ihm unterhalten zu können. Seine Frau bemutterte ihn, so klagte er, und verbot ihm seine Zigarren. Mrs. Einstein fand, eine Pfeife sei würdiger. Ihr liebstes Gesprächsthema war die Verdauungstätigkeit.

Sie hatten ein paar hübsche Diskussionen, Alobar und Einstein. Die Spezielle Relativitätstheorie, die Allgemeine Relativitätstheorie, die allgemeine Feldtheorie, das waren die Dinge, für die Einstein berühmt war, aber es waren, wie er selbst sagte, nicht seine besten Arbeiten. Einstein erzählte Alobar, daß er neben der Relativität noch über viele andere wunderbare Dinge nachgedacht habe, aber er würde «die Katzen nicht aus dem Sack lassen», weil er den Politikern nicht zutraute, daß sie zu einem moralischen Umgang mit seinen Ideen fähig waren.

Als Alobar von einigen der unfertigen Theorien hörte, stimmte er zu, daß sie wundervoll, wenn auch kompliziert seien und daß sie wohl am besten einem weiseren Zeitalter vorbehalten bleiben sollten. Durch die Enthüllungen Einsteins ermutigt, weihte der Hausmeister den Professor in ein paar seiner eigenen Geheimnisse ein.

Es ist fraglich, ob Einstein den Geschichten des Hausmeisters tatsächlich Glauben schenkte, Geschmack an ihnen fand er auf alle Fälle. Er war fasziniert von Alobars Ansichten über Leben und Tod. Seine Depression wurde gelindert durch Alobars fröhliches Wesen und sein in hohem Maße königliches Gebaren. Als Alobar verriet, daß er finanziell auf der Nase lag, ließ Einstein sich auf die Knie fallen und wühlte in seinen Papieren, bis er einen Tantiemen-Scheck von *The Physical Review* fand, den er seinem Mitternachtsfreund prompt übertrug.

Der Grund für Alobars finanziellen Engpaß lag darin, daß er erpreßt wurde. Der Oberhausmeister, der seinem neuen Untergebenen von Anfang an mißtrauisch gegenüber gestanden hatte, war ihm irgendwann einmal auf die Schliche gekommen, als er in den Genetiker-Labors gerade mal wieder an den laufenden Experimenten herumfummelte. Schnell hatte er den letzten Penny vom Verkaufserlös des Kurbades aus Alobar herausgepreßt und forderte nun einen Großteil seines Gehalts. Es stellte sich als kostspielige Angelegenheit heraus, einer Nymphe gegenüber ein Versprechen zu halten.

Die Tatsache, daß am Institute for Advanced Study in Princeton die Langlebigkeits-Experimente 1956 abgebrochen wurden, war möglicherweise ebenso auf die falsche Vorgehensweise der Genetiker wie auf Alobars Sabotage zurückzuführen. Indem die Wissenschaftler versuchten, die Lebenserwartung des Menschen dadurch zu erhöhen, daß sie virus-resistente Zellen in Nagetieren und Hunden züchteten, hatten sie auf das falsche Chromosom gesetzt. Wie dem auch sei, als der Oberhausmeister Alobar schließlich an die Polizei verriet, interessierte sich kein Mensch mehr für die Experimente. Alobar wurde verhört und wieder laufen gelassen. Natürlich verlor er seinen Job. Das war ihm vollkommen wurscht. Sein Kumpel war tot.

Einsteins Büro wurde zum Museum. Es war sehr sauber und sehr ordentlich. Auf seinem Schreibtisch stand ein Ständer mit Pfeifen.

Es war Alobar nicht gestattet worden, Albert im Krankenhaus zu besuchen. Er saß jedoch gerade im Wartezimmer herum, als das Gerücht die Runde machte, der Professor habe einen chirurgischen Eingriff an seiner gerissenen Aorta abgelehnt, die im Begriff war, seine persönliche Gleichung von der Tafel des Lebens zu wischen. «Es ist geschmacklos, das Leben künstlich zu verlängern», hatte Einstein seinen Ärzten gesagt.

Alobars Reaktion wurde zehn Jahre später in den Worten einer englischen Mode-Designerin namens Mary Quant zum Ausdruck gebracht, die in anderem Zusammenhang sagte: «Der Tod gehört zum guten Ton. Das Leben ist vulgär.»

Traurig über Alberts Entscheidung, enttäuscht darüber, daß er mit seiner eigenen Philosophie keinen stärkeren Einfluß auf seinen Freund hatte ausüben können, kehrte Alobar ans Institut zurück, um Putz- und Trauerarbeit zu leisten. In der darauffolgenden Woche, nach der Beerdigung (an der Alobar aus Prinzip nicht teilgenommen hatte), hörte er im Radio ein Interview, in dem die Krankenschwester, die an Einsteins Sterbebett gesessen hatte, versuchte, die deutschen Worte zu rekonstruieren, die der Patient als letztes gehaucht hatte.

Alobar nahm seinen Besen und tanzte damit im Kesselraum herum. Sein Gelächter hallte durch die Heizungsrohre des Institute for Advanced Study. Kein Wunder, daß sie Einsteins letzte Worte nicht verstanden hatte. Einsteins letzte Worte waren keineswegs deutsch. Einsteins letzte

Worte waren in der Sprache eines geheimnisvollen und längst untergegangenen böhmischen Volksstammes gesprochen worden, und Alobar hatte sie ihm beigebracht.
Einsteins letzte Worte hatten gelautet: «*Erleichda, erleichda.*»

Erinnerungen an Einstein und seine eigenen ersten (aber leider nicht letzten) Versuche als wissenschaftlicher Saboteur beschäftigten den Gefangenen «Albert Barr» und gaben ihm die Möglichkeit, zumindest vorübergehend aus den beiden Zellen zu entfliehen, in die er gesperrt war; der Kammer aus Stahl, kalt und unzerstörbar; der Kammer aus Fleisch und Blut, fiebernd und vom Verfall gezeichnet.
In dem Moment, da die Erinnerung verblaßte, traten die Verfallssymptome wieder in den Vordergrund, sie griffen nach dem Rampenlicht wie ein unsicherer Schauspieler, um mit schmalziger Gebärde das schüchterne Schnarchen der Betrüger zu übertönen, das asynchrone Feilen der Triebtäter, das nächtliche Wimmern der lebenslänglichen Mörder. Das Geräusch des Alterns klang aus seinem tiefsten Inneren empor, und obwohl es relativ sanft war, besaß es eine Dringlichkeit, die der fernen Country/Westernmusik aus dem Radio der Wärter abging.
Noch störender war der Geruch. Welche chemische Sauerei in seinen Kleidern konnte dafür verantwortlich sein, daß sie rochen wie die unterste Schublade der Kommode einer alten Jungfer?
In diesem Moment fiel Alobar ein neues Symptom auf. Seine Ohren hatten angefangen zu klingen. Für sich genommen war das Gefühl nicht gerade bedrohlich, und er erinnerte sich an jene Redensart, die klingende Ohren mit Klatsch in Zusammenhang bringt. Wenn einem die Ohren klangen, so bedeutete dies, daß jemand über einen sprach. Dagegen wäre nichts einzuwenden, dachte Alobar, vor allem, wenn es sich dabei um die Kommission für vorzeitige Haftentlassung handeln würde. Aber wer in aller Welt sollte zu dieser schnarchigen Morgenstunde über *ihn* reden?
In der Tat, wer?

«Tausend Jahre alt», sagte Priscilla. «Niemals! Er hat Ihnen einen Bären aufgebunden.»

«Der Typ, der hier vor Ihnen sitzt, ist Wissenschaftler», sagte Wiggs. «Ich bin geübt in Skeptizismus. Ich gehöre nicht zu den Leuten, die Bären durch die Gegend schleppen.»

«Ha! Ich habe aus sicherer Quelle erfahren, daß Sie an Feen glauben.»

Wiggs errötete ein wenig. «Das ist eine vollkommen andere Sache», sagte er.

«Vielleicht auch nicht.»

«Mythen erklären die Welt.» Er räusperte sich in schulmeisterlicher Weise. «Sowohl die psychische als auch die physische Welt. Die vergangene, gegenwärtige und zukünftige Welt. Als die alten Kelten von Feen sprachen, beschrieben sie damit das Photon. Nicht den unintelligenten Lichtimpuls, der die Grundlage, der Schöpfer aller Materie ist, sondern den mit Bewußtsein geladenen Lichtimpuls, das neue Photon, das *aus* der Materie entsteht. Glauben Sie mir, ich werde nicht anfangen, über Quanten-Physik und die Weisheit der Iren zu reden. Aber Alobar war trotz seines Alters keine Fee, verdammt noch mal.»

«Wissen Sie, Ihre irische Herkunft schlägt in Ihrer Sprache von Minute zu Minute stärker durch.»

«Das liegt am Alkohol. Und ich sollte nicht trinken. Alkohol ist kontraproduktiv, was meine Unsterblichkeits-Ambitionen betrifft.»

Priscilla warf einen Blick auf ihr eigenes Glas. Sie dachte an Ricki, die in ihrer Wohnung auf sie wartete und sich vielleicht Sorgen machte. «Auch ich sollte nichts mehr trinken. Hier, ich geh in die Küche und hol uns ein bißchen kaltes Wasser.»

«Uarhhgs!» Wiggs griff sich an den Hals, als würde er jemanden erwürgen. «Wasser?» Er rollte von der Couch, die Hände immer noch an der eigenen Kehle. «Wasser! Von allen Flüssigkeiten dieser Erde die einzige, die man zum Schrubben und Spülen benutzt. Die Flüssigkeit, in der man Babywindeln wäscht, die Flüssigkeit, die sich in die Siele dieser wolkenauswringenden Stadt ergießt; ein einziger Tropfen Wasser

nimmt einem Glas irischem Whiskey seine Farbe, und Sie, falsche Freundin, wollen, daß ich dieses Scheuermittel in meinen wehrlosen Körper kippe!»
Priscilla kicherte, was ihn zu freuen schien. Sein Herz glaubte, ein auf mittlere Röstdauer eingestellter elektrischer Toaster zu sein. In *ihrem* Herzen ging die Hefe auf.
«Okay, okay, kein Wasser. Was *kann* ich Ihnen denn bringen statt Alkohol?»
Dr. Dannyboy rückte seine Krawatte und seine Augenklappe zurecht und nahm wieder auf dem Sofa Platz. Das einzige Licht im Zimmer kam vom Kamin. Es verlieh dem Kannibalen-Besteck über dem Sims ein fröhliches Glitzern. «Noch ein hübscher nasser Kuß wird mir den Schnabel schon stopfen», sagte er ruhig.
Sie schob ihre Sorge um Ricki und ihre Neugierde in Sachen Rote Beten beiseite und ließ sich in seine Arme gleiten.
Auf der anderen Seite des Kontinents, in der Nähe von Boston, in einer Zelle des Concord State Gefängnisses, stellten die Ohren von Alobar ihr Klingen abrupt ein.

«Aach, ich liebe Reißverschlüsse. Reißverschlüsse erinnnern mich an Krokodile, Hummer und aztekische Schlangen. Ich wünschte, in meinen Anzügen wären mehr als nur der eine ... Reißverschlüsse sind urtümlich und modern zugleich. Einerseits ist ein Reißverschluß primitiv und reptilisch, andererseits ist er mechanisch und raffiniert. Beim Reißverschluß begegnen sich industrielle Revolution und Kobra-Kult, finden Sie nicht? Aahh. Kleine Alligatoren der Ekstase, das sind Reißverschlüsse. Sexy sind sie auch. Und dagegen nun der Knopf, Knöpfe sind pedantisch und umständlich. Eine Reihe Knöpfe hat etwas Victorianisches. Aber ein Reißverschluß, der Reißverschluß ist die Schlange am Tor von Eden, die darauf wartet, einen wahren Gläubigen in den Garten zu führen. Ehrlich, ich sollte mehr Reißverschlüsse in meine Sachen einnähen, denn ich habe viele erogene Zonen, zu denen ein rascher Zugang nötig wäre. Mmm, alter Reißverschluß-Schieber, da hängst du, mit dem Kopf nach unten, wie der Kadaver einer Eidechse; die Phan-

tom-Viper, die wir am Tage meiden und mit der wir des nachts kommunizieren.»
«Warten Sie, ich helfe Ihnen.»
Während seines Monologs hatte Dr. Dannyboy beständig versucht, den Reißverschluß von Pris' Kleid zu öffnen, die Zähne des Gebisses auseinanderzudrücken, das sich über die ganze Länge ihres grünen gestrickten Rückenteils erstreckte; er hatte versucht, es lässig anzugehen, unaufdringlich, als könnte Pris, wenn ihr Kleid plötzlich hinabrutschen würde, dies als einen spontanen Akt der Natur begreifen, organisch und von außen verfügt, aber das verfluchte Ding rührte sich nicht von der Stelle, obwohl er daran zerrte, bis ihm der Schweiß auf der Stirn stand, und schließlich sagte sie …
«Warten Sie, ich helfe Ihnen.»
Und mit einem geschmeidigen Zug trennte sie die ineinander verzahnten Ketten, der Aligator gähnte, und siehe, sie saß da in ihrer Unterwäsche.

Ihr Büstenhalter hatte Rostflecken und war mindestens eine Nummer zu groß.
Ist das ein Büstenhalter oder ein Schwimmdock? fragte sich Wiggs.
Auf jeden Fall war es ein Kinderspiel, das ganze auszuziehen. Er zog es ihr einfach über den Kopf, ohne es vorher geöffnet zu haben, um sofort ihre Brüste aufzufangen, die herauspurzelten wie Krocketkugeln aus einer Segeltuchtasche. Sie waren so glatt wie geschälte Zwiebeln und vollkommen rosa. Er drückte die eine, nuckelte an der anderen. Das Rosa erwies sich als kußecht.
Auf dem Hinterteil ihres Nylonschlüpfers befand sich eine Laufmasche. Weder ihr noch ihm schien das aufzufallen. Seine Hand glitt darüber hinweg wie eine Straßenkehrmaschine über eine Bremsspur, ohne ihr Tempo zu verringern oder etwas zu bemerken. Der längste Finger seiner linken Hand rollte sich auf wie ein Selleriestrunk und tauchte ein in die Schüssel ihres Hinterns, eine Schüssel, in der leicht Metaphern mischen war.
«Bei Gott, du fühlst dich bombig an!»

«Wiggs … du bist immer noch angezogen, als wolltest du zum Dinner.»
In weniger als einer Minute hatte er alles abgelegt, bis auf seine Augenklappe.
«Du fühlst dich wunderbar an, Schätzchen», sagte er, als er sie wieder befingerte. Mit seiner Unterhose schien er auch seinen irischen Akzent abgelegt zu haben.

Priscilla hatte vergessen, wie es mit älteren Männern war. Der letzte Mann, mit dem sie sich eingelassen hatte, war ein zwanzigjähriger Tellerwäscher aus dem El Papa Muerta. In einer einzigen Nacht hatte er sie viermal geliebt – jedes Mal genau drei Minuten lang. Vielleicht ist es erwähnenswert, dachte sie, daß die Vorstellung eines jungen Mannes im Bett etwa genauso lang dauert wie ein Rocksong im Radio.
«Ich … hatte … ummmm … vergessen … wie … es … mit … älteren … Männern … ist.»
Die Bemerkung war offensichtlich fehl am Platze. Wiggs hielt mitten im Stoß inne. «Alter», brummte er. «Es gibt nur zwei Alter. Lebendig und tot. Wenn einer tot ist, soll er sich irgendwo hinlegen und den Weg freimachen. Aber wenn er lebendig ist …»
Er führte den Stoß zu Ende, dann hielt er wieder inne. *Oh nein*, dachte Priscilla. *Er wird doch hoffentlich nicht kleinlich sein, in einem Moment wie diesem?*
Ihre Befürchtung erwies sich bald als unbegründet, denn obwohl Wiggs sich räusperte und mit dem Finger auf seine Augenklappe pochte – ein deutliches Zeichen dafür, daß er im Begriff war, zu einer Erklärung auszuholen –, ließ er sich von den schlängelnden Bewegungen ihres Beckens ablenken, und nachdem er etwas über die Verschwendung der Senilität an die Alten gemurmelt hatte und etwas darüber, daß er nie einem Erwachsenen begegnet sei, der ihn wirklich mochte, verfiel er allmählich in Schweigen, das nur von einem gelegentlichen süßen Grunzen unterbrochen wurde, und konzentrierte sich vollends auf das Schüren des Feuers in jenem Ofen, in dem er sich wiederfand.

«Ja, mein Gott, ja», stöhnte Priscilla. Genauso hatte auch Effecto sie geliebt: muskulös und zärtlich, entspannt und selbstsicher, Rhythmus und Tempo sorgfältig modulierend, mit süßer Bestimmtheit in sie eindringend und sie dabei immer wieder innig küssend; meilenweit entfernt von diesen jungen Typen, die im Bett entweder versuchten, ein Tor nach dem anderen zu schießen, oder trainierten, um bei den Panzergrenadieren angenommen zu werden. «Daddy!» kreischte Pris.
«Daddy?» fragte Wiggs.
«O nein, *Danny*», sagte Pris. «Dannyboy.»
«Zur Stelle», sagte Wiggs.

Effecto hatte auf Priscilla gespielt wie auf einem Akkordeon. Wiggs behandelte sie, als sei sie ein archäologischer Fund: graben, durchsieben, abwischen, katalogisieren. Nun lag sie auf dem Sofa in einer Lache und hatte das Gefühl, sie sei fertig, um ans Britische Museum verschickt zu werden. Zusammen mit einer Kiste Orgasmus-Scherben aus dem späten zwanzigsten Jahrhundert.
Wiggs deckte sie mit einer braunen Militärwolldecke zu und legte sich neben sie. Ein frisches Kunst-Scheit knisterte im Kamin, und der Regen klopfte im Morsecode Nachrichten an die Fensterscheiben. «Du kannst nicht ewig drin bleiben», und: «Wo das herkommt, gibt es noch jede Menge mehr davon», lauteten die Funksprüche, die der Regen übermittelte.
«Hast du mich heute hierher eingeladen, um mich zu verführen?» fragte Pris. Es kam ihr inzwischen nicht mehr wirklich darauf an, sie war nur einfach neugierig. Sie liebkoste seinen schlaffen Wanderstab und fragte sich, ob Ricki ihr jemals verzeihen würde; und fragte sich auch, ob sie sich nach einem Zusammensein mit Ricki auch nur halb so gut gefühlt hätte.
«Ich wünschte, ich könnte mit ja antworten, aber, um die Wahrheit zu sagen, Darling, so schlau war ich nicht. Das hier war ein unerwarteter Zusatztreffer.»
«Warum *hast* du mich denn dann eingeladen?»
«Geruch», sagte Wiggs.

«Wie bitte.»
«Sei jetzt bitte nicht beleidigt. Du persönlich riechst exquisit wie ein Lamm.» Dr. Dannyboy verschwand mit dem Kopf unter der Wolldecke und nahm einen kräftigen Zug durch die Nase. «Ein Laib warmes Brot, frisch gemähtes Heu, alles schön und gut. Aber nichts geht über den Duft eines just bestiegenen Mädels.»
«Hey ...»
«Auch dies wieder keine Beleidigung.» Er tauchte wieder auf und küßte sie mit ernsthafter Zuneigung. «Schau, Priscilla, ich interessiere mich für Gerüche. Das heißt, ich interessiere mich für die Evolution des Bewußtseins. Der Geruchssinn ist der einzige unserer Sinne, der unmittelbar mit der Hirnrinde kommuniziert. Er umgeht den Thalamus und die anderen Mittelsmänner und nimmt den direkten Weg. Geruch ist die Sprache, die das Gehirn spricht. Hunger, Durst, Aggression, Angst, Lust: Das Gehirn übersetzt diese Empfindungen in ein Vokabular des Geruchs. Die Hirnrinde spricht diese Sprache, und wenn auch wir sie erlernen können, sind wir möglicherweise in der Lage, die Großhirnrinde über die Nase zu manipulieren.»
«Wozu?»
«Um die Evolution des Bewußtseins zu beschleunigen.»
«Wozu?»
«Damit wir glücklich sein und lange, lange leben können und uns, verdammte Scheiße noch mal, nicht gegenseitig in Stücke reißen.»
«Damit wirst du eine Menge Generäle enttäuschen.»
«Schlimmer noch. Es könnte das Ende der Fußballweltmeisterschaft bedeuten.»
«Ach, die Kicker von Cosmos sollen zum Teufel gehn, wenn sie keinen Spaß verstehen. Aber, Wiggs, Moment mal. Was hat das alles mit mir zu tun?»
«Du machst doch Parfum, Darling.»
Priscilla stützte sich mit einem Ellenbogen ab. «Äh, ja, so ungefähr. Woher weißt du das?»
«Ich habe eine Menge über Parfümeure in Erfahrung gebracht, seit ich Alobar begegnet bin.»
«Alobar. Der Typ im Gefängnis.»
«Genau der.»
«Der Hausmeister.»
«Und ehemalige König.»

«Der tausend Jahre alt ist.»
«Ja.»
Sie saß kerzengrade. «Das ist der bekloppteste Kram, den ich je gehört habe. Von Minute zu Minute bringt mich das mehr durcheinander ...»
Sie klang vollkommen verzweifelt. Wiggs legte seine Hand auf ihren klebrigen Schenkel.
«Das ist 'ne lange Geschichte.»
«Ist mir egal. Und bitte keinen irischen Dialekt. Als wir zusammen geschlafen haben, hast du wie ein Amerikaner geredet.»
«Freilich, und das lag daran, weil dein wilder kleiner Eiertanz mich nüchtern gemacht hat. Jetzt hat die Traube meine Zunge wieder voll im Griff.»
«In Ordnung, prima, mir ist es egal, und wenn du wie Donald Duck redest. Nur raus mit der Geschichte.»
«Soll ich ganz von vorne anfangen?»
«Wenn dir das nicht zu traditionell ist.»
«Aber was wird mit deiner Verabredung?»
«Du hast ihre Portion bereits gegessen.»
«Ihre?»
«Vergiß es. Erzähl's mir. Jetzt.»
«Ich werde mit den sechziger Jahren beginnen.»
«Prima. Damals warst du vielleicht noch interessanter. Ich habe das Gefühl, *alle* waren damals interessanter.»
«Ich werde mit den siebziger Jahren beginnen.»
«Ich mag dich, Wiggs.»
«Und ich mag dich auf alle Fälle auch.»
Er räusperte sich, klopfte mit einem nach Eiertanz riechenden Fingerknöchel gegen seine Augenklappe und fing an, der Roten Bete eine Geschichte anzuhängen.

Inzwischen war jene Tageszeit hereingebrochen, die offiziell als Morgen bezeichnet wird, von der aber jeder Dummkopf unschwer erkennen kann, daß es die tiefste Nacht ist. Die Straßen von Seattle waren so naß und grün-schwarz wie frisch gedruckte Dollarnoten. Trotz der fortgeschrittenen Stunde standen die Leute Schlange vor der Last Laugh Foundation, als handele es sich um eine Rundfunkstation, die Rockstars an pubertierende Mädchen verteilt. Einige beobachteten Rickis Rostlaube von einem Auto, das langsam vorüberknatterte. Andere blieben beharrlich dabei, erwartungsvoll das mittlerweile dunkle Haus zu beobachten.

Wie genau sie auch hinschaute, Ricki konnte im Haus nicht den kleinsten Lichtschein entdecken. Sie biß sich auf die Lippe, um nicht loszuheulen. «Es ist halb drei», sagte sie schmerzerfüllt, als sei «halb drei» der Name einer unheilbaren Krankheit. «Es ist halb drei, und zwar, verdammte Scheiße, morgens.»

Wenn es Ricki auf eine präzise Ausdrucksweise angekommen wäre, und das war nicht der Fall, dann hätte sie ein «hier» hinzugefügt, denn während es in Seattle in der Tat halb drei war, zeigte die Uhr in Massachusetts bereits halb sechs – eine Nachtzeit, die bereits mit einer gewissen Berechtigung die Bezeichnung «Morgen» für sich in Anspruch nehmen konnte – und ein kalter Spalt von Austernlicht begann, den Himmel vom Atlantik zu trennen. Alobar war noch wach, lag auf seiner Gefängnispritsche und machte Bandalooper Atemübungen.

So jedenfalls nannte er das, so hatten er und Kudra es die ganzen Jahre hindurch genannt: Bandalooper Atemübungen. Freilich fehlte jeglicher Beweis dafür, daß die Bandalooper jemals so geatmet hatten. Was das anging, gab es auch äußerst wenig Beweise dafür, daß die Bandalooper überhaupt je existiert hatten. Doch das Fehlen von Beweisen störte Alobar wenig, da er Dank der Bandalooper in seinem Leben Zeuge von dreihundertfünfundachtzigtausendachthundertundsechs Sonnenaufgängen geworden war; und sofern man dem milchig-muscheligen Schimmer trauen konnte, der durch das vergitterte Fenster sickerte, war er im Begriff, einen weiteren mitzuerleben.

Und wenn er sich auf seine Atemübungen konzentrierte und wenn sich die Kommission für Haftentlassungen bald in seinem Sinne entschied, konnte er noch bis in aller Ewigkeiten Sonnenaufgänge miterleben, trotz des Alters, das derzeit an ihm nagte wie naphtalinsaure Bienen an einem ledernen Bienenkorb. Das waren seine Hoffnungen, obwohl es ihm, wenn er seine Aussichten bedachte, nicht leicht fiel, die Frage zu beantworten, warum er eigentlich weiter – und weiter und weiter und weiter – machen wollte. Eines war sicher, er würde sich nicht ohne ein paar Tropfen *K 23* auf die Andere Seite wagen, und er fing an, sich zu fragen, ob er nicht einfach Wiggs Dannyboy das Rezept hätte geben sollen. Dr. Dannyboy hätte ein wenig herstellen und es zu ihm in die Zelle schmuggeln können. Seine kompromißlose Geheimnistuerei mit *K 23*, seine hartnäckige Weigerung, an dem kommerziellen Potential des Parfums zu rühren, war ein wenig irrational, das mußte er zugeben. Andererseits – wäre er ein rationaler Mann, dann hätte er bereits vor tausend Jahren das Zeitliche gesegnet. Ho.

Als Alobar aufstand und zum Fenster humpelte, ächzten seine Gelenke wie die Leinen eines vom Sturm gebeutelten Schiffes. Er suchte seinen alten Wohltäter, den Morgenstern, aber das Fenster war winzig und das einzige Himmelslicht in dem Stückchen All, das er überblicken konnte, stammte von einem Satelliten, der die Erde umkreiste. «Die Erde ist rund, ja rund», begann er zu singen, aber ein beunruhigender Gedanke brachte ihn zum Schweigen. «Wenn sich die Kommission für Haftentlassungen nicht bald entscheidet, werde ich Dannyboy das Rezept schicken», schwor er sich.

Alobar war nicht der einzige, der an jenem Morgen (oder in jener Nacht) über eine geheime Formel nachdachte. Wiggs und Priscilla waren zunächst durch die eine, dann durch die andere Sache abgelenkt und hatten insofern noch keine Gelegenheit gehabt, zu diesem Punkt vorzudringen, aber in New Orleans – Zeit: halb fünf – lag Madame Devalier, ihre juwelengeschmückten Hände über der Kuppel ihres Bauches gefaltet, in ihrem Himmelbett und grübelte über eine mögliche Basisnote nach, zu welchem Zweck sie in ihrer geistigen Nase Dutzende und Aberdutzende von Ingredienzen mischte, ohne auch nur im entferntesten zu ahnen, wie simpel die Zusammensetzung dessen sein konnte, was sie suchte; und ohne auch nur im entferntesten zu ahnen, daß in einem billigen Motel in der Nähe des Seattle-Tacoma Airport – wo es, jawohl, halb drei war, danke, Ricki – V'lu Jackson mit der Antwort – mit einem oder zwei Tropfen der Antwort – im Bett lag, die sie in einer alten Flasche unter ihrem vinylbezogenen Schaumgummikopfkissen verwahrte; und keine von ihnen, weder Madame, wach und auf Formelpirsch, noch V'lu, träumend und die Faust gegen ihre verwaisten Schamlippen gepreßt, konnte auch nur im entferntesten ahnen, daß noch bevor sie das nächstemal im Bett lägen, Bingo Pajama vor ihren Augen erschossen und daß sein kleiner Bienenschwarm herrenlos herumfliegen würde, ein Bienenschwarm, der New Orleans ängstigen sollte, und zwar halbwegs zu …

... Tode. Uärks! Wie Wiggs Dannyboy dieses Wort haßte.
Seine Reaktion auf den «Tod» war weder Entsetzen noch Resignation, weder Auflehnung noch morbide Sehnsucht, weder Schrecken noch Verleugnung, seine Reaktion war vielmehr Wut. Kontrollierte Wut. Herausforderung, wenn man so will. Kampf. Wiggs befand sich mit dem Tod im Kriegszustand, und er hatte sich geschworen, niemals zu kapitulieren.
Die Formulierung der Kriegserklärung stammte aus der Zeit seines Aufenthaltes im Concord State Gefängnis. Er war nach einem Vorfall, bei dem ihm ein Wärter mit einem Streichholz das rechte Auge ausgestochen hatte, auf eigenen Wunsch von einer staatlichen Strafanstalt im mittleren Westen nach Concord verlegt worden.
Bei den Untersuchungen, die dem Zwischenfall folgte, stellte sich heraus, daß Dr. Dannyboy während der Monate, seit er sich in staatlichem Gewahrsam befand, fast ständig physischen und psychischen Belästigungen ausgesetzt war. Die Medien verurteilten zwar Dannyboys Lebensstil und seine Philosophie, hatten ihn aber stets als einen erstklassigen Stofflieferanten empfunden und bauschten die Geschichte zu einem Skandal auf. Hinzu kam die Drohung einer viele Millionen Dollar hohen Schadensersatzforderung. Die Regierung konnte es sich kaum leisten, einem Antrag auf Verlegung nicht stattzugeben.
In Concord hatte Wiggs gute Freunde – Außenseiter, die es geschafft hatten, in Harvard an der Universität zu bleiben, oder die in eines der «New Age»-Geschäfte eingestiegen waren, die in Cambridge und Boston florierten. Seine Kumpel versorgten ihn mit Büchern aus der Universitätsbibliothek und mit den neuesten Zeitschriften und Aufsätzen seiner Interessengebiete: Anthropologie, Ethnobotanik, Mythologie und Neuropharmakologie. Sie besuchten ihn, um ihm den neuesten Klatsch zu erzählen, behielten seine Gesundheit im Auge und vermittelten seine gelegentlichen Beiträge an *The Psychedelic Review*. Sie schmuggelten das halbgefrorene Brötchen hinaus, in das er kurz zuvor ejakuliert hatte, und brachten es blitzschnell zum Parkplatz, wo seine ovulierende Frau (die ihn später zugunsten eines verfügbareren Partners

sitzenließ) wartete und damit in Angriff nahm, was sie sich vorgenommen hatte: die Zeugung von Huxley Anne.

Es war trotz der vielen Schwierigkeiten, die das Gefängnisleben mit sich brachte, eine verhältnismäßig produktive und anregende Phase. Es blieb jedoch genug Zeit zum Nachdenken, und Dr. Dannyboy nutzte sie, um sich in Erinnerung zu rufen, was er und Gleichgesinnte in den sechziger Jahren erreicht hatten. Dann stellte er die erreichten Ziele in den Zusammenhang der Geschichte, und zwar nicht allein in den Zusammenhang der offiziellen Geschichte mit ihrem Schwergewicht auf Politik und Wirtschaft; und auch nicht allein in den Zusammenhang der eher sachdienlichen Geschichte der unterschiedlichen Formen, in denen wir unser tägliches Leben gelebt haben, seit wir einst aus dem Schlamm gekrochen sind oder uns von den Bäumen herabgeschwungen haben; er stellte sie auch in den Zusammenhang der höheren, komplizierteren Geschichte dessen, wie sich unsere Denkmuster, unser Nervensystem, unsere geistige Individualität entwickelt und verändert haben.

Wiggs kam zu folgenden Schlüssen: Erleuchtung ist, ob es einem gefällt oder nicht, die Sache von Auserwählten; überall, fast überall hat es winzige Minoritäten erleuchteter Individuen gegeben, die ihr Leben auf der Schwelle und im Übergang zur nächsten evolutionären Phase lebten, einer Phase, deren Verwirklichung vielleicht noch hunderte von Jahren auf sich warten lassen würde. In bestimmten Schlüsselperioden der Geschichte wurde die eine oder andere dieser elitären Minderheiten groß und bedeutend genug, um die Kultur als ganzes zu beeinflussen und auf diese Weise ein wesentliches Stück der Straße der Evolution zu pflastern. Er dachte dabei an die Zeit des Echnaton im alten Ägypten, an die Herrschaft des Zarathustra in Persien, an die goldenen Zeitalter der Griechen und des Islam, an die zahlreichen bedeutenden Perioden der chinesischen Kultur und an die Renaissance in Europa. («Auch die Kelten hätten eine bedeutende Kultur hervorgebracht», erzählte er Priscilla, «wenn nicht die Kirche sie vorher unter ihre Fittiche genommen hätte.») Etwas ähnliches entwickelte sich in Amerika in den Jahren zwischen 1964 und 1971.

Wiggs gab zu, daß es vielleicht sentimental, wenn nicht gar absurd war, die sechziger Jahre als ein embryonales Goldenes Zeitalter zu romantisieren. Zweifellos endete diese Schwangerschaft der Erleuchtung mit einer Fehlgeburt. Trotzdem waren die sechziger Jahres etwas Besonderes; sie *unterschieden* sich nicht nur von den Zwanzigern, den Fünfzigern, den Siebzigern und so weiter, sie *überragten* sie. Wie die Jahre des König Artus auf Avalon bedeuteten die sechziger Jahre einen Durchbruch, einen flüchtigen Augenblick des Glanzes, eine Zeit, in der ein hübscher kleiner Batzen Humanität vorübergehend seine moralische Bedeutung erkannte und mit seinem neurologischen Schicksal flirtete, ein kollektives geistiges Erwachen, das hell aufleuchtete, bis die barbarischen und mittelmäßigen Impulse der Spezies die Vorhänge der Dunkelheit wieder einmal fest zuzogen.

Überdies glaubte Wiggs, daß der amerikanische Schoß am Ende doch noch gebären würde. Die Vereinigten Staaten waren der logische Ort für die nächste erleuchtete Zivilisation. Und da die Ereignisse der sechziger Jahre zumindest den Boden bereitet hatten – viele der Individuen, die während der sechziger Jahre erfolgreich an Veränderungen mitgewirkt hatten, machten im stillen Kämmerlein weiter –, würde die nächste Blütenpracht vielleicht nur ein oder zwei Jahrzehnte auf sich warten lassen.

Wenn die sechziger Jahre auch in sozialer Hinsicht einen Fehlschlag bedeuteten, so waren sie doch in evolutionärer Hinsicht ein Wendepunkt, ein Markstein, und Wiggs war stolz darauf, daß er zum Einstieg in diese schwindelerregende Periode der Transzendenz und des Bewußtseins (Transzendenz veralteter Wertsysteme, Bewußtsein von der Enormität und vom Reichtum der inneren Realität) hatte beitragen können. Dennoch war er unzufrieden. Besorgt. Unglücklich. Nicht das Gefängnis oder der Verlust des Auges kümmerten ihn – das waren geringe Opfer, gemessen an dem, was es zu erreichen galt. Es handelte sich um etwas anderes, etwas, das ihn seit seiner Kindheit verfolgte, das jeden seiner Triumphe getrübt, das seine Begeisterung gedämpft, seine Agonien verstärkt, seinen Optimismus veralbert, ihm in die Suppe gespuckt hatte.

Es war, so wurde ihm allmählich klar, die Aussicht auf den Tod.

Wenn jemand ein «aktives» Leben lebt, wie Wiggs es getan hatte, wenn jemand Ziele hat, Ideale, Dinge, für die er bereit ist zu kämpfen, dann kann er seine Aufmerksamkeit zumindest vorübergehend von dem schweren Krummsäbel ablenken, der an einem Mäusehaar hängt, direkt über seinem Kopf. Jeder von uns hat eine Fahrkarte, und wenn die Reise interessant ist (wenn sie langweilig ist, sind ganz allein wir selbst daran Schuld), dann werden wir Gefallen finden an der Landschaft (wie schnell sie vorüberfliegt!), dann werden wir Kontakt zu unseren Mitreisenden finden, häufig die Toiletten und Bahnhofskioske aufsuchen und kaum je die Fahrkarte ans Licht halten, auf der wir den eindeutig festgeschriebenen Zielort lesen könnten: Abgrund.

Doch so sehr wir sie in unserem täglichen Zanken und Raufen auch ignorieren mögen, die Tatsache des bevorstehenden Todes ist stets präsent, gleich hinter dem Vorhang lauert sie, oder genauer, in unseren Socken, gleich einem Sprachfehler, den wir nie ganz los werden können. Wenn man ein religiöses Leben führt, kann man seine Reise in den Abgrund rationalisieren; wenn man Sinn für Humor hat (und ein guter ausgeprägter Sinn für Humor ist jeder bislang erdachten Religion überlegen), kann man das Problem durch Ironie und Witz auf ein Minimum reduzieren. Ach, aber das Phantom ist da, Tag und Nacht, tagein, tagaus, und färbt fast alles, was wir tun, mit seiner grauen Kreide ein. Und vieles von dem, was wir tun, tun wir unbewußt und indirekt, um den Gedanken an den Tod zu vermeiden; oder um uns durch unsere Leistungen so unentbehrlich zu machen, daß der Tod zögern wird, uns zu holen; oder um sicherzustellen, daß, wenn am Ende der Krummsäbel fällt, wir «weiterleben» in der Erinnerung der Glücklichen, die noch ein wenig strampeln dürfen.

Wiggs stand nicht auf der «In der Erinnerung weiterleben»-Nummer. Er hatte sich in der akademischen und der sozialen Geschichte eine kleine Fußnote gesichert. Und wichtiger noch, er hatte seiner Ansicht nach zur Entwicklung des Bewußtseins in seiner Zeit beigetragen. Doch solche Art von Unsterblichkeit bedeutete ihm nichts. Wenn das, was er als «elektronischer Schamane» in den sechziger Jahren erreicht hatte, dazu bestimmt war, Auswirkungen auf die Zukunft zu haben, dann wollte er dabei sein, um sie zu genießen.

Nicht, daß er sein Leben bislang nicht genossen hätte. Er hatte mehr Spaß gehabt als ein Zitteraal in einer öffentlichen Badeanstalt, und, Gefängnis hin oder her, Augenklappe hin oder her, Tod hin oder her, er zweifelte nicht, daß es mit dem Vergnügen noch keineswegs vorbei war. (Um seiner Überzeugung den nötigen Nachdruck zu verleihen, tätschelte Wiggs, während er dies sagte, Priscillas nackten Hintern.) Mehr noch, er stufte sich nicht als habgierigen Menschen ein. Es war nur so, daß das Altern so schnell ging und der Tod mit solcher Endgültigkeit daherkam, daß letztendlich dem Leben jegliche Bedeutung geraubt wurde.

SINNLICHES VERGNÜGEN
WISSENSCHAFTLICHE ENTDECKUNGEN
MEISTERWERKE DER KUNST
SOZIALE VERBESSERUNGEN
TECHNOLOGISCHE INNOVATIONEN
sogar
LIEBESBEZIEHUNGEN
oder sogar
GEISTIGE EKSTASE

Vermochte einer oder die Summe aller dieser Punkte, die düstere Last auszugleichen? Die Gewißheit nämlich, daß auch der Schönste, der Weiseste, der künstlerisch Begabteste von uns alt werden und sterben muß?

«Damals, auf meiner Pritsche im Concord-Gefängnis, überkam es mich, und ich beschloß, etwas dagegen zu unternehmen», sagte Wiggs. «Denn alles andere ist zweitrangig im Vergleich zu dem kriechenden Schauer, den der persönliche Untergang einem über den Rücken treibt.
Der Tod ist das Haar in jedermanns Suppe.
Der Tod war für die Menschheit nie akzeptabel, und er ist es heute weniger denn je.
Den religiösen Typen sage ich, wenn Gott euch liebt, dann würde er euch nicht erst welken lassen und euch dann umbringen. Den rationalen Typen und auch den Hedonisten sage ich, der Tod macht sich über eure Logik ebenso lustig, wie über eure Genüsse.
Die Menschen werden nie wirklich glücklich, nie wirklich frei, nicht einmal wirklich geistig gesund sein, solange sie damit rechnen müssen,

daß ihre Körperkraft schwindet und irgendwann die Fliegenklatsche auf sie niedersaust.

Also schob ich alles andere beiseite, Darling, verbannte sämtliche wissenschaftlichen Zeitschriften und Fachbücher aus meiner Zelle – jawohl, sogar die Pornohefte, obwohl Alobar mir später beibringen sollte, daß das ein Fehler war –, und schwor, jedes Fitzelchen Energie in den Dienst dieses einen bescheidenen Ziels zu stellen: die Ausrottung des Todes.»

Priscilla sah ihn in ehrfürchtigem Unglauben an. «Also, um ehrlich zu sein», sagte sie, «ich ordne das ein unter der Kategorie des guten alten Kopfes, der durch die gute alte Wand krachen will.»

«Wirklich?»

«Wieso, ja, Wiggs. Natürlich. Alles, was lebendig ist, wurde geboren, und alles, was geboren wurde, muß sterben. Da gibt es kein Entkommen. Das ist das Gesetz des Universums.»

Nackt wie er war, pflanzte Dr. Dannyboy sich auf wie ein Bankpräsident. Wie ein Conférencier, der ein Mikrophon testet, tappte er wichtigtuerisch gegen die Augenklappe. Dann sagte er mit überraschend sanfter und ruhiger Stimme:

«Das Universum hat keine Gesetze.
Es hat Gewohnheiten.
Und Gewohnheiten lassen sich verändern.»

Der vielärschige Himmel über Seattle grollte weiter. Er strapazierte die zerschlissenen und lahmen Scheibenwischer, die auf Rickis Windschutzscheibe hin- und herhumpelten und bei jedem Schritt jämmerlich klagten, erst hart, dann zart, dann wieder hart trommelte er auf die Dachpappe des Motels, in dem V'lu schlief, und verlieh so ihren Träumen eine zusätzliche Dimension; Buchstabe für Buchstabe schrieb er seine flüssigen Telegramme an die Fensterscheiben der Last Laugh Foundation.

Ricki ließ den VW in die Auffahrt vor dem Haus rollen, in dem sich ihr Duplex-Apartment befand, meuchelte den Motor (ein Gnadenstoß) und lief zu ihrer Tür. Sie rannte nicht deshalb, weil sie nicht naß werden, sondern weil sie das Telefon hören wollte, falls Pris anrufen sollte.

Ein gehörnter Mann mit den Lenden eines Ziegenbocks bahnte sich seinen Weg in V'lus Traum. Die Traumschaft war von einer gelben Flamme erleuchtet, und bei jedem Schritt, den das Wesen auf sie zu machte, gab es ein *schlurpf schlurpf*-Geräusch, wenn es seine Hufe aus dem suppigen Matsch zog. V'lu erwachte vom Klopfen ihres eigenen Herzens. Sie war erstaunt und irritiert, als sie feststellte, daß ihre Muschi pitschenaß war. Als ihr klar wurde, daß der Mann in ihrem Traum mit dem Mann auf der Flasche identisch war, holte sie klugerweise die Flasche unter ihrem Kopfkissen hervor und vergrub sie unter den ordentlich zusammengelegten Kleidern in ihrem Koffer. Durch die Dunkelheit, die vom Neon-Widerschein eines NO VACANCY-Zeichens leicht gefärbt war, tappte sie zum Fenster. Obwohl es nicht zu öffnen war, konnte sie durch die Scheibe den Regen riechen. Der Regen in Seattle riecht anders als der Regen in New Orleans, dachte V'lu. Sie hatte recht. Der Regen in New Orleans roch nach Schwefel und Hibiskus, nach Trompetenblech, Getöse und Schweiß. Der Regen in Seattle, überhaupt der Regen des weiten Nordwestens, roch nach frischem Eis und Gerbstoff, nach Geologie und Stille und nach dem Atem der Elritze.

Abgesehen von der Tatsache, daß er die Behaglichkeit ihres Schwatzes am Kamin steigerte, schenkten Priscilla und Wiggs dem Regen keinerlei Aufmerksamkeit. Er war einfach da, im Hintergrund, wie das sieche Feuer im Kamin. Im Vordergrund standen Hormone, Fragen und verrückte Ideen.

Priscilla war bereit, Dr. Dannyboys Behauptung zu akzeptieren, daß die Sterblichkeit die eigentliche Ursache für das Elend der Spezies Mensch sei. Darüber hinaus sympathisierte sie mit seiner schmerzlichen Schlußfolgerung, daß seine frühere Philosophie ein Schwindel gewesen sei, weil sie den Tod als etwas Positives begriff, weil sie es ihm behaglich machte, Entschuldigungen für ihn fand und sogar unsere Verwundbarkeit durch ihn pries. Aber seine allem Anschein nach ehrliche Überzeugung, er könne das Mäusehaar schnappen und den Krummsäbel abknoten, kam ihr vor wie jene Art hochgespannter Selbsttäuschung, die das Denken eines Menschen zerstören kann wie ein Punchingball aus geschliffenem Glas.

«Wiggs», sagte sie, «all diese komischen Drogen, die du genommen hast, Dschungelbeeren und Amazonas-Saft und all das Zeug, ganz zu Schwei-

gen von dem guten alten LSD, meinst du, daß sie vielleicht, äh, körperlich gesehen, also, dein Gehirn ein bißchen gegrillt haben?»
«Ach, Darling, nein, nichts dergleichen. Klar haben sie ein paar Zellen zerstört, da gibt's keinen Zweifel, aber das war nur gut so. Wenn man will, daß ein Baum viele Früchte trägt, muß man ihn von Zeit zu Zeit beschneiden. Das gleiche gilt für die Hirnzellen. Einige Leute nennen das vielleicht Gehirnschaden. Ich nenne das Ausputzen.»
Bei dieser Bemerkung wich sogar der Regen.

Die Wetterberuhigung ging einher mit einer Gesprächspause, so daß für eine Weile alles still war. Nach einiger Zeit nahm Wiggs ihre Brustwarze zwischen die Lippen und bearbeitete sie mit einem reibenden, rollenden Druck wie seinerzeit Captain Queeg in dem Film *Die Caine war ihr Schicksal* die Stahlkugeln in seinen Händen. Boing! Die kleine rosane Erbse versteifte sich voller Freude, so wie sich alternde Kriegsveteranen bisweilen auf den Patroitismus versteifen. Pris war drauf und dran zu erleben, wie in ihren Lenden dringende Bedürfnisse wieder auflebten, als plötzlich vom Stockwerk über ihnen ein dumpfes Schlagen zu hören war.
«Was ist das?» fragte sie.
Wiggs spuckte die Brustwarze aus. «Morgenstern. Ich hoffe, daß er Huxley Anne nicht aufweckt.»
«Was macht er da oben?»
«Ach, er tanzt einen Tanz, einen Tanz gegen das Sterben.»
«Wiggs, was geht vor in diesem Irrenhaus? Ich meine, du hast auf deinem ganzen Anwesen kein Laboratorium, aber du hast einen Nobelpreisträger für Chemie, der morgens um drei mit sich selbst tanzt – oder tanzt er mit einem ausgewachsenen Känguruh? Es hört sich so an – und glaubst du wirklich, daß du ewig leben wirst? Sag mir, daß du es nicht glaubst. Bitte.»
«Ich glaube es nicht.»
«Nicht?» Sie klang erleichtert.
«Nein, ich glaube nicht, daß Wiggs Dannyboy ewig leben wird, aber künftige Generationen werden ewig leben, Huxley Anne wird mit

ziemlicher Wahrscheinlichkeit ewig leben, und auch ich hoffe, zumindest meine Verleumder zu überdauern. Ich sehe mich schon auf meinem hundertzwanzigsten Geburtstag, ohne Zweifel.»
«Aber wie? Und warum? Ist das irgendeine Art von grandioser und antiquierter Midlife-Krise? Fürchtest du es sehr, alt zu werden? Alt zu werden ist das Natürlichste von der Welt.»
Er schnaufte verächtlich. «Und da genau irrst du dich gewaltig, mein Schätzchen. Da liegst du so verkehrt wie ein Strumpfband bei einer Nonne.» Wieder schnaubte er, und sein Knöchel begann auf seiner Augenklappe herumzuhacken wie ein mongoloider Buntspecht, der in einem Poker-Chip nach Würmern sucht. «Altern ist eine Krankheit. Vielleicht *ist* Krankheit natürlich, aber Gesundheit ist auch natürlich, und darüber hinaus ein ganzes Stück mehr erstrebenswert. Rost ist natürlich, findest du nicht? Aber es gibt auch Rostschutz. Und wenn man keinen Rostschutz anwendet, runiert man seine Maschinen. Und das gleiche gilt fürs Altern. Der Mensch altert, weil er seinen Körper rosten läßt.»
«Rosten? Ich –»
«Ich rede von der Degeneration der Zellen. Ich rede von der Behinderung der Zellentwicklung durch freie Superoxyd-Radikale und Toxine, ich rede vom allmählichen Zusammenbruch der gesunden Zellreproduktion aufgrund des fortschreitenden Verschleißes von Nukleinsäuren. Das alles ist eine Form des Rostens.»
«Und das läßt sich verhindern?»
«Es läßt sich.»
«Und warum wissen dann die Ärzte nichts davon?»
«Man könnte genauso gut fragen, warum die Seefahrer im Mittelalter nicht wußten, daß die Erde rund ist.»
«Einige wußten es.»
«Ja, und ein paar Ärzte kennen heute die Wahrheit über das Altern.» Er unterbrach sich und starrte ins Feuer. Schließlich lächelte er und sagte: «Zum Beispiel Alobar, der wußte schon damals, daß die Erde rund ist. Und auf seine Weise kennt er auch die Wahrheit über das Alter.»
«Ach ja, Alobar: Der Hausmeister, der niemals rostet.»
«Na ja, bis vor kurzem zumindest nicht. Ich sollte auf meine Geschichte zurückkommen.»
«Klar.»
«Erst einen Kuß.»
«Mmm.»

Dr. Dannyboy hatte seine Zelle in Concord von Zeitschriften und Aufsätzen befreit, die in Zusammenhang mit seinem ehemaligen (und manche sagten, angeblichen) Beruf standen, doch nach und nach wurden sie ersetzt durch Material über Gerontologie, Genetik und Lebensverlängerung. Vom Gefängnis aus machte er sich vertraut mit den neuesten Forschungsergebnissen über Langlebigkeit an Universitäten in Nordamerika, Europa und Japan, sowie an privaten Instituten wie der Bjorksten Research Foundation, den Montesano Laboratories, der Menninger Clinic und dem Institute of Experimental Morphology im sowjetischen Georgien. Das eine Telefonat pro Woche, das ihm erlaubt war, widmete er, von Schuldgefühlen nicht ganz frei, dem Gespräch mit einem Biologen in Cornell oder einem Gerontologen an der University of Nebraska Medical School, und nicht seiner Frau und seiner kleinen Tochter im nahen Boston.

Es war weiß Gott nicht einfach, mit der Vorhut einer der esoterischsten Wissenschaften, die es überhaupt gab, Schritt zu halten, aber Dr. Dannyboy war ein findiger Kopf und verfügte trotz seiner wenig vertrauenerweckenden Adresse über ein erhebliches Maß an Charme. Was er in Erfahrung brachte, machte ihm Mut und freute ihn. Freilich frustrierte es ihn auch auf betrüblichste Weise, daß nicht mehr Bemühen und mehr Geld hinter der Verjüngungsforschung stand. Mit einer gewaltigen nationalen Anstrengung, dem Projekt vergleichbar, das uns die Atombombe beschert hat, könnten wir in kürzester Zeit die durchschnittliche Lebenserwartung um fünfzig Jahre erhöhen, davon war er überzeugt. Auch war Wiggs deprimiert angesichts der Tatsache, daß er von dem Wissen, das er ansammelte, nicht persönlich profitieren konnte. Die Ernährung war zum Beispiel ein Gebiet, auf dem er möglicherweise umgehend sehr nützliche Arbeit hätte leisten können, doch leider gab es nur wenige Diäten auf der Welt, die so perfekt geeignet sind, die Maschinerie einrosten zu lassen, wie der Stärke-und-Zucker-Schneesturm, wie der Fettsäure-Monsun der Gefängniskost.

Wiggs wurde Opfer erheblicher Gefühlsschwankungen. An einem Tag fühlte er sich, durch den neuesten Bericht vom UCLA Medical Center oder einer ähnlichen Institution in beste Stimmung versetzt, so zuversichtlich wie eine neugeborene Fliege in einem mexikanischen Restaurant (ein Insekt, das möglicherweise seine eigenen Vorstellungen vom «perfekten Taco» hat), doch am nächsten Tag, niedergeschlagen angesichts der schleppenden Langsamkeit einer unterfinanzierten Forschungsarbeit und der Tödlichkeit des Gefängnislebens, befand er sich an Bord jenes armseligen U-Bootes, das auf dem Grund der Schwarzen Lagune verankert ist.

Eines Nachts, als Wiggs gerade der Hauptstadt des Nebensächlichen – dem Mond – flüsternd üble Flüche entgegenschleuderte, ereignete sich irgendwo auf der anderen Seite des Bezirks Middlesex eine Explosion, und zwar in einem der Laboratorien des MIT, deren Forschungen Wiggs aufmerksam verfolgte; und etwa drei Monate später pustete die Explosion wie in Zeitlupe, oder als handele es sich um die Folgen einer Spätzündung, einen neuen Insassen namens Al Barr ins Concord-Gefängnis, einen Insassen, der in kürzester Zeit dafür sorgte, daß aus dem Auge von Dannyboys Periskop leuchtende Bete-Blätter rankten.

Als Wiggs zum erstenmal von der Explosion im MIT-Labor erfuhr, war er wütend. Am MIT wurden gewaltige Fortschritte erzielt. Die Leute dort ließen Moleküle durch Reifen springen wie Pudel im Zirkus. Während andere Experten auf diesem Gebiet von den Herausforderungen sprachen, «die der geheimnisvolle und unerbittliche Prozeß, den wir Altern nennen, bedeutet», redeten die Wissenschaftler des MIT-Experimentes von der Verlangsamung des Alterungsprozesses, als sei das Kunststück bereits möglich, und sie erklärten öffentlich, daß in Zukunft «die Gesellschaft in der Lage sein könnte, den Tod vollkommen von natürlichen Ursachen zu trennen.» Dannyboy bewunderte Menschen, denen es gelang, sich von bescheidenen Zielsetzungen zu befreien.

Er hatte erwartet, daß es sich bei dem «mittel-alterlichen» Hausmeister, der der Zerstörung des Labors für schuldig befunden worden war, um einen fundamentalistischen christlichen Fanatiker handeln würde, um einen sexuell unterdrückten Tolpatsch, der unter den Einflüssen evangelistischer Scharlatane und der vieldeutigen Dichtung der Bibel übergeschnappt war wie eine Scheißhausratte; um einen Ignoranten mit scharfer Nase, schmalen Lippen und verlorenen Augen, der sich auf einer selbst gewählten Mission zur Bestrafung von Wissenschaftlern befand, die den Lieben Gott spielten, gleich jenen Bauern, die aus zahllosen Monster-Filmen die Konsequenz ziehen und losgehen, um das Schloß des Irrenarztes niederzubrennen.

Bei dem Gedanken, daß er mit diesem Rohling unter einem Dach hausen würde, begann sich in seinem Herzen der grüne spanische Wurm der Rache zu winden.

Daher war er nicht nur überrascht, sondern auch ein wenig beschämt, als sich herausstellte, daß Al Barr der würdevollste Gefangene in Concord war. Mit seiner aufrechten Haltung und seinen saphirblauen Augen wirkte Barr ausgeglichen, intelligent, und er war Meister einer gewissen Art des Lächelns. Während Wiggs an seinen guten Tagen ein Lächeln aufsetzte, das die spannungsgeladene Gefängnisluft durchschnitt wie eine musikalische Schere, war Barrs Lächeln von der Art jener in Stein gehauenen Rätsel, die, verbunden mit einem heroischen Nervenstrang, die Gesichter klassischer Statuen adeln. Sein Gesicht war gezeichnet von etwas Geheimnisvollem, und von einer Reihe sehr interessanter Narben.

Da Wiggs sich darüber im Klaren war, daß dieser Bursche kein normaler Hausmeister sein konnte (obwohl kein Zweifel bestand, daß er jahrelang im Türkischen Badehaus in Boston die Fliesen gewischt hatte), da er außerdem neugierig war zu erfahren, was die Motive für den Vandalismus im MIT gewesen sein mochten, und da es ihm schließlich kaum gelungen war, auf dem Gefängnishof (wo sich der neue Insasse mit einer sonderbaren Art von Yoga beschäftigte) mit Barr ins Gespräch zu kommen, zog er ein paar Fäden (wäre Wiggs Geppetto gewesen, hätte Pinocchio niemals das Haus verlassen) und sorgte dafür, daß Barr sein Zellengenosse wurde.

Alobar war mit der Regelung einverstanden, ging er doch davon aus, daß der einäugige irische Drogen-Fanatiker eine anregendere Gesellschaft sein würde als der Schwestern-Vergewaltiger aus dem Arbeitermilieu, mit dem er zuvor die Zelle geteilt hatte. Obwohl Alobar Wiggs nie vollkommen traute (Wiggs war auf eine Weise offen und exzentrisch, die der verschlossenere und konservativere Alobar als verwirrend empfand), wurden die beiden langsam und allmählich so gute

Freunde, daß Alobar ihm seine Lebensgeschichte erzählte. Die ganzen tausend Jahre. Alles.
Na ja, nicht ganz alles. Er erzählte Wiggs mehr, als er Albert Einstein erzählt hatte. Er erzählte ihm von Heldentaten in Asien, von Abenteuern in Frankokanada (als Pan, schon halb verrückt von den schleichenden Auswirkungen des *K 23*, noch in seiner Nähe war), von denen nicht einmal der Leser dieser Seiten etwas weiß. Er erzählte ihm mehr als einmal von dem Parfum, das eine so sonderbar bedeutsame Rolle in seinem Leben spielte. Doch er erzählte ihm nie, wie das Parfum hergestellt wurde.

Er erzählte ihm *beinahe*, wie das Parfum hergestellt wurde. Er erzählte ihm von der Jasmin-Herznote, von der Limonen-Kopfnote, und er erzählte davon, wie er schließlich die großartige, so schwer zu findende und äußerst verblüffende Basisnote der Roten Bete entdeckt hatte. Ha, aber Alobar, der alte Fuchs, ließ etwas aus. Er sagte «Rote Bete» zu seinem Zellengenossen, aber er sagte nicht «Rote Bete-Pollen». Wenn er es gesagt hätte, wären die Dinge für einige Leute, die wir schon kennen, anders gelaufen.

Mehr noch, Alobar zwang Wiggs, beim Grab seiner Mutter, beim Schlüpfer seiner Frau, beim *Book of Kells*, bei den feenhaften Hügeln der Grafschaft Dublin, bei seinem einen gesunden Auge und bei allem, was ihm sonst noch heilig war, darunter Whiskey, die Wurzel visionärer Kraft, das wahre Universum, Huxley Annes zukünftiges Glück und der Lachs, der sich von den neun Haselnüssen der Dichtkunst ernährt, er zwang also Wiggs zu schwören, daß er nie und nimmer irgendeinem Menschen gegenüber erwähnen würde, daß Rote Bete die geheimnisvolle Zutat eines angeblich einmaligen und wundervollen Parfums sei.

Darum behielt Wiggs die Worte *Rote Bete* für sich, schön diskret, und das, obwohl er Priscilla brennende Neugierde hinsichtlich des kometenschweifigen Gemüses spürte, das seine feuerrote Umlaufbahn auch in ihre Atmosphäre hinein ausgedehnt hatte. Dafür erzählte er ihr den Rest von Alobars Lebensgeschichte. Oder besser, er erzählte ihr die *Höhepunkte* von Alobars Lebensgeschichte, denn alle Einzelheiten zu erzählen, hätte Monate gedauert. So dauerte es immerhin noch volle zwei Stunden, während derer Priscilla zweimal aufstand, um zu pinkeln, und Wiggs dreimal auf Zehenspitzen nach oben schlich, um nach Huxley Anne zu sehen.

Als die Geschichte zuende war, hatte Dr. Morgenstern seinen Unsterblichkeits-Jitterbug längst beendet, das Feuer brannte nicht mehr, die Fensterscheiben waren fast trocken – und Priscilla war fast ohnmächtig angesichts der Vorstellung, daß sie sich im Besitz der alten Flasche befand, in der sich jener Kudra-Köder, jenes Pan-Deodorant *K 23* befunden hatte.

Von diesem Wissen überwältigt und aufgewühlt wie ein kurzsichtiger Hausgast, der gegen eine Verandatür gelaufen ist, griff Pris nach stabilen Möbelstücken, um sich wieder aufzurichten. «Aber –» sagte sie, «aber wenn sie tatsächlich wirklich die ganze Zeit gelebt haben, all diese Jahrhunderte ... ich meine, wie? Medizinisch ist das doch unmöglich, oder nicht? Wie sollen sie das angestellt haben?» Sie redete um den heißen Brei herum. Sie war noch nicht soweit, gleich von der Flasche anfangen zu können.

«Medizinisch unmöglich ist es nicht. Menschlich unmöglich ist es nicht. Kann es geschehen, fragst du. Schmeckt Koalabären-Scheiße nach Hustenbonbons?»

Dann hub Wiggs an, begleitet von einem gelegentlichen Rattattatam auf der Kleeblatt-Klappe, Alobars und Kudras Programm darzustellen und zu erläutern, soweit es auf den vier Elementen basierte. Er nahm sich die Elemente nacheinander vor und vollführte mit jedem eine kleine akrobatische Nummer.

LUFT

«Unser Verhältnis zur Luft ist bestimmt durch das Atmen. Die meisten von uns atmen nicht richtig, was bedeutet, daß wir entweder zu wenig oder zuviel einsaugen und es uns nicht gelingt, unseren Luftkonsum effizient zu gestalten. Alobar und Kudra entwickelten eine Atemtechnik, bei der das Einatmen und das Ausatmen in einem permanenten Rhythmus miteinander verbunden waren; das Ganze entsprach dem Bild eines ständig sich drehenden, kreisrunden Schwungrades, dem Bild einer Schlange, die ihren eigenen Schwanz verschlingt. Sie atmeten tief und sanft und gleichmäßig. Wenn sie Luft in ihre Körper holten, stellten sie sich vor, soviel Energie und Lebenskraft wie möglich in sich hineinzusaugen; wenn sie Luft ausstießen, stellten sie sich vor, all die Fadheit und Flachheit, die es in ihnen gab, hinauszublasen.

Simpel, ohne Zweifel, aber auf keinen Fall simplistisch, wenn wir uns klarmachen, daß ein großer Teil der Schäden an unseren Zellen, die zum Zusammenbruch des Gewebes führen – mit anderen Worten, der Alterungsprozeß –, durch die Ansammlung von toxischen Nebenprodukten verursacht wird, die bei der Umwandlung von Sauerstoff entstehen. Die freien Superoxyd-Radikalen, wie diese Müll-Moleküle heißen, verbinden sich mit Fettsäure und bilden Lipofuszin, eine instabile ekelhafte Schmiere, die eine Zelle so verstopft wie kaltes Fett einen Abfluß. Je mehr von diesem gräßlichen Zeug einem die Zellen verkleistert, desto größer werden die Belastungen für den Stoffwechsel, und je mehr der Stoffwechsel gestreßt ist, desto einfacher ist es für immer mehr Gifte, sich zu sammeln.

Biologische Untersuchungen haben ergeben, daß die Tiere die größte Lebenserwartung haben, deren Sauerstoffverbrauch im Verhältnis zum Körpergewicht am niedrigsten ist. Der Grund hierfür dürfte darin liegen, daß sie weniger freie Superoxyd-Radikale in ihren Zellen ablagern. Da wir darauf angewiesen sind, noch so lange Sauerstoff zu atmen, bis etwas besseres erfunden ist – ich persönlich würde für Lachgas plädieren, aber bisher hat sich die Natur noch nicht bereit erklärt, die entsprechenden Modifizierungen durchzuführen –, müssen wir lernen, weniger davon zu verbrauchen und ihn effizienter zu verbrennen. Und das genau ist es, was unserem Paar, obwohl es noch keine Ahnung von den gräßlichen Gefahren des Lipofuszin hatte, gelungen ist.

Außerdem verringert die richtige Atemtechnik den Streß, und Streß ist in hohem Maße verantwortlich für das Altern, für Krankheit und Tod. Alobar hatte die Vorzüge des langsamen, entspannten Atmens in dem Lamakloster von Samye kennengelernt. ‹Die Lungen sind keine Pflugochsen›, pflegten die Lamas zu sagen, ‹also treibe sie nicht so an. Auch sind sie keine Töpfer-Werkstätten, halte sie also frei von Spinnenweben.› Was ihm die Bandalooper ‹erzählt› haben, läßt sich zwar nicht übersetzen, aber es liegt auf der Hand, nicht wahr, Darling, daß eine aus Luft bestehende Schlange, die ihren Schwanz verschlingen soll – um auf diese Weise den Lebenszyklus fortzusetzen –, beweglich sein muß und nicht verspannt.»

WASSER

«Auch das Wasser kann helfen, den Streß zu lindern. Wie oft hast du nicht schon, verflucht nochmal, jemanden sagen hören: ‹Warum gehst du nicht hübsch in die heiße Badewanne und entspannst dich?› Gut, aber die Entspannung war möglicherweise nicht das *wichtigste* Ergebnis der Bade-Rituale von Alobar und Kudra, und ebensowenig ging es in erster Linie um den psychologischen Gewinn der zeremoniellen Reinigung, wenngleich keiner dieser Punkte hinsichtlich seiner Förderung einer wohltuenden Langlebigkeit unterschätzt werden darf. Von größerer Bedeutung war jedoch vermutlich die Eigenschaft der Badezeremonie, die Temperatur des Blutes zu senken.

Forschungen an der Purdue University, am UCLA Medical Center und an anderen hinreißenden Orten haben ergeben, daß der Alterungsprozeß auf die Kriechspur gedrängt, wenn nicht gar völlig von der Straße verbannt werden kann, sofern die Körpertemperatur herabgesetzt wird. Hypothermie verlangsamt nicht nur die Stoffwechselpumpe, was es ihr erlaubt, mit geringer Leistung zu laufen und auf diese Weise ein wenig zu verschnaufen, sie stoppt darüber hinaus die autoimmunen Reaktionen, die wesentlich zum Verfall eines Organismus beitragen. Du mußt wissen, Darling, daß unsere Immunsysteme zur Schießwütigkeit neigen, so daß sie vor allem bei hohen oder ‹normalen› Temperaturen ständig gerade die Zellen angreifen, die zu verteidigen sie engagiert sind – so ähnlich wie unsere Polizei und unser FBI. Wenn die Körpertemperatur gesenkt wird, bleiben die Immunitäts-Wachtmeister auf der

Polizeiwache und spielen Schach – ihre Pistolen, ihr Tränengas und ihre Gummiknüppel kommen dann nur in wirklich bedrohlichen Situationen zum Einsatz. Der Verschleiß, der dem Körper dadurch erspart bleibt, entspricht dem Unterschied zwischen einem Gummihammer und einer Dampframme.

Als Europäer war Alobar alles andere als begeistert, als Kudra in einer der Höhlen eine warme Quelle entdeckte, doch nach und nach lernte er, den Beitrag zu schätzen, den die Bäder zu ihrem Programm leisteten. Der Ablauf war so, daß sie sich erst etwa eine halbe Stunde einweichen ließen, sich dann eine Viertelstunde irgendwo in den Schatten legten und diesen Prozeß vier- oder fünfmal wiederholten. Das heiße Wasser bewirkte, daß ihr Blut unmittelbar unter die Hautoberfläche stieg, wo es, sobald sie aus dem Wasser stiegen, rasch abkühlen konnte. Verstehst du? Nachdem sie Jahrhunderte hindurch ihr Blut regelmäßig heruntergekühlt hatten, könnte es durchaus sein, daß sich ihr innerer Thermostat – ihr Hypothalamus – neu einjustierte, so daß er auf Dauer für eine Temperatur von ein oder zwei Grad unter den langweiligen – und verfallsfördernden – altbackenen siebenunddreißig Grad sorgte. In Concord hatte ich leider nie Gelegenheit, Temperatur zu messen.

Das ist allerdings noch nicht alles. Unsere Körper sind zwar in vieler Hinsicht großartig, aber sie sind einfältig wie eine verliebte Witwe oder ein Bauernjunge auf dem Broadway. Der Körper fällt wieder und wieder auf die gleiche Nummer ein und desselben pfiffigen Placebos rein. Zum Glück wirkt es sich in der Regel ebenso zu unserem Vorteil aus, uns von einem Placebo reinlegen zu lassen, wie es sich zu unserem Vorteil auswirkt, uns von einem Iren schmeicheln zu lassen, und das war der Fall, als die heißen Bäder Alobars und Kudras DNS an der Nase herumführten und sie zu einer Reaktion veranlaßten, als seien ihre Wirte wieder in den Mutterleib zurückgekehrt. Die Temperatur des Fruchtwassers liegt ziemlich konstant bei siebenunddreißig Komma acht Grad. Das war zufällig auch genau die Temperatur der Höhlenquelle, in der unser Paar in Indien badete, und sie versuchten, sich dieser Temperatur so genau wie möglich anzunähern, wann immer sie in Konstantinopel oder in Europa ihr Badewasser heizten. Jedesmal, wenn sie in siebenunddreißig Komma acht Grad warmem Wasser lagen, ließ sich ihre DNS vermutlich täuschen und glaubte, sie befänden sich in einem neoembryonalen Stadium, woraufhin sie die beiden mit kräftigsten und frischesten Hormonen und Enzymen versorgte, denn es

gehört zum Wesen der DNS, den Fötus und den jungen Menschen verschwenderisch mit lebensfördernden Leckereien zu überschütten, während sie uns, die wir über zwanzig sind, alles dies vorenthält.
Während der Jahrhunderte, in denen sie über die Jahrmärkte zogen, hatten sie einen Bottich auf ihrem Karren, den sie allabendlich, keine Mühe scheuend, mit Badewasser füllten, das sie in Kudras silbernem Teekessel erwärmten. Ihre Geduld und Beharrlichkeit machte sich bezahlt. Jedesmal, wenn der Teekessel pfiff, legte der bleiche Schnitter seine Sense nieder und wischte sich mit einem schwarzen Tuch über seine knochige Stirn: Feierabend auf der Leichenplantage, der produktivsten Farm der Welt. Und bestimmt hat Alobar mit seinen Bädern auch während seiner Jahre in Amerika weitergemacht.»

ERDE

«Bäume und Häuser und Diamantenminen heften sich wie Spitzenbesatz an dieses Element, aber wir wissen, daß der Erdboden selbst mit dem Magen verbunden ist. Dreck ist die Mutter des Lunchs.
Es gibt vielleicht kein anderes Thema, zu dem so viele einander widerstreitende Meinungen existieren, wie das Essen, und es ist harmloser, mit einer tollwütigen Bulldogge Kaugummi zu tauschen, als auch nur ein einziges der verschiedenen Glaubensbekenntnisse in Frage zu stellen, die der durchschnittliche Mensch über Ernährung parat hat, doch es gibt keinen Zweifel, daß die Diät in Alobars und Kudras langwieriger Darbietung eine entscheidende Rolle gespielt haben muß.
Inzwischen wissen sogar die letzten artigen Idioten, die in irgendwelchen Getreidestädten in Saskatchewan in den Keller gesperrt sind, daß Fettleibigkeit die Anfälligkeit für Krankheiten fördert und die Lebenserwartung senkt, aber hast du von den Experimenten gehört, die in Cornell, in den Montesano Laboratories, an der University of California und an der Nebraska Medical School laufen? Eine starke Verringerung der Kalorienaufnahme und eine beschränkte Zufuhr gewisser Aminosäuren hat bei Labortieren den Alterungsprozeß *drastisch* verändert. Das Ganze hatte eine unglückliche Begleiterscheinung: Die Tiere, denen man die Aminosäuren vorenthielt, litten unter einer Schwächung ihres Immunsystems. Du wirst dich jedoch entsinnen, daß

Alobar und seine Frau sich in einem perfekten, blühenden Gleichgewicht befanden, indem sie ihr immunologisches Funktionssystem durch das Kühlen ihres Blutes stärkten.

Unser Mann und seine Frau aßen einfach, aber offensichtlich aßen sie mit Geschmack. Sie nahmen jeweils nur kleine Mengen an Nahrung zu sich, und ich will dir eines sagen, Darling, es gehört zu den bestgehüteten Geheimnissen der Ernährungswissenschaft, daß es gesünder ist, kleine Mengen ‹schlechter› Nahrung zu essen als große Mengen ‹guter› Nahrung.

Alobar hat mir erzählt, daß sie jeden Monat fünf Tage lang fasteten. Nun gibt es kein besseres Mittel als periodisches Fasten, um das Leitungssystem des Körpers zu reinigen, und erinnere dich daran, daß es die große Zahl absterbender Zellen ist – ihre Unfähigkeit, sich zu reproduzieren –, die den Körper alt werden läßt und ihn tötet, und daß es die Anhäufung von Toxinen ist, die eine Zelle tötet. Wie wird so eine süße kleine Zelle denn nun von Toxinen verschmutzt? Das hängt mit dem falschen Atmen und der falschen Ernährung zusammen.

Noch etwas ist hinsichtlich des Speiseplanes unseres Paares zu sagen. Du wirst dich gewiß daran erinnern, daß sie Rote-Beten-Esser waren. Sie sammelten sich täglich zum Gebet, haha. Na ja, es war erst ein paar Jahre her, daß ein gewisser Dr. Benjamin S. Frank entdeckt hatte, daß Rote Beten die Blutbildung fördern, die Tätigkeit der Leber (die unser wichtigstes Reinigungsorgan ist) anregen und den Körper mit Nukleinsäure versorgen, wobei Nukleinsäure für die wirksame Reproduktion junger Zellstruktur absolut unentbehrlich ist. Ta*da*!»

(Dr. Dannyboy hatte ein klein wenig Schuldgefühle, weil er Rote Bete in Zusammenhang mit Ernährung erwähnte, während er sich über ihre Anwendung in der Parfümerie ausschwieg, obwohl das ein Thema war, das Priscilla, zumindest im Augenblick, unendlich viel mehr interessiert hätte. Nicht weit von sich sah er in der Dunkelheit in ihren müden, violetten Augen etwas aufflackern, als er die Roten Beten erwähnte. Das arme Mädchen glaubte doch hoffentlich nicht, daß ein barmherziger Samariter ihr Rote Beten brachte, um ihre Ernährung zu verbessern?)

FEUER

«Mit dem Element Feuer erscheint die Sexualität auf der Bildfläche.» Es war ein bißchen zu offensichtlich, daß er genau in diesem Augenblick ihre Pobacken drückte. Um nicht ins Hintertreffen zu geraten, drückte sie *seine* Pobacken. Sie schloß die Augen und versuchte sich vorzustellen, wie die Sexualität auf der Bildfläche erschien. Würde die Sexualität in einem Seidenkleid auf der Bildfläche erscheinen oder wäre sie so nackt wie eine Platte mit kaltem Fleisch? Würde die Sexualität von links oder von rechts auftreten? Würde sie vorher anklingeln oder würde sie klammheimlich hereinkommen, zu schnell und zu schlüpfrig, um abgewiesen zu werden; oder würde sich die Sexualität gewaltsam Einlaß verschaffen, mit hitzig-rotem Gesicht und grünem Barett, alles andere beiseite stoßend? Sie war sehr müde ...

«Wir wissen bekanntlich, daß Sexualität den Streß mindern kann, und wir wissen auch, daß Streß einen hohen Verschleiß für den Reifen des Lebensrades bedeutet. Aber das sexuelle Feuer leistet ebenso wie das Atmen von Luft und das Bad im Wasser noch andere Beiträge zum Unsterblichkeits-Programm.

Der menschliche Organismus ist durch die DNS darauf programmiert, bis zur sexuellen Reife – und noch ein paar Jahre darüber hinaus – für ein Optimum an Kraft und Gesundheit zu sorgen. Wenn er seine Zeugungspflicht erst einmal erfüllt hat (und die Fortdauer der Spezies ist möglicherweise das einzige, was die DNS wirklich interessiert), wird er fallengelassen und dem stetigen Verfall anheim gegeben. Alobar und Kudra taten folgendes – sie sorgten dafür, daß ihr sexuelles Feuer ständig so heftig geschürt wurde, daß die DNS sich täuschen ließ und glaubte, die beiden seien gerade erst in das Stadium sexueller Reife eingetreten. Die Tatsache, daß sie trotz ihrer für die Adoleszenz symptomatischen hohen Hormonspiegel nie eine Schwangerschaft produzierten, war der Hinterlist nur förderlich. Bei den ständigen Überschwemmungen des Schoßes und häufigen sexuellen Höhepunkten gelang es der DNS nicht, sich Klarheit über das Alter der beiden zu verschaffen. Sie wußte nur, daß irgend etwas lief, und um sicher zu gehen, entschied sie sich, die beiden lieber darin zu unterstützen.

Du gähnst.»

Priscilla reckte sich. «Weißt du eigentlich, wie *spät* es ist?»
«Ich hoffe, ich habe dich nicht gelangweilt –»
«O nein ...»
«– mit meinem Zeug. Aber du wolltest wissen, ob es medizinisch möglich sei für unseren Mann, tausend Jahre zu leben, und da mußte ich dieses Plädoyer halten. Als nächstes willst du wahrscheinlich wissen, wie es medizinisch möglich ist, daß man unaufhörlich die Zunge bewegt, ohne daß sie aushakt. Meine Ex-Frau sagte immer: ‹Wiggs, du redest so viel, daß man, wenn du stirbst, deine Zunge mit einem Knüppel extra wird totschlagen müssen.› Ich bin mit dieser Bemerkung nicht einverstanden. Sie hätte sagen müssen ‹*falls*› du stirbst.»
Pris ballte zwei Fäuste und rieb sich die Augen. «Oh, Wiggs», sagte sie.
«Hey, ist doch wahr! Man programmiert sich selbst auf das Sterben. Fast schon beim ersten Atemzug lernen wir, uns auf den letzten einzustellen. Wenn alle anderen Dinge versagen, wird die Kraft der Suggestion dich ins Grab bringen. Du mußt mal bei Gelegenheit die Statistik daraufhin anschauen, wie viele Leute im gleichen Alter sterben wie ihre Eltern, wie der Elternteil, mit dem sie sich am stärksten identifizierten. Unser alter Elvis Presley sprang nicht nur im gleichen Alter in die Kiste wie seine Mammi, sondern auch noch am gleichen Tag des Jahres. Der Körper ist der Diener des Geistes, und wenn wir ständig unseren Körpern erzählen, daß sie vielleicht mit zweiundsiebzig den Löffel weglegen, dann werden sie prompt mit zweiundsiebzig den Löffel weglegen. Vielleicht hat unser Alobar vor allem deswegen weitergelebt, weil er daran *geglaubt* hat, daß er es könnte. Es spielt gar keine Rolle, wie du dich um dich kümmerst, mit Roten Beten und Bädern und Atemtechnik und was auch immer; wenn du glaubst, daß dein Tod unausweichlich ist, dann wird er es auch sein. Es geht um die Haltung, die Haltung. Es ist der Todeswunsch, der alle zur Strecke bringt, jeden einzelnen.»
Wiggs machte tatsächlich eine kleine Pause, aber ehe Priscilla die Situation in ihrem Sinne nutzen konnte, hustete er ein kleines Kichern herauf. «Es ist schon komisch», sagte er, «aber an diesem Punkt hat Alobar etwas verkehrt gemacht.»

«Wo? Hat er etwas verkehrt gemacht?» Ihre Stimme war schwach und spinnwebig, so als würde sie durch die Hülle einer Mumie gefiltert. «Ich hatte den Eindruck, er hätte alles richtig gemacht.»
«Es war auf jedem Fall ein Fehler, das Labor anzuzünden. Brachte ihn nach Concord, wo er jetzt verdammt in der Klemme sitzt. Und das war völlig überflüssig.»
«Es hat sein Wort gegeben.»
«Ganz egal. Es war unnötig. Verstehst du, selbst wenn das MIT oder irgendein anderes Institut mit einem purpurroten Zaubertrank, mit irgendeiner Formel zur unbegrenzten Verlängerung des Lebens herauskommt, wird das den alten Knaben im Weißen Haus und im Pentagon nichts nützen. Kein bißchen. Der Todeswunsch steckt so tief in ihnen drin, sitzt so fest in jeder verschmutzten Zelle ihrer schrumpeligen alten Gehirne, daß es nichts gibt, was daran noch etwas ändern kann. Sie können ihre Diäten ändern, sie können ihre chemischen Prozesse verändern, aber sie können ihre grundlegende Haltung nicht ändern. Wenn du einen Blick auf ihre persönlichen Fernsehprogramme werfen könntest, würdest du feststellen, daß bei ihnen auf jedem Kanal eine leidenschaftliche Schlußvorstellung geplant ist. Und noch schlimmer, sie freuen sich sogar darauf.»
«Aber warum?» fragte sie matt.
«Das ist ihre Religion. Unsere Führer glauben, daß für den Menschen das Leben auf dieser Kugel aus Lehm lediglich eine Prüfung ist. Eine Aufnahmeprüfung für die Ewigkeit. Es ist das *nächste* Leben, das sie interessiert, ein Leben, das sie damit verbringen werden, in der Lobby des Paradise Hotels herumzusitzen und sich mit dem Lieben Gott Geschichten von der Macht zu erzählen. Darum sind sie so gefährlich, diese rechtschaffenen alten Arschlöcher. Wenn sie auf den Knopf drücken und die Erde verbrennen, werden sie sagen, das sei das Schicksal der Welt gewesen. Sünde und Unmoral und all das. Die meisten sehnen sich heimlich danach. Diejenigen unter uns, die mit der Natur in Einklang sind und das Leben genießen, werden gebraten, und bitte keine Musik zu ihrem Andenken. Kein Wunder, daß die Leute verrückt werden vor Angst. Die meisten lassen es sich nicht anmerken, aber sie haben Angst. Sieh dir die Schlange hier vor dem Haus an. Sie wird von Woche zu Woche länger.»
«Was wollen die?»
«Die Leute da draußen in der Schlange? Sie suchen jemanden, der ihnen

sagt, daß sie Aussichten auf das SEIN des Lebens haben, nicht nur auf das GEWESEN.»

«Und, wirst du es ihnen sagen, Wiggs?»

Er saß aufrecht da und fuhr sich mit den Fingern durch sein Gebüsch chromglänzender Haare. «Ich? Ich weiß nicht. Meine Erlebnisse als Messias liegen schon hinter mir. Die Cäsaren haben versucht, mich zu kreuzigen, aber sie bekamen nur ein Auge. Ha! Trotzdem, ich frage mich, ob es die Sache wert war. Wenn ich dich schon, mit einem Auge betrachtet, so schön finde, Darling, dann stell dir mal vor, wie du, mit zweien betrachtet, aussehen würdest.» Er ließ einen Blick los, der einer Taube glich, die aus einem Käfig freigelassen wird. Die Taube war so schwer, daß sie kaum fliegen konnte. Priscilla strich ihm übers Kinn. Er spürte, daß Mitleid in ihrer Geste lag und schob ihre Hand fort.

«Wie auch immer, es ist noch zu früh, um den armen Hunden zu helfen. Wenn ich sie hier jetzt reinlasse, fühlen sie sich nur getäuscht. Sie würden, genau wie du, nach den Laboratorien fragen. Wie soll ich ihnen klarmachen, daß *ich* das Laboratorium bin? Und nicht einmal ein besonders gutes. Ich trinke zuviel. Und ich dulde es, daß meine Tochter mollig wird.

Ich habe die Last Laugh Foundation gegründet, um die psychologischen Barrieren gegen die Unsterblichkeit zu untersuchen. Denn ich habe von Alobar gelernt, daß wir uns über unser Bewußtsein vom Tode hinaus entwickeln müssen, wenn wir unser göttliches Recht auf ein ewiges Leben mit Erfolg in Anspruch nehmen wollen. Wenn wir SEIN statt GEWESEN sein wollen. Als ich vor sechs Monaten Dr. Morgenstern begegnete und feststellte, daß er ein begeisterter und permanenter Verfechter der Unsterblichkeit geworden war, habe ich keine Kosten gescheut und ihn eingeladen, sich hier niederzulassen, aber nicht nur wegen der Glaubwürdigkeit, die er der Foundation verleiht, sondern auch weil ich hoffte, er würde ein Labor einrichten und wir könnten tatsächlich von hier aus ein paar Retorten-Experimente durchführen. Oh mein Gott, da haben mich die Feen ganz schön reingelegt! Aber es paßt alles zusammen. Weißt du, wie er heißt, dieser Tanz, den Morgenstern ständig tanzt?»

Priscilla gab keine Antwort. Sofern man nicht «Zzznnnphh» als Antwort gelten lassen will. Sie schnarchte.

Es war ein hübsches kleines Schnarchen. Ein Rascheln von Mistkäfern in der Hülle einer Mumie. Wiggs lauschte aufmerksam. Der größte Teil des Schnarchens war von Beethoven oder Wagner komponiert, doch bisweilen hatte Wiggs auch schon Heavy Metal Rock aus dem schlafwandelnden Fagott vernommen. Aber Priscillas Schnarchen hatte einen Stevie Wonder-Sound. Ein Textfragment, übrig geblieben von «My Cherie Amour». Wiggs versuchte, mitzusummen.

Eine Weile tat er nichts, als zu lauschen und zu betrachten; dabei staunte er über die Art, in der sich das Dämmerlicht an ihren Wimpern festzuklammern schien, und über den Schatten, den ihre Frito-Nase warf.

Dann ließ er sich vorsichtig von der Couch gleiten und sammelte seine Sachen zusammen. Huxley Anne würde bald aufwachen, und er mußte bei ihr sein. Es gab neun Schlafzimmer in der Last Laugh Foundation, aber er teilte ein Zimmer mit seinem Kind. Er wollte, daß sie niemals des Morgens nach einem Vater suchen mußte, der in Wirklichkeit eine Buchstütze war.

Bevor er jedoch die Treppe hinaufstieg, ging er auf Zehenspitzen ins Eßzimmer und machte sich an dem Tafelaufsatz zu schaffen. Er suchte die größte Rote Bete heraus, ein Exemplar mit dem Gewicht eines Lemurenkopfes, trug sie hinüber zu ihrem Lager und legte sie auf das Kopfkissen, direkt neben Priscillas Schnarchen.

Pris schlief etwa zwei Stunden. Für die Dauer eines Stevie Wonder-Konzertes, und noch ein paar Minuten länger. Als ein Rums-di-bums an der Decke sie weckte, wußte sie, noch ehe sie die Augen öffnete, genau, wo sie war.

Ein Hauch von *Irischer Frühling*-Deodorant streifte ihre Nase. Sie spürte die Gegenwart eines Gesichtes neben ihrem eigenen. Lächelnd wandte sie sich dem Gesicht zu und küßte es.

Uarks!
Was sie küßte, war rauh und kalt und schmeckte nach Erde.
Ihre Lider sprangen auf. Jegliches Morgenlicht, das noch an ihren Wimpern hängen mochte, fiel herab wie verschütteter Zucker.
Lange saß sie da und schaute die Rote Bete an, betrachtete sie mit Zuversicht, Zweifel, Erstaunen, Bestürzung und leichtem Ekel, wie eine Studienanfängerin der Medizin, die zum erstenmal mit der anatomischen Zeichnung einer Prostata konfrontiert wird.

Zur gleichen Zeit war in Concord, Massachusetts, auch Alobar in anatomische Studien vertieft. Er hätte sich an diesem Morgen fast ins Krankenrevier gemeldet, doch als seine Ohren plötzlich abkühlten, entschloß er sich anders. Er beschloß, sich seiner Bibliothek mit *Penthouse*-Magazinen zu widmen.
Wie er Dr. Dannyboy erklärt hatte, war eine häufige sexuelle Stimulation von grundlegender Bedeutung für eine jugendliche Physiometrie. Und einem Heterosexuellen hinter Gittern, was blieb dem an Stimulation außer Erinnerungen und Magazinen?
Auf Seite 83 hatte ein junge Schauspielerin sich vorgebeugt wie eine Karte von Florida und gab den ungehinderten Blick auf die Inland-Wasserwege bei Cocoa Beach frei. Auf diesen Binnengewässern zu segeln, das wäre schon sonnig und prickelnd. Aber am Ende der Fahrt würde er den Horizont wieder nach Kudra absuchen.
Er dachte an Kudra, an ihren Mut, ihren Charakter, ihre verrückte Weisheit, als plötzlich ein Wärter an seinem Käfig herumklapperte. «Barr! Vom Direktor!» Der Wärter schob einen offiziell aussehenden Umschlag in die Zelle. «Morgen früh wirst du gehängt. Pech gehabt. Haha.»
«Ich bedaure, daß ich nur ein Leben habe, das ich meinem Vaterland opfern kann», sagte Alobar und faßte damit in Worte, was ihm, der Gelegenheit hatte, hunderte von Vaterländern kommen und gehen, kommen und gehen zu sehen, als eine der kurzsichtigsten Äußerungen erschien, für die je ein Mensch in unsterblicher Erinnerung geblieben ist.
In dem Brief wurde ihm mitgeteilt, daß seine Anhörung vor der Kom-

mission für Haftentlassungen bis «nach den Feiertagen» verschoben worden sei.
Welche Feiertage? Meinten sie das Erntedankfest, das in drei Tagen war, oder meinten sie *alle* Feiertage, Weihnachten und Neujahr noch dazu? Er setzte sich auf seine Pritsche und stützte den Kopf in die Hände. Wenn sie seine Entlassung weiter hinausschoben, konnten sie ihn ebensogut hängen. Er hatte einen Kloß im Hals. So groß wie eine Rote Bete. Es blieb ihm nichts anderes übrig, er mußte ihn irgendwie auflösen.
Er zerriß den Brief. «Ich bin unsterblich», sagte er und ignorierte den Geruch nach Großmutters Hochzeitskleid, der aus jeder seiner Poren drang.
Er wandte sich wieder *Penthouse* zu und schlug das Faltblatt auf. Auf dem Foto erinnerte die Schauspielerin ihn an Alaska, den ausgeklappten Staat: groß, hübsch, unverdorben, leer – und absolut unwiderstehlich für den Typ von Mann, der in den Kneipen Billard spielt und ständig davon träumt, irgendwann das ganz große Los zu ziehen.
«Also, Kudra ...»

Die Rote Bete erinnerte Priscilla ziemlich unverblümt daran, daß Wiggs es geschafft hatte, bis zum Sonnenaufgang zu reden, ohne zu erklären, was eigentlich sie mit seinen Obsessionen zu tun hatte. Sie stand auf, zog sich an (wobei sie ein angenehmes Gefühl von Verderbtheit empfand, während sie sich in das grüne Party-Kleid schlängelte) und machte sich auf, ihren Gastgeber zu suchen.
Hätte sie einmal scharf nachgedacht, wäre ihr vermutlich klargeworden, daß Montag morgen war und Wiggs zweifellos Huxley Anne zur Schule brachte. Da aber noch ein oder zwei Meter Bandage übrig geblieben waren, die ihr Gehirn mumifizierten, lief sie durch das Parterre des Hauses und rief, nicht allzu laut: «Wiggs.»
Da sie keinen Erfolg hatte, ging sie die Treppe hinauf und wiederholte die Prozedur. Auch dort keine Reaktion. Was sie allerdings hörte, war ein Rumsen und Bumsen, das aus der Gäste-Suite drang und von dem sie annahm, daß es von Wolfgang Morgenstern stammte.

Die Tür, dreimal so alt wie sie, war durch ein altmodisches Schlüsselloch veredelt. Im heimlichtuerischen New Orleans wurden Schlüssellöcher grundsätzlich zugestopft, aber dieses war offen und einladend wie der Kimono einer Prostituierten. Mit Schamesröte im Gesicht schaute Pris hindurch.

Voll bekleidet hopste und sprang Dr. Morgenstern durch die Suite, als tanzte er eine wahnwitzige, athletische Polka. Ab und zu hielt er inne und machte nach vorne oder nach hinten einen kleinen Jitterbug-Ausfallschritt; dann sprang er mit wehendem Schlips und einem jauchzenden Gekläff, das aus seiner schweren Brust drang, senkrecht in die Luft, rauf und runter, fünfmal hintereinander.

Freilich, an Fastnacht war sie Zeuge manch verrückter Tänze geworden, aber dieser haute dem Faß den Boden aus. Das Ganze schien sogar Spaß zu machen, auch wenn es sie an einem Morgen wie diesem zweifellos ins Leichenschauhaus bringen würde. Nervös schaute sie noch eine Weile zu, dann ging sie fort. Den oberen Teil ihrer Wange zeichnete ein Abdruck, der an den Torweg eines Sultanpalastes erinnerte.

Als sie unten in ihren Regenmantel schlüpfte, fiel ihr auf, daß die Rote Bete noch immer auf dem Sofa lag, daß sie jedoch jetzt, sofern ihre Nase ihr kein Schnippchen schlug, von einem üblen Geruch umgeben war, dem ihr vertrauten Geruch der Roten Beten auf ihrer Schwelle, der – da gab es für sie keinen Zweifel – vorher noch nicht dagewesen war.

Die geniale Kellnerin ging durch den sonnenbeschienenen Verkehr nach Hause. Vor ihren Augen schrumpften die Pfützen zusammen, und sie konnte förmlich hören, wie das Pflaster trocknete. «Die Berge sind da», wie man in Seattle sagte, was nichts anderes hieß, als daß sich die Bewölkung gelichtet hatte und die schneebedeckten Berggipfel rundherum ihre gewaltigen Zähne fletschten, als liefere Seattle einen kosmischen Vorwand für Zahnpflege.

Es handelte sich um einen jener großartigen Tage, die, wenn sie häufiger vorkämen, zur Folge hätten, daß Seattle bevölkerungsreicher wäre als Tokio oder Indien. Möwen umkreisten die Wolkenkratzer im Stadtzentrum, abgerissene Typen mit Gesichtern wie Suppenknochen lümmelten sich auf Parkbänken, die leuchteten wie Juwelen, und draußen in der glitzernden Bucht waren für die Aquarellmaler Massen von Segelbooten unterwegs. Trotz ihres befleckten Zustandes, oder wegen ihres befleckten Zustandes, lächelten die Männer Priscilla im Vorbeigehen an, und sie konnte nicht anders, als zurückzulächeln.

Keine Frage, sie war erschöpft; offensichtlich war sie verwirrt; aber sie war auch erregt. Sie spürte, daß sie in ein chaotisches, aber großartiges Abenteuer verwickelt war, das sie aus ihren Zusammenhängen hob und die normalen Beschränkungen von Gesellschaft und Biologie zu überwinden half.

Die Vorstellung eines tausend Jahre alten Sträflings mit einer dematerialisierten Frau und mit Pan als Kumpel war schwer zu verdauen, und die Vorgänge in der Last Laugh Foundation genügten, das Gummiband ihres geistigen Schlüpfers bis zum äußersten zu spannen. Ah, aber dann war da noch die Flasche! In der Vergangenheit war die Flasche für sie nicht mehr gewesen als ein Mittel, um reich zu werden – schuldenfrei – aber jetzt ... jetzt ahnte sie, daß die paar Tropfen exquisiten Parfums in jenem sonderbaren alten Behältnis von weit größerem Wert waren, als sie sich hatte träumen lassen. Die Flasche schien mit Omen und Wunder behaftet, sie war Teil der Vorsehung, wie Madame Devalier und ihre schwarzen Freunde zu sagen pflegten. Diese Flasche war ein Bindeglied zu irgend etwas. Diese Flasche war in der Lage, das Eis am Katzentisch des Schicksals zu brechen, und sie gehörte ihr!

Sie war froh, daß sie Wiggs nichts von der Flasche erzählt hatte. So blieb ihr eine Entschuldigung, ihn bald wiederzusehen. Zweifellos würde sie dadurch in seiner Achtung stiegen, und wenn schon die Rede von Bindegliedern ist, so würde die Flasche dafür sorgen, daß sie in diesem Alobar-Abenteuer aneinander hängen würden wie Würstchen.

Zum erstenmal, seit Priscilla die Wahrheit über ihren Vater erfahren hatte, fühlte sie sich glücklich, gesegnet. Und sofern sie die Symptome nicht falsch interpretierte, war sie außerdem *verliebt*.

Das Eingeständnis ihrer Verliebtheit wurde begleitet von einem Schuß schlechten Gewissens, und sie beschloß, Ricki lieber gleich anzurufen. Zu diesem Zweck drängelte sie sich in einen Dro-Markt am Broadway und ging dort zum öffentlichen Telefon, das sich, wie der Zufall so spielt, genau gegenüber vom Parfum-Tresen befand.

Rickis Telefon klingelte drei- oder viermal, und dann hörte Pris jenes Klicken und jenen Augenblick künstlichen Schweigens, der bedeutete, daß sie es mit einem automatischen Anrufbeantworter zu tun hatte.
«Hallo, hier ist Adolf Hitler. Ich bin im Moment außer Landes, aber ich werde gern zurückrufen, sobald ich wieder an der Macht bin. Wenn Aryan dran ist, bitte nach dem Fiepston Name und Telefonnummer hinterlassen.»
Nachdem sie aufgehängt hatte, überlegte Priscilla, ob sie mit dem Bus hinüber in den Ballard District fahren sollte, um eine Begegnung von Angesicht zu Angesicht herbeizuführen. Sie hatte kaum Zweifel, daß Ricki zu Hause war. Dann fielen die letzten Fetzen der Mumienhülle von ihrem Gehirn ab: Hey! Es war Montag, um 11 Uhr fand im 13 Coins ein Treffen der Töchter der Tageskarte statt. Ricki würde dort sein. Außerdem wollten die Kellnerinnen just an diesem Tage über die Anträge für ein Stipendium über zweitausendachthundert Dollar zu Rate sitzen.
Sie sah auf die Uhr im Dro-Markt. Jesus, Maria und Pampers! Es war schon zehn.

Priscilla hatte sich darauf gefreut, die Flasche hervorzuholen und sie, naja, zu untersuchen, zu bewundern, zu befragen oder etwas in der Art, aber ihr blieb kaum Zeit genug, (ein wenig widerwillig) den getrockneten und duftenden Zuckerguß koitaler Sekrete abzuseifen, ihre Flechten auszubürsten, sich zu schminken und Pullover und Jeans anzuziehen. Schließlich traf sie mit zwölf Minuten Verspätung im 13 Coins ein.
«In dem neuen Meeresfrüchte-Restaurant am Lake Union werden noch Leute eingestellt», sagte gerade Trixie Melodian. «Wie heißt es noch gleich? Fear of Tuna.»

«Kannste vergessen», sagte Sheila Gomez. «Ich habe die Speisekarte gesehen. Die servieren Bermudadreiecke mit Haifischtunke.»
«Na und?» konterte Ellen Cherry Charles. «Ich hab gestern in dem Laden, in dem *du* arbeitest, auf die Tageskarte geschaut: ‹Spaghetti Western›.»
«Die waren gar nicht so schlecht», sagte Sheila.
«Nein? Na, geh man lieber in Deckung, Schätzchen.»
Priscilla ließ prüfend den Blick durch den Raum schweifen. Ricki war noch nicht da.
«Wir haben jetzt Live-Musik, drei Abende in der Woche», sagte Doris Newton.
«Bringt das mehr Trinkgeld für dich?»
«Spinnst du? Stark Naked and the Car Thieves?! 'n Haufen Typen, die aussehen, als wollten sie in Japan einmarschieren. Hören sich an wie 'ne Katze mit Feuer im Arschloch.»
«Ich kenn die Band», sagte Trixi. «Macht Spaß, zu ihrer Musik zu tanzen.»
«Mit tanzen hat das nicht viel zu tun, das ist eher ein Spaziergang im Minenfeld!»
«Die Leute können doch nicht gleichzeitig tanzen und essen.»
«Schlimmer noch, die Leute können nicht gleichzeitig tanzen und Trinkgeld geben.»
«Die Fans der Car Thieves geben keine Trinkgelder. Sie erdrosseln und foltern.»
Da es in dem Speiseraum keine Fenster gab, legte Priscilla ihr Ohr an die Nußbaum-Vertäfelung. Sie meinte, Rickis Rostlaube in eine Parklücke manövrieren zu hören.
Ein neues Mitglied war anwesend. Sie war mager, pickelig, wurde schnell betrunken und machte nicht den Eindruck, als sei sie auf dem College gewesen. Natürlich, der äußere Anschein kann trügen. Das Mädchen nahm einen Schluck Wein, der genügt hätte, um darin einen Wellensittich zu ertränken, und verkündete sodann: «Dear Abby ist ein Mann.»
«Wie bitte?» sagte Ellen Cherry.
«Wußtest du das nicht? Dear Abby ist in Wirklichkeit ein Mann.»
«Jaja», sagte Ellen Cherry. «Sagt mal, hat irgend jemand in dieser Woche verlockende oder amüsante Angebote bekommen?»
«Im wirklichen Leben, meine ich», sagte die Neue.

«Schon gut», sagte Ellen Cherry, wobei sie ihr den Rücken zukehrte und noch einmal versuchte, das Thema zu wechseln. «Wie ist es, meine Damen? Ist keine von euch eingeladen worden, Ostern auf der Oster-Insel zu verbringen?»

«Ich bin zum Jungbrunnen eingeladen worden», sagte Priscilla. Sie konnte nichts dagegen tun, es kam einfach aus ihr heraus. «Ein Herr hat mich gebeten, mit ihm gemeinsam etwas zu tun, was über die bloße tierische Fortpflanzung hinausgeht, etwas zu tun, um der einzelnen Persönlichkeit, dem individuellen Ich zu ewigem Leben zu verhelfen. Was würdet Ihr davon halten, wenn Menschen tausend Jahre alt werden könnten? Was haltet Ihr vom Tod?»

Das Schweigen war so dick, als habe sich ein Eskimofell über die Versammlung gelegt. Sheila Gomez fummelte an ihrem Kruzifix herum und sah aus, als wollte sie etwas antworten, aber die Atmosphäre in dem Speiseraum war so vorwurfsschwanger, daß sie kein Wort herausbrachte. Schließlich wandte sich Ellen Cherry der Neuen zu. «Bist du sicher?» fragte sie.

«Hä?»

«Bist du sicher, daß Dear Abby ein Mann ist?»

Das Gesicht des Mädchens hellte sich auf. «Oh, gewiß», zwitscherte sie. «Fieser alter Typ im Rollstuhl. Lebt in Australien oder so.»

«Und was ist mit ihrer Schwester?» fragte Doris.

«Hä?»

«Die andere. Ann Landers. Die Schwester.»

«Ach, Ann Landers», sagte die Neue. Sie lächelte triumphierend. «Ann Landers ist auch ein Mann.»

Das Gespräch plätscherte ein paar Minuten dahin, Doris fragte sich laut und vernehmlich, welche Universität dem Mädchen wohl einen akademischen Grad dafür verliehen haben mochte, daß sie den *National Enquirer* las, und Priscilla fragte sich leise, wann wohl Ricki kommen würde. Die Präsidentin Joan Meep, die Treibholz-Dichterin, rief die Versammlung zur Ordnung, und man begann mit den Vorbereitungen zur Vergabe des Stipendiums.

«Wir haben drei Bewerber», sagte Joan. «Zum einen ist da Amaryllis Tidroe, die ihr Portfolio mit Fotos von Ringer-Frauen vervollständigen möchte; dann ist da Trixie Melodian, die übrigens vorletztes Jahr schon einmal ein Stipendium erhalten hat und die ein Ballet choreographiert, das auf dem Sozialverhalten der Lemminge basiert –»

«Das muß ja *sensationell* enden», warf Doris ein.
«– und schließlich ist da Elizabeth Reifstaffel, die auf der Grundlage ihrer Examensarbeit weitere Nachforschungen hinsichtlich der Auswirkungen des Menstruationszyklus auf den Traumgehalt anstellen möchte. Okay …»
«Einen Augenblick!» rief Priscilla. «Was ist mit meinem Projekt? Was ist mit mir?»
Eine schier endlose Pause trat ein, ehe Joan sagte: «Es tut mir sehr leid, Pris, aber Ricki Sinatra, die dich unterstützt hat, rief heute morgen an und hat deine Nominierung zurückgezogen.»

Den ganzen Heimweg über mußte Priscilla weinen. Während sie ihr Fahrrad den Olive Way hinaufschob, drohten ihre Tränen die Pfützen neu zu füllen, die von der außerplanmäßigen Novembersonne fast völlig aufgesogen waren. Irgendwann kam sie an einem verfallenen Gebäude vorbei, vor dessen Fassade Tito, der berühmte spanische Fotograf, ein paar Models aus der Stadt für Modeaufnahmen posieren ließ. «Nein! Nein!» schrie Tito eine verschüchterte junge Schönheit an. «Nicht lächeln! Nicht lächeln! Du mußt *welterfahren* dreinschaun.» Priscilla wollte rufen: «Herzlichen Glückwunsch zum Geburtstag, Tito» – sie wollte rufen: «Ist eines von euch Mädchen mit einem Ringer verheiratet?» –, aber die Schluchzer verschlossen ihr die Kehle.
Oben auf dem Hügel machte sie an einer Telefonzelle halt und wählte Rickis Nummer. Ein paarmal Klingeln, dann das mechanische Klicken und die synthetische Stille: «Hallo, hier ist Ricki Sinatra. Acht verschiedene Virusarten haben mich erwischt, darunter die Mekong-Delta-Erkältung, die Transsibirische Eisenbahngrippe und der Hong-Kong Schnitzel-Schnupfen. Der Arzt hat angeordnet, daß ich auf keinen Fall gestört werden darf. Die Amerikanische Ärztekammer unterstützt meine Bitte, daß Sie meinem Befinden Rechnung tragen …»
«Scheiß drauf!», sagte Priscilla und warf den Hörer auf. «Scheiß auf sie alle!» Durch all die Enttäuschung, die Erniedrigung, die Müdigkeit, die Schuldgefühle hindurch bahnte sich ein Strom von Trotz seinen Weg. «Ich habe die Flasche», sagte sie. «Ich brauche Ricki nicht, ich brauche

ihre verdammten gebildeten Kellnerinnen nicht, ich brauche Stiefmutter Devalier und ihr Pickaninni nicht. Ich brauche niemanden. Ich hab die Flasche!»

Aber natürlich hatte sie die Flasche nicht.

Diese verheerende Entdeckung machte sie, gleich nachdem sie in ihr Studio-Apartment zurückgekehrt war, wo der Eisschrank des Nachts Geräusche machte wie wiederkäuende Seekühe, wo die Toilette sich anhörte wie die Tonspur einer Wildwasserfahrt, wo der Fallout von fünfzig mißglückten Experimenten zur Bestimmung der Basisnote die von der Wand fallenden Tapeten parfümierte, und wo nunmehr die Kleenex-Schachtel auf dem Bord im Badezimmer leer war, abgesehen von ein paar zerknüllten und vergilbten Papiertüchern.

Priscilla hatte die Flasche nicht, hatte sie nicht mehr, und wenn sie die Flasche nicht hatte, blieben ihr auch keine Hoffnung und keine Träume, und warum sollte sie sich ohne Hoffnung und Träume wünschen, tausend Jahre alt zu werden? Oder fünfundzwanzig? Die Flasche, einst ein Flacon der erfüllbaren Wünsche, einst ein Behältnis für Ehrgeiz und Entschluß, fiel jetzt in die Kategorie der rasenden Hirngespinste – und eine Frau brauchte in der Tat nur einen «perfekten Taco» in ihrem Leben.

CHRONOLOGIE DER EREIGNISSE

Montag, 26. November, nachmittags: Priscilla Lester Partido fuhr in den Ballard District von Seattle, wo sie trotz Hämmern, Treten und Schreien, was das rasselnde Herz eines jeden alten Norwegers in der Nachbarschaft ergrimmen ließ, keinen Zutritt zur Wohnung der Ricki Sinatra erhielt.
Montag, 26. November, abends: Priscilla schaltete die Polizei ein, die ihr mitteilte, daß sie ohne richterliche Anordnung nicht tätig werden könnte. Der diensthabende Richter weigerte sich, eine Anordnung auszufertigen, die den Behörden den Auftrag gab, nach einer alten Parfumflasche zu suchen, für die kein Eigentumsnachweis existierte, die gemäß Einlassung der Klägerin nur einige wenige Tropfen Parfums enthielt und die vor ihrem angeblichen Verschwinden in einer Kleenex-Schachtel verwahrt worden war.
Montag, 26. November, nachts: Priscilla widerstand der Versuchung, Wiggs Dannyboy anzurufen, und zwar aus Angst, der könne ihre Geschichte anzweifeln.
Dienstag, 27. November, morgens: Priscilla suchte einen Rechtsanwalt auf. Der Anwalt rief Ricki an, die ihm versicherte, daß sie keine Parfumflasche besäße, derartiges Zeugs niemals benutze, von der Existenz der fraglichen antiken Flasche nichts gewußt habe (während ihrer zahlreichen Besuche in der Wohnung der Mandantin eine solche Flasche weder gesehen noch von ihr reden gehört habe), und den Rechtsanwalt einlud, persönlich ihre Wohnung, ihr Auto und ihren Kleiderspind im Ballard Athletic Club zu durchsuchen. Der Anwalt war überzeugt.
Dienstag, 27. November, abends: Die Barfrau Ricki und die Kellnerin Priscilla lieferten sich einen Schreikampf in der Cocktail Lounge des El Papa Muerta, in dessen Verlauf die Kellnerin der Barfrau vorwarf «eine stehlende, rachsüchtige Lesbe» zu sein, während die Barfrau die Kellnerin als «eine Lügnerin, eine Doppelgleisige und eine fiese Nutte» charakterisierte. Sie wurden schließlich von Kolleginnen auseinandergebracht und von der Geschäftsführung ermahnt.
Dienstag/Mittwoch, 27./28. November, Mitternacht: Priscilla fand eine Nachricht unter ihrer Tür, eine Einladung zum Erntedank-Dinner in der Last Laugh Foundation, wo zusammen mit Dr. Wolfgang Morgenstern auch der berühmte französische Parfümeur Marcel LeFever gefeiert werden sollte. Die Nachricht war mit Maschine geschrieben

und ziemlich formell gestaltet, doch die Unterschrift, ein exzentrisches Gekritzel, glich den Spuren, die der matschverklebte Schwanz des Wasserbüffels hinterläßt: «Liebevolle Grüße und Küsse, Wiggs.»

Mittwoch, 28. November, abends: Ein zweites hitziges Gefecht im El Papa Muerta, in dessen Verlauf die Kellnerin Priscilla wiederholt forderte, daß die Barfrau Ricki eine gestohlene Parfumflasche herausrükken solle, endete damit, daß die Kellnerin Priscilla gefeuert wurde. Sie wurde vom Grundstück geführt, und man teilte ihr mit, daß sie die Matrosenuniform binnen vierundzwanzig Stunden zurückzugeben habe, andernfalls drohe ihr strafrechtliche Verfolgung. Die Kellnerin Priscilla bot an, die Uniform an Ort und Stelle auszuziehen, doch der Manager bestand trotz eines gewissen lüsternen Interesses darauf, daß sie zunächst gereinigt würde, da sie über und über mit *Salsa Suprema* bekleckert war. «Das ist Ketchup, und das wissen Sie genau», sagte Priscilla.

Mittwoch, 28. November, nachts: Priscilla machte Zwischenstation bei Ernie Steele's Bar & Grill, wo sie sich dermaßen betäubte, daß sie vergaß, wo sie ihr Fahrrad abgestellt hatte (und es schließlich sich selbst überließ), sich jedoch nicht genügend betäubte, um dem brennenden Bedürfnis nachzugeben, Dr. Dannyboy anzurufen.

Mittwoch/Donnerstag, 28./29. November, Mitternacht: Zu Fuß – und schwankend – kam Priscilla nach Hause, wo sie eine weitere Nachricht vorfand, diesmal eine, die sie darüber informierte, daß Marcel LeFever bei seiner Ankunft in New York vom Tode seines Onkels Luc, dem Chef von LeFever Odeurs, erfahren habe und umgehend nach Paris zurückgekehrt sei. Das Erntedank-Dinner war abgesagt. Wiggs fügte hinzu, daß er nichtsdestoweniger hoffe, Priscilla bald zu sehen. In Begleitung der Nachricht befand sich eine Rote Bete. In Begleitung der Roten Bete befand sich ein übler Geruch. Priscilla schleuderte die Rote Bete quer durch die Eingangshalle. Sie knallte gegen die Tür irgendeines unschuldigen Mieters und unterbrach möglicherweise einen Monolog Johnny Carsons.

Donnerstag, 29. November, morgens: Priscilla ließ sich aufs Sofa fallen, ließ sich weiter fallen in ein rußiges Schneegestöber; versank im milden Nachtleben einer Stadt aus Wolle, in einem unterirdischen Venedig, das überflutet war von Tinte, wo eine Blasensprache gesprochen und wo Unglück, wie Möbel im Lager, mit schweren blauen Schonbezügen abgehängt wurde.

Donnerstag, 29. November, nachmittags: Das Sterbenskollern von Hundertmillionen Truthähnen, die zum Erntedank geopfert wurden, vermochte nicht, sie zu wecken.
Freitag, 30. November, morgens: Immer noch im Tiefschlaf.
Freitag, 30. November, nachmittags: Dito.
Freitag, 30. November, nachts: Ein Pochen an der Tür holte Priscilla wieder zurück an die Oberfläche. Sie stand auf, reckte sich und ließ Wiggs Dannyboy herein. Sie begrüßte ihn mit einem Kuß. Das Innere ihres Mundes war so weiß wie das einer Sumpfschlange. Es schien ihn nicht zu stören, im Gegenteil, der brachte ihre belegte, träge Zunge mit der seinen, die frisch und lebendig war, auf Hochtouren. Er zog ihr den Schlüpfer aus und vögelte sie in ihrem Matrosenanzug auf dem Fußboden. Erfrischt durch vierzig Stunden Schlaf und einen das Mark erschütternden Orgasmus konnte sie kaum glauben, wie wohl sie sich fühlte. Sie lag in seinen Armen und schnurrte wie ein Rolls-Royce, der erfahren hat, daß er schließlich doch an einen Araber verkauft werden soll. «Erzähl mir eine Geschichte», sagte sie. «Eines Tages im Dschungel von Costa Rica wurde mir von einem Papageien die Stimme gestohlen. Sechs Monate lang, während derer ich keine Silbe herausbrachte, durchstreifte ich den Urwald auf der Suche nach diesem Vogel ...» – «Nein», sagte Priscilla süßlich. «Erzähl mir eine Geschichte über Rote Beten.» – «Also gut», sagte er.

Nach seiner Entlassung aus dem Concord-State-Gefängnis war Dr. Dannyboy nach Seattle gezogen, wo er schließlich das richtige Anwesen mietete, um seine Langlebigkeits-Klinik zu gründen. Etwa achtzehn Monate später reiste er nach New Orleans, wo gerade ein Parfümeurkongreß stattfinden sollte. Seine Absichten waren ungewiß. «Ich hatte geschworen, mein Leben der Arbeit für die Unsterblichkeit zu widmen», sagte er, «und meine Gespräche mit Alobar hatten mich aus irgendeinem sonderbaren Grunde glauben gemacht, daß die Parfümerie in einem diffusen Zusammenhang mit dem Geheimnis der Geheimnisse stand. Ich meine, mir war bekannt, daß der Geruchssinn eine Rolle in der Evolution des Bewußtseins gespielt hat, und vielleicht

dachte ich ... Ich weiß nicht genau, was ich dachte. Es war nur so eine Ahnung. Ich suchte nach Anhaltspunkten. Es war bloße Intuition, die mich dorthin brachte. Wobei Intuition ohnehin das verläßlichste Instrument der Wissenschaft ist.»
Enttäuscht darüber, daß sich alles auf marktwirtschaftliche Aspekte konzentrierte, war Wiggs bereits im Begriff, den Kongreß zu verlassen, als er einen Vortrag von Marcel LeFever hörte.
«Ja, das war vielleicht ein Vortrag», unterbrach Priscilla. «Bis zu jenem Moment war mir die Parfümerie stets verhaßt gewesen. Ich hatte mich wieder auf sie eingelassen, weil ich ein bißchen Ahnung hatte und weil ich, aus Gründen, die ich jetzt nicht näher erläutern will, glaubte imstande zu sein, eine Menge Geld damit zu verdienen. Aber ich verachtete sie, das ging bei mir auf Kindheitserlebnisse und so zurück. Sie war für mich nur ein Mittel, um ein bestimmtes Ziel zu erreichen. Aber LeFevers Vortrag ... Junge, der hat mein Verhältnis zur Parfümerie total umgekrempelt. Aus seinem Munde klang alles so märchenhaft, so besonders, so bedeutend ...»
«Das hat der Typ gebracht, in der Tat», sagte Wiggs.
Nach dem Vortrag war es Wiggs gelungen, Marcel in dem Korridor hinter dem Vortragssaal zur Rede zu stellen. Er bombardierte ihn mit Lob und mit dem Ausdruck seines persönlichen Interesses. Marcel reagierte begeistert, vor allem, als Wiggs darauf hinwies, daß Delphine über keinerlei Geruchssinn verfügen. Delphine haben größere Gehirne als Menschen, und ihre rudimentären Fingeransätze deuten darauf hin, daß sie in einer bestimmten prähistorischen Phase dem Menschen körperlich in mehreren Punkten geglichen haben. Doch während sich die Menschheit zu immer komplizierteren Errungenschaften in der Philosophie, der körperlichen Ertüchtigung, der Kunst und der Technologie vortastete, schwamm der unproduktive Delphin allem Anschein nach in eine evolutionäre Sackgasse. Könnte es sein, so fragte Dannyboy LeFever, daß der Delphin scheiterte (in evolutionärer Hisicht), weil er es versäumte, olfaktorische Fähigkeiten auszubilden?
«Keine Frage, der Typ und ich hatten die gleiche Wellenlänge, und er lud mich ein, mit ihm im Galatoire zu essen, als *du* auftauchtest. Ja, Darling, ich war es, der da stand, aber du hast mich nicht beachtet. Und nachdem du auf der Bildfläche erschienst, beachtete auch LeFever mich nicht mehr. Der Typ hat einen Blick für zartes Fleisch, oder richtiger eine Nase, denn die ganze Zeit, während ihr miteinander redetet,

konnte ich beobachten, wie er dich von oben bis unten beschnüffelte, dich geruchsmäßig auskundschaftete. Na ja, Gott sei Dank warst du offensichtlich nicht sein Typ. Er hörte höflich zu und rümpfte hin und wieder die Nase, während du ihm erzähltest, daß du in Seattle lebtest und mit der Entwicklung eines großartigen Parfums mit einer Jasmin-Herznote und einer Limonen-Kopfnote befaßt seist, aber noch etwas Kleines, Hübsches, Ungewöhnliches als Basisnote suchtest, und ihn fragtest, ob er dir einen Rat geben könnte, wie man Basisnoten fände, Basisnoten, die vielleicht vor langer Zeit benutzt worden und längst vergessen waren. Ja, und er sagte dir, das sei eine komplizierte Angelegenheit und manche Basisnoten setzten sich aus bis zu fünfundachtzig Elementen zusammen; er hatte dir nicht sehr viel weitergeholfen, muß ich leider sagen, bis irgendwann diese hinreißende junge schwarze Frau auftauchte.

Naja, es war offensichtlich, daß du und diese schwarze Frau, daß Ihr euch kanntet, euch kanntet, aber einander nicht besonders wohl gesonnen wart.» (Priscilla nickte energisch.) «Aber der Typ ignoriert euren frostigen Blickwechsel und beginnt, *sie* von oben bis unten abzuschnüffeln, nur daß diesmal die weit ausgebogenen Flügel seiner Nase zu flattern anfangen wie ein fetter Schwan, der in einem Windkanal gefangen sitzt, zu flattern anfangen wie ein Erzengel auf Methedrin; *sie* erreicht ihn auf der olfaktorischen Ebene. Das Komische an der Sache ist, daß sie ihm fast die gleiche Geschichte erzählt wie du. Sie spricht Französisch, und mein Französisch ist ein bißchen eingerostet, aber ich verstehe, wie sie sagt, daß sie in New Orleans lebt und dabei ist, ein wunderbares Parfum mit Jasmin-Herznote zusammenzubrauen und daß sie lediglich Schwierigkeiten damit hat, etwas Besonderes und Ungewöhnliches als Basis zu finden, und der durchtriebene Teufel erzählt *ihr*, daß er selber gerade anfängt, sich wieder für Jasmin zu interessieren und daß er ihr vielleicht ein wenig unter die Arme greifen könne. Zwischen die Beine greifen könne, das kommt der Wahrheit wohl näher. Das nächste, was ich weiß, ist, daß der Typ die Frau zum Essen ins Galatoire einlädt, nur von mir ist nicht mehr die Rede, weder auf Englisch noch auf Französisch.»

Daraufhin war Dr. Dannyboy im Begriff gewesen, Priscilla zum Essen ins Galatoire einzuladen: «Man muß die Dinge ein wenig verkomplizieren – wenn man aus einer Situation keine Erleuchtung schlagen kann, dann sollte man wenistens seinen Spaß haben.» In jenem Moment jedoch begann der Griff einer Notausgangstür zu wackeln, als wolle jemand von draußen hereingelassen werden; also öffnete Wiggs die Tür. Es war niemand da. Doch beim Öffnen der Tür drang ein übler Geruch herein, ein Geruch, der in peinlicher Weise an ungewaschene Genitalien und an die Ausdünstungen wilder Tiere erinnerte. Wiggs roch diesen Gestank nicht zum erstenmal.

«In Concord wachte ich eines Morgens vor meiner üblichen Zeit auf. Mir wurde bewußt, daß ich mir die Nase zuhielt. In unserer Zelle herrschte ein ekelhafter Gestank, als hätte der Wärter eine Herde Ziegen bei uns eingesperrt. Ich fragte Alobar, was los sei, und unser Mann sagte: ‹Das war Pan. Pan hat mich heute nacht besucht.›

‹Im Ernst? Was hat er gesagt?› fragte ich. ‹Wieso, nichts hat er gesagt›, antwortete Alobar. ‹Pan kann nicht mehr sprechen. Er hat einfach nur vorbeigeschaut. Wahrscheinlich, um mir zu zeigen, daß er noch nicht völlig am Ende ist.› Kannst du dir das vorstellen? Der Geruch hing noch fast eine Stunde in der Zelle. Und es war genau der gleiche Geruch, der an jenem Tag in New Orleans durch die Tür wehte. Ich drehte mich herum, um etwas dazu zu sagen, aber du warst schon verschwunden. Und kurz darauf begleitete LeFever das schwarze Mädchen zum Haupteingang und hinaus auf die Straße.

Ich ging durch den Notausgang hinaus und sah mich um, konnte aber keinerlei Anzeichen von irgend etwas entdecken. Dann besorgte ich mir eine Liste mit den Namen der Kongreßteilnehmer – sie enthielt Marcels Adresse, sowie deine und die von V'lu Jackson – und flog mit der Nachtmaschine zurück nach Seattle. In meinem Blarney-Stein-Kopf gingen viele wundersame Dinge vor.»

Ich kenne das Gefühl, dachte Priscilla. Ihr entspanntes Gefühl wich einer Video-Spielhalle mit blinkenden Wunderheiten und piependen Prophezeiungen. Ein Frösteln wie der Stromstoß von einem nuklearen Eiszapfen kroch ihr vom Sex aufgeweichtes Rückgrat hinunter.

«Wiggs», fragte sie nach einer Weile – sie hatte offensichtlich Angst davor, die Frage in Worte zu fassen – «Wiggs» – ihr Hirnstamm zitterte, als würde er von einem Diamanten angeritzt – «Wiggs, ist es ... Pan ... der die Roten Beten verteilt?»

«Nein», antwortete er, ohne zu zögern.

Irgendwie erleichtert stützte Priscilla ihren Kopf auf einen Ellenbogen. Dabei stieß sie gegen ihren Arbeitstisch und brachte einige Laborgeräte zum Klirren und Überschwappen. Es war ein Wunder, dachte sie, daß sie in den Wehen ihrer Leidenschaft nicht das ganze Unternehmen zu Boden gerissen hatten.

«Aber der Geruch ...»

«Der Geruch ist von Pan, das stimmt.»

«Wirklich?»

«In der Tat. Obwohl es nicht der alte Pan ist, der die Roten Beten verteilt. Im Gegenteil, Pan versucht, die Verteilung der Roten Beten zu *verhindern*. Pan versucht, etwas gegen die Verteilung der Roten Beten zu unternehmen. Allein, unser Gott ist dieser Tage schwach und nur begrenzt einsatzfähig, und darum kann er kaum etwas anderes tun, als eine kleine Visitenkarte seiner selbst – und der Mächte, die er repräsentiert – zu hinterlassen, um den Empfänger und den, der die Roten Beten tatsächlich verteilt, abzuschrecken.»

«Und das ...?» Sie klang ziemlich ruhig, doch innerlich zitterte sie.

«Bin ich.»

«Du?»

«Ich bin es, der dir die ganzen heimeligen kleinen Wurzelknollen vor die Tür gelegt hat. Ich bin es, der sie V'lu Jackson gebracht hat. Ich habe für die Flüge von und nach New Orleans ein kleines Vermögen ausgegeben. Zum Glück hab ich meine Tantiemen. Und ein Freund von mir aus Drogen-Zeiten liefert sie bei Marcel LeFever ab. Er ist Professor in Paris, und sein Sohn arbeitet in der Postabteilung bei LeFever. War dir klar, daß Marcel und V'lu auch Rote Beten kriegen?»

«Also, nein. Verdammt, nein, das war mir nicht klar –»

«Es tut mir leid, aber du hattest keinen Exklusiv-Vertrag, mußt du wissen.»

«Warum, Wiggs? Warum die verdammten Roten Beten?»
«Ich kann es dir nicht sagen, Darling. Ich würde es dir nur zu gerne erzählen, aber ich kann nicht. Ich habe Alobar mein Wort gegeben. Die Feen würden mich mit entsetzlichen Qualen strafen, wenn ich meinen Schwur bräche.»
«Aber –»
«Hör zu. Sei nicht beleidigt. Du kannst dir das selbst überlegen. Wenn du wirklich scharf nachdenkst und zwei und zwei zusammenzählst, wirst du drauf kommen. Die Sache ist so klar wie das Leitungswasser, das uns den Whiskey versaut. Du mußt nur ein bißchen nachdenken.»
Priscilla war einverstanden und machte sich ans Denken, aber Wiggs schlug vor, sie sollten zunächst ein bißchen Seehasen essen. Da sie seit ein paar Tagen nichts in den Magen bekommen hatte, war sie auch damit einverstanden.

Nachdem sie sich ein wenig zurechtgemacht hatten, fuhren sie mit dem Taxi zum Never Cry Tuna, dem neuen Restaurant am Lake Union. Selbstverständlich arbeitete Trixie Melodian dort.
«Amaryllis Tidroe hat das Stipendium bekommen», sagte Trixie.
Priscilla überraschte das nicht. «Oh, super! Ich kann es kaum erwarten, zwei-mal-drei-Meter-Hochglanz-Abzüge von Fräulein Maskiertes Wunder zu sehen.»
«Du bist eine großartige Verliererin», sagte Trixie.
«Ganz zu schweigen von Mrs. Garp –»
«Ich dachte, er würde Bücher schreiben.»
«– und den verschiedenen reizenden Gehilfinnen des Lemminge-Ballets.»
«Ich könnte das Lemminge-Ballet auf der Stelle verspeisen», sagte Wiggs.
«Einmal Krabben mit Muscheln», sagte Priscilla.
«Mein Gott», stöhnte Trixie. «Hätte ich bloß das Stipendium bekommen, dann bräuchte ich jetzt nicht hier zu stehen und mir das anzuhören.»

Priscilla wollte, daß Wiggs die Nacht bei ihr verbrachte, aber er wandte ein, daß Huxley Anne ihn früh am Morgen brauchen würde und das mit strahlendem Gesicht. «Aber morgen ist Sonnabend», sagte Pris.

«Wir schauen uns zusammen Zeichentrickfilme an», sagte Wiggs.

Da keine Einladung in Aussicht stand, ihnen Gesellschaft zu leisten, gab sie ihm in der Eingangshalle einen Gutenachtkuß und stieg die vereinsamte Treppe empor, wobei sie so oft stolperte, daß sie keine Angst haben mußte, jemals zur Teilnahme an einer Mount Everest-Expedition aufgefordert zu werden.

Als sie auf dem Sofa lag und den Seehasen verdaute, überlegte sie sich, daß Rote Bete die entscheidende Zutat sein *mußte*, die so schwer bestimmbare Basisnote in *K 23*. Warum sonst sollte Wiggs Parfümeure damit bombardieren? Aber wie konnte das angehen? Die Rote Bete hatte keinen bemerkenswerten Geruch, und sie würde jedem Parfum die Farbe von Draculas Mundwasser verleihen.

Es war verwirrend. Und es war möglicherweise auch rein theoretisch, wenn sie nämlich der Flasche nicht wieder habhaft werden konnte. Der Verlust der Flasche war eine jener «harten Realitäten», die ihr nicht unvertraut waren. Wenn sie relativ gleichmütig damit umging, so deshalb, weil Wiggs ihr beibrachte, daß «harte Realitäten» nicht die einzigen Realitäten waren: daß es viele verschiedene Realitäten gab und daß man, wenn man seine Energien richtig zu konzentrieren verstand, bis zu einem gewissen Grade frei wählen konnte, welche Realität man zu leben wünschte. Man konnte möglicherweise sogar die allerhärteste Realität überlisten.

Es war die dritte Nacht hintereinander, daß Pris in dem Matrosenanzug des El Papa Muerta einschlief, wobei die weinroten Ketchup-Flecken mittlerweile in den kreideweißen Samenplacken ein Gegengewicht gefunden hatten. Als sie in den Schlaf hinüberglitt, hatte sie das Gefühl, aufzuwachen.

In der darauffolgenden Woche experimentierte Priscilla in ihrem Labor herum, dachte über die Roten Beten nach, gab das Geld, daß sie zum Kauf von Jasminöl gespart hatte, für einen Privatdetektiv aus («Ich bin sicher, daß Ricki Sinatra meine Flasche hat») und machte sich mit jedem Tag mehr Gedanken darüber, daß sie immer noch nichts von Wiggs gehört hatte. Am Samstag jedoch wurde sie in die Last Laugh Foundation gebeten, um an dem «Alobar-Kudra-Baderitual» teilzunehmen.

Raus aus der Bratpfanne und rein in die heiße Wanne, dachte sie.

Die Schlange draußen vor der Foundation schien ein wenig länger und wesentlich unruhiger zu sein als gewöhnlich. Die Leute schrien ihr grobe Dinge zu, als sie durch das Tor gelassen wurde.

«Die Nachrichten sind schuld», erklärte Wiggs. «Der Mittlere Osten prüft mal wieder mit brennendem Streichholz, wieviel Benzin noch im Tank ist, und dieser dürftige Idiot im Weißen Haus schwenkt seinen mit Atomsprengköpfen bestückten Dödel in Richtung Russen. Die Leute sind nervös.»

«Ich versteh das nicht, Wiggs. Ich meine, wenn es ein solches universelles Bedürfnis nach Unsterblichkeit gibt, wenn die menschliche Rasse durchdreht, weil sie es nicht länger ertragen kann, daß sie am Ende sterben muß, warum gibt es dann immer noch Kriege? Diese ganze militärische Gewalt scheint im Widerspruch zu deiner Theorie zu stehen.»

«Nicht im Geringsten», antwortete er und löste wie ein Leguan-Schlachter die Wirbelsäule eines seiner geliebten Reißverschlüsse. «Unser einfacher Mann ist nur deshalb bereit, in den Krieg zu ziehen, weil er den Tod so sehr haßt.»

Nachdem er erfolgreich seine Hose filetiert hatte, griff er nach dem dreieckigen Vipernkopf von Priscillas Fummel und zog ihn Rippe für Rippe auseinander. «Verstehst du nicht? Der Feind repräsentiert für sie den Tod. Die Propagandamühlen der Regierungen machen aus dem Feind ein gefühlloses, alles verschlingendes Monster. Wenn wir also in den Krieg ziehen, befinden wir uns auf einer edlen Mission, einer das Leben sichernden Mission, deren Ziel es ist, den Tod zu vernichten. Und genau deswegen, weil wir den Tod so sehr hassen, sind wir zu verblendet und zu irrational, um die damit verbundene Ironie zu erkennen. Wir hassen den Tod so vollkommen bis aufs Blut, daß wir töten – und sterben – bei dem Versuch, seinen Vormarsch zu stoppen.»

Im Gleichschritt stiegen sie aus ihren Hosen. Ihre zahnlückigen Reißverschlüsse, gespalten wie das Rückgrat eines Tempelopfers, machten ein kleines Klink, als sie auf die Fliesen des Baderaumes schlugen.
«Als gewaltige Selbsttäuschung leistet der Krieg ähnlich Großartiges wie die Religion. Wir flüchten uns in Krieg oder Religion – gewöhnlich in beides gleichzeitig –, um den Tod zu besiegen, aber beide tun sie absolut nichts anderes, als das Sterben zu sanktionieren. Im Verlauf der gesamten Geschichte war der beste Freund des Todes ein Priester mit einem Messer in der Hand.»
Die Reißverschlüsse zu ihren Füßen erschauderten.

Sie ließen sich in das dampfende Wasser gleiten, wobei sich ihre Körper von dem Hitzeschock zunächst verkrampften, dann jedoch entspannten, bis sie frei trieben wie Würstchen.
«Ahhh. Wie viele passen in dieses Becken?»
«Ahhh. Sechs in der Regel. Man kriegt auch acht rein, aber dann wird es ziemlich voll.»
«Wenn es den Tod nicht gäbe, wäre die Welt zu acht im Becken.»
«Hä?»
«Überbevölkerung. Wenn niemand sterben würde, gäbe es ziemlich bald nur noch Stehplätze.»
«Das ist eines der Standardargumente für den Tod, aber es hält kein Wasser. Und auch keinen Whiskey. Wir haben kein Überbevölkerungsproblem, wir haben ein Landnutzungsproblem. Wir verteilen uns gleichmäßig überall, wie Schweine in einem Rosengarten, und nehmen tausendmal mehr Platz ein, als wir eigentlich brauchen. Wenn wir uns auf das vertikale statt auf das horizontale Wachstum konzentrieren würden, wenn wir große Apartment-Komplexe bauen würden, statt hektarweise Land für einstöckigen Spielkram zu verplempern, gäbe es mehr als genug Platz. Wenn wir hoch genug bauen würden, und über das technologische Wissen dafür verfügen wir, könnten wir die Weltbevölkerung verdoppeln und trotzdem alle Leute im Staate Texas unterbringen. Und zwar *bequem*, sollte ich hinzufügen. Der Rest des Planeten könnte für die Landwirtschaft und die Erholung genutzt werden. Und

er könnte Wildnis sein. Es könnte wieder Elefantenherden geben. Büffel auf der Hauptstraße.»
«Das wäre hübsch», sagte sie. «Wo wir gerade von vertikalem Wachstum sprechen, ich dachte immer, heißes Wasser wäre ihm abträglich.»
Sie ließ ihre Finger um seinen halb-harten Penis gleiten. Sofort wurde er größer. Hätte es sich um einen Apartment-Komplex gehandelt, es hätten noch weitere hundert Familien einziehen können.
«Liebe stellt die physikalischen Gesetze auf den Kopf, mein Darling. Oder, besser noch, sie bricht die Gewohnheiten.»
Während sie ihn streichelte, pochte er gegen seine von Feuchtigkeit fleckige Augenklappe und fuhr, nicht ohne Schwierigkeiten, fort, über sein Lieblingsthema zu dozieren.
«Außerdem werden nicht alle auf den Tod verzichten. Der Todeswunsch ist sehr stark, und viele Menschen ziehen es vor, zu sterben. Du würdest dich wundern über die Anzahl derer, die sagen, ihr Leben sei so elend, daß sie die Vorstellung, es zu verlängern, nicht ertragen könnten.»
«Wo wir gerade von Verlängerung sprechen ...»
«Alobar sagt, man soll das erst *nach* dem Bade machen.»
«Verzeih. Weißt du, mein Vater pflegte immer zu sagen: ‹Das Leben ist schwer, und am Ende steht der Tod.›»
«Schlimme Einstellung», sagte Wiggs.
«Und dann zwinkerte er und sagte: ‹Aber zwischendurch kommt Fastnacht.›»
«Dein Vater war gewillt, ein paar Krümel zu genießen, aber nicht den ganzen Kuchen.»
«Aber sein Leben *war* kurz und hart. Vielleicht sind die meisten Leben so. Ich hab mal irgendwo gelesen, daß eine Hühnerrupfmaschine ganze vierzig Sekunden braucht, um den Job zu erledigen.»
«In der Tat. Aber du darfst nicht vergessen, daß das Huhn dann lediglich nackt, aber nicht tot ist.»

«Wo wir gerade davon sprechen ...»
«Okay, Schätzchen, okay.»
Wiggs legte seine Handflächen unter ihren geröteten Hintern und hob sie, vom Wasser unterstützt, in die Höhe, richtete sie aus und ließ sie dann auf seinen Kolben hinabgleiten. Als sie den Grund erreichte, stieß sie einen primitiven Schrei aus, ihr kam es fast sofort. Er hob sie wieder herunter. Die ganze Prozedur nahm ungefähr die Zeit in Anspruch, die eine Hühnerrupfmaschine gebraucht hätte, um eine Hähnchenkeule von ihren Federn zu befreien.
Als sie wieder sprechen konnte, sagte sie: «Wenn wir sterben würden – du und ich, meine ich –, könntest du als Blatt einer Wasserlilie zurückkommen, und ich wäre ein äußerst glücklicher Frosch.»
«Ein hübsches Arrangement, aber laß uns nicht darauf bauen.»
«Ich bin erstaunt, daß du nicht an die Reinkarnation glaubst.»
«Warum? Das ist wahrscheinlich auch wieder nur eine Rationalisierung. Reinkarnation – oder die Seelenwanderung – war eine Vorstellung, die in einem der rigidesten sozialen Systeme ausgebrütet wurde, daß die Menschheit je gekannt hat. Unser alter Hindu saß fest wie eine Mücke im Bernstein. Während seines Erdendaseins mußte er an vorgeschriebenen Orten mit einer vorgeschriebenen Familie leben und einen vorgeschriebenen Beruf ausüben. Die Möglichkeit der Mobilität existierte überhaupt nicht. Die Rolle, in die man hineingeboren wurde, mußte man sein Leben lang beibehalten. Alles war vorherbestimmt, und man konnte nicht das kleinste Fitzelchen daran ändern. Da es während des Lebens keine Chance auf Veränderung gab, ist es nur natürlich, daß man sich die Veränderungen für die Zeit nach dem Tode aufhob. Die Reinkarnation ist nichts weiter als eine Vorstellung, die unser Hindu fortbestehen ließ, um zu verhindern, daß sein rigides Bild von der Realität ihn in den Wahnsinn trieb.
Deswegen war übrigens Kudra eine so bemerkenswerte Person. Kannst du dir vorstellen, was für einen Hindu im zehnten Jahrhundert, und dazu noch für eine Frau, auf dem Spiel stand, wenn sie sich aus diesen Fesseln befreite? Was die Befreiung der Inder angeht, ist Kudras Beispiel

tausendmal mehr wert als eine ganze Kompanie von Gandhis.»
«Ich verstehe, was du meinst. Aber wie kannst du so sicher sein, daß wir nicht wiedergeboren werden?»
«Oh, das kann ich nicht. Es gibt *überhaupt* keine Gewißheit, was das Leben nach dem Tode angeht. Nirgendwo findet sich die Spur eines Beweises.»
«Na ja, was ist denn mit den Leuten, die vorübergehend auf dem Operationstisch sterben? Sie scheinen sehr ähnliche Erfahrungen zu machen. Das erleichterte Zurücklassen des Körpers, die Gefühle von großer Ruhe und Liebe, die Wiederbegegnung mit verstorbenen Freunden und Verwandten. Und die meisten schildern eine Begegnung mit irgendeiner Art von Licht ...»
«Wer weiß? Vielleicht deutet das darauf hin, daß die besten Dinge tatsächlich erst noch kommen, was mir sehr zu Paß käme, das schwöre ich. Andererseits wissen wir, daß noch bis zu dreißig Minuten, nachdem das Herz und andere lebenswichtige Organe aufgehört haben zu funktionieren, elektrische Gehirnströme fließen. Diese ‹himmlischen› Erlebnisse der vorübergehend Toten sind also vielleicht nichts anderes, als ein archetypisches Drama, das sich auf der Bühne des schwindenden Bewußtseins abspielt, eine Abschiedsvorstellung mit einer eindrucksvollen mythologischen Allegorie. Und wenn das Gehirn eine halbe Stunde später den Saft abdreht, rums, dann fällt ein für allemal der Vorhang; die Vorstellung ist vorüber, und es gibt kein Warten mehr auf die Kritiken. Endgültige Einsamkeit. Und was das Licht angeht, nun ja, alle Materie ist nichts weiter als verdichtetes Licht. Wir kommen aus dem Licht, jeder einzelne von uns, warum sollte es uns also wundern, wenn wir im Tode dorthin zurückkehren?»
«Du sagst also nichts anderes, als daß wir, wie man es auch dreht und wendet, verdammt sind.»
«Ganz und gar nicht, Pris. Ich sage lediglich, daß wir nicht wissen, wie das Leben nach dem Tode aussieht, wir wissen es absolut nicht. Deshalb sollten wir solange, bis wir es wissen, unser Bestes tun, um weiterzuleben.»
«Aber wie sollen wir es jemals erfahren?»
«Wenn unser Mann Alobar es schafft, Kontakt zu Kudra herzustellen, werden wir eine Menge erfahren, kein Zweifel. Das ist eine langwierige Sache, aber ich glaube trotzdem, daß es möglich ist. Ein Teil des Geheimnisses liegt in dem Parfum.»

Sie stiegen aus dem Becken, um ihrem Blut Gelegenheit zu geben, abzukühlen. Die Fliesen drückten sich wie gefrorene Blütenblätter in ihr Fleisch. Ihre Körper erstrahlten in einem malerischen Glühen. Dem Glühen der alten Meister. *Stilleben mit gekochten Roten Beten.*

«Erstaunlich, Wiggs.»

«Was ist erstaunlich?»

«Erstaunlich. Bei all dem Gerede steht deine Lanze wie eine Eins.»

«Ich bin schließlich nicht Gerry Ford, mußt du wissen. Ich kann mehr als eine Sache zur Zeit tun.»

Grinsend machte sie sich über ihn her. Dann, wie eine Hand um einen Türknauf, schloß sich ihr Grinsen um ihn. Mit ihren Lippen drehte sie den Knopf erst in die eine, dann in die andere Richtung: links, rechts, auf, zu; links, rechts, auf, zu. Der Knauf quietschte nicht. Im Gegenteil, Wiggs war ungewöhnlich ruhig.

Nun fand sie ihren Rhythmus und lutschte den Knauf von seinem Zapfen, lutschte den Zapfen aus seiner Tür, die Tür aus den Angeln. Draußen im Freien, mit gesteigertem Tempo, lutschte sie den Plattenweg auf, die Rosenbüsche, das Petunienbeet, den Rasensprenger, die Auffahrt und das kleine japanische Auto, das in der Auffahrt geparkt war: Oh, was für ein Gefühl! Toyota! Wiggs stöhnte und die Umgebung verschwamm vor seinen Augen.

Die Türme der Stadt begannen zu schwanken, und bald war der ganze Planet ein Opfer der Gewalten, er schwoll am Äquator, pochte an den Polen. Ein heftiges Schütteln entlang der Achse, einmal, zweimal, dann explodierte er. Die Urknall-Theorie, endlich bewiesen. Als Personifizierung eines Schwarzen Loches sog sie jeden Tropfen, jedes Partikel in sich hinein – sie hatte noch nie einen Mann in solcher Totalität gehabt –, und erst, als die letzten Erschütterungen vorüber waren und der Kosmos wieder zur Ruhe kam, lockerte sie ihren Griff, und mit Lippen, die glitzerten wie die Milchstraße, blickte sie auf und sah – die Beine eines Dritten neben ihnen stehen.

«Ach! Es tut mir sehr leid.»
Wolfgang Morgenstern, nackt bis auf ein Handtuch um die Hüften, drehte sich steif herum und stolzierte mit preußischem Stechschritt aus dem Baderaum. Dr. Morgenstern hatte ein rotes Gesicht, war verschwitzt und außer Atem. Vermutlich war sein Zustand auf sein Gehüpfe – auf seinen Unsterblichkeits-Tanz, seinen Solo-Jitterbug – zurückzuführen und nicht auf die Auswirkungen des kosmischen Spektakels, in das er gerade hineingeraten war.

«O Gott! Ich bin gedemütigt. Es ist mir so peinlich, ich könnte auf der Stelle tot umfallen.» Priscilla bedeckte ihr Gesicht mit den Händen und wischte sich verstohlen die Mundwinkel.
«Hast du gemerkt, was du gerade gesagt hast? ‹Gedemütigt. Ich könnte sterben.› Pris, solche Formulierungen darfst du niemals benutzen. Das sind unbewußte Manifestationen des Todeswunsches. Du signalisierst dem Universum, daß der Tod nicht nur akzeptabel, sondern erwünscht ist.»
«Oh, Wiggs!»
«Und was unseren Nobelpreisträger angeht, so war es höchste Zeit, daß er einen Eindruck davon bekommt, was qualitativ gute Unterhaltung bedeutet. Er scheint in der Tat jünger zu werden, aber ich weiß nicht, was es ihm nützen soll, wenn er sich die ganze Zeit in dieses Zimmer einsperrt.»
Wiggs zog die Hände von ihrem Gesicht und küßte sie. «Darling, du warst wunderbar.»
«War ich das?»
«Wahrhaftig. Du mußt mir jetzt versprechen, nie wieder Ausdrücke wie ‹Es ist mir so peinlich, ich könnte auf der Stelle tot umfallen›, oder ‹Die Ungewißheit bringt mich noch um› zu gebrauchen.»
«Ich werd's versuchen. Aber wie soll ich ihm je wieder unter die Augen treten?»
«Mit Würde», sagte Wiggs. «Mit Würde.»
Sie ließen sich erneut ins Becken gleiten.

Wenn man die zusätzliche Hitze der Leidenschaft abzog, schien das Wasser jetzt kühler zu sein. Sie tauchten bis zum Knie in den tropischen Sud, in den Kalmen-Kessel, in die von modernen Landratten domestizierten und miniaturisierten Roßbreiten, und ließen sich bereitwillig von den kraftlosen Kräuselwellen umspülen.

«Weißt du was, Wiggs», sagte sie, und ihre Stimme war ob des schwülen Klimas so weich, daß man sie kaum noch verstehen konnte, «bei dir scheint alles zum Thema Tod zurückzuführen.»

«Und du zeige mir den Weg des Menschen, der nicht zum Tode führt. Wir versuchen, unsere Aufmerksamkeit davon abzulenken, wir versuchen uns vorzumachen, es sei nicht so, aber die Luft, die wir atmen, ist der Odem des Aasgeiers. Bitte unterstelle jetzt nicht, dieser Mann hier sei morbid. Ich verweile beim Tod, um ihn zu besiegen.»

«Aber angenommen, der Tod ist notwendig für die Evolution. Was ist, wenn wir unsere Körper opfern müssen, um uns von der Ebene der Welt fortentwickeln zu können, um eine höhere Ebene zu erreichen? Vielleicht ist es dumm und nach rückwärts gerichtet, wenn wir uns an unsere physischen Körper klammern.»

«Mag sein. Obwohl das Leben auf astraler Ebene mich immer außerordentlich wenig gelockt hat. Kein Whisky, keine Bücher, kein Frederick's oder Hollywood. Und wenn sich herausstellen sollte, daß es *keine* astrale Evolution gibt, was wird dann aus deinem armen toten Ich? Das ist ein Risiko, auf das ich mich nicht einlassen möchte.»

«Bei allen Risiken visionären Ursprungs, auf die du dich eingelassen hast, bei all den psychologischen Toden und Wiedergeburten, wie kannst du da noch Angst vor dem normalen, altvertrauten Sterben haben?»

«Ich habe ganz gewiß keine *Angst* vorm Sterben. Hab ich nie gehabt. Der Tod kann uns nichts anhaben, denn der Tod ist tot. Was tot ist, kann einem nicht weh tun. Angst ist nicht das Thema. Wie unser Alobar bin ich weniger ängstlich als vielmehr aufgebracht. Wir haben uns in ein Kreislaufsystem gesperrt, das wirkliche Freiheit, wirkliches Wachstum unmöglich macht. In der Kunst wird eine Phase des Klassizismus abgelöst von einer Phase des Romantizismus. Dann ist wieder die Klassik an der Reihe. Das ganze ist so simpel wie ein Uhrpendel, und es nimmt, so sehe ich es zumindest, der Kunst jede wirkliche Bedeutung. Das gleiche gilt für die Gesellschaft. Eine konservative Phase, eine liberale Phase, dann wieder eine konservative Phase. Aktion und Reaktion, vorwärts und rückwärts, wie die Gezeiten. Solange wir in diesen Zyklen gefangen sind, können wir in Sachen Befreiung nicht viel erwarten, es sei denn auf jene entsetzlich langsame Weise, bei der jeder Schritt eine Million Jahre dauert. Während des größten Teils unserer Geschichte waren wir in den Zyklen der Jahreszeiten, in den Wetterzyklen gefangen. Jetzt jedoch können wir wenigstens im Winter in den Süden fahren, im Sommer in den Norden. Die Jahreszeiten kehren nach wie vor zyklisch wieder, aber wir sind dem nicht mehr hilflos ausgeliefert. Und ich will nicht mehr, als daß diese Art von Mobilität auf das Leben als Ganzes Anwendung findet. Ich will die Gelegenheit, aus diesem Geburt-Tod-Zyklus auszubrechen. Verstehst du, was ich meine? Er ist viel zu starr und absehbar, um mir zu gefallen. Zyklen nehmen dem Leben seine Bedeutung, genau wie sie der Kunst ihre Bedeutung nehmen. Meine Hoffnung ist die: Einigen Individuen ist es immer gelungen, aus den Zyklen der Kunst und der Gesellschaft auszubrechen – darum liebe und respektiere ich das Individuum mehr als die Menschheit als Ganzes. Vielleicht, vielleicht ist die Zeit reif dafür, daß einzelne Individuen auch aus dem Geburt-Tod-Zyklus ausbrechen. Und damit meine ich nicht, daß sie in die Leere des buddhistischen Nirwana entschwinden. Vielleicht hat Alobar genau das getan. Vielleicht kann auch ich es tun. Und vielleicht – wo wir schon beim Vielleicht sind – kommt irgendwann ein Zyklen-Sprenger und erlöst die Menschheit von den sinnlosen Gezeiten der Sterblichkeit.»

«Ich glaube, wir haben für heute eine Pause verdient, oder?»

«Das haben wir.»

«Sterben ist eine schlechte Angewohnheit?»

«Ja, und sie muß ausgemerzt werden.»

«Viel Glück, Wiggs.»

«Danke. Weißt du, es gibt *eine* Bedingung, unter der auch ich vielleicht bereit wäre zu sterben. Würde mir möglicherweise sogar selbst das Leben nehmen.»

«Machst du Witze?»

Trübsinnig wie ein Elefant schüttelte er den Kopf. «Wenn jemals Hux-

ley Anne etwas zustoßen sollte, würde ich mich, glaube ich, entschließen, auch zu sterben, einfach in der Hoffnung, daß wir dann zusammensein könnten.»
«Oh.»
Wiggs war eine Weile still. In seinem einen Auge stieg eine Träne empor, wie eine Luftblase bei dem Sprechversuch einer Flunder. Sie hing mit dem Kopf nach unten an seinen Wimpern wie ein transparentes Faultier an einem Sims, bis die Schwerkraft sie schließlich loshebelte und sie schweigend, mit dem Kopf voran, samt Salz und allem, in die Anonymität des dampfenden Beckens tauchte.
«Noch eine letzte Bemerkung zum Tode», sagte Wiggs.
«Worum geht's?» fragte Pris ziemlich verdrießlich. Sie starrte immer noch auf die Stelle, wo seine Träne ins Wasser gefallen war.
«Wenn man gestorben ist, wachsen Haare und Nägel weiter.»
«Davon habe ich schon gehört.»
«Ja. Aber die Telefonanrufe bleiben allmählich aus.»

Noch einmal stiegen sie aus der Wanne und legten sich auf die Fliesen, um abzukühlen. Dann ein letzes heißes Bad und eine abschließende Kühlung. Sie trockneten sich ab und schlüpften in ihre Unterhosen – seine so knackig und grün wie ein Kleeblatt, ihre in einer ausgeblichenen, undefinierbaren Farbe und aus ausgeleiertem Stretch. Sie zogen sich ihre Hosen an, seine aus Tweed, ihre aus Baumwolle, und mit den Händen von Wunderheilern stellten sie die Ganzheit jener goldenen Salamander wieder hier, die ihre Hosen vorn zusammenhielten.
Er gab zu verstehen, daß sie nicht über Nacht bleiben konnte. Es schien, als hätten er und Huxley Anne früh am nächsten Morgen etwas vor. Also umarmte sie ihn an der Tür, wobei sie sich ein wenig wohl, ein wenig verletzlich, ein wenig unsicher fühlte, und rüstete sich innerlich für den Heimweg, als er fragte: «Na, wie geht es mit dem Parfum voran?»
Sie hatte nicht von Parfum reden wollen, aus Angst, sie könne etwas über die Flasche ausplappern. Sie traute sich nicht, ihm von der Flasche zu erzählen, sie mußte sie ihm vielmehr zeigen, mußte sie ihm unter seinen glänzenden Augapfel halten und beobachten, wie sich die silber-

nen Haare auf seinem Kopf aufrichteten, wie die Borsten der Zahnbürste eines Roboters. Wie sie sich auf diesen Augenblick freute!

«Ich bin zu dem Schluß gekommen», sagte sie, «daß Rote Bete die Basisnote von *K 23* ist. Habe ich recht?»

Er zögerte mit der Antwort, nickte aber schließlich bestätigend und vertraute darauf, daß die Feen, daß der Lachs-Der-Sich-Von-Den-Neun-Haselnüssen-Der-Dichtkunst-Ernährt, daß der Schlüpfer seiner Ex-Frau ein Nicken nicht als Bruch eines Versprechens betrachten würden.

«Das hab ich mir gedacht. Aber wie um alles in der Welt soll das funktionieren? Ich komme einfach nicht dahinter ...»

«Du bist die Parfümeurin.»

Diesmal war es an Priscilla, bestätigend zu nicken, doch zu sich selbst sagte sie: «Ha! Ich bin eine arbeitslose Kellnerin ohne eine Unze erstklassigen Jasmins auf der Naht. Und wenn ich kein Glück habe, und zwar bald, dann werde ich nächste Woche um diese Zeit in einer Kneipe wie dem Gourmet de Tijuana Pappteller mit Chilipampe schleppen.»

Bei der Art, wie sie rückwärts durch die Tür ging und zum Abschied irgendwie sorgenschwer und verwirrt winkte, konnte man denken, sie habe plötzlich und unbeabsichtigt die Weltmarktbestände an wiederaufgewärmten Bohnen aufgekauft.

InWahrheit war Priscilla ein bißchen sauer, daß sie in ihr kleines Studio-Apartment zurückkehren mußte. Schließlich gab es genug Platz für sie in der Last Laugh Foundation. Oder? Für Jesus und alle zwölf Jünger wäre Platz in der Last Laugh Foundation gewesen, auch wenn Judas auf der Veranda hätte schlafen müssen.

Sie ging den Weg entlang und fühlte sich wie die halbe Portion eines Schnecken-Imbisses. Als sie am Briefkasten beim Haupttor vorbeikam, hatte sie das dringende Bedürfnis, sich eine Briefmarke auf die Stirn zu kleben und sich an den Abscheulichen Schneemann zu verschicken.

Auf der Straße war es noch schlimmer. Die Menge der Möchtegern-Unsterblichen gab sich unruhig und mürrisch. Alle starrten sie an, als sei sie ein modernes Kunstobjekt auf einem Dorf-Jahrmarkt. Hier ein

feindseliges Hohnlächeln, dort ein verwirrtes Lachen, und kein Hosenbandorden weit und breit.
Offensichtlich hatte gerade jemand für Verpflegung gesorgt, denn viele in der Schlange kauten auf Hamburgern von der Imbißbude. Sie waren alt genug, um zu wissen, was sie taten. Einige von ihnen waren sogar alt genug, um sich noch an die Zeiten erinnern zu können, als der alte McDonald eine *Farm* hatte.
Früher starben die Leute an Bakterien. Jetzt starben sie an schlechten Gewohnheiten. Das zumindest sagte Dr. Dannyboy. Herzfehler wurden durch schlechte persönliche Gewohnheiten verursacht, Krebs wurde durch schlechte industrielle Gewohnheiten hervorgerufen, Krieg war eine Folge schlechter politischer Gewohnheiten. Dannyboy glaubte, daß sogar das Alter eine Gewohnheit war. Und Gewohnheiten ließen sich verändern. Priscilla hatte Lust, der Menge einen Vortrag über ihre Gewohnheiten zu halten und dann die Leute nach Hause zu schicken, aber natürlich tat sie es nicht.
Am Ende der Schlange meinte sie einen weißhaarigen Typen auf Krücken sagen zu hören, es sei der 7. Dezember, «der fünfunddreißigste Jahrestag des japanischen Überfalls auf Pearl Bailey». Er irrte sich. Man schrieb bereits den 8. Dezember.

Fünf Tage später, am 13. Dezember, erhielt Wiggs Dannyboy einen Anruf von Priscilla. Sie hatte Schiß wegen ihrer «Beziehung», ein Gefühl, das durch die ausbleibenden Fortschritte seitens des Detektivs ausgelöst wurde, und sie war verzweifelt genug, um ein Gespräch zu erzwingen.
«Pris, Darling, ich bin glücklich, daß du anrufst!»
«Wirklich?»
«Ja, und ich könnte nicht glücklicher sein, wenn ich erfahre, daß Gott und der Teufel sich gütlich geeinigt und ein für allemal das alberne Schauspiel des Streits zwischen Gut und Böse beendet hätten, das den Frommen dieser Welt einen heiligen Vorwand geliefert hat, zu morden und zu plündern, und das die Handlung manch eines Romans verdorben hat. Ich könnte nicht glücklicher sein, wenn mir ein zweites Auge

wüchse, und zwar eines, das des Nachts leuchtet wie ein Wolfsauge und das sich auf seinem Stiel drehen könnte, um den Mädchen unter die Röcke zu schielen. Ich könnte nicht glücklicher sein, wenn Alobar aus dem Knast entlassen würde, was in der Tat im nächsten Monat geschehen könnte, sofern es nicht schon zu spät ist. So glücklich, wie ich darüber bin, daß ich als Ire zur Welt kam und insofern eine Lizenz besitze, diese Sorte pseudolyrischen Scheißdrecks zu verbreiten, so glücklich bin ich darüber, daß du angerufen hast. Ich hätte dich angerufen, aber du hast kein Telefon.»

«Spotte nicht über eine Elende.»

«Oder ich wäre vorbeigekommen, nur war ich in New Orleans, um dort ein gewisses Gemüse abzuliefern. Du weißt, was ich meine?»

«Nur zu genau.»

«Ich habe gute Nachrichten. Marcel ‹Bunny› LeFever hat seinen Onkel Luc erfolgreich unter die Erde gebracht und seine erstaunliche Nase wieder in unsere Richtung gewandt. Dr. Morgenstern und ich – er läßt dich übrigens grüßen – planen eine weitere Abendgesellschaft, sofern es uns gelingt, die Universitäts-Wissenschaftler zu überreden, ihre Forschungsarbeiten für den CIA vorübergehend zu unterbrechen. Heute in einer Woche, glaube ich, und du mußt kommen. Aber diesmal wirst du neben mir sitzen; zu meiner Linken, das wäre am besten, denn dann kann ich meine linke Hand auf deinen zarten Oberschenkel legen, während ich meinem rechten Tischnachbarn zuproste.»

«Wiggs?»

«Ja, Liebling?»

«Du hast mich zum Essen eingeladen, und jetzt kommt Marcel LeFever. Ich frage mich, warum du meine Stiefmutter oder V'lu nicht eingeladen hast.»

«Oh, ich habe sie eingeladen. In der Tat habe ich gerade auf dieser Reise nach New Orleans erfahren, daß V'lu sogar nach Seattle geflogen ist, um an der letzten Abendgesellschaft teilzunehmen. Ich habe keine Ahnung, warum sie nicht erschienen ist.»

«Einen Augenblick. V'lu war an jenem Abend, als die Party stattfand, hier in der Stadt?»

«Ja. Sie blieb über Nacht und fuhr am nächsten Tag nach Hause zurück.»

Adrenalin sprudelte mit solchem Druck in Priscillas Innerem, daß es förmlich aus ihren wichtigsten Körperöffnungen hervorschoß.

«Wiggs», sagte sie, «ich muß selbst nach New Orleans fahren.»
«Wann?»
«Sofort.»
«Wirst du rechtzeitig zu der Party zurück sein?»
«Ich hoffe. Wenn ja, werde ich eine Überraschung für dich mitbringen.»
«Toll. Ich liebe Überraschungen.»
«Also, leb wohl.»
«Mach's gut, Pris. Hab eine schöne Reise und paß auf wegen der Bienen.»
Nachdem sie aufgelegt hatte, dachte sie: *Paß auf wegen der Bienen? Was kann er damit nur gemeint haben?*
Sie sollte es bald erfahren.

Aus einem Zufall heraus erfanden die Chinesen das Schießpulver, als sie versuchten, einen Zaubertrank zu entwickeln, der auf alchimistischem Wege das Leben verlängern sollte.
Man weiß nicht, was die Chinesen zu entwickeln versuchten, als sie die Spaghetti erfanden. Vielleicht waren auch die Spaghetti ein Nebenprodukt der Langlebigkeits-Forschung, ein Nebenprodukt des Bestrebens, mit Hilfe der Frühlingsrolle einen ewigen Frühling lang voll auf der Rolle zu sein; des sinnlosen Versuchs, der Frage zu entgehen «Wer wird dein Nasi gorengen, wenn ich einmal nicht mehr bin?»
Egal. Trotzdem mag es sich für Möchtegern-Unsterbliche empfehlen, die chinesischen Erfahrungen im Gedächtnis zu behalten. Auf der Suche nach der Verlängerung des Daseins landeten sie am Ende beim Schießpulver, dem Elixier des Todes, nicht des Lebens; dem Treibstoff unzähliger tragischer Kugeln in der Geschichte, darunter auch jener, die Gandhi, John Lennon und Bambis Mutter niederstreckten – und der einen, der Bingo Pajama zum Opfer fiel, so daß er leblos, das Gesicht nach unten, auf der Royal Street lag.

In New Orleans surrte es, was im übertragenen wie im wörtlichen Sinne zu verstehen ist. Es gab ein wütendes schwarzes Surren und, im Gegensatz dazu, ein verängstigtes weißes Surren; das war im Hinblick auf die Vergangenheit typisch für diese Stadt, in der die Sklaven sich lange vor Lincoln selbst befreiten, in der eine schwarze Aristokratie aufblühte und mit der einzigen echten weißen Aristokratie Amerikas konkurrierte, in der einst eine schwarze Wudu-Königin (wenn auch im Verborgenen) genauso totalitär herrschte wie eine gewisse russische Zarin namens Katharina; in der das riesige, das organische, das durchschlagende afrikanische Geheimnis für einen Soundtrack von urzeitlicher Rhythmik gesorgt hat, gegen den sich das gesamte Großstadtleben – der banale weiße Kommerz ebenso wie das wilde schwarze Vergnügen – erst durchsetzen mußte.
Sogar in Zeiten der Sklaverei gaben die Schwarzen den Ton an. Voller Stolz und praktisch ohne Angst tanzten sie auf dem Congo Square, und zwar in solch anmutiger Hingabe, in solch vollkommener Harmonie mit unsichtbaren Kräften, daß ihre Besitzer dafür eintraten, afrikanische Tänze zu verbieten, weil die Gefahr bestand, daß sie in einem Aufstand gipfeln könnten. Und die ganze Zeit, selbst dann noch, wenn die Besitzer eine Proklamation nach der anderen zum Verbot sich windender Bewegungen entwarfen, tapsten sie den Takt mit ihren weißen Zehen in ihren Schuhen mit. Die Weißen haben New Orleans mit Geld und Schießeisen kontrolliert, die Schwarzen haben es mit Magie und Musik kontrolliert, und obwohl es im Verborgenen stets eine gewisse gegenseitige Bewunderung füreinander gegeben hat, eine Vermischung von Kulturen, wie man sie aus keiner anderen nord- oder südamerikanischen Stadt kennt; obwohl eine äußerst freudvolle und faszinierende Schnittstelle die Oberhand hat gewinnen können, sind die schwarze Wut und die weiße Angst geblieben, und sie sind es, die der ewigen, scheinbar harmonischen *fête champêtre* einen flüchtigen und bisweilen gewalttätigen Charakter verleihen.
Angesichts ihrer Armut, ihrer Wut und ihrer moralischen Imperative fühlten sich einige schwarze Bewohner von New Orleans dazu veranlaßt, der Kultur des Raubüberfalls zur Hochkonjunktur zu verhelfen. Angesichts ihrer Unsicherheit, ihrer Angst und ihrer religiösen Philosophie fühlten sich einige weiße Bewohner von New Orleans dazu veranlaßt, Hymnen der Brutalität zu komponieren. Die Diebe flogen aus den städtischen Sozialwohnungen – sie waren jung, lebhaft und pessi-

mistisch. Die Bullen fischten in den Sümpfen – sie hatten dicke Bäuche, waren unsensibel und ließen sich mit autoritären Dogmen leicht manipulieren. Auf der einen Seite also junge Krawallmacher, Aufschneider und Paradetänzer im zweiten Glied mit einem leichtfertigen Hang zur Neuverteilung von Reichtum; auf der anderen Seite Good Old Boys, die, bis sie ihre Dienstmarken und Streifenwagen bekamen, tagsüber angeln gingen und sich nachts miteinander prügelten. Zusammenstöße waren unvermeidlich, und die weißen Jungs hatten das Gesetz auf ihrer Seite.

Mmmh, allmählich mieft es hier ein bißchen zu sehr nach Soziologie. Schließlich reden wir über New Orleans, die Stadt, von der Louis Armstrong gesagt hat, sie habe «das gewisse Etwas». (Zur Identität des «gewissen Etwas» hat Louis Armstrong die eindrucksvollste Zen-Bemerkung gemacht, die je einem Westmenschen über die Lippen gekommen ist: «Wenn Sie das fragen müssen, werden Sie es nie erfahren.») Vielleicht ist es Zeit für einen Riff.

«New Orleans»

She went to the school of Miss Crocodile
Where she learned to walk backwards
And skin black cats with her teeth.
Soon she could wear the loot of dead pirates
Cook zee perfect gumbo
And telephone the moon collect.
But it took sixty-six doctors to fix her
After she kissed that snake.

In New Orleans surrte es. Ein jamaikanischer Blumenhändler und Straßensänger namens Bingo Pajama war von zwei Polizisten außer Dienst erschossen worden, die behaupteten, sie hätten versucht, ihn festzunehmen. Pajama, der im Zusammenhang mit dem seltsamen Tod eines Polizeibeamten mitverdächtigt wurde, hatte den Angaben der Bullen

zufolge eine bedrohliche Bewegung gemacht. Sie knallten ihn mit ihren .38 Spezial ab.
Die schwarze Gemeinde fraß den absurden Quatsch nicht. Zu oft waren in Louisiana Schwarze, die verdächtigt wurden, Polizisten getötet zu haben, von den verhaftenden Beamten erschossen worden. Das Ganze stank nach Rache durch Hinrichtung, und es war zur Routine geworden. Ebenfalls bloße Routine waren die Vernehmungen, in deren Verlauf die Polizisten von jeglicher Schuld freigesprochen wurden. Es herrschte eine Situation, in der sich die schlechte Laune eines kleinen Beamten schnell zum gefährlichen Kesseltreiben auswuchs, eine Situation, aus der «Rassenkrawalle» entstehen konnten.
Obwohl Bingo Pajama nicht aus der Stadt kam, obwohl er als Fremder einen komischen Akzent hatte, obwohl er ein Landstreicher war, der sich Bienen hielt, aber keinen Bienenkorb besaß; obwohl er eine geheimnisvolle, absurde Figur war, die niemand wirklich kannte, machten die Schwarzen der Stadt ihn posthum zu einem der ihren. Sie gingen sogar soweit, ihn mit einer Jazz-Beerdigung zu verabschieden.
Trauernde strömten aus den Wohnblöcken, aus den alten Häusern unterhalb der Canal Street, aus den Bars und den Gumbo-Küchen, aus der Baptistenkirche Ecke Liberty und First Street und aus der Wudukirche an der Rampart Street, und hüpften und tanzten, sprangen und johlten, angeführt von einer riesigen Blaskapelle (Trompeten klagten in einer Mischung von Satchmo und Bird, Trommeln beschworen die Geisterkräfte des Kongo herauf), mit wirbelnden Regenschirmen (obwohl es trocken war), mit buntem Haarschmuck, rauchenden Joints, glucksenden Flaschen und schnippenden Fingern, den ganzen Weg zum Französischen Viertel und wieder zurück in die Innenstadt. Auf einem Pferdewagen stand der Sarg, doch es war keine Leiche darin. Die Polizei hatte den Leichnam und wollte ihn nicht freigeben. In dem Sarg lag ein Strauß Jasminzweige, zerbrochen und verwelkt, aber so süß im Duft, daß der ganze Trauerzug parfümiert wurde.
Obwohl die Beerdigung den typisch fröhlichen Charakter hatte, eine wilde und heitere Veranstaltung («Mitten ins Gesicht, Herr Tod») war, die allen Spaß machte, lag eine kaum verhohlene Agression in der Luft. Polizeiwagen wurden mit finsteren Flüchen bedacht, und entlang des Weges tauchten Plakate mit düsteren Protesten auf. In jener Nacht lebte hinter verschlossenen Fensterläden ein alter Brauch wieder auf. Schwarze Kerzen wurden angezündet, bittere Puder wurden verstreut,

aus Holz oder Wachs wurden unfeine Gegenstände geformt, Dämone wurden angebetet, und Hühnchen wurden für Zwecke verwandt, die Colonel Sanders die Schuhe ausgezogen hätten, und das nicht nur im Wienerwald.

Es kam auch zu formalen Protesten. Ständig machten irgendwelche schwarzen Gemeindevorsteher im Polizeipräsidium und im Rathaus ihre Aufwartung, um Gerechtigkeit zu fordern. Der Aufschrei war so heftig, daß der Bürgermeister keine Zeit verlor und umgehend eine öffentliche Anhörung veranstaltete. Auf den Druck von Schwarzen und von weißen Liberalen wurde eine spezielle Kommission eingesetzt, die die Untersuchungen durchführen sollte. Zum Entsetzen der «Law-and-Order»-Fraktion befand sich in dem Gremium nur ein einziger Polizist.

Einigen Berichten zufolge war eine Reihe von Personen Zeuge der Erschießung des Jamaikaners gewesen. Zwei hatten sie aus nächster Nähe miterlebt. Zwei Frauen, so hieß es, eine weiße und eine schwarze. Und von der weißen Frau ging das Gerücht, daß sie enge Freundschaften mit Schwarzen unterhielt. Nun ja, es handelte sich um die alte Madame Devalier, die Parfümeurin aus dem Französischen Viertel, einstige Produzentin von Expreß-Öl, jene Frau, von der behauptet wurde, sie sei im Besitz des Geheimnisses um die Hurricane-Tropfen!

In New Orleans surrte es also. Die Schwarzen surrten. Die Weißen surrten. Bingo Pajamas Bienen surrten. Und das Surren der Bienen war das Irritierendste.

Es handelte sich um einen winzigen Schwarm: allerhöchstens fünfzig Bienen, vielleicht auch nur vierzig. Ihre geringe Anzahl gereichte ihnen zum Vorteil. Schwärme von vielen tausend, wie sie in Bienenstöcken die Regel sind, ließen sich leicht aufspüren und einfangen, aber eine Handvoll von vierzig, die schneller als zwanzig Stundenkilometer flogen und sich in Höhen emporschwangen, die deutlich über New Orleans' höchstem Gebäude lagen, hatte auf der Flucht eine Chance, konnte den Streifen der Entomologen entkommen, konnte den DDT-Barrieren ausweichen und den Verfolgungsjagden der Imker standhalten.

Mit seinem Leben wichen auch die Bienen von Bingo Pajamas Seite. Niemand sah sie verschwinden. Sie flogen des Nachts mit seiner Seele davon. Allein die Pollenkörner, die der Leichenbeschauer im Haar des Ermordeten fand, deuteten darauf hin, daß es sie überhaupt jemals gegeben hatte.

Ach, aber am nächsten Morgen! Als die Straßenlaternen erloschen, leuchteten die Bienen auf. Die Morgendämmerung wie Silber auf ihren Flügeln, kehrten sie in gläserner Phalanx an den Ort des Verbrechens zurück. Wie eine Speerspitze aus Glas, die plötzlich zum Leben erwacht, wie ein lebendiger Dolch mit wütender Stimme, wie ein elektrifizierter Handgranaten-Treffer; wie ein vorschnellender Fisch aus lärmenden Funken, zur Hälfte voller Feuer, zur Hälfte voller Kälte, umkreiste der Schwarm die Stätte des Todes, stieß herab und drehte Schleifen, wieder und wieder, wie ein verrückter Kaktus, der frei durch die Luft schwebt, summender Trotz, vierzig kleine Stacheln, von denen Gift und Schmerz herabtropften.

Den größten Teil des Tages wurden Reporter, Fotografen, Untersuchungsbeamten der Polizei, Sympathisanten und Schaulustige in Schach gehalten. Jene, die den Gebietsanspruch des Schwarms in Frage zu stellen versuchten, mußten rasch mit brennenden Striemen an Hals und Gesicht den Rückzug antreten. Von Zeit zu Zeit landete der Schwarm auf jenem Flecken getrockneten Bluts, der anzeigte, wo ihr Herr gelegen hatte. Es schien, als würden sie dort etwas fressen. Schon wurde ein Journalist oder ein Bulle mutig, aber kaum daß er sich näherte – *Banzai!* – schoß die Rakete sich selbst ab und heulte auf ihr Ziel los.

Am späten Nachmittag wurden Imker herbeigeholt. Wie Bräute hinter ihren schützenden Schleiern buhlten sie um den goldenen Phallus, der sich ihnen jedoch nicht ergab. Er verschmähte ihre Honig-Fallen und zog es vor, mit seinen vierzig Zungen getrocknetes Blut aufzulecken.

Fluchen und Verblüffung überall. Von einer Telefonzelle in der Nähe wurden Universitäten und das Landwirtschaftsministerium angerufen. «Es handelt sich hier nicht um die gemeine nordamerikanische Honigbiene», sagte ein Entomologe, während er durch ein Fernglas starrte. Vielleicht hatte er recht. In einem offiziellen Nachschlagewerk heißt es: «Zum Stechen muß eine Biene zweiundzwanzig verschiedene Muskeln benutzen.» Diese Bienen benutzten dreiundzwanzig.

Bei Einbruch der Dunkelheit verschwand der Schwarm, doch am fol-

genden Tag kehrte er zurück. Das gleiche galt für die Medien und die Schaulustigen. Absperrungen wurden aufgestellt. Es kam zu Verkehrsstaus. Wieder einmal hielt die einfältige Natur den stolzen Pragmatismus der zivilisierten Intelligenz zum Besten. Es war höchste Zeit, daß die Macht mit Macht ein Machtwort sprach.
Trupps mit Giftsprays wurden ausgesandt. Die Jäger der Sümpfe. Experten im Vergasen von Mücken. Hinter ihren Jeeps zogen sie Anhänger mit Kompressoren und Schläuchen und Metalltanks voller gasförmiger Insektizide. Sie rotteten sämtliche Grillen in der Nachbarschaft aus und sorgten für schwere Mutationen bei zahllosen kommenden Generationen von Drosseln. Doch der Schwarm erhob sich in den Himmel und verschwand durch eine Falltür in einer tieffliegenden und bedenklich düsteren Cumuluswolke.
Eine halbe Stunde später flog er durch ein offenes Fenster ins Rathaus, wo der Polizeipräsident gerade dem Bezirksstaatsanwalt erklärte, daß genau jener Schwarm von Bingo Pajama als Mordwaffe eingesetzt worden sei und insofern als nützliches Beweisstück beim Verhör der mutigen Beamten betrachtet werden müsse, die in einem Akt der Selbstverteidigung den verrückten Jamaikaner eliminiert hatten. «Da haben Sie Ihr Beweisstück, Chef», schrie ein Rathausdiener und ging in Deckung. Beweisstück B.
Mit ihren geschwollenen und mit Galmei rosa geschminkten Gesichtern sahen die Stadtväter an jenem Abend in den Sechs-Uhr-Nachrichten aus wie Komiker.
Die Bienen wurden erst am folgenden Nachmittag wieder gesichtet, als sie den Leichenzug des Bingo Pajama auf seinem gesamten Weg begleiteten. Keiner der Trauernden wurde gestochen, und ein Posaunist sowie ein paar andere Musiker berichteten später, daß der Schwarm das Tempo der Kapelle gehalten habe.
Anschließend spielten die Bienen Versteck. Sie wurden überall in der Stadt gesehen. Sie tauchten im Garden District auf, am Irish Channel, in den Wohnvierteln, in der Innenstadt, im Audubon Park, am Seeufer, am Flußufer, auf den Metairie-Hügeln und in den vergessenen Wudu-Hainen von Bayou St. John. Niemand wußte, wo sie als nächstes zuschlagen würden. Sie quälten Polizisten auf Streife, sie griffen ehebrecherische Richter auf den Veranden der Liebesnester am Ufer des Lake Pontchartrain im Sturzflug an, störten die Arbeit auf den Verladeplätzen der Mafia und verjagten Touristen vom Jackson Square, die

daraufhin Hals über Kopf das Weite suchten und halbfertige Portrait-Gemälde und halbgegessene Eistüten zurückließen, die sie in ihrem Entsetzen einfach auf die Straße warfen. Die Presse begann, über den Schwarm zu schreiben, als handele es sich um eine Terrorbande.
Wie eine Halskette ausgequetschter Krokodilsaugen – gelbgrün und bedrohlich, schimmernd und uralt – kreisten die abtrünnigen Bienen über New Orleans wie ein Albatros aus Mosaiksteinen, der nicht stillliegen will.

So also stand es um New Orleans, als Priscilla ankam: ein Surren schwarzen Zorns, ein Surren weißer Angst; ein Surren kunterbunter Gerüchte, ein Surren der Panik und der Übertreibung; ein Surren von Bienen.
Anfangs nahm sie kaum Notiz davon. Nach drei Tagen und drei Nächten in einem Greyhound Bus (der Detektiv hatte sich geweigert, ihren Honorarvorschuß zurückzuzahlen, und sie arbeitete weit unterhalb des Gipfels ihrer wirtschaftlichen Möglichkeiten) rief ihre Heimkehr bei ihr kaum Empfindungen wach.
Sie begab sich direkt ins Viertel, in die Royal Street, zur Parfümerie Devalier, wo jedoch alles dunkel war. Die Fensterläden waren zu und die Türen verschlossen. Nach einer Nacht auf einer klumpigen Matratze im YWCA kehrte sie zum Laden zurück in der logischen Erwartung, daß er zu den üblichen Geschäftszeiten geöffnet haben würde. Fehlanzeige. Außerdem gab es, obwohl Weihnachten unmittelbar vor der Tür stand, keine Spur von jener drolligen kleinen Krippen-Szene in einer Parfumflasche, die Dezember für Dezember das Schaufenster bei Madame Devalier geschmückt hatte, solange Priscilla denken konnte.
Sie hockte über einer Tasse Milchkaffee im Morning Call und stellte Spekulationen darüber an, daß die Schließung des Ladens mit der Flasche *K 23* zusammenhängen mußte. Doch das war nicht der Fall. Sie hing mit dem Surren zusammen.

Ich wette, die sind in Paris oder in New York und machen das große Geschäft, dachte Priscilla.
Doch in Wirklichkeit waren Lily Devalier und V'lu Jackson weit entfernt von Paris. Sie waren in Baton Rouge.
Wenige Stunden nach Bingos Ermordung gingen im Laden die ersten Drohanrufe ein. Brutale Stimmen warnten Madame und ihre Assistentin, nicht gegen den Polizisten auszusagen, der den Jamaikaner niedergeschossen hatte. «Was sollen wir tun, Chère?» fragte Madame. «Es könnte die Polizei sein, die uns da droht, oder der Ku-Klux-Klan.»
«Wass isst da de' Unte'ssied?» fragte V'lu.
Mit der zunehmenden öffentlichen Empörung nahmen auch die Drohungen zu. Madame wurde zittrig und sah sich außerstande, ans Telefon zu gehen. Sie legte ihre Nase auf den Rand von Kudras Flasche und sagte Dinge wie: «Weißt du, Chère, ich glaube, das ist ein verblüffend einfacher Sud. Eine zarte Jasmin-Herznote, eine Limonen-Kopfnote und eine einzige Basisnote. *Oui,* eine einzige. Nur drei Zutaten. Aber, oh-la-la, was könnte das für eine Basisnote sein ...» Und dann klingelte das Telefon, und sie wurde zittrig. V'lu nahm den Hörer ab, und Madame konnte quer durch den Raum hören, daß ein Mann am Apparat war. Er hatte eine Stimme wie ein Bizeps.
«We' isst da?» fragte V'lu.
«Der Mann, dem es großes Vergnügen machen wird, deinen schwarzen Arsch zu lynchen.» *Klick*.
Als Wiggs Dannyboys bislang letzte Rote Bete im ersten Stock auf den Fußboden prallte, wäre V'lu um ein Haar zusammen mit Madame in Ohnmacht gefallen. Sie waren beide so sehr davon überzeugt, es handele sich um eine Brandbombe, daß sie tatsächlich Benzin rochen.
Sich bei der Polizei zu beschweren, kam für Madame nicht in Frage. Sie beschwerte sich jedoch schließlich bei der Presse. Die Presse erzählte es allen in Louisiana. Und als sie es allen erzählt hatte, erzählte sie es gleich noch einmal.
Mittlerweile hatte der Gouverneur dem Bürgermeister vorgeschlagen, daß es möglicherweise klüger sei, die Anhörung nicht in New Orleans

stattfinden zu lassen, sondern beispielsweise in Baton Rouge. Der Bürgermeister hatte den Verdacht, der Gouverneur wolle ein wenig politisches Kapital aus der Sache schlagen, doch es war ihm egal. Der Bürgermeister hatte Angst vor der Anhörung. Er gab dem Gouverneur gegenüber zu, daß er Demonstrationen befürchtete, daß er Protestaktionen und Gewalt befürchtete. Der Gouverneur wußte genau, daß sich der Bürgermeister auch vor Bienen fürchtete.

Obwohl die Anhörung erst nach den Ferien beginnen sollte, ließ der Gouverneur Madame Devalier und V'lu Jackson schon jetzt in ein Motel in der Nähe der Hauptstadt bringen. Sie hatten getrennte Zimmer und wurden rund um die Uhr bewacht. V'lu verbrachte die Tage damit, Edgar Allan Poe auf Französisch zu lesen. Madame schnupperte an der Flasche und adressierte Weihnachtskarten. An Priscilla in Seattle adressierte sie nicht weniger als drei Stück, denn je näher die Ferien rückten, desto mehr wuchs ihr schlechtes Gewissen wegen der Flasche. «Der Sud gehört auch Pris», sagte sie. Zitat V'lu: «Nicht meh'.»

Priscilla, die im YWCA von New Orleans hart am Existenzminimum lebte, hatte ihr eigenes Problem in punkto schlechten Gewissens. Sie schrieb einen langen Brief an Ricki und entschuldigte sich dafür, sie fälschlich beschuldigt zu haben. Sie schickte ihn jedoch nicht ab. Sie beschloß, es sei besser, sich erst einmal zu vergewissern, ob Madame und V'lu die Flasche auch tatsächlich hatten.

Als sie erst einmal Notiz genommen hatte von dem Surren um sich herum, von dem umstrittenen Schwirren, dem besorgten Geflüster, dem unvorhersehbaren goldenen Summen, dem vibrierenden Mantra aus Panik und Rache, als sich ihr Ohr auf das Surren konzentrierte und ihr Gehirn dessen Ursprünge, Variationen und Verästelungen erforschte, brachte Priscilla recht bald in Erfahrung, daß sich Madame und V'lu in Baton Rouge aufhielten. Die Adresse ihres Motels war jedoch geheim. Anrufe waren nicht gestattet, und Nachfragen wurden kurz und knapp abgeblockt. Da sie sich auf mehrere Wochen des Wartens einrichten mußte, zog sie endgültig in den YWCA und begann, sich nach einer Halbtagsstelle als Kellnerin umzusehen.

Natürlich verpaßte sie die Dinner-Party in der Last Laugh Foundation. Die Party lief auch ohne sie. In der Hoffnung, eine solche Zusammenkunft würde das Ansehen der Foundation heben, wurde eine neue Gruppe von Wissenschaftlern mit Wolfgang Morgenstern bekannt gemacht.

Dr. Morgenstern war von seinem Gehüpfe derart außer Atem, als er bei Tisch erschien, daß er kaum seinen Salat kauen konnte.

Huxley Anne erzählte jedem, der es hören wollte, wie sie das alte Treibhaus hinter dem Herrenhaus ausgemistet hatte, und daß sie beabsichtigte, dort Blumen zu züchten: «Mein Papi wird seltene Jasminpflanzen aus Jamaika einschmuggeln, und ich werde mich darum kümmern, daß sie wachsen.» Die Biologen zu ihrer Linken und zu ihrer Rechten hoben die Augenbrauen. «Jasmin nennt man das also», flüsterte einer seiner Frau zu. Sie hatten die Geschichten über jamaikanisches Marihuana gehört.

Dr. Dannyboy residierte am Kopf der Tafel, konsumierte eindrucksvolle Mengen von Wein und gab gelegentlich Äußerungen von sich, denen in der Regel ein Klopfen gegen seine Augenklappe voranging, wofür er sich jedes beliebigen unbelebten Gegenstandes bediente, den er gerade zur Hand hatte. «Das himmelschreiendste Versagen der Intelligenz der Neuzeit liegt in ihrer Unfähigkeit, die Komödie ernst zu nehmen.» Solche Sachen.

Irgendwann verkündete Dannyboy: «Paris ist auch ein Beitrag der Iren. Lesen Sie in Ihren Geschichtsbüchern nach, meine Herren. Ein keltischer Stamm mit Namen Parisii hat einige Jahrhunderte vor der Geburt unseres Herrn und Erlösers die Stadt gegründet. Es war ein Geschenk der legendären Geizhälse an die Franzmänner, damit die etwas hatten, um ihre Arroganz zu rechtfertigen.» Einige der Gäste fühlten sich gekränkt durch diese Bemerkung, aber Marcel LeFever war zutiefst amüsiert und nahm sich fest vor, jede Menge Kapital daraus zu schlagen, sobald er nach Frankreich zurückkehrte.

Überhaupt verstanden sich Wiggs und Marcel großartig. Als Heiligabend eine einsame (und geile) Priscilla bei Wiggs anrief, war Marcel

noch immer dort. «Unser Mann wird noch bis Neujahr bleiben», erklärte ihr Wiggs. «Er ist verrückt nach Parfum, er ist sein Herr und sein Sklave. Parfum ist für Marcel Schönheit, es ist seine Pracht, sein Opium, sein *Samadhiradscha*, sein Würstchen zum Frühstück ebenso wie sein Champagner zur Mitternacht. Oh, wenn man so leidenschaftlich und gleichzeitig so klar für etwas empfindet, wie unser Mann für Parfum empfindet! Das, mein Schatz, ist der Schlüssel zum Sparschwein des Lebens. Oh, wenn ich doch bloß offen mit ihm über Rote Beten reden könnte.»
Priscilla spürte leichte Eifersucht. «Und was ist mit mir?» jammerte sie fast. Dann fiel ihr die Flasche wieder ein, das As, das sie noch in der Hinterhand hielt.
«Fröhliche Weihnachten, Pris. Wenn ich doch bloß bei dir wär, um dir etwas Kleines in deinen Strumpf zu stecken.»
«Etwas *Großes*», stellte Priscilla richtig, wobei ihr der Schweiß ausbrach und sie weiche Knie bekam. «Und du solltest es mir lieber in den Schlüpfer stecken.» Ihre Verwundbarkeit Wiggs gegenüber öffnete sie in unerwarteter Weise (wie es freiwillige Verwundbarkeit häufig vermag).
«Haha. In der Tat. Ach, und sag mal, hast du die Bienen schon gesehen?»
«Äh, nein, nicht persönlich ...»
Doch genau in diesem Moment kam der Schwarm um die Ecke, in Keilformation, als Silhouette gegen die untergehende Sonne gut sichtbar und kreischend wie eine Eisensäge. Dem Schwarm ein paar Schritte voraus, mit flatterndem Bart und hopsendem Mützenzipfel, mit federlassendem Bauch und münzenlassender Sammelbüchse, rannte der Weihnachtsmann um sein Leben.

Das alte heidnische Fest kam und ging vorüber. Weder Seattle noch New Orleans waren bereit, hinsichtlich des Wetters der Jahreszeit gemäße Zugeständnisse zu machen. In Seattle war es mild und regnerisch und so grün wie die Dollarnoten von Bing Crosbys Tantiemen. In New

Orleans war es mild und sonnig, und in den Bananenstauden brachen sich ineinander verflochtene Lichtstreifen.

Schnee und Eis schmückten Concord, Massachusetts, darauf kann man Gift nehmen, doch Alobar konnte aus seiner Zelle kein Fitzelchen dieser Weihnachtskarten-Landschaft erspähen. Allerdings konnte er den berühmten Stern des Ostens sehen, und dessen eisiges Zwinkern erinnerte ihn an sein erstes Weihnachtsfest, an jenen Winter als einfacher Mann in Aelfric, als er mit einigem Erstaunen erfuhr, daß es das Gesicht eines hingerichteten östlichen Demagogen war, das man in den heidnischen Kürbis schnitzte.

Marcel und Wiggs saßen vor einem Weihnachtsscheit, in einem Zimmer, in dem es kaum Bedarf für lodernde Flammen gab, und ließen Nacht für Nacht in einem Gespräch nach dem anderen aus den Trümmern, die sie am Abend zuvor zurückgelassen hatten, die «Realität» von neuem entstehen. Sie gingen spät zu Bett. An den Nachmittagen halfen sie Huxley Anne im Gewächshaus, wo das Kind mit frühreifer Fachkenntnis eine stetig wachsende Anzahl exotischer Pflanzen versorgte. Dr. Morgenstern hüpfte, um so etwas wie Freude zu empfinden.

Priscilla klapperte die mexikanischen Restaurants ab, doch während auch in New Orleans kein Mangel an unperfekten Tacos herrschte, gelang es ihr nicht, einen Job zu finden. Silvester ließ sie sich vollaufen, und sie ließ sich vögeln. Es wäre indiskret, auf dieses Ereignis genauer einzugehen, und so wollen wir uns darauf beschränken, den Ratschlag weiterzugeben, daß man sich, ehe man eine Person mit nach Hause nimmt, die man in einer Bar im Französischen Viertel aufgegabelt hat, vollkommene Klarheit über das Geschlecht des Betreffenden verschaffen sollte. Später sollte sie, ohne Bitterkeit, von dem Vorfall als «Rickis Rache» sprechen.

Alobar boykottierte die Weihnachtsfeier des Zellenblocks und zog es vor, allein in seiner Zelle zu bleiben und zu atmen, obwohl die sterile Stahlkammer infolge seines zunehmenden Alterungsprozesses angefangen hatte, zu stinken wie ein Mäusenest oder wie Küchenabfälle.

Die «Festzeit» ging in seitlichem Gang und in ihren emotionalen Schuhen vorüber. Dann war alles ausgestanden, man schrieb den zweiten Januar, die westliche Welt blies sich die Nasenlöcher aus, nahm zwei Aspirin, packte heidnische Symbole und Gips-Krippen zurück auf den Dachboden und begann nach Wegen zur Finanzierung des festlichen Wohllebens zu suchen. Bing! Nach den himmlischen Erschütterungen kehrte die Uhr wieder zur mechanischen Zeit zurück, und es konnten wieder präzise, oder zumindest meßbare, oder auf jeden Fall normale Dinge geschehen. Alobar wurde aus dem Gefängnis entlassen, die Anhörungen in Baton Rouge nahmen ihren Lauf, Wiggs bekam (mit einiger Hilfe seitens Bunny LeFevers) heraus, wohin wir gehen, und warum es so riecht, wie es riecht, und Huxley Anne wurde das jüngste Mitglied aller Zeiten in der Orchideenzüchter-Vereinigung vom Puget Sound.

Als sie von Alobars Freilassung erfuhren, flogen Wiggs und Marcel nach Boston, um ihn zu begrüßen. Über eine Schüssel mit Borschtsch gebeugt, die an das dampfende Blut von Beowulfs Ungeheuer erinnerte, erklärte Alobar sich bereit, mit ihnen zusammen zur Last Laugh Foundation zu kommen.

«Er sieht fast wie tausend aus», sagte Wiggs Priscilla in jener Nacht am Telefon. «Er ist inzwischen so verschrumpelt wie eine Dörrpflaume, sein Haar ist weiß, sein Körper ist geschrumpft, und er geht vornübergebeugt wie ein Zahnarzt. Ah, aber er ist immer noch voll dieses Geistes, und er behauptet, er könne seine Jugend wiedergewinnen, wenn er wolle. Ich habe ihn heimlich gefragt, ob er nicht die Sache mit den Roten Beten an Marcel weitergeben und ihn in die Geschichte mit dem *K 23* einweihen wolle. Er will es sich überlegen.»

Wieder spürte Priscilla, wie sich in ihr der grüne Luftballon aufblähte. Sie mühte sich, ihren Unmut und ihre Unsicherheit zu verbergen, und sagte: «Wiggs, weißt du noch, daß ich zu dir gesagt habe, ich hätte eine Überraschung für dich? Also, die Überraschung betrifft auch Alobar. Es ist eine riesengroße Überraschung, und sie wird Alobar noch mehr bedeuten als dir. Sie ist noch nicht ganz fertig, aber ich denke, er sollte sie sehen, ehe er irgendwelche größeren Entscheidungen trifft.»

«Ja, mein kleiner Schatz, das scheint ja eine gewaltige Sache zu sein. Vielleicht komme ich in ein oder zwei Wochen mit ihm nach New Orleans. Marcel kommt sowieso. Um V'lu zu treffen. Sie sind in Verbindung geblieben, und es hat den Anschein, als sei unser Mann verdammt scharf auf sie.»

«Haha», sagte Pris und dachte die ganze Zeit: *Ich wünschte, du wärst verdammt scharf auf mich.*

Die Anhörungen in Baton Rouge dauerten zehn Tage. Es verging kaum eine Sitzung, in der die beiden vom Dienst suspendierten Polizisten nicht behaupteten, daß in dem Jasminstrauß, den der verstorbene Mr. Pajama in ihre Richtung gehalten habe, ein Revolver versteckt hätte sein können.

«Ja, sein *können*», stimmte der Vorsitzende schließlich zu. «Und im Blindenstock *könnte* ein Degen versteckt sein, und in den Hühnchen und den Mehlklößchen der Ehefrau *könnten* Rasierklingen stecken, und in den Brottaschen der Schulkinder *könnten* Zeitbomben ticken.»

Das Gremium empfahl, die Polizisten vor Gericht zu stellen, wobei als Kompromiß vorgeschlagen wurde, sie nicht wegen Mordes, sondern wegen Todschlags anzuklagen. Als die Nachricht von der Kompromißformel New Orleans erreichte, verwandelte sie das Wasser des Mississippi nicht gerade in Diät-Soda.

Vor den Geschäften in der Innenstadt hörte man des Nachts Hähne krähen.

Vor der Parfumerie Devalier wurde ein Kreuz verbrannt – das Feuer schwärzte das Schaufenster und verkohlte die Tür.

Die Bienen, die, abgesehen von einem täglichen Paradeflug, vorbei an den Büros der *Times-Picayune*, in jüngster Zeit kaum für Aufsehen gesorgt hatten, attakierten an einem einzigen Nachmittag sechs Polizisten, fünf Politiker, vier verleumderische Rechtsanwälte, drei Gebrauchtwagenhändler und zwei schnellredende Disc Jockeys – und versetzten einen Agnostiker aus Dallas in Angst vor Beelzebub, dem Gott der Kobolde.

Das Gericht beschloß, daß der Prozeß in Baton Rouge stattfinden sollte. Der Richter setzte ihn auf Mitte Februar fest. Wegen der Verbrennung des Kreuzes beunruhigt, verfügte er, Madame Devalier und V'lu Jackson bis zur Beendigung des Prozesses in Schutzhaft zu belassen.

Priscilla fiel der Entschluß schwer, weiter zu warten. Doch sie war nicht tatenlos. Nachdem die mexikanischen Restaurants von New Orleans als möglicher Quell gewinnbringender Beschäftigung für sie gestorben waren, machte sie eine plötzliche Kehrtwendung auf dem Podium ihrer Gewohnheiten und brach in eine verhältnismäßig neue Richtung auf. Sie befreite sich von ihrer uralten Obsession für das gleiche Schicksal, das den Cottage Cheese ereilte, den sie in ihrem Eisschrank in Seattle zurückgelassen hatte, und nahm einen Job in einem Café nicht weit von der Tulane Universität an, wo die Gäste Schach spielten, Gedichte schrieben und Dinge von kosmischer Bedeutung diskutierten (Themen, die «reifen» Intellektuellen verboten sind, sofern sie nicht zuvor einen Eid ablegen, langweilig und leidenschaftslos zu sein). Da sie dazu neigte, ihre eigene Meinung einzuwerfen, vor allem, wenn die Diskussionen Fragen aus dem Bereich von Leben und Tod berührten, genoß Priscilla schon bald wieder den Ruf einer genialen Kellnerin. So verblüffte sie zum Beispiel eines Abends eine Runde Studenten mit der Bemerkung: «Sein oder Nichtsein, das ist nicht die eigentliche Frage. Die Frage ist, wie man das Sein verändert.»

Und war drauf und dran, es sogar zu glauben.

Fehlt nur noch, daß ich mir mit einem Espresso-Löffel aufs Augenlid klopfe, dachte sie.

Da der Geist des Wiggs Dannyboy über ihr schwebte, und da Wiggs behauptete, daß der Griff nach der Zukunft genauso lebensfeindlich sei wie das Stöbern in der Vergangenheit («Nostalgie und Hoffnung stehen gleichermaßen dem authentischen Erleben im Wege»), beschloß Priscilla, der Rolle weniger Bedeutung beizumessen, die die Parfumflasche und die mit ihr verbundene Aussicht auf zukünftigen finanziellen Segen in ihrem Leben spielte. Sie weigerte sich jedoch, ihre Ambitionen auf Reichtum hinter den Eisschrank zu verbannen, wohin sie bereits den angeblich perfekten Taco geschmissen hatte. Schließlich war es Wiggs, der einmal gesagt hatte «Ich liebe die Reichen.»

Im Zusammenhang hatte sich das so angehört: «Die Reichen sind die am stärksten diskriminierte Minderheit der Welt. Jeder haßt die Reichen, sei es offen oder heimlich, weil jeder die Reichen offen oder heimlich beneidet. Ich, ich liebe die Reichen. Irgend jemand *muß* sie lieben. Klar, viele reiche Leute sind Arschlöcher, aber glaube mir, das sind viele arme Leute auch, und ein Arschloch, das Geld hat, kann wenigstens seine Drinks selbst bezahlen.»

Priscilla mußte zugeben, daß sie derartige Äußerungen vermißte. *Der radiumzüngige Schuft hat mich verseucht*, dachte sie.

Der radiumzüngige Schuft, der sie verseucht hatte, der windige Zyklop, der Wirbelsturm und Flaute, Nebel und klare Sicht in ihr Leben gebracht hatte, der emeritierte Anthropologe, den alle einschließlich Priscilla verdächtigten, ein wenig zuviel Spaß zu haben, befand sich auf Kollisionskurs mit Tod und Tragödie.

Das Unglück kam, als er hoch über der Welt mit ihren Sorgen schwebte und sich an Bord einer Boeing 747 in Begleitung von Marcel LeFever und König Alobar entspannte. Irgendwann während des Fluges, als unter ihnen Berggipfel und Felder die süße Dunkelheit aufsogen, spielten in Seattle die Leute vor der Last Laugh Foundation verrückt.

Irgend jemand hatte Bier gebracht, kistenweise, und vielen aus der Menge war die Vernunft bereits abhanden gekommen. Gegen sieben Uhr, als Seattle gerade sein Abendessen beendete, strömte ein schwerer, heißer, ländlicher Geruch durch die Straße, und als hätte sie ein kollektives Gehirn, eine einzige Nase, geriet die Menge unwillkürlich in Panik. Irgend etwas klickte, und die Leute stürmten das Tor, hoben es aus den Angeln und stießen die Wärter beiseite.

Verwirrt und ängstlich, den Geruch im Nacken, rissen sie den Feen-Türklopfer ab und strömten in das Haus, wo sie von Zimmer zu Zimmer rannten, um das göttliche Wunder zu finden, das ihnen vorenthalten wurde. Und als sie nichts fanden – keine blubbernden Reagenzgläser oder funkensprühenden Elektrospulen, keine Flaschen mit purpurroten Elixieren oder in Leder gebundene Bücher, die vor esoterischen Informationen aus den Nähten platzten, nicht einmal Akten, die sie plündern konnten; als sie nichts weiter vorfanden als elegante moderne Wohnräume, denen jeglicher Hinweis auf wissenschaftliche Aktivitäten fehlte und die lediglich bewohnt wurden von einem Mann mit rot angelaufenem Gesicht, der in einem bizarren Tanz herumhüpfte und sprang, und von einem kleinen Mädchen, das mit Topfpflanzen spielte, da gerieten sie wirklich in Panik.

Sie verwüsteten die Einrichtung, zertrümmerten Stühle und Couchtische, besudelten die weißen Unsterblichkeits-Wände, schleuderten Escher-Drucke durch bemalte Glasfenster. Als Spiegel zersprangen und Lebensmittel durch die Gegend flogen, steigerten sich einige in immer tollere Raserei, überschritten die Schwelle des heißenWahns der Enttäuschung und Sehnsucht und gerieten in jenen kalten Wahn der Angst und Abscheu, und sie holten die Kampfkeulen der Papuas von der Wand über dem Kamin und ließen sie auf die Schädel von Wolfgang Morgenstern und Huxley Anne Dannyboy krachen.

Wie das befruchtete Ei des Kondors, gefüllt mit Blut und Verheißung, so spaltete sich der kahle Kopf von Dr. Morgenstern. Er starb auf der Stelle.

Huxley Anne war nicht ganz so schlimm zugerichtet, wenngleich sie keine Lebenszeichen mehr von sich gab, als die Polizei eintraf, und wie der Professor für tot gehalten wurde. Trotzdem versuchte man es mit künstlicher Beatmung. Nach zwanzig deprimierenden Minuten flackerte ihr Puls auf wie die winzige Flamme einer Geburtstagskerze.

Sie wurde ganz in der Nähe ins Schwedische Krankenhaus gebracht, und als ihr Vater dort eintraf, wagten die Ärzte die vorsichtige Prognose, daß sie eine fünfundzwanzigprozentige Chance habe, zu überleben, allerdings nur eine zehnprozentige Chance, ohne dauerhafte Hirnschäden davonzukommen. Sollte sie überleben, was unwahrscheinlich war, so würde sie mit großer Sicherheit, um es in einer für die Ohren der Roten Bete äußerst geringschätzigen Weise auszudrücken, «nicht mehr sein als ein Gemüse».

Natürlich verbreitete sich die Nachricht schnell. Immerhin ging es um einen berühmten Wissenschaftler und um das Kind eines berüchtigten Ketzers, es ging um etwas «Okkultes» (das nämlich war der Kontext, in den die Presse Unsterblichkeits-Forschung stellte), es ging um Mord, um ein bewachtes Anwesen und vielleicht um Drogen. Die Medien griffen die Geschichte auf und hurten hemmungslos mit ihr herum, ein schmutziges Geschäft mit hoher Rendite, und Priscilla erfuhr von den Ereignissen fast zur gleichen Zeit wie Wiggs.

Sie hörte davon während der Arbeit. Als sich die Nachricht gesetzt hatte, und das dauerte ein oder zwei Minuten, stellte sie ihr Tablett weit entfernt vor seinem eigentlichen Zielort ab, band ihre Schürze los und ging aus dem Café.

«Wo willst du hin?» schrie die Kollegin, die die Espresso-Maschine bediente. «Seattle», antwortete sie.

Dabei hatte sie natürlich so gut wie kein Geld. Wenige Minuten später war sie wieder im Café und bat den Manager inständig um einen Vorschuß auf ihr Gehalt. Er lehnte ab, doch als er die Tränen in ihren Augen sah, als ihm klar wurde, daß sie sich massenhaft versammelt hatten und daß es Stunden dauern würde, bis sie in Zweierreihe alle an ihm vorbeimarschiert wären, erlaubte er ihr, vom Büro-Apparat Seattle anzurufen.

Nachdem sie unzählige bürokratische Barrikaden überwunden hatte, gelang es ihr schließlich, Wiggs im Schwedischen Krankenhaus zu erreichen.

«Ich komme so schnell wie möglich», sagte Priscilla.

«Das ist nicht nötig», sagte Wiggs. Er sprach praktisch ohne Akzent. «Ich weiß es zu schätzen, aber es ist nicht nötig.»

«Das ist mir egal. Du wirst Hilfe brauchen.»

«Marcel und Alobar sind bei mir. Marcel hat ihr eine offene Flasche mit ihrem Lieblingsduft neben das Bett gestellt. Um sie zurückzuholen. Und Alobar hat auch ein paar Ideen. Bandalooper Geschichten. Ich bin zuversichtlich, Pris.»

«Du hörst dich recht gut an. Aber ich bin sicher, ich kann dir helfen.»

«Nein. Huxley Annes Mammi wird morgen früh kommen. Vielleicht sieht sie es nicht so gern, wenn du da bist.»
«Scheiß auf ihr Wohlbefinden! Bedeute ich dir nichts?» In dem Moment, da sie dies sagte, bereute sie es bereits.
«Du bedeutest mir etwas. Aber im Augenblick sind meine sämtlichen Energien bei meiner Tochter.»
«Es tut mir leid. Ich verstehe. Du kannst mich anrufen, wenn du mich brauchst. Hier, oder sonst kannst du im YWCA eine Nachricht hinterlassen.»
Sie legte auf und kehrte nach einem heroischen Schluck aus dem Bourbonglas des Managers an ihre Arbeit zurück. Wenn aber Huxley Anne sterben sollte, dann würde sie in aller Eile nach Seattle fahren, und wenn sie das Geld für die Reise stehlen müßte, denn sie und nur sie allein wußte, daß wenn Huxley Anne ginge, auch Wiggs gehen würde.

Bei der Geburt entsteigen wir der Traum-Suppe.
Mit dem Tode sinken wir zurück in die Traum-Suppe.
Zwischen den Suppen überqueren wir trocknen Fußes ein Stück Land.
Das Leben ist ein Transport.
So zumindest hatte Marcel LeFever es immer betrachtet. Nach seinen Begegnungen mit Dr. Dannyboy und mit Alobar, nach dem Ereignis mit der kleinen Huxley Anne begann Marcel zu mutmaßen, daß die Dinge vielleicht doch komplizierter waren. Er ging so weit, in Betracht zu ziehen, daß es mehr als nur eine Art von Leben nach dem Tode geben könnte, daß es mehrere geben könnte, daß es in der Tat so viele Arten von Zuständen im Tode geben könnte, wie es Zustände im Leben gab, und daß die «Traum-Suppe» lediglich eine von vielen war, unter denen der Tote wählen konnte.
Das war natürlich reine Spekulation. Außerdem zog er es bei weitem vor, über Geruchsstoffe nachzudenken. Aber hatte das nicht irgend etwas mit Gerüchen zu tun? Im Fall von Huxley Anne zumindest schienen sie eine Rolle gespielt zu haben. Alobar und Dr. Dannyboy stimmten

dieser Annahme zu, während die Ärzte allesamt der Überzeugung waren, dies sei nicht der Fall.
Allerdings hatten die Ärzte auch keine eigene Erklärung, so daß Marcel durchaus bereit war, die wundersame Genesung den Gerüchen zuzuschreiben, oder besser, einer Interaktion zwischen den Kräften der Gerüche und den Kräften des menschlichen Geistes. Warum auch nicht?

Es *war* eine wundersame Genesung, das konnte niemand bestreiten. Fast einen Monat lag das Kind im Koma, ohne daß eine Verbesserung oder Verschlechterung ihres Zustandes eintrat, sie stand ganz einfach bis zur Hüfte in der Traum-Suppe, mit dem Ufer nur über sogenannte «künstliche Mittel» verbunden, doch dann, gegen Mitternacht vor St. Agnes, sprangen ihre Augen auf, sie bat mit vollkommen normaler Stimme um Spaghettis und Schokoladenkekse und verlangte zu wissen, warum in ihrem Zimmer kein Fernseher stände. «Mmm, es riecht gut hier», sagte sie. Nach wenigen Tagen schon ging sie auf dem Flur auf und ab. Sofern es beschädigte Teile in ihrem Gehirn gab, war davon nichts zu merken.
Als Wiggs das Gefühl hatte, sie sei wieder einigermaßen bei Kräften, fragte er sie, ob sie irgendwann, vor allem in den Minuten direkt nach dem Überfall, den Eindruck gehabt hätte, daß ihre Seele ihren Körper verließ. «Oh, Daddy!» sagte sie. «Weiß du denn nicht, daß wenn man stirbt, die Seele *aufhört*, den Körper zu verlassen?»
«Äh, nein. Wie meinst du das?»
«Unsere Seelen verlassen unsere Körper ständig, Dummkopf. Das ist das ganze Geheimnis der Energie.»
«Du meinst, das Energiefeld, das unsere Körper umgibt, ist die Seele, die vom Körper ausgestrahlt wird?»
«So ungefähr.»
«Und mit dem Tod endet diese Übertragung?»
«Ja. Kann ich ein Eis haben?»
«Gleich, Darling. Als deine Seele aufhörte, deinen Körper zu verlassen, was war das für ein Gefühl?»
Huxley Anne verzog das Gesicht. «Na ja, so ähnlich wie ein Fernseher,

der nicht richtig aus und nicht richtig an war. Verstehst du, der Fernseher hatte Cartoons in sich, aber er sendete sie nicht.»
«Aber dein, äh, Fernsehapparat ging auch nicht vollkommen aus?»
«Nein. Das wäre etwas anderes gewesen, wenn alles ganz und gar ausgegangen wäre. Ich wollte ohne dich nicht ausgehen, Daddy. Ich hab mich sehr angestrengt, um an zu bleiben. Ich wußte, wo du warst, denn ich konnte meine *Weißen Schultern* riechen, aber es dauerte eine Weile, den ganzen Weg zurückzukommen und wieder warm zu laufen und so. Kann ich jetzt mein Eis haben?»

Es heißt, der Februar sei der kürzeste Monat, aber das könnte ein Irrtum sein.
Wenn man Kalenderblatt für Kalenderblatt vergleicht, dann scheint er der kürzeste zu sein, das stimmt. Ausgestrichen zwischen Januar und März wie Schweineschmalz auf einer Scheibe Brot, reicht er an beiden Seiten nicht bis zum Rand. In seinen Galoschen – und man wird den Februar niemals auf Strumpfsocken antreffen – ist er einen ganzen Kopf kürzer als der Dezember, obwohl er in Schaltjahren, wenn er in die Länge schießt, dem April bis an die Nase reicht.
Um wieviel kürzer als seine Vettern er auch immer *erscheinen* mag, *anfühlen* tut sich der Februar länger als sie alle. Er ist der übelste Mond des Winters, und daß er zu allem Überfluß gelegentlich auch noch als Frühling verkleidet daherkommt, und das auch jeweils nur für ein paar Stunden, um sich dann sogleich wieder mit einem sadistischen Lachen die Maske vom Gesicht zu reißen und all den einfältigen Gesichtern Hagelkörner ins Gesicht zu spucken – ein Benehmen, das einem schnell zum Hals raushängt –, all dies macht ihn nur noch grausamer.
Der Februar ist erbarmungslos, und er ist langweilig. Die Parade roter Zahlen auf seinen Kalenderblättern ist äußerst dürftig: Der Geburtstag des einen oder anderen Politikers, ein für Hamster reservierter Feiertag, was sind das für Festlichkeiten? Das einzige Bläschen im abgestandenen Champagner des Februar ist der Valentinstag. Es war kein Zufall, daß unsere Vorfahren gerade dem Februar den Valentinstag ans Hemd steckten: Wer sich so glücklich schätzen kann, im frigiden, unruhigen

Februar eine Liebe sein Eigen zu nennen, hat in der Tat Grund zum Feiern.

Abgesehen davon, daß er «im Innern die Knospen färbt und die Blätter wachsen läßt», ist der Februar so nutzlos wie das zusätzliche *r* in seinem Namen. Er führt sich auf wie ein Hindernis, er ist ein matschiges, ein sumpfiges, ein langweiliges Zwischenstück, das sowohl Fortschritt als auch Befriedigung verhindert.

James Joyce wurde im Februar geboren, genau wie Charles Dickens und Victor Hugo. Das zeigt uns, daß Schriftsteller sich am Anfang schwer tun, was nicht heißt, daß ihnen die Entscheidung, wann es an der Zeit wäre, zum Schluß zu kommen, um einen Deut leichter fiele.

Wenn dem Februar die Farbe von Schweineschmalz auf Schwarzbrot zukommt, so entspricht sein Geruch dem von nassen Wollhosen. Was den Ton angeht, so haben wir es mit einer abstrakten Melodie zu tun, die auf einer quietschenden Geige gespielt wird, jammernd wie eine seekranke Xanthippe. O Februar, du bist nicht nur klein, du bist auch bescheiden! Verfügtest du in deiner lästigen Ausdehnung über den doppelten Umfang, würden wohl nur wenige von uns überleben, um den schönen Monat Mai willkommen heißen zu können.

Obwohl er auf seine gewöhnliche Länge beschränkt war, forderte der Februar *dennoch* seinen Tribut von Priscilla und von New Orleans. An Lichtmeß setzte ein abenteuerlicher Frost ein und färbte die Bananenstauden schwarz wie die Schuhe eines Priesters, und Nacht für Nacht dünstete der Mississippi Nordpol-Kälte aus. Und die kleinen Jungs, die auf der Bourbon Street Step tanzten, um sich ein paar Penny zu verdienen, mußten mit ihren Zähnen um die Wette klappern. Abgesehen vom Steppen und Klappern war das Viertel so still, daß es ebensogut in Salt Lake City hätte liegen können. Selbst die Bienen suchten Zuflucht vor der Kälte. Wo, das muß jeder selbst raten.

Was den Frost in Priscillas eigenem Kopf anging, so war er weder klirrend, noch war ein Ende abzusehen – typisch Februar, Schmelzen ohne Ende.

Etwa einmal pro Woche bekam sie einen Brief von Wiggs: ein Absatz über Huxley (sie schien wieder völlig geheilt, aber die Ärzte, die «kein Risiko eingehen» wollten, erlaubten ihr nicht, zur Schule zu gehen); ein Absatz über die Renovierung der Last Laugh Foundation (Marcel leistete finanzielle Beihilfe, während Alobar, der im Laufe der Jahrhunderte das Tischlerhandwerk erlernt hatte, aktiv mitarbeitete); ein paar

Absätze mit Andeutungen über seine neuen Gedanken hinsichtlich der Evolution; und ein oder zwei Sätze voller sexueller Anspielungen. Alles in allem war es nicht genug, um die Verliebtheit einer jungen Frau für die Dauer einer schier nicht enden wollenden Depression, wie der Februar eine war, bei der Stange zu halten. Nichtsdestoweniger schrieb sie ihm täglich und war ihm im großen und ganzen sehr treu.
Ungefähr zu der Zeit, als in Baton Rouge der Prozeß begann, erfuhr sie den genauen Aufenthaltsort von Madame und V'lu, ohne jedoch Anstalten zu machen, Kontakt zu den beiden aufzunehmen, um keinen Verdacht zu erregen. Wenn sie nach New Orleans zurückkämen, würde sie sich die Flasche wieder holen. Das heißt, sofern sie sie hatten. Der Februar ist ein Monat des Zweifels.
Da sie nicht mehr bis zum Morgengrauen aufblieb, um Parfum zu machen, war sie ausgeruht und voller Energien, und seit sie Wiggs begegnet war, betrachtete sie das Leben, auch wenn es von Fehlschlägen und Unglücksfällen nur so wimmelte, mit einer gedämpften, irrationalen Fröhlichkeit. So hielt sich Priscilla, obwohl sie ihre Ungeduld an verschiedenen Fronten gleichzeitig bekämpfen mußte und obwohl der Februar wie ein Mantel aus Blei um ihre Schultern hing, über Wasser.
Dann kam der März.

Am allerersten Tag im März rief Wiggs an und ließ sie wissen, daß Marcel und Alobar über Fastnacht nach New Orleans kommen würden. Wiggs würde eine Woche oder zehn Tage später nachkommen, sobald die Ärzte Huxley Anne grünes Licht gaben. «Kümmere dich bitte um sie, Pris, bis ich komme. Zeig ihnen die Sehenswürdigkeiten. Wenn dann V'lu erstmal wieder in der Stadt ist, brauchst du dich um Marcel nicht mehr zu sorgen, aber bis dahin brauchen er und Alobar einen Platz zum Übernachten und einen guten Standort, um die Paraden anzuschauen. Du kennst die Stadt. Alobar ist ein bißchen überspannt. Er gibt nicht auf wegen des *K 23*. Wenn du ihm die Überraschung bieten kannst, würde ihm das gut tun.»
«Ich werde mein Bestes tun. Wenn du kommst, wirst du ... wirst du bei mir wohnen?»

«Huxley Anne und ich.»
«Oh. In Ordnung. Beeilt euch.»

Als Protestant war es für den Besitzer des Cafés zur Regel geworden, die Stadt über Fastnacht zu verlassen. Er hatte eine Dreizimmerwohnung im Garden District, und da sie davon ausging, daß Marcel zahlen würde, mietete sich Priscilla in der ersten Märzhälfte dort ein. Das eigentliche Schlafzimmer reservierte sie für Wiggs und sich selbst. Und für Huxley Anne, in Gottes Namen.

Sie fuhr mit dem Bus zum Flughafen, um die Gäste aus Seattle in Empfang zu nehmen. Marcel stieg zuerst aus der Maschine. Er sah noch genauso aus, wie sie ihn vom Parfümeur-Kongreß in Erinnerung hatte. Sein Haar war nach wie vor glatt nach hinten gekämmt und in der Mitte gescheitelt, sein Anzug war teuer, sein Kölnisch Wasser sorgte dafür, daß man sich nach ihm umdrehte, sein van Dyck-Bart schaufelte vor ihm die Luft beiseite, als würde er in ihr graben, sie aufwerfen, nach Diamanten suchen. Oder nach Würmern. Mit einer eleganten Geste küßte er Priscilla die Hand. Dann rümpfte er seine eigensinnige Nase, als sei er mit ihrem Geruch nicht ganz einverstanden.

Kurz darauf folgte Alobar. Eingesponnen in den schlecht sitzenden Robert-Hall-Anzug, den man ihm bei seiner Entlassung im Concord Gefängnis zugeteilt hatte, sah man ihm an, daß er ein alter Mann war – Priscilla hätte ihn auf fünfundsiebzig geschätzt –, aber er hatte nichts von dem Zittern oder der Gebrechlichkeit an sich, das uns so oft dazu veranlaßt, mitleidig oder angewidert auf die Alten hinabzuschauen. Er war zwar weniger arrogant als Marcel, aber nicht weniger selbstsicher. Er bewegte sich in der Welt, als sei sie ihm vertraut, als gehörte er dort hin, als gäbe es nicht die geringste Gefahr, er könne in ihr zu Fall kommen und sich eine Hüfte brechen. Seine Bewegungen waren unbestimmt, aber es war die Unbestimmtheit eines Geistes, der mit wichtigen Dingen beschäftigt ist und nicht unter unzureichender Sauerstoffversorgung leidet. Im Gegenteil, er atmete tief und ebenmäßig, die Rhythmik wirkte fast hypnotisierend, und als er Priscilla vorgestellt wurde, sog er die Luft besonders tief ein. Und zwinkerte.

Sie holten das Gepäck, mieteten einen Wagen und fuhren Stoßstange an Stoßstange in das Gewirr und den Jubel des Karnevals.

Offiziell hatte der Karneval am 6. Januar mit dem Ball der Zecher der Zwölften Nacht begonnen und war die ganzen trostlosen Februartage hindurch in Gange, aber bislang war Karneval eher eine Sache von Club-Parties und Gesellschaftsbällen gewesen, zu denen die Öffentlichkeit keinen Zutritt hatte, und der private und unspektakuläre Charakter war durch die niedrigen Temperaturen noch unterstützt worden. Nun, am Donnerstag vor Fastnacht – vier Tage vor Rosenmontag – hieß es Pailetten annähen, Kuhglocken abstauben und durch die Straßen schlendern. Am Samstag begannen sechsundneunzig Stunden ununterbrochenen Spektakels und ungezügelten Feierns. Die Parade der Ritter des Momus würde noch am Abend eben dieses Donnerstags die Dinge in Bewegung setzen.

Priscilla, Marcel und Alobar konnten die Momus-Parade vom Balkon der gemieteten Wohnung verfolgen, wo sie Champagner schlürften und Cajun-Popcorn mümmelten. Bei der Freitags-Parade mußten sie sich entlang der Canal Street die guten Plätze mühsam erkämpfen. Am Samstag saßen sie während einer dritten Parade wieder auf ihrem Balkon, und später am Abend besuchten sie zu dritt *en costume* einen kleinen, aber dennoch prächtig geschmückten Ball, zu dem Priscilla Einladungen ergattert hatte. Ein Hauch von Unwirklichkeit ist schon dabei, wenn man mit einem tausendjährigen Mann tanzt, dachte Priscilla, vor allem, wenn sich der Mann als Backenhörnchen-Astronaut verkleidet hat.

Am Sonntag standen nicht weniger als vier große Paraden auf dem Programm. Als sie am Sonntag morgen um den Küchentisch saßen und besprachen, zu welcher sie gehen wollten, bedankte sich Marcel bei Pris für ihre Gastfreundschaft und gab zu, daß die Festivitäten in New Orleans in jeder Hinsicht großartiger waren als der Karneval in Nizza. Auf diese Bemerkung reagierte Alobar mit einem Ausdruck der Enttäuschung.

«Fastnacht in New Orleans ist ein Schwindel», sagte er. «Und Fastnacht in Nizza auch. Heutzutage ist alles Schwindel. Nein, ich lebe nicht in der Vergangenheit, aber ihr könnt mir glauben, einige Dinge haben sich zum Schlechteren gewandelt.»

Er knöpfte sein Hemd auf, denn er war im Begriff, in die heiße Badewanne zu steigen. «In den alten Zeiten hatte der Karneval eine Bedeutung. Während der vierzigtägigen Fastenzeit, während der vierzig Tage vor Ostern, verzichtete praktisch die gesamte Bevölkerung auf den Genuß von Fleisch und Alkohol. Viele versagten sich sogar den Sexualverkehr, was ein äußerst ungesunder Ausdruck der Selbstverleugnung ist. Das kann ich nach meinen jüngsten Erfahrungen hinter Gittern nur versichern. Wie dem auch sei, der Karneval war ein letztes Sichaustoben, er war ein letztes Schwelgen in üppigem Essen und Wein und Lust, ehe mit der Fastenzeit die strikte Enthaltsamkeit begann. Wenn einem ein vierzigtägiges Fasten bevorsteht, kann die letzte Feier intensiv sein. Sie ist physisch von Bedeutung, und sie dringt tief in die Psyche ein. Die alte Fastnacht war durchdrungen von wirklicher Bedeutung. Heute ...» Er seufzte. «Es ist unterhaltsam, aber es ist leer. Es ist nichts weiter als ein großes Fest unter vielen. Für die einen eine Gelegenheit, Geld auszugeben, und für die anderen, welches zu verdienen. Es verbindet sich mit nichts, was über es selbst hinausgeht. Ich bin mein ganzes Leben hindurch ein Gegner des Christentums gewesen, aber immerhin hat das Christentum dem Vergnügen und der Rüpelhaftigkeit eine Bedeutung verliehen, es hat sie vergnüglicher und rüpelhafter gemacht. Man kann nicht denTeufel losmachen, wenn man nicht an den Teufel glaubt.»

«Verzeih, Alobar», sagte Marcel, «aber der Karneval ist doch älter als das Christentum, oder nicht?»

«Haha. Und wie. Fünfzig Jahrhunderte. Er geht zurück auf die alten Hellenen – die Griechen –, bei denen die Schäfer einen gewissen Gott namens Pan verehrten. Pan.» Wieder seufzte er. «Auch Pan spielt in unserem heutigen Leben keine Rolle mehr.»

«Du würdest also sagen, wir haben die Form der Fastnacht beibehalten, aber ihr Inhalt ist uns verlorengegangen?»

«Ja. Heute ist das Ganze ein seichtes Erlebnis, das zwangsläufig unbefriedigend sein muß.»

Alobar entschuldigte sich und ging ins Bad.

«Er macht einen traurigen Eindruck», sagte Priscilla.

«Er ist es nicht gewöhnt, alt zu sein.»

«Nicht einmal nach tausend Jahren?»
«Den größten Teil dieser Zeit war er ein Mann auf dem Gipfel seiner Schaffenskraft. Er ist faszinierend. Er ist kräftiger als noch vor einem Monat. Jünger auch. Aber sehen Sie, Mademoiselle Pris, er braucht eine Frau, um seine Jugend zurückzugewinnen. Vielleicht gilt das für jeden Mann.» Marcel schloß die Augen. Priscilla wußte, daß er an V'lu dachte. «Ach ja, aber Alobar kann keine Frau finden, weil er zu alt ist. Sie haben recht, er ist traurig.»
Da sich Alobar nach seiner Bade- und Abkühl-Prozedur noch verzagter fühlte, beschloß er, auf die Parade zu verzichten, und ließ Priscilla und Marcel allein in die Stadt gehen. Am Montag klagte er, daß ihn der ständige Trommelschlag und das trunkene Geschrei die ganze Nacht daran gehindert habe, auch nur ein Auge zuzumachen, und er wäre vielleicht wieder in der Wohnung geblieben, wären da nicht zwei unerwartete Ereignisse eingetreten.
«Der Karnevalsverein des Pan hat heute seine Parade», sagte Priscilla.
«Ich hatte ganz vergessen, daß es überhaupt einen Karnevalsverein des Pan gibt.»
«Bei so vielen Karnevalsvereinen ist das kein Wunder», sagte Marcel.
«Es wird der reine Schwindel sein», sagte Alobar. «Eine Entweihung sogar. Aber ich werde wohl hingehen müssen.»
Während sie auf einer Karte die Route der Parade studierten und genau festlegten, wo sie sich hinstellen mußten, um am besten sehen zu können, hielt vor dem Haus ein United Parcel Service-Lieferwagen, und der Fahrer klingelte bei ihnen. Priscilla nahm das Paket in Empfang. Es kam aus Seattle. Von Wiggs Dannyboy.
Die Notiz, die sich in dem Paket fand, war mit der Hand geschrieben in roter Tinte. Sie hatte Ähnlichkeit mit den Dingen, die Noog der Geisterbeschwörer in die Lungen einer Henne zu ritzen pflegte. Marcel und Alobar waren verwirrt. «Laßt mich mal sehen», sagte Priscilla und fragte sich, ob vielleicht eine unfruchtbare Landkrabbe ihren Eileiter auf dem Blatt abgelegt hatte.
«Hier sind Eure ... Fastnachts ... Kostüme», las sie.
Sie falteten die drei Häuflein aus grünem Satin, karminrotem Samt und Kaninchendraht auseinander, hielten sie in Armeslänge von sich und schauten sich ebenso amüsiert wie irritiert an.
Rote Bete-Kostüme.

Die drei Roten Beten kullerten durch das Französische Viertel, denn an der Kreuzung Royal und Canal Street, wo das Französische an das Geschäftsviertel grenzte, wollten sie Wurzeln schlagen. Man kam nur langsam voran. Ein paar Blöcke weit wurden sie mit dem Menschenstrom fortgespült, doch dann kenterte die Tide, und sie mußten sich gegen die Strömung voranstämpfen, so daß sie kaum von der Stelle kamen.

Durch die Augenlöcher in ihren Stengeln wurden die Roten Beten mit grellen Farben und Lichtblitzen bombardiert, die nichts weiter waren als das sich auf Pailletten, Rheinkieseln und Glas spiegelnde Sonnenlicht. Sie wühlten sich durch die schwankenden und tanzenden Zweige eines Federwaldes, wurden mal von Kopfschmuck überschattet, der Hunderten von Vögeln eine nackte Gänsehaut verursacht haben mußte, mal von unberechenbaren Straußenfedern gestreichelt und gekitzelt. Das dumpfe Echo eines mythologischen Ozeans umspülte sie; eine orientalische Welle brach sich über ihnen und bespritzte sie mit Sultanen und Kalifen, mit Propheten und Potentaten, Gladiatoren und Knechten, Haremsfrauen und Drachen, wollüstigen Babyloniern und reglosen Buddhas. Das fremdartige Asien leuchtete in der Sonne, und der Fluß der Götter und Monster trat über seine Ufer und schlug den Touristen und Fotografen die Schwimmfüße weg.

Von den drei Roten Beten wurden unzählige Fotos gemacht, unzählige Hände winkten ihnen zu, unzählige Lippen lächelten. Wer von den vielen Tausenden hätte geahnt, daß sich in den ambulanten Gemüseknollen eine geniale Kellnerin, der beste Parfümeur der Welt und ein Mann verbargen, der älter war als die erste Mücke, die in den Fiebersümpfen, die sich einmal dort befunden hatten, wo heute New Orleans lag, ihren Stechrüssel putzte? Aber wer konnte denn überhaupt die Identität von einem der Kostümierten oder Maskierten erraten? Und war das nicht – viel mehr als die Lüsternheit und die Schlemmerei – das eigentlich Schöne an Fastnacht? Eine Maske hat nur einen einzigen Ausdruck, erstarrt und ewig, aber es ist immer und stets der *wesentliche* Ausdruck, und sein verräterisches Erröten hinter dem äußeren Skelett einer

Maske zu verbergen, heißt, an Stelle der äußerlichen Identität, die flüchtig und korrupt ist, die universelle Identität des inneren Wesens zu enthüllen. Die Freiheit des Maskierten ist nicht die vulgäre politische Freiheit des erfolgreichen Revolutionärs, sondern die magische Freiheit des Göttlichen, jenseits von Politik, jenseits von Erfolg. Die Maske, jede Maske, ob gehörnt wie ein wildes Tier oder gefiedert wie ein Engel, ist das Antlitz der Unsterblichkeit. Wir treffen uns inkognito, Schätzchen. Inkognito haben wir nichts voreinander zu verbergen.

Es bestand eine deutliche Distanz, eine Kluft, zwischen denen in Kostümen und denen in Alltagskleidung. Im Kastensystem des Karnevals wurden die Unmaskierten sofort als Minderwertige eingestuft. Sie blieben Bauern, Außenseiter, bloße Zuschauer, ganz gleich, wie sehr sie sich auch bemühten mitzumachen. Zum Beispiel liefen Gruppen von Oberschülern in biernassen T-shirts und vollgekotzten Jeans durch das Viertel und riefen: «Zeig deine Titten! Zeig deine Titten!», und als irgendeine Frau auf einem Balkon ihnen den Gefallen tat und, als wolle sie einen Säugling stillen, ihre Brust entblößte, drehten die Jungs vollkommen durch, johlten und geiferten, kratzten sich, schlugen sich auf die Schenkel, boxten sich gegenseitig und rollten sich auf dem Asphalt wie eine Herde Paviane, aber ohne deren Würde, und obwohl solche rohen Banden beim Karneval wachsende Bedeutung gewannen, gehörten sie in gewisser Weise überhaupt nicht dazu; bei all ihrer Obszönität bestand keinerlei Verbindung zwischen ihnen und dem wahrhaft obszönen Herzen des Karnevals, das verborgen hinter einer großartigen und grotesken Verkleidung schlagen muß, um von den Göttern gehört zu werden, die es letztendlich sind, für die, trotzig und liebevoll, die Fastnacht veranstaltet wird.

Je mehr sich die Roten Beten der Canal Street näherten, desto heftiger wurde das Gedrängel in der Menge. In den Nachrichten hieß es, noch nie in der Geschichte der Fastnacht in New Orleans seien so viele Menschen auf den Straßen gewesen. Die Stadtväter hatten befürchtet, die Bienen könnten die Leute abschrecken, aber die weitverbreiteten Geschichten über den Schwarm hatten genau den gegenteiligen Effekt.

Tausende kamen mit dem ausdrücklichen Wunsch nach New Orleans, die Bienen zu sehen. Und Bienenkostüme waren an jenem Feiertag bei weitem die populärsten. Ob vereinzelt oder in Schwärmen, überall begegnete man menschlichen Bienen. Scharen hübscher Mädchen wurden von ein Meter achtzig großen Insekten «gestochen».
Was die echten Bienen anging ... na ja, wer konnte da schon sicher sein. Immer wieder hieß es, sie seien irgendwo in der Stadt gesichtet worden, aber von offizieller Seite konnte dies nie bestätigt werden. Madame Theo, eine Wahrsagerin in der St. Philip Street, behauptete, die Bienen seien nach Jamaika zurückgekehrt, eine Aussicht, die bei vielen Menschen Erleichterung, bei den meisten jedoch Enttäuschung hervorrief.
Bei der ausschließlich schwarzen Zulu-Parade trug zumindest ein Festwagen das Schild: BINGO PAJAMA IST NICHT VERGESSEN.
Die Roten Beten konnten die Ecke Royal und Canal Street erreichen, ohne zermanscht oder bestäubt zu werden. Sie drängelten sich nach vorne bis an den Straßenrand, wo der Espressomann aus dem Café zusammen mit seinen jüngeren Brüdern einen kleinen Platz freigehalten hatte. Wie vorher abgesprochen, gab die Rote Bete namens Priscilla jedem der Jungen zehn Dollar von Marcels Geld, und sie drängten los, um Bier zu holen und jedem «Zeig deine Titten» zuzurufen, der Anlaß zu der Vermutung gab, im Besitz von Titten zu sein. Die Roten Beten nahmen ihre Plätze am Kantstein ein.
Da die Pan-Parade noch nicht begonnen hatte, warteten die drei und begafften aus ihren Stengeln heraus den berauschten Traum, der sie umwogte. Plötzlich durchdrangen zwei Gemüse-Schreie das grelle Getöse. Keine zehn Meter von ihnen entfernt stand, ebenfalls am Kantstein, eine wunderhübsche schwarze Frau, die weder *en costume* noch gänzlich normal gekleidet war. Aprikose und Artischocke waren die Farben ihres Kleides, das an ihr hing wie ein Kind, das von seinen Eltern getrennt werden soll, und ihr Turban war crèmefarben und wurde von einem Glasdiamanten zusammengehalten, der die Größe eines halben Pfirsichs hatte. Außer dem Kleid, dem Turban und spitzen, rosa, ziemlich vaginalen Schuhen trug sie nichts weiter, und doch schien sie ebenso ein Geschöpf des Karnevals zu sein – geheimnisvoll, verlokkend, phantastisch – wie die gefiederten Königinnen von Saba oder die weiblichen Bienen in der Menge. Vielleicht hing es damit zusammen, daß Verkleidung und Täuschung zu ihrem Wesen gehörten, oder es lag

daran, daß sie zu den Menschen gehörte, deren Schicksal es ist, exotisch zu sein, selbst wenn sie ihr Heim nie verlassen. Es war V'lu.
Bei ihrem Anblick kam es zu einer sofortigen abrupten Spaltung in der Roten Beten-Fraktion. Eine Rote Bete scherte nach links aus dem Verband aus und ging auf V'lu zu. Eine zweite Rote Bete wirbelte herum, sofern man in einem derart dichten Gedränge von wirbeln sprechen kann, und bahnte sich mühsam einen Weg die Royal Street hinunter, in Richtung der Parfümerie Devalier. Die dritte Rote Bete blieb allein zurück an ihrem Platz und wartete auf den Vorbeizug des Pan.

Die Parfümerie Devalier lag am entgegengesetzten Ende der Royal Street. Die Rote Bete brauchte vierzig Minuten, um sich durch die Menge der Pavian-Jungs, der arroganten Dixieland-Typen und der glitzernden Transvestiten zu schieben, die ihr den Weg zu dem Laden versperrten. Als sie schließlich dort ankam, war der Laden offen. Madam Devalier saß im Hinterzimmer auf dem limonengrünen zweisitzigen Sofa, das sie bequem alleine ausfüllte, spielte mit rosa Perlen und nickte verträumt vor sich hin, eine Folge der ersten Hurricane-Tropfen, die sie seit fünfzehn Jahren eingenommen hatte.
Der Polizistenprozeß war am Freitag mit einem Schuldspruch durch die Geschworenen zu Ende gegangen. Der Richter hatte die Gelegenheit beim Schopfe ergriffen und am Samstag das Urteil gesprochen: Zwei Jahre auf Bewährung. Der Richter wußte sehr wohl, daß es über Fastnacht nicht zu Krawallen kommen konnte. Die dafür in Frage kommenden Teilnehmer waren während dieser Tage zu abgelenkt, zu verstreut, zu glücklich, zu betrunken. Die Verurteilung sorgte lediglich für Schlagzeilen. Ohne großes Trara waren Madame und V'lu am Samstag heimgekehrt, gerade rechtzeitig genug, um ihre vielen hundert Parfumfläschchen abzustauben und an der Bacchus-Parade teilzunehmen.
Nun, da sie beide unter dem Einfluß der Tropfen standen, war V'lu losgezogen, um sich Pan anzuschauen, während Madame im Auge des Hurricans ausharrte und sich ihren Halluzinationen über Jesus, Wally Lester, ein Fastnachts-Baby, *grisgris*, Mörderglück und wie alles frü-

her einmal war hingab. Als die riesige Rote Bete in den Laden stürmte, bekreuzigte sie sich und singsangte:

«Eh, Yé Yé Conga!
Eh! Eh! Bomba Yé Yé!»

Zielstrebig eilte die Rote Bete ins Hinterzimmer, grapschte die alte Parfumflasche vom Tisch, wo Madame sie wieder und wieder nachdenklich betrachtet hatte, und rannte, ehe die beleibte Frau dazu kam, lautstark kreischend zu protestieren, aus dem Laden und hinein in das maskierte Gemenge.

«Eh! Eh! Bomba Yé!
Ave Maria, Barmherzigkeit
Hilfe, Polizei! Polizei!»

Die kostbare Flasche in ihren Armen wiegend und vor den Dreschflegel-Hieben der Tanzenden und Betrunkenen beschützend, brauchte die große Rote Bete fast eine Stunde, um den heimtückischen menschlichen Fluß hinabzufahren, doch als sie die Ecke Canal Street erreichte, waren ihre Roten Beten-Kollegen beide da, mit V'lu in ihrer Mitte.
«Alobar! Alobar!» rief Priscilla. Sie hielt die Flasche hoch, so daß er sie sehen konnte.
Alobar blinzelte in seinem Rote Beten-Stengel, ohne recht zu begreifen, was er da sah. Es war eher sein Instinkt als seine Vernunft, der ihn, zitternd vor Aufregung, Angst und Begierde nach der Flasche greifen ließ, während in seinem Gehirn Bilder von Jasminzweigen, Ziegenhufen und verlorener Liebe vorüberzogen.
In diesem Augenblick stolperte Priscilla und fiel vornüber auf ihren in

Samt und Draht verpackten Bauch. Die Flasche rutschte ihr aus den kurzen Fingern und rollte mitten hinein in den Strom des Festzuges.

Später schwor Priscilla, sie sei absichtlich geschubst worden, und sie hielt an dieser Geschichte fest, obwohl Marcel darauf beharrte, daß niemand sie auch nur berührt habe, und obwohl V'lu bezeugte: «Ssie hatte *imme'* sson Wu'sstfinge' und sswei linke Füsse.»

Alobar war freundlicher zu ihr. Gerade in dem Moment, als Pris stürzte, war ihm, als stiege ihm ein strenger Ziegengeruch in die Nase, und während er diesen Umstand automatisch der nostalgischen Atmosphäre zuschrieb, die vom Festwagen ausging, der gerade vorbeifuhr – ein hoher Wagen, geschmückt mit gewaltigen Schafsköpfen aus Gips, von purpurroten Traubengirlanden umrankt, jede so groß wie eine Kanonenkugel, und über allem in ländlicher Pracht, von Nymphen in filmreifen Gewändern umsorgt, das leibhaftige Abbild vom alten Ziegenfuß persönlich –, sollte er rückblickend in Betracht ziehen, daß der Geruch echt gewesen war und vom Straßenrand herüberwehte. Hatte sie vielleicht ein unsichtbarer Arm gestoßen?

Die Frage war möglicherweise rein akademischer Natur. Was zählte, war, daß die Flasche unter das Treckerrad des schweren Festwagens rollte und dort, während der große Gott Pan (zweifellos ein Versicherungskaufmann, der früher einmal in der zweiten Football-Liga gespielt hatte) mit der bäurischen Geringschätzung, mit der die ordinäre Gottheit schon immer die armseligen Fehlschläge – und Erfolge – der Menschheit bedacht hatte, auf die der Länge nach hingefallene Rote Bete im Rinnstein herabblickte, zermalmt wurde. Es gab ein *Plop!*, ein sandiges Knirschen, ein irdenes, höhnisches Lachen von Pan, und dann war alles vorüber.

Zwei der Roten Beten rissen sich ihre Stengel und Blätter vom Leib und rannten auf die Straße. Die dritte Rote Bete wurde von V'lu hinter sich hergezogen und folgte rasch nach. Die vier fielen direkt hinter dem Festwagen auf die Knie und scharten sich um ein winziges Häufchen plattgewalzten blauen Glases, als handele es sich um eine heilige Fährte, die sie da anbeteten.

Kudras Flasche, Pans Flasche, die *K23*-Flasche, die Flasche, die dreihundert Jahre zuvor einen Mönchsorden in Angst und Schrecken versetzt, die als Köder für die Andere Seite gedient und die es mit dem fischigen Meer aufgenommen hatte, war nun nicht mehr als glitzernder Staub, der ebensogut von der Wange eines Karnevals-Transvestiten hätte gekrümelt sein können.

Doch von dem glitzernden blauen Pulver ging ein wundervoller Duft aus, ein zugleich süßer und bitterer Erguß, ein Duft, so romantisch wie die pollenbefleckten Zähne der pflanzlichen Welt, des sexuellen Planeten; es verströmte den geheimen Fetisch und den mutigen Liebreiz, der für Männer und Frauen eine neue Wirklichkeit schafft, indem er die Natur, die Vernunft und das sinnliche Schicksal überwindet und verwandelt.

Es dauerte nur wenige Minuten, bis Polizisten das Quartett wieder zurück auf den Gehsteig trieben. Drei von ihnen bewegten sich widerstrebend, ohne jedoch nennenswerten Widerstand zu leisten. Die Flasche hatte ihnen viel bedeutet, und sie standen noch unter Schock. Der vierte hingegen, Marcel LeFever, dem die Flasche nichts bedeutet hatte, trat um sich und kreischte und mußte fortgezerrt werden.

«Dieser Duft, dieser Duft!» schrie er mit einer Stimme voller Leidenschaft. «Was ist das für ein Duft!? *Le parfum suprême! Le Parfum magnifique!*»

Einige Stunden später, im Hinterzimmer der Parfümerie Devalier, fand etwas statt, das mit einem Leichenschmaus vergleichbar war. Einer nach dem anderen priesen Alobar, Priscilla, Madame Devalier und V'lu die Flasche. Doch gerade, als der Verlust ihnen am schmerzlichsten bewußt wurde, hob Alobar ihre Stimmung, indem er, der als einziger noch sein Rote Bete-Kostüm trug – es war die befriedigendste Kleidung, die er getragen hatte, seit er gezwungen worden war, seinen königlichen Hermelin abzulegen –, die Katze aus dem Sack ließ. Oder besser, die Roten Beten.

«Rote Bete-Pollen. Ja. Ganz einfach Rote Bete-Pollen. Die Pollen der Roten Bete, und sonst nichts. Die Pollen der Roten Bete-Pflanze, wenn

man so will. Genau, garantiert, ohne Wenn und Aber Pollen der Roten Bete. Pollen der Roten Bete, ist das klar? Die Antwort lautet Pollen der Roten Bete.»
«*Incroyable!*» rief Marcel.
«*Sacre merde!*» keuchte Madame.
«Warum bin ich nicht darauf gekommen?» fragte Priscilla.
«'Ote Bete, ve'lasst mich jetsst nicht», sagte V'lu.
«Die Herznote war natürlich Jasmin. Ein erstklassiger Jasmin, selten und teuer. Aber die Kopfnote war schlicht Limone –»
«Würde es Manderine auch tun?» fragte Madame.
«Oh, Manderine ist *charmant*», warf Marcel ein. «Es ist vielleicht der Limone gar überlegen.»
«– und die Basisnote waren die Pollen der Roten Bete. Die guten alten stinknormalen Pollen der Roten Bete.»
«Stinknormal wohl kaum», sagte Priscilla. «Ich habe noch nie in meinem Leben auch nur ein Körnchen Rote Beten-Pollen gesehen.»
«Iss auch nisst.»
«Stell dir das bloß vor, Chère! Gemüsesporen in einem so edlen Sud!»
Die kleine Gruppe war so verblüfft über die Enthüllung und so fasziniert von Alobars anschließenden Erzählungen über die miteinander verwobenen Bedeutungen, die Rote Beten und Duftstoffe in seinem Leben gehabt hatten, daß keiner bemerkte, daß V'lu mit einem verschwörerischen und absichtsvollen Gesichtsausdruck aus der Tür schlüpfte.

In jenem Teil des Viertels war das karnevalistische Treiben und Lärmen mittlerweile weitgehend abgeflaut, und V'lu wurde allein durch den Kloß aufgehalten, der in ihrem Hals hochstieg, als sie die Stelle passierte, an der Bingo Pajama, der Prinz der Blüte und des Songs, blutend vor ihren Füßen zu Boden gestürzt war. Sie hielt kurz inne, biß sich auf die Unterlippe und ging dann weiter zur Telefonzelle. Sie war besetzt, aber außer V'lu wartete sonst niemand mehr.
Während sie darauf harrte, daß der kamerabehängte Tourist sein Gespräch endlich beendete, schaute sie in den Sonnenuntergang und rech-

nete aus, wie spät es jetzt in Paris sein mußte, wo bereits der Fastnachts-Dienstag angebrochen war. Sie wußte, daß Luc LeFever ein Anruf zu unpassender Stunde nicht weiter gestört hätte, aber bei seinem Nachfolger Claude war sie sich dessen nicht so sicher. Aber wenn Claude die Neuigkeiten hören würde, könnte er sich beim besten Willen nicht beschweren. Dieses Parfum, dieses *K23*, würde jeden Cent millionenfach wieder einbringen, den LeFever jemals an sie bezahlt hatte.

V'lu, die in Belle Bayou zur Welt gekommen war, als Tochter ehemaliger Sklaven, die sich dafür entschieden hatten, als bezahlte Dienerschaft auf der Plantage zu bleiben, wuchs zusammen mit den Töchtern des Plantagenbesitzers auf. Es handelte sich um eine alte kreolische Familie, die sich weigerte, englisch zu sprechen. Auch die Dienerschaft sprach größtenteils französisch. Als der Besitzer seine Töchter in die Schweiz zur Schule schickte, durfte die elfjährige V'lu sie begleiten – als Freundin, Schulkameradin und inoffizielle Dienstmagd.

Nach dem Abitur gingen die weißen Mädchen an die Sorbonne, während V'lu, die die besseren Noten gehabt hatte, nach Belle Bayou zurückgeschickt wurde. Der Plantagenbesitzer wußte nicht so recht, was er mit ihr anfangen sollte. Sie war hübsch, wohlerzogen, hatte eine Begabung für Chemie und französische Literatur und sprach außer dem Dialekt, den sie in der ländlichen Abgeschiedenheit aufgeschnappt hatte, keinerlei Englisch. Nur «Niggertown»-Englisch. Er und seine Frau überlegten, was wohl das beste für sie sein mochte, als seine Cousine zweiten Grades, Lily Devalier, übers Wochenende zu Besuch kam und erzählte, daß sie für ihr Parfum-Geschäft einen Assistenten – und Erben – bräuchte. *Voilà!*

Aus Angst, sie könnte überqualifiziert erscheinen, hielt der Besitzer von Belle Bayou V'lus schulische Leistungen vor Lily verborgen und schob sie als einfaches Plantagenmädchen ab. Außerdem empfahl er V'lu, in New Orleans nur englisch zu sprechen, damit sie sich besser einlebte. V'lu befolgte den Ratschlag (sie änderte sogar ihren Namen von Saint-Jacques in Jackson), außer wenn sie einem interessanten Besucher aus Frankreich begegnete.

Ein solcher Besucher war Luc LeFever, der eines Nachmittags, als Madame gerade ein Nickerchen machte, in die Parfümerie kam, dort V'lu antraf und schnell ihren Wert erkannte. Er lud sie an jedem Abend zum Essen ein, verführte sie (sie hatte in der Schweiz ein paar sexuelle Erlebnisse gehabt und sie durchaus genossen) und setzte sie auf die Gehaltsliste. Immerhin hatte Luc mit Lily Devalier und ihren Duftstoffen Geschäfte gemacht, und ihm war klar, daß die alte Dame zumindest potentiell die Fähigkeit besaß, kommerziell interessante Dinge zu produzieren.

Als Industrie-Spionin verdiente V'lu hundert Dollar im Monat und man hatte ihr eine üppige Belohnung versprochen, sollte sie eine Formel liefern, die LeFever gewinnbringend vermarkten konnte. Trotz einiger Skrupel setzte Claude das Arrangement nach dem Tod seines Vaters fort, und wenn V'lu jetzt an den öffentlichen Fernsprecher trat, um per R-Gespräch in Paris anzurufen, dann deshalb, weil sie ihren Verpflichtungen nachkommen und ihr Honorar kassieren wollte.

Als V'lu die Hand auf den Türgriff der Zelle zubewegte, tauchte plötzlich zwischen ihr und der Tür eine kleine gelbe Wolke auf. Sie zog den Arm zurück. Die Wolke löste sich in vierzig oder fünfzig «Tropfen» auf und verteilte sich gleichmäßig über die Glastür wie übergroßer Morgentau. Eine Sekunde lang glaubte V'lu, sie sei ein Opfer halluzinatorischer Spätfolgen, denn erst eine Stunde zuvor hatten die Hurricane-Tropfen ihre Wirkung verloren, doch genau in diesem Augenblick schrie jemand auf der Straße: «Die Bienen! Es sind die Bienen!»

Sofort sammelte sich eine Menschenmenge. «Die Bienen!» – «Wo?» – »Da!» – «Sehen Sie, es sind die Bienen!» So, wie sich die Leute benahmen, hätte es sich bei den Bienen gut und gerne um Michael Jackson und Katharine Hephurn handeln können. Fehlte nur noch, daß jemand aus der Menge die Bienen um ein Autogramm gebeten hätte.

V'lu schwenkte ihre rosa Plastikhandtasche in Richtung Schwarm. «Ksch!» sagte sie. «Ksch, Bienen! Ve'sswindet jetsst!»

Wie auf ein Zeichen hin erhob sich der gesamte Schwarm von der Glasscheibe und nahm mit wütend surrenden Flügeln seine berüchtigte Säbel-Formation an. Die fliegende Klinge zerhackte die Luft um V'lus Kopf. Sie kreischte auf und rannte um ihr Leben.

Hinter dem Spiegelglasfenster einer Boutique auf der anderen Straßenseite hielt sie an und beobachtete das Geschehen. Noch fast fünf Minuten lang patroullierte der Schwarm zwischen der Telefonzelle und der Boutique, dann verschwand er in der Dämmerung, die sich ausbreitete wie ein Bluterguß.

V'lu war beruhigt. Sie wartete, bis es vollkommen dunkel war. Sie wartete noch ein wenig länger. Es war allgemein bekannt, daß die Bienen nach Sonnenuntergang keine Einsätze mehr flogen. Als schließlich die Nacht über dem Viertel lag wie ein gestürztes Pferd, öffnete V'lu vorsichtig die Tür der Boutique und ging langsam über die Straße. Die Luft war rein.

Als sie sicher in der Zelle angekommen war und die Tür hinter sich geschlossen hatte, streckte sie ihren schlanken, mit einem magentaroten Nagel gekrönten Finger aus, um die Übersee-Vermittlung anzuwählen. Auf ihrem Finger landete eine Biene.

Sie schien allein zu sein, eine müde Nachzüglerin, die vom Schwarm zurückgelassen worden war. V'lu machte eine schnelle Bewegung mit dem Handgelenk und schüttelte sie ab. Wieder wollte sie wählen, doch es saß eine Biene in dem O-Loch. Oh-ho!

Eine nach der anderen drangen sie durch den Spalt zwischen Tür und Straßenpflaster in die Zelle ein. In kürzester Zeit wimmelte es von ihnen. Sie machten sich über V'lu her, krochen in ihre Nasenlöcher, ihre Ohren, ihren Ausschnitt und ihre Achselhöhlen. Eine einzelne Biene surrte in echter Kamikaze-Manier unter ihr Kleid und bohrte ihren giftigen Stachel durch die Baumwolle ihres Schlüpfers und hinein in ihr Perineum, in jenen exquisiten Korridor, der zwischen Hintertür und Vordertür einer Frau liegt, in jenen weichen, verborgenen Zipfel, den man vielleicht als das heiligste Fleckchen des menschlichen Körpers bezeichnen kann.

V'lu kreischte, ließ sowohl den Hörer als auch die Karte mit Claudes Telefonnummer fallen und stürzte aus der Zelle. Auf ihren hochhackigen rosa Schuhen hin und her schwankend, rannte sie den ganzen Weg zurück zur Parfümerie Devalier, wo sich die anderen in solch glücklicher Erregung befanden, daß sie nicht bemerkten, wie sehr V'lu außer Atem war und daß sie schluchzte.

Während V'lus Abwesenheit waren wichtige Entscheidungen getroffen worden.

Alobar hatte beschlossen, zu dematerialisieren. Sollte ihm das nicht gelingen, würde er sich dem Tode überlassen. «Es gibt nichts mehr, was ich zu beweisen hätte, indem ich am Leben bleibe», sagte er, «aber ich habe eine Menge zu beweisen – und zu gewinnen –, wenn ich Kudra nachfolge. Ich bin nun endlich bereit zu diesem Abenteuer. Ich habe die Flasche wiedergesehen, und ich bin bereit. Ich spüre, daß Pan, sei es zum Guten oder zum Schlechten, ein Zeichen seines endgültigen Abschieds gegeben hat, und es schickt sich für mich, desgleichen zu tun.»

Sein Plan war, die Dematerialisation in Paris in der rue Quelle Blague anzugehen. Er vermutete, daß es von Vorteil sei, dieses Flugzeug an der gleichen Stelle zu verlassen, an der auch Kudra ausgestiegen war.

Vorher würde er die Formel für das *K 23* an Marcel weitergeben.

«Das ist unglaublich großzügig von Ihnen», sagte Marcel. «Aber was passiert, wenn Sie Ihre Meinung hinsichtlich der Dematerialisation ändern?»

«Das werde ich nicht tun. Nichts außer Kudras Rückkehr könnte meinen Entschluß noch verhindern.»

Marcel seinerseits beschloß, daß LeFever den weltweiten Vertrieb des Parfums übernehmen sollte, da die Firma die dazu optimalsten Voraussetzungen böte, bestand jedoch darauf, daß die Parfümerie Devalier den eigentlichen Duftstoff herstellen sollte. Das Parfum würde unter dem Markennamen Devalier verkauft werden. Als er dies sagte, begann Madame Devalier zu schluchzen.

Marcel schlug vor, daß LeFever dreißig Prozent des Gewinnes zuständen. Lily Devalier würde fünfzig Prozent bekommen, und Priscilla

und V'lu jeweils zehn, und zwar bis zu Madames Tod, denn dann würde deren Anteil zwischen den beiden jungen Damen aufgeteilt.
Meine Güte, fühlte V'lu sich elend! Und das nicht nur wegen ihres juckenden Perineums.
«Was ist mit Wiggs Dannyboy?» fragte Priscilla.
«Wie?»
«Er hat mindestens soviel dafür getan, wie alle anderen auch, daß dieses Parfum weiterlebt – und dabei hat er es noch nicht einmal gerochen.» Pris schilderte die Mühen und Kosten, die Dr. Dannyboy nicht gescheut hatte, um denen, die in der besten Ausgangsposition waren, *K 23* kopieren zu können, seine Anhaltspunkte – seine Roten Beten – zu liefern.
«Vollkommen richtig», sagte Alobar.
Es wurde vereinbart, daß LeFever und Madame jeweils vier und Priscilla und V'lu jeweils ein Prozent an Dr. Dannyboy abtreten würden.
«Lebt aus dem Herzen, wenn ihr ewig leben solltet», sagte Alobar.
Darauf stießen sie mit Champagner an, und dann verzogen sich Madame und Priscilla in eine Ecke, um sich zu umarmen, um zu weinen und um sich auszusöhnen; Alobar schlief auf dem Sofa ein und träumte von seiner Dame; und V'lu ging mit Marcel hinauf in ihr Zimmer, wo er nach bester französischer Art das Gift aus ihrem Bienenstich saugte.

Am nächsten Tag war Fastnacht, doch in der Parfümerie bemerkte niemand etwas davon. Man feierte dort sein eigenes Fest, ein Fest des Herzens und der Nase, bei dem weder gedankenlose Exzesse noch neurotische Askese einen Platz hatten und von dem weder die Kirche noch der Staat profitieren würden – zumindest nicht so, wie deren Führer es sich vielleicht vorstellten.
Madame machte Marcel mit Bingo Pajamas Jasmin bekannt. Seine Nasenlöcher öffneten und schlossen sich wie die Landeklappen eines Flugzeugs in Not, er nannte es kostbarer als alles, was in Südfrankreich zu bekommen war, und er schwor, eine Gruppe Botaniker nach

Jamaika zu schicken, um die genaue Herkunft zu erkunden. «Das also versuchen Wiggs und seine kleine Tochter in ihrem Gewächshaus zu züchten. Ooh-la-la-la-la-la-la.»

Mittags öffneten sie weitere Champagnerflaschen. Sie tranken auf Bingo Pajama. «Und auf den Mangold», fügte Alobar hinzu. «Lang mögen seine Blätter sich kräuseln», sagte Priscilla. Marcel betrachtete Alobar in seinem nunmehr, nachdem er darin geschlafen hatte, zerknautschten (und an einigen Stellen plattgedrückten) Rote Bete-Kostüm und sagte: «Ich wünschte, ich hätte meine Walfischmaske dabei.»

Keiner war so unhöflich zu fragen, was er meinte. In Wahrheit besaß Marcel gar keine Walfischmaske mehr. Er hatte sie mit in Onkel Lucs Sarg gestopft, unmittelbar bevor er verschlossen wurde.

Die Gruppe einigte sich darauf, das Parfum *Kudra* zu nennen – ein romantischerer Name als *K 23*. Alobar war gerührt und hocherfreut, auch wenn Priscilla irgendwann vorschlug – und sie meinte das nicht ohne jeden Ernst –, es auf den Namen *Der Perfekte Taco* zu taufen.

Madame warf ihr einen langen und strengen Blick zu.

Sie tranken weiter Champagner und sangen flotte Lieder, die meisten davon auf Französisch, denn außer Priscilla, die nur sechs Worte Französisch konnte, und dabei machte *ménage à trois* bereits die Hälfte aus, beherrschten alle diese Sprache fließend.

Sie aßen Jambalaya (ein Schutz gegen den Fluch des Rammlers), tranken noch mehr Champagner und schmierten Alobar mit ihrer Sentimentalität Honig um den Bart, indem sie seinen bevorstehenden Abschied beklagten.

«Es war ein gewaltiges Abenteuer, ein Ausschöpfen des Möglichen, die Erfindung eines Spiels und das Spielen dieses Spiels – und nicht bloßes Überleben. Aber es macht mir nichts aus, jetzt zu gehen. Derzeit stehen die Dinge nicht zum besten, müßt ihr wissen.»

«Sie meinen die politische Situation?»

«O nein, das nicht. Unsere politischen Führer sind unaufgeklärt und korrupt, aber abgesehen von wenigen Ausnahmen sind politische Führer *immer* unaufgeklärt und korrupt gewesen. Ich habe schon vor langer, langer Zeit aufgehört, die Politik ernst zu nehmen, von daher hatte sie praktisch keinerlei Auswirkungen auf die Art, wie ich mein Leben gelebt habe. Letztendlich ist Politik immer etwas Deprimierendes, und ich habe Stimulanzen stets vorgezogen.

Nein, meine Freunde, was mich heutzutage stört, ist der Mangel an, na ja, ich vermute, ihr würdet es authentische Erfahrung nennen. So viele Dinge sind bloßer Schwindel. So viel ist künstlich, synthetisch, verwässert und standardisiert. Wißt ihr, noch vor nicht einmal einem halben Jahrhundert gab es allein in Kalifornien dreiundsechzig Arten Salat. Heute sind noch vier übrig. Und es sind nicht einmal die vier besten Sorten; nicht die wohlschmeckendsten oder nahrhaftesten. Es sind Bastard-Salate mit einprogrammierter Regal-Zeit, es sind die, die immer so sicher, sauber, gut erhalten aussehen, wenn sie im Supermarkt liegen. Und so geht es mit ganz vielen Dingen. Wir standardisieren sogar die Menschen, ihre Ziele, ihre Vorstellungen. Der Schwindel ist allgegenwärtig.

Aber Moment. Ich will uns nicht die Feier verderben. Irgendwann werden sich die Dinge wieder ändern, glaubt mir. Ihr könnt mit Veränderung rechnen. Selbst jetzt noch bin ich neugierig darauf, was als nächstes geschehen wird. Und ich werde zurückkommen, wenn ich zurückkommen kann. Das Parfum wird mir den Weg zurück weisen, ich fühle das.

Macht also unser Parfum, meine Freunde. Macht es gut. Atmet richtig. Bleibt neugierig. Und eßt regelmäßig eure Roten Beten.»

«Richtig», sagte Pris flüsternd, «und niemals im Bett rauchen.»

So verging ihr Fastnachts-Dienstag ein wenig traurig, ein wenig fröhlich und sehr optimistisch. In der müllübersäten, verkaterten Stille des Aschermittwoch kam ein Brief von Wiggs Dannyboy. Er rutschte mit einem angemessen weichen Geräusch durch den Briefschlitz, wie wenn eine von Kopfschmerz geplagte Matrone ihren Fastnachtsfächer entfaltet.

Wiggs und Huxley Anne würden am Freitag eintreffen, so stand in dem Brief. Weiter hieß es, in Seattle regne es und das Treibhaus sei vollkommen repariert. Der Brief endete mit einem Witz, einer obszönen Bemerkung und ein oder zwei Sprüchen. Die Sprüche bezogen sich auf Dr. Dannyboys neue Theorie der Evolution des Bewußtseins. Priscilla hatte dieser Theorie bislang keine große Aufmerksamkeit geschenkt, vielleicht deswegen, weil sie sie häppchenweise erhalten hatte. Nun jedoch merkte sie, daß Wiggs eine bedeutende, radikale Behauptung aufzustellen versuchte, und sie fragte sich, ob sie seine Theorie nicht zusammenfassen sollte.

Sie nahm sich alle Briefe, die er ihr geschrieben hatte, seit sie in New Orleans war, schnitt die relevanten Passagen heraus, tat sie in ihre Handtasche und verließ die Wohnung. Sie schlenderte durch den Garden District und landete schließlich auf einer Parkbank vor dem Charity Hospital. Dort, fast genau unter dem Fenster der Krankenstation, auf der ihr Vater gestorben war, setzte sie die Einzelteile von Wiggs' Hypothese zusammen.

Sie war nicht sicher, ob sie sie akzeptiert oder auch nur verstanden hatte. Sie war nicht sicher, ob überhaupt ein Mensch sie akzeptieren oder auch nur verstehen würde, oder ob sich überhaupt jemand dafür interessierte. Sie wußte nur, daß diese Theorie in ihr, trotz der dumpfen Qualen eines Champagner-Katers, den Wunsch weckte, weiterzuleben – ein Gefühl, das die Theorien eines Thomas von Aquin, eines Freud und eines Marx nicht so recht in ihr wachzurufen vermocht hatten.

DANNYBOYS THEORIE

(Wohin wir steuern, und warum es so riecht, wie es riecht)

Um es vereinfacht auszudrücken: Die Menschheit ist im Begriff, ins Blumen-Stadium ihrer evolutionären Entwicklung einzutreten. Auf der mythologischen Ebene, das heißt auf der psychisch/symbolischen Ebene (die nicht weniger real ist als die physische Ebene) wird dieses Ereignis durch den Tod des Pan angekündigt.

Pan repräsentiert natürlich das animalische Bewußtsein. Pan verkörpert das Bewußtsein des Säugetiers, wenngleich sich in seiner Persönlichkeit auch Aspekte des reptilischen Bewußtseins wiederfinden. Das reptilische Bewußtsein verschwand nicht, als unsere Gehirne das Säugetier-Stadium erreichten. Das Säugetier-Bewußtsein überlagerte lediglich das reptilische Bewußtsein, und bei vielen nicht erleuchteten – unentfalteten, unterentwickelten – Individuen war die Säugetier-Schicht dünn und brüchig, und viel reptilische Energie konnte weiterhin nach außen dringen.

Als unsere frühen Vorfahren aus dem Meer krochen, hatten sie zweifellos das Bewußtsein von Fischen. Sie waren zwar klüger, abenteuerlustiger und neugieriger als ihre Artgenossen, die unter Wasser blieben, aber dennoch hatten sie das Bewußtsein von Fischen. Auf dem langen, matschigen Weg zur Ausprägung einer Primaten-Struktur jedoch entwickelten wir ein reptilisches Bewußtsein. Schließlich beherrschte in jenen zig Millionen von Jahren reptilische Energie diesen Planeten. Ihren Höhepunkt fand diese Entwicklung in den Dinosauriern.

Wie Marcel LeFever in seinem Vortrag vor dem Parfümeur-Kongreß sagte, ist das reptilische Bewußtsein kalt, agressiv, selbsterhaltend, wütend, habsüchtig und paranoid.

Paul McLean war der erste Neurophysiologe, der erkannte, daß wir noch heute in unseren Schädeln ein – funktionierendes und intaktes – reptilisches Gehirn mit uns herumtragen. Das reptilische Gehirn ist kein abstrakter Begriff, es ist anatomisch real. Es ist vom Großhirn überlagert, aber es ist noch vorhanden, tief im Inneren des Vorderhirns, und es setzt sich zusammen aus dem Randlappen, dem Hypothalamus, und vielleicht weiteren Teilen des Zwischenhirns. Wenn uns der kalte Schweiß ausbricht, wenn blinde Wut uns erfaßt oder wenn wir uns ganz einfach überheblich und nüchtern fühlen, können wir sicher sein, daß in diesem Moment das reptilische Gehirn unser Bewußtsein bestimmt.

Als das Zeitalter der Reptilien zu Ende ging, tauchten die ersten Blumen und die ersten Säugetiere auf. Marcel LeFever meint, daß die Blumen für das Aussterben der großen Reptilien verantwortlich sind. Auch die Säugetiere haben möglicherweise zu ihrem Fortgang (nicht «Abgang») beigetragen, denn vielen der frühen Säugetiere ging nichts über ein paar Dinosaurier-Frühstücks-Eier.

Wie dem auch sei, mittlerweile hatten unsere Vorfahren Gehirne entwickelt, die in ihrer Ausbildung sowohl Säugetier- als auch Blumencharakter hatten. Aus ihr selbst immanenten Gründen hat die Evolution es zugelassen, daß die Säugetier-Energie sich durchsetzen konnte, und das neu entwickelte Mittelhirn oder Mesencephalon, das sich über das alte Diencephalon oder Zwischenhirn gebreitet hatte, ließ sich im engeren Sinne als Säugetier-Hirn bezeichnen.

Charakteristisch für das Säugetier-Bewußtsein sind Wärme, Großherzigkeit, Loyalität, Liebe (romantische, platonische und familiäre), Freude, Schmerz, Humor, Stolz, Konkurrenz, intellektuelle Neugierde und ein Sinn für Kunst und Musik.

In den Spätzeiten des Säugetiers entwickelten wir ein drittes Gehirn. Dies war das Großhirn oder Telencephalon, dessen wichtigsten Teil die Großhirnrinde bildet, eine dichte, etwa drei Millimeter starke Schicht von Nervenfasern, die sich ganz einfach wie ein Mantel über das bereits bestehende Säugetier-Hirn breitete. Die Hirnforscher stehen der Großhirnrinde ein wenig ratlos gegenüber. Worin besteht ihre Funktion? Warum hat sie sich ursprünglich einmal entwickelt?

LeFever hat die Meinung vertreten, die Großhirnrinde sei eine erweiterte Datenbank, und ohne Zweifel besitzt sie diese Fähigkeit der Speicherung. Robert Bly geht davon aus, das Ganze hinge irgendwie mit dem Licht zusammen. Wenn das reptilische Gehirn dem Kalten und das Säugetier-Gehirn dem Warmen entspricht, so entspricht die Großhirnrinde dem Licht. Vieles spricht für Blys Ansatz, denn das dritte Gehirn ist ein Blumen-Gehirn, und Blumen ziehen ihre Energie aus dem Licht.

Schon vor dem geheimnisvollen Auftauchen der Großhirnrinde hatten unsere Gehirne stark blumentypische Eigenschaften. Bei niederen Tieren spricht man in der Wissenschaft vom ganzen Gehirn als *knoten*- oder *knollen*-förmiger Ansammlung von Nervenzellen, die ihrerseits über *Dendriten* verfügen: *Wurzeln* und *Zweige*. Das Kleinhirn besteht aus einer großen Menge eng zusammengedrängter *Lamellen*, die nichts anderes sind als Bündel von Nervenzellen und deren Anordnung in der Literatur als *blattförmig* beschrieben wird. Nicht nur die einzelnen Neuronen haben große Ähnlichkeit mit Pflanzen oder Blumen, auch das Gehirn in seiner Gesamtheit erinnert äußerlich an ein pflanzliches Gewächs. Es verfügt über einen *Stamm* und eine *Krone*, die sich im embryonalen Wachstum auf ähnliche Weise entfaltet wie die *Blütenblätter* einer Rose.

Im Großhirn – dem neuen Gehirnteil – kommen weitere Ähnlichkeiten mit der Flora hinzu. Seine Nervenfasern teilen sich unendlich oft, wie die Zweige eines *Baumes*. Dieser Prozeß wird passenderweise als *Verzweigung* und *Verästelung* bezeichnet. Während des Wachstums dieser zarten Fasern werden winzige Neuriten ausgestoßen wie *Samen*. Diese Neuriten-Samen sind allem Anschein nach die wichtigsten organisatorischen Elemente des Gehirns. Gemeinsam mit den Gliazellen regulieren sie die Reizung der Nervenzellen. Wenn wir denken, wenn wir kreative Ideen hervorbringen, kommt es buchstäblich zu einem *Aufblühen*. Ein Gehirn, das sich mit Erkenntnisvorgängen beschäftigt, ähnelt physisch zum Beispiel einem aufblühenden Jasminstrauch. Es ist lediglich kleiner, und es arbeitet schneller, das ist alles.

Ferner absorbieren Neuriten Licht und besitzen die Fähigkeit, Licht in andere Formen von Energie umzuwandeln. Bly hatte also recht. Die Großhirnrinde ist lichtempfindlich und kann ihrerseits durch höhere Formen mentaler Aktivität, zum Beispiel durch Meditation oder liturgischen Gesang, erleuchtet werden. Die alten Griechen meinten es nicht metaphorisch, wenn sie von «Erleuchtung» sprachen.

Mit dem Auftauchen der Großhirnrinde begann der Vormarsch der pflanzlichen Eigenschaften des Gehirns, die Millionen von Jahren auf den rechten Augenblick, auf ihre große Stunde gewartet hatten – der allmähliche Vormarsch bis zur Dominanz eines pflanzlichen Bewußtseins.

Als das Leben noch ein ständiger Kampf zwischen räuberischen Lebewesen war, eine ununterbrochene Schlacht ums Überleben, bestand die Notwendigkeit für ein reptilisches Bewußtsein. Als es noch galt, Meere zu befahren, unzivilisierte Kontinente zu erforschen, unwirtliche Gebiete zu besiedeln, Land zu bebauen, Bergwerkstollen in den Boden zu treiben, Zivilisationen zu gründen, war ein Säugetier-Bewußtsein vonnöten. In seinen sozialen und familiären Aspekten ist es nach wie vor notwendig, aber es muß nicht länger dominieren.

Die physischen Gebiete sind erobert. Die industrielle Revolution hat ihre stählerne Kugel abgeschossen. In unserem Zeitalter hoher Technologie sind die groben und zähen Manifestationen von Säugetier-Sensibilität nicht länger eine Hilfe, sie sind vielmehr ein Hindernis. (Und die Überreste reptilischer Sensibilität mit dem Schwergewicht auf territorialen Ansprüchen und Verteidigung sind in kaum noch faßbarer Weise gefährlich.) Was wir heute brauchen, ist ein weniger körperlich agressiver, ein weniger derber Mensch. Wir brauchen einen entspannteren, nachdenklicheren, freundlicheren, flexibleren Typus von Mensch, denn nur der kann das nagelneue System überleben (und fördern), das uns prägt. Nur der kann teilnehmen an der nächsten evolutionären Phase. Sie hat einen eindeutig geistigen Charakter, diese pflanzliche Phase des Bewußtseins.

Alle wirklich intensiven geistigen Erfahrungen scheinen mit der Suspendierung von Zeit einherzugehen. Es ist das Gefühl, außerhalb jeglicher Zeit zu stehen, zeitlos zu sein, was bei der Meditation, beim liturgischen Gesang, bei der Hypnose und bei psychedelischen Drogenerfahrungen die Quelle der Ekstase darstellt. Einen zwar kürzeren und weniger erleuchtenden, aber nichtsdestoweniger zeitlosen, Ich-losen Zustand (das Ich existiert in der Zeit, nicht im Raum) erlebt man auch beim sexuellen Höhepunkt. Und genau aus diesem Grund löst der Orgasmus ein so wunderbares Gefühl aus. Auch der Trinker sucht auf seine rohe, inadäquate Weise die zeitlose Zeit. Der Alkoholismus ist ein unvollkommenes geistiges Bedürfnis.

Auf hundert verschiedene Weisen haben wir die Kunst des Raums zu beherrschen gelernt. Wir wissen sehr viel über den Raum. Aber wir wissen jämmerlich wenig über die Zeit. Es hat den Anschein, als wären wir nur im mystischen Zustand in der Lage, sie zu beherrschen. Das «Riechhirn» – jener Speicherbereich des Gehirns, der vom Riechnerv aktiviert wird – und das «Lichthirn» – die Großhirnrinde – bilden den Schlüssel zum mystischen Zustand. Geruch aktiviert unser Gedächtnis unmittelbar und sehr intensiv, was es uns ermöglicht, unsere Gedanken frei in der Zeit umherschweifen zu lassen. Die tiefgreifendsten mystischen Zustände sind solche, in denen die normale geistige Aktivität im Licht suspendiert zu sein scheint. Im Zustand mystischer Erleuchtung hört die Zeit ebenso auf zu existieren wie bei der Lichtgeschwindigkeit.

Blumen sehen nicht, sie hören nicht, sie schmecken nicht und sie tasten nicht, aber sie reagieren in entscheidender Weise auf Licht, und sie bestimmen ihr Dasein und ihre Umgebung durch eine Orchestration von Gerüchen.

Mit wachsendem pflanzlichen Bewußtsein werden die Menschen anfangen, ihr «Lichthirn» umfassend zu nutzen und von ihrem «Riechhirn» auf sorgfältigere und raffiniertere Weise Gebrauch zu machen. Die beiden sind in erstaunlichem Umfang miteinander verbunden. Sie überlappen einander sogar dermaßen, daß man sie mit Fug und Recht als untrennbar bezeichnen kann.

Wir leben heute in einer Informations-Technologie. Blumen haben *immer* in einer Informations-Technologie gelebt. Blumen sammeln den

ganzen Tag hindurch Informationen. Während der Nacht verarbeiten sie sie. Diesen Vorgang nennt man Photosynthese.
Wenn unsere Gehirnrinde zum vollen Einsatz kommt, werden auch wir eine Art Photosynthese betreiben. Wir tun das schon heute, aber verglichen mit den Blumen ist unsere Form der Photosynthese primitiv und begrenzt.
Zum einen ist die Information, die man aus Tageszeitungen, Seifenopern, Verkaufsgesprächen und Kaffeekränzchen sammelt, der Information unterlegen, die man aus dem Sonnenlicht zu ziehen vermag. (Da jegliche Materie nichts anderes ist als kondensiertes Licht, ist Licht die Quelle, die Ursache des Lebens. Deswegen ist Licht göttlich. Die Blumen haben einen direkten Draht zu Gott, einen Draht, für den ein Evangelist einen Mord begehen würde.)
Entweder, weil unser Datenmaterial mangelhaft ist, oder weil unsere Verarbeitungsgeräte nicht optimal funktionieren, bleibt unsere nächtliche Verarbeitung Teilzeitarbeit. Die Information, die unser Bewußtsein während unserer Wachphasen sammelt, wird während des sogenannten «Tiefschlafs» von unserem Unbewußten verarbeitet. Wir sind aber pro Nacht nur zwei oder drei Stunden im Tiefschlaf. Den Rest unserer Schlafphase ist das Unbewußte außer Dienst. Es langweilt sich. Es sehnt sich nach Abwechslung. Also spielt es mit dem Material, das gerade da ist. In gewisser Weise spielt es mit sich selbst. Es mischt Erinnerungen durcheinander, es jongliert mit Bildern, es sortiert Daten um, es erfindet schreckliche oder aufregende Geschichten. Wir nennen das «träumen». Einige Leute glauben, daß wir in unseren Träumen Informationen verarbeiten. Ganz im Gegenteil. Träumen heißt, daß der Geist sich amüsiert, wenn es nichts mehr an Verarbeitung zu tun gibt. In Zukunft, wenn wir besser in der Lage sein werden, qualitativ hochstehende Informationen zu sammeln und wenn das pflanzliche Bewußtsein sich durchgesetzt haben wird, werden wir vielleicht länger schlafen und kaum noch träumen.
Der Tradition entsprechend führt Pan den Vorsitz über die Träume, und zwar vor allem über die erotischen und die Alpträume. Ein Rückgang der Träume ist ein weiteres Anzeichen für Pans Dahinscheiden.
Bei ihrer Rückkehr zu einer höheren Effizienz im Umgang mit Informationen hat die Wissenschaft kürzlich festgestellt, daß Bäume miteinander kommunizieren. Wenn beispielsweise ein Baum von Insekten befallen wird, so übermittelt er diese Nachricht einem hundert Meter

entfernt stehenden Baum, damit dieser beginnen kann, eine Chemikalie zu produzieren, die diese spezifische Art von Käfern vertreiben soll. Berichte von dem heimgesuchten Baum ermöglichen es den anderen Bäumen, sich zu schützen. Die Information wird höchstwahrscheinlich in Form von Gerüchen übertragen. Das würde bedeuten, daß Pflanzen Gerüche sowohl aufnehmen als auch aussenden. Vielleicht steht die Rose in olfaktorischer Beziehung zum Flieder. Eine andere Möglichkeit bestünde darin, daß zwischen den Bäumen eine Art Telepathie im Spiel ist. Es könnte aber auch sein, daß alles das, was wir geistige Telepathie nennen, auf olfaktorischen Grundlagen beruht. Wir lesen nicht die Gedanken des anderen, wir riechen sie.

Wir wissen, daß Schizophrene bei ihren Ärzten, ihren Besuchern oder Mitpatienten Widersprüche, Mißtrauen, Sehnsüchte etc. zu riechen vermögen, und zwar ganz unabhängig davon, wie gut diese Dinge optisch oder akustisch verborgen werden. Der Riechnerv des Menschen ist im Vergleich zu dem des Kaninchens vielleicht schwach ausgebildet, aber nichtsdestoweniger ist er das größte Empfangsorgan unseres Gehirns. Wer vermag sich vorzustellen, was für «unsichtbare» Gerüche dieser Nerv aufspüren könnte?

Bei einer weiteren Ausprägung des pflanzlichen Bewußtseins wird sich die Telepathie zweifellos zu einem ganz normalen Kommunikationsmittel entwickeln.

Mit dem reptilischen Bewußtsein kam es zu feindseligen Auseinandersetzungen.

Mit dem Säugetier-Bewußtsein kam es zu zivilisierten Disputen.

Mit dem pflanzlichen Bewußtsein werden wir einfühlsame Telepathie betreiben.

Ein pflanzliches Bewußtsein und eine auf Daten basierende sanfte Technologie passen glänzend zueinander. Ein pflanzliches Bewußtsein und ein pazifistischer Internationalismus passen glänzend zueinander. Ein pflanzliches Bewußtsein und eine leichte, vielschichtige Sinnlichkeit passen glänzend zueinander. (Blumen sind in ihrer Sexualität offener als Tiere. Das Tantra-Konzept der Umwandlung sinnlicher Energie in geistige Energie wird von den Pflanzen unmittelbar verkörpert.) Ein pflanzliches Bewußtsein und ein außerirdisches Forschungsprogramm passen glänzend zueinander. (Erdenbewohner werden in silbernen Kokons in den Himmel geschossen, um ferne Planeten urbar zu machen.) Ein pflanzliches Bewußtsein und eine Unsterblichkeits-Gesellschaft passen glänzend zueinander. (Blumen verfügen über hervorragende Erneuerungskräfte, und die Langlebigkeit von Bäumen ist allgemein bekannt. Das pflanzliche Gehirn ist das Organ der Ewigkeit.)

Damit wir nicht glauben, wir könnten auf ewig, und ohne etwas dazu beizutragen, so sein wie die Blumen, die im Frühjahr blühen, tra-la, sollten wir uns vor Augen halten, daß uns reptilische Energien und Säugetier-Energien nach wie vor in erheblichem Maße bestimmen. Von außen und von innen.

Daß es im Pentagon und im Kreml einflußreiche reptilische Kräfte gibt, liegt auf der Hand; das gleiche gilt für die Kanzeln der Kirchen, Moscheen und Synagogen, von wo die tödlichen Dogmen des Jüngsten Gerichts, der Strafe, der Selbstverleugnung, des Märtyrertums und des Vorrangs eines Lebens nach dem Tode gepredigt werden. Aber auch in jedem einzelnen finden sich reptilische Kräfte.

Mythen sind weder Fiktion noch Geschichte. Mythen spielen sich in unserer eigenen Psyche ab, sie wiederholen sich und haben kein Ende.

Beowulf, Siegfried und die anderen Drachentöter sind Aspekte unseres eigenen, unbewußten Geistes. Die Bedeutung ihrer Heldentaten sollte für uns auf der Hand liegen. Wir schicken sie mit ihren symbolischen Schwertern und Lanzen los, um reptilisches Bewußtsein zu töten. Das reptilische Gehirn ist der Drachen in uns.

Als es im evolutionären Prozeß an der Zeit war, das Säugetier-Bewußtsein zu überwinden, ging es grundsätzlich darum, eine weniger gewalttätige Taktik zur Anwendung zu bringen. Statt zu Beowulf mit seinem Schwert und seiner Unterjochung bekannten wir uns zu Jesus Christus mit seiner Botschaft und seiner Beispielhaftigkeit. (Zu Jesus Christus, dessen Gebot «Liebe deinen Feind» sich als eine zu starke pflanzliche Medizin erwies, als daß reptilische Typen sie zu schlucken bereit waren; zu Jesus Christus, der nicht müde wird, arbeitsbesessenen Säugetierlern zu predigen, daß die Lilien auf dem Felde niemals Stechuhren betätigt haben.)

Mit der Geburt Christi ging ein Aufschrei durch die antike Welt: «Der große Pan ist tot.» Man war im Begriff, den animalischen Geist zu überwinden. Die Mission Christi war es, dem pflanzlichen Bewußtsein den Weg zu bereiten.

Im Osten übernimmt Buddha eine identische Funktion.

Es muß betont werden, daß weder Christus noch Buddha auch nur die geringsten Antipathien gegen Pan hegten. Sie taten nichts weiter, als ihren mytho-evolutionären Rollen gerecht zu werden.

Christus und Buddha drangen in unsere Psyche ein, nicht um uns vom Übel, sondern um uns vom Säugetier-Bewußtsein zu erlösen. Die Gut-versus-böse-Handlung war stets ein Schwindel. Das Drama, das sich im Universum – in unserer Seele – abspielt, ist nicht gut gegen böse, sondern neu gegen alt oder, genauer gesagt, ausersehen gegen überholt.

So, wie der große alte Drachen unserer reptilischen Vergangenheit durch das Schwert des Helden sterben mußte, um den Weg für Pan und seine geile Gefolgschaft freizumachen, so mußte auch Pan schwach und wirkungslos werden, mußte in den Hintergrund unseres unaufhaltsamen psychischen Vorwärtsschreitens gestoßen werden.

Da Pan unserem Herzen und unseren Genitalien näher steht, werden wir ihn mehr vermissen als den Drachen. Wir werden seine Flöte vermissen, die uns bebend in den Tanz der Lust und der Verwirrung lockte. Wir werden sein schelmisches Auf-den-Kopf-stellen der Anstandsregeln vermissen; die Art und Weise, wie er das Blut zum Wallen, die Kühe zum Brüllen und den Wein zum Fließen brachte. Am meisten werden wir vielleicht vermissen, wie er sich mit seinem gehässigen Seitenblick und seinem Gelächter über uns lustig machte, wenn wir unsere Ausbrüche säugetierischen Intellekts allzu ernst nahmen. Aber der alte Spielkamerad muß gehen. Wir wissen seit zweitausend Jahren, daß Pan gehen muß. Es ist wenig Platz für Pans großartigen Gestank inmitten des parfümierten Glanzes der Blumen.

Erst kürzlich ist in New Orleans ein Bursche aufgetaucht, der vielleicht der Prototyp des pflanzlichen Menschen gewesen sein könnte. Ein Jamaikaner, so heißt es, namens Bingo Pajama, der Lieder sang, mit Blumen handelte, viel lachte, Konventionen verachtete und seinen Beitrag zur Schaffung eines wunderbaren neuen Dufts leistete. In mancher Hinsicht ähnelte er Pan. Aber Bingo Pajama roch gut. Er roch lieblich. Sein pflanzliches Hirn war so aktiv, daß es eine Art Hirnrinden-Nektar produzierte. Es lockte in der Tat Bienen an.

Wenn westliche Künstler bildlich darstellen wollten, daß ein Mensch heilig war, malten sie einen schwebenden Lichtring um den Kopf des Göttlichen. Östliche Künstler malten eine diffusere Aura. Die Botschaft war die gleiche. Die Aura oder der Glorienschein signalisierten, daß im Gehirn des Betreffenden das Licht an war. Die Großhirnrinde war voll funktionsfähig. Es gibt aber noch eine zweite Interpretation des Heiligenscheins. Er läßt sich als symbolisierter, in hohem Maße stilisierter Bienenschwarm verstehen.

Am Donnerstag packte Priscilla ihre Siebensachen, einschließlich der Theorie Dr. Dannyboys, und zog um in die Parfümerie Devalier. Der Cafébesitzer kam zurück und wollte wieder in seine Wohnung. Marcel und Alobar nahmen für ihre verbleibende Zeit in New Orleans Zimmer im Royal Orleans Hotel.

Donnerstag abend kochte Madame einen Topf Gumbo (Nieder mit dir, Großer Bursche, nieder, Mann!), und sie aßen gemeinsam in der Wohnung über dem Laden. Nach dem Essen drückte Marcel der Madame einen Scheck über 250 000 Dollar in die Hand, damit sie *Kudra* auf den Weg bringen konnte: Sie würde moderne Geräte und zusätzliche Mitarbeiter brauchen. V'lu und Priscilla bekamen je 25 000 Dollar als Vorschuß auf ihre Tantiemen.

Das Geld erfüllte Pris mit tiefer buddhistischer Ruhe. Gegen ihre Tolpatschigkeit vermochte es jedoch wenig auszurichten. Auf ihrem Weg zur Toilette rannte sie gegen eine Tür und stieß sich hörbar und schmerzhaft den Kopf. Ihr Auge verlangte nach einem Eisbeutel, ihr Kopfschmerz verlangte ein stärkeres Mittel als Aspirin. Madame gab einen winzigen Hurricane-Tropfen in ein Glas Orangensaft. «Das war der letzte, Chère», sagte Madame zu V'lu, die versuchte, sich selbst Kopfschmerzen anzudichten. Madame goß den Rest der schaumigen Flüssigkeit in den Abfluß. V'lu vergoß eine stille Träne, aber irgendwo im Lake Pontchartrain, nicht weit hinter dem Austritt des Abwasserkanals, sollte demnächst der eine oder andere Fisch in seiner Schulbank selig entschlummern.

Dank der traumfördernden Kräfte des Tropfens wachte Priscilla am Freitag zu spät auf. Als sie gebadet, sich angezogen, ihren Scheck auf

die Bank gebracht und ein Taxi ergattert hatte, war der Frühflug aus Seattle bereits gelandet.
Wiggs und Huxley Anne warteten in der Sonne vor dem Flughafenterminal. Sie hatten Geduld. Sie waren froh, dem Regen entkommen zu sein. Wenn Regentropfen Nudeln wären, könnte Seattle problemlos Orson Welles abfüllen und darüber hinaus am Kolumbus-Tag die Fütterung des Büffels übernehmen.
Es ist unklar, wer als erster den Schwarm entdeckte. Ein Gepäckträger vielleicht oder ein vom Karneval übriggebliebener Tourist, der auf den Bus zum Holiday Inn wartete. Vielleicht sahen ihn auch mehrere Leute gleichzeitig, denn als der Schrei «Die Bienen! Die Bienen!» ertönte, war es ein ganzer Chor von Stimmen, der ihn ausstieß. Darunter eine Gruppe nüchterner Geschäftsleute, Teilnehmer eines Kongresses, Gepäckträger und Fahrer, aber niemand schien sich furchtbar aufzuregen über das plötzliche Auftauchen der berühmten Insekten. Niemand, das heißt niemand außer Wiggs Dannyboy.
Wiggs trat hinaus auf den Asphalt und hob sein gütiges, erwartungsvolles Gesicht gen Himmel, wie der gute Erdenbewohner in einem Film mit Fliegenden Untertassen. Die Bienen ignorierten seine Geste. Sie surrten noch zwei- oder dreimal über das Gelände und flogen dann geradewegs zu Huxley Anne.
Viele Leute kreischten auf, doch als die Bienen auf dem Kopf des kleinen Mädchens landeten, ging ein entsetztes Psst durch die Menge.
«Nicht bewegen!» sagte jemand in einem Flüsterton, wie er im Theater gelegentlich an das Publikum gerichtet wird. «Nicht bewegen!» Huxley Anne bewegte sich nicht. Auch die Bienen bewegten sich kaum.
Nachdem sie es sich, gleichmäßig verteilt, an ihren Plätzen bequem gemacht hatten, so daß das Ganze wie eine Kappe auf dem Kopf des Mädchens aussah, kamen die Flügel der Bienen allmählich zur Ruhe, sie ließen ihre Fühler sinken, knickten die Knie ein, brachten die tausend Facetten, aus denen sich ihre Augen zusammensetzten, in Parkposition, zogen ihre Röhrenzunge und ihre mit Widerhaken besetzten Stachel ein und richteten sich häuslich ein.
Huxley Anne sah Wiggs an. Er lächelte ihr ermutigend zu.
Die Lähmung der Zuschauer löste sich schließlich, als ein Fahrer seinen Lieferwagen startete. «Ich hole die Polizei», rief er aus dem Fenster.
«Wenn Sie das tun, reiß ich Ihnen die Speiseröhre raus», sagte Wiggs. Er bewegte sich auf den Lieferwagen zu. «Stellen Sie den Motor ab.»

Der verblüffte Fahrer tat, wie ihm geheißen. Niemand in der Menge rührte einen Muskel.

Langsam ging Wiggs hinüber zu Huxley Anne. «Ist alles in Ordnung, Liebling?» fragte er. Als sie nickte, ging ein entsetztes Raunen durch die Zuschauer. Doch die Bienen rührten sich nicht. Aus nächster Nähe konnte Wiggs erkennen, daß bei allen Bienen der Hinterleib leicht pulsierte, als würden sie auf dem Weg der Osmose etwas aufnehmen.

«Wo kann man hier ein Auto mieten?» fragte Wiggs.

Ein Gepäckträger wies ihm nervös die Richtung.

Wiggs nahm Huxley Anne bei der Hand, und während die anderen ihnen mit Glupschaugen nachschauten, gingen die beiden zum Ausgang des Flughafens.

Während Dr. Dannyboy die nötigen Formulare ausfüllte, wartete Huxley Anne außer Sichtweite auf der Rückseite der Autovermietung und betrachtete den Hibiskus, der dort wuchs.

Als Priscillas Taxi auf dem Flughafen eintraf, fuhren Vater und Tochter – und die Bienen – gerade mit quietschenden Reifen und spritzenden Austernschalen-Krümeln, die man in New Orleans als Rollsplit verwendet, vom Parkplatz.

«Das ist das große Ding!» jubilierte Wiggs hinterm Steuer. «Das ist größer als Carlos Castaneda und Levi-Strauss zusammen! Größer als die Bombe! Größer als Rock 'n' Roll!» Dann fügte er hinzu: «Wenn sie das nächste Mal zum Friseur geht, könnte das natürlich ein kleines Problem geben.»

Priscilla hörte ihn nicht. In der Tat sollte sie nie wieder von ihm hören, obgleich sie später Gerüchte erreichten, denen zufolge er auf eine Orchideenfarm nach Costa Rica oder auf eine Jasminplantage nach Jamaika gegangen war.

Priscilla legte sich ins Bett und blieb dort das ganze Wochenende über. Sie fühlte sich wie eine Dose mit billigem Hundefutter, die von einem Gleisnagel zerfetzt worden war. Etwas Mehliges und Scheußliches wäre aus ihr herausgesickert, wenn nicht die Quittung für den Fünfundzwanzigtausend-Dollar-Scheck eine so äußerst wirksame Erste Hilfe geleistet hätte.

Materielle Dinge verankern einen weit sicherer im Leben, als Puristen es wahrhaben wollen.

Wir scheinen einem Gegner gegenüberzustehen, der uns, ganz gleich, wie oft wir gewinnen, am Ende doch bezwingen wird. Er hat so viele Verbündete: Zeit, Krankheit, Langeweile, Dummheit, religiöses Geschwätz und schlechte Gewohnheiten. Vielleicht hat Dr. Dannyboy recht mit seiner Behauptung, daß alle diese Dinge, einschließlich Krankheit und unserem Verhältnis zur Zeit, nichts anderes sind als schlechte Gewohnheiten. Dennoch, ein endgültiger Sieg ist möglich. Wenn auch nicht für die Massen, so doch für den einzelnen. Und vielleicht wird die Evolution – die verspielte, abenteuerlustige, nicht abzuschätzende und (nach unseren Zeitvorstellungen) unerträglich langsame Evolution – uns am Ende, irgendeinem höheren Plan folgend, retten.

Derweil sind wir umzingelt. Wir halten den Paß. Die Ängstlichen halten den Paß unbeherzt, sie verstecken sich hinter den Felsblöcken von Ego und Dogma. Die Mutigen halten den Paß ein wenig hartnäckiger, indem sie unbekümmert ihre Verrücktheiten und Absurditäten ins Feld führen, aber dennoch am Heroismus festhalten. Der wahre Held geht, statt sich zu verkriechen, stets aufs Leben zu. Das Leben ist im wesentlichen materiell, und beim vollen und offenen Genuß der materiellen Dinge hat halbherziger Heroismus keinen Platz. Die Anhäufung materieller Güter ist seicht und sinnlos, aber zu diesen Dingen eine unverfälschte Beziehung zu haben, bedeutet, eine Beziehung zum Leben und darüber hinaus eine Beziehung zum Göttlichen zu haben.

Um den Tod körperlich zu überwinden – und ist das nicht das Ziel? –, müssen wir undenkbare Gedanken denken und unbeantwortbare Fragen stellen. Andererseits dürfen wir uns nicht in den abstrakten Nebeln der Philosophie verlieren. Der Tod hat seine konkreten Verbündeten, und so müssen auch wir uns welche suchen. Wir dürfen niemals unterschätzen, wieviel Hilfe, wieviel Befriedigung, wieviel

Trost, wieviel Seele und Transzendenz wir in einem gut zubereiteten Taco und einer kalten Flasche Bier zu finden vermögen.
Die Lösung des letztendlichen Problems mag sich als elementar und ziemlich praktisch erweisen. Philosophen haben sich jahrhundertelang darüber gestritten, wie viele Engel auf einem Stecknadelkopf tanzen können, aber die Materialisten haben von Anfang an gewußt, daß es davon abhängt, ob sie Jitterbug tanzen oder eng umschlungen.

Sonntag abend fühlte sich Priscilla ein wenig besser, sie fühlte sich nicht mehr wie eine zerbeulte Dose mit billigem Hundefutter, sondern wie eine verbeulte Dose mit teurem Hundefutter. Alpo statt Skippy.
Sie machte den Fernseher an, wegen der Zerstreuung, die sie darin zu finden hoffte. Im Sunday Night Movie radelte ein kleiner Junge mit seinem Fahrrad und einer Botschaft vom Sicherheitsrat der Vereinten Nationen in das gefräßige Vakuum eines Schwarzen Loches. «Das kommt mir bekannt vor», sagte Priscilla. Sie schaltete auf ein anderes Programm und landete bei einer Dokumentar-Sendung im Magazin-Stil.
Nachdem über Korruption und Schikane in zwei Regierungsbehörden und drei wichtigen Industriezweigen berichtet worden war, widmete sich die Sendung einem neuen Tanzfieber, das Argentinien erfaßt hatte.
«Es wird dort Bandaloop genannt», sagte der Sprecher, «und alle tanzen ihn.»
Priscilla setzte sich im Bett auf.
Auf dem Bildschirm hopsten und sprangen die Tänzer über den Tanzboden wie bei einer Art wahnwitziger Polka. Ab und zu hielten sie inne, machten einen kleinen Jitterbug-Schritt vor und zurück und sprangen dann mit dem Schrei «Bandaloop!» fünfmal senkrecht in die Luft.
Priscilla richtete sich noch ein wenig mehr auf. «Morgenstern», flüsterte sie.
«Aber der Bandaloop ist mehr als nur irgendeine neue Tanzmode», sagte der Sprecher. «Er ist gleichzeitig auch ein Gesundheits-Trip. Mit

seiner Hilfe soll sich das Leben um Jahre, wenn nicht gar um Jahrzehnte verlängern lassen.»
Ein vertrautes Gesicht erschien auf dem Bildschirm.
«Der Mann, der ganz allein die Verantwortung für die Bandaloop-Epedemie trägt, ist ein alter argentinischer Akkordeon-Virtuose namens Effecto Partido.»
Priscilla beugte sich vor.
«Als viel beachteter Amateur-Ethnomusikologe begleitete Señor Partido im vergangenen Jahr eine Gruppe von Wissenschaftlern, darunter auch den Nobelpreisträger für Chemie, Wolfgang Morgenstern, in die entlegensten Gebiete der patagonischen Wildnis. Partidos Interesse lag auf dem Gebiet der Musik, während die Wissenschaftler dort waren, um die Lebensgewohnheiten der Angehörigen eines kaum bekannten Stammes zu untersuchen, deren durchschnittliche Lebenserwartung angeblich bei mehr als einhundertvierzig Jahren liegt. Die Wissenschaftler haben sich noch nicht geäußert, aber Partido behauptet, die Langlebigkeit der Stammesmitglieder sei auf einen Tanz zurückzuführen, den sie mehrmals täglich tanzten: den Bandaloop.»
Die Kamera schwenkte auf die Tänzer in einem Nachtclub in Buenos Aires und zeigte dann wieder einen Close-up von Effecto, der, wie Priscilla feststellte, in der Tat jung und gesund aussah.
«Dieses Tanz, das macht Ihnen den Blut fröhlich, der Knochen fröhlich. Ich weiß nicht, wie erklären, aber dieses Tanz, das feiert, daß wir noch nicht, wissen Sie, sind tot.»
Während der Sprecher zu kichern begann, zog die Kamera auf ein Lagerhaus, das in knalligem Pink erstrahlte. «Der Bandaloop braucht soviel Platz, daß die traditionellen Tango-Clubs in Argentinien höchstens drei oder vier Tänzer gleichzeitig auf der Tanzfläche unterbringen können. So erwarb Effecto Partido ein leerstehendes Lagerhaus in Buenos Aires nahe der Küste, und verwandelte es in einen Bandalopp-Club. Das Ding ist jeden Abend der Woche knüppelvoll – und Effecto Partido, der außerdem Bandleader ist und häufig Akkordeon-Solos einlegt, gilt als Südamerikas neuester Millionär. Übrigens heißt sein Nachtclub Priscilla.»
«Ich habe ihn benannt nach der einzigen Frau, die ich je habe geliebt», sagte Effecto.
Priscilla bandaloopte aus dem Bett.

Eine Viertelstunde ging die ehemals geniale Kellnerin im Zimmer auf und ab. Dann hatte sie den Einfall, Ricki anzurufen.

«Hallo.»

«Barfrau, ich hätte gern einen Alpo on the Rocks mit einem kleinen Schuß Gleisnagel.»

«Ich liefere nicht außer Haus. Wer ist da?»

«Du erkennst die nicht, die dir Unrecht getan hat?»

«Pris! Vielleicht liefere ich doch außer Haus. Wo bist du?»

«Noch immer in Louisiana. Ricki, es tut so gut, dich zu hören.»

«Es tut gut, *dich* zu hören. Du altes Arschloch.»

«Es tut mir leid, Ricki. Ich war sicher, du hättest meine Flasche. Ich bin darauf vorbereitet, eine Menge bittere Pillen zu schlucken.»

«Ich wünschte, du würdest etwas anderes schlucken.»

«Du redest schmutziges Zeug.»

«Ich rede nicht nur.»

«Kannst du mir verzeihen, Ricki?»

«Hey, ich habe mich selbst beschissen benommen. Aber du mußt wissen, die Töchter haben demnächst wieder ein Stipendium zu vergeben. Diesmal –»

«Nein, ich brauche es nicht mehr. Übrigens, wie sieht's aus im El Papa Muerta? Beschweren sich die Gäste immer noch darüber, daß nur neunhundert Inseln in ihrem Thousand-Island-Dressing sind?»

«Ja, sie kapieren nicht, daß der Peso abgewertet worden ist.»

«Ricki, hast du Lust, nach Argentinien zu fahren?»

«Kommt der Papst zum Spielen nach Las Vegas? Was redest du da?»

«Ich mache keinen Spaß. Ich fahre hin. Du glaubst gar nicht, was in den letzten vier Monaten meines Lebens *los* war. Die Menschen, denen ich begegnet bin, die Dinge, die ich gelernt habe, die Sachen, die mir passiert sind …»

«Versuch's mal.»

«Okay, was würdest du sagen, wenn ich dir erzähle, daß ein sterbender Gott mich niedergeschlagen und meine Parfumflasche zerbrochen hat?»

«‹Don't cry for me, Argentina.›»
«Willst du nach Argentinien fahren?»
«Was ist aus deinem Junkie-Freund geworden?»
«Er ist kein Junkie, und er ist auch nicht mein Freund! Ich glaube, er war nie mein Freund. Ich kann es nicht mehr sagen. Er ist faszinierend. Unglaublich faszinierend. Aber er ist auf keinen Fall in mich verliebt. Er ist am Freitag nach New Orleans gekommen, hat aber auf der Stelle kehrt gemacht, ohne daß wir uns gesehen haben. Ich glaube, es hängt irgendwie mit seiner Tochter zusammen –»
«Wenn es wenigstens seine Nichte wäre.»
«Was?»
«Na ja, in der Bibel. Da steht, du sollst mitnichten sündigen.»
«Haha. Ich wußte gar nicht, daß du die Bibel liest.»
«Nur die guten Stellen. Es gibt eine Menge an mir, was du nicht weißt.»
«Möchtest du morgen nach Argentinien fahren?»
«Ich hab morgen frei. Warum nicht. Warum fahren wir denn nach Argentinien?»
«Um uns mit meinem Ex-Mann zusammenzutun.»
«Einen Moment mal. Reden wir über *ménage à trois*?»
Priscilla machte eine Pause. «Ich weiß nicht genau, worüber wir reden. Ich weiß nur, daß ich scheinbar einen Mann in einem bestimmten Alter brauche – und daß du die einzig echte Freundin bist, die ich habe. Ich weiß nicht, was wir in Argentinien machen werden, aber eines kann ich dir sagen ...»
«Und das wäre, Pris?»
«Was immer es sein mag, vielleicht werden wir es sehr, sehr lange machen können.»

Der Nachthimmel über Paris hatte die Farbe des Safts Roter Beten, hervorgerufen durch die Reflektion roter und blauer Lichter am Stahlgrau der Wolken. Der Himmel sah jammervoll und zerzaust aus, wie der Kopf eines alten Pianospielers. Schwer von Musik nickte er unkontrolliert und mit wehenden Haarsträhnen hin und her, als wolle er die

Zeit gegen ihren Willen neben dem Kabarett-Piano festhalten, das den Herzschlag von Paris ausmacht. Durch einzelne Lücken in der Wolkendecke konnte man die blassen Sterne sehen, wie Schuppen.
Als Claude LeFever aus der matt erleuchteten Eingangshalle des LeFever-Hauses auf die noch matter erleuchtete Straße trat, nahm er den Himmel nicht wahr, sondern schaute zunächst nach links, dann nach rechts, dann wieder nach links. Er wußte, daß er zu früh dran war, aber er hoffte, daß sein Wagen und sein Fahrer vielleicht auch zu früh dran waren. Doch dieses Glück war ihm nicht vergönnt.
Claude schlug den Kragen seines Kaschmir-Mantels hoch. Auch wenn in Nizza inzwischen Frühling war, in der Rue Quelle Blague wehten gelegentlich noch winterliche Winde. Obwohl er fror und unruhig war, empfand Claude es als eine Genugtuung, in dieser Straße zu stehen, den Rücken dem Gebäude zugekehrt, das der Duft erbaut hatte.
Obwohl das Gesetz, das Wolkenkratzer verbot, schon vor dreißig Jahren ergänzt worden war, gab es außer dem LeFever-Haus kein einziges Hochhaus in dieser Gegend. Die übrigen Blocks schienen sich um das, was in der modernen Welt unter der Bezeichnung Fortschritt firmierte, nicht zu scheren. Mit einer Mischung aus Enttäuschung und Zuneigung ließ Claude den Blick über die Cafés, die Fahrradgeschäfte und natürlich auch über die Kirche schweifen und fragte sich, wie eine Stadt, deren Name in der ganzen Welt für die neueste Mode stand, Jahrzehnt für Jahrzehnt damit durchkam, sich archaischen Vorstellungen hinzugeben. Paris war wie sein Vetter Bunny, dachte er: einerseits voller Vertrauen in Traditionen und andererseits in einem permanenten Zustand des Umbruchs.
Während er seinen Blick die Straße entlangwandern ließ, öffnete sich langsam und quietschend die Tür des dunklen Fahrradgeschäftes nebenan, und zu ihm auf die Rue Quelle Blague trat eine nachtwandlerische Figur, so geheimnisvoll wie ein düsterer Umriß in einem alten Film. Da es so aussah, als trüge die Gestalt einen Sack mit Diebesgut auf dem Rücken, dachte Claude, es handele sich vielleicht um einen Einbrecher, doch anstatt fortzueilen, stand der Unbekannte einfach nur da und sog die Umgebung in sich ein, so wie Claude es getan hatte.
Da die Gestalt nichts Bedrohliches, sondern in der Tat eher etwas Anziehendes hatte, bewegte sich Claude auf sie zu. Er war sogleich erleichtert, denn es handelte sich um eine Frau, eine dunkelhäutige, asiatische Frau, die recht hübsch aussah, allerdings eine Art Kostüm aus dem

siebzehnten Jahrhundert trug und sich bewegte, als sei sie betrunken oder stände unter Drogen. Als die Frau Claude erblickte, zog sie die Hand vor den Mund und stieß einen Entsetzensschrei aus. Offensichtlich kam er ihr ebenso sonderbar vor wie sie ihm, doch schien sie keine übermäßige Angst zu haben.

«Ich dachte, ich sei zurückgekehrt», sagte die Frau. Ihr Französisch war umständlich, altmodisch. «Doch jetzt bin ich mir nicht sicher.»

«Wie meinen Sie das?» fragte Claude.

«Es ist nicht mehr so, wie es einmal war. Mein Laden ist voller silberner Räder. Nebenan steht ein Turm, der so hoch ist, daß ich seine Spitze nicht erkennen kann. Und Sie, mein Herr...»

Sie schien vollkommen verwirrt. *Sie muß irgendwelche Drogen genommen haben*, dachte Claude. Hat sich garantiert auf irgendeinem Kostümfest vollgeknallt, aber was hatte sie in einem geschlossenen Fahrradgeschäft zu suchen? «Eh, wie lange sind Sie fort gewesen?» fragte er.

«Nur ein oder zwei Stunden.»

Er kicherte. «Also, meine Liebe, in den letzten paar Stunden hat sich hier nichts verändert, das versichere ich Ihnen.» Er sagte sich, daß es besser sei zu gehen, aber er blieb. Sie war so exotisch, so verloren und so hinreißend. Obwohl eine Zurückhaltung von ihr ausging, als käme sie aus einer anderen Welt, verströmte sie eine erotische Hitze, die seine ihm eigene Vorsicht und Vernunft hinwegschmelzen ließ. Auch wenn sich herausstellen sollte, daß sie eine heroinsüchtige Schauspielerin und nicht das wunderbare Geschöpf war, als das sie ihm erschien, würde er dennoch ihre Gesellschaft herbeisehnen. Seine Lenden prickelten, und zwar nicht allein aus Begierde, sondern in einer Art geistiger Abenteuerlust von fast prometheischem Charakter, als könne er von ihr (von ihren Lippen, ihren Brüsten, ihrem Atem) etwas stehlen, das es ihm ermöglichen würde, über sich selbst hinauszuwachsen. Er hoffte, daß sein Wagen wieder einmal irgendwo im dichten Verkehr steckengeblieben war.

«Wo sind Sie gewesen?»

Kudra zögerte nicht. «Ich war auf der Anderen Seite», sagte sie. Zum erstenmal sah sie ihm in die Augen.

Claude fühlte sich schwach. Es war die Folge des Blickkontaktes, nicht die ihrer Antwort. Er glaubte, sie meine die andere Seite der Seine.

«Und wie ist es auf der anderen Seite?» Er hoffte, daß seine Frage nicht schnippisch klang.

«Oh, mein Herr ...» Ein Schauer durchlief sie von oben bis unten und ließ ihr wollüstiges Fleisch erbeben wie den Hals eines liebeskranken Frosches. Ihr bauschiges Kleid war mit Spitzen besetzt und hatte dreiviertellange Ärmel, doch sie trug weder einen Muff noch Handschuhe. Claude vermutete, ihr sei kalt, und hängte ihr seinen Mantel über die Schultern.

«Ehrlich gesagt», sagte Claude, «ziehe ich das rechte Ufer vor. Fanden Sie es tatsächlich so unangenehm dort drüben?»

«Oh, ich würde die andere Seite nicht als unangenehm bezeichnen, mein Herr. Sie läßt sich nicht in Begriffe wie angenehm oder unangenehm fassen.»

Ihre Ernsthaftigkeit trieb ihm ein Lächeln übers Gesicht. «Sie waren beeindruckt, wie? Nun also, wie *würden* Sie sie denn beschreiben?»

Kudra verzichtete darauf, direkt zu antworten. Statt dessen ließ sie ihren Blick suchend über den Häuserblock gleiten, wobei sie sich steif wie eine Figurine auf einer Spieluhr um ihre eigene Achse drehte, bis sie am Ende wieder in das Fahrradgeschäft starrte. Sie suchte jemanden, aber in ihrer Benommenheit war sie vielleicht zu verwirrt, um genau zu wissen, wer derjenige war.

Langsam wandte sie sich wieder Claude zu, fixierte ihn mit einem hypnotischen Blick und setzte zu einem Monolog an, der so lang und so verblüffend war, daß er etwas Ungehöriges getan hätte, wären all diese Worte aus einem anderen als ihrem Munde gekommen. Wie die Dinge lagen, kam eine Unterbrechung nicht in Frage. Sie sprach sanft und langsam, wie in Trance, und auch Claude geriet nach und nach in eine tiefe innere Versunkenheit. Ihr Gebaren, ihre Stimme, ihre Hitze, ihr Duft, dies alles zusammen hypnotisierte ihn, fing ihn ein in einem Spinnennetz, umhüllte seinen Geist mit einem Gewebe von Visionen, das dermaßen dicht war, daß er die Szenen, die sie beschrieb, so lebendig vor sich sah, als würde er sie träumen.

Nachdem sie mit einem plötzlichen Peng den elektromagnetischen Zuckungen der Dematerialisation entkommen ist, findet Kudra sich auf einem überdachten Pier wieder, einem gewaltigen Bauwerk aus feuchtem Granit und erdigem Marmor, das sich zweihundert Meter oder mehr in ein dunkles Meer hinein erstreckt.

Auf dem Pier, bei dem es sich offensichtlich um eine Endstation handelt,

wimmelt es von Reisenden aller Rassen, Nationalitäten und Zeitalter, die ankommen, abfahren und warten.
Die Reisenden murmeln, gelegentlich stöhnen sie, aber sie unterhalten sich nicht miteinander. Sie eilen herein. Sie eilen hinaus. Sie stehen in langen Schlangen. Sie gehen.
Obwohl Kudras eigener Körper sich für sie normal anfühlt, haben die meisten anderen etwas Unwirkliches, fast Nebelhaftes. Schnell erfährt sie, daß es damit zusammenhängt, daß die anderen tot sind. Sie haben ihre Körper verlassen und laufen nun in geistigen Projektionen herum, in den Vorstellungen, die sie von ihren irdischen Körpern haben. Sie sind in der Einbildung ihrer selbst fleischlich geworden, was auch erklärt, warum die meisten von ihnen ziemlich attraktiv aussehen.
Nur die Dematerialisierten hausen in wirklichen Körpern, und von ihnen gibt es in der ganzen Menschenmenge höchstens zwei oder drei. Außerdem sind die Dematerialisierten von den Regeln und Vorschriften ausgenommen, die für die Toten gelten.
Schaffner in weißen Uniformen treiben die toten Ankömmlinge in Gruppen zusammen und stellen die Gruppen in Reihen zu einem Glied auf, doch Kudra darf sich frei bewegen.
Die Schaffner reden kaum, aber sie agieren mit einer Autorität, der man sich nicht entziehen kann. Ihre Gesichter leuchten, ihre Bewegungen sind fließend und flink. Kudra fühlt sich an Schneeflocken erinnert, an das Flattern von Buchseiten, auf denen mit weißer Tinte geschriebene Gedichte stehen.
Da es keinerlei Spuren von Geruch unter den toten Massen gibt, wird sich Kudra ihres eigenen Dufts stark bewußt, während sie auf dem gewaltigen Pier umherschlendert, der trotz der dichten Menschenmenge in eine Einsamkeit getaucht ist, wie sie sie noch nie vorher irgendwo erlebt hat.
Keine Zeitungen werden verkauft, keine Süßigkeiten und kein Tabak. Reisende kommen an. Sie gehen. Sie kommen in Strömen durch weite marmorne Portale und tragen weder Gepäck noch Souvenirs bei sich. Doch wo gehen sie von hier aus hin? Um es herauszubekommen, drängelt sich Kudra zum Anfang einer Schlange vor. Alle Schlangen, so stellt sich heraus, führen an die gleiche Stelle: zum Wäge-Raum.
Zaghaft schlüpft Kudra in den Raum, wo sie zu ihrer Überraschung eine große, androgyne Gestalt antrifft, halb Priester, halb Harlekin, die mit einem blitzenden Messer hantiert.

Einer nach dem anderen treten die Toten an den Harlekin-Priester heran. Mit einem schnellen, geübten Schnitt trennt er (oder sie) ihnen das Herz heraus.
Auf einem steinernen Altar steht eine Waage. Es handelt sich um eine ganz gewöhnliche Waage, aus Messing, nicht aus Gold. In der linken Waagschale liegt eine einzelne habichtbraune Feder.
Der Harlekin-Priester gibt jedes frisch herausgeschnittene Herz an seine/ihre Gehilfin, eine junge Frau in weißem Gewand, weiter. Die Gehilfin legt das Herz in die rechte Waagschale. Wenn das Herz schwerer ist als die Feder – und Mal für Mal ist es schwerer –, wird die betreffende Person in den hinteren Teil des Raumes geführt, wo sie sich in eine weitere Schlange stellt, die diesmal hinunter zur Anlegestelle führt.
In regelmäßigen Abständen machen Schiffe an dem Anleger fest. Die Schiffe glänzen und sind hell erleuchtet. Sie scheinen in der Tat vollkommen aus Licht zu bestehen, aus einem kalten Licht, so gesetzt und so angeordnet wie in einem viktorianischen Salon. Die herzlosen Toten besteigen die Schiffe, die, sobald sie voll sind, mit großer Geschwindigkeit davonfahren. Schon nach wenigen Sekunden sind sie nichts weiter als ferne Sterne in der obsidianen Nacht des Ozeans.
Die Frau in dem schneeweißen Gewand gewahrt Kudra. Sie lächelt. «Versteht Ihr, was hier geschieht?» fragt sie. «Wir wiegen die Herzen. Wenn eine Person ein Herz besitzt, das so leicht ist wie eine Feder, dann wird dieser Person Unsterblichkeit zuteil.»
«Wirklich? Und, gibt es viele?»
«Wenige. Außerordentlich wenige, wie ich leider sagen muß. Man sollte glauben, daß die Leute es schaffen, den Anschluß zu finden. Die Leute, die die Prüfung bestehen, sind meist recht sonderbar. Der letzte war ein großer schwarzer Bursche mit Bienendreck in den Haaren. Den Gewöhnlichen gelingt es kaum je, die Waage zu bezwingen.»
«Wo kommen all jene hin, die durchfallen?» Kudra deutet hinüber zum Wasser, wo gerade wieder ein Schiff aus Licht davonhuscht, ein milchiges Kielwasser hinter sich zurücklassend.
«In die Energie-Sphären.»
«Um niemals zurückzukehren?»
Die Frau zuckt die Achseln. «In Form von Energie vielleicht. Als Licht.»
«Aber wer die Prüfung besteht …?»

«Die Unsterblichen? Sie können jeden Weg einschlagen, den sie möchten. Sie können eine Seereise machen, sie können in Eure Welt zurückkehren oder sich in eine andere Welt begeben.» Sie legt ein weiteres Herz auf die Waage und stößt einen schrillen Freudenschrei aus, als die Waagschale nicht übergewichtig auf die Altarplatte niedersaust. «Seht», sagt sie zu Kudra. «Seht Euch das an. Dieses hier kommt der Sache schon ziemlich nah.»

Das Organ war einem vergnügt dreinschauenden Troubadour aus der gewaltigen Brust geschnitten worden. Er versteht die Ursache für die Unruhe nicht, aber er zwinkert Kudra zu, reibt sich den Bauch und sieht aus, als würde er bereitwillig sein herausgeschnittenes Herz gegen ein großes Glas Bier eintauschen.

«Wenn er seinen Hedonismus mit einem Hauch mehr Weisheit zu verbinden verstanden hätte, wenn er etwas weniger durch seine Kehle und etwas mehr in seine Seele hätte fließen lassen, dann wäre er vielleicht durchgekommen», sagt die Wägerin der Herzen. «Dennoch bekommt er eine rosa Karte.»

Sie reicht dem Troubadour etwas, das stark an ein Nelkenblatt erinnert, und führt ihn zu einer Seitentür. Kudra folgt ihm und stellt fest, daß auch diese Tür hinab zum Wasser führt, allerdings ist die Anlegestelle leer. Von oben bedeutet die Frau ihm zu warten.

Eine ganze Weile steht der Troubadour einfach da. Um die Langeweile zu vertreiben, pfeift er eine Melodie, eine mittelalterliche Ballade von vornehmer Liebe. Plötzlich hält er mitten in der Melodie mit dem Pfeifen inne, seine Lippen erstarren in einer gekräuselten Schneckenhaltung. Ein Schiff erscheint am Horizont.

Als es sich dem Anleger nähert, kann Kudra erkennen, daß es sich um einen Lastkahn von erheblicher Länge handelt, der mit einem rosa Stoffbaldachin überdacht ist, an dessen Rändern Fransen und Quasten baumeln. Der Kahn ist mit Laternen geschmückt, in denen heiter Kerzen flackern. An Deck verstreut stehen Tische und Stühle, die an eine Kneipe erinnern, und es sitzen Leute herum, die scharf gewürzte südländische Speisen essen und Bier oder erfrischende Ananassäfte trinken. Musikanten mit herabhängenden schwarzen Schnurrbärten gehen über Deck und spielen auf ihren Gitarren. Frauen in Schuhen mit Absätzen wie Dolche tanzen, wobei sie Tambourine schlagen und den vielen Papageien, die in groben hölzernen Käfigen sitzen, schlüpfrige Sätze zugirren. Von unter Deck ist ein Katzenjammer lüsterner Stim-

men zu hören. Auf die Seite des Lastkahns ist der Name Hölle *gepinselt.*
Trotz der Tatsache, daß keinerlei Gerüche den Speisen an Deck und dem Liebesspiel unter Deck eine wirkliche Bedeutung verleihen, scheinen die Passagiere glücklich zu sein. Kudra glaubt, einen von ihnen zu erkennen. Wenn sie sich nicht irrt, handelt es sich um Fosco, den Kalligraphen aus dem Lama-Kloster von Samye. Er sitzt an einem Tisch mit zwei Chinesen, die er mit Han Sha und Li Po anspricht und mit denen er in ein intensives Gespräch vertieft ist. Sie werfen Zeilen spontaner Dichtung in die Runde, und jeder versucht, den anderen zu übertrumpfen, wobei sie oft auf die Tischplatte schlagen und in wüstes Gelächter ausbrechen. Kudra winkt und winkt, aber es gelingt ihr nicht, Foscos Aufmerksamkeit auf sich zu lenken. Die Toten haben wenig Interesse an den Lebenden, so mutmaßt sie.
Unbekümmert schabt der Lastkahn an dem Anleger entlang. Der Kapitän, ein schäbiger Spanier in einer Militär-Uniform, die aus der komischen Oper stammen muß, lehnt sich über die Reling und nimmt von dem Troubadour die rosa Fahrkarte in Empfang. Als der Bursche an Bord ist, fährt das Schiff träge von dannen, mit Kurs auf unbekannte Gewässer.
Bei seiner Abfahrt dreht der Lastkahn, so daß der Blick auf seine Steuerbordseite freigegeben wird. An dieser Seite trägt das Schiff einen vollkommen anderen Namen. Himmel *steht da geschrieben.*
Kudra kehrt zurück zu der Waage. Die junge Frau ist intensiv damit beschäftigt, Herzen zu wiegen und das wertvolle Metall gut gelebten Lebens zu bestimmen. «Wie seid Ihr zu dieser Tätigkeit gekommen?» fragt Kudra.
«Ich war zwar nicht federleicht, aber ich war federklug», antwortet sie.
«Ich bin nicht sicher, daß ich verstehe, was Ihr meint. Aber ich kann nicht umhin festzustellen, daß wir einander sehr ähnlich sind, Ihr und ich.»
«Das sind wir in der Tat.»
«Sind wir verwandt? Bin ich eine Inkarnation von Euch? Oder so was ähnliches?»
«Wie kommt Ihr darauf zu glauben, Ihr wäret eine Inkarnation von mir und nicht ich eine von Euch?» Sie kichert und schüttelt ihre skunkschwarzen Locken. «Es ist so lustig, wie Sterbliche die Form oder die Formen der Zeit mißverstehen.»

«Ich bin nicht sicher, ob ich verstehe.»
«Ich kann Euch nicht dabei helfen, zu verstehen. In der Sphäre des Äußersten muß jeder Mensch für sich allein die Dinge lösen. Denkt daran, wenn Ihr auf Eure Seite zurückkehrt. Lehrer, die dir die letzten Antworten anbieten, sind nicht im Besitz der letzten Antworten, denn wenn sie es wären, wüßten sie, daß die letzten Antworten nicht gegeben, sondern lediglich empfangen werden können.»
Kudra nickt. Sie schaut sich um. Wenn man sich erst einmal daran gewöhnt hat, ist das Geschehen auf dem Pier weder schrecklich noch aufregend. Es ist im Grunde ziemlich langweilig, eine endlose Abwicklung bürokratischer Routine. Der Tod ist so geordnet, wie das Leben ungeordnet ist.
Die Wägerin blickt von ihrer Waage auf. «Ich glaube, Ihr solltet jetzt besser gehen», rät sie.
«Ja, das sollte ich. Aber ... wie kommt man hier wieder raus? Muß ich wieder dematerialisieren?» So aufregend die Dematerialisation auch war, Kudra ist nicht begeistert von der Vorstellung, sie gleich noch einmal wiederholen zu müssen. Durch jene Zone des Kreisens und Prasselns zu wirbeln, Umdrehung für Umdrehung, das war anstrengender als ein Monat in einer Seilerei.
«Das wird nicht nötig sein. Es gibt einen Durchgang auf der anderen Seite der Station.»
Kudra starrt in die entsprechende Richtung. Sie ist alles andere als überzeugt. «Hier ist alles so riesig», sagt sie. «Es gibt so viele Türen.»
«Macht Euch keine Sorgen. Ihr werdet die richtige finden. Es ist ein Schild über der Tür.»
«Was steht auf dem Schild?»
«Erleichda.»
«Wie bitte?»
An dem Altar ist ein Sims, mit einer Schicht von Schmutz bedeckt und schwarz von dem Blut, das von der seltsamen Frucht herabtropft, die dort gewogen wird. Mit ihrem Finger schreibt die Frau das Wort auf den Sims.
Kudra dankt ihr und studiert die Buchstaben, bis sie sie sich eingeprägt hat.
«Eine letzte Frage, wenn ich darf», sagt Kudra. «Warum gibt es hier keine Gerüche?»
«Vor den Portalen unserer Station befindet sich ein Warteplatz, der

prächtig erleuchtet ist. Wenn Ihr auf dem gewöhnlichen Wege hier angekommen wäret, hätte man Euch dort festgehalten, bis kein Zweifel mehr bestünde, daß Ihr wirklich tot sein wolltet. Auf dem Warteplatz wimmelt es von tausenderlei Gerüchen aller Art; das Ganze ist ein weites Netz von Gerüchen, eine Girozentrale von Gerüchen, es finden sich dort die Gerüche von Milliarden persönlicher Leben, ein jeder einzeln für sich und von den anderen unterschieden. Aber wenn die Toten ihr Ableben einmal akzeptiert und Zutritt zur Station erhalten haben, können sie nicht mehr riechen oder gerochen werden. Sonst wäre es für sie zu schwierig. Geruch ruft Erinnerungen hervor. Wenn hier Geruch erlaubt wäre, dann blieben die Toten mit ihrem Leben verbunden und könnten deshalb ihr Schicksal nicht akzeptieren. Solange es Geruch gibt, gibt es die Hoffnung auf ein ewiges Leben. Weil Ihr Geruch mit Euch herumtragt, meine Dame, ist Eure Anwesenheit hier potentiell störend. Bemerkt Ihr, mit wieviel Unbehagen die Toten Euch betrachten? Sie können Euch nicht sehen, sie sehen nur, was tot ist, und sie können Euch auch nicht wirklich riechen, aber dennoch spüren sie etwas. So ist Geruch. Wußtet Ihr, daß ein Geist nichts anderes ist als ein toter Mensch, der seine Fähigkeit zu riechen nicht vollkommen verloren hat? Geruch ist die Schwester des Lichts, er ist die linke Hand des Äußersten. Er verbindet die Ewigkeit mit der Vergänglichkeit, Diese Seite mit Jener Seite, und darum ist er in höchstem Maße empfindsam; flüchtig, wenn nicht gar gefährlich. Also geht nun, meine liebe Dame, geht mit Eurem guten Duft und mit viel Glück. Es ist vielleicht nicht das letztenal, daß unsere Wege sich kreuzen.»

Kudra verabschiedet sich und mischt sich unter die Menge in der Halle, wo sie sich mühsam durch den Strom der Menschen hindurchkämpft.

Trotz des Gerangels – hätten die Reisenden mehr körperliche Substanz aufzuweisen gehabt, wären die Halbkugeln ihrer Brüste möglicherweise zu Pfannkuchen plattgedrückt worden – beschließt sie, noch rasch einen Blick vor das Hauptportal zu werfen, ein wenig zu schnuppern, bevor sie sich auf die Suche nach ihrem Fluchtweg macht.

Sie drängt sich durch die Menge, bis sie im Eingang steht, unter dem gewaltigen steinernen Torbogen, einen riesigen Platz vor Augen, auf dem es keine Taube, keine Ameise, kein Blatt oder auch nur den Schatten eines Blattes gibt, auf dem es aber von Menschen aller Art wimmelt, die sich samt und sonders in einem weichen, aber unbarmherzigen Licht sonnen. Einige der Leute marschieren zielstrebig auf das Portal zu, andere nähern sich verstohlen, zögernd, während wieder andere auf dem Platz herumsitzen und aussehen, als würden sie dort schon seit Tagen oder Wochen campieren, ohne jede Absicht, hereinzukommen.

Wie die Wägerin angekündigt hat, riecht es auf dem Platz. Es ist ein wahrer Ozean von Gerüchen, in dem die Reisenden treiben, wobei sie sich zunächst an ihrem Lieblingsduft festklammern wie an einem Rettungsring. Ehe sie den Pier betreten, saugen viele von ihnen zum Abschied noch einen letzten Zug von dem ein – was immer es war: die Bettdecke eines Kindes, ein Hintergarten, die Küche der Mutter, ein Pferd, eine Fabrik, der Pinsel eines Malers, eine Opiumpfeife –, was sie über Wasser hielt.

Als ein Mann schnuppernd durch das Portal tritt, streift er versehentlich Kudras Seite. Er hat eine rote Nase, ist grobschlächtig, proletarisch, nicht mehr ganz jung, trägt jedoch ein derart schelmisches, unbekümmertes Lächeln auf dem Gesicht, daß Kudra sich dabei ertappt zu denken, das sei ein möglicher Kandidat für eine rosa Fahrkarte, für einen Platz auf dem Lastkahn namens Hölle *– oder ist es* Himmel*? Als er das letztenal schnuppert, wird er so sehr gegen Kudra gedrückt, daß er ihren Geruch einsaugt und nicht den der denkwürdigen Fracht seines abgeschlossenen Lebens.*

Kudra ist schmerzlich berührt, denn ihr Jasmin-Parfum hat sich längst verflüchtigt, und seine Reste haben sich, dessen ist sie sicher, mit Schmutz und Schweiß und den anderen Ausdünstungen des Körpers vermischt. Doch das Grinsen des Mannes wird angesichts des tiefen Zuges, den er unerwarteterweise von ihr einsaugt, nur noch breiter, und als er in seinem Krankenhaus-Nachthemd durch das marmorne Tor an ihr vorübergeht, seufzt er tief und murmelt in einer ihr fremden Sprache: «Der perfekte Taco.»

Verwirrt, weil sie nicht versteht, was er gemeint haben könnte, und beschämt, weil sie sich zwischen ihn und den Abschiedsgeruch seiner irdischen Existenz gedrängt hat, spürt sie, daß es besser wäre, wenn sie dahin zurückkehren würde, wo sie hingehört. Sie meint sich an einen Begleiter zu erinnern, von dem sie getrennt worden ist. Ein wenig besorgt geht sie zurück auf den Pier und bahnt sich einen Weg auf die gegenüberliegende Seite. Dort sind tatsächlich sehr viele Türen, doch schließlich findet sie diejenige, die man ihr gewiesen hat. Sie ist weder als AUSGANG *noch als* EINGANG *gekennzeichnet, sondern als*

ERLEICHDA.

Und es ist die richtige Tür.

So gefesselt war Kudra von ihrer Erzählung und Claude vom Zuhören, daß der Wagen von ihnen unbemerkt neben ihnen zum Halten kommen konnte. Bis der Fahrer ausgestiegen war und die hintere Tür des langen schwarzen Mercedes geöffnet hatte, war Kudra fertig, aber der Zauber hielt sie beide gefangen wie Motten, die mit Nadeln an einem wehenden Vorhang festgesteckt sind. Schließlich räusperte sich der Fahrer und durchdrang damit die Membrane, die sie umgab. Claude blinzelte und wischte sich die Feuchtigkeit aus den Augenbrauen. Der Fahrer fragte sich, wie sein Dienstherr an einem Abend wie diesem in der Lage war zu schwitzen. «Wollen Sie mich begleiten?» fragte Claude. Noch während er fragte, half er Kudra bereits in den Wagen. Sie hatte keine Ahnung, was für eine sonderbare Kutsche sie da bestieg, doch nach den Ereignissen der vergangenen Stunden war sie bereit, so ziemlich alles zu akzeptieren. Die Tür schloß sich. Sie saßen in der nach Leder duftenden Dunkelheit, ihre Schenkel berührten sich, ihre Augen waren geöffnet, ohne etwas zu sehen, wie bei Wachträumern, die schlafen und doch von schwankenden Lampen erleuchtet sind, Opfer eines seidenen Fiebers. Und in dieser Verfassung wurden sie zum Flughafen Orly gefahren, wo Claude seinen Vetter Marcel, das Bunny, Marcels neue Frau V'lu sowie einen gewissen Freund der beiden, einen Mann namens Alobar, in Empfang nehmen wollte.

DIE RECHNUNG

Für Darrell Bob Houston

Die Rote Bete ist das intensivste aller Gemüse. Die Zwiebel hat so viele Seiten wie *Krieg und Frieden*, von denen jede einzelne pikant genug ist, um einen starken Mann zum Weinen zu bringen, doch die verschiedenen elfenbeinfarbenen pergamentenen Seiten der Zwiebel und das strahlend grüne Lesezeichen der Zwiebel nehmen unter dem Einfluß von Magensäften und Bakterien im Gedärm rasch eine schwarze Färbung an. Nur die Rote Bete verläßt den Körper in derselben Farbe, in der sie in ihn hineingelangt ist.

Rote Beten, die zum Abendessen verspeist worden sind, werden am folgenden Morgen die Toilettenschüssel mit blutroten Fischen füllen, deren Färbung Zeugnis ablegt von der chromatischen Immunität der Roten Bete gegenüber den kräftigen Verdauungssäften und den unerbittlichen Mikroben, die den rotesten Paprika, die orangenste Karotte, den gelbesten Kürbis in einen einzigen abscheulichen Braunton zu verwandeln mögen.

Bei unserer Geburt sind wir rotbäckig, rund, intensiv, rein. Das rote Feuer des universellen Bewußtseins brennt in uns. Allmählich jedoch werden wir von Eltern verspeist, von Schulen hinuntergeschluckt, von Freunden zerkaut, von gesellschaftlichen Institutionen aufgefressen, von schlechten Angewohnheiten verschlungen und vom Alter angenagt; und wenn wir nach Art der Kühe in sechs Mägen sorgfältig verdaut sind, bleibt von uns nichts weiter als ein einziger abscheulicher Braunton.

Die Lektion, die uns die Rote Bete lehrt, ist also diese: Haltet fest an eurem göttlichen Erröten, an dem euch innewohnenden rosigen Zauber, andernfalls werdet ihr braun. Wenn ihr erst einmal braun seid, werdet ihr feststellen, daß ihr eigentlich blau seid. So blau wie das Meer. Und ihr wißt, was das heißt:

Meer.
Weniger.
Nichts.